SV

Joanna Bator

Wolkenfern

Roman

Aus dem Polnischen
von Esther Kinsky

Suhrkamp Verlag

Die Originalausgabe erschien 2010 unter dem Titel
Chmurdalia im Verlag W.A.B., Warschau.

Die Übersetzerin dankt dem Deutschen Übersetzerfonds
für die großzügige Unterstützung ihrer Arbeit.
Abweichungen der vorliegenden Übersetzung von
der Originalausgabe wurden mit der Autorin abgestimmt.

Dieses Projekt wurde mit Unterstützung des
Programms Kultur (2007-2013) der Europäischen Kommission finanziert.
Die Verantwortung für den Inhalt dieser Veröffentlichung
trägt allein der Verfasser; die Kommission haftet nicht für
die weitere Verwendung der darin enthaltenen Angaben.

GD Bildung und Kultur

Kultur

Programm „Kultur" (2007-2013)
Förderbereich 1.2.2. Literarische Übersetzungen

Erste Auflage 2013

Satz und Druck: Memminger MedienCentrum AG
Printed in Germany
ISBN 978-3-518-42405-6

Wolkenfern

Etwas Silbriges tut sich in der Wolken Ferne
Bolesław Leśmian, Glück

Joasia, man kann doch nicht alles glauben,
was die Leute reden.
Ja, Mama, das weiß ich, aber man kann dasselbe
doch auch einfach weiter erzählen.
Illustrierter Polenkurier, Kraków, 20. Dezember 1942

Eine Geschichte muss einen Anfang haben …

Vor meinem Fenster stand die Zigeunerin, blutüberströmt war sie, singt Jadzia Chmura ihrer Tochter vor. Die Mutter holt aus ihrer Stimme, was sie kann, lockt mit Sirenengesang und wirbelt im Zimmer umher wie ein Aufziehspielzeug. Die Tochter ist reglos und still, so wie sie eingeschlafen ist, so schläft sie weiter. Wach auf, Dornröschen! Dominika hört Jadzias Worte nicht, nur leere Klänge, die herabtaumeln wie langsam im Wasser treibende Fetzen. Das Schlimmste ist, dass man in ihrem Traum nichts zählen kann. Sie fängt bei eins an, doch schon die zwei entschlüpft ihr und verschwimmt, wird verdrängt von weißen Schlieren, Schwärmen, Rudeln, Wolken. Manchmal steigt Dominika ein Geruch in die Nase, dann klammert sie sich daran wie an einen Ariadnefaden; der Wurzelgeruch von Kolonialwarenläden, die Düfte exotischer Basare, von denen sie einmal gelesen hatte, und der Geruch von Verbranntem, alles fließt ineinander.

Das Epizentrum der weißen Explosionen ist Dominikas Kopf, genauer gesagt die rechte Seite ihres Kopfes. Dort nehmen die Schmerzwellen ihren Anfang, laufen allmählich abebbend aus in ihren Fingerspitzen, die im Rhythmus der inneren Explosionen leicht zittern. Seitdem Dominika schwerverletzt neben dem brennenden Auto gefunden wurde, hat sie weder die Augen geöffnet noch ein Wort gesprochen. Sie schlief im Krankenhaus von Wałbrzych, und sie schlief auf der Reise in die deutsche Klinik, wohin sie mit Hilfe von Grażynka und deren deutschem Mann gebracht wurde. Sie schlief sogar im Hubschrauber! Auch hier schläft sie jetzt, Koma, sagen die Ärzte, und dieses Wort erschreckt Jadzia, die achtzehn Jahre lang an ihr spinnert-spleeniges Kind gewöhnt gewesen ist, mutwillig und wirbelig wie ein Brummkreisel. Wach auf!, bittet Jadzia verzweifelt, wach auf!, singt sie. Seit einiger Zeit, die sich da, wo Dominika ist, nicht messen lässt, tauchen undefinierbare Dinge aus dem Weiß auf, farblos, unzählbar und vibrierend. Vielleicht liegt es an ihrer rastlosen, mit Worten vollgestopften Mutter, die an ihrem Bett wacht, dass diese Dinge in Dominikas Schlaf Eingang finden. Diese Bröckchen Welt sind weiß wie die Füße der Muttergottes am Sonntag, wie Mehl aus der Mühle von Urgroßvater Adam, die kleinen Partikel tanzen im Licht, das durch die Sparren fällt, und Dominika will die Hand danach ausstrecken, doch die Hand ist schwer wie ein Stein. Sie sind weiß wie die Orangenblüten im Wałbrzycher Palmenhaus, wie die Baisers, die Jadzia ihrer Tochter in der Küche auf Piaskowa Góra gebacken hat, Dominika spürt fast den Geschmack auf der Zunge, und ihr läuft das Wasser im Mund zusammen. Weiße Baisers und der Puderzucker, mit dem das gewürfelte Rachatlukum bestreut ist, die Süße von Brot mit Sahne; Dominika erinnert sich an die Hände von Oma Kolomotive, die sie an einem weißen Tisch mit Sahnebrot gefüttert hat. Die weißen Zähne des griechischen Jungen, der in eine süße Waffel beißt, lächelt und läuft, läuft, läuft, wobei ihm der Tornister auf dem Rücken hüpft. Dominika versucht, sein Lächeln zu erwidern, doch da ist Asche neben ihr, weiße Knochen, ihr Lächeln schneidet durch Eis. Dominika sieht weiße Treppenstufen, die zum Meer hinabführen, und will immer schneller und schneller über die Stufen hinunterlaufen, nur weg von Tod und Vernichtung, doch das Bild platzt wie eine Seifenblase, bevor sie ans Wasser gelangt. Stattdessen tauchen die weißen Zöpfchen der seit Jahren verschwundenen Tante Basienka auf, die immer ein Lied vom Mädchen süß wie Himbeer und Honig vor sich hin sang; der Geruch von verbranntem Fleisch. Plötzlich sieht Dominika die Asche des Zalesier Hauses ihrer Großmutter Zofia, Schnee fällt darauf, im Wind bewegen sich froststeife Bettlaken und schlagen aneinander wie Knochen. Wieder spürt Dominika einen angenehmen Geruch und einen vertrauten schrecklichen Geruch, jemand singt Vor meinem Fenster stand die Zigeunerin, jemand ruft ihren Namen, als schrie er aus vollem Hals in einen Brunnen: Dominika!

Die Strömung trägt sie nach oben, dorthin, wo die Stimme ist. Dominika spürt etwas, das fast Bewegung und Leben ist; Eins, flüstert sie oder träumt, dass sie es flüstert. Direkt über ihr ist nur noch eine dünne Schicht Eis oder Spiegelglas, die sie bloß zu zertrümmern braucht, um zu wissen, wem diese Stimme gehört, und auf eins folgt dann zwei, drei, die Welt. Dominika steckt ihre ganze Kraft in diese Eins, die der erste Dominostein sein soll, genau am Anfang, denn es gibt nichts Schöneres als die Ordnung der Zahlen. Die Stimme lockt und ruft sie immer weiter, jetzt weiß sie, dass die Stimme schön ist, sie will die Hände danach ausstrecken, aber da verlassen sie ihre Kräfte, sie spürt, dass sie es nicht schafft, diesmal nicht; sie sinkt zurück in Dunkel, Starrheit und Stille. Durch ihre Fingerspitzen läuft wieder ein Zittern, das nur ihre Mutter Jadzia sieht, aber ihr glaubt niemand, denn die Bewegung ist nur ganz kurz, im Nu ist sie vorüber, und die Finger, die schon Farbe bekommen hatten, sind wieder weiß.

Ich habe mich nicht getäuscht! Jadzia stärkt sich selbst im Glauben und schreit die Krankenschwester auf Polnisch an. Jedes einzelne Wort spricht sie ganz klar und überbetont aus, als könnte das helfen, als würden dadurch die Worte verschiedener Sprachen einander gleich. Sie hat sich bewegt! Mit der Hand! Jadzia ist so fest überzeugt, sie stampft mit den Füßen auf und brüllt. Sie hat sich bewegt! Mit der Hand! Wie kann es sein, dass jemand kein Polnisch versteht?! Wie kann man nicht verstehen, wenn einer langsam und deutlich sagt, dass sie sich bewegt hat! Mit der Hand! Meine Tochter! Sie wedelt ihre Hand vor dem Gesicht der schwarzen Krankenschwester hin und her, um übertrieben die ganz kleine Bewegung zu demonstrieren, deren sie Zeuge geworden ist. Ja, sie hat die Hand so bewegt, als wollte sie nach etwas greifen, das kann ich bei der Muttergottes beschwören!

Jadzia war völlig baff, als sie Sara in der deutschen Klinik bei München zum ersten Mal sah. Heilige Muttergottes! Das war vielleicht ein Schock! Grażynka hatte ihr gut zureden müssen, dass Sara Jackson eine ganz und gar zuverlässige und erfahrene Krankenschwester war, der sie die im Koma liegende Tochter ruhig anvertrauen konnte. Aber so etwas, heilige Muttergottes! Jadzia wollte sich lange nicht überzeugen lassen. Wie war das möglich? Warum sollte ausgerechnet die sich um Dominika kümmern? Vom Mund wird sie sich alles absparen, ihre im Jackenfutter eingenähten Rücklagen herausholen und hergeben, damit Dominika nur das Beste bekommt, und nicht bloß das Erstbeste. Man konnte ja richtig überschnappen mit den Nerven hier, jeder normale Mensch konnte einen Rappel kriegen in dieser BeErDe. Jadzia befürchtete, Dominika könnte in ihrer Abwesenheit aufwachen und sich vor der schwarzen Sara erschrecken, aber noch mehr fürchtete sie, ihre Tochter könnte überhaupt nicht mehr aufwachen. Grażynka hingegen war von Anfang an fest überzeugt, dass Dominika aus dem Koma erwachen würde. Sie wird schon aufwachen, sagte sie, immer mit der Ruhe, und Jadzia wollte ihr so gerne glauben, aber gleichzeitig ärgerte sie diese ruhige Gewissheit angesichts ihrer Sorge und Unruhe. Schöne Hellseherin!, brummte sie. Blind wie ein Maulwurf und kann keine Nadel mehr einfädeln, aber in die Zukunft will sie gucken können! Und als sie Sara sah, hätte sie sich mit Grażynka fast in die Haare gekriegt, ja um ein Haar hab ich mich mit ihr in die Haare gekriegt, wird Jadzia später erzählen, wenn dieser Krankenhausalptraum Geschichte ist. Diese Schwarze soll was von all diesen Maschinen verstehen, an die Dominika angeschlossen ist und die für sie, Jadzia, nichts als schwarze Magie sind? Sie soll Bescheid wissen und nichts durcheinanderbringen bei all diesen Knöpfen, Schaltern, Griffen und Schläuchen? Schwarz ist sie und hat die Haare gelb gefärbt, ganz kurz abrasiert, so hallodri-schnallodri irgendwie. Schwarze Deutsche – wo gibt's denn so was? Vertürkte, das ja, damit kann man heutzutage rechnen, aber ganz und gar Schwarze? Schwarz wie die Erde, aber wie, und mit gelben Haaren? Jadzia behagt das nicht sehr, von jeher hat sie nichts für Spleenige und Hallodris übrig. Als sie erfährt, dass Sara Amerikanerin ist, wird ihre Laune auch nicht besser. BeErDe, Amerika und Koma, das ist nun wirklich zu viel. Sie hat sich bewegt! Mit der Hand! Sara Jackson überprüft die Kurven auf dem Monitor, auf dem die von der Mutter erspähte Bewegung nicht wahrnehmbar ist oder etwas weniger Wichtiges bedeutet, das Sprühen aufeinandertreffender Elektronen vielleicht oder das langsame Zusammenschlagen von Gehirnwellen, und will Jadzia beruhigen, die schon längst nicht mehr zu beruhigen ist und außerdem weder Deutsch noch Englisch kann.

Wenn die Krankenschwester den Raum verlässt, seufzt Jadzia Chmura, wie nur sie es kann. Langsam bläht sie sich auf wie ein Wasserball, nach und nach füllen sich ihre Waden, Schenkel, Pobacken und ihr runder Bauch mit Luft, ihre Brust und ihre gepolsterten Schultern dehnen sich aus, und dann, als hätte sich jemand auf sie gesetzt, entweicht die Luft sausend, es könnte einen geradezu wundern, dass von Jadzia nicht nur ein runzliges Fleckchen Haut auf dem Boden zurückbleibt. Sie weiß, dass ihre Tochter die Hand bewegt hat, und diese schwarze Spinnerin wird noch einsehen, dass sie, Jadzia, recht hat. Wenn all die Luft entwichen ist, setzt Jadzia sich in Bewegung: Sie geht und sie redet, seit Wochen hat sie nichts anderes gemacht. Sie solle mit der schlafenden Tochter sprechen, hatte man ihr geraten, aber sie hatte nicht gewusst, wie sie das anfangen sollte, wie sollte das gehen, wie redete man mit jemandem, der nicht antwortete, nicht lächelte, keine Widerworte gab, mit jemandem, aus dem Schläuche staken und dessen ganzer Kopf in einem Verband steckte? Deshalb fing sie immer wieder an, brach mitten im Satz ab, bettelte: wach doch auf, mein Töchterchen!, beschwor: wach auf, ich werde auf den Knien nach Jasna

Góra rutschen, um der Muttergottes zu danken!, und fluchte: Steh auf, verdammt noch mal, ich schnapp hier noch über, musst du denn immer Fisimatenten machen? Wie viel kann man denn schlafen? Schläfst du, um mich zu ärgern? Um die eigene Mutter zu ärgern! Heilige Muttergottes! Jadzia fand keine Worte, um in diese Schlafstille zu sprechen, in dieses Nichthören. Bis Grażynka ihr den Rat gab: Red so, als würdest du einen Brief schreiben. Stell dir vor, Dominika ist irgendwo weit weg, vielleicht im Ferienlager oder an der Uni in Warschau, im Ausland, irgendwo, und du sitzt ruhig am Tisch und schreibst ihr einen Brief. In deiner Küche auf Piaskowa Góra sitzt du und schreibst, was du getan hast und was ungetan geblieben ist, was du in Erinnerung behalten willst und was du vergessen hast, von guten Dingen und von den schlechten, die sich noch nicht zum Guten gewendet haben. Und wenn dir die Worte ausgehen, wenn nur noch Krümelchen bleiben, dann knete daraus was, und wenn es sich zum Reden nicht eignet, dann sing einfach, Jadzia, sing.

Und plötzlich wusste Jadzia, wie sie anfangen sollte, sie seufzte tief und sagte: Kind, mein Kind, so fängt sie an, und sie kann nicht stillsitzen und auch nicht aufhören zu reden, als könnten ihre Worte und Wanderungen um das Bett ein Gegengewicht zur Reglosigkeit ihrer Tochter und zur Stille bilden. Jadzia erzählt, was sie getan hat und was ungetan geblieben ist, was sie in Erinnerung behalten hat und was vergessen werden soll, von guten Dingen und von den Schlechten, die sich noch nicht zum Guten gewendet haben. Sie redet vom Steigen der Preise und des Luftdrucks, vom fallenden Regen und vom Luftdruck, der fällt, von Krampfadern und Hoffnungen auf die Zukunft, die wunderbar wäre, wenn sie zum Beispiel im Lotto gewinnen würde. Dann würden sie sich Sachen kaufen! Dann könnten sie in Szczawno Zdrój was bauen, wo sich die Wałbrzycher Bourgeoisen ihre Palästchen hinstellten, vier Zimmer und ganz allein für uns, meine Tochter, mit Garten und mit Terrasse. Und im Sommer nach Sopot, für den ganzen Juli, um Jod zu tanken. Jadzia redet vom Geist ihres Mannes Stefan, der manchmal auf den Babel zu Besuch kommt und in seinem Nest vor dem Fernseher sitzt; er kommt immer nur dann, wenn sie allein ist, und außer Dominika und dem Pfarrer bei der Beichte hat sie noch keinem davon erzählt. Sie gucken sich zusammen die Ziehung der Lottozahlen an und gewinnen wieder nichts, denn wer bei Lebzeiten den Wind im Gesicht gehabt hat, dem geht es im Jenseits auch nicht besser. Danach kommt meistens ein Naturprogramm, das könnte Jadzia sich allein nie angucken, aber mit Stefan doch, natürlich. Einmal hat Jadzia solche Angst gekriegt, als sie eine Sendung über Warane auf Komodo gesehen haben, dass sie nicht einschlafen konnte. Kind, ich sag dir, ich hab vielleicht Angst gehabt! Heilige Muttergottes, diese Warane! Und dann erzählt Jadzia Chmura ihrer schlafenden Tochter von den Waranen, die groß sind wie Drachen, ganz widerwärtige Schnauzen haben, sie leben auf exotischen Inseln und sind ganz und gar vorsintflutlich. Vorsintflutlich, stell dir das mal vor. Die Worte, die ihr gefallen und die sie noch nie hat ausprobieren können, lässt Jadzia sich auf der Zunge zergehen, als koste sie frisches Tatar: Warane auf Komodo, Töchterchen, vorsintflutlich. Sie fressen nur Fleisch, wie dein Papa seligen Angedenkens, obwohl er ja auch Kartoffeln dazu gegessen hat. Nur Kartoffeln, Dziunia, immer wollte er noch mehr Kartoffeln. Und was die für Schnauzen haben, heilige Muttergottes, mein Mädelchen, die haben vielleicht Schnauzen, diese Warane! Angeblich sollen die furchtbar aus dem Maul stinken, diese vorsintflutlichen Warane von Komodo. Und sie spucken und rotzen herum wie Józek Sztygar, wenn er sich unten am Babel Haarwasser hinter die Binde gekippt hat. Kind, so ein Waran, der macht nur happs-klapps mit dem Maul, und schon hat er einen ganzen Körper verschlungen, ein ganzes Schwein oder einen Dorfneger von den Komodoinseln. Denn die sind dort schwarz wie deine Krankenschwester, mein Mädchen, wenn du die nur sehen könntest! Heilige Muttergottes! Negerlein Bimbo lebt in Afrika, pechschwarz ist er an Haut und Haar.

Mädelchen, wenn du die siehst! Schon allein deshalb lohnt es sich aufzuwachen. So viele merkwürdige Dinge gibt es auf der Welt, Warane, Töchter, die schon seit Wochen schlafen, schwarze Krankenschwestern ... Jadzia Chmura wird es ganz schwindlig. Diese schwarze Spleenige hat einen Hintern, der ist dreimal so groß wie Jadzias, die Tochter, die ihre eigene Mutter Dickerchen genannt hat, die wird noch mit eigenen Augen sehen, wie ein Dickerchen aussieht. Mädelchen! Die Mutter schiebt ihr Gesicht ganz nah ans Ohr der schlafenden Dominika und versucht mit einem durchdringenden Flüstern in diesen Schlaf vorzustoßen: Mädchen, die hat einen Arsch wie ein dreitüriger Kleiderschrank, sie blitzt mit den Augen, dass es zum Fürchten ist, obwohl sie allem Anschein nach ein ganz anständiges Mädchen ist.

Und wenn ihr wirklich nichts mehr einfällt, was sie sagen könnte, dann fängt Jadzia an von der Zigeunerin zu singen, die vor dem Fenster stand, blutüberströmt war sie, denn das hatte ihre Mutter Zofia ihr vorgesungen – bei den seltenen Gelegenheiten, wenn ihr der Sinn nach Singen stand. Noch in Zalesie hatte Jadzia die letzten Zigeunerlager gesehen, hinter den wilden Himbeerhecken hatte sie die glänzenden Pferdebäuche und die langen Röcke der Frauen erspäht, die heute hier, morgen ganz woanders sein konnten und bis heute vielleicht ohne eine Küche voll Bunzlauer Zierkeramik auskamen und ohne hochglanzpoliertes PVC. Diese unmögliche Möglichkeit erfüllte Jadzia mit einem befremdenden Wehmutsgefühl. Die Augen, sie sprachen zu mir, die Stunde der Trennung ist hier, sang Jadzia, damit ging ich in die Nacht so düster und schwer. Weine nicht, Mutter, du sollst dich nicht grämen, mein Schmerz wird nicht heilen von deinen Tränen ... Mein Liebster, er hat mir das Herz gestohlen, leben will ich nimmer, so tief betrogen.

Ein paar dieser Worte dringen durch. Dominika sieht sie von unten, wie die Unterseite von Laub auf einer Eisschicht. Sie sind fein und symmetrisch geädert wie Glasfenster, ihre Form sagt, dass es ein Vorher und Nachher gibt, einen Geruch. Eins, zählt sie. Etwas kommt in Bewegung, und Dominika hat das Gefühl, als rutsche sie durch einen Tunnel, der so eng ist, dass ihr der Atem ausbleibt, gleich erstickt sie, sie schreit aus Leibeskräften, aber kein Laut kommt heraus. Dann schmerzt die Stelle, wo ihr Schädel wieder zusammenwächst, so sehr, als sei ihr Kopf wieder geborsten und das von einer Membran geschützte Innere des Kopfes und die blanken Knochen lägen offen. Dominika sieht wirbelnde Kreise von Weiß, die glühen wie Eisen, und sie kehrt dahin zurück, wo es weder Zahlen noch Worte gibt. Das Hirn ist etwas sehr Empfindliches, erklären die Ärzte der verzweifelten Jadzia, es ist wie Pudding in einer Schale, ein leichtes Schütteln reicht, und schon ist ein Unglück geschehen, und Ihrer Tochter war ja sogar der Schädel geborsten. Es ist ein Wunder, dass sie überlebt hat. Wir müssen warten, sagen sie immer wieder. Die Ärzte sehen eine Störung in der Hirntätigkeit von Dominika Chmura, achtzehn Jahre, eine kleinere Fehlleistung, deren Bedeutung sich aufklären wird, wenn das Mädchen aufwacht. Eins, denkt Dominika, aber eins ist wie ein scharfes Stück Metall, das in das schmerzende Fleisch eindringt und die Welt nicht in Gang bringen kann, die vor zwei Monaten stehengeblieben ist. Nach jedem Versuch, die harte, glänzende Oberfläche zu durchstoßen, sinkt sie wieder dahin hinab, wohin nur verwaschene, halbdurchsichtige weiße Schatten dringen.

Je mehr Dominika schweigt, desto mehr redet Jadzia, je starrer Dominika ist, desto mehr Bewegung kommt in die Mutter, die wie ein fliederfarbener Kreisel durch das Krankenzimmer flitzt. Jeden Morgen bringt Grażynka sie hierher, jeden Abend ist Jadzia nur mit Mühe wegzuholen, wenn sie vom Reden zwar erschöpft ist, aber immer noch unverdrossen summt. Vor meinem Fenster stand die Zigeunerin, blutüberströmt war sie, die Augen, sie sprachen zu mir, die Stunde der Trennung ist hier. Jadzia nimmt nichts von der Strecke zum Haus der Kalthöffers wahr und wird sich nie bewusst, dass sie fast zwei Monate in der BeErDe verbracht hat, von der sie einst beim Betrachten der Otto-Kataloge geträumt hat. Der ganze Aufenthalt vergeht am Bett ihrer Tochter, und sie wird ihn im Vergessen vergraben und immer behaupten, sie habe nichts vom Leben gehabt, denn sie sei nie weiter von Piaskowa Góra weg gewesen als in Świnoujście oder in Karpacz. Und als sie einmal nach Warschau gefahren ist, um Izaura und Leoncio zu sehen, da hat sie sich auf der Rückfahrt im Speisewagen eine Lebensmittelvergiftung geholt, diese Schmutzfinken, was hatte sie aber auch geritten, dort Kutteln zu essen.

Als der Herbst anfängt und es bis ins Krankenhaus nach dem Rauch auf den Feldern riecht, wacht Jadzia immer noch am Bett ihrer Tochter. Zum werweißwievielten Mal singt Jadzia Weine nicht, Mutter, du sollst dich nicht grämen, mein Schmerz wird nicht heilen von deinen Tränen. Der Wind lässt das Fenster des Krankenzimmers zufallen, und in dem Augenblick schlägt Dominika Chmura die Augen auf.

I

Mehrmals im Monat ging Grażynka in den Wald, der hinter den Feldern begann, man sah ihn aus den Fenstern ihres Hauses, die dunkelblaue Reihe ausgefranster Baumwipfel auf dem Hügelkamm. Im ganzen Dorf Mehrholtz war sie die Einzige, die in den Wald ging, denn niemand wusste so recht, wem der Wald gehörte, der Streit um die Eigentümerschaft hatte sich lang hingezogen und war bis heute nicht entschieden. Der Wald liegt inmitten von ordentlich bestellten Feldern, die alle ihre Besitzer haben, doch er selbst ist herrenlos, nur ein Pfad führt zu ihm, und der beginnt am Haus von Grażynka und Hans Kalthöffer.

In Mehrholtz fährt man mit dem Auto zum Supermarkt, wie es sich gehört, und zu Fuß geht man höchstens in die Kirche oder zum Bäcker. Wenn man schon spazieren geht, dann feiertags im Park, oder im Einkaufszentrum, aber nicht im Wald. So etwas ist unstatthaft, und unstatthaft ist auch Grażynka Kalthöffer geborene Rozpuch selbst mit ihrer polnischen und höchst verdächtigen Herkunft. In Mehrholtz gibt es jede Menge Leute, die sie nicht reingelassen hätten, wenn sie etwas zu sagen hätten. Zu sagen haben sie nichts, aber zu reden haben sie viel, und reden tun sie, stets hoffend, das Gewicht ihrer versammelten Worte werde schwer auf dem Leben der Fremden lasten. Frau Korn späht hinter ihren Vorhängen hervor und erzählt hinterher allen, die sich für das Leben der Frau von ihrem Hans interessieren – und das sind viele –, dass diese Polin wie eine Verrückte über den Hof fegt und dass sie doch tatsächlich in den Wald schweift, dass sie einfach dreist im Wald herumschweift, man wüsste doch gerne, was sie wohl im Wald zu schweifen hat? Frau Zorn, die im Nachbarhaus ihren Beobachtungsposten bezieht, weiß die Antwort auf diese Frage, sie hat auf alles eine Antwort parat, bestimmt macht sie da ihre Ausschweifungen! Jawohl, Ausschweifungen macht sie, und zwar wie!, stimmt Frau Korn zu. Nachdem diese Tatsache jetzt festgestellt worden ist, können Frau Korn und Frau Zorn ihre Phantasie auf den Spuren von Grażynka schweifen lassen, die dort im Wald Ausschweifendes macht, im Stehen, an Bäumen, im Gras liegend, wild und tierisch und auf werweißwas für ausländische Methoden, diese Schlampe, ja, das ist sie. Das können sie Hans' polnischer Frau nicht nachsehen. Hat sie im Haus etwa nicht genug zu tun? Im Haus gibt es Arbeit, wer weiß, was es im Wald gibt, im herrenlosen. Und alle naselang kommt Grażynka mit einem Streuner nach Hause, wie sie selbst einer ist – mit einer Katze, einem Hund, einer Negerin. Eine Negerin, schwarz wie der Teufel, pflegen Frau Zorn und Frau Korn immer abwechselnd mit Wohlgefallen zu sagen. Eine schwarze Frau hat sie aus dem Wald mitgebracht, eine Schwarze mit gelben Haaren, das ist doch nicht normal; normale Sachen kann man hier in Mehrholtz auf Anhieb von unnormalen unterscheiden, und das ist gut so. Ach, seufzt erst Frau Korn und dann Frau Zorn, ach, wenn Hans doch eine hiesige Frau genommen hätte, dann wäre es sauber und ordentlich bei ihm, es würde gekocht, wie es sich gehört, nahrhaft und sparsam, aber so – nicht genug damit, dass er fremde Bankerte ernährt und kleidet, obendrein ist sie noch so eine Herumtreiberin, die im Wald schweift, anstatt sich mal ruhig auf den Hintern zu setzen. Und haben Sie letztens gesehen, wie sie herumläuft, liebe Frau Korn?, fragt Frau Zorn. Ja, das hab ich gesehen, liebe Frau Zorn, sagt Frau Korn, wer weiß, wen sie als Nächsten anschleppt? Frau Korn und Frau Zorn hoffen, dass sie das als Erste wissen werden, wenn sie wachsam auf ihrem Posten hinter den Gardinen bleiben. Sie sind sich einig, dass man bei Grażynka, der Frau von ihrem Hans, auf alles gefasst sein muss; ihre Augen sind wild, anders als die der Hiesigen, die langen Haare hat sie gefärbt. Frau Korn und Frau Zorn sind der Meinung, ab einem bestimmten Alter müsse eine Frau die Haare kurzgeschnitten tragen, sich dezent kleiden und einen anständigen Hund halten, der einen Fremden verbellt, bevor er ihn sieht. Aber Grażynka? Frau Korn seufzt, Frau Zorn seufzt. Bei der Frau von ihrem Hans, da fällt man über die zugelaufenen Streuner, und die krumm- und schiefbeinigen Promenadenmischungen winseln sich jedem um die Beine. Ein Hund gehört abgerichtet! Und Katzen hat sie, die lassen sich schon nicht mehr zählen! Katzen kann man nicht abrichten, da sind sich Frau Zorn und Frau Korn einig, aber wenn man ihnen kein Futter gibt, dann werden sie schon jagen, um nicht zu verhungern. Grażynkas Nachbarinnen rechnen gern, und sie rechnen damit, dass die Beziehung von ihrem Hans mit der Polin den Winter nicht überdauern wird, bis zum Herbst Geschichte sein wird. Die werden auf Dauer nicht miteinander auskommen, liebe Frau Korn. Er wird sie wegjagen, liebe Frau Zorn, in den Osten zurück, samt ihren Bankerten und verkrüppelten Kötern. Wer hatte denn so etwas je gesehen? Sie jedenfalls nicht, weder Frau Korn noch Frau Zorn, und voreinander tun sie so, als mache es ihnen nicht das geringste Vergnügen, etwas zu sehen, was ihnen ungewohnt ist; sie pressen sich die Nasen an der Fensterscheibe platt, und wenn sie könnten, würden sie sich so direkt an Grażynka pressen. Also wirklich! Heute Morgen zum Beispiel geht Grażynka in den Stall und ist gekleidet wie zum Tanz, Rüschen, Pünktchen, der Hintern halbnackt.

Frau Korn kann das beschwören, sie hat es mit eigenen Augen gesehen, als sie zu der neuen Nachbarin gegangen ist, um sich den Rasenmäher zu leihen, das war kurz nachdem Hans sich diese unmögliche Frau, die nicht wie eine Ehefrau aussah, aus Polen mitgebracht hatte, und deshalb konnte Frau Korn beschwören, dass sie es selbst gesehen hatte. Frau Korn ist sehr erfahren darin, rasche Blicke zu werfen, die präzise und fast lautlos wie Golfbälle an die richtigen Stellen fallen. Danach bespricht und vergleicht sie mit Frau Zorn die Treffer, die sie beide gelandet haben. Wenn es keine neuen Treffer gibt, erinnern sie sich an frühere und geben ihnen neues Aroma, lassen sich die Triumphe auf der Zunge zergehen und saugen die Süße heraus. Frau Korn also hatte einen Blick in Richtung des Schweinestalls von Hans Kalthöffer geworfen, ein Schweinestall, der moderner als alle anderen in der Gegend war, und bei diesem Blickewerfen hatte sie im erleuchteten Viereck der Tür eine Art Tanzbewegung erspäht, die wahrhaftig nicht dorthin gehörte, denn ein Schweinestall ist ja kein Tanzsaal, zum Teufel! Es kam selten vor, dass Frau Korn ein zweites Mal hingucken musste, wenn sie einen Blick geworfen hatte, aber diesmal sah sie tatsächlich erst beim zweiten Hingucken, dass Grażynka dort wahrhaftig tanzte. Sie hörte keine Musik, nur das Grunzen der Schweine, die im Takt der Bewegungen des eng von einem rotweißgepunkteten Stoff umspannten Hintern der Polin die *Macarena* grunzten.

Die tanzwütige Grażynka hatte ihrem Mann Hans erklärt, dass Schweine besser gediehen und glücklicher waren, wenn sie Musik hörten, er solle sich doch nur mal ihre grinsenden Rüssel und ihre fröhlich wackelnden Ohren angucken. Es sei ja auch wichtig, dass man glücklich ist, wenn man bald unters Messer kommt. Das Schweineleben unterscheide sich ja nicht so sehr vom Menschenleben, und außerdem brauche jedes Lebewesen Tanz und Musik, sogar die Blumen, denen Grażynka beim Gießen immer etwas vorsang. Am Anfang hatte Hans Angst, von all diesem Getanze und Durcheinander würde nichts mehr rechtzeitig erledigt, alles, was er geplant hatte, würde ins Wasser fallen, und sämtliche Pflichten und Termine würden vertanzt. Doch trotz der Unordnung und der unregelmäßigen Fütterzeiten gediehen seine Schweine besser als die der Nachbarn, und das hieß mehr Geld, und Geld hieß mehr Dinge, mit denen Hans Grażynka glücklich machen wollte. Anfangs kaufte er ihr all das, wovon er annahm, dass es Frauen glücklich machen würde: seidene Halstücher, Parfüms, Ohrringe, Kettchen, Mohairpullover, Schmuckkästchen, verzierte Fotorahmen, Seidenwäsche in feinen Schachteln mit Schleife. Er kaufte Küchengeräte und schwere Eichenmöbel, je mehr Möbel, desto besser: Kaffeetischchen und Nachtschränkchen, Regale für Nippes, Raffgardinen und elektrische Vielzweckmaschinen, goldfarbene Säulen, die aussahen wie echt und auf denen man Topfpflanzen abstellen konnte, oder eine Stereoanlage oder eine hübsche Replik der Venus von Milo, die, wenn man Hans fragte, Grażynka in Sachen Schönheit nicht das Wasser reichen konnte. Er kaufte auch wunderschöne Lampen, die dreifarbig im Rhythmus der Musik aus der Stereoanlage blinkten, die nannte Grażynka Phonoleuchten, denn das hatte man in Wałbrzych dazu gesagt und jeden beneidet, der Phonoleuchten aus der BeErDe besaß, also her damit, in jedem Zimmer Phonoleuchten, denn in jedem Zimmer stand eine Stereoanlage. Grażynka liebte Musik so sehr, oft konnte sie sich nicht entscheiden, womit sie den Tag beginnen sollte, deshalb lief in jedem Zimmer etwas anderes, und sie tanzte mit ihrem bunten Staubwedel in jedem Zimmer anders und wirbelte dabei die Staubkörnchen durch die Luft. Grażynkas Liebe zu Hans wurde durch die Geschenke allerdings weder größer noch kleiner, und mit der Zeit begriff ihr spendabler Mann zu seiner immerwährenden Verblüffung, dass diese Frau, die seinen Körper und Musik begehrte, keine Dinge brauchte, um glücklich zu sein, denn ihr fehlte nichts zu ihrem Glück. Grażynka probierte den Küchenmixer und den Gemüsehobel aus, um ihrem Mann eine Freude zu machen, aber danach schob sie sie in irgendeine Ecke ihrer großen Küche, wo der Staub sie allmählich überzog, während Grażynka mit den Händen Teig knetete und Kartoffeln rieb, und wenn sie mit ihren vaterlosen Töchtern und Hans' Sohn Plätzchen buk, waren Wände, Decke und Boden mit einer Schicht Zucker, Zimt und Kakao überzogen. Hans saß in der Ecke mit der Teigschüssel, die er auslecken durfte, er betrachtete die Mädchen, die weder ihrer Mutter noch einander glichen, und seinen Sohn, der ihm wie aus dem Gesicht geschnitten war, und er dachte bei sich – das ist das Glück: eine tanzwütige Frau, wohlgenährte Kinder und eine Schüssel mit süßen Teigschnörkeln. Wenn er später am Abend in dem von ihm persönlich ausgesuchten Himmelbett mit Grażynka schlief und ihr zuflüsterte: Graschynka, ich liebe dich, spürte er unter der Zunge die Süße der Plätzchen, Kokosraspel, Orangeat und Rosinen.

Von allen Geschenken am besten gefiel Grażynka der Walkman, denn damit hatte sie immer Musik bei sich, egal ob sie arbeitete oder zum Bäcker ging. Sie konnte auf alles tanzen, und wenn sie mit Hans im Supermarkt war, kaufte sie Kassetten mit Abba und argentinischem Tango, mit deutschen Schlagern und amerikanischem Pop, mit Rock und Opernhits, in denen ihr Körper einen Rhythmus fand, den keiner der drei Tenöre je vernommen hatte, ihre Schultern kreisten, ihre Brüste schaukelten, und ihre Hüften wackelten selbst zu so wenig tanzbaren Stücken wie Penelopes Arie aus der *Rückkehr des Odysseus in sein Vaterland*. Tanz für mich, bat Hans sie, und Grażynka tanzte, und obwohl sie so schön tanzte, mit geschlossenen Augen und rosigen Lippen, in Leggings mit Leopardenmuster und gepunktetem Kleid, überkam ihren Mann eine Wehmut, als hätte er sie schon verloren, denn er wusste, sie würde genauso tanzen, genauso schön und glücklich sein, wenn er nicht da wäre, ja, wenn es ihn überhaupt nicht gäbe.

Als Grażynkas Töchter klein waren, folgten sie ihr auf Schritt und Tritt, die Augen immer auf diesen Körper geheftet, der ihnen riesig und in seiner Lebensfülle so schön erschien, ein Körper wie ein Karussell, das immer schneller und schneller wirbelte, bis man ganz außer Atem war, aber nicht aufhören konnte, sich im Kreis zu drehen, nach Luft schnappend im Dunst des mütterlichen Schweißes. Kommt, tanzen wir! rief sie ihnen zu, und egal, ob in einem reichen oder einem armen Haus, sie fingen an zu hüpfen, im Kreis zu wirbeln, mit den Hacken zu klackern, bis sie nicht mehr konnten und unter Schluckauf und Lachkrämpfen aufs Bett oder eine Matratze fielen, die ihnen gerade als Schlafplatz diente. Grażynka hatte ihre Vermutungen, wer der Vater ihrer ältesten Tochter war, der der großen schlanken Róża, deren Gesicht sie immer an etwas erinnerte, an irgendein Ereignis in einer Kleinstadt namens Radomsko, aber vielleicht war es auch in Piotrków Trybunalski, aber sicher nicht in Tschenstochau. Sie bat das Kind sogar manchmal, sich mit dem Profil gegen das Licht zu stellen oder den Kopf zur Seite zu neigen, und starrte ihm in das süße, aber unausgeprägte Gesicht. Als die Kleine im Alter von sieben Jahren anfing, mit Schminke zu experimentieren und dabei das Blau ihrer Augen und das Rot ihres Mundes stärker hervortraten, brachte sie die Mutter damit auf eine Spur. Was die jüngere anging, die kleine, pummelige und dunkle Aniela, hatte Grażynka keinen konkreteren Verdacht, als dass es einer von den sechs in Skierniewice gewesen sein konnte, womöglich gar dieser dünne aus Warschau, seufzte sie in den seltenen Augenblicken, wenn die Frage der Vaterschaft ihr überhaupt in den Sinn kam. Hawa, die jüngste, hatte in ihren Papieren stehen: Monika Rozpuch, Vater unbekannt, denn Hawa wollte man im Standesamt von Wałbrzych nicht eintragen, es sei kein polnischer Name, hieß es, und überhaupt stehe er nicht im Vornamensverzeichnis, aber vielleicht wusste die dickliche Standesbeamtin vom schlechten Ruf der Grażynka Rozpuch und wollte ihr eine weitere Extratour vermiesen. Wieso kein polnischer Name, sie kannte ihn doch aus Polen?, rechtfertigte sich Grażynka, wo, wenn nicht in Polen, hatte denn Hawa, die Frau des Kamieńsker Fotografen Ludek Borowic gelebt, diese Hawa, die so leicht in Rührung zu bringen war, die auf Polnisch grüßte und so schöne Augen hatte? Schließlich erklärte sie sich mit dem Namen Monika einverstanden, was gingen sie denn Vorschriften und Regeln an, was war das für ein Unfug, sagte sie achselzuckend, und Hawa blieb sowieso weiterhin Hawa. In diesem Fall machte sich Grażynka über die Frage der Vaterschaft auch nicht mehr Gedanken als bei den älteren Töchtern, vielleicht war es dieser Januszek aus Wałbrzych, der arme Kerl, dessen Frau in der Klapsmühle saß, vielleicht war's auch die rechte Hand des Ministers aus Warschau gewesen, vielleicht der hinkende Mirek mit den Champignons, der Akkordeon spielte, und jedes Mal, wenn ihr Blick auf die jüngste Tochter fiel, rief sie: Hawa, hallo, Hawa, hier ist die Mama!, um das Kind bei den rasch wechselnden Umgebungen in der Wirklichkeit zu verankern. Im Haus von Hans wurde Hawa ein wenig geistesgegenwärtiger, und erst jetzt machte sich bemerkbar, wie groß, kräftig und stark sie war. Schon in der fünften Klasse begann sie, mit Gewichten zu trainieren, und focht leidenschaftlich gern mit ihrem Stiefvater Ringkämpfe aus. Grażynka gab ihren Kindern, was sie konnte, damit sie sich bei ihrem Anblick freuten und nicht erst jede Gabe aus dem Geschenkpapier der mütterlichen Hingabe wickeln mussten. Was meinst du damit, Jadzia, dass du dich aufopferst?, fragte sie verwundert. Kannst du Dominika nicht einfach liebhaben? Grażynka richtete die Streunerhunde nicht ab und bestrafte die halbwilden Katzen nicht, die bei ihr über Tische und Sofas sprangen und es sich im atlasseidenen Himmelbett gemütlich machten, und ihre Kinder wollte sie nach niemandes Ebenbild formen, weil sie sie von Anfang an als eigenständige Wesen betrachtet hatte, die nur auf eine befristete Zeit ihrer Obhut anvertraut waren. Die Jahre vergingen, und die Töchter gingen immer öfter ihre eigenen Wege, ohne Wunden zu hinterlassen; es verschlug sie an gute und weniger gute Orte, aber nie konnten sie sagen: Das ist deine Schuld, Mama, und auch nie: Das verdanken wir dir, Mama. Auf wundersame Weise – um die manche Mutter Grażynka beneidete – wuchsen alle drei zu Frauen heran, die überzeugt waren, am richtigen Ort zu sein, wo sie körperlich und geistig ganz sie selbst waren. Grażynka selbst konnte manchmal sogar kurzfristig vergessen, dass sie Mutter dreier Mädchen gewesen war, die weder ihr noch einander glichen, denn das Muttersein hatte nur eine Ecke ihres Herzens belegt. Sie kritisierte nie die Entscheidungen ihrer Töchter und nahm das, was ihnen geschah, ohne Erstaunen hin, als hätte sie immer gewusst, dass es genau so und nicht anders sein würde. Die älteste, Róża, hatte sich von klein auf für Schminke und Lidschatten interessiert und wurde Kosmetikerin in München. Aniela, die Sammlerin von Rezepten für Süßspeisen, machte in Gelnhausen in Hessen eine Konditorei auf; ihre Gartenpartys waren in der ganzen Gegend für ihren Apfelkuchen mit fetter Schlagsahne darauf berühmt, und Hawa ging aufs Sportgymnasium und hatte ihre ersten Erfolge als Gewichtheberin auf internationalen Wettkämpfen. Einmal kam sie sogar im Fernsehen, und das ganze Dorf Mehrholtz redete davon, schaut euch das mal an, da macht doch die

Tochter dieser Hergelaufenen, dieser Polin Karriere als Sportlerin, wäre interessant zu wissen, wie viel die für so einen Auftritt bekommt. Grażynkas jüngstes Kind war ihr Sohn Daniel, der von Hans war, was angesichts der unbestreitbaren Ähnlichkeit keinem Zweifel unterlag. Daniel war ein stilles, ernstes und ruhiges Kind; in dem Alter, in dem seine Altersgenossen Polizisten, Banditen oder Feuerwehrmänner werden wollten, erklärte er, dass er Schweinezüchter werden wollte wie sein Vater. Voller Ernst sagte er immer wieder, dass er in Mehrholtz bleiben und Tiere züchten würde, und das Merkwürdigste daran ist, dass er sein Wort gehalten hat.

Als die Töchter ausgezogen waren, hatte Grażynka keine Lust, ihre abendlichen Spaziergänge in den Wald aufzugeben. Hans fragte längst nicht mehr, warum sie dort hinging, die Hauptsache war ja, dass sie genauso zurückkam, wie sie hingegangen war, oder sogar noch schöner, mit tauglänzendem Haar und Augen so dunkel, als wäre die Dunkelheit des Abends hineingeströmt. Manchmal leistete ihr einer der Streunerhunde oder eine zugelaufene Katze Gesellschaft, manchmal kam sie mit einem Zweig mit Vogelbeeren oder einem Kräuterstrauß zurück. Jedem, der sie dann sah, sogar Frau Korn und Frau Zorn hinter ihren jeweiligen Gardinen, fielen dann plötzlich ganz unalltägliche Worte ein, wie Meereswogen, Abgrund, Sirenen, Verwirrung, oder Bilder aus einem Buch oder der Schulausflug ins Museum, wo an den Wänden Bilder von Frauen mit perlmuttfarbener Haut hingen, die sich – solche schamlosen Ferkel! – in Waldseen badeten oder splitternackt auf der Wiese frühstückten. Immer wenn Grażynkas Spazierzeit heranrückte, überfiel

Hans eine Unruhe. Seine Frau kehrte zwar stets an den häuslichen Herd zurück, doch spürte er, dass ihre Ausflüge etwas waren, was mit ihm, mit ihrem vollgestopften Haus, mit ihrem gemeinsamen Leben nichts zu tun hatte. An diesen Abenden verdichtete sich die Luft, als erfüllte ein Nebel ihr Haus, der die Umrisse der Einrichtungsgegenstände verschwimmen ließ und sich in den Ecken sammelte. So schaut Hans Kalthöffer zu, wie Grażynka die Gummistiefel überzieht, sich den Schal um den Hals wickelt, sich in der Tür zu ihm umdreht. Dann winkt er ihr mit der Hand und macht ein ulkiges Gesicht – ist doch nichts dabei, sie geht doch nur spazieren, und sie erwidert mit einem Lächeln, das dies weder bestätigt noch verneint. Dann spürt Hans Kalthöffer, der Schweinezüchter aus einem Dorf bei München, dass die Frau, in die er sich im Tanzsaal von Szczawno Zdrój verliebt hat, die Mutter seines Sohnes, in diesen Augenblicken noch weniger zu ihm gehört als sonst. Was mein ist, ist auch dein, hatte er Grażynka immer wieder gesagt, seit sie zusammen waren. Anfangs, als sie noch kein Deutsch konnte, hatte er einfach ihre Hand auf die einzelnen Dinge gelegt, an das Haus, den Wind, die dünne Linie des Horizonts, seine rosige, blond behaarte Brust. Sie hatte ihrem deutschen Mann nie mit einer ähnlichen Geste geantwortet, aber sie hatte ihn auch nie belogen. Hans blickt Grażynka nach, bis sie im dunklen Wald verschwunden ist, dann bleibt er am Fenster stehen und wartet. Erst wenn er sieht, dass sie zurückkommt, atmet er erleichtert auf und setzt sich aufs Sofa, schaltet den Fernseher ein und tut so, als hätte er in aller Ruhe ein Fußballspiel oder eine landwirtschaftliche Sendung gesehen.

Grażynka geht zuerst an ihrem Schweinestall vorbei, dann geht sie durch ihre Felder den Hügel hinauf und tritt in den Wald, der niemandem gehört; unabhängig von der Tageszeit herrscht hier immer Dämmerung, weder Stimmen noch Licht dringen zwischen die Bäume, die so dicht wachsen, als wollten sie ein Geheimnis hüten. Grażynka geht voran, stößt immer wieder an Baumstämme – auch wenn sie kerngesund ist, sie sieht schlecht, was sie persönlich nie gestört hat. Ihr gepunkteter Schal weht im Wind, und aus dem Fenster sieht Hans einen roten Schimmer zwischen den Bäumen, der sofort wieder verschwindet wie eine erloschene Flamme. Auf dem Gipfel des Hügels angekommen, setzt sich Grażynka mitten in dem herrenlosen Wald auf einen Stein, der so glatt ist, als hätte das Meer ihn ausgestoßen, und blickt auf ihr Haus, das aus dieser Entfernung aussieht wie ein Puppenhaus, ein dunkles Quadrat mit erleuchteten Fensterausschnitten darin. Der Wald ringsum rauscht wie Wellen, die Luft ist rein und belebend; Grażynka sieht von hier aus ihr Leben, und das ist der einzige Ort, wo Vergangenheit für sie eine Bedeutung hat, und auch jetzt ist sie keine Reihe aufeinanderfolgender Ereignisse, sondern ein Kaleidoskop, in dem sich bei jedem Blick hinein ein anderes Muster zeigt. Da sind Dinge, die geschehen sind und die es nicht mehr gibt, und solche, die nie geschehen sind und die es noch gibt, etliches ist da, das erst noch geschehen wird; da sind Róża, Aniela und Hawa, die drei Frauen, nach denen ihre Töchter benannt sind, und auch die Töchter selbst, mal als kleine Mädchen, mal als Erwachsene, lachend, mit schokoladenverschmierten Gesichtern. Grażynka denkt nicht tagtäglich über Früher und Später nach, denn dann müsste sie sich darüber klarwerden, wie alt sie ist – eine Tatsache, die sie zu einer der ältesten Mütter machen würde, die jemals in den weltweiten Annalen der Medizin verzeichnet waren. Ihr Leben ist ein immerwährendes Jetzt, sein Zentrum dieses hässliche wohlhabende Haus in einem deutschen Dorf, ihr Mann, der sich auf Schweinezucht versteht und manchmal nachts weint, ihr Sohn Daniel, der aussieht wie sein Vater, wie dieser ihn sich wahrhaftig gewünscht hat. Grażynka selbst hatte sich keins ihrer Kinder gewünscht, weil ihr nie etwas fehlte, nicht einmal damals, als sie außer einem ausgebuddelten Grammophon nichts besaß und Halina Chmura ihr in dem heruntergekommenen Wałbrzycher Mietshaus, in dem sie beide wohnten, Röcke aus rotgefärbtem Windelstoff nähte. Von dieser Stelle in dem herrenlosen Wald aus sieht Grażynka die Vergangenheit und die Zukunft, die wie nebelumhüllte Planeten um ihr deutsches Haus kreisen, aber dieses Zentrum des Universums ist zufällig und unbeständig.

Außer Wałbrzych gibt es natürlich noch das Städtchen Kamieńsk, zwischen Kleszczowa und Gorzkowice, ein so kleiner Flecken auf der Landkarte Mittelpolens, dass nur diejenigen ihn bemerken, die es wirklich wollen und sich von den beiden nächstgelegenen und übrigens auch kleinen und wenig hübschen Städten – Radomsko und Piotrków Trybunalski – nicht ablenken lassen. Kamieńsk liegt in einer sandigen, unfruchtbaren Tiefebene, und die Kinder kommen hier mit der Fähigkeit auf die Welt, Steine von den Feldern zu sammeln, die mit jedem Jahr mehr Steine hervorbringen, als stoße die Erde die harten Früchte ihrer Innereien aus. Gut gedeihen hier Kiefern, Birken und Heidekraut, und die Menschen der Gegend sind kleinwüchsig, trocken und erdig, ihre Körper haben die Farbe von Kartoffelschalen. Wenn der Krieg oder eine Laune des Schicksals sie irgendwo in die Ferne verschlägt, schauen sie sich um, aber so, als wollten sie mit dem Blick nur das erfassen, was in greifbarer Nähe liegt. Sie beginnen zu schneidern, flicken, kleben, polstern, zu räuchern und zu säuern, um sich bald schon wo auch immer, sei es auf einem Sandberg, in irgendeinem Greenpoint oder Hammersmith, zu Hause zu fühlen. An einen anderen Ort verpflanzt, ändern sie sich nicht sehr, und wenn sie sich ändern, verkümmern sie und sterben sie aus; was ist aus uns geworden!, sagen sie, sie haben uns ins Abseits gedrängt, klagen sie, aber wir werden wieder aufstehen, drohen sie, wenn das Schicksal sie so zu Boden drückt, dass sie kaum noch Luft bekommen. An denen, die anders sind als sie, stutzen sie so lange herum, bis sie zurechtgestutzt und ihnen ähnlich sind, und dann denken sie sich für sie einen heimeligen Namen aus, diese beiden, das sind die Teetanten, sagen sie zum Beispiel, und sogleich geht es ihnen besser, denn nichts ist so schlimm für sie wie etwas Unbenanntes. Als der Krieg die jüdischen Schneider, Tischler, Wasserträger, Krämer und Fotografen, die Schmiede und Bäcker hinwegfegt, nehmen sie ohne jedes Bedauern ihren Platz in den Häuschen an den kopfsteingepflasterten Straßen von Kamieńsk ein. Nur manchmal seufzt Marianna Gwóźdź: Ach, wie diese Jüdinnen diese Süßspeise hingekriegt haben mit Rosinen und Möhren, Zimmes oder so hieß es, da aß man und aß und konnte nicht aufhören, aber selbst kriege ich das irgendwie nie hin. Da hätte man mal besser nach dem Rezept gefragt, bevor sie alle auf Nimmerwiedersehen verschwunden sind. Und wenn man Marianna

Gwóźdź triezen wollte, würde man ihr ein weiteres Gläschen Marillenlikör einschenken, sie würde trinken, mit zurückgelegtem Kopf den letzten Rest auslecken, und dabei würde ihr vielleicht einfallen, dass die Juden so was an den Türen hängen hatten, so kleine Dosen aus Holz zum Beten, die guckte sie sich an, wenn sonntags die Apothekerfrau nach ihr rief, dass sie ihnen das Feuer anmachte. Marianka, Marianka!, rief sie nach ihr, aber wie hießen bloß diese kleinen Schachteln an den Türen? Marianna Gwóźdź, eine der ältesten Einwohnerinnen von Kamieńsk, träumt manchmal, dass alles im Ort wieder so ist wie vor dem Krieg, aber sie ist jemand anders, sie sitzt auf der Veranda der Fabrikantenvilla, wo sie Dienstmädchen war, und niemand jagt sie zur Arbeit. Sie süffelt Marillenlikör von den Teetanten und knabbert Kekse, anstatt auf die Frau vom Sozialamt zu warten wie aufs Amen in der Kirche.

Die Leute in Kamieńsk haben vielleicht keine großen Träume, aber sie erinnern sich oft an ihre große Vergangenheit. Das ist ein Traum, der gegenüber Zukunftsvisionen den Vorzug hat, dass er sich unweigerlich erfüllt. Für den einen ist es der Großvater, der mehr Grundbesitz hatte als andere, bis zum Wald reichte der, und wenn er donnerte, dann gehorchten alle, er brauchte nicht mal zu schlagen. Die kleine Grażynka mochte den Kamieńsker Bahnwärter Barnaba Midziak gern, der über den Großvater sprach, als ob sein an Grundbesitz reicher Vorfahre gleichzeitig zum Anfassen nah und sehr, sehr weit weg war, als führe er bei jeder Erwähnung wieder aufs Neue in einem der Züge davon, die an dem kaum hühnerstallgroßen Bahnwärterhäuschen vorbeirauschten. Dort blieb sie auf dem Heimweg von der Schule immer stehen, und Barnaba Midziak winkte ihr von der Bank aus zu, wo er in seinen freien Minuten selbstgedrehte Zigaretten rauchte, und dort saßen sie dann ein Weilchen zusammen und schauten auf die Gleise. Mein Großvater, erzählte der Bahnwärter Grażynka, mein Großvater hatte so viel Land, wenn er morgens mit dem Pflug in eine Richtung losfuhr, kam er erst am Nachmittag zurück, und mein Bruder und ich standen da und guckten immerzu in Richtung Kleszczowa und warteten, dass er wieder auftauchte, und wir wetteten im Spiel, wer ihn zuerst sehen würde. Und wie er donnerte, weil es nicht nach seinem Geschmack war! Wie er donnerte, dass uns die Ohren davon dröhnten! Wie ein Uhrwerk haben wir alle gearbeitet, er musste nicht mal schlagen.

Für diejenigen, denen es im Unterschied zu Barnaba Midziak nicht vergönnt war, in Kamieńsk zu sterben, entspringt immer noch an diesem Ort die Quelle aller Geschichte. Für Antoni Mopsiński, vor dem Krieg in Kamieńsk der Fabrikant genannt, sprudelt hier die Geschichte, schäumend wie der Silvestersekt im Club Weißer Adler in Greenpoint. Sie sprudelt und sprudelt mit unveränderter Kraft, obwohl schon so viele Jahre vergangen sind, seit der Fabrikant Kamieńsk verlassen hat. Meine verehrte Urgroßmutter, sagte Antoni Mopsiński früher, und die kleine Grażynka blickte bewundernd auf die schimmernden Knöpfe seines Überrocks; meine Urgroßmutter aus dem Städtchen Kamieńsk, sagt Antoni Mopsiński immer noch, nach all den Jahren, und seine eigenen amerikanischen Enkel Lily Rose und Violet Rose kneifen einander in schweigendem Einvernehmen unterm Tisch. Er kann sie mal, dieser polnische Opa, was geht sie die Urgroßmutter aus Kamieńsk an, die

Urururgroßmutter, oder noch älter, die Ururururgroßmutter, aus dem Zeitalter der Ururdinosaurier. Die Mädchen holen tief Luft und probieren aus, wie oft sie in einem Atemzug Ur- sagen können. So eine Urgroßmutter, die gehört allenfalls in ein Museum, aber nicht in ihr three-bedroom semi. Außerdem haben sie wirklich keine Lust mehr, polnisch zu sprechen, das ist ihnen zu überhaupt nichts nütze, dieser kaum auszusprechende Nachname reicht ihnen schon. Mopsinsky, und obendrein hat ihr Vater, Napoleon Mopsinsky, eine Halbinderin geheiratet, so dass Opa Mopsińskis Enkelinnen ein bisschen polnisch, ein bisschen amerikanisch und ein bisschen halbindisch sind, von dem, was dazwischen noch mitgemischt hat, mal ganz zu schweigen. Meine verehrte Urgroßmutter aus Kamieńsk hat mir im Testament den Nachttopf von Napoleon vermacht, fährt Opa Mopsiński unbekümmert fort, und Lily Rose und Violet Rose krallen ihre Fingernägel so fest in die Hände, dass sie Abdrücke hinterlassen, gleich werden sie sich in die Hose machen vor unterdrücktem Gelächter, das ihnen in die jugendlichen Harnblasen fährt und diese zum Platzen zu bringen droht. Der Nachttopf von Napoleon! Er kann sie mal, dieser Opa. Der Nachttopf und die Ururururgroßmutter. Ihr Vater hat ihnen gesagt, sie müssten mit dem Opa ein wenig Zeit verbringen, bald würde es den Opa nicht mehr geben und er würde in den Himmel kommen, aber die Mädchen können den Geruch des alten Mannes schwer ertragen, und hinterher tauschen sie sich kichernd darüber aus, dass es bei Opa nach Wollsocken stinkt, die auf der Heizung trocknen, und nach dem verdreckten Geschirrschwamm, und nach der kunstledernen Einkaufstasche mit alten Krümeln und Resten in den Ecken, und nach Gummimatten wie in der Turnhalle, pfui. Lily Rose und Violet Rose haben einen Bruder, der dem Großvater getrennte Besuche abstattet, denn den für sein Alter sehr ernsten Jungen stört das Kichern und Kreischen der Mädchen. Ihr aufgeblasener Bruder heißt Napoleon wie sein Vater, und die Mädchen nennen ihn Napi-okapi und erkundigen sich mit boshaftem Spott nach dem Nachttopf. Napi-okapi!, brüllen sie, wenn sie den Bruder mit seinen Freunden auf dem Heimweg von der Schule sehen, der Kaiser Napoleon hat aus Frankreich angerufen, er hat gesagt, du hättest ihm den Nachttopf geklaut!

Der Nachttopf von Napoleon, ewig redet der Opa über diesen Nachttopf von Napoleon, eigentlich redete er von nichts anderem. Der Nachttopf von Napoleon, wie schade, dass er nicht hier ist, er würde ihn den Enkeln so gerne zeigen, ein goldglänzender Nachttopf mit aufgemalten Blumen und Husaren zu Pferde und jeder Menge anderem. Er würde ihnen nach seinem Tod den Nachttopf des französischen Kaisers als Erbe hinterlassen. Damit sie ihn nicht vergessen und den Nachttopf für ihre eigenen Kinder hüten und pflegen. Leider jedoch ist der Nachttopf abhandengekommen, sagt der Großvater, aber er sieht ihn immer noch genau vor sich, und während seines ganzen Lebens in der Fremde hat er ihn nie aus dem geistigen Auge verloren. Im Haus meiner verehrten Urgroßmutter aus Kamieńsk, fährt der Opa fort – Urururururgroßmutter flüstern die Enkelinnen, ihr Kichern mühsam unterdrückend – ach ja, Ururgroßmutter, da hat Napoleon auf dem Rückweg von Russland Halt gemacht. Napoleon?, fragen die Enkelinnen mit gespieltem Erstaunen und kneifen sich heimlich, denn sie hören dieselbe Geschichte immer wieder bei ihren wöchentlichen Besuchen im Altersheim, und dieselbe Geschichte hat schon Grażynka vor Dutzenden von Jahren gehört. Wenn es wenigstens ein Collier wäre, eine Schatulle, Ringe – aber ein Nachttopf, was sollte man in New York mit einem Nachttopf, dazu noch einem alten, den irgendein Napoleon schon benutzt hatte? Na-po-le-on?, fragen sie den Opa wie jede Woche, so wie der Kuchen beim polnischen Konditor in Greenpoint? Ja, genau, sagt der Großvater, denn Napoleon hatte eine Vorliebe für polnische Kuchen, nichts wollte er essen außer polnischen Napoleonschnitten, denn die sind am besten, sagte er immer, sogar besser als die französischen. Und am allerbesten schmeckten sie ihm in Kamieńsk, in der Konditorei von Mateusz Suliga, da hat er sich mit Napoleonschnitten vollgestopft, dass man ihm hinterher einen Pfefferminztee aufbrühen musste, denn er hatte einen schwachen Magen. Schmeckten die Napoleonschnitten dort besser als Marsriegel?, fragt Lily Rose. O ja, nickt der Opa, bestimmt viel besser. Auch besser als Snickers?, fragt Violet Rose, denn sie will ihrer Schwester im Fragen nicht nachstehen. Viel besser! Napoleon Bonaparte, der große Kaiser der Franzosen und Freund der Polen, pflegte zu sagen, die polnischen Kuchen und die polnischen Soldaten seien die besten überhaupt. Er wollte gar keine anderen Soldaten, nur unsere. Meine verehrte Urgroßmutter wollte ihn im Herrenhaus unterbringen, im Gästezimmer, aber er sagte, nein, er will in der Hütte schlafen, die man aus dem Fenster sah, um näher bei den Soldaten zu sein. Im Handumdrehen hat man dort alles zurechtgemacht, denn meine Urgroßmutter hatte Dienstboten, Teppiche hat man in die Hütte gebracht und ein großes Bett, für das man vier Männer brauchte, um es zu tragen, und Wandbehänge, die ruck, zuck an den Wänden angebracht wurden. Und den Nachttopf, den Nachttopf hat die Urgroßmutter persönlich getragen und ihn auf dem Weg zur Hütte noch mit dem Saum ihres Kleides poliert. Und die Hütte, in der der große Herrscher übernachtete, wurde von da an die Napoleonhütte genannt. Bonaparte hat uns gezeigt, wie man den Sieg erringt, stimmt Mopsiński senior nun an, und das ist für die Enkelinnen zu viel, sie prusten vor Lachen, das wie Glasperlen in alle Richtungen kullert, vom Boden abprallt, auf den Sessel hüpft, wo der in eine Decke gehüllte Großvater lächelnd erstarrt, die Augen schließt und in ein Nickerchen versinkt, das dem Tod näher ist als dem Schlaf und in dem Napoleon auf dem Rückzug aus Russland, Kamieńsk, der Nachttopf, die Urgroßmutter und die Enkelinnen Lily Rose und Violet Rose gleichzeitig vorkommen, ein Wasserfall der Bilder, die sich unerträglicherweise mit jedem Atemzug anders ordnen.

In Kamieńsk hatte Antoni Mopsiński den Nachttopf Napoleons, den der große Herrscher auf seinem Rückzug aus Russland für seine Notdurft benutzt hatte, wie eine Reliquie gehütet. In dem Kamieńsker Herrenhaus stand der herrscherliche Nachttopf immer auf Hochglanz poliert in einem Schaukasten hinter Glas, und der Schlüssel des Vorhängeschlosses für den Schaukasten lag in einer verschlossenen Schatulle, die sich wiederum in einer abgesperrten Schreibtischschublade befand. Herr Mopsiński nahm ihn eigenhändig heraus und gab ihn dem Dienstmädchen, der blutjungen Marianna Gwóźdź, mit dem Befehl, nur ja vorsichtig zu sein und sich die Pfoten zu waschen, bevor sie den Topf in

Empfang nahm. Wenn er wichtigen Besuch hatte, nahm er den Nachttopf aus dem Schaukasten und zeigte ihn herum, gestattete den Gästen sogar, ihn zu berühren, obwohl ihn ein Schauder überlief, wenn er sich vorstellte, jemand könnte ihn fallen lassen und das kostbare Familienerbstück könnte zu Schaden kommen. Das Herrenhaus in Kamieńsk samt Ländereien, Wald und Napoleonhütte hatte Antoni Mopsiński wenige Jahre vor dem Krieg von dem bankrotten Gutsherrn erworben, doch diese nebensächliche Einzelheit konnte die Macht seiner napoleonischen Träume und die Schönheit seiner Erinnerungen nicht beeinträchtigen. Als er hörte, dass der Gutsherr Eugeniusz Borowiecki aus Kamieńsk im Besitz dieses Nachttopfs war, fand er keinen Schlaf mehr, und seit er die Reliquie gesehen hatte, wusste er, dass das eine Fügung des Schicksals war: Auf ihn hatte dieser Nachttopf gewartet, und alles zusammen, einschließlich der Neigung des Gutsherrn zu fernen Reisen, Kartenspiel und Pferderennen, hatte sich zu einer Folge von Ereignissen ergeben, die dazu führten, dass Antoni Mopsiński, Fabrikant aus Łódź, mit dem Nachttopf Napoleons zusammentraf.

Antoni Mopsiński war immer schon von Napoleon fasziniert gewesen und hatte bereits als Junge alles gelesen, was sich in den Łódźer Bibliotheken zu diesem Thema fand. Der junge Napoleon mit wehendem Haar in der Epoche des Direktorats, der siegreiche Feldherr nach Austerlitz, der Weltherrscher vor den Pyramiden bei einer Ansprache, der würdige Kaiser auf Davids Gemälden. Der junge Antoni Mopsiński nahm vor dem Spiegel napoleonische Posen ein und reckte den Kopf, denn ähnlich wie der Kaiser der Franzosen war er von kümmerlichem Wuchs. Den einen Arm auf den Rücken, die Hand wie Napoleon auf den Bauch gelegt, sagte er: Soldaten, vergesst nicht, dass Euch von den Gipfeln dieser Pyramiden viertausend Jahre ansehen, oder: Vom Erhabenen zum Lächerlichen ist es nur ein Schritt. Der alte Mopsiński stand hinter der Tür und bedeutete seiner Frau mit Mienen und Händen, sie solle kommen und sich angucken, was ihr Sohn da fabriziere; vielleicht sollte man ihm Blutegel ansetzen oder mehr Lebertran geben, er als Vater jedenfalls fühle sich durch das, was er da sah, sehr beunruhigt. Nachdem der kleine Mopsiński ja keine Gelegenheit mehr hatte, unter Napoleon Gardeoffizier zu sein, träumte er davon, doch wenigstens Historiker zu werden, aber für den einzigen Sohn eines Łódźer Knopffabrikanten war eine andere Zukunft geplant, und der Vater erklärte dem Kind, wenn unbedingt nötig, könnte er abends Bücher lesen oder auch in der Sommerfrische, wenn er zur Kur fuhr. Von Büchern lebten nur die, die zu keiner vernünftigen Arbeit taugten, oder Kinder aus armen jüdischen Familien. Wie sich zeigte, hatte der von napoleonischen Phantasien umnebelte Antoni Mopsiński ein verblüffendes Talent für den Knopfhandel, denn alle Entscheidungen, die er traf, analysierte er aus dem Blickwinkel der Schlachtstrategien des großen Herrschers der Franzosen; er legte ganze Armeen aus Knöpfen auf dem Perserteppich aus, grübelte, rauchte und kam zu dem Schluss, dass es ratsam sei, größere Vorräte an Horn für Hornknöpfe und Perlmutt für Perlmuttknöpfe von dem armenischen Händler zu erwerben, den in der Stadt noch niemand kannte und der seine Waren zu Sonderpreisen abgab. Antoni Mopsiński hatte das Vermögen seines Vaters bald verdreifacht, ehelichte eine Frau namens Josephine, denn wie konnte er eine Kristina oder Genowefa wählen, wenn es eine echte Josephine gab, obwohl die ersteren beiden ansehnlichere Mitgiften, lebhafteres Temperament und größere Schönheit besaßen. Er kaufte das Herrenhaus in Kamieńsk, und dem Sohn, der ein Jahr nach der Hochzeit zur Welt kam, gab er den Namen Napoleon.

Der Gutsherr hatte Antoni Mopsiński alles verkauft, inklusive Ahnenporträts und Möbel, afrikanische Skulpturen und zwei Schrumpfköpfe von den Menschenfressern in Neuguinea, Porzellanservices und Familiensilber und diese hübsche Anekdote von Napoleon samt Nachttopf als Zugabe. Der Gutsherr Borowiecki war völlig pleite, denn seine gesamte Barschaft war auf die Abzahlung seiner Schulden gegangen, und da er vorhatte, seine Ehre durch Selbstmord zu retten, nötigte er Antoni Mopsiński als Entgelt für die Abtretung der Rechte an Napoleons Nachttopf eine Abmachung unter Ehrenmännern ab. Mopsiński sollte zwei Schwestern, die keine Angehörigen hatten, seine verwaisten Cousinen Róża und Aniela Rozpuch aus Tschenstochau nämlich, deren rechtmäßiger und missratener Vormund er, Eugeniusz Borowiecki, bislang gewesen war, bei sich in Kamieńsk aufnehmen, ihnen ein Dach über dem Kopf gewähren und im Falle einer Verheiratung mit einer kleinen Mitgift ausstatten. Sie würden ihm keine Schande machen, beide hatten einen Kurs in Hauswirtschaft absolviert, litten nicht an Schwindsucht, waren arbeitsam und kräftig.

Eugeniusz Borowiecki verschwand aus Kamieńsk, und man hörte nie wieder von ihm. Dafür erschienen bald zwei Mädchen von schwer definierbarem Aussehen und Alter. Antoni Mopsiński begrüßte sie, als sei er von jeher Herr dieses Gutes gewesen, zeigte ihnen den Nachttopf Napoleons hinter der Glasscheibe, weil er die beiden jungen Damen einer unmittelbaren Präsentation dieses Stücks nicht für würdig erachtete, und danach schenkte niemand den beiden Schwestern mehr Beachtung, und niemand erfuhr jemals, wer von den beiden Aniela und wer Róża war. Mopsińskis Frau Josephine freute sich über die unerwartete Gesellschaft, denn sie hatte sich in Kamieńsk mit niemandem anfreunden können. Im Gegensatz zu ihrer Namensvetterin, der geliebten Frau des französischen Kaisers, war sie eine ruhige Person, dem Flirten abhold und ein wenig unbeholfen. Sie litt an einem nichtdiagnostizierten Gebärmuttervorfall, was lange Sitzbäder in Kräuteraufgüssen erforderlich machte, und oft verfiel sie in Apathie. Frau Mopsińskis liebster Zeitvertreib war das Stricken, das Trikotieren, wie sie es nannte, weil sie das für Französisch hielt, und ihr Gatte sowie ihr Sohn Napoleon, der zu Hause Napi genannt wurde, bekamen bei jeder Gelegenheit Wollwesten, Socken und Schals gestrickt. Dabei traf es sich selten so, dass das Kleidungsstück die richtige Größe oder die Ärmel die gleiche Länge hatten, und es kam auch vor, dass der Beschenkte den Kopf nicht durch die zu kleine Halsöffnung zwängen konnte und, dem Ersticken nah, wie eine verdatterte Vogelscheuche dastand. Frau Mopsiński betrachtete dann betrübt die neue Missgeburt ihrer Stricknadeln und versprach, es sofort in Ordnung zu bringen, aber dann vergaß sie, was sie in Ordnung bringen sollte und wie, und so fiel bald eine weitere misslungene Trikotage den Motten zum Opfer. Josephines Zerstreutheit führte jedoch nicht selten zu größeren häuslichen Katastrophen als dem Erstickungsanfall des Hausherrn oder seines Nachkommen in einem Pullover mit zu kleinem Halsausschnitt. Einmal ließ sie versehentlich den Deckel der Truhe mit der Strickwolle über dem Schoßhündchen zufallen, und erst als das Tier weitgehend verwest war, führte die breite Spur des entsetzlichen Gestanks das Dienstmädchen Marianna Gwóźdź zu dem Kadaver. Ein anderes Mal starrte sie beim Baden des kleinen Napoleon Löcher in die Luft, bis das Kind fast ertrank, und man musste den ganzen Jungen mit dem Kopf nach unten baumeln lassen, damit das Wasser herausfloss. Dabei gab es ein Riesengeschrei, weil das Kind in dieser unangenehmen Haltung die arme Marianna in die Wade biss. Wieder ein anderes Mal vergaß die trikotierende Josephine, dass sie zur Probe einen neuen, in Arbeit befindlichen Pullover für ihren Mann über ihre Unterwäsche gezogen hatte, und ging in den Garten, um Rosen zu schneiden, wobei sich das Strickwerk nach und nach aufribbelte. Sie wunderte sich, dass die vorbeikommenden Leute sie so anstarrten, bemerkte aber erst nach einiger Zeit, dass sie in langer Unterhose und Unterrock dastand und nur um den Hals noch den Rest von etwas grauem Wollenem trug.

Josephine hatte gar nichts gegen die Verpflichtung, die beiden Mitbewohnerinnen bei sich aufzunehmen, ja sie freute sich sogar und hoffte, die Gesellschaft würde sie etwas in Schwung bringen. Ein bisschen Schwung täte dir gut, sagte ihr Mann öfter mit Vorwurf in der Stimme, denn die Tatsache allein, dass sie Josephine hieß, reichte ihm nicht zum Glück. Er hatte ihr ein Hündchen gekauft, wie es die Frau des Kaisers gehabt hatte, und sie hatte das Tierchen in der Truhe ersticken lassen; er wollte tanzen, sie verrenkte sich den Knöchel, er nahm sie mit auf die Jagd, sie schoss den Notar von Radomsko an. Sie saß bloß da und strickte, war das eine Ehefrau? Ein bisschen Schwung täte dir gut, Josephine! Antoni Mopsiński verzog sich immer öfter in sein Arbeitszimmer und bewunderte hinter verschlossener Tür allein für sich den Nachttopf Napoleons.

In Kamieńsk nannte man Antoni Mopsiński den Fabrikanten, und wenn man über ihn redete, dann immer nur als den Fabrikanten. Man wusste, dass er ein Jude aus Łódź war, getauft und mit einer Gojin verheiratet, denn solche Dinge rochen die Leute dort auch nach drei Generationen noch gegen den Wind. Gleich zu Anfang stiftete der Fabrikant sogar neue Figuren für den Kreuzweg der Kirche, doch ansonsten hielt er sich abseits und verbrachte viel Zeit in Łódź, weil er nach den Geschäften sehen musste. Noch nach dem Krieg konnte man einige Zeit auf einer grünspanigen Tafel in der Kamieńsker Kirche die Namen der großherzigen Spender Antoni Mopsiński und Josephine Mopsińska, geborene Kloc, lesen, doch eines Nachts brach jemand in die Kirche ein, schraubte die Tafel ab und entwendete bei der Gelegenheit auch zwei silberne Kelche und den Teppich am Altar. Wenn viele Jahre später Antoni Mopsińskis Urenkel Andrew, Student der Columbia University in New York, nach Kamieńsk kommen wird, um nach den Spuren seiner Großeltern zu suchen, wird sich niemand mehr an den Fabrikanten erinnern, obwohl die Stelle, wo die gestohlene Tafel einst hing, immer noch heller ist als die übrige Wand. Der Pfarrer würde gern helfen, zumal er selbst ein wenig an Geschichte interessiert ist, vor allem am Mittelalter, doch leider war das Kirchenarchiv aus den weniger weit zurückliegenden Zeiten zusammen mit der halben Pfarre in Rauch und Flammen aufgegangen, als die Deutschen am zweiten Kriegstag Kamieńsk bombardierten. Aber der Pfarrer wird den Gast aus Amerika auf ein Glas hausgemachten Wein einladen, und die beiden werden sich so prächtig unterhalten, dass sie unversehens drei Flaschen leeren. Am nächsten Tag wird der verkaterte Andrew Mopsinsky, dem die Zunge wie ein verschimmelter Brotkanten im Mund liegt, die Stelle fotografieren, wo die Tafel gehangen hat, was den Pfarrer sehr wundern wird, so dass er ihn dazu anhält, auch die ganze Kirche zu fotografieren oder das von einem Künstler am Ort nach einem Foto angefertigte Gemälde des Papstes, bitte, schauen Sie, was für eine Ähnlichkeit, und diese Farben, schöner als in der Natur! Vom Papst soll er ein Foto machen, was sollen sonst die Leute im Ausland von der Kamieńsker Kirche denken, wenn er nur dieses Foto von einem Flecken an der Wand zeigt. Zum Abschluss seines Besuchs in Kamieńsk fotografiert der junge Mann noch die Überreste des Herrenhauses und die mannshoch mit Kletten umwucherte Napoleonhütte; er ist durch den Zaun hineingeschlüpft und bestimmt in einen Scheißhaufen getreten, denn später hat Marianna Gwóźdź gesehen, wie er sich die Schuhe im Gras abgestreift hat.

Die Napoleonhütte war eine geräumige Kate mit Strohdach, das wie eine Pelzkappe bis zu den kleinen Fenstern reichte, in einem feuchten Garten direkt am Fluss Kamionka. Grażynka kann sich jede Einzelheit des Hauses in Erinnerung rufen – wie es damals war, als Leben es erfüllte: die grüngestrichenen Fensterläden, die Beschaffenheit der rauen Wände, die, von der Sonne aufgewärmt, lebendig schienen wie die Haut eines sehr alten Tiers, den Geruch von saurer Milch, getrockneten Pilzen und Lavendel, den die zum Tee eingeladenen Gäste im Flur als Erstes rochen. Grażynka braucht nicht wie Opa Mopsiński die Augen zu schließen, sie braucht nur das Haus zu verlassen und in den Wald zu gehen, um wieder zu sehen, wie zwei Frauen und ein Mädchen im Schein der Petroleumlampe an einem schweren Holztisch sitzen. Das kleine Mädchen ist sie selbst, die beiden Frauen sind die Teetanten.

Die letzten Bewohner der Napoleonhütte waren die Mündel des glücksspielenden Gutsherren, Róża und Aniela Rozpuch, die Antoni Mopsiński wie abgemacht aufnahm. Anfangs wohnten sie unter einem Dach mit der Familie Mopsiński; sie grüßten den Fabrikanten höflich, der jedes Mal den Eindruck machte, als müsse er sich erst wieder in Erinnerung rufen, wer zum Teufel diese beiden Mädchen sind; sie freuten sich mit lautem Och und Ach über die Pullover, Schals und Pulswärmer, die Josephine Mopsiński für sie zurechttrikotierte, sie hüteten den kleinen Napi. Sie waren sanft, anspruchslos und still, hatten beide dunkelblonde Zöpfe und graue Augen und eine Lücke zwischen den oberen Schneidezähnen, doch während Aniela, die rasch und pfiffig war, unentwegt plapperte, die Worte aneinanderhängte, verschwenderisch Adjektive brauchte und vor Eile die Vokale verschluckte, überlegte Róża vor jedem Wort und seufzte, als sei das Aussprechen des Wortes mit Kosten verbunden. Diese Verschiedenheit bei all der Ähnlichkeit der beiden wirkte irgendwie falsch, und es gab Leute in Kamieńsk, die argwöhnten, dass sie gar keine Schwestern, ja nicht einmal Cousinen waren. Trotz des ganz normalen Aussehens von Róża und Aniela, das weder abstieß noch entzückte, sorgte ein kleines, kaum zu benennendes Detail dafür, dass sie nie so ganz dazugehörig wirkten. In der Hierarchie des Hauses nahmen die beiden, ob Schwestern oder nicht, eine unbestimmte Stellung ein, ein wenig unter der für Napi eingestellten Gouvernante aus Piotrków Trybunalski, die Grundlagen des Französischen beherrschte, doch eindeutig über Marianna Gwóźdź, dem Dienstmädchen aus Kleszczowa, weshalb die weniger privilegierten Konkurrenten sie für zu hochgestellt hielten, die Höhergestellten sie wiederum für unter ihrer Würde erachteten. Als sie die dreißig überschritten hatten, schrieb man sie ab als zu alt für die Verehelichung, und eigentlich gaben sie auch nie zu Gerüchten oder romantischen Spekulationen Anlass. Róża und Aniela zogen es vor, die Zeit miteinander zu verbringen, anstatt sich mit Männern zu treffen, und selbst als die Brüder Soplicow aus Gorzkowice sie nach Radomsko ins Kino einluden, wovon manches Fräulein im heiratsfähigen Alter träumte, schienen die beiden vor allem aneinander interessiert. Im Kamieńsker Herrenhaus, in dem es an Durchzug und ungenutzten Zimmern nicht mangelte, beschäftigten sich die beiden Schwestern oder Nichtschwestern mit dem Malen von Aquarellen und dem Trocknen von Kräutern und Blumen für Potpourris und setzten mit Kunstfertigkeit heilende Tinkturen und Mixturen an. Überall hinterließen sie einen Geruch von Kräutern und Apotheke, der an etwas erinnerte, das zu lange im Schrank gelegen hatte, zwar nicht richtig verdorben war, aber seine Frische verloren hatte. Ihre blassen und verschwommenen Bilder stellten immer auf dem Tisch angeordnete Stillleben dar oder das Meer, beide träumten davon, an die Ostsee zu fahren, was sie auch bei jeder Gelegenheit erwähnten. Róża und Aniela Rozpuch schenkten mit Anmut Tee ein, kleideten sich ältlich und ernst, und sie servierten frische Kekse und Früchte, die auf eine elegant wirkende Art und Weise auf Weinblättern arrangiert waren. Wenn sich die Gäste nach dem Besuch verabschiedeten, erhielten sie Gastgeschenke in Gestalt von Gläsern mit Sauerkohl, eingelegten Gurken oder Konfitüren und wurden angehalten, doch recht bald, vielleicht schon am nächsten Donnerstag, wieder zum Teestündchen zu kommen. Sie verstanden es, leichte, unverbindliche Gespräche zu führen, in denen sie sich genau auf die Fragen beschränkten, auf die der Gesprächspartner gerne antworten wollte – Fragen nach dem Garten, dem Alter, den Kindern, einem Kleid oder Magengeschwüren, und die gedämpften Ausrufe der Begeisterung und Verwunderung, die Róża und Aniela von sich gaben, waren gerade richtig dosiert und voller Mitgefühl. Sie empfingen den Pfarrer, den Doktor, den Kolonialwarenhändler, den Postdirektor und die Apothekergattin zum Tee, stets mit einer sanften Freundlichkeit, um die zerstreute und ewig trikotierende Dame des Hauses zu entlasten. Als Antoni Mopsiński alle Hoffnung auf eine Verheiratung von Róża und Aniela abgeschrieben hatte, zogen die beiden ohne Murren in die Napoleonhütte um und setzten dort ihre Teezeremonien bei hausgemachten Konfitüren und Keksen fort, als hätten sie gar nicht gemerkt, dass ihr Lebensstandard vom Herrenhaus auf eine strohgedeckte Kate gesunken war. Sie bereiteten Eingemachtes zu, und in ihrer Speisekammer standen immer drei Fässer mit Saurem. Zum Sauerkraut gaben sie je nach Laune mal einen ganzen Apfel, mal Paprika und Kümmel, und wer auch ihr Saures probierte, jeder sagte, es schmecke anders als normal, aber – o Wunder – sehr gut. Jeder glaubte, dass die von ihnen hergestellten Liköre, Mixturen und Tinkturen gegen etliche Leiden wirksam waren, und oft ging man nicht erst zum Arzt, sondern zu den Bewohnerinnen der Napoleonhütte, um sich Rat zu holen, was am besten gegen Sodbrennen, hartnäckige Skrofeln und Ohrensausen zu machen sei.

Róża und Aniela Rozpuch hatten die Fähigkeit, nicht aufzufallen, ihre Existenz bemerkte man überhaupt erst, als sie sich von der Familie des Fabrikanten Mopsiński trennten und in die Napoleonhütte übersiedelten. So, aus jedem Familienzusammenhang gelöst, strahlten sie irgendwie etwas Irritierendes und Unpassendes aus, aber was machte das schon, sagten sich die Bürger von Kamieńsk. Ältere Damen, die bei Angehörigen Kost und Logis bekamen, kannte man hier, in jedem Herrenhaus saß eine Tante Bekannte, eine Cousine ohne Mitgift, eine leicht lädierte Großtante väterlicher- oder mütterlicherseits, aber zwei unverheiratete Frauen, die zusammen in einem Haus für sich lebten? Vielleicht gab es das in der Stadt, in Piotrków oder Radomsko, aber nicht in Kamieńsk, höchstens wenn beide alt und eindeutig miteinander verwandt waren. Damals gab man ihnen den Namen Die Teetanten, und dieser gemeinsame Name gefiel allen Beteiligten, das unausgesprochen Geargwöhnte wurde bei keinem Namen genannt, zumal es für solche Dinge in Kamieńsk gar keinen Namen gab. Die Teetanten schienen mit dem neuen Zunamen zufrieden zu sein, und ganz entschieden zufrieden waren sie mit dem eigenen Haus, sie hängten frische Gardinen und Vorhänge an die Fenster der Napoleonhütte, weißten die Wände und jäteten den Garten – alles vierhändig. An warmen Tagen saßen sie auf der Bank und enthülsten Erbsen oder schälten Äpfel, was manche Betrachter ärgerte: Nicht genug damit, dass sie so doppelt und unverheiratet waren, man wusste noch nicht mal, ob sie Herrschaft oder Bauern waren. Wenn man hinguckte, konnte man meinen, jede der beiden sei doppelt: Mal sind sie herausgeputzt wie vom Herrenhaus, und dann wieder sitzen sie da in Bauernkleidern mit Kopftüchern auf dem Kopf und enthülsen Erbsen. Manchmal saßen die Teetanten auch einfach tatenlos da und schauten auf die Straße, als erwarteten sie jemanden, eine neben der anderen, im dichter werdenden Dämmer einander zum Verwechseln ähnlich und reglos. Und sie warteten nicht umsonst.

In der Napoleonhütte kam Grażynka zur Welt, oder vielmehr: sie wurde dort im Morgendämmer eines Märztages zur Welt gebracht, als die erste Woge grauen Lichts von Kleszczowa her die Grenze von Kamieńsk erreichte. Mindestens drei Personen brachten sie zur Welt, die unbekannte Mutter nicht mitgerechnet, die sie im Bauch getragen hatte, und niemand weiß, warum die Welt in diesem Fall ausgerechnet Kamieńsk war, das sich unter den umliegenden Dörfern nur durch den Kamieńsker Berg unterscheidet, eine merkwürdige Erhebung, die in der flachen Landschaft Mittelpolens so aussieht wie ein großer Krümel unter einer glattgebügelten Tischdecke. Dieses mikroskopisch kleine Städtchen, das man ohne weiteres für ein Dorf halten könnte, lag wie ein Hühnerdreck auf der Schnittstelle der Straßen zu viel bedeutenderen Orten: Durch Kamieńsk führte die Straße von Katowice nach Danzig und von Warschau bis gar nach Wien, was von Kamieńsk aus betrachtet so weit weg war, dass es schon nicht mehr wahr sein konnte, obwohl die hiesige Musiklehrerin Aurelia Borowiecka ihre Schüler gern mit Wiener Walzern quälte – eins zwei drei im Takt, eins zwei drei …

Das Gesicht der ersten Person, die Grażynka auf die Welt brachte, hat niemand gesehen. Der an Schlaflosigkeit leidende Fotograf Ludwik Borowic und Marianna Gwóźdź, die vom Dienstmädchen des Fabrikanten inzwischen zur Haushälterin des Pfarrers Venantius Pielasa aufgestiegen war, behaupteten zwar, eine Gestalt, die in Kamieńsk fremd war, beobachtet zu haben, doch was Geschlecht, Alter und Aussehen dieser Gestalt angingen, unterschieden sich ihre Meinungen voneinander. Ludek war sicher, dass er eine große, rothaarige Frau gesehen hatte, die in Richtung Fluss rannte wie auf der Flucht, die Haushälterin hingegen behauptete steif und fest, einen Scheiß habe er da gesehen, guckt euch den an, ein Fotograf, der blind ist wie ein Maulwurf, das war doch ein Bursche, klein, aber gut im Futter, mit einem Zigeunerhut auf dem Kopf, und er ist auch nicht gerannt, sondern hat sich geschlichen wie ein Fuchs, und so ein fuchsisches Schleichen im Zigeunerhut ist das sicherste Zeichen für ein schlechtes Gewissen. Die Gewissenslage des Mannes, der gut im Futter war und mit Hut, sofern es nicht eine große rothaarige Frau war, blieb ein Geheimnis, denn Ludek Borowic, der Fotograf von Kamieńsk, sagte niemandem, dass er in Wirklichkeit eine mittelgroße Frau gesehen hatte, und zwar ganz aus der Nähe, sie war ja an seine Tür gekommen, um den in einen Kokon aus Lumpen gewickelten Säugling an der Schwelle seines Hauses abzulegen. Wenn Ludeks Frau, die schöne Hawa, die Tür geöffnet hätte, wäre das Mädchen wahrscheinlich im Haus Nummer sieben an der Geraden Straße geblieben, zwischen der Nummer fünf, in der sich die Konditorei von Mateusz Suliga befand, und der Nummer neun, wo Tadeusz Kruk seinen Friseurladen betrieb. Doch der Fotograf wollte keine Kinder, und da man ihn in Kamieńsk wahrscheinlich für einen Sonderling gehalten hätte, wenn er das zugegeben hätte, ließ er durchblicken, dass hinsichtlich Nachkommenschaft bei seiner Frau etwas nicht stimmte. Er benutzte diese feige Ausrede, obwohl er gar kein Feigling war und ihm Tränen in die Augen traten, wenn er seufzend den Namen seiner Frau Hawa erwähnte. Er müsse sie ja sehr lieben, hieß es im Städtchen, wenn er sich nicht von ihr scheiden ließe, obwohl sie unfruchtbar war. Ludek hatte nichts gegen Kinder, ihn faszinierten diese Miniaturmenschlein, die er anlässlich von Taufe, Bar Mitzwa oder Kommunion fotografierte, und sein Wunsch, keine Kinder zu haben, hing mit einem schrecklichen Geheimnis zusammen, mit dem er leben musste und das er mit ins Grab nehmen würde, ohne je ein Sterbenswörtchen davon verraten zu haben.

Der arme Ludek Borowic, auf dessen Schwelle Grażynka gebracht wurde, besaß nämlich die Gabe, einen plötzlichen Tod vorauszusagen. Er sah ihn nicht auf den Gesichtern der Fotografierten, sondern auf ihren Konterfeis. Die Abbildung eines Menschen, der plötzlich und nicht an einer Krankheit sterben sollte, erschien auf der von Ludek aufgenommenen Fotografie verwischt, wie zitternd, das Gesicht war unscharf und verblasst. Sein Vater, bei dem Ludek in die Lehre gegangen war, schimpfte mit ihm, er habe eine Hand für den Spaten, aber nicht für eine so erhabene Kunst wie das Aufnehmen von Bildern. Ich frage mich, sieht so Marek Słowik aus?, donnerte er seinen Sohn an. Ich frage mich – hat Marek Słowik eine so bleiche Visage und Augen wie ein Totenschädel? Das ist ein Dybbuk, aber kein Słowik! Der alte Borowic starb, bevor der Zusammenhang zwischen der belichteten Aufnahme und einem tödlichen Unglücksfall des Abgelichteten zutage trat. Ludeks Vater war gerade zur Post unterwegs, einen Brief an den Vetter in Grodno in der Hand, als er auf der Bank vor der Kamieńsker Kirche den Tod sah; er saß da und stocherte in einer Sonnenblume herum, die so groß war wie ein Mühlrad. Es bestand kein Zweifel daran, dass das der Tod war, deshalb zeigte der alte Borowic nur auf den Brief, den würde er gerne wenn möglich noch abschicken. Der Tod zuckte mit den Schultern, bitte sehr, solle er ihn nur aufgeben, so eilig hatte der Tod es nicht. Ludeks Vater starb, ohne seinen Traum einer Reise nach Grodno wahrmachen zu können, dort lebten etliche Cousinen und Vettern von ihm, und einer von ihnen hieß auch Ludek, wie er und sein Sohn, und war ebenfalls Fotograf. Ich wüsste doch zu gern, seufzte Ludek und Vater von Ludek, ob jener Ludek in Grodno genauso ist wie ich, oder anders? Doch er kam nicht dazu, seine Neugier zu befriedigen, denn der Tod spuckte den letzten Sonnenblumenkern aus, der gestreift war wie ein Kartoffelkäfer, ging auf Ludek senior zu und nahm ihn am Arm.

Der erste Tod, den der damals zwölfjährige Ludek Borowic vorhersagte, betraf Marek Słowik, den Viehzüchter aus Kleszczowa, den er aus Anlass seines Erfolgs bei der jährlichen Viehschau unter Aufsicht seines Vaters fotografierte. Marek Słowiks Milchkuh belegte den ersten Platz und erschien auf der Fotografie, wie es sich gehört, so scharf und glänzend, dass man sie gleich anfassen wollte, doch ihr Besitzer, der in stolzer steifer Pose neben ihr stand, sah aus, als habe man ihn in Bleichmittel getaucht. Ludek bekam eins hinter die Ohren, dass er weinte, und sein Vater fluchte beim Retuschieren der Aufnahme, dass nur ein Tölpel wie sein Sohn es fertigbringen konnte, die Hälfte von einem Foto zu versauen, wenn das ganze Bild im Eimer wäre, könnte man es ja noch irgendwie verstehen, aber so was – die eine Hälfte wie gemalt, die andere Hälfte versaut. Eine Woche später kam Marek Słowik unter den Rädern des Zugs nach Wien zu Tode, als er betrunken den Bahndamm überqueren wollte, während die Kuh bei bester Gesundheit blieb und im Jahr darauf bei der Viehschau wieder eine Medaille gewann. Ludek könnte sich doch einen anderen Beruf aussuchen, raunte ihm gelegentlich die Stimme der Vernunft zu, doch eine innere Überzeugung, die stärker war als die Vernunft, sagte ihm dann, dass das Schicksal uns erwählt und man nicht auf Biegen und Brechen verstehen müsse, warum etwas so ist und nicht anders; nehmen wir zum Beispiel sein Volk, das Gott auserwählt hat; jetzt weiß er eindeutig nicht mehr, warum er das getan hat, doch jetzt ist es zu spät, um alles abzublasen. Mein Gott, seufzte Ludek dann, und jede entwickelte Aufnahme ließ sein Herz rasen wie der Zug, der Marek Słowik, den Viehzüchter aus Kleszczowa, überrollte, denn wenn der Tod einmal auf einem Abzug erschien, dann gab es kein Zurück mehr. Der Tod auf Ludek Borowics Fotografien konnte ganz jung sein, kaum Federchen haben, dann brauchte er drei bis vier Jahre, um heranzureifen, doch wenn er ganz ausgewachsen war, fertig und glänzend wie der

Zuckerguss auf Mateusz Suligas Osterkuchen, dann machte er sich im Laufe des nächsten Monats ans Werk. Władysława Przetak, die anlässlich ihrer Vermählung mit Wojciech Przetak fotografiert wurde, stürzte so unglücklich von der Leiter, dass sie nicht mehr aufstand; den Tierarzt Ludwik Poznański, der zum freudigen Ereignis der Geburt eines Sohnes ein Foto machen ließ, trat ein Pferd vor den Kopf, und die kleine Ada Witz fiel, von ihrem fernen grünlichen Spiegelbild gelockt, in einen alten Brunnen und wurde erst nach zwei Wochen der Suche herausgefischt, und auch das nur deshalb, weil die Brunnenverkleidung nachts hellgrün zu leuchten begann, nachdem sich ganze Schwaden von Johanniskäferchen darauf niedergelassen hatten. Ludek hatte es in der Kunst der Retusche zur Perfektion gebracht, und diejenigen, die der Tod auf den Fotografien schon angefallen hatte, ahnten nichts, wenn sie ihr Abbild neben einer griechischen Säule oder vor einer Meereskulisse nach Hause trugen. Ludek fand sich allmählich damit ab, dass seine nebenbei eingestreuten Warnungen – pass am Wasser auf, Maciej! – überhaupt nicht fruchteten, denn der Tod findet jeden, den er gezeichnet hat. Das Schlimmste aber stand noch bevor, und da beschloss Ludek, der die schöne Hawa gerade erst geheiratet hatte, dass er keine Kinder haben würde.

Anfangs glaubte Ludek Borowic, der Fotograf in Kamieńsk, nicht, was er sah, denn auf dem Hochzeitsbild der älteren Schwester von Ada Witz, Aniela, trugen sämtliche zweiunddreißig Gäste sowie das Brautpaar den weißen Schatten des Todes. Wie Raureif überzog der Tod Ida und Mosche Lipschitz, Raureif breitete sich auch über ihre neugeborene Tochter, über das junge Paar Dalia und Eli mit ihren Zwillingstöchtern, über Golda und Herschel Kac, Besitzer der Eisenwarenhandlung, und ihre Kinder mit Ausnahme des Sohnes Icek, der auf dem Foto nicht anwesend war, über den Sohn des Uhrmachers Feliks, Janek, der sich in der Studentenkappe hatte ablichten lassen, damit sich der stolze Vater vor den Kunden mit seinem Sohn brüsten konnte, der in Łódź Student war; wie Zellophan umhüllte der Tod den Schächter Morka und seine Frau, die rote Salomea, der Tod hatte Ludeks Onkel, auch ein Ludek, berührt, den Metzger Kowalski mit seinem gewaltigen Bauch, und auch die Schwester des Metzgers, die alte Jungfer Wala, die Freundinnen Ajla und Bajla und acht der zwölf jüdischen und polnischen Schüler auf einem Schulausflug am Fluss Fryszerka; der Tod umgab die Näherin Adi, die mit geheimnisvollem Lächeln neben einer Säule posierte, denn das Foto sollte nach Amerika geschickt werden, wohin Adi auch bald zu reisen gedachte, um mit ihrem Verlobten vereint zu werden. Ludek retuschierte und weinte um die rosagetönten Lippen Adis, die schon tot waren und sich nie staunend beim Anblick der Freiheitsstatue öffnen würden; er weinte über den toten Bauch des Metzgers und die Brüste Salomeas, er weinte über Aurelia Borowiecka und ihren kastanienbraunen Dutt. Er weinte auch an dem Tag, als Hawa ihn bat: Ludek, mach ein Foto von mir in diesem schönen neuen Kleid, denn neben ihrer Gestalt schimmerte das untrügliche Zeichen des Todes, der gerade erst heranreifte, aber ebenso sicher war wie der so vieler anderer Bewohner von Kamieńsk, Kleszczowa und Gorzkowice, die er fotografierte. Ludek brauchte nicht mehr zu bedauern, dass er sich selbst nicht fotografieren konnte, um zu wissen, was ihn erwartete, denn er wusste, dass ohne seine Frau von einem Leben nicht die Rede sein konnte. Und aus ebendiesem Grund konnte Ludek Borowic, der Fotograf von Kamieńsk, das Kind nicht behalten, das vor seine Tür gelegt worden war.

Er beugte sich hinab und sah Augen, die ihn seltsam erwachsen anschauten und in ihrem Ernst gar nicht zu dem Körperchen passten, das er unbeholfen auf den Arm nahm. Er wusste sofort, dass es ein Mädchen war. Ludek schaute sich um, die Gerade Straße war leer und grau, an ihrem Ende zeichnete sich der Umriss der Kirche ab. Er hatte nicht viel Zeit zum Überlegen, und das Herz klopfte ihm bis zum Hals, als er rannte, um das Päckchen auf den Stufen des Pfarrhauses abzulegen. Den Pfarrer Venantius Pielasa hatte er erst kürzlich fotografiert, er war gesund, kräftig und scharf umrissen auf dem Foto zu sehen; außerdem wusste er, dass er ihm trauen konnte, sie hatten, über Gott diskutierend, zusammen manche Flasche mit Kräuterlikör der Teetanten geleert. Hinter der Ecke des nächsten Hauses verborgen, kaute Ludek Borowic an seinen von Chemikalien zersetzten Fingernägeln und wartete darauf, dass die neue Pfarrhaushälterin auftauchte. In Kamieńsk kannten die Leute die Gewohnheiten eines jeden, und Marianna Gwóźdź war bekannt dafür, dass sie noch vor Tagesanbruch am Pfarrhaus eintraf. Man scherzte, dass sie für die Haushälterin eines Pfarrers zu jung war, doch die Abwesenheit körperlicher Reize bewahrte sie vor Verdächtigungen; sie war als das hässlichste Mädchen der Gegend abgestempelt, doch der Mensch gewöhnt sich an Schlimmeres. Marianna Gwóźdź verspätete sich um fünf Minuten, was Ludek an den Rand eines Herzanfalls brachte, schweißgebadet überlegte er hin und her, ob er die

Kleine doch zu einem anderen Haus bringen oder noch etwas abwarten sollte, und während langsam eine dritte, seiner ursprünglichen Entscheidung ganz entgegengesetzte Möglichkeit in seinem Kopf Gestalt anzunehmen begann, tauchte die Haushälterin aus einer Seitenstraße auf. Ludek sah, wie Marianna Gwóźdź den Kokon aufhob und hineinschaute, als hätte sie den Deckel einer eisernen Bratpfanne gehoben, um zu prüfen, ob das mit Grütze und Leber gefüllte Hühnchen geriet. Er sah, wie sie sich umschaute und mit einer Geschwindigkeit, die er ihrem fülligen Körper nie zugetraut hätte, mit dem Kind in den Armen die Gerade Straße hinunterlief. Ludek wartete einen Augenblick, bis er sich aus dem Schatten löste, um Marianna Gwóźdź, der Haushälterin des Pfarrers Venantius Pielasa, hinterherzuspurten. So liefen sie durch das schlafende Städtchen, erst die Gerade Straße entlang, dann die Quere Straße und die Kurze Straße hinab, an den Fenstern vorbei, hinter denen die Leute gerade ihre letzten Träume zu Ende träumten, bis vor den Augen von Ludek Borowic der Fluss Kamionka auftauchte, in den gerade der erste Sonnenstrahl wie ein Messer fuhr, und im Kopf des Fotografen keimte plötzlich ein schrecklicher Verdacht. Erschreckt von der plötzlichen Helligkeit, die aus dem Dickicht junger Kletten am Flussufer stieg, hielt die Haushälterin inne und bog auf den Pfad zu dem einzigen Haus ab, das in dieser Gegend stand. Ludek, der ihr, vom Frühlingsgrün verdeckt, auflauerte, konnte sehen, wie sie das Bündel auf der Schwelle der Napoleonhütte ablegte; sie stürzte dann so dicht an ihm vorbei, dass der Schwung ihrer Hüften ihn fast zu Boden gestreckt hätte. Bevor er sich über die nur Anglern und Schwimmern bekannten Pfade an der

Kamionka selbst nach Hause aufmachte, sah er noch vom Zaun des mit weißen Narzissen übersäten Gartens aus, wie sich die Tür der Napoleonhütte auftat, und er hörte eine der Teetanten ausrufen: »Ach du heilige Muttergottes!« Ludek Borowic hoffte, dass wenn nicht ein gutes Herz, dann doch wenigstens das helle Tageslicht die Bewohnerinnen des Hauses davon abhalten würden, das Kind woanders loszuwerden, und er hätte erleichtert aufgeatmet, wenn er gesehen hätte, wie die eine Teetante das Bündel behutsam auf dem Sofa ablegte, auf dessen Armlehnen gerade die Nudelstreifen für die Sonntagssuppe trockneten, während die andere in einer Geste von Schrecken und Verzückung zugleich die Hände zum Gesicht hob.

Von da an wartete der Fotograf Ludek Borowic darauf, dass die Teetanten mit dem Kind zu ihm kommen würden, um sich fotografieren zu lassen, und er sich davon überzeugen konnte, was dem Kind bevorstand. In Kamieńsk dachte man schon, mit den Einladungen zum Tee würde es jetzt ein Ende haben, als die Teetanten zum Entsetzen des Fabrikanten und gegen seinen Rat, den Balg ins Heim zu geben, das Findelkind an Kindes statt annahmen. Aber nein, weiterhin luden sie mal den Pfarrer Venantius Pielasa, mal den Apotheker und seine Gattin, mal den Fotografen Ludek Borowic und seine schöne traurige Frau ein und zeigten das Kind mit mütterlichem Stolz jedermann, als läge es auf der Hand, dass zwei ältere Jungfern, von denen man nicht wusste, ob sie Schwestern oder Cousinen waren, Mutter werden konnten. Der Fabrikant Antoni Mopsiński war darüber nicht erfreut, also so was, grollte er durch sein Haus, also so was! Seine Frau Josephine indessen wusste nicht, wie sie angesichts des Missfallens ihres Gatten mit ihrer eigenen Neugier und Freude umgehen sollte, und verlegte sich deshalb darauf, hellblaue Kleidungsstücke zu trikotieren, denn damals hielt man das für die Farbe, die zu Mädchen am besten passte. Sie schickte ihren Sohn Napi zur Napoleonhütte und lauschte begierig auf das, was ihr der kaum Zehnjährige zu berichten hatte, der sich im Übrigen bald unaufgefordert zu den Teetanten schlich, weil ihn eine seltsame Sehnsucht dorthin zog, die er nur am Anblick des kleinen Mädchens mit dem karamellfarbenen Haar und den glänzenden Augen stillen konnte. Grażynka!, erzählte Napi seiner Mutter, so eine Schwester oder Frau würde er gerne haben, denn sie sei die Schönste auf der Welt! Bald darauf eilte Josephine persönlich mit einem Armvoll trikotierter Kinderkleidung zur Napoleonhütte. Das ist unsere Grażynka!, verkündeten die Teetanten Josephine, so wie sie es auch allen anderen verkündet hatten.

Sie ließen ihrem Fund eine solche Zärtlichkeit angedeihen, als habe sich in diesem Fall ihre Begabung zu Mimikry und dem Erraten der Wünsche anderer in etwas verwandelt, das viel größer und besser war als jedes höfliche Entgegenkommen. Hingerissen, die Wangen vor Entzücken gerötet, standen sie an der Wiege und betrachteten das kleine Gesicht, die Makellosigkeit der Ohrmuscheln, die Weichheit der Locken. Musik beruhigte das Kind, deshalb sangen die Teetanten alle ihnen bekannten Lieder, wenngleich sie beide der Meinung waren, dass keine von ihnen Stimme oder Gehör dazu besaß. Grażynka aber liebte es, wenn sie zweistimmig schief »Die Liebe wird dir alles verzeihn« darboten oder »Ihr Kinderlein kommet« oder »Trink, Brüderlein trink«. Die Leute standen am Zaun der Napoleonhütte und lauschten verblüfft, wenn im Mai dort Weihnachtslieder ertönten, doch dieser Gesang war so vergnügt, dass sie selbst zu trällern begannen, und die Stimmen der Teetanten gingen ihnen danach noch lange durch den Kopf. Wenn die Teetanten den Leierkastenmann hörten, den mageren Mosche Witz, riefen sie ihn in den Garten, wo er sich unter den alten Walnussbaum stellte und spielte, während die beiden das glücklich glucksende Kind fragten: Das gefällt dir, nicht wahr? Und das auch? Der Leierkasten spielte Milonga-Tangos und Masurkas, spanische und jüdische Melodien, italienische und polnische, mal »Fräulein Mania spielt die Mandoline«, dann einen Marsch, einen Walzer, das »O sole mio«, wo es um Gondeln ging, und Grażynka klatschte so lange, bis die Sonne hinter der Kamionka unterging und der Leierkastenmann sich verabschiedete und weiterzog, den Arm ganz steif und lahm vom vielen Drehen. Unsere Grażynka, sagten die Teetanten, und die meisten Leute in Kamieńsk sagten ebenso »denen ihre Grażynka«, weil sie sich nicht entscheiden konnten, was sie stärker empfanden: Bewunderung für diese Tat der Barmherzigkeit oder Widerwillen gegenüber dieser neuen Absonderlichkeit der Bewohnerinnen der Napoleonhütte. Oft sah man Róża und Aniela in Kamieńsk, wie sie zwischen sich das pummelige kleine Mädchen an der Hand führten, das auf seinen immer schnelleren Beinchen manchmal vorauslief und – immer in der Mehrzahl – den beiden zurief: Teetanten!

Ludek Borowic beobachtete das Mädchen aus der Entfernung und wartete, er wusste, dass es unweigerlich geschehen würde, denn früher oder später kam jeder zu ihm in den Laden. Als nach mehreren Wochen der Streitigkeiten und des

Hin und Her die Dokumente des Kindes auf den Namen Rozpuch ausgestellt wurden, denn so hießen die Schwestern, falls sie überhaupt Schwestern waren, und das Kind getauft wurde, erschienen die Teetanten aufgeputzt in seinem Atelier mit der kleinen Grażynka ganz in Weiß und den beiden Paten, der Musiklehrerin Aurelia Borowiecka und dem Konditor Mateusz Suliga. Ludek brauchte eine Weile, um diese untypische Familie für das Foto aufzustellen, und die Hände zitterten ihm dabei, während die sonst immer so einvernehmlichen Schwestern sich nicht einig werden konnte, wer das Kind für das Foto halten sollte, bis sie schließlich brummelnd übereinkamen, die Patentante solle die Kleine halten, neben ihr solle der Patenonkel sitzen, und sie würden bescheiden im Hintergrund stehen, denn so wäre es gerecht. Die Teetanten standen reglos und blickten ohne jede Koketterie, die sie ohnehin nie besessen hatten, ins Objektiv, als guckten sie in den Spiegel, um ein Rußflöckchen von der Wange zu wischen oder eine Wimper aus dem Auge zu entfernen. Aurelia neigte den Kopf leicht nach links, denn irgendwann, als sie noch aufs Konservatorium ging, hatte ihr jemand gesagt, so sehe sie einfach entzückend aus. Mateusz Suliga rührte sich überhaupt nicht, weil seine Frau ihm zu diesem Anlass das Hemd so steif gestärkt hatte, dass ihm der Rand des Kragens fast die Kehle durchschnitt, und Grażynka sah Ludwik Borowic ernst und ruhig an. Aurelia Borowiecka, die ja an die jährlichen Klassenfotos mit ihren Schülern gewöhnt war, erschrak plötzlich und schloss die Lider, unter denen sie zu ihrer Verblüffung plötzlich einen langen Zug von Menschen mit Koffern über einen Bahndamm gehen sah, und über ihr wölbte sich ein roter Himmel, der pulsierte wie eine Membran. Als Ludek am Abend desselben Tages die Abzüge machte – für jede Teetante eins, zwei für die Paten und eins auf Vorrat –, empfand er ein solches Bedürfnis, das Kind, das er einst hatte weggeben müssen, zu beschützen, dass er bereit war, gegebenenfalls sein Konterfei so zu retuschieren, dass auch der gewitzteste Tod auf das gesunde Wangenrot und das Blau der Augen hereinfallen müsste. Zornig murmelte Ludek, der Tod sollte es bloß nicht wagen, und versprach alles, was ein ärmlicher Fotograf aus Kamieńsk geben kann, doch es war gar nicht notwendig, denn auf dem entwickelten Bild erschien das Gesicht des Kindes wie das Leben selbst. Ihre Lippen schimmerten rosig, die Augen blau, es war ein wahres Wunder der Schwarz-Weiß-Fotografie, und die Schönheit des Kindes trat umso deutlicher hervor, weil die silbrige Wolke des Todes Aurelia Borowiecka, die das Kind im Arm hielt, verhüllte, als hätte ihr jemand einen Schwall Zigarettenrauch ins Gesicht geblasen, sich um den Taufpaten Mateusz Suliga im steifgestärkten Hemd legte und schließlich auch die Teetanten streifte, in deren Abbild das geübte Auge des Fotografen den bösartigen Schatten eines kaum erst geschlüpften Todes ausmachen konnte. Von da an fotografierte Ludek Borowic Grażynka bei jeder Gelegenheit, die sich ergab, und er konnte die Teetanten so beschwatzen, das Aussehen des Kindes so rühmen, dass der Glanz auch auf die beiden Schwestern fiel, und sie erröteten wie nach dem Aprikosenlikör mit Nelken, von dem sie einander jeden Abend einen Fingerhut voll kredenzten. Als Grażynka ein Jahr alt war, machte Ludek ein Foto von ihr vor dem Hintergrund eines Meeresbilds, sie hielt einen Strandball in haarfein von ihm aufgemalten Farben, und eine Welle rollte bis genau an ihren kleinen Fuß mit makellosen Fußnägeln, die aussahen wie Ostseemuscheln. Im Winter fotografierte er sie im Schafsfellmantel mit Pelzkappe neben ihrem Schlitten, im Sommer im geblümten Kleidchen, im Herbst mit dem Ledertornister bei der Einschulung in der Schule von Kamieńsk. Jedes Mal war Ludek begeistert von der Vollkommenheit ihrer Erscheinung, und unter seinen Augen nahm Grażynka klarere Gestalt an und wurde immer schöner, als besäße sie die Fähigkeit, die Fotografenträume in sich aufzunehmen und zu verwirklichen. Auf dem letzten Bild, das Ludek Borowic, der jüdische Fotograf von Kamieńsk, aufnahm, war Grażynka etwa zehn Jahre alt, immer noch musste nichts retuschiert werden, denn sie erschien klar und deutlich, fast dreidimensional, die Augen zur Abwechslung diesmal braun und glänzend wie frische Kastanien. Als Grażynka Ludek Borowic' Atelier verließ, wartete draußen eine Schar Jungen auf sie, die sich die Nasen an der Scheibe plattgedrückt hatten: Wie immer war der melancholische Icek Kac bei den Gaffern und der elegant gekleidete Napi Mopsiński – und auch einer, der zwar nicht sichtbar, doch sehr wohl anwesend war: Ludek spürte den Blick hinter den Gardinen des Friseurgeschäfts wie einen eisigen Hauch, wobei ihm plötzlich auffiel, dass Tadeusz Kruk ja noch nie bei ihm gewesen war, um sich fotografieren zu lassen.

Kurz vor dem Krieg wanderte der Fabrikant mit Frau und Sohn Napi aus Polen aus. Die Teetanten und Grażynka ließ er in der Napoleonhütte zurück, denn er hatte nicht die Absicht, irgendwelche entfernten Verwandten und erst recht nicht ein Findelkind mitzunehmen, doch man musste ihm lassen, dass er sein Wort hielt und ihnen die Mittel für einen bescheidenen Unterhalt zukommen ließ. Die Beschäftigung mit historischen Werken aus der Napoleonischen Zeit und seine Erfahrungen mit der Knopffabrik hatten dafür gesorgt, dass Antoni Mopsiński die seltene Fähigkeit besaß, politische Ereignisse auf lokaler und internationaler Ebene vorherzusehen. Während die anderen Bewohner von Kamieńsk bei der Erwähnung eines drohenden Krieges wegwerfend sagten: Iwooo! Das geht vorüber!, blickte Antoni Mopsiński zum Himmel und seufzte: Das sieht böse aus, da tut sich nichts Gutes!, bis er schließlich entschied: Josephine, wir packen. So begann im Herrenhaus das große Packen, doch Antoni Mopsiński interessierte nur eines, nämlich der Nachttopf Napoleons, der heil und unbeschadet die Reise übers Meer überstehen musste, und er überwachte persönlich, wie er erst in Werg und dann in drei Meter purpurfarbene Seide gewickelt wurde, die Josephine einmal aus irgendeinem Grund bestellt und dann in der Truhe vergessen hatte, wo die Motten Löcher hineinfraßen. Fast gut, erklärte er, doch zur Sicherheit befahl er noch, das ganze Paket mit dem Nachttopf, das er während der Reise in seiner Nähe behalten wollte, zusätzlich in zwei von seiner unermüdlichen Frau trikotierten Pullover zu wickeln.

In Josephine Mopsińkas Handgepäck befanden sich Stricknadeln unterschiedlicher Dicke, Wollknäuel und ein Vorrat an Knöpfen, der Rest ging sie nichts an, und sie merkte nicht einmal, dass Napi, der plötzlich vom Schlingel zum schlaksigen Jüngling geworden war, bedrückt und mürrisch umherschlich. Da Josephine im Innern ihres Herzens wusste, dass sie niemanden besonders interessierte, war sie den Teetanten dankbar, dass sie ihr so lange Gesellschaft geleistet hatten, und wollte ihnen und Grażynka, den einzigen Personen, die freiwillig ihre Pullover, Schals und Pulswärmer trugen, gerne ein Abschiedsgeschenk machen. Vielleicht mischte sich auch ein leises Schuldgefühl in diese Dankbarkeit, denn Josephine Mopsińska wusste, dass ihr Wille zu schwach und ihre Stimme zu leise waren, um ihren Mann dazu zu bewegen, ihren Bitten nachzugeben und die Teetanten und Grażynka mitkommen zu lassen nach Amerika. Was konnte sie ihnen hier zum Abschied schenken, überlegte sie. Wenn sie doch wenigstens trikotierten – aber zum Trikotieren hatten die Teetanten überhaupt keine Neigung, und wozu Grażynka mal Neigung haben würde, das konnte man noch nicht voraussehen. Aber die beiden waren gern in der Küche zugange, hatten gern Gäste und bewirteten, ja – Josephine Mopsińskas Blick fiel auf die Kristallschale für Punsch, die sie sorgfältig verpackt und auf den Tisch neben andere für die Abreise vorbereitete Dinge gestellt hatte. Die Teetanten würden darin elegant ihren Punsch servieren und vielleicht auch ihrer gedenken, der Josephine Mopsińska aus Kamieńsk. Als die Teetanten mit Grażynka vorbeikamen, um Abschied zu nehmen, überreichte Frau Mopsińska ihnen die Kristallschale, zwei warme Westen und ein Kleid für die Kleine, das alles hatte sie trotz des allgemeinen Durcheinanders noch stricken können. Als Josephine Mopsińska sah, wie ihr Sohn beim Anblick der kleinen Grażynka errötete, betrachtete sie das Mädchen mit den schönen Augen und wunderte sich über ihre eigenen Gedanken, dass sie von diesem Augenblick an wohl nach Kamieńsk und allem, was hier hätte geschehen können, nun aber nicht mehr geschehen würde, Sehnsucht haben würde. Die Teetanten gingen mit ihren Geschenken und Grażynka davon, Josephine schaute ihnen in der zunehmenden Stille dieses letzten Abends nach und irrte sich nicht in der Ahnung, dass dieser von Traurigkeit erfüllte Augenblick letzten Endes doch in ihrem Leben als Frau, die immer alle enttäuscht hatte, etwas Größeres und Besseres verhieß.

Erst drüben, in ihrem düsteren New Yorker Hotel, wurde Antoni Mopsiński klar, dass ein schrecklicher Irrtum vorgefallen war. Die ganze Reise über hatte er nicht Napoleons Nachttopf persönlich im Handgepäck getragen und wie seinen Augapfel gehütet, sondern eine gewöhnliche Kristallschale für Punsch, weil seine zerstreute Frau Josephine die Pakete vertauscht hatte. Antoni Mopsiński stürzte augenblicklich zu Boden, vom Schlag getroffen und auf lange Zeit der Sprache, jeden Gefühls in der linken Körperhälfte und des halben Bewusstseins beraubt. Der Schlag traf auch die Kristallschale, die bei der Gelegenheit zu Boden fiel und in tausend Stücke zersprang. Die ganze Bescherung musste Josephine aufräumen, und als Antoni Mopsiński wieder zu sich kam – ein gutes Stück Weg, das beileibe nicht gerade verlief, hatte er dafür zurücklegen müssen –, musste er feststellen, dass nichts mehr so war wie früher. Sie lebten nicht in einem Haus, wie er es sich erträumt hatte, sondern in einer Zweizimmerwohnung auf der Lower East Side, denn in dieser Stadt, umschlossen von zwei Flüssen und dem Meer, schmolz das Geld unvorstellbar schnell dahin. Josephine trikotierte nicht mehr, sondern verdiente das tägliche Brot in der Regenschirmfabrik, die ihrer Nachbarin, der Polin Władzia und deren ungarischem Mann gehörten, dessen Name so schwer auszusprechen war, dass alle, einschließlich seiner Frau, ihn Wacek nannten. »Na, Gott sei Dank, wo er nicht sterben wird, da wird er leben!«, sagte Władzia und half Josephine den lädierten, aber genesenden Antoni Mopsiński auf die Füße zu stellen. Der Fabrikant, der kein Fabrikant mehr war, sondern Invalide, betrachtete erstaunt die untersetzte Frau mit den stachelbeerfarbenen Augen, die nicht seine Frau war, und seine Frau Josephine, die ihm auch fremd vorkam. Zum ersten Mal fanden andere Leute das, was Josephine machte, gut und nützlich, ihre Tätigkeit brachte Ergebnisse hervor, und Frau Mopsińska, die mit dem Zusammensetzen von Regenschirmen, der Erziehung ihres Sohnes Napi zu einem vernünftigen Menschen und dem Waschen, Füttern und Wickeln ihres Mannes vollauf beschäftigt war, spürte plötzliche Anwandlungen von Genugtuung, die sie aber irrtümlich für Hitzewallungen hielt. Als Gattin Mopsińska nach mehreren schönen Jahren ihren hinkenden und geistig noch nicht ganz präsenten Gatten Mopsiński auf einen ersten Spaziergang ausführte, begann es zu regnen. Josephine spannte den Regenschirm auf, der im Betrieb von Władzia und Wacek hergestellt worden war. Die goldene Kuppel, die sich plötzlich über Antoni Mopsińskis Kopf aufspannte, erinnerte ihn an den verlorenen Nachttopf Napoleons, und er verstand, dass es ein unwiederbringlicher Verlust war, der ihm aus irgendeinem Grund zugestoßen war, den zu ergründen er alle ihm noch bevorstehenden schlaflosen Nächte seines Lebens brauchen würde. Er weinte, wie er seit seiner Kindheit nicht mehr geweint hatte, als er von den letzten Momenten Napoleons las, der auf Sankt Helena systematisch vergiftet wurde. Jene kindlichen Tränen kehrten jetzt in einer salzigen Woge zurück und überfluteten das Ehepaar Mopsiński an der Ecke von Vierter Straße und Erster Avenue. Als sie nach Hause zurückgekehrt waren und die durchnässten Kleider gewechselt hatten, schrieb der ehemalige Fabrikant einen langen Brief an die Teetanten, in dem er ihnen in allen Einzelheiten erklärte, wie sie den Nachttopf aufbewahren sollten, und ihnen seinen Wert ans Herz legte, doch in den Wirren der Nachkriegszeit ging der Brief verloren und gelangte nie nach Kamieńsk. Selbst wenn er in die Hände der Teetanten geraten wäre, wäre es bereits zu spät gewesen.

Die Teetanten indessen ahnten, dass sie dieses Geschenk einem Irrtum verdanken mussten, deshalb packten sie den Nachttopf nach langer Diskussion wieder ein und versteckten ihn in einem Fass mit doppeltem Boden, oben lag das Sauerkraut, darunter in einer Kammer, vor jedem bösen Blick verborgen, der Nachttopf des Kaisers. Die Teetanten fürchteten nicht nur den bösen Blick, sondern auch Grażynkas Unbekümmertheit. Seit frühester Kindheit hatte sie ein völliges Desinteresse an materiellen Gütern an den Tag gelegt, und man musste achtgeben, dass sie nicht alles, was sie besaßen, den Kindern in Kamieńsk schenkte, die ihre Schwäche ausnutzten. Wenn jemand den Nachttopf gesehen und ihn sich gewünscht hätte, hätte sie ihn genauso ohne Zögern hergegeben wie ihre Haarbänder, die sie lachend anderen Mädchen schenkte, ihre fast neuen Schuhe, die eines Frühlings in einem Zigeunerwagen verschwanden, weil eine alte Zigeunerin daran Gefallen gefunden hatte, obwohl diese sich dem Kind wenigstens mit einer ordentlichen Bratpfanne erkenntlich gezeigt hatte. Doch bevor Grażynka mit der Bratpfanne zu Hause ankam, traf sie Marianna Gwóźdź, die

– welch ein Zufall – just eine solche Bratpfanne brauchte! Die Teetanten fassten sich an den Kopf und mussten manches Mal hinter Grażynka herlaufen, um ihrer Großzügigkeit Einhalt zu gebieten und ein Haushaltsgerät, den Sonntagsunterrock oder eine Golduhr zu retten, die sie gerade wegtrug; das ist doch ein Kreuz mit diesem Kind!, seufzten sie und strahlten übers ganze Gesicht. Also versteckten sie den Nachttopf und warteten auf einen Brief aus Amerika, doch ein ums andere Jahr verging, ohne dass Anweisungen bezüglich des Nachttopfs eintrafen, und allmählich glaubten die Teetanten, ähnlich wie Antoni Mopsiński, dass dieser Gegenstand nicht durch Zufall in ihre Hände geraten war. Na, wir werden sehen, seufzten sie bei der jährlichen Begutachtung des Nachttopfs, die meistens vor der neuen Kohlernte stattfand, wenn sie den letzten Rest Sauerkraut aus dem Fass mit dem doppelten Boden verspeist hatten. Weder die Bombenangriffe auf Kamieńsk, bei denen hundertfünfzig Menschen umkamen und neben einem guten Dutzend Häuser an der Geraden Straße auch das verbarrikadierte Herrenhaus des Fabrikanten in Schutt und Asche gelegt wurden, noch die Armut der Kriegsjahre warfen die Teetanten aus der Bahn ihrer geselligen Gepflogenheiten; weiterhin schenkten sie ihren Gästen die Gläser ein und stellten genau die Fragen, die man erwartete, nur dass sie anstelle von indischem oder chinesischem Tee jetzt Kräuteraufgüsse reichten und die Kekse, die sie nach wie vor in einer mal mit einer Blume, mal mit frischen Blättern dekorierten Gebäckschale anboten, jetzt mit Melasse gesüßt waren. Wenn bei den Teetanten die Kekse ausgehen, dann geht die Welt unter, sagten die Leute in Kamieńsk, und die Bewohner der Napoleonhütte spürten die Last der Verantwortung auf ihren Schultern. Ab und zu fuhren sie auf den Markt nach Radomsko oder Gorzkowice, doch irgendwann kam der Zeitpunkt, als alles, was noch irgendeinen Wert besaß, verkauft und der Vorrat bis auf das letzte Körnchen Grütze aufgebraucht war. Nur der kostbare Nachttopf steckte noch in dem Fass, und sein Glanz drang durch die vielen Schichten von Stoff, Werg und Holz, weshalb man auch in der tiefsten Nacht in der Speisekammer kein Licht anzuzünden brauchte. In der letzten Zeit hatte der Glanz noch zugenommen. Merkwürdig! Die Teetanten schüttelten die Köpfe und schlossen die Tür leise hinter sich ab. Im Allgemeinen gab es übrigens kaum noch einen Grund, in die Speisekammer zu gehen, denn den Teetanten und Grażynka sah wahrhaftig der Hunger in die Augen, und ein wenig fürchteten sie sich vor diesem Blick, der weißlich war wie mit Wasser verdünnte Milch. Die Zahl derer, die zu einer bescheidenen Teestunde in die Napoleonhütte eingeladen wurden, hatte sich rasch verringert, denn gleich zu Anfang des Krieges wurde in Radomsko ein Ghetto eingerichtet, in das die Kamieńsker Juden gebracht wurden, und es gab weder den Apotheker mehr noch Herrn und Frau Kac, noch Ludek Borowic und seine schöne Frau Hawa. Zum Teil waren sie nach Treblinka deportiert worden, andere waren unter den eintausendfünfhundert Menschen gewesen, die auf dem Radomsker Friedhof erschossen worden waren. Im dritten Kriegsjahr wurde Grażynka krank, was den Teetanten einen ganz schönen Schrecken einjagte: Das Mädchen hatte noch nie auch nur einen Schnupfen gehabt, obwohl sie schon im März in der Kamionka watete und den ganzen Winter ohne Mütze herumlief. Wenn mir heiß ist, fühle ich die Kälte gar nicht, pflegte sie zu sagen, aber jetzt verschwand die gesunde Röte von ihren Wangen, und ihre ganze Kraft schien zu verdampfen, ihre Hände und Füße waren dauernd kalt, nicht mal die mit siedendem Wasser gefüllten Wärmflaschen halfen, mit denen die Teetanten sie zur Nacht umgaben. Aus dem strahlenden Kind, das stets lachte, tanzte oder sang oder alles drei zusammen tat, war der bleiche Schatten eines Mädchens mit braunen Augen und haselnussfarbenen Locken geworden. Im Traum erschienen ihr die ermordeten Nachbarn aus Kamieńsk, sagte sie, die ganze Nacht redeten sie mit ihr in einer Sprache, die sie nicht verstand, und baten sie um etwas, doch sie wisse nicht, was. Weder die Tinkturen noch die Kräutermixturen zur Kräftigung, für die die Teetanten in der ganzen Gegend bekannt waren, zeitigten irgendwelche Erfolge. Plötzlich verfiel Grażynka in eine solche Apathie, als sei in ihrem Innern eine Tür zugefallen, die sie von Licht und Luft trennte. Reglos lag sie da, mit offenen Augen, die sich bewegten, als folge ihr Blick etwas, das nur sie sehen konnte. Ihre Körpertemperatur sank auf fünfunddreißig Grad, ihre Haare sprühten Funken, ihre Hände waren kreideweiß, und unter ihren Fingernägeln wurden kleine leuchtende blaue Pünktchen sichtbar.

Eines Nachts wachten die beiden Teetanten gleichzeitig so erschrocken auf, als hätte ihnen jemand ins Ohr gebrüllt. Sofort wussten sie: Grażynka war nicht im Haus. Sie liefen hinaus in den Garten, es sah aus, als habe sich der graue Kuss des Todes über alles Grün und alles Leben gebreitet, kein Hund bellte, kein Vogel trillerte, keine einzige Dorfkatze gab einen Laut von sich. Die Teetanten schauten sich in der grauen Stille um und sahen, dass das Tor am Ende des Pfads zum

Fluss Kamionka nur angelehnt war. Wenn sie bloß nicht ins Wasser gegangen war! Sie rannten durch die verdorrten Kletten und den wilden Dill, der Atem stand ihnen in Dampfwolken vor dem Mund. Auf der Böschung hielten sie inne, der Fluss zu ihren Füßen strömte quecksilbergrau dahin, das Spiegelbild des Mondes löste sich auf der Wasseroberfläche auf. Da stand Grażynka. Mit dem Rücken zum Ufer stand sie weiß und nackt auf einem Baumstumpf, der aus dem Wasser ragte, und sang. Was für ein Gesang! Die Worte der Lieder kannte jeder – Vor meinem Fenster stand die Zigeunerin, jüdische Gesänge aus der Synagoge, Fräulein Mania und Trauerweiden –, doch aus Grażynkas Mund hörten sie sich so anders an, als wären sie nicht von dieser Welt. Grażynka sang und bewegte die Arme, als wollte sie schwimmen oder sich in die Lüfte erheben, während im Osten ein erster rosa Streifen am Himmel erschien. Heilige Muttergottes, erschraken die Teetanten, wenn bloß keiner sah, dass ihr Findling hier nachts splitternackt stand und sang, das würde einen Skandal gaben! Sie rutschten die Uferböschung hinunter, stiegen bis zu den Knien ins Wasser, fassten Grażynka unter beide Arme und führten sie nach Hause. Als im Stall vom alten Słowik zweimal hintereinander ein zweiköpfiges Kalb zur Welt gekommen war, hatte ihm jemand die Scheune in Brand gesteckt. Im Krieg reizte man die Leute besser nicht mit solchen Wunderlichkeiten, sie waren schon nervös genug. Die Teetanten wussten, jetzt galt es zu handeln.

In Radomsko gab es einen Apotheker namens Maurycy Mak, er verstand sich auf die Heilkunst besser als die Ärzte, deren Rezepte er nach seinen Vorstellungen und zum Vorteil der Patienten abwandelte, und stellte in seiner freien Zeit

Liebestrunke, Salben gegen Ausschlag, Tinkturen für besseren Haarwuchs und für größere Brüste und auch Gegengifte her. Berek Mintz war der Einzige gewesen, der mit ihm konkurrieren konnte, doch Berek Mintz war mit seiner ganzen Familie nach Treblinka deportiert worden, so dass Maurycy Mak seither eine Monopolstellung in der Apothekerbranche inne hatte und die Preise für seine Dienstleistungen entsprechend in die Höhe schraubte. Tja, billig ist er nicht, der Maurycy Mak, seufzten die Teetanten beim Gedanken an den Radomsker Apotheker. Grażynkas Krankheit würde sicher auch nicht zu den Zipperlein gehören, für die ein paar normale Kräutchen oder billige Entschlackungstabletten reichten, deshalb rechneten sie sich aus, was sie für wie viel auf dem Markt in Radomsko verkaufen konnten. Aber es war hoffnungslos – es war immer zu wenig. Sie sahen sich an, seufzten, nickten in stillem Einvernehmen, denn sie brauchten nie viele Worte, um einander zu verstehen. Napoleons Nachttopf, was sollten sie machen, etwas anderes hatten sie nicht, um es dem Apotheker für die Heilung Grażynkas anzubieten. Vielleicht würde er ihn als Pfand annehmen, wenn sie ihn darum baten, und später, wenn sie wieder Geld hatten, würden sie ihn zurückkaufen können? So oder so, die Lage war ernst, und sie mussten los. Als die Entscheidung gefallen war, den Nachttopf Napoleons gegen eine Mixtur zu tauschen, die Grażynka vom nächtlichen Singen am Fluss heilen würde, beschlossen die Teetanten, die praktische und tatkräftige Frauen waren, bei der Gelegenheit auch noch ein paar andere Dinge auf dem Markt in Radomsko zu verkaufen. Zwei Ringe Wurst, die der melancholische Lehrer aus verdächtigem Fleisch gemacht hatte, vier Kilo illegales

Schweinefleisch und ein paar Gläser Sauerkraut verteilten sie geschickt unter ihren Mänteln und in den Manteltaschen, und um den Hals hängten sie sich Ketten aus Trockenpilzen. Sie nähten auch Menstruationsschlüpfer aus alten Bettlaken, Krieg hin, Krieg her, Frauen bluteten trotzdem. In Frankreich hatte man angeblich Menstruationshosen zum Einmalgebrauch erfunden – konnte das wahr sein?, fragten sich die Teetanten, denn sie waren neugierig und wissensdurstig, auch wenn sie nicht viel von der Welt gesehen hatten. Unterdessen überlegten sie, was sie für welche Summe verkaufen konnten, ohne Halsabschneider zu sein, aber doch so, dass es sich für sie lohnte. Zuletzt packten sie den Nachttopf Napoleons in einen Rucksack, den sie Grażynka auf den Rücken schnallten, und dann waren sie zum Aufbruch bereit. Auf dem Radomsker Bahnhof gerieten sie gleich in ein großes Gedränge, am anderen Bahnsteig sollte ein Zug nach Piotrków abfahren, hieß es, und plötzlich hatten sie Grażynka aus den Augen verloren. Einen schrecklichen Moment lang standen die Teetanten da und schrien den Namen ihres Kindes, während eine so entsetzliche Woge der Angst über sie schwappte, dass sie darin untergegangen wären, wenn sie sich nicht an den Händen gehalten hätten. Als Grażynka endlich wieder auftauchte, von ihnen nur durch ein paar dickliche, einander merkwürdig ähnliche Männer getrennt, konnten sie nicht mehr aus dem Bahnhof hinaus – weder in die Stadt noch auf einen Bahnsteig, denn beide Ausgänge waren von Deutschen versperrt. Eine ältere Ordensschwester stolperte neben ihnen und stürzte zu Boden, Grażynka half ihr auf. Razzia!, schrie jemand, aber für eine Warnung war es zu spät. Mit Gewehrkolben wurden sie in eine Ecke getrieben, ein Mann, der fliehen wollte, fiel von einer Kugel getroffen am Fahrkartenschalter, und eine der Teetanten, wahrscheinlich Aniela, dachte – wie merkwürdig, das Geräusch eines Schusses hätte sie sich anders vorgestellt. Als der Deutsche die Waffe gehoben und geschossen hatte, hatte sie unbewusst erwartet, das Piff-paff zu hören, mit dem der Fabrikant Antoni Mopsiński die unter seinem Dach beherbergten Verwandten des Gutsherrn erschreckte, um sich über ihre Abneigung gegen die Hasenjagd lustig zu machen. Er kam mit einer Handvoll toter Tiere, und wenn Róża und Aniela mit zugehaltenen Augen davonliefen, um es nicht sehen zu müssen, rief er hinter ihnen her: piff-paff, piff-paff. Dieser Tod war genauso echt wie der Tod der Hasen, und die Teetanten dachten bei sich, die menschliche Zunge sei doch nie und nimmer imstande, den Klang des Tötens nachzuahmen, obwohl die Menschen an sich mit dem Töten ja gar keine Schwierigkeiten haben. Sie standen nebeneinander, Grażynka in der Mitte, jetzt konnte man nur noch warten. Sie hatten keine Chance, zwei Frauen mit illegalem Fleisch für den Handel, sie waren verloren. Die Teetanten schauten einander an, beide hatten sie diese Art Vorahnung, die sich zu bewahrheiten pflegt. Neben ihnen stand die Ordensschwester und betete flüsternd. Vielleicht war es Róża, vielleicht Aniela, die sich zuerst flüsternd in der Nonne Flüstern mischte und leise fragte, ob sie das Mädchen nehmen könne. Bei einer Ordensschwester hatte Grażynka eine Chance. Die Schwester solle sie bitte nehmen, flüsterten die Teetanten unisono, während Grażynka aus Protest ihre Hände immer fester in die der Teetanten krallte. Die Schwester solle sie zu sich nehmen, sie heiße Grażynka Rozpuch, unsere

Grażynka, elf Jahre alt, gute Papiere. Die Nonne zögerte und trat einen Schritt zurück, ich nehme sie zu mir, sagte sie. Sie fahre zurück nach Tschenstochau, dort arbeite sie in einem Waisenhaus, sie könne Deutsch, die Kleine solle jetzt auch nur mit ihr einen Schritt zurückgehen. Wie würden sie sie finden? Sie heiße Bernadette, Schwester Bernadette vom Orden der Anbetenden des Blutes Christi, so heiße sie, sie würden sie finden, wenn sie zurückkommen, sollten sie zurückkommen, dann würden sie sie auch finden. Die Teetanten, mäßig religiös und in ihrem Leben von mystischen Anwandlungen unbehelligt, fanden dieses Blut Christi und die Vorstellung einer solchen Gruppenanbetung plötzlich schrecklich, aber bei der Nonne hatte Grażynka bessere Überlebenschancen als bei zwei Frauen mit verbotenem Fleisch unterm Mantel. Langsam, aber entschieden wanden sie ihre Hände aus Grażynkas Griff, lösten behutsam ihre störrischen Finger, traten einen Schritt nach vorn und nahmen einander bei den Händen, ohne Grażynka zwischen sich. Das Kind, das die Teetanten jetzt verdeckten, hob den Blick, es sah das fremde Gesicht, so eng von der Haube umschlossen, dass sich auf der Wange eine tiefe Kerbe gebildet hatte, und die trockene heiße Hand der Nonne nahm die des Kindes fest in den Griff. Nach der Selektion von rund zwanzig Leuten, die an die Wand des Radomsker Bahnhofs gepresst standen, wurden nur die Nonne mit Grażynka und eine dürre ärmliche Frau aus dem Bahnhof gelassen; der Dürren war bisher sicher nur wenig Gutes zugestoßen, denn während sie fortging, sah sie sich immer wieder um, als könne sie nicht glauben, dass man ihr das Leben geschenkt hatte. Die Teetanten sahen, wie Grażynka, vom Arm der Schwester Bernadette gezogen, hinter dem Tor des Bahnhofs verschwand, Schwester Bernadette, wiederholten sie in Gedanken, Anbeterin, Christi Blut, Tschenstochau. Diese Worte wurden zu einer Beschwörungsformel, die sie im Lager vor sich hin flüsterten, wenn sie die Hoffnung verloren; Schwester Bernadette, Anbeterin, begann Róża leise; Christi Blut, Tschenstochau, schloss Aniela, und dann hatten sie wieder den Willen zu überleben.

Als man die Teetanten zum letzten Mal in Kamieńsk gesehen hatte, waren sie im Morgengrauen zum Bahnhof gegangen, beladen mit Körben und Päckchen, Grażynka in der Mitte. Marianna Gwóźdź erzählte sofort danach in der Bäckerei, die Kleine habe einen Lederrucksack auf dem Rücken getragen, der habe geleuchtet, als stecke die Sonne darin, aber man wusste, dass die Haushälterin des Pfarrers eine lebhafte Phantasie hatte, und anfangs schenkte niemand ihrer Erzählung Beachtung. Erst als sich herausstellte, dass die Teetanten und Grażynka von diesem Ausflug zum Markt nicht zurückkamen, erinnerte man sich der Erzählung der Marianna Gwóźdź, und die Leute begannen nachzufragen, wie es denn in Grażynkas Rucksack geleuchtet habe, golden oder silbern? Wie die Sonne oder wie der Mond? Grünlich wie ein Johanniskäferchen oder eher bläulich wie ein Irrlicht im Moor? Und waren die Teetanten traurig? Waren sie vielleicht ein bisschen anders als sonst, durch die Aussicht auf ihr Verschwinden verändert? Konnte man ihnen irgendetwas ansehen? Dass sich die Spur der Teetanten und Grażynkas an diesem Tag in Radomsko verlor, wunderte niemanden, denn in jener Zeit war es eher eine Seltenheit, wenn jemand Spuren hinterließ, und es kam vor, dass sich Menschen beim Gehen durch den Schnee alle paar Schritte bekreuzigten, weil ihre Fußabdrücke im Schnee verschwanden, als hätten sie nie ihren Fuß in das weiche Weiß gesetzt. Die Teetanten waren nicht die Einzigen, die verschwanden, zuerst hatte dieses Schicksal die Juden von Kamieńsk ereilt, dann verlor sich jede Spur des Friseurs Kruk sowie des Konditors Suliga und seiner Frau Beata, Franciszka Pylek von der Post verschwand zusammen mit ihrer Familie und ihren Brüdern, und noch so viele mehr. Doch das Ungewöhnliche der Teetanten gab Anlass zu der Hoffnung, dass auch ihr Verschwinden ungewöhnlich war und man dadurch etwas über das Wesen des Verschwindens lernen könnte, so dass diejenigen, die noch in Kamieńsk waren, vor einem bösen Schicksal bewahrt bleiben konnten. Man wartete also darauf, dass sie zurückkehren und sagen würden: Ach, so schlimm war es gar nicht, wir haben es jetzt hinter uns, man brauchte vor gar nichts Angst zu haben. Sie würden eben verschwunden gewesen sein und kamen dann zurück und würden bald wieder zum Tee einladen.

Der Krieg ging langsam dem Ende zu, und die Leute in Kamieńsk wurden allmählich ungeduldig, denn der Friseur Tadeusz Kruk war zurückgekehrt, und von anderen war wenigstens die Kunde gekommen, mehr oder weniger präzise – vom Tod bei einer Razzia oder von einem Fluchtversuch aus dem Zug, davon, dass man diesen oder jene in Piotrków oder Radomsko gesehen hatte, ganz bestimmt war er, mit absoluter Sicherheit war sie es gewesen, wenn auch etwas verändert, mit einer Narbe, ohne Bein, ohne Arm, mit einem Gesicht, das irgendwie anders wirkte, wie von Krankheit gezeichnet. Doch von den Teetanten oder Grażynka wusste niemand etwas. Bestimmt kommen sie nicht zurück, seufzte Marianna Gwóźdź ein ums andere Mal, bestimmt kommen sie nicht zurück, lief es als Echo durch die leeren jüdischen Häuser an der Geraden Straße. Stück für Stück machte man sich an den Besitz heran, der zurückgeblieben war, denn es schien auf der Hand zu liegen, dass weder der Kamieńsker Fabrikant noch überhaupt ein Fabrikant zurückkommen würde, und wenn die Juden nicht zurückkommen würden, dann würde das, was ihnen als Besitz entfallen war, demjenigen zufallen, der als Erster die Pfote danach ausstreckte, denn so ist das Leben. Es war allerdings nicht mehr viel zu holen, und niemand weiß mehr so recht, wer als Erster seufzte: Ach, wenn man so einen Napolenonsnachttopf hätte, wenn man diesen ganz aus Gold gemachten und mit Edelsteinen besetzten Nachttopf haben könnte! Ach, mein Herr, ach, meine Dame, plötzlich hatte jeder in Kamieńsk schon von dem Nachttopf Napoleons gehört, der im Herrenhaus mehr als ein Jahrhundert überdauert hatte. Wie angenehm war es, sich inmitten von Chaos, Hunger, Elend und Tod in Gedanken an einem solchen Prachtstückchen festzuhalten, an einem solchen Nachttopf, über und über mit Paradiesvögeln bemalt und mit Drachen und werweißwas, den könnte man verkaufen, für Schmuck- und Trauringe einschmelzen, gegen alle möglichen Dinge eintauschen oder einfach nur besitzen, ihn verschwenderisch einfach behalten und in Besitz haben. Marianna Gwóźdź hatte den Glanz in Grażynkas Rucksack schnell mit dem verlorenen Nachttopf in Verbindung gebracht, sie hatten diesen vom Fabrikanten verborgenen Schatz gefunden und noch am selben Tag, am Tag ihres Verschwindens, irgendwohin mitgenommen, davon versuchte sie alle in Kamieńsk zu überzeugen. Aber konnte der Nachttopf nicht auf eigene Faust zurückgekommen sein? Aber natürlich! Marianna Gwóźdź war sich dessen sicher, und es gelang ihr auch, viele dazu zu bringen, es ebenfalls zu glauben. Im Krieg geschahen merkwürdigere Dinge als die selbständige Rückkehr eines Nachttopfs. Nach einiger Zeit suchten alle in Kamieńsk den Nachttopf, und jeder hatte irgendeine Theorie darüber, an welchem Ort er versteckt sein mochte und wie er aussah, mit jedem Tag wurde er schöner und kostbarer. Aus massivem Gold, mit eingravierter Aufschrift und Wappen, in einer Kiste verborgen, die im Garten des Herrenhauses unter einem Apfelbaum vergraben war. Aber unter welchem? Unter dem, der so glatte und glänzende Frühäpfel trägt, die aussehen wie vergoldet. So ein Pech, dass die Klarapfelbäume schon seit zwei Jahren keine Früchte mehr tragen und man sie daher nicht unter den anderen erkennen kann. Ach was, von wegen golden, bemalt war der Nachttopf, mit Husaren zu Pferde bemalt, und aus chinesischem Porzellan, so dünn wie Papier, das ist wertvoller als Gold, ja Gold ist im Vergleich dazu wertlos; und eingemauert ist er in einer Wand des Herrenhauses. Das Gerücht verbreitete sich, sprudelte wie eine Brausetablette mit Erdbeergeschmack, wie sie der neue Apotheker in der Geraden Straße herstellte und als die hervorragendste Arznei gegen Melancholie, Kater und Trübsal verkaufte. Dieser Nachttopf, das war ein Vermögen! Man konnte ihn einschmelzen, um Schmuck daraus zu machen, oder besser noch behalten, so wie er war, als Kapitalanlage, denn Papiergeld, das war heute da und morgen verschwunden, aber Gold, das war und blieb Gold, von chinesischem mal ganz zu schweigen! So oder so, die verschiedenen Stränge der Geschichte vom Nachttopf liefen alle bei den Teetanten und Grażynka zusammen. Deshalb behielt man durchs Fenster die Napoleonhütte im Auge und trug nach und nach davon, was sich ohne Einbruch wegtragen ließ, denn die Teetanten gehörten ja schließlich alle beide zu ihnen, wenn auch nicht so ganz, deshalb wartete man noch ein bisschen mit dem Einschlagen der Fensterscheiben und dem Aufstemmen der Schlösser. Was verschwand, das waren nur der Rechen, der an der Schuppentür lehnte, eine Holzschaufel für den Brotbackofen, Tulpenzwiebeln und ein üppig verzweigter Hortensienbusch aus einer feuchten Ecke des Gartens. Erst ein, zwei Tage vor der Rückkehr der Teetanten hatte es einer nicht mehr aushalten können, war in die Speisekammer eingebrochen und hatte die metallene Lebensmittelwaage mit einem kompletten Satz Gewichten und das Fass mit dem doppelten Boden mitgehen lassen, das aber nichts enthielt als den fauligen Geruch von altem Sauerkraut.

Die Teetanten und Grażynka kamen an einem Samstagabend im Spätherbst zurück, ganz unbemerkt, und erst am Licht in den Fenstern der Napoleonhütte sahen die Nachbarn, dass wieder Leben in das Haus eingekehrt war. Sie warteten geduldig darauf, dass sie sich blicken ließen, man überlegte, wen sie wohl zuerst zum Tee einladen würden. Aber die Teetanten erschienen weder zur Sonntagsmesse, noch sah man sie im Laden oder im Garten. Waren sie es wirklich? Es war schon vorgekommen, dass nach dem Krieg nur Geister zurückkamen, zum Beispiel der Geist des beim Bombenangriff getöteten Barnabas Midziak, der in der grasüberwucherten Bude an den Eisenbahngleisen gewohnt hatte, aber

Geister machen bekanntlich nicht das Licht an. Als Erste fasste sich Marianna Gwóźdź ein Herz, die sich zur Befriedigung ihrer Neugier deshalb besonders berechtigt fühlte, weil sie vor ihrer Stelle als Haushälterin im Pfarrhaus beim Fabrikanten Dienstmädchen gewesen war und den Nachttopf Napoleons mit eigenen Augen gesehen hatte. Dass sie es war, die Grażynka den Teetanten auf die Schwelle gelegt hatte, das hatte sie nie auch nur einem Menschen gegenüber erwähnt, und Gott allein konnte wissen, was dieses Schweigen sie gekostet hatte, sie, die gerne redete und jedes Wort wie ein Stück gefüllte Milchschokolade auskostete. Sie klopfte an die Tür der Napoleonhütte, doch obwohl drinnen Licht brannte, kam keine Antwort, nur ein senkrechter Schatten huschte draußen vorüber, als sei jemand in die Hocke gegangen, um sich unter dem Fensterbrett zu verstecken. Marianna Gwóźdź ließ sich nicht leicht beirren und klopfte ein zweites Mal. Ist da wer?!, rief sie, und als auch darauf niemand reagierte, schaute sie durchs Fenster und erblickte in dem Spalt zwischen den narzissenfarbenen Vorhängen einen kahlen Kopf. Was für ein Kopf! Als Marianna Gwóźdź noch ein kleines Mädchen war und mit dem Putzen, Waschen, Kochen für andere erst anfing, hatte ihr der Gutsherr Borowiecki einmal einen kleinen Gegenstand gezeigt, der aussah, als sei er aus Asche geformt, und als sie ihn in der Hand hin und her drehte, betreten über so viel Aufmerksamkeit, die ihr da zuteil wurde, sagte er, das sei der Kopf eines Menschen von den wilden Inseln, so einen Humor hatte er. Marianna Gwóźdź hatte später beim Metzger und vor der Kirche anderen davon erzählt, aber sie konnte es mit nichts vergleichen, weil in Kamieńsk außer ihr noch niemand ein

Schrumpfköpfchen von den wilden Inseln gesehen hatte. Jesus und alle Heiligen, was war das für ein Kopf?, sagte sie deshalb nur immer wieder und ging schließlich zur Beichte, denn das war immer eine gute Arznei, die sich nur mit dem Aprikosenlikör vergleichen ließ, mit dem die Teetanten sie vor dem Krieg bewirtet hatten. Diese beiden Dinge – die Beichte und den Likör – liebte Marianna Gwóźdź wegen der vielen Worte, die sie sowohl bei der einen als auch bei der anderen Gelegenheit verlieren konnte.

Als sich die Teetanten schließlich hinauswagten, wussten alle auf den ersten Blick, dass sie im Lager gewesen waren. Diejenigen, die aus dem Lager zurückkamen, teilten sich in die Gesprächigen und die Schweigsamen, auch das wusste man inzwischen, denn ein paar Monate zuvor waren der Friseur Tadeusz Kruk und die Telegrafistin von der Post, Franciszka Pylek, zurückgekommen. Ersterer redete ununterbrochen, Letztere schwieg wie ein Stein. Die Bewohner von Kamieńsk warteten also geduldig, denn insgeheim rechneten sie damit, dass die Teetanten, die doch immer so gesprächig und freundlich gewesen waren, zu denen gehören würden, die redeten. Ein redender Mensch lässt sich nämlich leichter wieder in den vertrauten Kreis einbeziehen, auch wenn man das, was er redet, nicht fassen kann.

Tadeusz Kruk zeigte jedem Kunden die Nummer auf seinem dünnen Unterarm, und mit Schere oder Rasiermesser fuchtelnd redete er. Jedes Mal, wenn er jemandem das weiße Tuch um den Hals legte, redete er, selbst wenn der Kunde – wie zum Beispiel der neue Schuldirektor oder Marianna Gwóźdź – diese Geschichte schon etliche Male gehört hatten. Mit dem Lager antwortete der Friseur auf eine beliebige unschuldige Bemerkung übers Wetter, denn was wahr ist, ist wahr, ich bitte Sie, liebe Frau Marianna, es regnet, aber was ist das schon für ein Regen; als ich im Lager war, da hat es geregnet, dass wir im Matsch geschlafen haben; man hat Matsch gegessen, Frau Marianna, und Ruß hat man gekaut vor Hunger. Mit dem Lager antwortete er auf einen unschuldigen Hinweis auf die Zwiebelernte, denn die Zwiebel, Herr Derektor, dieses an sich primitive und selten allein wachsende Gemüse, das kann im Lager Leben retten; und von Äpfeln, Herr Derektor, von den ersten saftigen säuerlichen Sommeräpfeln, von denen hat man im Lager geträumt, so klar und deutlich, Sie werden es nicht glauben, Herr Derektor, man hat beim Aufwachen noch den Duft in der Nase gehabt. Tadeusz Kruk redete und schluckte, und jeder, der ihn anhörte, bekam Lust auf dünn geschnittene Zwiebeln, mit Salz bestreut auf einem Stück Schmalzbrot, oder auf einen Apfel, direkt vom Baum gepflückt und noch taubenetzt. Sie haben was mitgemacht!, sagten die rasierten und frisierten Männer, und die gefärbten und gelockten Frauen sagten flehend: Heilige Muttergottes, Herr Tadziu!, und der Friseur war sich nie sicher, ob sie ihn baten aufzuhören, oder ob sie nicht doch noch mehr Schreckensgeschichten hören wollten von erfrorenen Fingern, Ohren und Nasen, die den Gefangenen einfach abfielen, so dass man sie morgens auf dem Boden der Baracke zusammenfegen musste. Also redete er von den Fingernägeln, die weich wurden wie Teig, und von den Zähnen – die konnte man einfach so aus dem blutigen Zahnfleisch ziehen, und von den Wunden voll Eiter und Maden. Es bereitete ihm Vergnügen, dass sie zuhörten, und er nutzte es aus, denn er wusste, dass es sich nicht schickte, denen das Wort abzuschneiden, die von dort zurückgekehrt waren. Es konnte auch niemand seinen Heldenmut in Frage stellen, die Äpfel, Zwiebeln und Brotrinden, die er im Lager den Schwächeren gegeben hatte, denn auch wenn ein Teil der Augenzeugen nicht mehr lebte, diejenigen, die überlebt hatten, mussten es genauso in Erinnerung haben wie er. Tadeusz Kruk, der Friseur von Kamieńsk, meinte, die Wahrheit sei etwas, das entstehe, wenn man eine Geschichte oft genug wiederholte. Deshalb redete er immer wieder von den Äpfeln und Zwiebeln, den hungernden Frauen, denen er schenkte, was er sich vom Mund abgespart hatte. Er redete und schluckte, und in den Spiegeln wiederholte sich die Bewegung des Adamsapfels am Hals des Friseurs, der sein Abbild mit den glatt pomadisierten Haaren betrachtete.

Tadeusz Kruk gehörte zu dem traurigen Schlag von Männern, denen es dem Anschein nach an nichts mangelt, sie haben ein normales Gesicht, das weder hübsch noch hässlich ist, sind mittelgroß und haben einen anständigen Beruf, trotzdem war es bei allen Mädchen in Kamieńsk so, dass sie schließlich anstatt seiner einen Alkoholiker wählten, der es in keiner Stellung länger aushielt als einen Monat, oder sie gingen nach Łódź, bekamen Arbeit in einer Weberei, und er sah sie nie wieder. Tadeusz Kruk hatte keine Freunde, nur der für sein weiches Herz bekannte Mateusz Suliga ließ sich manchmal dazu überreden, mit ihm auf dem Bolzplatz der Schule Boxen zu trainieren, wobei der sanfte Zuckerbäcker, ganz gegen seinen bewussten und sanften Willen und dennoch einem plötzlichen inneren Antrieb folgend, dem Friseur einen Hieb auf die Wange oder in den Magen versetzte. Selbst die unehelich geschwängerte Elwira Strak aus Kleszczowa, für die eine baldige Verheiratung der einzige Ausweg war, wie ihr alle Eingeweihten sagten, als ob sie das nicht selbst wüsste, stieß den Friseur entschlossen beiseite, so, wie es hungrige Tiere tun, die nach Beeren schnüffeln und das giftige Unkraut dabei beiseiteschieben. Er lief Elwira hinterher bis auf den Bahnhof und kam dort an, als der Zug nach Radom sich gerade anschickte loszufahren; Tadeusz Kruk gelang es noch, den Arm in der grauen Bluse zu packen und seine Finger fester darum zu schließen, als er wollte, weil er fühlte, dass ihm da die letzte Chance auf etwas entglitt, das man in Kamieńsk das normale Leben nannte, doch als Elwira, die auf den Stufen des Waggons stand, ihm das Gesicht zuwandte, erblickte er verdutzt Entsetzen und Abscheu in ihrem Gesicht, sie malten sich darauf so deutlich ab wie Blut im Schnee. Er ließ sie los, sollte sie fahren; wie versteinert stand er auf dem Bahnsteig, denn plötzlich stieg das, was er in den grauen Augen der Frau gesehen hatte, wie eine Woge in seinem mittelgroßen und mittelhübschen Körper auf. Tadeusz Kruk begriff plötzlich, dass er etwas Schreckliches in sich trug, etwas, das zäh und schwer war wie Ruß. Tadeusz Kruk krümmte sich, als hätte er von Mateusz Suliga einen Schlag ins Sonnengeflecht bekommen, und er spürte, dass alle seine Träume von Macht, Gewalt und Angst der Frauen, dass alle diese Träume, die ihm Vergnügen und Erregung verschafften, wahrhaftiger waren als die Wirklichkeit. Auf dem Bahnhof von Kamieńsk begriff er plötzlich mit erschreckender Klarheit, dass es der Vergewaltiger und Unterdrücker war, der einen Traum vom anständigen Friseur aus einer kleinen Stadt geträumt hatte, und nicht umgekehrt, und da kam sein Herz zur Ruhe. Weiterhin ging er pünktlich zur Arbeit und öffnete mit lautem Knallen der hölzernen Fensterläden sein Geschäft, weiterhin bügelte er die weißen Leintücher, die er den Kunden um den Hals band, und legte die Wickler für die Dauerwelle so zurecht, wie er sie brauchte, aber diese Welt war für ihn nicht mehr real. Er rasierte und entfernte geschickt die wuchernden Haare aus der Nase des Metzgers oder dem Ohr des Uhrmachers, besprühte die Gesichter der Männer mit Kölnisch Wasser, das nach Geranien und Zitronen duftete, und verpasste den Frauen modische, steif pomadisierte Kurzhaarfrisuren, denn seine weniger vermögenden Kundinnen wollten vor allem, dass die Frisur auch nach der Hochzeit, Beerdigung oder Taufe noch ein, zwei Wochen hielt. Doch in Wahrheit war Tadeusz Kruk eigentlich gar nicht dort in dem Friseurgeschäft an der Geraden Straße in Kamieńsk, sein Tagesgeist machte sich dort in sauberem Kittel zu schaffen, und nur ab und zu geschah es, wenn er den Nacken einer Frau warm und wehrlos vor sich sah, dass ihm der Gedanke an Gewalt durch den Kopf schoss, eine Gewalt, zu der man keine Hiebe in den Bauch und kein Einklemmen der Finger brauchte, es reichte schon, dass man Angst einflößte. Er erstarrte einen Augenblick lang, einer Ekstase nahe, dann überlief ein kalter Schauer die Kundin, die gerade für eine Dauerwelle aufgedreht war oder deren Locken gelegt oder gefärbt wurden, und sie bat, das Fenster wegen des kalten Luftzugs zu schließen. Dem Friseur war sein morgendliches Erwachen wie ein Einschlafen, während ihm das Abendessen, bei dem er einsam jeden Bissen mit seinen gelben Zähnen sorgfältig kaute, Kraft für sein nächtliches Leben gab, wenn er wirklich er selbst war. Seine Phantasie fand ihre Nahrung an den Frauen, die zu ihm ins Geschäft kamen, mehr aber noch an denen, die wie die Teetanten oder Hawa Borowic, die Frau des Fotografen, nie ihren Fuß hineinsetzten, denn ihn faszinierte es, wenn ein Widerstand zu brechen war. Der Friseur malte sich mit großer Sorgfalt und vielen Details Gefahren aus: In seinen Träumen verwandelte sich das Flüsschen Kamionka in einen rasenden Jenissej, der sich mit so gewaltiger und plötzlicher Heftigkeit über die Ufer ergoss, dass nur er sich auf einem elenden Floß retten konnte, er und eine Frau in durchnässter Kleidung, die ihr am Körper klebte. Und wenn es keine Flut war, dann war es eine Feuersbrunst, Flammen verschlangen Kamieńsk, Scheiben platzten vor Hitze, Bäume und Hausdächer brannten lichterloh, es brannten die Haare, die er zuvor frisiert hatte, und er stand ganz allein einer Frau gegenüber, deren Schreie niemand gehört hatte. Manchmal war diese Frau Hawa, manchmal Aurelia Borowiecka, öfter aber waren es die Teetanten, immer im Duett, denn so wie alle anderen behandelte Tadeusz Kruk sie wie ein Wesen, wie siamesische Schwestern, die auf eine zwar unsichtbare, aber doch offensichtliche Art und Weise miteinander verwachsen waren. Die Teetanten, unverheiratet, aber mit Kind, und dazu noch einem Findelkind, waren wie zwei Mütter, die nicht dazu berechtigt waren, Mutter zu sein, und sie besaßen in seinen Augen eine aufreizende Art von Freiheit. Der Geruch nach verwehten Blüten, das Fehlen jeder Koketterie und die weitgehende Gleichgültigkeit der Teetanten gegenüber Männern, die weder eine einstudierte Ködertechnik war noch Resignation, sondern die schlichte Wahrheit ihres Daseins, wirkten anziehender auf ihn als Jugend und Schönheit. Immer weniger reichten dem Friseur seine Träume, denn ihnen fehlten die

Gerüche, die von den Frauenhaaren aufstiegen, dieser zarte Hauch von Fett und Moschus, verzehrten Mittagessen und aufgesprühtem Parfüm. Er warf das abgeschnittene Haar nicht mehr weg, jeden Abend sammelte er die gestutzten Strähnen und die weichen Kissen angebrannten Dauerwellenhaars vom Boden auf, und die kostbarste Beute waren die ganzen Zöpfe, die glatt und kalt waren wie Schlangen. Er sammelte sie in einem Leinensack, der unter seinem Bett lag, und in seiner Sammlerleidenschaft vergaß er sich so sehr, dass die Kundinnen unzufrieden zischten: Wo haben Sie denn Ihre Augen, Herr Tadziu, sehen Sie doch mal, Sie haben mir ja fast eine Glatze geschnitten! Er schnitt und blickte lüstern auf das Haar, das er nicht schneiden durfte: Die bauschigen Kommunionstollen der Mädchen, die straffen Zöpfe der Schülerinnen, den Dutt von Aurelia Borowiecka, die Ringellöckchen der kleinen Grażynka Rozpuch. Er schnitt Frauenhaar ab, bis er so viel gesammelt hatte, dass er sich damit Matratze und Kissen ausstopfen konnte. Auf diesem Lager aus Frauenhaar, das nachts unter der Wärme seines Körpers lebendig wurde, träumte Tadeusz Kruk, der Friseur von Kamieńsk, die herrlichsten Träume und bemerkte den Ausbruch des Krieges erst, als Hawa Borowic, Aurelia Borowiecka, die Teetanten und Grażynka mitsamt ihrem Haar aus seinem Blickfeld verschwanden. Als er einmal nach Radomsko fuhr, um die Perücken abzuholen, die die noch immer zahlungsfähige Frau des Schlächters von Kleszczowa bestellt hatte, geriet er in eine Razzia und konnte sich nicht herausreden. Nach der Haft in Radomsko und Tschenstochau kam er verlaust, geprügelt und ausgehungert ins Lager, denn trotz seiner ganz unsemitischen Gesichtszüge weckte er wegen der Perücken und Pomade solchen Verdacht, dass er – sicher ist sicher – als Jude und Homosexueller behandelt wurde.

Bereits nach zwei Wochen in einer Baracke mit fünfzig fremden Männern erkannte Tadeusz Kruk, dass ihn etwas von den anderen unterschied. Im Gegensatz zu Wojciech Popioł zum Beispiel von der Pritsche über ihm, der solche Angst hatte, dass er im Schlaf Mamamamamama rief, oder zu Janusz Kukulka in der Pritsche links von ihm, der überhaupt kein Wort mehr herausbrachte und schließlich auf die Größe eines Säuglings geschrumpft starb, spürte er nur die fremde Angst, vor allem die Angst, die von den Frauenbaracken zu ihm herüberwehte. Die schlimmsten Schikanen blieben ihm erspart, und selten fiel der Blick des rotwangigen und gutherzig wirkenden Kapos auf ihn. Martin Kalthöffer war selbst erstaunt über seine Nachsicht gegenüber diesem Häftling, der in seinen Augen nie eine besondere Strafe verdient hatte, ja, er hatte nicht einmal Lust, sich auf seine Kosten zu amüsieren, indem er ihn den Boden ablecken oder Schcíße fressen ließ. Vielleicht spürte ein Teil seines Wesens, dass der Friseur, der alle Befehle mit automatenhafter Genauigkeit und niedergeschlagenen Augen ausführte, sich auf derselben Seite der Angst befand wie der Quäler, und deshalb hatte er in seinem Innern keinen Platz für die Angst. Die Angst fürchtet sich nicht! Die Angst war viel größer als der Mann, der auf einem Lager aus Frauenhaar seine süßen Träume träumt, ein Entsetzen, das Vögel im Flug verenden und Blut zu Milch gerinnen lässt, das witterte der Friseur aus Kamieńsk mit seiner kleinen, rundlich auslaufenden Nase und kam zu dem Schluss, dass er an einem Ort, wo Angst herrschte, nicht zugrunde gehen würde. Er aß das Wasser mit fauligen Kohlblättern, kaute mit seinen kleinen Zähnen das Brot, das hart war wie Baumrinde, und als Friseure zur Arbeit bei den Gefangenentransporten gesucht wurden, meldete er sich ohne Zögern, denn er wusste, worin seine Arbeit bestehen würde.

Sie waren zu zwölft, aber nur Tadeusz Kruk ging mit freudigem Herzen zur Arbeit. Sie waren zu zwölft, und zwölf Schemel standen bereit, auf denen die Frauen so standen, dass sich die Friseure beim Rasieren ihrer Schamhaare nicht bücken mussten. Diejenigen, die bei der Eingangsselektion zum Überleben eingeteilt waren, sollten bald darauf Menstruation, Zähne und oft auch das Leben verlieren, aber zuerst mussten sie ihre Haare verlieren. Zuerst fielen die hellen, dunklen, roten, grauen, kurzen und zu dorfmädchenhaften Zöpfen geflochtenen Haare, die noch nie einen Friseur gesehen hatten. Lockige und lockig gedrehte, gewellte und krause, glatte und zerzauste, Haare, die gelb gefärbt waren bis zur Unkenntlichkeit und nicht zu den schwarzen Augen und Brauen passten, in Eichenrinde und Kamille gebadet, mit den überflüssig gewordenen Bändern und Spangen, mit getrocknetem Blut und Resten von Rosenpomade, mit dem Geruch nach Angst und dem Geruch nach Tod. Was zählte, war Schnelligkeit, und der schnellste der zwölf Friseure war Tadeusz Kruk, während einer der zwölf, verlockt von der Aussicht auf größere Essensrationen und Arbeit unter einem Dach, nur so tat, als verstehe er etwas von dieser Arbeit, denn in Wirklichkeit war er Schafzüchter und hatte bisher nur Schafe geschoren. Was zählte, war Schnelligkeit, aber es ist keine Kunst, schnell und achtlos zu schneiden – Tadeusz Kruk schnitt ohne Hautverletzungen und rasierte ohne

Kratzer, dennoch zitterten die Frauen auf seinem Schemel am meisten, denn während die anderen elf schnitten, um zu überleben, lebte der Friseur von Kamieńsk, um zu schneiden. Nach dem Kopfhaar kam das Schamhaar an die Reihe, und wenn die kahlgeschorene Frau auf den Schemel stieg, hatte sie die Grenzen von Scham und Demütigung schon überschritten, und ihre Angst wurde zu einer Art reinem Destillat, während der Friseur mit sichtlichem Vergnügen behutsam ihre Schenkel auseinanderschob und die mit dem Rasiermesser bewaffnete Hand dem Schamhaar näherte. Vor ihm standen erwachsene Frauen mit weichen Bäuchen, die Kinder getragen hatten, gepflegte und ungepflegte, Frauen mit zartem hellem Flaum und solche mit üppigem Dickicht, das sich bis auf die Innenseite der Schenkel zog und in Richtung Bauchnabel wanderte; alte Frauen, die aber noch nicht alt genug waren, um direkt ins Gas geschickt zu werden, und junge, die nicht jung genug waren, um als Kinder zu gelten. Tadeusz Kruk schnitt und rasierte, der Haarhaufen neben seinem Schemel wuchs schneller als alle anderen, und gegen Abend stand er bis zu den Knien in Frauenhaar, getränkt mit dem Geruch der Angst. Während die anderen elf in Erwartung des Abends Hoffnung auf eine zusätzliche Brotration oder einen Streifen Fleisch nährten und jeder in Gedanken so weit wie möglich von diesem Arbeitsplatz entfernt sein wollte, träumte der Friseur von Kamieńsk, sobald er mit einer Frau fertig war, schon von der nächsten und überlegte, welches Aroma er wohl in ihrem Grauen erschnuppern würde. Je größer ihre Angst, desto besser seine Arbeit, denn hier ging es nicht um kleine Ängste, sondern nur um feine Abstufungen der größten aller großen Ängste. Die frische Angst derer, die gerade erst angekommen waren, unterteilt in die Angst der Mütter um ihre Kinder und die Angst der Kinder um ihre Mütter, die schreiende Angst getrennter Liebender und die Angst vor Hunger, die Angst vor Gewalt und die allerhäufigste Angst vor Schmerzen, Angst davor, es nicht auszuhalten, und Angst davor, es auszuhalten, die rot unterfütterte Angst derer, denen das Liebste schon entrissen wurde, und die Angst der Frauen, denen es gelungen war, ihre Schwangerschaft zu verbergen. Es gab auch eine alte und abgenutzte Angst, die, verhärtet und taub, in den Haaren der Frauen lebte, die nach mehreren Monaten in der Spezialbaracke zum Rasieren geschickt wurden. Diesen Hübschesten mit vollen Brüsten und runden Hüften war es gestattet, die Haare zu behalten, sie bekamen besseres Essen, sogar Vitamine, Wasser zum Waschen, welche Großzügigkeit im Gegenzug für die Pflicht, täglich in schrankgroßen Kopulationszellen ein gutes Dutzend, manchmal sogar mehrere Dutzend Männer zu bedienen. Sicherheitshalber probierten zuerst die SS-Männer die ausgewählten Frauen aus, obwohl das *verboten* war, danach kam alle zwanzig Minuten ein anderer Mann an die Reihe, der mit seinem Gutschein in die Spezialbaracke gekommen war, weil Heinrich Himmler das so angeordnet hatte, denn Ordnung muss sein; Ordnung ist die Grundlage, Tag für Tag, monatelang, immer im Liegen und unter dem wachsamen Auge des Wächters, der ein Auge darauf hielt, ob sich auch beim Kopulationsvorgang nicht irgendwelche Gefühle entwickelten, Gefühle waren lästiger als Kinder, denn diese konnte man ja irgendwie loswerden. Wenn eine Frau aus der Sonderbaracke verbraucht war, brauchte sie ihre Haare nicht mehr, und sie kam in eine normale Baracke, wo es ihr mit etwas Glück – hier möglicherweise ein unpassendes Wort – gelingen konnte zu überleben, während es ihr hingegen nie gelingen würde zu vergessen. Nur Tadeusz Kruk spürte, wie sich die verschiedenen Gerüche auf dem Boden vermischten, wo der Berg aus Haaren weiter wuchs. Am Abend wurden die Haare als nützliches Material in Säcken gesammelt, denn der Friseur aus Kamieńsk war nicht der Einzige, der auf die Idee gekommen war, damit Matratzen auszustopfen, und jetzt fegte er sorgfältig Flaum, Locken, Büschel und Zöpfe zusammen, ganz angetan von der Tatsache, das man das in industriellem Maßstab betreiben konnte. Der ehemalige Schafzüchter dachte: Schafe, ich schere Schafe, Schafe geben Wolle, Pullover, Wärme, Schafe geben Milch, Käse, Zuhause; er besaß nicht das meisterhafte Geschick des Tadeusz Kruk, doch jedes Mal, wenn er anfing, eine Frau zu rasieren, flüsterte er *Verzeihung*, und obwohl er das auf Rumänisch sagte, linderte der Ton seiner Worte allein ein wenig die Angst, und für viele Frauen war dieses *Verzeihung* eine Art Talisman, ein unverhofftes Geschenk, das ihnen niemand wegnehmen konnte. Als der rumänische Schafzüchter erfuhr, dass seine schwangere Frau und seine beiden Kinder tot waren, oder vielmehr, als er zuließ, dass dieses Wissen durch die Schutzschicht der Gedanken an Schafe-Wolle-Milch-Käse drang, da sagte er ein letztes Mal Verzeihung und schnitt sich mit dem frisch geschliffenen Rasiermesser, das er für die Gefangenen vorbereitet hatte, die Kehle durch. Da waren's nur noch elf, doch Tadeusz Kruk aus Kamieńsk arbeitete für zwei, und bald wussten die SS-Männer seine Meisterschaft zu schätzen, denn diese übertraf in der Tat die Fähigkeiten aller anderen Friseure, deren Dienste sie bisher in Anspruch genommen hatten. Von nun an hatte Tadeusz Kruk nicht nur mit den Gefangenen zu tun, sondern auch mit den Henkern und ihren hellhaarigen Frauen, denen er eigenhändig die dunklen Haarwurzeln nachbleichte. Er bekam jetzt mehr zu essen und saubere Kleidung und sogar eine rotgepunktete Fliege. Das war ein lustiger Anblick – der Friseur mit Fliege und die kahlköpfigen nackten Frauen. Zwischen dem feuereifrigen Friseur und dem Kapo Martin Kalthöffer, einem Landwirt aus der Münchner Gegend, entspann sich eine Art Einvernehmen, wie es nur zwischen Menschen besteht, die einander zutiefst ähnlich sind. Des Friseurs geschickte Hand rasierte also den halben Kopf einer Frau, die so dichtes und langes Haar hatte, dass es rauschend wie ein abgestreiftes Kleid zu Boden fiel, und einen Augenblick lang ließ man sie so stehen, zwischen Schönheit und Hässlichkeit, zwischen Schrecklichkeit und Lächerlichkeit. Aber einen halben Kopf zu rasieren ist keine Kunst, jeder beliebige Friseurgehilfe aus Radomsko kann das, mit ein paar kurzen Bewegungen des Rasiermessers hingegen ein Hakenkreuz in das Dreieck zwischen den Frauenschenkeln zu rasieren, das ist ein echtes Meisterstück und ein sicherer Weg zu Martin Kalthöffers guter Laune: Das ist ja wirklich ein Prachtstück! Tadeusz Kruk nahm zu, seine eingefallenen Wangen entwickelten Polster, sein Teint wurde rötlich braun wie angebraten, er hatte noch nie so gut ausgesehen.

So sahen ihn auch die Teetanten, die nach der Selektion und Durchsuchung als arbeitsfähig eingestuft worden waren und daher vorerst zumindest am Leben bleiben durften. Sobald sie hereinkamen, spürte der Friseur ihre Angst, eine große, fette Angst um einander und eine noch größere um einen abwesenden Menschen, so dass er mit Bedauern erriet, dass Grażynka nicht ins Lager gekommen war. Die Nacktheit der Teetanten offenbarte etwas, was nur wenige in Kamieńsk vermutet hatten: Die Schwestern oder Nichtschwestern aus der Napoleonhütte waren einander überhaupt nicht ähnlich! Unter dem Anschein von Ähnlichkeit und dem langen dunkelblonden Haar verbarg sich wie unter einem Vorhang der Unterschied zwischen dem einen Körper, der hell und weich war wie die Füllung von Cremeschnitten, und dem anderen, der mager und sehnig war. Die Hüften der einen waren ausladend und rund, die der anderen schmal wie die Taille, mit Hüftknochen, die vorsprangen wie Schaufelblätter. Plötzlich trat klar zutage, dass sich unter dem gemeinsamen Namen zwei eigene Vornamen verbargen: Róża hatte birnenförmige, schwere Brüste, bläulich geädert wie halb durchsichtig, bei Aniela krönten zwei dunkle Brustwarzen kleine Erhebungen, die Martin Kalthöffer belustigten: Die ist ja flach wie ein Brett! In dem Licht des Rasierraumes, das an einen Operationssaal erinnerte, waren auch die Haare der Teetanten nicht mehr gleich, und Anielas Zopf war obendrein falsch und mit Kämmen an der Kurzhaarfrisur befestigt. Nur den Bruchteil eines Augenblicks lang war Tadeusz Kruk ein Bekannter für sie, gleich darauf entdeckten sie in seinem Gesicht etwas, das sie im Innern ihres Herzens bereits vermutet hatten, wenn sie früher einen Bogen um sein Geschäft in Kamieńsk machten – das Vergnügen eines Menschen an der Angst anderer.

Auf die Teetanten kam bald das zu, was sie mehr fürchteten als Kälte, Hunger und gar Tod, nämlich voneinander getrennt zu werden. Róża wurde in die Sonderbaracke geschickt. Die Gefangenen, denen die Haare anstelle der abrasierten schwarzen, roten, braunen oder goldblonden Haare weiß nachwuchsen, schmierten sich den Kopf mit einem Gemisch aus Spucke und Kohle ein, und das machte auch Róża. Diese Methode, die die Frauen anwandten, um bei der täglichen Selektion in lebenswerte und nichtlebenswerte jünger zu wirken, zeitigte in ihrem Fall einen sehr anderen Erfolg als den beabsichtigten, denn sie wurde als verwendbar eingestuft. Als Róża schließlich als nicht mehr verwendbar aussortiert wurde, kam sie in die normale Baracke zurück und erkrankte zusammen mit Aniela an Typhus. Doch mit Typhus wurde man in die Krankenbaracke des Lagers geschafft, und dort kam man nur durch den Schornstein wieder hinaus – das jedenfalls meinte Tadeusz Kruk. Als er nach der Befreiung des Lagers nach Kamieńsk zurückkehrte, war er erleichtert, dass er die Teetanten dort nicht mehr antreffen würde. Tadeusz Kruk sagte sich immer wieder, er habe sich nichts vorzuwerfen, es war Krieg, er hatte keine andere Wahl, andere hatten noch ganz andere Sachen gemacht, und schließlich hatte er ja keinen umgebracht, ganz im Gegenteil, er hatte den Frauen und Kindern Zwiebel und Äpfel geschenkt. Er war froh, als er wie erwartet die Napoleonhütte leer vorfand, und er nahm das Leben wieder auf, das er kannte: Nachts träumte er, und tagsüber rasierte, schnitt, frisierte, wellte und dünnte er in seinem Geschäft an der Geraden Straße, das durch ein Wunder erhalten geblieben war, denn Wunder treffen in der Regel nicht die, die sie verdienen.

Und dennoch kehrten die Teetanten zurück, und Grażynka, die den ganzen Krieg im Waisenhaus in Tschenstochau verbracht hat, kam mit. Nach zwei, drei Wochen der Abschottung in der Napoleonhütte, wo nur Franciszka Pylek sie besucht hatte, wagten sich die Teetanten Arm in Arm wieder in die Stadt. Verschwunden waren ihre bescheidenen, aber eleganten Kleider und das lange Haar, jetzt trugen sie beide Hosen und Armeestiefel, und ihre irgendwie kleiner gewordenen Köpfe bedeckte unfrisiertes Stoppelhaar: Bei Róża war es weiß wie der Raureif auf den Auen an der Kamionka, bei Aniela grünlich wie faulendes Heu. Die Zähne waren ihnen ausgefallen, die Wangen hohl. Die Teetanten erinnerten jetzt an zwei seltsame Vögel nach der Mauser. Grażynka, die in diesen Jahren zu einer schönen Frau geworden war und älter aussah als ihre sechzehn Jahre, wich ihnen keinen Schritt von der Seite, als wollte sie sie mit ihrer Jugend und Gesundheit beschützen. Diese Kleine ist aber groß und hübsch geworden!, tuschelten die Leute in Kamieńsk. Zu dritt brachten sie den Garten in Ordnung und flickten das Dach, und mit der Energie derer, die den Hunger kennen, und einer Hingabe, als sollte der nächste Winter länger dauern als der letzte Krieg, machten sie sich im Herbst daran, Vorräte anzulegen. Ganz Kamieńsk sah die beiden großen Fässer für Saures, die sie wie leibhaftige Gewissensbisse aus Kleszczowa heranschafften, weil man ihnen ihre alten Fässer aus der Kammer gestohlen hatte. Doktor Jedwabny, der Kamieńsker Zahnarzt, der als einer der wenigen hiesigen Juden die Vernichtung überlebt hatte, machte Róża und Aniela ein Gebiss, und wenn sie Lust hatten, was nicht oft vorkam, konnten sie wieder lachen, ohne sich die Hand vor den Mund zu halten. Als ihre Haare wieder etwas nachgewachsen waren, fuhren sie nach Radomsko und kamen mit kastanienbraun gefärbtem und steif dauergewelltem Haar zurück, da atmeten die Kamieńsker erleichtert auf, denn jetzt sahen sie sich wieder ähnlich, doppelt wie die siamesischen Schwestern, die sie von früher kannten. Als sie vom Bahnhof kommend durchs Städtchen gingen, grüßte sie jeder Passant, als wären sie von einer langen schönen Reise zurückgekehrt: Guten Tag, Fräulein Róża, guten Tag, Fräulein Aniela, schönes Wetter heute, nicht wahr, wie geht es Ihnen, Fräulein Róża, Fräulein Aniela, was gibt's Neues, alles in Ordnung, Fräulein Róża, Fräulein Aniela? Die Ersten, die sie zum Tee einluden, waren Doktor Jedwabny und die schweigsame Postbeamtin Franciszka Pylek, die durch ein Wunder das Lager in Treblinka überlebt hatte. Aus den geöffneten Fenstern der Napoleonhütte wehte wieder der Duft von frischem Tee und Kuchen.

Die Welt von Kamieńsk geriet langsam wieder ins Gleichgewicht, und wohl niemand bemerkte, dass die Teetanten seit ihrer Rückkehr kein einziges Mal durch die Gerade Straße gegangen waren, die Hauptstraße von Kamieńsk, an der sich das Friseurgeschäft von Tadeusz Kruk befand und wo langsam die zerbombten Häuser wieder aufgebaut wurden. Sie schämen sich – zu diesem Schluss kam der Friseur, der im Laufe der Zeit an Selbstsicherheit beträchtlich gewonnen hatte. Sie schämen sich, weil ich sie nackt gesehen habe. Ihm fehlte es nicht an Arbeit. Die Frauen wollten jetzt keine langen Haare mehr, sie kamen zu dritt, zu viert, zu sechst zu ihm, ließen sich die Zöpfe abschneiden, nahmen ihre Pappköfferchen und fuhren in die Stadt, nicht mehr nach Łódź oder Piotrków, sondern weiter weg, in die Wiedergewonnenen Gebiete. Die Teetanten sah der Friseur nie, doch

Grażynka starrte er durchs Fenster an, und er war nicht der Einzige, denn wenn sie durch Kamieńsk ging, schauten die erwachsenen Männer von ihrer Arbeit auf, und die Großväter rieben sich die Augen, die Jungen schnalzten, hüstelten und pfiffen unbeholfen, da sie erst noch dabei waren, die männlichen Methoden, wie man Aufmerksamkeit auf sich zog, zu erlernen. So eine Schöne! Was für ein Hintern! Gut sieht sie aus! Guck mal, die Titten! Jeder brachte seine Bewunderung auf seine Art zum Ausdruck, und hätten sie versucht, ein wenig mehr Worte darauf zu verschwenden, wären die Aussagen der Männer von Kamieńsk so verschieden voneinander gewesen, als bezögen sie sich auf ganz unterschiedliche Personen. Alle, die in Grażynka eine Art Heilsbringerin sahen, hatten eines miteinander gemein: Jeder von ihnen trug einen mal mehr, mal weniger selbstverschuldeten körperlichen oder seelischen Makel: einen Buckel, die Unfähigkeit, das Geld in der Tasche zu halten, ein krankhaftes Unrechtsgefühl, unterschiedlich lange Beine, völligen Orientierungsverlust, Daltonismus, Alkoholismus, Melancholie oder Sonnenallergie, Lese- und Rechtschreibschwäche, der man seinerzeit dadurch beizukommen versuchte, dass man den Delinquenten Jahr um Jahr dieselbe Klasse wiederholen ließ, bis er für die Schulbank zu groß wurde, alle Träume, es auch nur bis Radomsko zu schaffen, aufgab und in der Sägemühle arbeiten ging. Grażynkas Schönheit wuchs an den Unzulänglichkeiten der Männer von Kamieńsk, diese witterten mit einem halb tierischen Instinkt ihre Großzügigkeit, die darin bestand, dass sie nicht von dem gab, wovon sie in Hülle und Fülle hatte, sondern genau das, wonach es den Bittenden verlangte, auch wenn er selbst nichts davon wusste. Tadeusz Kruk saugte sich mit den Blicken an Grażynka fest und trank von ihrem Anblick, bis ihm der Adamsapfel in Bewegung geriet: rote Baskenmütze, zusammengestoppelter Nachkriegsmantel, dicke Strumpfhosen, abgelaufene Schuhe – und dabei fühlte er eine nie gekannte Süße, die er bis auf den letzten Tropfen auskosten wollte, weshalb er ständig ein Gesicht machte, als hielte er einen Strohhalm zwischen den Lippen und sauge den letzten Rest Orangeade aus einem Glas. Ebenso wie der Schuster, der die ganze Familie samt seinen acht Kindern verloren hatte, wie der hinkende Postamtsleiter, der wegen seines verkrüppelten Beins einen Groll auf die ganze Welt hegte; der farbenblinde Tischler, der meinte, er hätte es weit gebracht, wenn er Farben hätte unterscheiden können, der melancholische Lehrer, der sich nicht genügend geachtet fühlte, der Dichter, der an Talentmangel und hartnäckigen Allergien litt, der ewig betrunkene Stationsvorsteher von Kamieńsk, der trank und sich ärgerte, dass er ohne jeden Grund trank – ebenso wie diese alle träumte auch der Friseur, dass eines Tages die schöne Tochter der Teetanten vor ihm stehen und seine Begierde vollends stillen würde, wodurch sich der von ihm empfundene Mangel schließen würde wie eine Wunde.

Als Grażynka eines Tages einfach so den Friseurladen an der Geraden Straße betrat, verlor Tadeusz Kruk beinahe den Kopf. Sie setzte sich auf den Stuhl, noch bevor er sie dazu auffordern konnte, drehte sich ein paar Mal im Kreis, fasste ihren Zopf, hob ihn hoch und sagte: Schneiden Sie mir die Haare kurz, Herr Tadziu. Er schnitt ganz langsam und erbebte bei dem Gedanken, dass die abgeschnittenen Haare ihm gehören würden, während sie eine Frage nach der anderen stellte: Wozu ist das da? Wofür sind diese Gummiringe? Ist es schwer, eine Dauerwelle zu legen? Und was riecht hier so schön nach Rosen, Herr Tadziu? – bis Tadeusz Kruk, von einem Geistesblitz erleuchtet, ihr vorschlug, sie könne doch bei ihm in die Lehre gehen und ihm helfen. Wenn es ihr nicht gefalle, Pech, wenn ja, könnte sie das Fach von Grund auf unter seinen Augen lernen, deren beide sich wie Blutegel an ihrem Gesicht, ihrem Hals, ihren Brüsten festsaugten. Grażynka spürte keine große Neigung zum Friseurberuf, er zog sie so wenig an wie jeder andere, doch sie spürte gegenüber dem Friseur ein großes Mitleid, ein ähnliches Mitleid, wie sie es für den Schuster empfand, der die ganze Familie mitsamt seinen acht Kindern verloren hatte, und für den Postamtsleiter, der seines verkrüppelten Beines wegen einen Groll auf die ganze Welt hegte, für den farbenblinden Tischler, der meinte, er hätte es weit gebracht, wenn er Farben hätte unterscheiden können, für den melancholischen Lehrer, der sich nicht genügend geachtet fühlte, für den Dichter, der an Talentmangel und hartnäckigen Allergien litt, und den ewig betrunkenen Stationsvorsteher von Kamieńsk, der ohne Grund trank und sich darüber ärgerte, dass er trank. Ihr Mitleid für Männer war zutiefst empfundenes Mitgefühl für die Unzulänglichkeit der Existenz, und ohne die in ihr von jedem Makel geweckte unüberwindliche Neigung, den von diesem Makel Gezeichneten nackt auszuziehen und an ihre Brust zu drücken, hätte Grażynka Rozpuch aus Kamieńsk das Zeug zur Heiligen gehabt. Sie bemitleidete und seufzte, und jeder, der wusste oder spürte, dass ihm etwas fehlte, hatte die Chance, selbst zum Objekt ihrer Seufzer zu werden: Ach, was für ein armes Wurm, was für ein Tölpelchen, so ein Jammerbündel! Und mehr noch als der Schuster, der die ganze Familie mitsamt seinen acht Kindern verloren hatte, als der Postamtsleiter, der seines verkrüppelten Beines wegen einen Groll auf die ganze Welt hegte, als der farbenblinde Tischler, der meinte, er hätte es weit gebracht, wenn er Farben hätte unterscheiden können, als der melancholische Lehrer, der sich nicht genügend geachtet fühlte, als der Dichter, der an Talentmangel und hartnäckigen Allergien litt, und der ewig betrunkene Stationsvorsteher von Kamieńsk, der keinen Grund hatte sich zu betrinken – mehr noch als alle diese weckte dieser Friseur ihr Mitleid, denn sie meinte, kein Makel sei so schlimm wie die Gewissenlosigkeit. Grażynka wusste nichts Genaues über die Erfahrungen, die die Teetanten im Krieg gemacht hatten, denn diese vor ihr geheim zu halten war eine der guten mütterlichen Absichten, die sich in ihr Gegenteil verkehren und Folgen zeitigen, die so unerwartet sind wie jede Katastrophe.

Das ist ein wahres Wunder, dass wir uns wiedergefunden haben, seufzten die Teetanten, als sie wieder zu dritt mit Grażynka am Tisch in der Napoleonhütte saßen; das ist ein wahrhaftiges Wunder, flüsterten sie vor dem Einschlafen und zeigten beide auf den hellen Lichtstreifen, der unter der Zimmertür ihrer angenommenen Tochter hervordrang; das ist ein wahres Wunder, sagten sie immer wieder, wenn sie nachts aufwachten und, verschreckt von einem Traum voll tosendem Wasser, den sie beide gleichzeitig geträumt hatten, auf Zehenspitzen zu Grażynkas Tür schlichen, sie einen Spalt öffneten und sich vergewisserten, dass sie ruhig schlief, ihr Haar auf dem Kissen ausgebreitet. Sie beruhigten einander: Nein, bei uns bestimmt nicht!, sagte Aniela zu Róża; ach, woher denn, überhaupt nicht?, sagte Róża zu Aniela, und doch kam es ihnen so vor, dass sie im warmen Dunst des Schlafzimmers etwas Fremdes spürten, eine Art unheilverkündenden Schatten, wie sie des Nachts durch die Straßen von Kamieńsk schweiften. Sie hatten das Gefühl, dass Grażynka ihnen entglitt, und sie fürchteten sich vor der Fremdheit, die ihre Tochter mit einer glasartigen Hülle umgab wie eine Schicht Eis, denn sie wussten nicht, woher sie gekommen war und was sie in diesen Jahren im Waisenhaus so von ihnen entfernt hatte. Sie fragten nicht einmal nach Napoleons Nachttopf, der verschwunden war – was kümmerte sie der Nachttopf! Bestimmt hatte sie ihn jemandem gegeben, wahrscheinlich hatten die Nonnen ihn sich unter den Nagel gerissen. Sie wollten ihr nicht hinterherspionieren, denn sie wussten, dass wenig der Liebe so schlecht tut wie ein Mangel an Vertrauen, und so warteten sie und warteten, dass sie vom Tanzschuppen nach Hause kam, von einer Freundin in Gorzkowice, vom Treffen mit diesem oder jenem in Kleszczowa, bis zu diesem Novembernachmittag im zweiten Herbst nach dem Krieg, als Grażynka ohne Zopf nach Hause kam, die Haare fast bis auf die Kopfhaut geschoren, und verkündete, ab morgen würde sie bei Tadeusz Kruk Friseuse lernen. Dieses arme Wurm, dieses Jammerbündelchen, er kommt alleine nicht zurecht! Er tat ihr so schrecklich leid, dieser Friseur!

Die Teetanten konnten in dieser Nacht nicht schlafen, und wenn jemand durch den Spalt zwischen den narzissengelben Vorhängen in die Napoleonhütte geschaut hätte, hätte er eine brennende Kerze gesehen und zwei in ein Flüstergespräch vertiefte, zueinander geneigte Köpfe in frisurschonenden

Haarnetzen. Am Morgen waren die Teetanten ruhig und blass, sie setzten Wasser auf, brauten den georgischen Tee auf, seufzten, vor dem Krieg, ja, da hatte man Tee, aber jetzt verkauften sie ja nur noch irgendwelchen Schludder und Abfall. Sie tranken je drei Tassen und gingen zur Geraden Straße, um den Friseur Tadeusz Kruk auf ein ernstes Gespräch zu bitten. Als sie durch Kamieńsk gingen, knirschte es unter ihren Schuhen wie Vogelknöchlein, denn der erste Frost hatte die vom Novemberregen hinterlassenen Pfützen mit einer Schicht Eis überzogen.

II

Eins, zwei, zwei Gesichter beugen sich über Dominika, und beide kommen ihr bekannt vor, so wie uns manchmal ein Anblick bekannt vorkommt, der uns zum wiederholten Mal im Traum erscheint. Sie atmet ein und nimmt einen Geruch wahr, an den sie sich erinnert und von dem sie weiß, dass sie ihn nicht gekannt hat, bevor sie in ihren Schlaf versank, einen süßlich bitteren, holzigen Geruch, ein wenig dem Duft der Speisen ähnlich, die sie einmal im Genossenschaftshaus auf Piaskowa Góra gekostet hatte, als eine Gruppe von Hare Krishnas dorthin eingeladen hatte. Eins, zwei, zwischen den Gesichtern das weiße Rechteck des Fensters, der Wind bläht die weiße Gardine; Musselin, ein Musselinkleid, denkt Dominika und streckt die Hand zum Licht hin aus. Graublauer Himmel, Wolken, Pappellaub, Wind, Vögel, eins, zwei, drei, ein ganzer Schwarm von Vögeln, das hat sie irgendwann schon einmal gesehen. Das eine Gesicht, das sich über Dominika beugt, ist lang, schmal und dunkel mit gelblichen Augen und hohen Wangenknochen; es lächelt und enthüllt dabei sehr weiße Zähne; das zweite Gesicht ist weiß wie Teig, es weint schwarze Tränen, der Mund trägt die Spuren von Lippenstift und bewegt sich wie bei einem Karpfen. Dominika schaut von einem Gesicht zum anderen und sieht, dass beide Gesichter von gelbem Haar umrahmt sind, sie lächelt, als begreife sie den Sinn der gerade entdeckten Ähnlichkeit, und sagt: Mama? Mein Kind! Du bist wach! Endlich! Jadzia Chmura fühlt sich, als hätte sie dieses große, eckige Kind ein zweites Mal zur Welt gebracht: Zuerst sieht sie das Köpfchen mit einem Dickicht von Haaren wie bei Wilden, dann das Gesicht, über dessen Wange sich eine rote Narbe zieht, die Augen, die sich immer weiter öffnen, der Mund, der den ersten irdischen Atem schöpft, der wieder sagt: Mama. In dem Moment, in dem die beiden Ärzte hereinstürmen, die sofort alarmiert worden sind, bildet der Mund des neugeborenen Kindes der Jadzia Chmura die erste Tochterfrage: Wo bin ich, Mama? Die Mutter, wieder mit der Tochter beschenkt, an deren Bett sie so viele Wochen mit Reden und Weinen verbracht hat und damit, das Lied von der Zigeunerin zu singen, die überströmt war mit Blut, sie fühlt, dass die Geburt jetzt vollendet ist. Sie lässt nicht zu, dass das Kind jetzt in einen anderen Raum gebracht wird, o nein, sie weiß Bescheid, sie hat jede Menge Illustrierte gelesen, sie ist nicht mehr so dumm wie damals, als sie aus Zalesie nach Wałbrzych gekommen war und die Bahnhofstreppe hinunter direkt in Stefans Arme fiel. Ein Kind muss man der Mutter auf den Bauch legen, sie muss es in die Arme nehmen. Jadzia streckt die Arme aus: Das Kind ist da, und es braucht sie.

Als Jadzia am zweiten Tag nach Dominikas Erwachen frühmorgens ins Krankenhaus geht, glänzen ihre frisch gewaschenen und lackierten Haare wie ein Osterlamm aus Zuckerfondant, und die mit Grażynkas neuem Lippenstift geschminkten Lippen sind bereit, der Tochter erschöpfende Antwort auf die Frage zu geben, wo sie sich befindet, und sie formen sich bereits um die ersten mütterlichen Worte, die beizeiten für diesen lang erwarteten Moment bereitgelegt worden sind. Die Ärzte, deren Worte Grażynka für sie ins Polnische übersetzt, raten Jadzia, weiterhin viel mit ihrer Tochter zu sprechen, den Unfall nicht zu erwähnen, von der unmittelbaren Zukunft zu reden. O ja, sie wird reden, da können sie ganz beruhigt sein, denn mit Dominikas Erwachen ist auch die Zukunft zurückgekehrt, die heute so schön wie noch nie erscheint. Man muss ihr nichts erklären, die Mutter weiß am besten, was das Kind braucht, das heute wiedergeboren wurde, der Mensch lernt aus Fehlern. Also keine Vergangenheit! Jadzia hätte nichts dagegen, wenn Dominika die Vergangenheit überhaupt vergäße, ritsch, ratsch, und weg wär sie, sie würden ganz von vorne anfangen, das wäre einfach wunderbar. Wie nach einem Großputz mit Teppichreinigung und einer gründlichen Desinfektion des Badezimmers, wenn die Welt so frisch und sauber riecht und Bakterien und schlechte Erinnerungen wie fortgeblasen sind. Was zählt, ist die Zukunft! Erst eben hatten sie im deutschen Fernsehen den neuen polnischen Premier gezeigt, und Grażynka übersetzte ihr die wichtigsten Worte des Auftritts: ein dicker Strich. Was für ein kluger Mensch! Jadzia Chmura klatschte fest in die Hände, er hatte recht! So setzt sich Jadzia ans Bett ihrer Tochter, die an ihr hinauf- und hinabschaut. Mama?, fragt sie immer wieder, als übte sie dieses erste Wort nach dem Erwachen, Mama? Manchmal bringt sie es heraus, manchmal lässt sich nur eine Art Mäuserascheln aus ihrem Mund vernehmen, ein unangenehmes Knirschen, ihr tut der ganze Körper weh, sie möchte sich baden, im Wasser untertauchen, diesen Geruch nach verbranntem Fleisch abwaschen, den sie im Schlaf in der Nase gehabt hat. Sie riecht ihn auch jetzt noch, sie hat Angst, dass ihr

Körper diesen Geruch ausströmt, dass er ihre Mutter einhüllen wird. Mama? Dominika wird nie wieder »Mama« ohne dieses kleine Fragezeichen aussprechen, als könnte es irgendwelche Zweifel an der Beziehung zwischen ihr und Jadzia geben. Jadzia hat keine Zweifel, sie hat ihre Tochter mit ihrem Singen aus der Dunkelheit geholt. Mein Kind! Wie hab ich gebetet, dass du aufwachst, was hab ich von dieser Zigeunerin gesungen! Dominikas Gesicht ist mager und blass geworden, und auf diese Narbe, denkt Jadzia, auf diese Narbe kann man bestimmt eine Creme schmieren, oder man kann sie pudern, dann sieht man nichts mehr davon. Vielleicht haben sie hier eine Narbencreme, die besser ist als das Zeug, das es in Polen gibt. Sie wird Grażynka mal fragen. In der BeErDe müssen sie so eine Creme haben, hier gibt es alles, Grażynka braucht nur mal in den Kühlschrank zu gucken oder in die Speisekammer. Alles gibt es, man muss aufpassen, dass man nicht zu viel isst, und die Klamotten sind unters Bett gestopft, mit den Preisschildchen noch dran, besonders ordentlich ist diese Grażynka nicht, das kann man nicht behaupten. Ein bisschen eine Schlampe ist sie, aber sie hat ein gutes Herz. Dominika spürt den Blick ihrer Mutter und berührt mit der Hand die Wange. Ich hab einen Unfall gehabt, sagt sie, es hat gebrannt, das Auto, einer hat geschrien, da war ein schrecklicher Geruch. Was war danach, Mama?

Arme Jadzia, sie kann nicht von der Zukunft sprechen und dabei umgehen, was war, dabei will sie so gern ihrer Tochter von dem Plan erzählen, den sie in diesen Wochen der Krankenwache ersonnen hat: Sie werden beide nach Piaskowa Góra zurückkehren, und Dominika wird Medizin studieren, danach findet sie Arbeit in einer Privatpraxis, was soll man zum Studieren in eine andere Stadt fahren, wenn man in Wałbrzych alles vor der Nase hat, danach wird man weitersehen. Sie hat im Abitur und bei den Aufnahmeprüfungen fürs Studium gut abgeschnitten, für ein Zweijahresstudium wird sie bestimmt genommen. Zahntechnik soll sie ein bisschen lernen, da kann man Geld mit machen, und an Arbeit wird es nie fehlen, denn in diesem Kommunismus, da sind den Leuten die Zähne ja reihenweise ausgefallen, und in der Demokratie, da werden sie ihnen auch ausfallen, dem armen Mann steht der Wind immer ins Gesicht. Jadzia selbst wird bald die dritten Zähne brauchen, und sie weiß, wie viel das kostet, wenn man es privat machen lässt. Ein Vermögen! Dominika soll sich erholen, was auf die Rippen kriegen, sich die Haare wachsen lassen, und diesen Kratzer auf der Wange, den kann man auch so wegtuschieren, das hat diese Trojanowska auch, die in Sopot gesungen hat. Ein schreckliches Geheul, das die von sich gibt, Jadzia hat ja kein Verständnis für eine solche Musik, aber die Frisur, die gefällt ihr. Wer weiß, vielleicht findet Dominika mit ihrer zukünftigen Trojanowska-Frisur ja eine Stelle in einer Praxis, deren Besitzer ein lediger Zahnarzt ist? Du kannst dir die Haare ja wie die Trojanowska machen lassen, vielleicht kann die Iwona dich in ihrem Friseurladen auf Piaskowa Góra so frisieren, sagt Jadzia zu ihrer Tochter, aber sie hat gleich das Gefühl, dass ihr wundersam gerettetes Kind lieber über etwas anderes sprechen will. Was ist danach passiert?, fragt Dominika, Mama, was war danach? Ich erinnere mich an das Feuer, an weiße Knochen, weiße Treppenstufen. Als ich gefallen bin, hab ich es gerochen. Etwas hat sehr schön gerochen, aber ich hab auch dieses verbrannte Fleisch gerochen, ich riech es immer noch. Mama? Heilige Muttergottes! Jadzia ist den Tränen nah. In anderen Familien gehen Häuser, Ländereien, Familiensilber von einer Generation auf die nächste über, und bei ihnen ist es der Geruch nach verbranntem Fleisch. Die Enkelin hat es ganz eindeutig von ihrer Großmutter geerbt: Zofia Maślak, Jadzias Mutter, hat ihn ihr Leben lang gerochen und spritzte dagegen mit einer solchen Hingabe Essig herum, dass sogar in das Weihwasserbecken am Eingang ein paar Tropfen fielen. Sag es mir, Mama! Dominika bleibt hartnäckig. Mama?

Jadzia verzieht die geschminkten Lippen zu einem Hühnerbürzel, sie weiß nicht, wie sie ihrer Tochter jene Tage erzählen soll, als sie selbst, wie sie der Nachbarin Krysia Śledź damals sagte und noch etliche Male sagen wird, um ein Haar den Verstand verloren und den Löffel abgegeben hätte. Sie hätte gerne wie der Premierminister Mazowiecki einen dicken Strich unter die Vergangenheit gezogen, aber daraus wurde nichts. Fast hätte ich den Löffel abgegeben, seufzt sie also, fast, mein Kind, fast wär ich übergeschnappt und hätte den Verstand verloren, da oben in diesem Krähennest. Heilige Muttergottes! Nur das Beten hatte sie vor dem Löffelabgeben, Überschnappen und Verstandverlieren bewahrt, dank dem lieben Gott und der allerheiligsten Muttergottes hatte sie es irgendwie ausgehalten. Was für Mengen Nervensalz ich getrunken hab, bis es mir hochgekommen ist, und wie viele Liter Melissentee! Sag mir, Mama, sag mir, was dann passiert ist! Jadzia kann sich nicht aus der Schlinge ziehen. Es hilft nichts: Sosehr Mutter Chmura auch geradewegs in die leuchtende Zukunft stürmen möchte, in der ihre veränderte Tochter Zahntechnikerin mit einer modernen Frisur à la Trojanowska ist, sie muss zu diesem Tag zurückkehren, an dem Dominika fast gestorben wäre und sie in der Krankenhaustoilette kniete, den Kopf gegen die Wand der Kabine schlug und dem Himmel alles versprach, was sie, Jadzia Chmura, geborene Maślak, Witwe eines Oberbergmanns aus Piaskowa Góra, zu geben vermochte, wenn der Himmel sich nur einem Handel geneigt zeigen würde. Heilige Muttergottes, bis ans Ende ihres Lebens würde Jadzia keine Süßigkeiten mehr anrühren, nicht mal die mit wenig Zucker, die gar nicht schmecken, sie würde auf Pilgerfahrt nach Tschenstochau gehen, auf den Knien, auf dem Bauch robbend, sie würde für die Kirche und arme Kinder in Afrika spenden, obwohl du ja selbst siehst, lieber Herrgott, dass ich kaum etwas sparen kann, um zu spenden, aber aus den Rippen würde sie es sich schneiden, aus dem Mund pressen, aus den Gedärmen wringen und sich zur Ader lassen, wenn nur ihr Kind überleben würde. Jadzia Chmura bot der Muttergottes und dem Herrgott zu gleichen Teilen ihre Gelübde und ihren Kummer an, doch sie erwartete Verschiedenes von diesen beiden heiligen Gestalten. Der Gottesmutter, insbesondere der Schwarzen Madonna von Jasna Góra, vertraute sie die Fürsorge für ihre verletzte Tochter an, wache über sie, flehte Jadzia, lass sie nicht sterben, Mutter Gottes, lass mein einziges Kind am Leben. Dem Herrgott, dem Vater im Himmel, überließ sie die Aufgabe, die Schuldigen zu strafen, genauso wie es die anderen Mütter auf Piaskowa Góra taten, wenn sie zu ihren Herzenskindern sagten: Warte nur, du Rotzlöffel, wenn der Papa von der Arbeit nach Hause kommt, der wird dir schon den Hintern polieren! Herr Gott im Himmel – Jadzia hob die Augen zu der von Feuchtigkeitsflecken überzogenen Decke der Toilettenkabine, in der es nach Desinfektionsmittel stank; Herr Gott im Himmel, die, die dafür die Verantwortung haben, die meiner Tochter das angetan haben, erhöre mich, Herr Gott im Himmel, auch wenn das schon viele gesagt haben, die, die das getan haben, denen sollen die schlimmsten Unglücke widerfahren, sollen ihnen die Zähne im Mund erweichen und ausfallen, sollen ihnen die Kiefer verfaulen, soll Aussatz ihre Leiber bedecken, sollen sie bösartigen Krebs bekommen und tödlichen Eeds, sollen sie mit Deiner göttlichen Hilfe alles Geld verlieren, sollen sie alle Hoffnung verlieren, sollen ihnen die Häuser abbrennen, missgebürtige Kinder geboren werden, die Fernseher explodieren, die Autos auseinanderfallen, und soll ihnen die Erde schwer sein wie ein Stein, Amen.

Zwei Personen waren fast gleichzeitig an Dominikas Unfallstelle angekommen. Während für die eine der beiden das Laufen etwas ganz Alltägliches war, war die andere seit Jahren nicht mehr gerannt, weshalb die Geschwindigkeit, zu der sie beim Sprint an der Wrocławer Straße entlang auflief, um so beachtlicher erschien. Małgosia Lipka hatte sich am Tag zuvor von Dominika verabschiedet. Es war ein schöner Abschied, denn nach den Ferien würden sie sich ja in Warschau treffen und in der Chomiczówka einziehen, wo der Block dem Babel von Piaskowa Góra zwar zum Heulen ähnlich sah, aber trotzdem irgendwie ganz anders schien, fast schön, umwuchert von Grün, von Jasmin und Holunder. Am Abend von Dominikas Abreise saß Małgosia am offenen Fenster ihres Zimmers und horchte auf ihre streitenden Eltern. Die warme Luft zitterte; Małgosia sah die Lichter von Piaskowa Góra und fühlte, dass sie schon gar nicht mehr an diesen Ort hier gehörte, dass sie schon so gut wie abgereist war, und keiner sollte sich einbilden, dass sie jemals wiederkommen würde. Sie sprang von der Fensterbank auf das Schuppendach und von dort in das vom Abendtau feuchte Gras, sie rannte Richtung Piaskowa Góra, vielleicht würde sie es zur Bushaltestelle schaffen, oder sonst zum Bahnhof, egal, was sie Dominika sagen würde, laufen musste sie, denn irgendwo gab es doch noch diese reinen Flüsse und Quellen, aus denen das Licht entsprang. Sie und Dominika waren in Wrocław auf dem Konzert eines Sängers aus Krakau gewesen, in der Turnhalle einer Schule hatte es stattgefunden, das Publikum war laut, ein Kind lärmte, und hinterher waren sie zur Bühne gegangen, um dem Sänger mit dem aufgedunsenen Gesicht und den blassen verschwiemelten Augen etwas Nettes zu sagen, doch er guckte wie in eine leere Flasche und begriff nichts. Er roch nach Alkohol, und Dominika fiel ihr Vater ein, der manchmal bei ihrem Anblick einen ähnlich traurigen Ausdruck bekam und bei der Frage, wie es in der Schule lief, in solche Ferne rückte, als habe sich in seinem Nest auf dem Sofa ein schwarzes Loch aufgetan. Danach sangen sie und Dominika höhnisch von den reinen Flüssen und Quellen, aus denen das Licht entspringt, denn sie waren ironisch und mieden jede Begeisterung wie die Pest, ah, die herrliche Begeisterung!, sagten sie und verdrehten die Augen, doch als Małgosia jetzt barfuß durch Szczawienko und Piaskowa Góra lief, dachte sie an reine Flüsse und Quellen, aus denen das Licht entspringt, an ihr Wolkenfern, das sie und Dominika sich bei ihren Eskapaden auf dem Dach vom Babel ausgemalt hatten, und sie dachte daran, wie sie am Fenster des Nachtzugs nach Warschau lauthals gesungen hatten und wie ihr der Fahrtwind Dominikas Haare ins Gesicht geweht hatte.

Im Pfarrhaus saß unterdessen Pastor Postronek und verabreichte sich Baldriantropfen, weil ihn der Streit mit Adaś, der um ein Haar mit Dominika durchgebrannt wäre, vollkommen aufgewühlt hatte. In Adams Zimmer, das er jetzt schon zum zweiten Mal innerhalb einer Viertelstunde betrat, herrschte eine Riesenunordnung, und erst jetzt bemerkte der alter Pastor den Brief, der an die Muttergottesfigur mit dem schief angeklebten Kopf gelehnt war. Über geschlagene vier Seiten verbreitete sich Adaś in seiner schrägen Mädchenschrift darüber, dass er Spuren hinterlassen, Kinder und Familie haben wollte. Pastor Postronek hörte solche Dinge nicht zum ersten Mal, und immer noch weckten sie die seit Jahren schlummernde Sehnsucht seines Herzens, denn auch er hatte einst gewollt und gefürchtet, auch wenn sein Ich wesentlich weniger überbordend gewesen war. Bei der Lektüre dieses Abschiedsbriefs hatte Pastor Postronek das Gefühl, dass er bei der ganzen Geschichte etwas Wichtiges vergessen hatte, was auch dieser Brief voll hochtrabender Worte und Zitate nicht erwähnte – was war es bloß? Der alte Pastor legte die Stirn an die Fensterscheibe und ging in Gedanken noch einmal alles durch, ob sie auch wirklich alles getan hatten, was nötig war, und gerettet hatten, wen es zu retten gab. Die kleine Chmura, so eine ganz Dünne, eine Halbwaise, angeblich in Mathematik unglaublich begabt, aus einer frommen Familie. Ach Gottohgott, seufzte Pastor Postronek und machte sich schleunigst auf den Weg durchs Gebüsch nach Piaskowa Góra hinauf, um der ebenfalls in Mitleidenschaft gezogenen Familie Chmura seinen christlichen Trost zu spenden. Er rannte mit geschürzter Soutane, sprang über Abfall und schlafende Säufer, leichtfüßig war er und flink. Im nächsten Augenblick stürzte Pfarrer Postronek hinaus auf die Wrocławer Straße, das Herz schlug ihm in der Brust wie ein Bergmannshammer.

Pastor Postronek wusste schon gar nicht mehr, wohin er es so eilig hatte und warum, als er an der Bushaltestelle mit einem Mädchen zusammenstieß, das er für einen Jungen hielt. Er hatte keine Ahnung, dass ihr von zwei Übeln – mehr standen nicht zur Auswahl – ebendies das liebere war: für einen Jungen gehalten zu werden. Sie war barfuß, hatte einen Ring in der Nase, hellblaues Haar und eine böse Ahnung: Sie müssen mit mir zum Bahnhof fahren, Herr Pastor! Sie rennen zusammen ein Stück weiter, versuchen an der Kreuzung ein Taxi zu kriegen, aber ausgerechnet jetzt ist keins zu sehen, klar, es ist Samstag. Beeilen Sie sich doch bitte, Herr Pastor! Warum denn zum Bahnhof?, fragte Pastor Postronek, doch zur Antwort bekam er nur: Schneller! Es ist wegen Dominika! Von einem Saufbruder, der an der Bushaltestelle Zigarettenkippen aufsammelte, hatte Małgosia in Erfahrung gebracht, dass ein Mädchen mit Rucksack da gewesen war, so eine dünne Bohnenstange, sie hatte da gestanden und den Autobus vorbeifahren lassen, danach war sie in einen Fiat gestiegen, der in Schlangenlinien davongefahren war. Sie liefen also denselben Weg entlang, den gut zehn Minuten vorher der kleine türkise Fiat genommen hatte, und Pastor Postronek konnte sich nicht genug darüber wundern, wie stark das Mädchen war, das ihn am Arm hinter sich her zog. Fürwahr! Ich kann nicht mehr!, jammerte er, aber sie zog und trieb ihn weiter an, als wüsste sie mehr als er über das Ziel ihres Laufs. Schneller! Wir müssen Dominika einholen! An der Kreuzung hatte sich ein Unfall ereignet, drei Autos standen dort, ein paar Männer stritten sich über etwas, in dem Zaun, hinter dem der Kleine See der Spinnennixe lag, klaffte ein Loch, durch das Loch sah man einen roten Feuerschein. Heiliger Herrgott! Dieser türkise Fiat kam aber auch gerast wie verrückt! Die waren betrunken die Mädels, so rast man nicht, wenn man nüchtern ist. Mädels? Wer weiß denn, ob das Mädels waren oder Kerle? Ein Zeuge hatte ein Mädchen am Steuer gesehen, der andere ist sich nicht sicher, es waren mehrere Leute im Auto, vielleicht drei, aber beschwören wird er es nicht. Kaum beschwört man etwas, wird man schon vor Gericht gezogen, und wenn man einmal vor Gericht ist – dann ist man angeschmiert. Aber kann schon sein, dass es eine Frau am Steuer war. Ein Kerl hätte das auch betrunken noch in den Griff gekriegt. Aber der Fiat hat's nicht gepackt, in den Zaun ist er geknallt, dann in den Haufen Schrott. Und wie der gekracht ist, Herr Pastor, dass die Erde gewackelt hat! Das Benzin ist explodiert, heiß ist das gewesen, dass man nicht in die Nähe gehen konnte. Sie hatten geguckt, ob sich noch was retten ließ, aber – kein Gedanke. Da kommt keiner mehr lebend raus, Herr Pastor. Aber Małgosia rannte auf das Feuer zu, barfuß über die Splitter des zerbrochenen Autofensters, und ihr hinterher Pastor Postronek, der begriff, dass ihn keine Furcht, sondern Zorn geplagt hatte, derselbe Zorn, den er vor Jahren einmal empfunden und dann aber so in sich erstickt hatte, dass er ihn ohne weiteres für Verdauungsbeschwerden halten, mit Pfefferminztee lindern konnte.

Das Autowrack stand in Flammen, im Kleinen See spiegelte sich der Feuerschein, im Feuer das schwarze Skelett des Autos und Schreckliches, Unidentifizierbares, was Körper sein konnten, aber nicht mussten: einer hinter dem Steuer, einer daneben, einer auf dem Rücksitz. Verstehen Sie, Herr Pfarrer, sie muss leben, das war keine Frage, das Mädchen, das einem Jungen so täuschend ähnlich sah, schaute ihn an, und in ihren Pupillen brannten kleine 126er Fiats. Das Feuer versengte Wimpern und Haare, brachte die Haut zum Glühen, der Geruch war entsetzlich, gleichzeitig fremd und vertraut, der Geruch nach etwas, das einst lebendig oder nützlich gewesen war und jetzt verbranntes Fleisch, geschmolzenes Plastik, verkohlte Knochen. Das einem Jungen zum Verwechseln ähnliche Mädchen schrie: Dominika! und riss das Unkraut auseinander, zerrte an den Schrottresten, zeigte, wo man suchen sollte, watete im Wasser, auf dessen Oberfläche kleine brennende Teilchen schwammen. Was ist das für ein Wasser, das brennt?, dachte Pastor Postronek und betete, in dieser Hölle möge es noch etwas zu bergen geben.

Man hätte sie für ein Stück Holz halten können, für einen Haufen Lumpen. Sie lag halb im Wasser, mit dem Gesicht im öligen Schlamm des Tümpels, die Arme von sich gestreckt, nur mit Schlüpfer und Schuhen bekleidet, die linke Hand um etwas gekrallt. Sie lebt. Atmet. Sie darf nicht bewegt werden, das Rückgrat, vielleicht ist ihr Rückgrat verletzt!, schrie Małgosia.

Der Pastor Postronek, sagt Jadzia, das ist so ein guter Mensch, Kind, ein wahrer Schatz. Er hat dich gefunden, er hat mich und Oma Halina informiert, mit allem hat er geholfen, hat uns aus dem Pfarrhaus in die BeErDe anrufen lassen, dabei kostet das ja ein Vermögen, ins Ausland. Ich bin ja fast übergeschnappt, wie sie mir dich im Krankenhaus gezeigt haben, durch die Glasscheibe, rein durfte ich nicht, wohl damit man keine Bakterien reinträgt, und durch die Scheibe hab ich dich angeguckt wie damals, als du grad geboren warst. Ganz bandagiert bist du gewesen, die Beine, der Kopf, das halbe Gesicht im Verband, in jedem Arm eine Kanüle, in beiden Händen steckte eine Nadel, dick wie ein Nagel. Und Grażynka mit ihrem deutschen Bubi, die waren zwei Tage lang in Wałbrzych und haben alles erledigt, Papiere, Transport, alles auf ihre Kosten. Die hat vielleicht Glück gehabt, dass sie an diesen deutschen Bubi geraten ist, der denkt wie ein Mensch, Kind. Manches Mädchen ist so auf Anstand bedacht, ist ordentlich und fein und findet keinen, und eine andere hat so ein Glück, auch wenn sie nicht mehr in der Blüte der Jugend ist und mit unehelichen Kindern dazu. Aber sie hat ein gutes Herz, da kann man nichts sagen, allerdings, so unter uns gesagt, besonders sauber ist es bei denen zu Hause nicht, ich hab sogar Schimmel im Becken gefunden, stell dir das mal vor. Ich will ja nicht tratschen, du kennst mich ja, Kind, seufzte Jadzia und wischte sich eine Träne ab. Aber dafür hast du es hier im Krankenhaus so sauber, dass man vom Boden essen kann, so hygienisch. Ich weiß nicht, ob sie dich bei uns wieder heil gekriegt hätten, operieren wollten sie nicht, so einen bestimmten Apparat hätten sie gebraucht, den hatten sie nicht. Aber hier sofort. Klar, nichts geht über privat, und dazu noch hier in der BeErDe, auf den ersten Blick sieht man, dass man hier keine Bakterie findet. Ich hab Grażynka gesagt, dass wir es in Raten abbezahlen werden, das sollte sie ihrem Hans sagen, aber der lacht bloß, nein, nein, wir brauchen nichts zurückzuzahlen. Sie wollten nicht mal sagen, wie viel deine Behandlung sie gekostet hat. Nein, nein, kein Geld, so heißt das hier, Geld, ein paar Wörter hab ich hier schon gelernt, während du geschlafen hast, aber, ich sag dir, das ist keine Menschensprache. Ich weiß, was Geld heißt, und Brot, ja, nein, und auch: Ich heiße Jadzia Chmura, ja, und Mutter, und meine Tochter. Ja, und dass dieser Hans kein Geld will. Obwohl, hinterher müssen wir ihm einen ordentlichen Pralinenkasten schenken, oder ich schick was von zu Hause, von Cepelia, wir gehn zu Cepelia auf Piaskowa Góra und suchen zusammen was aus.

Dominika betrachtet ihre Mutter, ihre nervösen Hände, die Lippen, von denen beim Sprechen nach und nach die Glanzcreme verschwindet, die von Äderchen durchzogenen stachelbeerfarbenen Augen, die ihrem Blick ausweichen, aber wachsam immer in der Nähe bleiben. Alles, was Jadzia sagt, kommt Dominika so leer vor, sie hört der Mutter zu und versteht die Worte, aber sie sind nicht mehr mit Gefühlen verbunden, sie sind wie ausgeblasene Eierschalen, hielte man sie gegen das Licht, es würde hindurchscheinen. Sie kann sich an fast alles erinnern außer an den Unfall selbst, aber aus Jadzias Erzählungen filtert sie die Informationen, um die Lücken zu füllen. Sie weiß, dass außer Pastor Postronek auch Małgosia Lipka an der Unfallstelle war, obwohl Jadzia deren Anteil an Dominikas Rettung so weit wie möglich herunterspielt, aber das durchschaut Dominika auch. Ein liebes Mädchen, aber ich sag dir, sie sollte trotzdem nicht so ganz auf Junge machen; diese Frage plagt Jadzia seit Jahren. Da kann sich doch einer echt vertun. So könnte sie ja zum Beispiel einen Jungen in die Irre führen, oder ein Mädchen, das sie für einen Jungen hielt. Vielleicht sagst du ihr mal vorsichtig was, Kind, so als Freundin, wenn wir wieder in Polen sind, so ganz vorsichtig, ist ja nur zu ihrem Besten. Was schadet es denn, wenn sie mal ein Kleid anzieht? Aber vielleicht ändert sie sich ja, wenn sie jetzt in Warschau studiert? Vielleicht lässt man ihr da so einen Aufzug nicht durchgehen? Das sollten sie auch nicht, sie will ja schließlich mal Ärztin werden. Małgosia ist meine Freundin, denkt Dominika, sie teilt den Namen Mał-go-sia in Silben auf, doch sie sieht nur ein Gesicht vor sich, Orte, Dinge, die geschehen sind, weiter nichts. Adaś, denkt sie, A-daś, doch anstelle der früheren Liebe – Jadzia behauptet, Dominika sei wie von Sinnen verliebt gewesen, und deshalb sei das alles passiert, es muss also eine Liebe gegeben haben – ist jetzt nur Leere da. Sie hatte auf ihn gewartet, aber er war nicht gekommen, die Mutter erzählt ihr jetzt, dass er aus Piaskowa Góra verschwunden ist, nach Rom soll er gefahren sein, in den Vatikan. Rom, denkt Dominika, auch dieser Name ist leer, wie die Liebe. Adaś, Małgosia, Mutter. Sie erinnert sich daran, dass sie sich mal mit Małgosia über Rom unterhalten hatte, Małgosia hatte erzählt, sogar im Winter sei das Licht dort golden, in ruhigen goldenen Strömen fließe das Licht dort durch die Straßen, und am frühen Morgen verkaufen die Händler Obst und Gemüse auf dem Campo dei Fiori. Körbe mit Oliven und Zitronen auf dem Campo dei Fiori! So ein Licht, das siehst du nie in Wałbrzych!, hatte Małgosia gesagt. Mał-gosia, Campo dei Fiori, denkt Dominika. Bloß gut, dass der nach Rom verschwunden ist, fährt Jadzia fort, ab mit Schaden, sehr gut ist das, obwohl sie ihm gern die Leviten gelesen hätte, wie kann man einem Mädchen so den Kopf verdrehen und dann die Beine in die Hand nehmen und weg, ein Schwein ist das, kein Pastor. Ein Schwein, zischt Jadzia durch die Zähne, und kein Pastor, wenn Stefan noch lebte, der hätte sich diesen Adaś vorgeknöpft, ein Brocken von einem Kerl war dein Papa. Weißt du noch, Kind? Mir nichts, dir nichts hat er dich auf die Schultern genommen und ist mit dir herumgetanzt, dass mir das Herz bis zum Hals geschlagen hat vor Angst, er könnte dich fallen lassen. Diese zwei – so nennt Jadzia Jagienka und Edyta –, diese zwei, die sind es selber schuld, die Lepka hat gesehn, wie sie sich auf der Terrasse haben volllaufen lassen, und besoffen sind sie ins Auto gestiegen. Sie hatte ja nie was von dieser Jagienka gehalten, sie, Jadzia Chmura, lässt sich nicht so einfach an der Nase herumführen, wenn einer nett grüßt, sie fällt nicht auf ein hübsches Gesichtchen rein, feine Kleidchen und so. Es gibt noch Gerechtigkeit auf der Welt, obwohl das für die Eltern ein schreckliches Unglück ist. Beide tot, Jagienka und Edyta, da war nichts mehr zu retten gewesen. Jagienka und Edyta – wiederholt Dominika, doch das Unglück der beiden ist wie die Todesanzeige eines Unbekannten an einem Haustor, an dem sie zufällig vorbeigeht, ihre Schuld ist weder verziehen noch unverziehen. Sie selbst fühlt nichts, als schlafe ein Teil von ihr noch, doch sie liest in Jadzia wie in einem offenen Buch und sieht, dass die Mutter etwas Wichtiges verschweigt. Jedes kurze Schweigen, in dem eine Frage fallen könnte, schüttet sie zu mit Worten übers Wetter, mit Seufzern über die hohen Preise, Krampfadern, die Kuchen, die sie Dominika backen würde, wenn sie nach Piaskowa Góra zurückkehrten. Sie hat von Grażynka neue Rezepte, aber erst mal wollen sie was backen, das sie beide kennen, Mohr im Hemd, oder Streuselkuchen, oder kalten Hund. Auf so einen kalten Hund, einen hausgemachten, hättest du doch Appetit, oder?, fragte Mutter Chmura ihre Tochter. Izaura bäckt man heute eigentlich nicht mehr, aber wenn Dominika möchte, dann findet sie das alte Rezept, irgendwo wird sie es noch haben, sie muss bloß ein bisschen in den Schubladen kramen. Was hättest du lieber, Kind – Mohr im Hemd oder kalten Hund? Oder Izaura? Sobald sich die vage Möglichkeit abzeichnet, dass das Gespräch auf Zalesie kommen könnte, legt sich Jadzia ins Zeug wie ein Hetman, der seiner Truppe zuruft: Nein, nicht dort entlang, da kommen wir nicht durch, nur über meine Leiche.

Zu Jadzias Glück ließen die Ärzte ihnen nicht viel Zeit, denn in diesen ersten Tagen, nachdem Dominika aufgewacht war, vergingen täglich Stunden damit, dass sie durchgeröntgt und abgeklopft wurde, man leuchtete ihr in die Augen und in den Kopf, und sie wurde in eine große Metallröhre geschoben, wo ihr Gehirn mit Lichtstrahlen in Scheiben geschnitten wurde, ihr Blutdruck wurde gemessen, Blut- und Urinproben in ihre Bestandteile zerlegt. Zu allen Untersuchungen begleitet sie die Krankenschwester Sara, die ihr die Anweisungen des Arztes ins Englische übersetzt. Englisch hat Dominika im Gymnasium gelernt, obwohl Jadzia für Deutsch gewesen war: Was willst du mit Englisch, Kind, in diesem England hast du doch nichts verloren, und das hört sich ja an, als hätte man Klöße im Mund, bläbläblä. Die BeErDe ist näher, und Deutsch wird einem in Polen immer nützen. Und natürlich hat sie recht gehabt – jetzt sitzen sie in der BeErDe. Eine Mutter hat immer recht! Jadzia weiß nicht, dass Dominika zu ihrer eigenen Verblüffung von Saras Worten mehr versteht, als sie in der Schule gelernt hat, dort hatte sie nur Lektüre und grammatische Regeln büffeln müssen, die von der lebendigen Sprache so weit entfernt sind wie ein Kuchen vom Rezept. Sara lächelt sie an, und die Grimasse, mit der Dominika antwortet, sieht aus, als kenne sie Lächeln nur aus der Theorie: Mundwinkel hochziehen, Zähne leicht entblößen, fertig. Sara erklärt, und Dominika beugt Beine und Arme, berührt die Nasenspitze mit dem Finger und tritt, wenn das Gummihämmerchen auf ihr Knie schlägt. Sie weiß, dass die Ärzte das Wichtigste nicht sehen, auch wenn sie über ihre Gleichgültigkeit und Verschlossenheit besorgt sind.

In Gedanken versucht Dominika zu potenzieren und Wurzeln zu ziehen, aber sie kommt über das Einmaleins nicht hinaus, die ganze Schönheit ist dahin. Einst trafen dreistellige Zahlen in ihrem Kopf aufeinander und explodierten wie kleine Regenbogen, und das Ergebnis der Multiplikation von 325 mit beispielsweise 768 erschien im Bruchteil einer Sekunde und war unweigerlich richtig, bitte sehr, ihr könntet es ja auf euren Taschenrechnern nachprüfen, aber man sieht doch auf den ersten Blick, dass es 249 600 ist. Dominika konnte die Zahl π bis auf die zwölftausendsechshundertachtundsiebzigste Stelle nach dem Komma auswendig, jetzt stolpert sie schon bei der fünfzehnten Stelle, und alle Ziffern sind für sie nur noch das, was sie für jeden sind – alltägliche Hilfsmittel, mit denen man um zwei Äpfel und dreißig Deka Schokoladenbonbons bitten und die Fliegen an der Decke zählen kann. Vor dem Unfall hatte jede Zahl eine eigene Farbe und Form, sie konnte glänzend und fest wie ein Bonbon sein, rau wie Baumrinde, hellgrün pulsierend wie alle Zahlen mit der Quersumme sieben oder kristallklar und durchsichtig wie die Primzahlen. Die Zahlen waren Landschaften gewesen, die sich vor Dominikas Augen wie chinesische Schatullen auftaten, und deshalb konnte sie sich vorstellen, wie ihr Geburtstag aussah, der 24. Dezember 1972, der für sie ein silbriggrauer, violett und gelb gesprenkelter Tag gewesen war, wie eine von Raureif bedeckte Wiese mit den ersten Krokussen. Jetzt war nichts mehr davon da, als hätte jemand mit dem Schwamm alles wie von einer Tafel weggewischt. Dominika hat keine Ahnung, wer sie ohne die Mathematik sein wird.

Für die Ärzte ist Dominika ein interessanter Fall, sie analysieren die Untersuchungsergebnisse und studieren die Aufnahmen des Hirns, insbesondere interessieren sie sich für die Stirnlappen, wo ihre Zeigefinger und die metallenen Zeigestäbe zusammentreffen. Dort sehen sie etwas, das sie gerne messen, ergründen und erklären würden, aber das kann niemand, sie benutzen also jede Menge gelehrter Worte, sagen aber in Wirklichkeit nur: Warten wir ab, es wird sich zeigen, so oder so. In der Wissenschaft sind verschiedene Fälle bekannt, und es kommt vor, dass es der Wissenschaft zum Trotz ein Wunder gibt. Für Wunder haben sie in ihrer Eigenschaft als Ärzte nicht so viel übrig, obwohl man in einer so komplizierten Situation auch diese Möglichkeit nicht ausschließen kann. Dominika begreift allmählich das Ausmaß ihres Verlusts, aber sie kann noch nicht ganz glauben, dass man ihn überleben und weiter atmen kann, den Himmel im weißen Rechteck des Fensters, die letzten Pappelblätter, Vögel, die Mutter im fliederfarbenen Mohairpullover und die schwarze Krankenschwester mit ihrem sagenhaft ausladenden Hintern sehen kann. Sie kann nicht mehr rechnen und verspürt nicht mehr die Freude der Herausforderung wie früher, als sie davon träumte, eine weitere Primzahl zu entdecken. An die Stelle jener früheren Dominika ist jetzt jemand anders getreten, eine unbekannte Person. Ihr Kopf ist voll mit Namen von Menschen und Dingen, doch die Verbindungen dazwischen scheinen zufällig, fließend und bedeutungslos. Das alles muss man irgendwie verklammern, denkt Dominika, ein seltsamer Gedanke: Das alles müsste man nehmen und irgendwie verklammern.

Am zweiten Tag, nachdem sie aufgewacht ist, fragt Dominika rundheraus nach Oma Zosia aus Zalesie, und Jadzia bricht in so heftiges Schluchzen aus, dass Sara sofort aufspringt und ihr zu Hilfe eilt, sie legt den Arm um Jadzias Schultern, doch diese schluchzt noch lauter, weil ihr bei der Berührung der schwarzen Krankenschwester bewusst wird, wie lange sie von niemandem mehr in den Arm genommen worden ist. Jadzias zaghafter Traum, mit einem Kind ohne Gedächtnis wieder ganz neu anfangen zu können, zerfällt zu Staub, Dominika kann sich an alles erinnern, dieses Kind war immer so eine Spinnert-Spleenige. Sie weiß noch, dass sie in Zalesie bei Oma Zosia ihren Großvater Ignacy Goldbaum aus Amerika hatte kennenlernen sollen, auf dem Weg vom Bahnhof hatte sie im Wald Himbeeren pflücken und ihnen zum Frühstück mitbringen wollen. Diese Himbeeren, die neben dem Kreuz wachsen, sagt sie. Pasadena, so heißt die Stadt, wo Ignacy wohnt, was ist mit den beiden?, fragt sie. Mama? Als Dominika erfährt, dass das Haus in Zalesie abgebrannt ist, taucht etwas in ihr auf, das diese Leere ausfüllen könnte, wenn es nur weiter wachsen, Dichte und Farbe bekommen würde, aber es zerplatzt, bevor es eine Form annimmt. Dominika fühlt wieder nichts, obwohl sie sich an das Haus, das abgebrannt ist, in allen Einzelheiten erinnert, so wie sie sich auch genau an das Gesicht von Oma Zosia erinnern kann, die Leberflecken, die feuchten Augen, das Lächeln, die zerbröselnden Kränze für Mariä Himmelfahrt, die hinter den Heiligenbildern steckten, die Kaninchenfelle in den Schubladen, die Mäusenester darin, der Teelöffel, der gegen die Wand des Senfglases klirrte, wenn sie bei Frau Gorgolowa saßen, der Nachbarin, die sie zu Tee und diesem hübschen Dorfkuchen einlud, den sie Regenbogenkuchen nannte. Janek Kos, heult Jadzia, von Kindheit an hab ich ihn gekannt, Pilze hat er uns gebracht, unterm Nussbaum hat er Sauermilchsuppe gegessen, bitte sehr, hat er gesagt, danke schön, wer hätte das gedacht, dass der ein Brandstifter ist, ein Wahnsinniger, und Dominika erinnert sich an die fast schwarzen Dahlien und das Gesicht des Nachbarn, unbewegt wie Stein, das sie, zwischen den Blumen verborgen, beobachtet hatte. Doch sie fühlt weder Furcht und Widerwillen wie damals noch Hass, sie beginnt zu begreifen, dass sie auch keinen Zorn kennt, denn sie trägt ihre eigene Brandstätte in sich. Sie betrachtet den Kopf der Mutter, die vom Stuhl gerutscht ist und jetzt an ihr Bett gelehnt kniet. Sie sieht die dunklen Wurzeln der gelblichen Haare, die Haut dazwischen ist graurosa, geädert wie Mäuseschwänzchen. Die eingetrockneten Tropfen Haarlack sind auf den zu stark gewellten Strähnen über der Stirn verklebt, sie riecht nach etwas, das sauber, furchterregend und traurig ist, und dazwischen steigt ein kaum wahrnehmbarer, aber dennoch vorhandener Hauch von verbranntem Fleisch auf. Wenn dieser

Jude nicht gekommen wäre, schluchzt Jadzia, wenn er nicht auf einmal aus heiterem Himmel aufgetaucht wäre, dann wäre nichts passiert. Hat man so was schon gesehen, dass einer plötzlich aus Amerika angereist kommt und alles auf den Kopf stellt. Alles wäre beim Alten geblieben, das Neue ist gar nicht unbedingt besser als das Alte, was brauchte sie, Jadzia Chmura, einen neuen Vater auf ihre alten Tage, nein danke. Sie hatte einen Vater, ein Kriegsheld war er gewesen, mit Apfelblüten bestreut war er umgekommen, davor hatte er mit der bloßen Hand einen SS-Mann erwürgt und zwei deutsche Schäferhunde dazu. Aber der war plötzlich aus Amerika gekommen und hatte in Janek Kos einen solchen Wahnsinn entfesselt, dass er Zofias Haus in Brand gesteckt hatte. Sind sie tot?, fragt Dominika nach, obwohl sie die Antwort eigentlich kennt. Ihre Mutter hebt den Kopf, schaut sie an und weint noch herzzerreißender.

Ignacys verwaiste Kinder in Amerika hatten Jadzia helfen wollen, als sie von Dominikas Unfall erfuhren, aber keiner konnte den anderen so recht verstehen. Jadzia brauchte einen Schuldigen, einige Zeit schwankte sie zwischen Kaplan Adaś und Jan Kos, aber wie es der Zufall wollte, waren beide außerhalb ihrer Reichweite: Adaś in Rom und Jan Kos hoffentlich in der Hölle, denn er hatte sich gleich nach der Verhaftung in seiner Zelle aufgehängt, sollte er auf ewig und alle Zeit in der Hölle schmoren, Amen. Ignacy! Wenn Ignacy nicht gekommen wäre, hätte der Wahnsinnige nicht Oma Zofia verbrannt, denn ohne Grund steckt man keinen in Brand, die Polen waren ja keine Nazis, sogar ein Irrer muss einen Grund haben, das ist die Meinung von Jadzia Chmura. Die Tochter legt die Hand auf den Kopf der Mutter, aber das ist kein Ausdruck von Mitgefühl, nur eine mechanische Geste, die zur Situation passt. Jadzia war auf Verzweiflung und Trauer ihrer Tochter vorbereitet, aber nicht auf das völlige Ausbleiben einer Reaktion, deshalb weint sie jetzt für zwei, denn erst jetzt, nachdem Dominika aufgewacht ist, kann sie über das weinen, was passiert ist. Als ihre Mutter gegangen ist, hebt Dominika die Hand an den Mund, zuerst betrachtet sie die langen Finger mit den blassen Fingernägeln, die Spuren der Einstiche auf dem Handrücken, dann drückt sie die Zähne in die weiche Stelle zwischen Daumen und Zeigefinger. Es dauert eine Weile, bis sie den Schmerz spürt, erst dann fängt sie an zu weinen, aber es sieht aus, als weinten nur ihre Augen, als besännen sich diese allmählich darauf, was Tränen sind und wann sie fließen müssen.

Das Erste, was Dominika will, ist Bewegung, es ist ein Wollen, das keinen Namen hat und zu schwach ist, um ein Lebenswunsch zu sein, als es zusammen mit dem Schmerz in ihrem seit Wochen reglosen Körper erwacht. Zuerst wird sie durchgeknetet, auseinandergezogen und aufrecht hingestellt, und als sich zeigt, dass sie nicht umfällt, lernt sie mit Saras Hilfe wieder, die ersten Schritte zu tun. Ihr Körper ist zittrig und schwach, wie aus Vogelknöchlein, die in Watte gewickelt sind anstatt in Muskeln, doch als sie einmal aufgestanden ist, will sie nicht wieder zurück in die Horizontale, sie beißt die Zähne zusammen, bis ihre Narbe auf der Wange ganz rot wird, die schwarze Krankenschwester stützt sie geschickt. Anfangs schiebt Dominika, weiß wie die Antarktis, am Arm der schwarzen Sara durch die Flure, dann mit einem Rollator, eine große magere Gestalt im Krankenhausnachthemd, mit einem Kopf wie eine schwarze Dahlie.

Wenn ihre Mutter zu Besuch kommt, geht sie mit ihr. Deine Haare werden schon länger!, freut sich Jadzia, die längeren Haare stehn dir so gut, Kind, dann siehst du aus wie die Trojanowska. Alles, was ich heute will, vergiss es nicht, fliegen will ich aus deinen Armen bis zum Himmel, trällert Jadzia vor sich hin, weil ihr just dieses Lied der Trojanowska eingefallen ist. Auf und ab und noch einmal. Verschnauf doch mal, Kind, rät sie, als sie in der zweiten Woche schon kaum mit der verbissen entschlossenen Tochter Schritt halten kann, was sie als Mutter zugleich freut und wütend macht, denn man kann nicht gut von Zukunftsplänen reden, wenn man so schwitzt und keucht, dass man kaum einen Pieps herausbekommt. Als Dominika eines Tages übertreibt und ihr flau wird, fängt Sara sie rechtzeitig auf: Immer mit der Ruhe, take it easy, treib's nicht zu toll, sagt sie und verbietet ihr vorerst, mehr als zwei Stunden zu laufen. Bald geht Dominika allein durch die weißen Korridore und addiert ihre Schritte; vergeblich sucht sie in diesem jämmerlichen Rechnen die alte Melodie, das Gefühl von Verlust schwappt wie eine graue Welle in ihr empor. Als Dominika zwei Wochen später ins Rehazentrum verlegt wird, kann sie schon allein eine beträchtliche Entfernung zurücklegen, und alle sind begeistert von den Fortschritten, die sie macht, um ihre körperliche Kraft und Gesundheit zurückzugewinnen. Tüchtiges Mädchen, bravo!, sie klopfen ihr anerkennend auf den Rücken, wo die Schulterblätter vorstehen wie Flügelschrauben. Das rechte Bein, das an zwei Stellen gebrochen war, zieht Dominika leicht nach, aber im Schwimmbad, inmitten all dieser Paralytiker, wie Jadzia sie nennt, bewegt sie sich, als hätte sie nie einen Unfall gehabt. Jadzia betrachtet die

Tochter durch die Glasscheibe, die sie vom Becken trennt, und ist ein bisschen besorgt, als sie sieht, dass ein sehr dicker Mann ohne Beine in dasselbe Wasser gelassen wird, in dem Dominika schwimmt. Wenn der sich bloß vorher geduscht hat und keine Bakterien einschleppt, die ihr Kind angreifen könnten! Auch ohne Beine kann man sich doch wohl ordentlich waschen, da wo es sich gehört? Mit solchen kleinen Sorgen kann Jadzia ihre größeren Ängste verdrängen. Dominika Chmuras psychische Gesundheit ist eine unbekannte Größe. Die einen reden von einer verzögerten emotionalen Reaktion nach einem mechanisch verursachten Trauma, andere hegen die Hoffnung, dass Dominikas Verschlossenheit etwas mit der Sprachbarriere zu tun hat. Die einen wie die anderen rechnen mit der heilenden Kraft der Zeit. Die Zeit heilt alle Wunden, braust Jadzia unzufrieden auf, muss man in der BeErDe auf Arzt studieren, um sich solche Scheiße auszudenken? Du musst Ruhe haben und dich satt essen, das ist es, was du brauchst, ich werd dich schon aufpäppeln, mein Nörgel-Jörgel. Dominikas Körper braucht noch besondere Fürsorge, eine ausgefeilte Diät, Massage und Behutsamkeit, denn sie hat ein paar Metallplatten und -schrauben im Körper, mit denen man ihre zertrümmerte Hüfte und den gebrochenen Schenkelknochen geflickt hat. Die Ärzte erklären, dass die Patientin Chmura nach Hause gehen kann, wenn sie weiterhin unter der Aufsicht der erfahrenen Reha-Krankenschwester Sara ihre Übungen macht, was Grażynka bezahlt. Grażynka nimmt die verwirrte Jadzia in den Arm und sagt: Mach dir keine Sorgen wegen dem Geld, irgendwann hast du Geld und zeigst dich jemandem damit erkenntlich.

Jetzt, da Dominika beinahe wieder gesund ist, sitzt Jadzia in Grażynkas großem Haus wie auf Kohlen. Immer heißt es, diese BeErDe sei so toll, aber irgendwie ist es einem doch unheimlich, monologisiert sie in ihren schlaflosen Nächten vor sich hin. In Piaskowa Góra kann man wenigstens noch rüber auf den kleinen Manhattan-Markt gehen, aber in diesem Mehrholtz gibt es keinen einzigen Laden, überhaupt kein Leben, jeder sitzt bloß in seiner Bude. Und wenn sie mit Grażynka zum Einkaufen fährt, dann ist da so viel und alles ist so fremd, man kann sich regelrecht verirren. Anstatt von einem normalen Konsum ist da eine ganze Stadt unter einem Dach, ein Laden am anderen, und fährt man mit der Rolltreppe auf die nächste Etage, sind da wieder Läden. Heilige Muttergottes, der Kopf kann einem platzen davon! Und diese Lebensmittelchen, die es hier gibt, die gefallen Jadzia gar nicht. Da will man zum Beispiel Käse kaufen, am besten Gouda, und natürlich holländischen, aber hier liegen an die hundert Käse in der Theke, groß wie Mühlräder und nicht in Scheiben geschnitten, dabei kann man den Käse doch zu Hause nie so dünn schneiden, dass er in Scheiben aufs Brot passt. Und übrigens, mal ganz ehrlich, sagt Jadzia zu Dominika, dieses deutsche Brot, das sie hier haben, das taugt zu nichts, und überhaupt dieses Wort »Brot«, das passt doch gar nicht zu so einem richtigen Laib. *Brot*! Das soll Brot sein? Polnisches Brot, das duftet, aber dieses hier – das ist doch nichts als Chemie, Sägespäne ohne Geschmack. Und stell dir mal vor, Topfen, den kennen diese Deutschen überhaupt nicht, wie soll man da russische Piroggen machen? Und das Geselchte. Dieser Schinken hier, so trocken und dunkel, und die schneiden ihn so dünn, dass man bis Paris durchgucken kann. Gar nicht so wie unserer, so rosa, mit ein bisschen weißem Fett und saftig. Wozu soll man den Schinken so dünn schneiden, wenn man nicht sparen muss? Jadzia wundert sich. Käse muss dünn geschnitten sein, Schinken dick! In Zusammenhang mit Schinken hat Jadzia aber auch noch eine andere Sorge: Seit ihre Tochter aufgewacht ist, nimmt sie kein Stück Fleisch mehr in den Mund. Weder Schinken noch gebratenes Hühnchen, ganz zu schweigen von Würstchen, deren deutsche Variante Jadzia auch weniger zusagt als die polnische, aber Fleisch ist Fleisch, das gibt Gesundheit und Kraft. Riech doch mal, wie lecker, sie hält ihr die Stücke Fleisch unter die Nase, riech doch, dann kriegst du Appetit, aber das Kind wendet sich vom Fleisch genauso ab wie vor achtzehn Jahren von ihrer Brust, schlimmer noch – es muss sich erbrechen. So wirst du nie zu Kräften kommen, lamentiert Jadzia, Kraft kriegst du nur vom Fleisch, aber Dominika lässt sich nicht beirren. Ihr Körper verschließt sich einfach vor allem, was einmal ein Tier war, er sieht im Fleisch das, was er selbst ist – der leblose Körper mit Muskeln, Fett und Blut eines anderen Wesens, das auch Augen, eine Zunge, ein Herz hatte. Verbranntes menschliches Fleisch ist der schrecklichste Geruch, den es gibt, sie hatte ihn vor dem Unfall nicht gekannt, aber jetzt weiß sie, dass die Erinnerung daran schon in ihr geschlummert hat, schrecklich wie der brennende Kleine See der Spinnennixe, in dem sie fast ertrunken wäre. Wenn niemand zuschaut, riecht sie an ihren Händen, Knien, Armbeugen, und am liebsten würde sie nie aus dem Schwimmbad oder aus der Wanne mit duftendem Schaumbad steigen. Grażynka kauft Dominika probeweise Tofu, doch Jadzia pickt mit dem Finger an der weißen Masse und fragt: Dieses Kalkzeug willst du essen? Ja, das wird sie, sie vermischt das Kalkzeug mit einer braunen Sauce, die Jadzia an Maggi erinnert, streut Schnittlauch darüber und fängt nicht mehr wie früher einen Streit mit der Mutter an, obwohl diese versucht, sie zu provozieren, denn unbewusst ist sie der Überzeugung, dass sie erst durch einen richtigen Krach mit Schreien und Türenschlagen ihr Kind wiedergewinnen wird. Sie ist eifersüchtig auf Dominikas Gespräche mit Grażynka, die meistens um Oma Halina kreisen, sie fühlt sich ausgeschlossen und wundert sich, dass man so viel über ihre Schwiegermutter zu reden hat. Pakete! Sie reden von den Paketen, die Grażynka Halina aus der BeErDe geschickt hat, sie lachen, und Jadzia wird klar, dass ihre Schwiegermutter ihre Geheimnisse hatte, ein eigenes Leben außerhalb der sonntäglichen Mittagessen, und dass sie, Jadzia, nach Stefans Tod die Einsamere von ihnen beiden war.

Durch die Gardinen beobachtet Jadzia, wie Dominika mit Sara im Garten ihre Übungen macht. Wenn sie mit angespannten Schultern und Beinen an einen Baum gelehnt steht, sieht sie aus, als wollte sie den Baum versetzen. Kann das gesund sein? Und das jetzt? Dominika und Sara stehen wie Störche auf einem Bein und machen merkwürdige langsame Bewegungen, als schlichen sie sich an einen unsichtbaren Gegner heran, schöben ihn zur Seite, umarmten Kugeln aus Luft. Wenn das bloß nicht irgendeine Sekte war! Diese Schwarze, die hatte bestimmt irgendeinen Tierglauben oder ein anderes Hui-Pfui in dieser Richtung, sie wird das Kind ganz durcheinanderbringen. Jadzia wird sehr nervös, wenn Dominika und Sara auf der Hollywoodschaukel sitzen und umgeben von abgefallenem Herbstlaub schaukeln. Sie wüsste gern, wovon sie reden, oder vielmehr, wovon Sara redet, denn von ihrem Beobachtungsposten hinter der Gardine aus sieht Jadzia, dass Dominika vor allem zuhört. Sie hat die Arme um die mageren Knie geschlungen, und ab und zu dreht sie das Gesicht ihrer Gefährtin zu. Was für gelbe Augen diese Schwarze hat, wie eine Katze oder eine Hexe. Ein Hintern wie ein Kleiderschrank, ohne jedes Gespür, mit so einer Figur trägt die Jeans, also wirklich!, brummelt Jadzia kopfschüttelnd.

Sie hätte so gerne ihr wundersam dem Tode entronnenes Kind beschützt, aber das Kind entfernt sich schon wieder von ihr in irgendeine unvorhersehbare Richtung. Warum ist dieses Kind sogar jetzt, so geschwächt und versehrt, so schwer zu lenken? Die Mutter hat das Gefühl, dass Dominika von einem Minenfeld umgeben ist, das sich kaum ohne die Einbuße einzelner Gliedmaßen betreten oder gar überqueren lässt, ein unvorsichtiger Schritt, und schon ist das Unglück da. Abends, beim Teetrinken, fragt Jadzia, was ihr diese schwarze Spinnert-Spleenige denn stundenlang erzählt, aber sie korrigiert sich ganz schnell, na ja, sie ist zwar spleenig, aber zugegebenermaßen auch wirklich fleißig und sauber, denn ihre Tochter wirft ihr einen Blick zu, dass es ihr kalt den Rücken runterläuft. Doch es gibt keinen Knall, wie es vor dem Unfall unweigerlich passiert wäre, kein Geschrei, keine Vorwürfe, kein »du verstehst aber auch nichts!«. Dominika seufzt nur, und sie wäre sehr erstaunt, wenn sie wüsste, wie ähnlich ihr Seufzer denen ihrer Mutter ist. Sara erzählt mir alles Mögliche, sagt Dominika. Über ihr Leben, woher sie kommt und überhaupt. Und woher ist sie? Aus Amerika, aus New York, aus dem Stadtteil Brooklyn, dort wohnt ihre Oma La-Teesha. Schon wieder dieses Amerika. Konnte sie wirklich nicht einmal, nur dieses eine Mal, der Mutter einen Gefallen tun und sich mit einem normalen Menschen anfreunden? Erst dieser Junge, der halb Grieche, halb Zigeuner war, dann dieses Mannweib Małgosia und dazu ein Kaplan, jetzt eine Negerin, New York, Wolkenkratzer mit hundert Stockwerken, dass einen vom bloßen Denken daran schon der Schwindel packt. Jadzia wünscht sich, dass Dominika sich mit einem netten Mädchen von Piaskowa Góra anfreundet. Oder besser noch mit einem netten Burschen, der ernste Absichten und gute Aussichten hat, einem Jura- oder Medizinstudenten.

Jadzia Chmura hat immer stärkeres Heimweh nach Piaskowa Góra, immer mehr sehnt sie sich danach, endlich nach Hause fahren zu können. In diesem Zusammenhang hat Dominikas Mutter allerhand – zuweilen auch widersprüchliche – Sprichwörter und Weisheiten parat, mit denen sie ihr sehnsuchtsvolles Seufzen ausschmückt. Das Gras ist immer grüner auf der anderen Seite des Zauns, und zu Hause ist's doch am allerbesten, sagt sie und wäre gern auf Piaskowa Góra, von wo aus die BeErDe viel schöner wirkte als aus der Nähe, das Brot roch nach Brot dort, und sie herrschte uneingeschränkt in Küche, Bad und zwei Zimmern. Bestimmt waren alle ihre Blumen eingegangen, und die Zierfiguren und Kristallsachen waren ganz verstaubt, heilige Muttergottes! Ob Krysia Śledź, der sie die Schlüssel gegeben hat, auch nicht in ihren Schränken herumstöbert? Und ob sie wohl den Farn versorgte, wie es sich gehört? Ihn weder zu viel noch zu wenig goss? Das Gold für schlechte Zeiten hatte Jadzia unter der Spüle versteckt, mit Klebeband hatte sie es hinter dem Knie des Abflussrohrs befestigt, aber was, wenn es einen Rohrbruch gab, die Wohnung überschwemmt wurde und alles rauskam? Vor Allerheiligen wollen sie zurückfahren, dann ist nicht so viel Verkehr auf den Straßen, und sie kommen noch rechtzeitig, um auf dem Wałbrzycher Friedhof Kerzen für ihre Toten anzuzünden. Die Sache ist entschieden, und bald packen Mutter und Tochter Chmura die Koffer, in denen die vielen Geschenke von Grażynka und Hans kaum Platz finden. Jadzia betrachtet die ganzen Herrlichkeiten, schätzt ihren Wert und wickelt sie sorgfältig in Plastikbeutel, Dominika sind die Küchenmixer und Mohairpullover völlig gleichgültig. Ein paar Tage vor der Abreise hat Grażynka noch ein Geschenk für sie, einen Fotoapparat, den Hans aus München mitgebracht hat. Dominika wiegt die kleine Kamera in der Hand und hält sie nach kurzem Nachdenken vors Auge, sie richtet den Sucher auf die Kaffee trinkende Mutter, wandert mit dem Auge über ihr Gesicht, konzentriert sich auf den Tassenhenkel und den abgespreizten kleinen Finger, drückt auf den Auslöser. Der Fotoapparat gehört zu den wenigen Dingen, die Dominika seit ihrem Unfall in eine Art Begeisterung versetzen. Sie macht ein Foto nach dem anderen: ihre eigenen Zehen, ein Ohr von Jadzia, Grażynkas Gesicht, das sich in Hans' Brille spiegelt, den weichen Umriss von Saras Hüfte, einzelne Körperteile der Haustiere, die Struktur von Baumrinden. Auf keiner Aufnahme ist eine ganze menschliche Gestalt zu sehen, nur Hände, ein Finger im Henkel einer rosengemusterten Tasse, Lippen mit Glanzcreme, das Auge eines Schweins, das Auge einer Katze, eines Hunds, eines Spatzen. Nur Grażynka macht es Spaß, für Dominika zu posieren, denn seit jener Zeit, als Ludwik

Borowic in Kamieńsk das erste Porträtfoto von ihr machte, liebt sie die Kunst der fotografischen Ablichtung. Ganz im Gegensatz zu Jadzia, die durchs Zimmer fegt, das größer ist als ihre ganze Wałbrzycher Normwohnung, sich über das Knipsen beschwert und wegen ihrer Nerven alle naselang Raphacholin schluckt. Sie kann nichts finden, lässt alles fallen, Hör schon auf, so herumzuknipsen, tadelt sie ihre Tochter, wie seh ich denn darauf aus, so verschwitzt und gar nicht zurechtgemacht.

Aus der Tasche der Sommerjacke, die Jadzia im Juli und August getragen hat, als sie am Bett ihrer schlafenden Tochter wachte, fällt ein mit Einmachgummi umwickeltes Päckchen. Dominika knipst ein erstauntes Auge ihrer Mutter und einen Winkel ihres erstaunten Mundes. Wie konnte sie das vergessen! Wo hat sie bloß ihren Kopf? Jadzia wickelt einen Ring aus einem Taschentuch, das Gold ist dunkel und glänzt nicht so wie das den Russen abgekaufte Gold, obwohl sie es mit Zahnpasta geschrubbt und mit Flanell poliert hat, der Stein darin funkelt wie Feuer, mal smaragdgrün, mal rubinrot, er kommt Jadzia so schön vor, bestimmt ist er nicht echt. Dominika knipst den Ring am Finger ihrer Mutter. Ist er echt? Sogar wenn er aus Glas ist, denkt Jadzia, während sie das Schmuckstück gegen das Licht betrachtet, sogar dann ist die Fassung bestimmt viel wert, und man könnte ihn eventuell einschmelzen lassen oder zu Bargeld machen. Diesen Ring hatte Dominika in der Faust, als Małgosia und Pastor Postronek sie am Ufer des Kleinen Sees der Spinnennixe fanden. Ein Wunder, dass sie ihn im Krankenwagen nicht geklaut haben, dachte Jadzia verwundert, als man ihr im Krankenhaus diesen Ring gab, den sie in ihrem Leben noch nie gesehen hatte. Sie wollte sogar sagen: Wozu dieser Ring, der gehört nicht uns – aber andererseits ließ sich immer eine Erklärung finden, und wenn man schon Gold in die Hand gedrückt bekommt, nimmt man es besser an, ohne lang zu überlegen. Hinterher fiel ihr ein, dass Dominika vielleicht von Kaplan Adaś das Schmuckstück bekommen hatte. Woher hätte sie es sonst haben sollen? Sie hatte den Ring ihrer Tochter gleich beim Aufwachen geben wollen, deshalb hatte sie ihn immer bei sich, wenn sie ins Krankenhaus ging, doch im Trubel der Ereignisse hatte sie es dann vergessen. Jadzia probiert den Ring an, aber er passt nur auf ihren kleinen Finger, und auch da nur bis zum zweiten Gelenk. Bestimmt war er für irgendeine magere Bohnenstange angefertigt worden. Dominika knipst die ringgeschmückte Hand ihrer Mutter, in ihren Augen spiegelt sich der grünliche Glanz. Woher hast du eigentlich diesen Ring gehabt, Kind? Meinst du, er ist viel wert? Katzengold wäre doch nachgedunkelt, dann muss es doch wohl echtes Gold sein? Dominika kann die Neugier ihrer Mutter nicht befriedigen. Einen Augenblick lang erstarrt sie, was nur das mütterliche Auge wahrnimmt, doch dann steckt sie den Ring gleich an den Mittelfinger der rechten Hand und zuckt mit den Schultern. Sie hat ihn wohl irgendwo gefunden, sie weiß es nicht mehr. Über Dominikas Gesicht huscht ein Schatten, vielleicht – aber nicht unbedingt – das Aufblitzen einer Erinnerung, sie knipst den Ring an ihrem Finger und steckt dann zu Jadzias großer Erleichterung diesen Teufelsapparat endlich weg.

Am Tag ihrer Abreise aus Mehrholtz ist es neblig und kühl, der Himmel schwer von Schnee, der zu rieseln beginnt, als sie sich ins Auto setzen. Grażynka bringt sie nach München, und Sara kommt als Begleitung mit, obwohl es Jadzia lieber wäre, wenn niemand ihre Mutter-Tochter-Zweisamkeit stören würde. Sie möchte Dominika jetzt anderen entreißen und endlich für sich haben, na, Kind, da sind wir endlich auf dem Heimweg; das Gras ist immer grüner auf der anderen Seite vom Zaun, aber zu Hause ist es doch am allerbesten. Am Autobusbahnhof sieht Jadzia zum ersten Mal seit langer Zeit wieder andere Polen, sie laden vollgestopfte Taschen aus kariertem Plastikgeflecht in die Kofferräume der Busse, ihre Gesichter wirken gleichzeitig vertraut und abstoßend. Sie weiß selbst nicht, wie sie sich stellen soll: so, dass man sieht, dass sie zu ihnen gehört, oder so, als ob sie Distanz hielte. Sie schnappt die polnischen Worte auf und verzieht ihr Gesicht theatralisch bei jedem »Scheiße« und »verfickt noch mal«. Guck nur, Kind, was die alles mitschleppen!, flüstert Jadzia, die haben sich was zusammengerafft, haben im Ausland gut verdient und bringen das jetzt mit nach Hause, das sind unsere Leute, sie sind überall, die sitzen nicht auf dem Hintern. Mit der typischen Haltung jener Frauen, die immer fürchten, etwas zu verlieren, drückt sie ihre Handtasche an sich; sie ist ganz nervös und fragt sich, ob sie auch gute Plätze bekommen, denn es stehen zwar Zahlen auf den Fahrkarten, aber man weiß ja nie. Drängelt sich da etwa einer vor? Der, der so flucht, der will seinen Hintern schon außerhalb der Reihe reinschieben! Die Welt ist voller Schlitzohren, die nur darauf achten, wie sie jemanden wie Jadzia Chmura reinlegen und beiseitedrängen können, dem Armen weht der Wind immer ins Gesicht. Sie haben eine lange Reise vor sich, wird Dominika nicht Hunger haben, vielleicht sollte sie noch einen Imbiss nehmen, schlägt Jadzia vor, dabei ist eigentlich sie es, die den Hunger verspürt, den sie ihrer Tochter einreden will, denn sie hat schon seit längerem ein Auge auf eine Kebab-Bude geworfen. Was für ein Düftchen! Es riecht nach Fleisch, fast wie zu Hause, obwohl der Verkäufer so ein Wilder ist, ein Schwarzer, Behaarter, mit Augen, dass einem Angst und Bange werden kann. Jadzia Chmura stellt sich dem Wind in den Weg und schnuppert: Das ist doch kein Schweinefleisch? Vielleicht Hühnchen? Hättest du keinen Appetit darauf?, fragt sie ihre Tochter, die sie anstarrt, als hätte sie erst jetzt begriffen, dass sie auf dem Autobusbahnhof in München ist. Dominikas Augen sind riesengroß, zwei Kleine Spinnennixen-Seen, in denen sich ein Feuer spiegelt; die weiß hervortretenden Fingerknöchel sind um die Henkel der Tasche mit Reiseproviant gekrallt. Noch bevor ein Wort gefallen ist, weiß Jadzia, dass sich etwas Ungutes tut. Ihre Tochter geht einen Schritt zurück, in die Richtung, wo Sara steht, und sagt: Mama, ich fahre nicht mit zurück nach Polen.

III

Ich fahr mit dir, wenn du willst. Sara legt beide Hände um die Bierflasche, ihr gelbes Haar steht im Gegenlicht der Sonne wie eine Aureole um ihr dreieckiges Gesicht. Ich fahr mit dir, auch wenn du keine Ahnung hast, wohin du willst. Dominika weiß inzwischen, dass der Duft, der sie aus dem Schlaf geweckt hat und der Sara immer begleitet, Patschuli heißt; in der Sonne erwärmt er sich so, dass er Sara wie eine vibrierende kleine Wolke umgibt. Dominika stützt sich auf den Ellbogen und macht ein Foto, auf dem Saras Auge zu sehen ist, ein Stück vom Glas mit Bier darin, Sonne und die von Sonne durchdrungenen gelben Haare. Wenn sie Patschuli fotografieren wollte, wäre es wie Sonne, Baumrinde und Gold. Seit dem Unfall nimmt sie Gerüche stärker wahr als alles andere. Die anderen Sinne kommen mit dem Geruchssinn noch nicht ganz mit, aber Dominika versucht, zu jedem Geruchseindruck ein Bild zu finden. Sie hofft, dass sie so die zersplitterten Elemente der Welt wieder miteinander verknüpfen kann: Geruch, Bild, Bedeutung. Sie sieht auch die Farben anders, so, als sähe sie jede Farbe gegen das Weiß aus ihrem Traum, gefiltert und klar, mit einem Geruch unterlegt. Dominikas Kleidung ist schwarz, grau und weiß, wenn sie eine größere Fläche Rot oder Blau sieht, schmerzen ihre Augen.

So siehst du die Welt?, fragt Sara, als sie die Bilder betrachtet, die Dominika an diesem Tag gemacht hat. Darauf sind

Augen, Finger, Haare, Ohren zu sehen, aber kein mit diesen Körperteilen verbundenes Lebewesen ist ganz dargestellt. Ja, sagt Dominika lachend, so sieht die Welt doch aus, guck mal: ein goldfarbenes Brillengestell, ein fuchsienfarbener Sari, das Schwarz einer Burka, das sich in der Fensterscheibe von McDonald's spiegelt. So sieht Europa aus, antwortet Sara und beschreibt mit der Hand einen Kreis, in dem die ganze Wiese des Münchner Parks Platz hat: Wir sind in Europa, Dominika Chmura, hier ist sehr wenig Platz. Das ist ein Rieseneintopf, ein Kessel voll mit Beinen, Augen, Fingernägeln und Ellbogen, Schuhen und karierten Taschen, teuren Koffern, Kirchen, Festungen und Bahnhöfen, vom Himmel fallen keine Schneeflocken, sondern Zug-, Autobus- und Flugzeugtickets. Sag mir, wie es riecht, wie riecht laut Dominika Chmura, der polnischen Immigrantin vermischter Abstammung, Europa? Dominika hebt den Kopf und schnuppert. Die Rasenflächen rings um die Pagode sind voll mit picknickenden Leuten, die Bier trinken, Würste essen, grillen, schwitzen. Nach angebranntem Fleisch, so riecht Europa, Sara Jackson, sagt Dominika, diesen Geruch hatte ich in der Nase, als ich im Koma lag, den Geruch von angebranntem Fleisch, ich rieche es immer noch. Alles ist davon durchdrungen, da hilft kein Dior, kein Raumspray mit Meeresbrisenduft, vielleicht hört Europa auf, nach Scheiße zu riechen, aber es riecht immer weiter nach verbranntem Fleisch. Das ist unangenehm. Sara zieht die Nase kraus. Allerdings, unangenehm, stimmt Dominika zu, sehr unangenehm. Sie schließt die Augen, legt den Kopf auf Saras Knie und schnuppert. Meat, sagt Dominika auf Englisch, und dann auf Polnisch: mięso. Fleisch, auf Deutsch. Das fleischigste Wort ist das polnische mięso, sag mal mięso auf Polnisch, bittet sie Sara. Falsch! Mię-so, nicht minso.

Ich fahre mit dir, wenn du willst, sagt Sara noch einmal. Oder du kommst mit mir, kommt ja aufs Gleiche raus, weil wir beide nicht wissen, wohin. Vorläufig hab ich keine Lust, weiter in Krankenhäusern zu arbeiten, ich hab dir geholfen, wieder auf die Beine zu kommen, das reicht erst mal, jetzt ist es Zeit zu reisen. In Deutschland sind ein paar Leute, mit denen ich mich treffen will, danach fahren wir in die weite Welt. Du bist keine Bürde für mich, nur eine Reisegefährtin. Wirklich? Ja, wirklich! Wie oft soll ich dir das noch sagen. Genau so eine Reisegefährtin habe ich mir gewünscht, eine wortkarge, klapperdürre Polin. Die ein bisschen hinkt, keine Aufenthaltsgenehmigung hat und einen Pass, mit dem man kein Visum bekommt. Keine von uns weiß, in welche Richtung es geht, alles, was wir wissen, Dominika Chmura, ist, dass wir weiter von zu Hause wegwollen. Dominika sieht ihre Freundin an und denkt ans Reisen, sie sucht die Reiselust in ihrem Kopf, aber das ist, als suchte sie eine Winzigkeit in einem Haus voller Kisten, die für den Umzug gepackt sind. Sie erinnert sich daran, dass sie sich das früher gewünscht hat – unterwegs sein, wechselnde Landschaften, die am Fenster des Zugs oder Flugzeugs vorüberziehen, Flugzeuge, die sich von der Erde erheben, fort von Piaskowa Góra, von Jadzia, Flugzeuge, die über den Wolken immer weiter fort ziehen, sie spürt, dass sie diesem Gefühl nachgehen sollte, von dem noch eine Spur erhalten geblieben ist. Wir suchen uns eine Arbeit, sagt Sara. Wir könnten zu Grażynkas Tochter Aniela fahren, die mit der Konditorei. Konditorei – das hört sich doch verlockend an, oder? Du kannst doch nicht bis ans Lebensende in einem deutschen Dorf Schweine füttern. Was meinst du?

Sara liegt im Gras und redet vor sich hin wie im Schlaf. Dominika Chmura, ich weiß, dass du mich anguckst, sagt sie, ohne die Augen zu öffnen, horch in dich hinein, Dominika Chmura, es ist Zeit, aufzubrechen. Ich weiß, sagt Dominika, ich weiß, aber jetzt halt still, ich mach grad ein Foto von einem Schmetterling auf deinem großen Zeh.

Dominika wohnt weiterhin bei Grażynka und hilft ihr im Haus. Sie kochen zusammen in dem Chaos und Durcheinander, das Jadzia die Sprache verschlagen hatte. Dominika wird immer kräftiger, sie steht bei Tagesanbruch auf und schläft bald nach Einbruch der Dunkelheit ein, umgeben von Katzen und Hunden, die sich an sie kuscheln. Im Dunkeln hört sie das leise Schnaufen und weiß, dass sie sich in Zukunft in einem Haushalt ohne Tiere nicht wohlfühlen wird. Sie liebt den Geruch und die Berührung von Katzenfell, die vertrauensvoll zum Streicheln dargebotenen Bäuche, die Pfötchen, die ihre Schenkel kneten, wenn eine Katze sich zum Einschlafen anschickt. Zu Grażynkas Haustierschar ist vor kurzem noch der Papagei Franze gestoßen. Niemand weiß, wo er sich herumgetrieben hat, bevor er mit dem gleichen untrüglichen Instinkt wie alle anderen Lebewesen zu Familie Kalthöffer fand. Eines Tages kam er einfach durchs offene Fenster geflogen, landete auf dem Tisch und sagte: Vie de merde. Alle schauten zum Fenster, aber keiner war besonders erstaunt, nur Hans zog den Teller mit seinem geliebten Eisbein auf Sauerkraut näher zu sich heran, denn es war schon mehr als einmal vorgekommen, dass ihm in einem Augenblick der Unaufmerksamkeit eines der Haustiere das

Fleisch vom Teller stibitzt hatte. Der Papagei, knallrot und groß wie ein Huhn, sah hungrig aus, er wiederholte seine Verwünschung und trippelte dann von einem Teller zum anderen, als überlege er, was ihm am besten schmecken könnte, und entschied sich schließlich für den Kartoffelsalat, in den er seinen Schnabel versenkte. Als er gegessen hatte, raunzte er Va te faire plumer! und flatterte auf den Kronleuchter, ein wunderbares Stück voll tropfenförmiger Kristalle, das Hans persönlich in München erworben hatte, als er noch der Meinung war, Grażynkas Liebe müsse man mit Geschenken füttern wie ein Kaminfeuer mit Holzscheiten. Vie de merde, sagte der Papagei noch einmal mit schläfriger Stimme und nickte ein, während die Katzen auf den Kronleuchter starrten und sein Schaukeln mit ihren riesigen Raubtieraugen verfolgten. Grażynka und Dominika haben Flugblätter an der Kirche und am schwarzen Brett in der Bäckerei angeklebt: Achtung, Achtung, roter Papagei, ziemlich groß, auf Französisch fluchend, am 25. Mai 1990 bei Familie Kalthöffer, Soundsostraße in Mehrholtz, zugeflogen, wartet auf seinen Besitzer. Aber niemand meldet sich. Grażynka gibt schließlich dem Papagei den Namen Franze, denn so hat man sie genannt, als sie in Wałbrzych wohnte: diese Franze, verdammte Franze, liederliche Franze, alte Franze und noch schlimmer. Niemand kann dieses ziemlich hässliche Wort mit der Süße und Zärtlichkeit aussprechen, wie sie jetzt, komm, Franzelchen, komm frühstücken! Franze hat besonderen Gefallen an Dominikas Zimmer gefunden und verbringt die Nächte auf dem rosafarbenen Spiegeltisch, auf dem man sich von allen Seiten gleichzeitig betrachten kann, wenn man die Seitenspiegel entsprechend einstellt. Im Gegensatz zu Dominika, die seit dem Unfall Spiegel meidet und ihre kosmetischen Handgriffe auf das Eincremen der Narbe mit Schneckensalbe beschränkt, ist Franze anscheinend fasziniert vom Wunder des Spiegelbilds, vielleicht hält sie es für ihre lang verlorene Schwester.

Beim Aufwachen sieht Dominika Franze, die sie mit Flügelschlagen begrüßt und kreischt: putin de vie! Ihre Stimme ist so laut, dass die Katzen sich beleidigt räkeln und sich auf ihren Morgenspaziergang machen. Das Zimmer ist erfüllt von rosigem Licht, das durch die schimmernden perlmuttfarbenen Vorhänge fällt. Das ist echte Kunstseide!, hatte Jadzia bewundernd gesagt, wie die fällt! Bei uns gibt es so was nicht, unter Gierek hat's das mal gegeben, aber man musste sich bei Merino die Beine in den Bauch stehen, bis man drankam. Dominika steht auf und geht ans Fenster, Grażynka in Leggings mit Leopardenmuster und türkisem Mohairpullover winkt ihr aus dem Hof zu, sie trägt den gefüllten Abfalleimer für die Schweine mit einer solchen Leichtigkeit, als sei es ein Abendtäschchen. Auf den Ohren hat sie Kopfhörer. Die Tage sind ruhig, voll mit kleinen Geschäftigkeiten, es wird nicht viel geredet und wenn doch, dann ist es Grażynka, die spricht. Keine Erzählungen kommen aus ihrem Mund, nur ein besänftigender Strom von Worten, die wie Musik sind, doch man kann nicht behaupten, dass sie von nichts redet, es ist vielmehr, als könnte sie die Worte finden, die das Leben selbst zum Ausdruck bringen. Dominika betrachtet das Gesicht Grażynkas, das weder jung noch alt ist, ihren Körper, den sogar die Melodie des Regens in Tanzbewegung versetzt, von ihren Lieblingen Abba und Gloria Gaynor mal ganz zu schweigen. Du hast einen weiten Weg vor dir, seufzt Grażynka manchmal und streicht Dominika über den Kopf. Manchmal nimmt sie sie mit auf ihren abendlichen Spaziergang in den Wald, das ist ein Zeichen großen Vertrauens. Beim Spaziergang schweigen sie, denn zu dieser Tageszeit passt das Schweigen. Sie sitzen auf dem Stein, betrachten das im Dämmer schwebende Haus und atmen den harzigen Waldesduft ein, spüren, wie um sie herum die Zeit verfließt. Auf einem dieser Spaziergänge hat Dominika das Gefühl, dass etwas in ihr anspringt, als komme ein erstarrter Mechanismus wieder in Gang, als würde die Reiselust, von der Sara immer redete, ihre eigene.

Sara kennt diesen Wald. Drei Jahre zuvor hatte Grażynka sie hier gefunden. Grażynka dachte zuerst, sie sehe einen Geist auf dem Waldweg stehen, wie sollte sonst plötzlich ein schwarzes Mädchen mit gelben Haaren hier auftauchen, und sie versuchte sich sogar in Erinnerung zu rufen, was die Teetanten aus Kamieńsk und Halina Chmura in Wałbrzych in so einer Situation geraten hatten, denn im Unterschied zu diesen hatte sie, Grażynka, immer nur mit lebenden Menschen zu tun gehabt, in der Regel mit Männern. Und hier stand jetzt im Dunkeln auf einmal etwas an den Baum gelehnt, das atmet, mit den Augen funkelt, nach einer Frau aussieht, weibliche Geister hatten die Teetanten Geistinnen genannt, daran konnte sich Grażynka genau erinnern. Sie kamen zurück vom Preiselbeersammeln im Moor, und die eine sagte zur anderen: Du, diese Geistin, die wir da an der Eiche gesehen haben, war das eine von unsern aus Kamieńsk oder eine von außerhalb? Grażynka wusste nun nicht, ob sie eine Geistin oder eine Lebende da im Wald sah, und da sie sich keinen besseren Rat wusste, als sie anzusprechen, wandte sie sich an die Erscheinung mit der Frage, ob sie ihr helfen könne. Ich heiße Sara, Sara Jackson, antwortete die Geistin oder Lebende in fremd klingendem, aber fließendem Deutsch, sie habe den Pfad gesehen und querfeldein zum Bahnhof nach Mehrholtz gehen wollen, weil sie nach München unterwegs war, aber offenbar habe sie sich verirrt. Grażynka konnte im Dämmerlicht den Umriss eines Rucksacks erkennen und war sich fast sicher, dass die Fremde eine Frau aus Fleisch und Blut war, denn was zum Teufel sollte ein Geist im D-Zug nach München wollen, der sich im Schneckentempo vorwärts bewegte? Was war also passiert? Sara war am Nachmittag desselben Tages in Mehrholtz angekommen, wo sie bei Familie Korn arbeiten sollte, denn das Familienoberhaupt Adolf Korn hatte Alzheimer und war dadurch mit jedem Tag weniger oberhäuptlich im Oberstübchen. Aber sie hatten sie sofort wieder weggeschickt. Warum? Es handelte sich um ein Missverständnis, denn Familie Korn, in Gestalt der alten Frau Korn, ihres Sohnes und ihrer Schwiegertochter sowie des alten Herrn Korn, der, das konnten sie garantieren, hundertprozentig derselben Meinung war wie sie, hatten etwas anderes erwartet, als sie in Gestalt von Sara bekommen hatten. Nein, ihre Zeugnisse waren völlig in Ordnung, sie war diplomierte Krankenschwester und Rehabilitationskraft. Aber was war das Problem? Eine Weiße hatten sie erwartet. Sie hatten gedacht, sie würde weiß sein. Weiß sollte sie sein! Weiß? Ja, weiß. Sie wollten nicht unter einem Dach mit einer Schwarzen leben. Wenn sie woanders gewohnt hätte, wäre es ja noch gegangen, aber unter einem Dach? Es war ein Missverständnis, sagte sie, ein schreckliches Missverständnis, denn sie hatten in der Agentur genau gesagt, was sie brauchten, sie hatten natürlich nicht extra erwähnt, dass sie eine Weiße wollten, denn das verstand sich doch irgendwie von selbst. Persönlich hatten sie ja nichts gegen sie, aber sie wissen und sehen das Ihre, man braucht ja nur Fernsehen zu gucken, und schon ist klar, was es zu wissen und zu sehen gibt, wie sich die Schwarzen, Türken und Polen überall vermehren. Saras Anwesenheit würde sich verhängnisvoll auf den Alzheimer auswirken, dem Familienoberhaupt Korn würde sich das Oberstübchen in einem solchen Tempo leeren, dass er bald nur noch eine leere, mit grauer Haut überzogene Kugel auf den Schultern sitzen haben würde, eine Mohnkapsel, aus der Mohn herausgerieselt war. Wenn so eine schwarze Pflegerin Herrn Korn täglich wecken, waschen, füttern würde, dann ginge ihm endgültig alles durcheinander, denn das wäre ein schrecklicher Schock für den armen Alten. Das könnte ihn ins Grab bringen, bevor ihm einfällt, wo er die beiden alten Ikonen versteckt hat, die er noch von damals im Krieg gehabt hat, immer hat er davon geredet, wie wertvoll die waren und wie der Wert mit den Jahren steigt, sie sollten nur die Pfoten davon lassen, er wird sie beizeiten seinem Enkel überreichen, damit er eine Erinnerung an seinen Großvater hat. Der Enkel drängt schon auf die Welt und tritt von innen gegen den Bauch der jungen Frau Korn, weshalb sie die junge Frau Korn in regelmäßigen Abständen ans Bett des alten Korn bringen, damit sie ihm den Bauch mit Enkel vorführe, vielleicht kam ihm angesichts der werdenden Generation wieder etwas in Erinnerung. Doch der Alte sabbert vor sich hin, und nichts fällt ihm ein, irgendwo hat er diese Ikonen versteckt, das ganze Haus haben sie auf den Kopf gestellt und den Garten umgegraben. Sie haben keine Kraft mehr für ihn, für diesen Alzheimer, für dieses Windelnwechseln, deshalb hatten sie bei der Agentur eine Hilfe in Gestalt einer qualifizierten Pflegerin bestellt. Aber natürlich eine Weiße! Keine Schwarzen, Gelben oder Türkinnen. Frau Korn wollte kein Risiko eingehen und griff nach dem Telefon, es gab ziemlich viel Gezeter, denn die Agentur verlangte, dass sie Sara die Reisekosten sowie eine Entschädigung zahlte, und sie ließen sich sogar Sara am Telefon geben, obwohl doch Frau Korn das Gespräch bezahlen musste. Sara gefiel die Familie Korn nicht, trotzdem wäre sie dort geblieben, wenn sie es gewollt hätten, denn sie wusste nicht wohin und brauchte Geld. Das war eine Situation, auf die Grażynkas innerer Radar sofort reagierte: Sie fand ein Mädchen im Wald, das Hilfe brauchte, das lag doch auf der Hand, dass das kein Zufall war! Komm mit zu mir nach Hause, du kannst dich ausruhen, kriegst eine warme Suppe, und morgen kannst du dir überlegen, wie es weitergeht. Der nächste Tag kam und ging, und Sara blieb einen ganzen Monat, brachte Grażynkas Sohn Daniel das Skateboardfahren bei und Grażynka selbst die Zubereitung aromatischer Speisen, die Hans mit dem gleichen Vergnügen aß wie alles, was seine Frau ihm vorsetzte.

Grażynka und Sara empfanden eine Art schwesterliche Verwandtschaft, obwohl sie auf verschiedenen Kontinenten geboren waren und trotz ihres großen Altersunterschieds. Sara war siebenundzwanzig, Grażynka zählte schon lange nicht mehr die Jahre und hatte außerdem zweimal in den Urkunden ihr Geburtsdatum geändert, doch mit Sicherheit hatte sie mehr als doppelt so viele Jahre auf dem Buckel. Auch als Sara eine Stelle in einem Münchner Krankenhaus fand, besuchte sie Grażynka weiterhin fast jeden Sonntag. Erst später zeigte sich, dass Grażynka Sara und Dominika eigentlich kaum etwas über sich erzählt hatte, und keine der beiden konnte sich aus den widersprüchlichen und ungeordneten Bruchstücken ihrer Geschichte ihren Lebenslauf zusammenreimen. Sara zum Beispiel hatte in Erinnerung, dass Grażynka aus Radomsko stammte, während Dominika hätte schwören können, dass sie nicht aus Radomsko, sondern aus Tschenstochau war. Der Rest setzte sich aus voneinander losgelösten Ereignissen zusammen, Männern, denen etwas fehlte, Städten, Städtchen und Dörfern, von denen nur Wałbrzych und Mehrholtz als gesichert gelten konnten. Grażynka war nicht überrascht, als Dominika ihr im Juli, bei einem der vielen Gewitter, die in diesem Sommer Mehrholtz heimsuchten, sagte, sie würde mit Sara wegfahren, unterwegs wollten sie Aniela besuchen. Daran gewöhnt, dass Männer und Kinder weggingen, streunende Hunde an die Häuser kamen, wo sie eine Ausnahmeschüssel Futter bekamen, Schweine zur Schlachtung abgeholt wurden und Katzen verschwanden, um wieder aufzutauchen oder auch nicht, betrachtete Grażynka Verlust als einen ebenso unverzichtbaren Teil des Lebens wie schöne Überraschungen. Eigentlich war es für sie eine Selbstverständlichkeit, dass das Glück vergeht anstatt zu dauern, dass Leute eher weggehen als bleiben, dass man zum Beispiel vom Tanzen in der Gorzkowicer Scheune zur Napoleonhütte heimkommt und von den Teetanten keine Spur mehr da ist, nur noch der Duft von Lavendel und ein paar himmelblaue Tropfen Likör im Glas, und dass das Leben aber danach einfach weitergeht, dass man weiter tanzen, lieben, sich den süßen Saft von den Fingern lecken will.

An sie, an die Teetanten, dachte sie jedes Mal, wenn Männer sie verließen oder wenn sie sich selbst im Morgengrauen davonstahl, um nie wiederzukommen, wenn sie sich von ihren nicht sehr zahlreichen Freundinnen verabschiedete.

Sie braucht Liebe und nicht Fürsorge, sagte Grażynka zu Sara, als sie auf demselben Autobusbahnhof Abschied nahmen, von dem einige Monate zuvor die verzweifelte Jadzia Chmura nach Polen zurückgefahren war. Grażynka wusste, dass sie Sara eigentlich nichts zu erklären brauchte, und die Worte waren nur dazu da, um die Tränen zu unterdrücken, denn Grażynka mochte keine Tränen und verschmierte Wimperntusche. Deshalb flüsterte sie Sara in das nach Patschuli duftende Ohr: Sie braucht Liebe, bemuttere sie unterwegs, denn sie hatte begriffen, dass Dominika immer noch zerbrechlich und leicht umzuwerfen war, obwohl sie schneller genesen war, als die Ärzte vorausgesagt hatten. Wenn die wirkliche Zeit so verflösse wie Grażynkas Lebenszeit, so ohne gestern und morgen, dann hätte sie dieses traurige stille Mädchen in Kamieńsk in ihr Haus geholt, in die Napoleonhütte, wo die Teetanten am alten Tisch saßen und Rosenkonfitüre in Gläser füllten. Dort hätte Dominika Obdach finden, zur Leierkastenmelodie tanzen, in der Kamionka Krebse fangen und mit Grażynka zur Hütte des Bahnwärters Barnaba Midziak gehen können, um zuzuhören, wie er sein Garn spann. Aber leider. So ist es eben, leider, sagte Grażynka, und als sie ihnen vom Abfahrtssteig winkte, war ihr Gesicht wieder friedlich und ruhig. Sie konnte Sara trauen, denn sie sah in ihr eine Schwester.

Sara hatte ihre Kindheit in Brooklyn verbracht, im Stadtteil Bedford-Stuyvesant, kurz Bed-Stuy, in einem Haus aus braunen Ziegeln, das in einer Reihe anderer brauner Ziegelhäuser stand. Aufgezogen wurde sie von ihrer Großmutter, einer krittligen, starken und mutigen Frau, La-Teesha Jackson. Sie hatte Sara die starken großen Hände vererbt und einen herrlichen Hintern, der die Männer hypnotisierte, denn wenn sie ging, lag in der harmonischen Bewegung dieser beiden Halbkugeln ihres Gesäßes etwas Sanftes und Wildes zugleich, zumindest dachten das diejenigen, die mehr zu sagen imstande waren als »Was für ein Arsch!«. Als Sara zehn war, konnte sie jeden Schraubverschluss ohne die geringste Anstrengung öffnen, und als Fünfzehnjährige hatte sie etwas so Üppiges und Verschwenderisches an sich, dass sich jedes Kleinkind und jeder Mann in Bedford Stuyvesant an sie schmiegen wollte. Ihr Rumpf blieb schlank, die Taille schmal, doch die Hüften wölbten sich darunter auf wie ein Blumenkelch, eine von zartem Flaum bedeckte gigantische schwarze Tulpe. Saras üppiger Körper wurde erst dann ein Problem, wenn die Mehrheit der Frauen um sie herum weiß waren, was anfangs sehr selten vorkam, weil sie wie die meisten schwarzen Mädchen ihres Alters wenig Anlass hatte, ihren Stadtteil zu verlassen. Bed-Stuy war schwarz, und seine Bewohner hielten sich im Vergleich mit Harlemern für viel echtere und schwärzere Schwarze. Harlem ging ihrer Meinung nach allmählich vor die Hunde, während sich hier, in Bed-Stuy, ein unvergleichlich komplizierteres und schwierigeres Leben abspielte, das es verdiente, in Worten verewigt zu werden, die man an warmen Abenden um die Feuer in verlassenen Hinterhöfen sang.

Anfang des zwanzigsten Jahrhunderts war Saras Urgroßmutter Destinee aus den Südstaaten hier heraufgekommen, um sich in Brooklyn anzusiedeln, wo sie fünfundfünfzig Jahre einen Trödelladen führte. Er stand eingezwängt zwischen einer Wäscherei und einer Pfandleihe; schon damals schien das Schicksal dieser Gegend besiegelt.

Sara hatte ihre Urgroßmutter noch kennengelernt, halbblind war sie und von Arthritis verdreht wie ein Schabbesbrot aus der jüdischen Bäckerei. Am Ende ihres Lebens war sie so klein und leicht, dass man sie ohne weiteres in einen Puppenwagen betten und über die Straßen schieben konnte. Sara war fasziniert von der alten Frau und empfand auch Zärtlichkeit für sie. Auf ihre alten Tage hatte sie nur eine seltsame Laune, und zwar bestand sie darauf, unabhängig von der Jahreszeit Handschuhe zu tragen, ohne Handschuhe ließ sie sich nicht aus dem Haus bewegen, auch nicht im Puppenwagen, sonst fing sie an zu fluchen, dass einem Hören und Sehen verging. Saras Urgroßmutter hatte Hände, die schon genug erlitten hatten, bevor Destinee zwanzig war: Zuerst verhärteten sich die Handteller von der Arbeit auf der Zuckerrohrplantage bei Louisiana, dann die rosigen Markierungen auf ihren Handrücken, die sie sich beim Kochen und Bügeln zuzog, nachdem sie von der Feldarbeit der Hausarbeit zugeteilt worden war, und schließlich die verstümmelten zwei Finger der linken Hand, die der Hund ihr beibrachte, den man spaßeshalber auf sie gehetzt hatte. Von klein an hatte Sara eine Vorliebe dafür, sich mit zuwendungsbedürftigen Geschöpfen zu beschäftigen, und so zog sie der Urgroßmutter Handschuhe über und fuhr sie im Puppenwagen herum, in dem die Urgroßmutter unter einer geblümten Decke lag. Zu Mittag fütterte sie sie mit kleinen Stücken Toast mit Erdnussbutter, die sie zuvor durchkaute, so wie sie es bei den Müttern im Park von Bed-Stuy beobachtet hatte. Uroma Destinee wohnte bei einer ihrer Töchter, der tauben Tante mit ihrem ewig erstaunten Gesichtsausdruck, und vielleicht lag es an diesem Mangel an Kontakt mit ihrer Mitbewohnerin, die, egal was man zu ihr sagte, immer schaute wie ein im Licht von Autoscheinwerfern gebanntes Kaninchen, dass sie sich mit unentwegtem Geplapper belohnte, wenn ihre Urgroßenkelin sie spazieren fuhr. Uroma Destinee hatte gelbe Augen und eine Geschichte, die sie ihr Leben lang erzählt hatte: zuerst den Kindern bei den sonntäglichen Abendmahlzeiten, wenn sie ihnen Süßkartoffeln mit Vanille und Zimt röstete oder bei besonders guter Laune die Ochsenzunge vom Mittagessen aufwärmte, und später den Enkeln und Urenkeln. Als das Alter Destinee auf den Umfang eines Kürbis schrumpfen ließ und ihr die Kräfte raubte, gewann die Geschichte an Kraft, und die dauernde Wiederholung machte sie gleichsam hart und glatt. Sara wurde sie in ihrer vollendeten Form zuteil: pflückreif, saftig und prall.

Die Heldin dieser Erzählung war Destinees Großmutter, eine Schauspielerin aus Europa, aus Paris, so schön, dass ihr es euch nicht vorstellen könnt, man nannte sie Venus. Ihr wisst nicht, wer Venus ist? Eine Göttin, ihr Dummbeutel, ihr Schwachköpfe, ihr Kretins mit einem Stück Mäusescheiße anstatt eines Hirns! Venus, das ist eine Göttin aus Europa, und nach ihr war meine Oma benannt. Sie trat in London auf, in Paris, in Moskau sogar, denn der russische König persönlich schickte ihr Briefe und Geschenke, bis sie es ihm einfach nicht abschlagen konnte, erklärte Destinee. Herrliches Haar hatte sie, als käme sie geradewegs vom Friseur, die Haut wohl schwarz, aber auch irgendwie weiß, glatt und zart wie ein Katzenbauch. Und was für Kleider hatte Venus! Ganze Schränke voll mit Handschuhen! Für jeden Tag der Woche ein anderes Paar, und dank ihnen machte sie sich nie die Hände kaputt. Scharlachrote Handschuhe, indigoblaue, safrangelbe. Goldbraune, wie die Haut von gebratenem Hühnchen. Aus Wildleder, aus getigertem Leopardenfell, aus Seide, aus Samt, aus Spitze, aus Shetlandwolle und ägyptischer Baumwolle, aus handgemachtem Goldbrokat. Mit Blumen bemalt, ganze Landschaften waren auf den Handschuhen dargestellt, die sich bewegten, als wären sie lebendig, wenn sie die Finger bog. Und Hände hatte Venus, die waren zart wie ein Babypopo, hochglanzpolierte Fingernägelchen wie bei einer Puppe, rosig und ohne ein Stäubchen, so sauber, erzählte Destinee hingerissen und ließ Sara ihre Hände zum Vergleich zeigen. Und wie Venus tanzte! Die besten Pariser Schneider nähten ihr die Tanzgewänder. Sie trat auf den Bühnen auf, kannte Könige, empfing alle möglichen Napoleone, erzählte Destinee ihrer Urenkelin Sara, so wie sie es Jahrzehnte zuvor ihren Kindern erzählt hatte und dann den Enkelkindern und überhaupt jedem, der es hören wollte oder sie zumindest nicht unterbrach. Handschuhe! Immer raffiniertere Formen nahmen sie in Destinees Erzählung an, sie bekamen merkwürdig moderne Muster, metalldurchwirkt, wie die Handschuhe der glücklichen Besitzer von Motorrädern in Bed-Stuy, aus Kunstseide und sogar einfache Gummihandschuhe für die Küche, wie man sie für ein paar Cent bei Icek Kac im American Values bekam. Eine im Alltag praktische und realistische Frau, die nicht viel Gelegenheit zu Höhenflügen gehabt hatte, weil sie viel zu beschäftigt damit war, zu überleben und ihre Kinder am Leben zu erhalten, wurde Destinee zu einem völlig anderen Menschen, wenn sie anfing, von der schwarzen Venus aus Paris zu erzählen, die mit ihrem Theater durch ganz Europa gereist war. Während die Greisin erzählte, streckten sich ihre Arme wieder grade, und ihre katzengelben Augen leuchteten heller als die Glühbirne über dem Tisch. Wenn Sara Destinee anschaute, bekam sie Angst, die alte Frau würde diese Energie nicht aushalten, die ihren winzigen Körper verzehrte, und sie würde in der Glut der Erzählung vor ihren Augen verbrennen. Reisen durch Europa, samtene Handschuhe, kristallene Kronleuchter – diese Worte sanken wie Samenkörner in Sara ein, und bald sollte daraus ein Wald emporsprießen, der dicht war wie der Dschungel Amazoniens. Kronleuchter! In Venus' Pariser Wohnung waren kristallene Kronleuchter, erzählte Destinee, sie waren riesig und sahen aus wie Springbrunnen, die sich sprudelnd von der Decke ergießen, und als die schwarze Venus so ausgelassen tanzte, dass auf dem Fußboden nicht genug Platz war, sprang sie – hoppla! – in die Höhe, und mit den Händen in ihren seidenen, brokatenen, lammledernen oder mit Straußenfedern verzierten Handschuhen ergriff sie einen Kronleuchter und schwang sich daran hin und her, von einer Wand zur anderen, der Kronleuchter löste sich von der Decke und flog über den Köpfen der Zuschauer, über Dächer und Meere davon, und von unten sah man nur ihre kleinen Füße und ihre Spitzenunterhosen. Diamantstaub blieb von ihr auf dem Boden zurück, und die versammelten Gäste des Balls, lauter Prinzen, Prinzessinnen und Napoleone, rieben ihn zwischen den Fingern, ein Wunder! Ein Wunder!, flüsterten sie einander zu, unmöglich!, raunten sie und schauten sich in der Runde um, ungläubig, dass sie Zeugen von etwas so Außergewöhnlichem hatten werden können. Und Venus flog wie ein Komet mit Feuerschweif, wie ein schwarzer Schneesturm, wie eine Windhose, wie ein Schwan, und wer in dieser Nacht zum Himmel schaute und sie sah, der hat den Anblick nie vergessen. Wohin ist sie geflogen? Ja wohin wohl! Uroma Destinee schüttelte den Kopf vor Mitleid, dass Sara sich nicht selbst die Antwort auf diese einfache Frage geben konnte. Die schwarze Venus flog an ihrem Kronleuchter geradewegs nach Afrika. Weit, weit weg in den Süden, den Süden von Paris, den Süden von London, den Süden von New York, in den Süden von überhaupt allem, dorthin, wo das Wasser azurblau ist wie der Himmel und der Himmel noch azurblauer als das Wasser und der Sand, der Sand an dem Strand, auf dem Venus, immer noch an ihrem französischen Kronleuchter hängend, landet, ist so weiß, dass man kaum glauben kann, dass etwas aus so einem makellosen Weiß sein kann. Dort, sagte Destinee, dort war das wahre Heimatland der schwarzen Venus, dort waren ihren Tanten und Onkel, ihre Cousinen und Cousins, ihre Mutter und ihr Vater und ihre Geschwister, achtzehn an der Zahl, und kaum hatten sie sie erblickt, veranstalteten sie schon ein so großes Fest am Strand, wie es noch nie eins gegeben hatte. Berge von Früchten, wie sie in Bed-Stuy noch nie jemand zu Gesicht bekommen hatte, echte Früchte, direkt vom Baum und sonnengetränkt, und dazu riesige Kessel voll mit gebratenen Hühnchen, Ochsenzungen und gerösteten Süßkartoffeln mit Vanille und Zimt, die so dufteten, dass die hungrigen Leute am anderen Ende von Afrika davon aufwachten, sich die Augen rieben, schnupperten und mit den Lippen schnalzten. Die schwarze Venus aß, trank, erzählte von ihrem Leben in Paris und ließ die anderen ihre Handschuhe anprobieren, aber keine Frau hatte so zarte Hände, dass sie passten. Hab ich schon gesagt, was für Handschuhe sie hatte?, fragte Destinee. Sara schaute sie nur mit ihren riesigen gelben Augen an und wünschte sich, dass die Uroma noch einmal von den Handschuhen erzählte, die mit jeder Erzählung schöner wurden und sich in Lebewesen mit fünf Scheinbeinchen verwandelten. Diese Handschuhe! Aus himmelfarbener Atlasseide, mit Knöpfchen, mit Pfauenfedern, die die Handgelenke der schwarzen Venus so kitzelten, dass sie dauernd kicherte. Mit Kriställchen, Röslein, kleinen Zuckerperlchen, die sich abknabbern ließen! Wenn Destinee besonders guter Laune war, machte sie vor, wie die schwarze Venus getanzt hatte, sie stampfte in wildem Rhythmus, den ihre Seele noch von irgendwo in Erinnerung behalten hatte, und die Kinder schlugen ihn mit Händen und Füßen dazu, immer heftiger und heftiger, um zu sehen, wie schnell die Oma tanzen konnte, und sie enttäuschte sie nie. Gegen Ende ihres Lebens redete Destinee nur noch von der schwarzen Venus, ihrer schauspielernden Großmutter aus Paris, aber sie verlor ihr Gedächtnis oder bekam vielleicht ein anderes, besseres dafür, und die Geschichten waren voll von merkwürdigen Sprüngen – hoppla, auf den Kronleuchter! Hoppla, zwischen Kontinenten und Epochen! Hoppla, fort aus Paris! Hoppla, nach London und – hoppla – nach Bed-Stuy, und manchmal – hoppla! – schlief die Greisin mitten im Satz ein, mit offenem Mund, aus dem ihr ein Speichelfaden rann.

Destinees jüngste Urenkelin Sara fand diese seltsam bruchstückhafte Geschichte aufregender als Kino und saugte wie ein Schwamm jedes Wort auf, fragte: und weiter? Und weiter? Erzähl von der schwarzen Venus, Oma, bettelte sie, als außer ihr niemand mehr die alte Frau ernst nahm. In Paris, erzählte Destinee, da hatte die Venus ein ganz anderes Leben als eine Negerin aus Brooklyn, und Sara ließ sich den Ausdruck »ein anderes Leben« auf der Zunge zergehen wie das letzte Stückchen Fleisch von einem Hühnerknochen. Paris ist eben Paris, die mit Marmor gepflasterten Straßen sind breit wie der Hudson, von der einen Seite kann man kaum bis zur anderen sehen, es gibt einen Park, wo ununterbrochen gepicknickt wird und wo kostenlos gebratene Hühnchen und Ochsenzunge verteilt werden, und für die Kinder gibt es mehr als genug Süßkartoffeln, und dieser schöne Ort heißt Ostkap. Ostkap in Paris!, seufzte Sara und leckte beim bloßen Klang dieses Namens die Lippen, aber auch deshalb, weil sie gerne aß, insbesondere die Gerichte, von denen die Urgroßmutter erzählte. Destinee, die sich nur noch von schwarzen Lakritzschnüren und vorgekautem Toast ernährte, führte sich gehaltvollere Nahrung mittels ihrer Erzählungen zu, und egal in welcher historischen Zeit sie in ihrer Geschichte von der schwarzen Venus gerade steckte, es kamen gebratene Hühnchen und Ochsenzungen darin vor, denn nachdem sie sich ihr Leben lang kaum je hatte satt essen können, stellte sie sich so den Himmel vor. Sie schnalzte mit den Lippen, wenn sie von dem Essen sprach, das sie sich so selten hatte erlauben können, und Sara kam es vor, als ernähre ihre Urgroßmutter sich tatsächlich von Wörtern, manchmal stieg sogar der Geruch von goldbraun gebratener Hühnchenhaut oder Zimt und Vanille auf. Einmal war die hungrige Sara so auf die Ochsenzunge in der Erzählung der

Uroma fixiert, dass sie fast die neue Wendung im Schicksal der schwarzen Venus verpasst hätte, von der man nichts Neues mehr erwartete als ihren Tod. Venus hatte ein Kind mit dem König von Frankreich, sagte die Uroma und schaute die Urenkelin aus ihren im Alter milchig trüb gewordenen Augen groß an, Napoleon hieß er, und er liebte sie mehr als jede andere Frau auf der Welt, doch zugegebenermaßen war er leider ein verheirateter Mann.

Kurz nach dieser verblüffenden Eröffnung starb Destinee im Schlaf, und außer dem Duft von Süßkartoffeln mit Vanille und Zimt, der letzten Speise, von der sie zu Lebzeiten gesprochen hatte, hinterließ sie eine Holzkiste mit ärmlichen Habseligkeiten: ein paar Kleider, drei Paar Schuhe, eine Bibel, die sie nicht hatte lesen können, weil sie es nie gelernt hatte, aber immer mit in die Kirche nahm, und in der Bibel, zwischen Psalm sieben und acht, ein Flugblatt von der Größe einer Schulheftseite, einmal quer gefaltet. Auf diesem Flugblatt war eine schwarze Frau abgebildet, die seitlich zum Betrachter, diesem aber mit dem Gesicht leicht zugewandt stand. In dieser Haltung war ihr Schoß verdeckt, doch ihre beiden nackten Brüste waren sichtbar, die rund und voll waren wie zwei Melonenhälften. Um Hals und Taille der Frau waren Perlenketten geschlungen, ebensolche Ketten schmückten die Beine oberhalb der Knie, während sie an den Füßen seltsame Schuhe trug, die an Männermokassins erinnerten. In der rechten Hand hielt sie einen langen Stab, der schmale zarte Arm streckte sich nach vorn, als suche er Halt, damit der Körper im Gleichgewicht blieb. Über der linken Schulter trug sie ein zusammengelegtes Stück Stoff, vielleicht auch eine Tierhaut, die in den mit bläulichen Stockflecken übersäten Hintergrund verfließt. Ein Teil des Gesichts der Schwarzen ist von einer Maske verdeckt, vielleicht ist es auch eine Bemalung, das lässt sich anhand des verblassten Bildes nicht mit Genauigkeit sagen. Ihr Mund ist voll und fast rund wie ein üppiges weiches O, darin steckt eine Zigarette, es kann auch eine Zigarre oder Pfeife sein, das ist nicht klar, gewiss ist nur der Rauch, der in einer grauen Spirale bis zum ausgefransten Rand der Karte steigt. Die Frau hat ganz kurzes Haar, dicht bedecken sie ihren mit einem Band geschmückten Schädel, und ein Büschel Glasperlenstränge schießt wie ein Springbrunnen auf der Mitte ihres Kopfes empor. Das Auffallendste an dieser Frau jedoch, das, was am stärksten in die Augen sticht, sind die gewaltigen Hinterbacken, die unter ihren schmalen Schultern und ihrer schlanken Taille wie rundliche fleischige Schöße hervorstechen. Auf diesen Gesäßbacken sitzt ein kleiner Amor, dessen helles Wangenrot kein bisschen verblasst ist, obwohl seine Augen und Hände kaum erkennbar sind, und er zielt mit Pfeil und Bogen geradewegs auf den Betrachter. Über dem Kopf des Amor erhebt sich ein Rauchwölkchen mit der Inschrift: Take care of you, und wir wissen nicht, was der kleine, auf dem ausladenden Hintern der halbnackten Schwarzen thronende Schlingel der besonderen Sorge des Betrachters empfiehlt, denn daneben dehnt sich ein bräunlicher Flecken aus, wie von einem Kaffee- oder Blutstropfen. Am unteren Rand des Bilds hat sich eine Inschrift erhalten, die undeutlich ist, sich aber noch entziffern lässt: Love and Beauty. Sartjee the Hottentot Wenus. Es ist die Venus aus der Geschichte von Uroma Destinee, die Schauspielerin aus Paris! Die kleine Sara starrte auf das Abbild der

Frau und begriff, dass die Uroma nicht gelogen hatte, die schwarze Venus existierte wirklich, auch wenn sie etwas anders aussah als in der Geschichte von Destinee. Es war die schwarze Venus selbst, jene Sammlerin von Handschuhen, die auf einem kristallenen Kronleuchter fliegende Geliebte des Königs Napoleon, die Sara aus dem in der Bibel der Urgroßmutter aufbewahrten Bildchen anschaute.

Sara, ein junges Mädchen, das sich anschickte, zur Frau zu werden, war von diesem Bild verzaubert und wurde sich zum ersten Mal ihres Aussehens bewusst. Als sie sich im Badezimmer im Spiegel betrachtete, sah sie eine schwarze Venus, auf deren Gesäßbacken bereits ein ganz ansehnlicher Amor Platz gefunden hätte. Von da an ließ sie nicht mehr zu, dass ihre Oma La-Teesha ihr Haar in acht mit bunten Kugeln verzierte Hörnchen flocht, stattdessen schnitt sie sich die Haare mit dem Rasierapparat ihres Großvaters so kurz, dass sie aussah wie die Frau auf dem Bild. Vor dem Einschlafen lauschte sie auf die Stimmen, die von der Straße hereindrangen, und dachte an ferne Länder, seidene Handschuhe, kristallene Kronleuchter, Töpfe voll mit gebackenen Süßkartoffeln an einem Strand, dessen Sand so strahlend weiß war, dass man bei seinem Anblick unwillkürlich blinzeln musste. Manchmal träumte sie von der schwarzen Venus, die Sara mit Augen wie Zitronendrops anschaute, in einer fremden, aus Schnalzen und Händeklatschen bestehenden Sprache leise vor sich hin sang und außerordentlich schön aussah. Im Schlaf wiederholte Sara die geheimnisvollen Wörter, und an manche konnte sie sich nach dem Aufwachen auch erinnern, doch Oma La-Teesha konnte ihr nicht sagen, was sie bedeuteten, und ließ sie für alle Fälle ein

Aspirin schlucken. Oft waren Saras Träume schön, und sie hatte das Gefühl, als fliege sie auf dem kristallenen Kronleuchter, von dem ihre Urgroßmutter erzählt hatte; nach dem Aufwachen zögerte sie dann, die Augen aufzuschlagen, damit dieses Wunder des Schaukelns hoch über den Köpfen und Dächern noch eine Weile anhielt. Aber es kam auch vor, dass die Träume schrecklich waren, dann hatte Sara das Gefühl, die Venus sei in einem Käfig gefangen, sie hörte ihren Zorn und ihre Empörung, sie hörte Stimmen, Schreie und Pfiffe, und kurz darauf stellte sie fest, dass sie selbst, nackt und gefesselt, von einer gaffenden Menge umringt war. Die Gesichter der Gaffer waren bläulich rosa wie rohes Hühnerfleisch, die Wangen hochrot vor Erregung, die Zungen schnellten aus den Mündern, um über die Lippen zu fahren, die sich zum Schrei spitzten: Monster! Ungeheuer! Schwarze Hure!

Sehe ich wie eine schwarze Hure aus?, fragte Sara am Morgen ihre Oma La-Teesha. Zur Antwort bekam sie zuerst eine Ohrfeige und dann einen Löffel Lebertran mit Himbeergeschmack, den sie bei American Values kauften, dem Laden von Icek Kac. La-Teesha sah, dass sich mit ihrer Enkelin, die sie von klein auf erzogen hatte, etwas Seltsames tat, und sie hörte sie im Schlaf stöhnen. Sie erklärte es sich damit, dass der Tod von Destinee Sara so betrübte, und brühte ihr abends zur Beruhigung einen Kamillentee auf. Saras Frisur war für La-Teesha schwieriger zu verkraften, denn im Unterschied zu ihren Freundinnen wollte Sara nicht ihren Afro-Schopf bändigen und sah in Bed-Stuy aus wie ein Sonderling. Außerdem schien sie oft zu tagträumen, und immer wieder seufzte sie: Ach, Oma, wenn ich nur irgendwohin verreisen könnte, weit weg von hier! La-Teesha antwortete dann mit zorniger Stimme: Baby, dein Platz ist in Bed-Stuy und gib bloß keinem die Schuld daran. Du bist hier, wo du bist, weil das dein Platz ist, Baby. Wir gehen zusammen in Janets Salon, sie wird dich frisieren, wie es sich gehört, es gibt überhaupt keinen Grund, mehr aufzufallen als nötig hier in Bed–Stuy, ooh, Bed-Stuy, seufzte sie und richtete drohend den Finger auf ihre Enkelin, aber Sara spürte zum ersten Mal in ihrem Leben ein wirkliches tiefes Verlangen, und zwar nach der größtmöglichen Ähnlichkeit mit der schwarzen Venus von der Illustration, die Urgroßmutter Destinee hinterlassen hatte. Krauses Haar und schwarze Haut waren in Bed-Stuy Grund für Stolz und Verdruss, je nach äußeren Umständen und innerer Veranlagung. Sobald eine der beiden Komponenten die Oberhand gewann, gab es Schwierigkeiten, und deshalb rang La-Teesha die Hände. In den Friseur- und Kosmetiksalons von Bed-Stuy, wie zum Beispiel im Schönheitssalon Janet, den eine Freundin von La-Teesha führte, bot man seit langer Zeit schon Behandlungen zur Aufhellung der Haut und zur Glättung des Haars an, denn niemand wollte sie noch krauser, als sie schon waren. Die Mädchen in Saras Alter sehnten den Schulabschluss herbei, weil sie dann zum Friseur gehen konnten, um sich der schmerzhaften und oft auch gefährlichen Behandlung zu unterziehen, die in Bed-Stuy eine Art Durchgangsritual war. In Bed-Stuy war eine Flüssigkeit zur Haarglättung in Umlauf, die Löcher in die Möbelpolitur ätzte und die Fingernägel zerfraß, und wenn eine Frau sie aller Warnungen zum Trotz ein paar Augenblick länger als angeraten auf dem Kopf behielt, dann wurden ihre Haare zäh wie

Gummi und fielen büschelweise aus, und ihre Kopfhaut brannte und schuppte sich noch einen Monat lang.

Seit Destinee gestorben war und sie sich ihre Frisur nach dem Vorbild der schwarzen Venus gestaltet hatte, fühlte sich Sara in Bed-Stuy zunehmend isoliert. In der Schule langweilte sie sich und schaute während des Unterrichts gedankenverloren zum Fenster hinaus, doch sie hatte gute Noten, und das Lernen fiel ihr leicht. Sie erntete dafür allerdings keine Sympathien bei ihren Klassenkameradinnen, die ihre Fähigkeit, die Namen der Hauptstädte fremder Länder und der Nebenflüsse ferner Ströme mühelos auswendig zu lernen, für Überheblichkeit hielten. Jeden Tag, außer am Sonntag, fuhr La-Teesha um fünf Uhr zwanzig mit der Untergrundbahn nach Manhattan, wo sie die Büros zwischen dem siebenundsiebzigsten und dreiundachtzigsten Stockwerk des Empire State Building putzte. Sie richtete ihrer Enkelin das Schulfrühstück, bevor sie zur Arbeit ging, und wickelte es in graues Papier. Nach der Schule kam Sara in die immer noch leere Wohnung im untersten Stockwerk eines der braunen Ziegelreihenhäuser. Dort lebte sie mit der Großmutter, die gelegentlichen Zufallsmieterinnen und den Großvater nicht mitgerechnet, der ab und zu auftauchte und wieder verschwand. Wenn sie keinen Pfennig Geld mehr hatten, vermieteten sie das kleine, feuchte Schlafzimmer an Frauen, die von Gottweißwoher nach Bed-Stuy gekommen waren und verschiedenste Varianten des Englischen sprachen, doch Sara nannte jede von ihnen Tante und freute sich, wenn sie da waren. Immer hatten die Frauen interessante und komplizierte Gründe, weshalb sie mit einem einzigen Koffer oder ganz ohne Gepäck nach Brooklyn gekommen waren, und immer waren es Frauen, denn von Männern, egal welcher Rasse, hatte La-Teesha stets nur die schlechteste Meinung. Diese Tölpel, Krachmacher, Hurensöhne, Schmarotzer, die immer Essen und Applaus verlangten.

La-Teesha war Großmutter geworden, als sie gerade mal Mitte dreißig war. Sie und auch ihre Nachbarn fanden das ebenso wenig außergewöhnlich wie die Tatsache, dass die Männer, die die Urheber der frühen Mutterschaft waren, nur sporadisch in dem Haus an der Nostrand Avenue aufkreuzten und dass bei diesen Besuchen in der Regel nichts weiter herauskam als eine weitere Schwangerschaft oder ein Streit, bei dem alle möglichen Sachen, gelegentlich auch Haustiere und Menschen, aus dem Fenster flogen. Nach der Tochter Shaunika bekam La-Teesha noch zwei Jungen, beide waren in früher Kindheit an derselben Krankheit gestorben. Ihren Mann, der ab und zu aus dem Nichts auftauchte, nannte La-Teesha Johnny Überraschungstasche und sprach seinen Vornamen in demselben Ton aus, in dem Frauen über ihre missratenen Kinder sprechen, um ihren mütterlichen Stolz zu verbergen, den sie auch dann empfinden, wenn es keinerlei Grund dafür gibt. Johnny! Er klopfte an die Tür, stoppelbärtig und nach den verrauchten Spelunken stinkend, wo er Saxophon spielte und mit Karten verjubelte, was er verdiente, und rief: Mädels, ich hab eine Tasche voll Überraschungen für euch! La-Teesha ärgerte sich dann über sich selbst, weil sie, genauso wie ihre Tochter und später ihre Enkelin, ihre freudige Aufregung nicht unterdrücken konnte. Sie öffnete die Tür mit strenger Miene, in gespieltem Zorn knallte sie mit den Kochtöpfen, während sie ihm eine Mahlzeit kochte, doch ihr Herz flog auf diesen großen, leicht gebeugten Mann mit dem Ausdruck eines traurigen Cockerspaniels, den er zu diesen besonderen Anlässen aufzusetzen wusste. Selbst wenn man ihr mit dem Tod gedroht hätte, hätte sie nicht zugegeben, dass sie diesen Geruch nach Tabak, Leder und Eisenbahn, ein Geruch, der für sie mit Liebe und Verlust verbunden war, schöner fand als jeden anderen auf der Welt. Dein Opa Johnny!, sagte sie zu Sara. Baby, krieg das mal in deinen Kopf, Fuck you, Johnny, sag ich, aber sag das nicht in der Schule weiter.

Nach ein paar Tagen, höchstens Wochen verschwand Johnny Überraschungstasche wieder, und zwar genau zu dem Zeitpunkt, wenn die allmähliche Routine nach einem guten Dutzend gemeinsamer Mahlzeiten La-Teeshas Wachsamkeit so unterwandert hatte, dass sie ihr Portemonnaie oder, was noch schlimmer war, den Umschlag mit ihrem Lohn offen herumliegen ließ. Danach nahm sie zusätzliche Arbeit an und hängte im Laden von Icek Kac eine Anzeige auf, dass sie ein Zimmer zu vermieten hatte, gemütlich, was gelogen war, und billig, was der Wahrheit entsprach, und ihre Strenge und ihre versiegelten Lippen waren wie eine selbstauferlegte Strafe für ihre kurzfristige Schwäche.

In der Küche, dem hellsten und wärmsten Raum der Wohnung, wo sich das Leben von Großmutter und Enkelin abspielte, hingen die Fotografien der verstorbenen Kinder von La-Teesha – der beiden Söhne und der Tochter, Shaunika Jackson – in einem mit Kunstblumen verzierten Rahmen. An Geburtstagen und Feiertagen schmückte die kleine Sara das Bild ihrer Mutter und der unbekannten Kinder hingebungsvoll mit neuen Rosen und Amaryllis; sie bekreuzigte sich voll Inbrunst, wie die Großmutter es ihr beigebracht hatte, und küsste die Gesichter der Toten durch das Glas. Die Blumen zum Schmücken der Fotos bekam man, neben etlichen anderen billigen, nachgemachten und minderwertigen Artikeln aus Kunststoff bei American Values, einem Laden, der dem polnischen Juden Icek Kac gehörte. La-Teesha gefiel es nicht, dass sie bei einem Fremden einkaufen musste, noch dazu einem Juden, der sich in Bed-Stuy wohlfühlte, aber sie konnte sich das Vergnügen nicht versagen, in den Stapeln von Unterhosen, Nylonunterröcken und riesigen Büstenhaltern zu wühlen, die nach Chemie und Schimmel rochen, in den Schachteln voller Glasschmuck, der klackerte wie Knochen, in den Haufen giftig rosafarbener Rosen und Tulpen mit immerwährenden aufgeklebten Wassertropfen aus Plastik. Gehen wir zum Juden und holen neue Blumen für Mama, sagte sie und nahm ihre Enkelin an der Hand, das waren schöne Momente.

Sara liebte es, im Laden von Icek Kac zu stöbern und seinen Geschichten zu lauschen. Manchmal erzählte er von Kamieńsk, wo die Gerade Straße die wichtigste Straße war, kopfsteingepflastert und von zwei Reihen einstöckiger Häuser gesäumt, die sich dicht aneinanderdrängten, dahinter lagen kleine Gemüsegärten.

Die Eltern Herschel und Golde hatten hier einen Eisenwarenladen betrieben. Gegenüber war die Konditorei von Mateusz Suliga, der ihm auf dem Schulhof das Boxen beigebracht hatte und dessen Haare immer mehlbestäubt waren. Solche Blätterteighörnchen, solche Napoleonschnitten wie in dieser kleinen Konditorei in Kamieńsk, die hatte Icek Kac nie wieder irgendwo gegessen. Links neben der Konditorei war das Fotoatelier von Ludek Borowic, und als kleiner Junge hatte er oft dort am Fenster gestanden und die ausgestellten Fotografien von Hochzeiten, Taufen und Bar Mitzwas betrachtet, die Porträts, die als Geschenk der oder dem Liebsten zugedacht waren, an die Verlobte oder den Verlobten im Ausland geschickt werden sollten, die gewöhnlichen Ausweisfotos. Icek wusste nicht, warum ihn beim Betrachten der ausgestellten Fotografien von Ludek Borowic eine solche Traurigkeit überkam, dass er die Tränen nicht zurückhalten konnte, als dringe aus den Abbildungen der Bewohner von Kamieńsk, Kocierzowa und Gorzkowice eine schreckliche Ahnung, die er nicht in Worte fassen konnte oder für die es keine Worte gab. Den kleinen Icek Kac erschreckte die Reglosigkeit der Aufnahmen, die sozusagen das Leben der Fotografierten festhalten wollten, doch der einzige Weg dazu ist die Erstarrung, also der Tod. Das dachte er damals. Er stand dort und betrachtete die Reglosigkeit und die Unveränderlichkeit der ernsten Gesichter mit ihrem gezwungenen Lächeln, die rotgetönten Lippen der Frauen, die auf den Sessellehnen ruhenden Hände der Männer, die verzierten Köpfe der Spazierstöcke, die Kinder in weißen Steckkissen, in allzu ernster Feiertagskleidung, mit Augen, die wie Glasmurmeln glänzten, und es kam ihm undenkbar vor, dass nach einer solchen Erstarrung wieder Leben einkehren würde, dass die zum Lächeln leicht geöffneten Lippen wieder aufeinandertreffen, die aus der Stirn gestreifte Locke wieder zurückgleiten, die Hände auf die Knie schlagen würden, na endlich Schluss mit diesem Posieren! Dass die in einer Kristallvase verewigten Blumen verwelken und die Teetanten mit ihrer Grażynka, dem schönsten Mädchen im Städtchen Kamieńsk, von der Schaukel steigen würden, danke schön,

Herr Ludek, für das Foto, würden sie sagen, auf Wiedersehen. Icek Kac erinnert sich noch genau an die Reihenfolge der Fotografien, die er in jenem letzten Herbst in Kamieńsk im Schaukasten betrachtete. Links stand das Foto von Marek Słowik mit seiner im landwirtschaftlichen Wettbewerb preisgekrönten Kuh, dann kam das Hochzeitsfoto von Mateusz Suliga und seiner Frau Beata, geborene Kopeć, gleich daneben Fabrikant Antoni Mopsiński mit seiner abwesend blickenden Gattin Josephine und dem Sohn Napcio im Matrosenanzug, dann die Musiklehrerin Aurelia Borowiecka im Kreise von einem guten Dutzend polnischer und jüdischer Schüler, der Bahnwärter Barnaba Midziak auf einem schmucklosen Ausweisfoto, Franciszka Pyłek ebenso, und dann die Teetanten mit Grażynka auf der Bankschaukel, daneben Grażynka allein, das schönste Mädchen, das er je gesehen hatte, aber das hatte er ja schon gesagt, einmal hatte er sich sogar ihretwegen mit Napcio Mopsiński geprügelt, also Grażynka in einem Kleid so weiß und luftig wie Baiser, und schließlich die ganze Familie Kac außer ihm selbst, Icek Kac, dem drittältesten Sohn, denn er hatte sich absichtlich verdrückt an diesem Tag, als seine Familie das erste und letzte Bild im Atelier von Ludek Borowic machen ließ. Als er die Fotografie seiner Familie betrachtet hatte, war dieses Gefühl einer großen Einsamkeit, das er stets empfand, noch stärker geworden, denn er hatte den konkreten Beweis vor Augen, dass sie alle dort waren und er hier. Als mittleres Kind hatte es Icek zwar leichter, der elterlichen Aufmerksamkeit zu entschlüpfen, und er konnte sich öfter als die älteren Brüder einer Strafe entziehen, doch entgingen ihm auch öfter die Belohnungen, mit deren Zuteilung die Eltern bei der jüngsten

Tochter oder dem ältesten Sohn anfingen. Als Icek Kac damals vor der Vitrine von Ludek Borowic' Fotoatelier stand und seine Angehörigen betrachtete, hatte er das seltsame Gefühl, dass ihr regloses Abbild wahrhaftiger war als die Wirklichkeit. Iceks Vater, ein wortkarger, magerer Mann mit großen Augen, die Mutter mit ihrem kirschblütenförmigen Mal auf der Wange, die Brüder und die kleine Schwester, die das Händchen zur Kamera ausstreckte, sie weckten in ihm eine Wehmut, wie er sie nie zuvor verspürt hatte und von der er wusste, dass sie sich nie lindern lassen würde. Er brauchte sich nur umzudrehen und die Gerade Straße herunterzulaufen, und schon würde er seinen lebendigen Vater hinter der Ladentheke sehen, seine lebendige Mutter, die in einem solchen Tempo Leber hackte, dass ihre Hand sich zu einem undeutlichen Umriss verwischte und nur die Messerklinge in der Küche blitzte, wo sich seine Brüder und die kleine Schwester auf der Suche nach Süßigkeiten herumtrieben. Doch Icek blieb damals vor der Familienfotografie stehen, auf der er nicht vertreten war, und beweinte seine Familie, die er erst noch verlieren sollte.

Als die Familie Kac zusammen mit allen anderen jüdischen Familien ins Getto nach Radomsko deportiert wurde, war Icek einer der wenigen, denen die Flucht gelang. Drei Wochen lang saß er im Wald am Rand der Sümpfe, und Mateusz Suliga brachte ihm täglich zu essen. Er kannte diesen Wald zwischen Kleszczowa und Gorzkowice wie seine Westentasche, das Weidengebüsch, die Erlenhaine und das von kleinen Wasserläufen durchzogene hohe Gras, er wusste, dass auch der beste Hund hier die Spur verlor und dass nach Einbruch der Dunkelheit hier die Verstorbenen irrlichterten.

Die Teetanten waren die Einzigen, die sich ohne Angst in diese Gegend begaben. Doch jetzt war der Wald anders, und Icek Kac wurde bewusst, dass sein Schicksal von etwas viel Mächtigerem abhing als ihm selbst. Er schlief tagsüber, nachts lag er im Gras und hatte das Gefühl, der Wald sei ein gewaltiges gutartiges Tier mit feuchtem Fell, er drückte sein Gesicht hinein und holte tief Luft, er presste seinen ganzen Körper an den Boden, als wollte er in der Erde verschwinden. Er dachte an seine Eltern, Brüder und die Schwester nicht so, wie er sie zuletzt gesehen hatte: die Mutter mit dem kirschblütenförmigen Mal, die Schwester mit ihren zum Schmollmund verzogenen Lippen, wie sie es immer tat, wenn sie zeigen wollte, dass sie schon groß war und das Weinen unterdrücken konnte, den Vater, der zischte: Lauf weg, Junge! Wir haben keine sieben Kinder, wir haben nur sechs, schwor Mutter Kac, und zum Beweis für den Irrtum zeigte sie das Foto, das im Schaufenster des Fotoateliers gestanden hatte, bitte sehr, eine Fotografie lügt nicht, hier sind fünf Söhne und eine Tochter, dazu sie und ihr Mann und der Koffer, der vorschriftsmäßig gepackt war. Dort in seinem Versteck im Wald dachte Icek Kac an die Fotografien in der Auslage von Ludek Borowic' Fotoatelier, nach und nach rief er sich jeden seiner Angehörigen in Erinnerung, wie sie angezogen waren, wie sie die Hände hielten, wie das Licht auf ihr Gesicht fiel und ein Lächeln oder die Abwesenheit eines Lächelns verewigte, und wenn er damit fertig war, fing er wieder von vorne an, bis die Sonne über den Sümpfen aufging und ihn wieder zum Leben erweckte. Icek Kac hatte weder seine Eltern noch seine Geschwister je wiedergesehen, alle waren sie in Treblinka ermordet worden, denn dorthin wurden die Juden aus dem Radomsker Getto deportiert.

Der Tatsache, dass er das mittlere Kind war, hatte Icek vielleicht auch zu verdanken, dass die über jeden Zweifel erhabenen semitischen Züge seiner Eltern und Geschwister bei ihm nur undeutlich erkennbar waren. Mit seinen abstehenden Ohren, dem weder hellen noch dunklen Haar, den Augen von der Farbe trockener Kiefernzapfen hatte der für sein Alter große schlaksige Junge kein schlechtes Aussehen in einer Zeit, in der das Aussehen über Tod oder Leben entschied. Mateusz Suliga brachte ihn nach Tschenstochau, wo Icek im Waisenhaus der Anbeterinnen des kostbaren Blutes Gärtnergehilfe wurde. Zusammen mit seiner Arbeitskleidung und einer alten Schirmkappe bekam er den Namen Jaś. Dort traf er Grażynka wieder. Grażynka behauptete, sie sei zwölf, erzählte Icek Kac weiter, aber sie sah älter aus. Sie kam in den Garten des Waisenhauses und pflückte Erdbeeren, kleine, fast schwarze Herbsterdbeeren, die ganz süßen, sie trug ein graues Kleid wie die anderen Mädchen, aber andere Mädchen existierten für mich gar nicht, und einen Strohhut mit weiß-blau gepunktetem Band hatte sie auf dem Kopf. Ich hätte alles für sie getan, sagte Icek. Als Schwester Bernadette sie im Werkzeugschuppen erwischte, musste er das Waisenhaus der Anbeterinnen des kostbaren Blutes verlassen, denn er war dort als Arbeiter aufgenommen worden, also als Erwachsener und nicht als Kind. Grażynka gab ihm zum Abschied ein Geschenk, sie kam noch hinter ihm auf die Straße hinausgelaufen, obwohl die Schwester Pförtnerin Genowefa schrie wie am Spieß: Jessesmariaundjosef, kommst du sofort zurück, zum Teufel noch mal! Grażynka überreichte ihm etwas, das sie als Nachttopf Napoleons bezeichnete, und riet ihm, er solle ihn verkaufen, gegen Essen eintauschen, was auch immer, ihm würde er jetzt mehr nützen als ihr, denn er ziehe jetzt allein in die Welt, sie aber würde bald von den Teetanten abgeholt, da war sie ganz sicher, und auch dass ihnen das mit dem Nachttopf nichts ausmachen würde. Icek Kac sah Grażynka an und versuchte sich den Anblick einzuprägen: die goldene Haut, die Sommersprossen auf der Nase, das graue Kleid, aber ihm drehte sich alles im Kopf, und das Bild vor seinen Augen verschwamm wie hinter einer Glasscheibe, über die Regen rinnt. Wein nicht, sagte Grażynka, ich werde dich nie vergessen, ich werde dich immer lieben, und das waren genau die Worte, die er hatte hören wollen. Ich werde dich finden!, wollte er Grażynka versprechen, aber solche Versprechen waren unnötig, denn der Kamieńsker Waisenjunge Icek Kac hatte Geschick darin, das zu verlieren, was er liebte, und aus irgendeinem Grund wusste er, dass er Grażynka trotz unermüdlicher Suche nie wiedersehen würde.

Vielleicht war es ihm deshalb gelungen zu überleben, und als der Krieg zu Ende war, fuhr er nach Kamieńsk, doch die Napoleonhütte stand leer, man erzählte ihm, die Teetanten seien kurz nach ihrer Rückkehr ertrunken, obwohl einige in Kureks Bar behaupteten, sie seien nicht ertrunken, sondern hätten sich in Sirenen verwandelt und trieben auf der Kamionka dem Meere zu. Grażynka war ein paar Tage später als die Teetanten verschwunden und nie zurückgekehrt, woran kein Zweifel bestand, die einen sagten, sie sei nach Piotrków Trybunalski gefahren oder nach Warschau, andere sagten von wegen Piotrków, von wegen Warschau – nach Amerika war sie geflogen, und zwar genau nach New York mit so einem Kerl aus Radomsko, der Kriegsgewinnler war. Daraufhin explodierte Marianna Gwóźdź, die Haushälterin des Pfarrers: mit was für einem Kerl aus Radomsko, von wegen Radomsko, mit dem Tadeusz Kruk war sie durchgebrannt, der Kruk hatte sich doch genau um diese Zeit in Luft aufgelöst, aber an diese letztere Hypothese konnte Icek nicht glauben. Er fuhr nach Warschau und Piotrków, nach Danzig und Białystok, nach Breslau und Stettin und Wałbrzych, er suchte sich die großen Städte aus, weil Grażynka ihm im Waisenhaus erzählt hatte, sie wolle in einer Großstadt leben, und da er schon unterwegs war, stieg er auch in Kleinstädten aus, er war in Koluszki, Legnica, Skierniewice, Grudziądź und Szczawno Zdrój, denn man man landet ja nicht immer da, wo man hin will. Icek Kac suchte Grażynka an allen Orten, die ihm sein armes Herz eingab. Er veräußerte auch Napoleons Nachttopf nicht, machte ihn weder zu Geld, noch tauschte er ihn gegen etwas ein, denn so wurde er zu einem Requisit, das es Icek erlaubte, sein Sehnen in eine für andere Leute plausible Erzählung umzusetzen. Ich suche eine Frau, sagte er, sie hat mir das Leben gerettet, ich muss ihr danken und ihr ein wertvolles Familienerbstück zurückgeben, Napoleons Nachttopf, den ich für sie aufbewahrt habe.

Seine Suche begann Icek Kac an jedem Ort damit, dass er sich die ausgestellten Fotos in den Schaukästen der Fotoateliers ansah, denn er wusste noch sehr gut, wie gern Grażynka sich fotografieren ließ, und manchmal meinte er sogar, sie zu erkennen. Grażynka war die elegante Dame auf einem Ausweisfoto in einem Atelier, das in einem Meer von Ruinen im Warschauer Stadtteil Wola überlebt hatte, in Koluszki war sie die strahlende junge Mutter mit Hochfrisur und einem Säugling im Arm; macht nichts, dass sie ein Kind hat, dachte Icek. In Białystok war Grażynka eine Amazone mit Reitgerte auf einem braunen Pferd; na so was, da hat sie sogar reiten gelernt!, seufzte er bewundernd. Auf einem Hochzeitsfoto in Piotrków Trybunalski war Grażynka die Trauzeugin, sie trug einen eleganten blumengeschmückten Hut und ein ausgeschnittenes Kleid wie ein Stück Sahnekuchen; sie war eine von sechs Frauen auf einem Picknick, und Icek hätte schwören können, dass die Frucht, die sie in der Hand hielt und gerade essen wollte, eine Erdbeere war. Auf dem Foto von einer Feier in Skierniewice und dem von einer Tanzveranstaltung in Legnica war Grażynka tanzend abgebildet, in einem gepunkteten Kleid und mit Sonnenbrille lächelte sie übers halbe Gesicht, denn die andere Hälfte war im Dunkeln; sie konnte auch diese kleinere, von einem Lichtstreifen durchschnittene Gestalt vor einem Teich sein, auf einem unscharfen Foto, das er von einem ganz jungen Fotografen in Szczawno Zdrój bekam. Und sie war es, ja ganz bestimmt war sie das, die auf einem Foto in Wałbrzych den Arm um eine ältere Dame mit Eidechsengesicht gelegt hatte – doch nirgendwo konnte auch nur einer Icek auf die richtige Fährte bringen. Nach einiger Zeit bemerkte Icek, dass das Bild des Mädchens im Waisenhausgarten in seiner Erinnerung immer mehr verschwamm, so wie auch das Bild seiner im Lager ermordeten Eltern und Geschwister immer unschärfer wurde. Alle Bilder, die er in all den Städten und Städtchen zwischen Wałbrzych und New York gesehen hatte, wo er nach Grażynka Rozpuch suchte, hatten sich darübergelegt. Und, fragte Sara, ist deine Grażynka wirklich für immer verschwunden? Ich bin verschwunden, antwortete Icek Kac und lächelte sie an.

Oma La-Teesha seufzte tief und richtete sich auf. Holen wir neue Blumen für deine Mama, wiederholte sie. Das Porträt von Saras Mutter, das sie schmücken wollten, stammte aus der Zeitschrift *Ebony*. In einem Artikel über die Schulleistungen von Mädchen aus Brooklyn war unter anderem dieses Foto der siebzehnjährigen Shaunika Jackson abgedruckt worden. Ihre Miene war umwölkt, der Mund leicht geöffnet, die Haare umstanden ihr Gesicht wie eine schwarze Aureole, die Wangenknochen waren hoch und vorspringend, die Augen gelb wie die einer Katze. Sie hatte ein Sportstipendium für die City University von New York bekommen. Shaunika war ihrem Vater, Johnny Überraschungstasche, ähnlich und dementsprechend schwer zu bändigen. Sie trug gerne Kleidchen, die kaum ihren Hintern bedeckten, und im Unterschied zur Gepflogenheit ihrer Umgebung ließ sie sich das Haar nicht glätten, sie behauptete, das sei nicht mehr modern und in Manhattan trage man jetzt Afro. Im Sommer 1963 hatte Shaunika einen Job in einer Bar in Greenwich Village, wohin sich schwarze Mädchen aus Bed-Stuy nicht gerade oft verirrten. Sie verdiente dort mehr als ihre Mutter mit Putzen und wirkte zufrieden. La-Teesha nahm ihre Tochter Shaunika so ins Gebet wie später ihre Enkelin Sara: Baby, es ist, wie es ist, so soll es wohl sein, und wenn du es nicht glauben willst, dann wird dich das Schicksal dazu zwingen: In Bed-Stuy ist dein Platz und gib keinem die Schuld daran. La-Teesha war der Meinung, überall, im Osten wie im Westen, herrschte die gleiche Armut wie in Bed-Stuy und der beste Ort für spirituelle Erfahrungen sei die Kirche um die Ecke. Shaunikas Mutter betete, es möge kein Unglück geschehen, und da eine ungewollte Schwangerschaft im Leben ihrer Bekannten eher die Norm war als eine besondere Grausamkeit des Schicksals, war es wahrscheinlich so, dass sie diesen Punkt in ihrer täglich an den Himmel gerichteten Litanei entweder vernachlässigte oder dass die Herren des Himmels diese Bitte ebenso ignorierten, wie es bei den Irdischen üblich war.

Als Shaunika allmählich zunahm, seufzte La-Teesha nur, irgendwie würde es schon gehen, wer weiß, vielleicht war es sogar besser so, als dass sie auf die Uni ging, um zu studieren, denn dort lauerten Gefahren, die man sich kaum vorstellen konnte. Shaunika ließ den Platz im College sausen, und ihre Stelle in der Bar im Village verlor sie, weil ein Barmädchen mit Babybauch nicht gern gesehen war, und so nahm sie eine Stelle in einem kleinen Laden auf der Nostrand Avenue an, der einem alten Schwarzen gehörte. Sie verspürte dabei eine ähnliche Erleichterung wie ihre Mutter, denn in Wirklichkeit hatte sie nie das Bedürfnis gehabt wegzulaufen, nie hatte sie von Reisen in ferne Länder geträumt. Das Sportstipendium hatte sie einfach deshalb bekommen, weil sie am schnellsten laufen konnte, Sport war aber nicht ihre Leidenschaft, und sie hatte nicht das geringste Interesse an Konkurrenz und dem Streben nach Perfektion. Shaunika wirkte ungezähmt; so eine Ungezähmte, sagten die Leute von ihr, so eine Aufwallige, denn ihre Schönheit brachte sie dazu, Worte zu benutzen, die sich im Alltag nur selten anbringen ließen, in Wirklichkeit aber war sie einfach unentschlossen und unberechenbar. Das einzige Gefühl, an dem Shaunika keinerlei Zweifel hatte, war ihr Wunsch nach einem Kind. Sobald sie feststellte, dass sie schwanger war, wünschte sie sich nichts anderes mehr, als ob sie nur durch die Schwangerschaft zu sich selbst kommen, ihre wahre Natur entdecken könne. Sie wurde Mutter, bevor sie noch die Bewegungen des Embryos und die zunehmende Schwere spürte, die sie leise und erbarmungslos dazu verurteilte, das Schicksal ihrer Mutter, Großmutter und Urgroßmutter zu teilen. Diese Schwere bereitete Shaunika aber eine so vollkommene Freude, dass alles, was vorher geschehen war und später geschehen würde, an Bedeutung verlor. Sie war bei einer dieser Vergnügungen schwanger geworden, die am frühen Morgen begannen, wenn die Bar schon geschlossen hatte, und der verantwortliche Mann war höchstwahrscheinlich einer dieser Künstler, die ihr damals von freier Liebe erzählten und sie mit einer Göttin verglichen, die viele Namen hatte und große Macht und von der Shaunika noch nie gehört hatte. Einmal gab er ihr ein zähes Stück Pflanze zu kauen, und sie spürte, wie sie sich vom Boden erhob und anstatt ihrer Arme zwei grüne Flügel hatte, die schimmerten wie ein Pfauenschwanz. So flog sie über die Dächer des Village, schoss über den Hudson River, um sich auf einer Matratze in einer Fabriketage in Soho wiederzufinden. Das war der erste und einzige Flug von Shaunika Jackson aus Bed-Stuy, die kurz darauf wieder auf der Erde landete und dort bleiben sollte.

Während der Schwangerschaft nahm sie zu, stopfte sich voll mit Nusskeksen und aromatisierter Zuckerwatte, die sie im Laden naschte, wobei sie sich die klebrigen süßen Fäden um die Finger wickelte. Shaunika genoss das Dickerwerden, als bestätige es sie in einem ihr selbst noch geheimnisvollen

Entschluss, wenn nun ihre nutzlose Außergewöhnlichkeit verschliss und verschwand und sie den Frauen aus der Nachbarschaft immer ähnlicher wurde. Um diese Zeit fing Shaunika an mit Demarco zu gehen, einem Jungen aus ihrer Straße, der mit ihr zusammen sein wollte, obwohl sie von einem anderen schwanger war und ihn sein Vater deshalb als Schwulen und Waschweib beschimpfte, denn in dieser Hinsicht unterschied sich Bed-Stuy nicht von anderen Teilen New Yorks und überhaupt der Welt. Shaunika hatte Demarco schon lange gefallen, eigentlich schon seit dem Moment in jenem heißen Sommer, als er sie kurz nach Ende des Schuljahrs auf einer Schaukel im Schulhof sah. Aus dem glühenden Himmel stürzte buchstäblich ein Gewitter, als hätte ihn jemand mit dem Messer aufgeschlitzt, aber sie hörte nicht auf zu schaukeln, kleine Regenbogen leuchteten in dem spritzenden Wasser auf. Shaunika streifte die weißen Lackschuhe ab, und die rosige Sohle ihrer Füße erschien Demarco als das Schönste, was er je gesehen hatte.

In den Wochen, als die schwangere Shaunika wieder ganz nach Bed-Stuy zurückkehrte, ging Demarco mit Dedra, einem finsteren Mädchen mit schönen Brüsten und starkem Willen. Dedra war die Anführerin einer Bande ähnlich finsterer Mädchen, die ihre Zeit damit verbrachten, ihren Zorn in sinnloser Gewalt gegen Schwächere und Hass auf Fremde auszutoben. Ihre Hassobjekte suchten sie wenig einfallsreich, aber im Einklang mit den lokalen Gepflogenheiten aus. Sie hassten Weiße, insbesondere Juden, die in Bed-Stuy Läden hatten, sie hassten Lehrer, insbesondere weiße Lehrerinnen, die meistens Jüdinnen waren, und weiße Polizisten, insbesondere Iren, sie hassten die Regierung, sie hassten

Frauen, die anderen Frauen den Mann wegnahmen, wie sie es aus eigener Erfahrung oder den Erzählungen von Freundinnen kannten. Ohne Umschweife und großes Bedauern machte Demarco mit Dedra Schluss und sorgte sich nicht allzu sehr wegen ihres Racheschwurs, den sie ihm entgegenschleuderte, nachdem ihre Faust auf seiner Nase gelandet war. Von da an sah man Demarco fast immer vor dem Haus von La-Teesha und Shaunika stehen, er rauchte Zigaretten, säuberte sich die Fingernägel mit der Spitze seines Taschenmessers und spuckte geschickt nach den Tauben. Er begleitete Shaunika zu dem Laden, in dem sie arbeitete, und wartete auf ihren Feierabend, um sie mit derselben Hingabe auf dem kurzen Weg nach Hause zu begleiten. Demarco erinnerte La-Teesha an den alten Mop, mit dem sie in den Büros und Toiletten im Empire State Building den Boden aufwischte, denn am oberen Ende seines Bohnenstangenkörpers spross ein Schopf seltsamer Haare, fast glatt, steif, dicht und schmierfettfarben. Shaunika behandelte ihn mit sorgloser Gleichgültigkeit, ließ sich von ihm zum Spaziergang ausführen, zum Vergnügungspark, zum Eisessen und ins Bett, wo er sich als brauchbarer erwies als der Künstler, auch wenn er sie nicht mit schönnamigen Göttinnen verglich. La-Teesha hielt nicht besonders viel von Demarco, aber sie nahm ihn mit praktisch gesinnter Offenheit auf, während er seine Hilfsbereitschaft erklärte, sogar eine Heirat mit Shaunika in Aussicht stellte, wobei er darauf hinwies, dass sowohl Hilfe als auch Heirat möglich sein würden, sobald ihm das tolle Geschäft gelang, das er im Auge hatte. Erwies sich ein Geschäft als Reinfall, hatte er bald das nächste im Blick. La-Teesha bewirtete ihn mit gebratenem Reis und sonntags mit gebratenem Hühnchen, wobei sie die Hoffnung nährte, das eine oder andere Geschäft möge gelingen, ohne dass Demarco dabei ins Gefängnis kam. Im Sommer 1964 war Shaunika so weit, dass sie ihr Kind auf die Welt bringen konnte. Nicht ohne Mühe hatten sie und ihre Mutter für das Kind eine Aussteuer besorgt, sie hatten bei Icek Kac einen Weidenkorb gekauft, ein paar Dutzend Windeln und eine neue Decke. Dieses eine Mal war es La-Teesha gelungen, ihre bescheidenen Ersparnisse vor Johnny Überraschungstasche in Sicherheit zu bringen, doch dafür hatte er es geschafft, ihr vor seinem Verschwinden das Bügeleisen und – das war wirklich die Höhe! – eine Flasche mit Haarglätter zu stibitzen.

Für eine Schwarze war, nach Meinung La-Teeshas, keine Zeit gut zum Kinderkriegen, aber sie dachte bei sich: Irgendwie wird's schon gehen, muss ja, immer ging es irgendwie, auch wenn das Elend bei ihnen in Bed-Stuy schlimmer wurde. Als im Juli ein weißer Polizist, ein Ire, in Yorkville einen fünfzehnjährigen schwarzen Jungen namens James Powell erschoss, flammten die Unruhen zuerst in Harlem auf und sprangen dann auch über nach Bed-Stuy. Die Geschichte ging in Windeseile von Mund zu Mund, von Zorn genährt wuchs sie Schicht um Schicht wie ein Baumkuchen. Angeblich hatte der Polizist die vor einer Schule spielenden Jungen angegriffen, ohne jede Provokation ihrerseits: Drei Schüsse hatten den Jungen getroffen, in Herz, Bauch und Auge. Drei Schüsse! Schieß, ermorde noch einen Nigger!, schrie ein Mädchen, und bald war es eine ganze Menge, die Flaschen warfen, Gehsteigplatten herausrissen, während sich der Zorn, der aus ihren Körpern stieg, wie eine schwarze Wolke über der Stadt zusammenballte. Das hab ich kommen sehen, seufzte La-Teesha und vergrub im Hintergärtchen eine Dose mit den wertvollsten Gegenständen, die sie besaß, nur zur Vorsicht. Ziegelsteine flogen durch die Fenster in die Häuser, wo die verschreckten Bewohner unterm Tisch oder im Schrank saßen, Autos gingen in Flammen auf, Läden wurden demoliert und geplündert, vor allem, wenn sie Juden gehörten, denn irische Läden waren nicht zur Hand. Die Unruhen im Juli 1964 kamen zunächst fast lautlos nach Bed-Stuy, und diese Stille, unterbrochen von Schüssen, trappelnden Füßen, einem Schrei, der abbrach wie abgeschnitten – diese Stille war es, woran La-Teesha sich später erinnerte, an die schreckliche Stille zwischen den Geräuschen.

Shaunika hatte an diesem Abend gar nicht vorgehabt auszugehen, und niemand fand je heraus, was sie doch dazu bewogen hatte. La-Teesha war sich sicher, dass jemand sie herausgelockt hatte. In einem roten kurzen Kleid, ohne Tasche und ohne Geld, so sei sie hinausgelaufen. Nur auf einen Augenblick, ich geh über den Hof, wer wird schon einer Schwangeren was tun? Als sie nach einer Stunde noch nicht zurück war, begann ihre Mutter sich Sorgen zu machen, und als Demarco atemlos und mit blutbeschmierter Stirn am Küchenfenster erschien und nach Shaunika fragte, wurde sie hysterisch. Mehrere Stunden lang suchten sie entlang der Nostrand Avenue nach ihr, in den Seitenstraßen, im Park, bei allen Bekannten, Shaunika!, riefen sie und saßen immer wieder ihrem Irrtum auf, wenn im Dunkeln eine Gestalt auftauchte, die ihr zu gleichen schien. In den frühen Morgenstunden, als sie nicht mehr so wachsam waren wie am Anfang der Suche, stießen sie auf einen jungen weißen Polizisten, der ihnen schreiend befahl, stehen zu bleiben und die Hände hochzunehmen. Hau ab, Mammy!, schrie Demarco La-Teesha zu, und sie rannten die Straße hinunter, an den braunen Ziegelhäusern, unter den dunklen Fenstern vorbei, durch Hinterhöfe und kleine Gärtchen mit trocknender Wäsche, zwischen Schuppen voll mit Gerümpel und Hundehütten. La-Teesha wusste, lange würde sie nicht mehr laufen können, da fiel der erste Schuss, und sie raffte sich noch einmal zu einer weiteren Anstrengung auf, sie war eine starke Frau, die ein Betttuch mit den bloßen Händen so auswringen konnte, dass kein Tropfen Feuchtigkeit mehr darin blieb, doch sie war ganz eindeutig nicht zum Laufen geschaffen, sie rannte mit einwärts gebeugten Knien, hin und her schwankend und die Brust festhaltend. Sie wollte Demarco sagen, er solle ohne sie weiterlaufen, sie werde es schon allein schaffen, aber sie bekam kein Wort heraus, wieder fiel ein Schuss, und das Geschoss pfiff mit einem sengenden Luftstoß direkt an La-Teeshas Wange vorbei, sie stolperte – und sah, dass die Tür zu American Values einen Spalt breit offen stand und Icek Kac ihnen von drinnen ein Zeichen gab. Kommt rein! Die Tür schlug im rechten Augenblick hinter ihnen zu, der Riegel knirschte, sie hörten, wie die trappelnden Schritte des Verfolgers, der draußen vorbeirannte, in der Ferne verhallten.

In dem fensterlosen Laden brannte eine flackernde Glühbirne, deren Schein auf die Berge künstlicher Blumen und Plastikfrüchte fiel, auf ein Pandämonium der Puppen mit Glanzaugen und blondem Haar, wie sie bei den kleinen Mädchen in Bed-Stuy beliebt waren. Die Wände der Bude, die als Lagerraum diente, aber offenbar auch ein Zimmer war, denn Sofa, Stuhl und Tisch standen darin, waren mit Fotos bedeckt, Hunderten von Fotos, eines am anderen, vom Fußboden bis zur Decke. Einen Augenblick lang sahen sie einander wortlos an, bis Icek sagte: Macht es euch bequem, Nachbarn! La-Teesha sah zum ersten Mal sein packpapierfarbenes Gesicht mit den traurigen braunen Augen genauer an und stellte fest, dass sie ihn ganz anders in Erinnerung hatte – eher so wie die Juden in den Karikaturen mit ihren schwarzen Kaftanen und großen Nasen. Die nächtlichen Besucher setzten sich aufs Sofa, und Icek kochte auf dem Gasbrenner einen Kaffee, der stark war wie Ruß. La-Teesha trank ihn in kleinen Schlucken und fühlte, wie das Getränk ihr Geist und Sinne klärte, und Demarco schlief ein. Den Kopf steckte er einfach zwischen die angewinkelten Beine. Icek Kac zeigte auf die Wände und begann zu sprechen. Fotografien waren für ihn so unverzichtbar wie die Erinnerung, und er hatte sie fast zwanghaft zu sammeln begonnen. Auf jeder Aufnahme war etwas, was er mit all dem, was er verloren hatte, assoziierte. Manchmal waren es Frauen unterschiedlichen Alters, manchmal nur Hüte, manchmal auch nur die besondere Art und Weise, wie ein Schatten auf ein Gesicht fiel, er hatte eine ganze Sammlung solcher Schatten. Auf diese Weise konnte er daran glauben, dass es die Vergangenheit gegeben hatte und dass sie noch währte und er nur dank ihr am Leben war. Hatte La-Teesha die Mumien im Metropolitan Museum gesehen? Nein? Die müssen Sie sich unbedingt ansehen, wenn man so eine Mumie lange genug betrachtete, konnte man glauben, dass einst an ihrer Stelle Leben war und Blut pulsierte, sagte Icek Kac, und La-Teesha überlief ein Schauder. Mumien! Diese Juden, dachte sie, die haben doch wirklich seltsame Einfälle, obwohl es auch unter ihnen anständige Leute gibt.

Die Sonne ging an diesem Tag groß und klar auf, wie blankgebadet im Ozean, und die Leute in Bed-Stuy rieben sich die Augen und fragten sich, wie das möglich war – ein paar Stunden zuvor hatten sie gemeint, der Weltuntergang stehe bevor, und jetzt dieses Prachtwetter, dazu der Wind, der im Laub der Bäume lispelte. Einfach nicht zu glauben, und es hätte auch niemand geglaubt, wenn nicht die Straßen noch mit Glassplittern übersät gewesen wären und nicht der schwere Geruch nach verbranntem Gummi die Luft erfüllt hätte. Der Laden an ihrer Straßenecke war schon geöffnet, La-Teesha kaufte ein kleines Paket Toastbrot, Erdnussbutter und ein Glas Traubengelee im Sonderangebot. Sie dachte daran, wie sie Shaunika alles erzählen würde und wie sie gemeinsam überlegen würden, auf welche Weise sie sich Icek Kac erkenntlich zeigen könnten, vielleicht würde sie ihm einen Kuchen aus Pecannüssen backen, aber zuallererst würde sie ihrer Tochter den Kopf waschen wegen all der Aufregung, die sie ihr bereitet hatte. Als sie die Polizisten vor ihrer Tür warten sah, und als die Polizisten fragten, ob sie die Mutter von Shaunika Jackson sei, verlor sie auch noch nicht die Hoffnung. Sie verlor sie nicht einmal dann, als man ihr sagte, im Park an der Nostrand Avenue habe man ein etwa achtzehnjähriges Mädchen gefunden, sie war schwanger, trug ein rotes Kleid, hatte kurzes krauses Haar. Ist sie tot? Noch im Polizeiauto wiegte sich La-Teesha in dem Glauben, es handele sich um einen Irrtum, die Polizisten hätten falsch identifiziert. Es gab viele schwangere Teenager in Bed-Stuy, viele rote Kleidchen. In der Eile, bei schlechter Beleuchtung ist das schnell gesagt – Shaunika Jackson, und dann macht man große Augen, dass es doch nicht so ist, dass es sich um ein ganz anderes Mädchen handelt. Die Leichenhalle in Bed-Stuy: Hier herrschte Kirchenkälte, und es roch ein bisschen wie im Laden von Icek Kac, nach Chemie und nach etwas, das trotz der Kälte in Fäulnis überging. War sie bereit, die Leiche zu identifizieren? Wie kann man eine Leiche identifizieren, wenn man nur die lebende Person gekannt hat, mit rosa Fingernägeln und warmer Haut, unter der das Blut pulsierte! Eine Leiche identifizieren? La-Teesha fühlte, wie ein Schrei in ihr aufstieg, aber sie wusste nicht, dass kein Schrei ausreichen würde für das, was sie dort erwartete.

Shaunikas Gesicht war unangetastet, doch ihr Bauch war vom Bauchnabel abwärts aufgeschnitten, so wie man mit einem stumpfen Messer eine Melone aufschneidet, die Hautränder standen ab, sie waren dunkelrot. Getrocknetes Blut, darunter gelbliches Gewebe, der Bauchnabel, der pfeilförmig nach unten zeigte. Schere, sagte der Polizist, das war eine Schere, und La-Teesha schwieg immer noch. Sie schaute auf den Bauch ihres Kindes, der gestern noch voller Leben gewesen war, straff gespannte Haut, braun wie Zimt und nach Zimt duftend. Das Kind, sagte der Polizist, da war kein Kind mehr drin. Kind? Worin?, fragte La-Teesha, begriff, und erst dann löste sich ihr Schrei.

IV

Dominika geht aufs Dach hinaus und sitzt an die Wand gelehnt, die Arme um die Knie geschlungen. Sie kann nicht schlafen. Sie schließt die Augen, doch anstatt eines Traums erscheint der Kleine See der Spinnennixe; der mit Knochen übersäte Boden des Sees, der Geruch nach verbranntem Fleisch, der schwarze Wolga, und das alles wie ein Spiegelbild auf der schwarzen Wasserfläche. Oben brennt ein Feuer, es lodert und breitet sich über dem Wasserspiegel aus, dann brennt es Löcher hinein und fließt nach unten. Dominika weiß dann genau, dass sie nicht einschlafen kann, denn wenn sie einschlafen würde, hinge sie zwischen zweierlei Tod – durch Feuer und durch Wasser.

Und dann steht sie auf und geht aufs Dach, ganz leise, um die anderen Bewohner des Hauses an der Siebten Straße nicht zu wecken. Es ist August, die Stadt pulsiert, als wäre sie auf dem Rücken eines schlafenden Tiers mit schnell pochendem Herzen gebaut. Bis hier oben hinauf steigen der Gestank der Straße und die allgegenwärtigen Ausdünstungen der Kanalisation, doch die Luft ist etwas besser als unten. Sternschnuppen fallen, als schabe jemand dauernd kleine Stücke glitzernden Putz vom Himmel, das Dach, das in der Mitte, wo eine bräunliche Wasserlache steht, leicht eingesunken ist, scheint mit einer silbrigen Schicht überzogen, die vielleicht der Farbe der Sternenbrösel zu verdanken ist. Auf der glänzenden Fläche spiegeln sich die Lichter der Stadt und der Mond, Schatten von Flugzeugen und große braune Kakerlaken streifen darüber, Kockrohtschen, sagen sie hier in dem Haus, wo sie wohnt, an der Siebten Straße. Amerika ist das Königreich der Kockrohtschen, sie würden sogar die Atombombe überleben, und für eine, die krepiert, kommen hundert neue zur Welt, sagt Pani Stenia fluchend, und sie muss es wissen, denn seit einem guten Dutzend Jahren putzt sie Wohnungen in Amerika. Das Dach des Hauses an der Siebten Straße, wo Dominika wohnt, ist immer undicht, und das ist nicht der einzige Nachteil dieses Obdachs für arme Leute. Man findet leicht hierher, man braucht nur nach der polnischen Kirche zu fragen, und die weiß-rote Fahne, die am Mast vor dem Eingang flattert, sieht man von weitem. In dem Mietshaus an der Kirche gibt es billige Zimmer, wo diejenigen Unterkunft finden, denen nichts anderes übrigbleibt. Wenn es regnet, beginnt sich die gummierte Farbe an der Decke von Dominikas Zimmer aufzuwölben, als wüchse dort ein riesiger Pickel, wenig später hängt dort eine melonengroße Blase, die sich immer weiter mit Wasser füllt, bis sie platzt, und dann – rette sich wer kann! Der schartig geränderte Krater trocknet bis zum nächsten Regen, wenn die Blase an einer anderen Stelle erblüht, und wieder muss man Töpfe und Eimer aufstellen, um nicht zu ertrinken. Dominika fotografiert die einzelnen Phasen der Katastrophen so wie vieles andere, was sie für fotografierenswert erachtet: die grasbewachsene Verpackung einer chinesischen Mitnehmmahlzeit, ein im Schmutz festgetretenes Kinderspielzeug, ein Hörnchen mit schmelzenden Eiskugeln auf dem Gehsteig, die abblätternde Farbe auf der Wand eines verwahrlosten Hauses an der Sechsten Straße, die Füße der Menschen in der U-Bahn, ihre Hände mit Taschenhenkeln, mit Haltegriffen, andere Hände. Das Zimmer neben der polnischen Kirche im East Village ist eine von vielen Stationen auf der Wanderfahrt von Dominika Chmura, aber wenn sie nach der Arbeit hierhin zurückgeht, sagt sie: Ich geh nach Hause. Sie sagt das nicht nur aus Bequemlichkeit, sondern auch aus dem immer stärker werdenden Gefühl heraus, dass sie stets nur ein vorläufiges Zuhause haben wird.

In ihrem winzigen Zimmer hat ein Bett Platz, ein Regal, ein Miniaturkühlschrank, einer von vielen nützlichen Gegenständen, die Dominika auf der Straße gefunden hat. An den Dingen interessiert sie nur ihre Verwendbarkeit und ihre Eignung für Fotografien, das Anhäufen von Gegenständen erscheint ihr in ihrem Nomadenleben sinnlos. Im Unterschied zu den Fundstücken, die die Bergleute aus ihrem Heimatort Wałbrzych früher von den deutschen Straßen aufklaubten und mitbrachten, sind die hiesigen Dinge selten ganz und vollständig; sie sind durch viele Hände gegangen, bevor sie von wieder anderen Händen vom Gehsteig aufgehoben werden, und alle behandeln sie stiefmütterlich. Manche Dinge wandern so seit Jahren durchs East Village; gelegentlich schleift einer sein Fundstück bis zur Bowery oder in die andere Richtung, zum Union Square, und eh man sich's versieht, taucht ein alter Stuhl, eine Rattankommode oder ein mit den Aromen von Knoblauch und Curry durchtränkter Wok, der schon für manchen das Essen gegart hat, in der Neunten Straße oder am Tompkins Square wieder auf, um einen neuen Besitzer zu finden. Abgelegte Kleidungsstücke hängt man hier auf die Staketen der Eisenzäune, wo die Pullis, Hemden und Hosen wie leblose Geschöpfe baumeln, deren Gliedmaßen im Wind hin und her wehen, bis sie jemand abhängt, ins Licht hält, um sie auf Flecken und Löcher zu prüfen, und sie dann mitnimmt oder nicht. Trotz des fast immer geöffneten Fensters und der Räucherstäbchen mit Patschuli-Duft ist das Haus an der Siebten Straße getränkt von einem nicht auszumerzenden Geruch nach Trockenpilzen, als lägen sie seit Jahren vergessen in irgendeiner Speisekammer und hätten sich in die Wände und den löchrigen Fußboden gefressen. Dominika sucht nach Bildern, die diesem Geruch entsprechen, und macht Fotos: verschwommene Ablichtungen von Dingen, Fragmente von Gesichtern und Körpern, die einst unversehrt waren, jetzt aber nicht mehr zu retten sind. Im Haus in der Siebten Straße lassen die Mieter ihre Schuhe draußen vor der Tür stehen. Dominika fotografiert sie: unansehnliche, unmodische Schuhe, die dort im Flur sitzen wie ins Tierheim abgeschobene Tiere, die keine Aussicht mehr haben, ein neues Zuhause zu finden.

Auf demselben Stockwerk wie Dominika wohnt Familie Malec mit drei Kindern und, in zwei kleineren Zimmern rechts und links von Dominika, die betagte Pani Stenia und Pani Hania, eine Frau mittleren Alters, die sich aber noch jung fühlt. Familie Malec mietet den größten Raum, sie haben über dreißig Quadratmeter für sich, ein wahrer Luxus, nur passt leider das älteste Kind, die siebenjährige Jeannette, nicht mehr in ein Bett mit den jüngeren Geschwistern, und letztens mussten sie ihr ein eigenes kaufen. Das hat den Lebensraum von Familie Malec beschnitten, und Pani Malec seufzt jetzt noch öfter, wie herrlich es wäre, Richtung Upper

Manhattan zu ziehen, worauf Pan Malec unweigerlich antwortet: Warte noch ein bisschen ab, Mäuschen, bald ist es so weit. Pani Malec findet es schon an der Vierzehnten Straße ziemlich schön, dort geht sie sonntags mit den Kindern spazieren und bewundert die Projekte, wie man hier die Blocks des Sozialen Wohnungsbaus nennt. Wenn man mal so eine Wohnung bekäme, dann könnte man sich höchstens noch über die Nachbarn beschweren, denn in die Sozialwohnungen stecken sie alle durcheinander, Weiße und Schwarze, Braune und Schlitzaugen, seufzt Pani Malec; sie fürchtet diese Vielfalt der Kinder wegen, aber auch wegen Pan Malec, der sich gern nach den Latinofrauen in kurzen Röckchen umdreht. Er sagt dann zwar: Guck dir mal die da an, Mäuschen, bei der kann man ja den halben Arsch sehen!, aber Pani Malec weiß, dass er das nicht in aufrichtig verurteilender Absicht sagt, denn sein Blick heftet sich sogleich an den nächsten runden Arsch, wie Pani Malec nie einen gehabt hat und wahrscheinlich auch nie haben wird. Noch besser als an der Vierzehnten Straße wäre es Pani Malec' Meinung nach in New Jersey, denn dort könnten sie sogar ein ganzes Haus für sich haben, jawohl, New Jersey, das ist Grün, gesunde Luft, lauter Villenviertel. Pani Malec hat von Polen gehört, die es geschafft haben, sich in New Jersey niederzulassen, eine Familie kennt sie sogar persönlich, die dort ein Haus hat und eine eigene Werkstatt für Nähmaschinenreparaturen. Leider verdient Pan Malec nicht genug auf dem Bau, um es ihnen zu ermöglichen, die Siebte Straße hinter sich zu lassen, und deshalb sind sie auch immer noch auf die Gnade der Kirche angewiesen. Wenn Pani Malec New Jersey erwähnt, sagt Pan Malec: Warte noch ein bisschen, mein Mäuschen, bald ist es so weit, und im nächsten Moment schläft er ein, denn er ist müde von all dem Verputzen, Spachteln und Anstreichen. Wegen der fehlenden Aussicht auf einen Umzug hat Pani Malec wieder einen Karton in den gemeinsamen Flur gestellt. Dominika hat das Schleichen und Rascheln gehört.

Wieder ein Karton: Sie stehen an der Flurwand entlang, bis zur Decke hinauf, es sind jetzt so viele, dass man durch den Flur geht wie durch einen Stollen im Schacht, es ist genauso eng und genauso dunkel. Etliche Schachteln stehen seit Jahren schon im Flur, Staub hat sich auf ihnen gesammelt, die Kanten sind abgestoßen, aus einzelnen quillt eine unkenntliche Materie, ein graues Ektoplasma, das nach Trockenpilzen und Staub riecht. In anderen scheinen sich Lebewesen eingenistet zu haben, nachts hört man ganz deutlich kleine Pfötchen scharren und kleine Zähnchen nagen, das können Mäuse, aber auch Kockrohtschen sein, vielleicht auch etwas ganz anderes, selbst Zoologen unbekannte Geschöpfe mit roten Augen und aufgeblähten Bäuchen, die im Dunkeln zwischen Vergessenem und Unbrauchbarem brüten. Die Eigentümerinnen der Schachteln, Pani Malec, Pani Stenia und Pani Hania, würden da aber anderer Meinung sein, o nein, alles in diesen Kartons brauchen sie, die Kartons selbst brauchen sie und das Wissen, dass sie bald die nächsten packen werden, sie brauchen dieses Gefühl, dass dort die Kartons voll mit Sachen stehen. Ohne Kartons könnten sie sich ja an gar nichts festhalten, und es gäbe gar keine Gründe für das Leben im Haus unter der weiß-roten Fahne, das drinnen so an die Wohnungen erinnert, die sie jenseits des Ozeans zurückgelassen haben. Deshalb halten sie, Pani

Malec, Pani Stenia und Pani Hania, immer Ausschau nach weiteren Dingen, die man hamstern, besitzen und verpacken könnte, die sich hier noch einschachteln ließen. Die Kartons sind hinter- und übereinandergedrückt und gezwängt, und die in der hinteren Reihe werden gequetscht oder völlig zerquetscht, und in regelmäßigen Abständen zwängt Pani Malec, Pani Stenia oder Pani Hania im Schutz der Nacht einen weiteren mit Malec, Stenia oder Hania beschrifteten Karton in den Stapel. Sie sind beschriftet, damit es keinen Irrtum gibt, denn das wäre eine echte Tragödie, obwohl sich die Kartons der einzelnen Besitzerinnen im Inhalt kaum unterscheiden. In den Kartons sind alte Kleider, die zum Wegwerfen zu schade sind, Haushaltsgeräte, die nicht funktionieren oder zu nichts nütze sind, aber das lässt sich ja irgendwann mal reparieren, und auch das Fondue-Set, das Pani Stenia von einer ihrer Arbeitgeberinnen bekommen hat, ganz neu und in Frankreich hergestellt, wird bestimmt mal zur Geltung kommen, auch wenn Pani Stenia in den siebenundsechzig Jahren ihres Lebens nur einmal etwas gegessen hat, was nicht polnisch war, und Worte können nicht beschreiben, wie sie davon hat aufstoßen müssen. In den Kartons sind Dinge, die sie gefunden haben, Dinge aus dem Laden mit gebrauchter Kleidung, aus Sonderangebotsmärkten in New Jersey, aus diesen wunderbaren Ein-Dollar-Läden, Dinge zu solchen Preisen, dass es eine Schande gewesen wäre, sie nicht zu kaufen, denn für einen Dollar kriegt man in Amerika zwar noch nicht mal ein anständiges Brot, aber dafür zum Beispiel Weihnachtsschmuck in großer Auswahl, den man aber nach einmaligem Gebrauch nicht gut wegwerfen kann, dafür ist er dann ja auch zu schade, und nächstes

Jahr kauft man dann wieder neuen, wieso auch nicht, kostet ja bloß einen Dollar, und so fällt jede Weihnachten ein neuer Karton an. Lametta, Kerzenhalter, Kugeln, Engelchen, Weihnachtsmännlein, Rentierchen, Silberketten, Goldketten, bemalte Eier, Häschen, Hühnchen, Plastikkürbisse, das alles wird verpackt und mit Schals, Handschuhen, Plüschbären, Servietten und Herzen aus rotem Velours mit der Aufschrift »I love you« ausgestopft. Im Fall von Familie Malec wird es noch komplizierter, da ihre Kinder in der amerikanischen Schule auch noch andere Feste feiern, ihnen schwirrt der Kopf von diesen Chanukkas und Ramadans, wenn sie endlich raus nach New Jersey ziehen, dann kommen die Kinder auf gute Schulen, vielleicht zu den Nonnen, sagt Pani Malec, und Pan Malec, der kurz aus seinem Schlummer erwacht, sagt: Warte noch ein bisschen, Mäuschen, bald ist es so weit. Schwere Teller und Becher kommen in die Kartons, jeder bloß für einen Dollar oder sogar nur neunundneunzig Cent, das ist ein echtes Superangebot, so was gibt's in Polen nicht, also schnell in den Karton damit, denn zum Benutzen sind sie zu zerbrechlich. In die Kartons kommen die Jacken, die den Kindern zu klein geworden sind, Gläser für Cocktails, die sie nicht trinken, und Schalen für Desserts, die sie nicht zubereiten, in die Kartons kommen Puppenwagen, Puppen, Plastikautos, Spiegel, Fotorahmen, Sets zum Basteln von Schmuck und Papierarbeiten, vielleicht probiert man es ja doch mal aus, und zwar mit Erfolg, dann kann man sich bunte Perlen herstellen oder ein Frühstücksbrettchen mit Klebefolie beziehen, damit man in einer schönen zukünftigen Wohnung bereits ein hübsches Frühstücksbrett bereit hat. In die Kartons werden die Tüten mit Modeschmuck verbannt, der jetzt wirklich unbrauchbar ist; für zukünftige Bälle und Veranstaltungen in Lokalen ist er jedoch bestens geeignet, aber nicht in der engen Wohnung. Und schließlich die Schuhe, denn die wirft man ja nun wirklich nicht weg. Um in ihr Zimmer zu gelangen, muss Dominika den ganzen Flur entlang an den aufgestapelten, mit Malec, Stenia, Hania beschrifteten Kartons vorbeigehen, und sie spürt, wie sie sich zu ihr neigen, sie hat Angst, dass sie hier eines Nachts lebendig begraben sein wird, und erst am Morgen, wenn Pan Malec zur Arbeit geht, wird er sie vielleicht befreien. Irgendwann stand eine Gipsfigur der Gottesmutter im Flur, doch wegen der Kartons wurde sie nach draußen verbannt, auf das dunkle Podest im Treppenhaus. Jetzt hat man den Eindruck, als lauere vor der Tür zu ihrem Etagenflur eine weißgesichtige Zwergin, die Hände bereit, den Erstbesten an der Gurgel zu packen. Außer den Kartons, deren Bestimmung das Warten ist, packt man im Haus an der Siebten Straße auch Pakete zur sofortigen Verschickung nach Polen, wo es ja bekanntlich an allem mangelt, und außerdem ist es ja auch schön, der Familie zu zeigen, dass das hier ganz und gar nicht so ist, nein, es ist ein wahres Paradies, und was fehlt, ist allein das Vaterland. In der Vorweihnachtszeit schleppen die Leute aus dem Haus in der Siebten Straße und ähnlichen Häusern in anderen Straßen Pakete auf die Post, die Gescheiteren jedoch, wie die Familie Malec zum Beispiel, bedienen sich dazu nach dem Vorbild der Obdachlosen eines Einkaufswagens vom Billigsupermarkt Key Foods, der hier Kiefuhd genannt wird. Wenn es ans Paketeschicken geht, kooperieren sogar Pani Stenia und Pani Hania, obwohl sonst Erstere die Zweitere stets der Trunksucht und Ausschweifung und Zweitere die Erstere der Einmischung und Bigotterie bezichtigt, wobei die jeweiligen Vorwürfe nicht ohne Grundlage sind. Pani Stenia stopft sogar noch Toilettenpapier in ihr Weihnachtspaket, und ihre Angehörigen in Polen haben nicht das Herz, ihr zu sagen, dass Toilettenpapier seit mindestens zwei, drei Jahren keine Mangelware mehr ist, dass man es in jedem Laden kaufen kann und es sogar bunte und parfümierte Ausführungen gibt. Pani Hania schickt auch Dinge, die für sie selbst nützlich sein werden, wenn sie nach Wągrowiec zurückkehrt, denn Pani Hania gehört zu denen, die ihre Rückkehr planen, und das schon seit siebzehn Jahren. Man kriegt ja einen Schrecken, wenn man bedenkt, wie schnell die vergangen sind, zwei Tage nach ihrem dreißigsten Geburtstag ist sie ins East Village gekommen, und bitte schön, jetzt ist sie siebenundvierzig, und in ihrem Leben ist immer noch kaum etwas passiert. Das einzige Etwas in ihrem Leben ist die Aussicht auf die Rückkehr nach Hause. Wenn ich zurückgehe, dann kann ich das alles brauchen, sagt sie zu Dominika und rät ihr, auch die Rückkehr zu planen. Die Einzelheiten von Pani Hanias Rückkehr nach Wągrowiec werden immer wieder aufs Neue durchdacht, denn es will nicht nur entschieden sein, wo sie nach ihrer Rückkehr wohnen wird, sondern auch, wie man sich für die Reise kleidet, denn man will ja den Eindruck vermitteln, dass man nicht ohne festes Ziel vor Augen nach Hause zurückkommt. Pani Stenia redet nicht von Heimkehr, denn ihre Vernunft und ihre langjährige Lebenserfahrung haben sie zu der Erkenntnis gebracht, dass in ihrer Wohnung in Kąty Wrocławskie kein Platz für sie ist, da dort bereits ihr Sohn und ihre Schwiegertochter, zwei Enkel und ein Urenkel leben. Deshalb redet sie davon, ihre Familie herzuholen, und so wird das Herholen der Familie ihr erklärtes Ziel, das jedoch gleichzeitig in die Ferne rückt, da einerseits Pani Stenias Papiere immer noch nicht ganz den Vorschriften entsprechen und andererseits ihre Ersparnisse, die sie durch das Putzen von amerikanischen Wohnungen angesammelt hat, geringer sind als die, die die ausschweifende Pani Hania beim Kellnern im polnischen Restaurant in Greenpoint hat anhäufen können. Fräulein Dominisia, überlegen Sie auch mal, ob Sie nicht Ihre Familie herholen wollen!, rät Pani Stenia Dominika bei jeder Gelegenheit.

Beide Frauen wundern sich, dass Dominika keine Kartons anhäuft und angesichts der vielen schönen Dinge, die man einschachteln kann, nur eine aufreizende Gleichgültigkeit an den Tag legt. Pani Stenia hat ihr sogar vom Liquidator erzählt, dem Billigladen am Broadway, zwei Schritte vom Astor Place, obwohl man nicht jedem x-Beliebigen von solchen Orten erzählt, Pilzesammler plaudern ja auch nicht rechts und links aus, wo es die besten Pfifferlinge gibt. Im Liquidator kann man nicht nur Schnäppchen bei der Unterwäsche und den Kleidern mit herausgeschnittenen Markennamen machen, sondern auch bei den Küchengeräten, letztens gab es Toaster in verschiedenen Farben, nur fünf Dollar pro Stück, Pani Stenia hat gleich fünf gekauft, wenn sie die Familie herübergeholt hat, werden die nützlich sein. Pani Hania empfahl auch den Kauf der Toaster, sie hatte drei ergattert, genau das Richtige für die Heimkehr nach Wągrowiec, unterdessen landen sie in einem Karton, wo sie von Toastbrot und kaffeeduftenden Morgen träumen können. Vielen Dank für den Hinweis, sagt Dominika, vielleicht später. Wieso später, jetzt musst du hin, Mädchen, zieh die Schuhe an und renn, sonst sind sie ausverkauft! Doch Dominika lächelt nur schief und fährt sich mit der Hand durch den Igelschnitt. Dass die ihre Haare auch so kurz schneiden muss! Pani Hania kann sich nicht genug wundern, sie mag es nämlich nur lang und hat sich kürzlich sogar im polnischen Salon Marysia gleich um die Ecke Haarverlängerungen machen lassen. Pani Stenia und Pani Hania rätseln über Dominika Chmuras seltsame Angewohnheiten und wüssten gerne mehr über sie, denn sie sind überzeugt, dass sie ein Geheimnis hat. Vielleicht spart sie alles? Vielleicht hat sie ein uneheliches Kind? Als Pani Malec, Pani Stenia und Pani Hania erfahren, dass Dominika Arbeit bei einer alten Jüdin auf der Upper West Side gefunden hat, beginnen sie zu argwöhnen, dass sie ihre Sachen an einem anderen Ort hortet. Hat sie Angst, sie würden ihr was stehlen? Also wirklich! Vielleicht ist es auch besser so, sonst würde sie ihnen noch Platz wegnehmen. Wenn ich zurückfahre, sagt Pani Hania, dann kommt mir das grade recht, manchmal meint man, ach was, das brauch ich nicht, aber hinterher ist man doch froh, dass man es nicht weggeworfen hat, weil es einem grade recht kommt. Und ich, ich kann das erst recht brauchen, wenn meine Familie ankommt, was glauben Sie, fällt Pani Stenia ihr ins Wort. Wenn ich meine Familie hergeholt habe, dann werden wir alle das alles so brauchen, dass wir noch mehr davon brauchen könnten.

Das einzige Küchenfenster im Haus an der Siebten Straße geht auf den dunklen Hinterhof, in den nie ein Sonnenstrahl gelangt, wohl aber gelegentlich Ratten, und das ist ein Problem, denn so eine Ratte nagt sich von hinten durch in den

Schrank mit den Vorräten und frisst dann um die Wette mit den Kockrohtschen, die zuerst hier waren. Diese Kockrohtschen, die treiben es hier wild zu jeder Tageszeit, ihre Beinchen trappeln dauernd über das alte Linoleum, und die Schuld daran wird meistens Pani Malec zugeschoben, die wegen der Kinder am meisten kocht und Reste offen herumstehen lässt, mal ein nichtaufgegessenes Butterbrot, mal einen ungespülten Teller mit Spuren vom Grießbrei. Die Malec-Kinder gehen vor allem Pani Hania auf die Nerven, der auch Dominikas Jugend und Pani Stenias Alter Ärger bereiten. Um sich selbst zu stählen und jeden Zweifel zu beseitigen, sagt sie immer wieder, sie könnte das einfach nicht, sie würde es mit diesen verdammten Rotznasen nicht aushalten, doch sie hat keine Ahnung, dass niemand von ihr etwas anderes erwarten würde, denn schon längst betrachtet jeder sie als eine Frau, die nicht in der Lage ist, für ein Lebewesen zu sorgen. Also, ich würde die nicht mal einen Hund hüten lassen, sagt Pani Stenia zu Pani Malec, wenn Pani Hania nicht in der Nähe ist, die hat ja bloß Unfug im Kopf und lässt die Äugelchen gehen, mit wem sie sich besaufen oder etwa noch Schlimmeres machen kann, Sie wissen schon, was ich meine. Erst lässt sie sich volllaufen, wackelt mit dem Hintern, und dann wird gereihert! Da passt man besser auf seinen Mann auf, wenn die in der Nähe ist, den Behüteten behütet Gott. Pani Malec würde sehr gerne ihre Kinder und sogar ihren Mann für kurze Zeit jemandem anvertrauen, um selbst endlich mal zum Friseur zu gehen, aber Pani Stenia flüstert ihr ein, an ihrer Stelle würde sie auch Dominika nicht um einen solchen Gefallen bitten, habe sie denn noch gar nicht gemerkt, dass Dominika nicht in die Kirche gehe? Jeden

Sonntag kommt doch so eine Schwarze zu ihr, und dann fahren sie werweißwohin, bestimmt zu einer gottlosen Extraarbeit. Kinder aber saugen ja bekanntlich alles auf, wenn sie so klein sind, vor allem Mädchen, die saugen auf wie Schwämme, und einen Schwamm, den kriegt man ja nie so richtig trocken. Pani Malec seufzt und sagt, ich halt das nicht mehr aus, und der vereinbarte Termin im Salon Marysia fällt schon wieder ins Wasser wie auch der Vorsatz, sich mal um sich selbst zu kümmern, denn um das zu schaffen, müsste sie sich zuerst in einem der Kartons selbst finden. Angesichts der Situation macht sie sich an die Frikadellen, die wird sie für ein paar Tage auf Vorrat braten, wer weiß, vielleicht findet sie dann einen freien Augenblick. Pani Hania köchelt und brutzelt schon mal gerne und verachtet Pani Malec' einfache Kost. Hania kauft nicht nur im Kiefuhd ein, o nein, sie macht gelegentlich einen Abstecher zu Balducci Delikatessen in Greenwich Village, wo sie lüstern die Packungen mit Tiramisu und Kräutersaucen und die feinen Leute betrachtet, die das alles kaufen und hinausgehen, um irgendwo ein Leben wie im Film zu leben, Lasagne zu essen und Weine mit vornehmen Namen zu trinken. Pani Hania hat sich letztens ein Buch über Weine gekauft, und irgendwann wird sie es lesen, dann weiß sie genau, was wozu passt und wodurch sich die Weine unterscheiden, ein herrlich illustriertes Buch, das jetzt in einem Karton steckt, wenn sie nach Wągrowiec zurückgeht, hat sie Zeit genug, Weinkennerin zu werden. Ich brutzle gern so ein bisschen zum Vergnügen, sagt Pani Hania, und Pani Malec, die in den Feinheiten des Umgangs mit anderen nicht besonders bewandert ist, schneidet ihr seufzend das Wort ab: Ach, Pani Hania, wenn Sie Familie hätten, dann hätten Sie nicht mal Zeit, sich am Hintern zu kratzen, vom Brutzeln ganz zu schweigen. Anfangs hatte Pani Hania gedacht, sie würde mit Dominika zusammen brutzeln, denn trotz ihres Alters – dabei gibt sie nur neununddreißig von ihren siebenundvierzig Jahren zu – fühlt sie sich in der Gesellschaft junger Leute am wohlsten. Ich hab ein junges Gemüt! Mich zieht's zu den jungen Leuten, sagt Pani Hania, so bin ich nun mal, in junger Gesellschaft fühl ich mich wie ein Fisch im Wasser. Ich bin dann irgendwie entspannter, so als Frau, und es hat sich schon manch einer geirrt und mich für jung gehalten, und wenn er erfahren hat, wie alt ich bin, dann gleich: Das gibt's doch gar nicht, das glaub ich nicht, dass Sie neununddreißig sind, ich musste es schwören, und er hat's trotzdem nicht geglaubt. Mehr als dreißig hätt ich Ihnen nicht gegeben, hat derjenige dann gemeint. Das alles würde Pani Hania Dominika beim Brutzeln erzählen, sie könnte ihr auch ein paar Ratschläge geben, wie man sich zurechtmacht und so, aber Dominika kommt ja so selten in die Küche.

Durch die Küche geht man in den zur Kirche gehörenden Veranstaltungssaal, wo alle möglichen Feiern stattfinden, und wenn die Faschingsparty läuft, hört das ganze Haus an der Siebten Straße polnische Schlager. Dominika denkt dann an ihre Mutter, die das Lied von Seweryn Krajewski so gerne hört, dass sie es am Telefon singt: Geh beim Morgendämmer fort, sonst tut es weh, der Lippen Kälte verzeiht man nie. So ein romantisches Lied!, seufzt Jadzia gerührt, und Tränen treten in ihre stachelbeerfarbenen Augen, das fühlt Dominika in der Stimme der Mutter; so ein romantisches Lied, und wie gut dieser Seweryn Krajewski aussieht, ach, wenn du so einen treffen würdest, Kind, was würd ich darum geben! Dominika sitzt nachts auf dem Dach und summt leise vor sich hin, geh beim Morgendämmer fort, sonst tut es weh, und sie spürt, wie die Sehnsucht in ihr wächst, wenigstens für einige Zeit zurückzufahren, zu ihrer Mutter und ihrer Oma Halina-Kolomotive auf Piaskowa Góra. Seit mehreren Jahren breitet sich diese Sehnsucht in ihr aus wie Rhizome und kreist in ihrer Blutbahn. Auch wenn Pani Malec, Pani Stenia und Pani Hania es nicht mitbekommen – Dominika schickt auch Päckchen nach Polen, unbeholfen packt sie Stücke von Amerika wie ein Puzzle für ihre Mutter zusammen, aus der diese allerdings nichts legen kann, was die geringste Ähnlichkeit mit dem New York ihrer Tochter hat. Sie macht Fotos und sucht die besten für ihre Mutter aus, aber Jadzia interessiert sich nur für die paar Bilder, auf denen Dominika zu sehen ist, dann kann sie mit klopfendem Herzen abschätzen, ob ihre Tochter im Gesicht ein wenig runder geworden ist oder ob sie wieder abgenommen hat, ob sie warm angezogen ist und sich die Haare wieder wachsen lässt. Ohne Mütze!, ruft sie besorgt aus, als sie ein Foto ihrer Tochter vor der Freiheitsstatue sieht, und das Symbol Amerikas interessiert sie nicht besonders, da sie doch gerade erst im »Häuslichen Ratgeber« gelesen hat, dass der Körper dreißig Prozent seiner Wärme über den Kopf verliert. Auf den Fotos von der Eislaufbahn im Central Park, wo Dominika eine der schnellsten Eisläuferinnen ist, sieht Jadzia vor allem die Gefahr, die die wuselnde Menge für ihre Tochter darstellt, am Ende wird sie noch jemand umwerfen, dann fällt so ein Hallodri auf sie drauf, oder die scharfe Kante eines Schlittschuhs schneidet ihr den Kopf ab. Der Passagierdampfer auf dem Hudson River, den Dominika fotografiert hat, jagt Jadzia mit seiner Größe einen Schrecken ein, mein Gott, da kann man ja von Deck fallen und untergehen, und kein Mensch merkt, dass ihre Tochter mutterseelenallein in diesem riesigen Wasser liegt, hoffentlich hat ihr Kind nicht vor, mit dem Ozeandampfer zu verreisen. Dafür gefällt Jadzia das Haus, in dem Dominika wohnt, die Nähe der Kirche beruhigt sie, und die weiß-rote Flagge am Mast auch, gut, dass sie da ihre Landsleute in der Fremde um sich hat, das gibt doch ein Gefühl von Sicherheit, und so kann sie ja auch mal mit jemandem quatschen. Sie zeigt ihrer Nachbarin Krysia Śledź das Fenster von Dominikas Zimmer und übertreibt wie üblich, indem sie ihr das Fenster daneben auch zuschlägt, um einen zweifenstrigen Beweis dafür liefern zu können, wie weit es ihre Tochter dort auf der anderen Seite des Ozeans gebracht hat. Zwei Zimmer hat sie, zwei Fenster nach Süden, mit Blick auf die weiß-rote Fahne, so ein Glückspilz.

Gibt es in der Gegend nicht auch alle möglichen komischen Nationalitäten?, fragt sie ihre Tochter. Denn auf den Fotos, die sie schickt, heilige Muttergottes, da sieht man ja hier einen Chinesen, da einen Japaner und dort einen Mischling. Denk bloß immer dran, das Fenster zuzumachen!, ermahnt sie sie in ihren Briefen und am Telefon. Alles was Dominika tut, macht Jadzia große Sorgen, und manchmal weiß sie nicht, was sie den Leuten sagen soll, die fragen, was ihre Tochter denn da auf der anderen Seite vom großen Teich so treibt. Als Dominika ihr in ihrem zweiten New Yorker Sommer ein Foto von sich auf dem Festival der Kulturen schickt, wo sie als Zigeunerin verkleidet in einem Pseudo-Zigeunerlager gearbeitet hat, traf Jadzia fast der Schlag. Zigeuner – das hat ihr noch gefehlt! Ihre Tochter im bodenlangen Blumenrock, mit bunten Ketten, Zigeunerohrringen und einer Handvoll Karten. Aber Mama, erklärte Dominika, das ist doch eine Art Kirmes, so ein Ethno-Festival, der eine Zigeuner war Anwalt, zwei andere waren Studentinnen, mich haben sie genommen, weil ich einen komischen Akzent und dunkle Haare habe, doch Jadzia ließ sich nicht so recht überzeugen. Sie weiß, wie ein Zigeuner aussieht, und wie eine Zigeunerin aussieht, weiß sie auch, hat sie sie etwa nicht in Zalesie gesehen, und am Bahnhof in Breslau, und in Wałbrzych auf der Poststraße? Klar, ihr Kind ist ja so eine Spinnert-Spleenige, aber das fehlte noch, dass sie mit den Zigeunern durchbrennt, und dann könnte man sie suchen wie eine Nadel im Heuhaufen da in diesem Amerika. Sie rät ihrer Tochter, die von der Kirche veranstalteten Tanzparties zu besuchen, geh nur, Kind, sagt sie, geh unter Leute, vielleicht lernst du da jemanden kennen, anstatt dich mit den Zigeunern herumzutreiben!

Manche jedoch lernen sie kennen, die Liebe, und eine Auswirkung der Faschingsfeiern sind die Junihochzeiten, dann läuten die Glocken der Kirche, dass sogar die Obdachlosen vom Tompkins Square aufwachen. Der Juni ist der beste Monat für Hochzeiten, denn er hat das glücksbesiegelnde »r« in der Mitte*, und außerdem ist es warm, und Bräute sind gern glücklich und nicht verfroren. Die Kleider in jenen Jahren sind voluminös, sie blähen sich von der Taille abwärts auf

* Polnischer Aberglaube. *Czerwiec* (Juni) ist einer der wenigen polnischen Monatsnamen mit »r«. (Anm. d. Übers.)

wie die Blütenkelche genetisch modifizierter Blumen, die Schleier nehmen kein Ende, je länger, desto besser, und nicht selten fährt die mit Bändern, Luftballons und einer Barbiepuppe auf dem Kühler geschmückte Leihlimousine schon an der Kirche in der Siebten Straße vor, und das Ende des Schleiers der polnischen Braut weht noch auf halber Höhe der First Avenue. Die Auserwählte hält sich den Kopf, damit sie ihr nicht aus Versehen den in die Lockenpracht geklammerten Brautkranz abreißen, während die Hochzeitsgäste am Schleier ziehen, ihn einholen wie ein Fischnetz. Die Herren legen die Jacketts ab, die Damen feuern an, Mensch, Scheiße, Staszek, jetzt zieh doch mal am Schleier, wir müssen in die Kirche! Nach der Kirche gibt es die Begrüßung mit Brot und Salz, die Eltern fragen die Braut: Was willst du haben: Brot, Salz oder den Bräutigam?, und sie antwortet: Brot, Salz und den Bräutigam, damit er sich's verdient. Dieser Moment bringt Pani Stenia immer sehr zur Rührung, und eine Träne rundet sich in ihrem Auge, ach, hätte sie doch nur einen tüchtigen Bräutigam gefunden, dann müsste sie nicht seit Jahren amerikanische Wohnungen putzen und amerikanische gepanzerte Kockrohtschen plattmachen und bei den Hochzeiten fremder Leute zu Tränen gerührt sein. Pani Hania ist auch gerührt bei dem Brot und Salz, aber sie tut so, als ließe es sie ganz kalt. Und danach darf man essen, tanzen, Es lebe hoch! rufen und alle möglichen ulkigen Wettspiele spielen und Pani Stenias Tränen trocknen. Die jungen Leute denken sich immer verrücktere Hochzeitsspiele aus, letztens ging es zum Beispiel darum, wer am schnellsten einen Ballon aufpumpen konnte. Und wie gepumpt wurde! Auf den Schenkeln der Männer saß die Luftpumpe, und pumpen mussten die Damen mit dem Popo, hopp-hopp-hopp hüpfen sie und pumpen, rauf und runter, rauf und runter. Wer als Erste einen Luftballon zum Platzen bringt, hat gewonnen. In diesem Sommer, als Dominika nicht schlafen kann, gab es elf Hochzeiten und sieben Hochzeitsfeiern im Festsaal neben der Küche. Nächtelang hörte Dominika *Geh beim Morgendämmer fort, sonst tut es weh* im Wechsel mit *Spitzenhöschen mit roten Röschen holla holla ho*. Manchmal verirrten sich Hochzeitsgäste auf die Treppe, die hinauf zu den Mietzimmern führte, und einmal geriet sogar einer ins Bad, wo er in der Duschkabine einschlief, am Morgen steckte Pani Stenia die Hand zwischen den Vorhang, drehte den Hahn auf, stieg in die Dusche – und dann hat sie vielleicht geschrien: Was machst du hier, du betrunkenes Schwein, hau ab, ich hol die Miliz, den Priester hol ich! Pani Stenia geht auf die meisten Hochzeitsfeste, wo sie sich hauptsächlich für das kalte Buffet interessiert, zusammen mit anderen älteren Damen holt sie Stühle herbei, und die Damen setzen sich ans Buffet und greifen zu, denn im Stehen kann man ja nicht essen. Die Damen sind sich einig, dass es sehr ungesund ist, im Stehen zu schlucken, denn dann geht es zu schnell in den Magen, und außerdem kann man sich bekleckern. Sie plaudern über die Familien der Brautleute, in jeder gibt es einen Leckerbissen herauszupicken, der pikanter ist als das Hochzeitsbigos nach Mitternacht. Dem einen zum Beispiel ist das ganze Haus abgebrannt, und ihm ist nichts geblieben, der Enkel eines anderen lebt mit einer Chinesin oder Japanerin, die von ihm schwanger ist. Die Kinder solcher Mischpaare nennen die alten Damen Mixer. Was für ein Mixer wird dabei wohl rauskommen?, überlegen sie. Was wohl, witzelt

Pani Stenia: Madeinchina. Sie spricht es aus, wie man es schreibt, und nicht mejdintscheina, denn sie sind ja unter sich, und ein Chinese versteht sowieso keine normale Sprache. Die alten Damen treffen sich seit Jahren auf solchen kirchlichen und auslandspolnischen Veranstaltungen, sie wissen, wo es das beste Essen gibt, und halten sich an die Regeln der ungeschriebenen Hierarchie, die befiehlt, Gruppen stets so zu bilden, dass die Habens- und Nichthabensverhältnisse in einer Gruppe ähnlich sind, und jeder Zuwachs und jede Schmälerung des Besitzstands bleiben minutiös im Gedächtnis eingeschrieben. Sie haben jahrelange Übung und können sich bei der Weihnachtsfeier im polnischen Konsulat in der Menge so geschickt platzieren, dass alle noch stehen, der Chor noch Stille Nacht, Heilige Nacht singt – erst kommt ja bekanntlich immer der künstlerische Teil –, und sie – hastdunichtgesehen – sitzen schon am Tisch mit Hering, Käsekuchen, Piröggelchen auf dem Teller. Pani Hania erscheint auch auf den Hochzeitsfeiern, und selbst wenn sie das Brautpaar persönlich nicht kennt, kann sie sich doch immer auf die Bekanntschaft mit einer Tante oder Cousine berufen, damit es nicht so aussieht, als wollte sie sich einfach so aufdrängen. Jedes Mal macht sie sich zurecht und läuft mit mehr oder weniger Unterwäsche bekleidet zwischen ihrem Zimmer und dem Gemeinschaftsbad hin und her, ihr Körper ist füllig und braungebrannt, die Haare platinblond, die Kleider alle ähnlich, glitzernd und bunt wie das Gefieder exotischer Vögel. Sie klopft bei Dominika und fragt: Na, wie steht mir das?, zieht den Bauch ein und reckt die Brust im Puschapp-Büstenhalter vor, ist das besser oder lieber dies hier in Rosa? Dominikas Meinung interessiert sie eigentlich gar nicht, die kleidet sich Pani Hanias Meinung nach sowieso entsetzlich und hat keine Ahnung, was echte Fraulichkeit bedeutet, für die man nämlich einiges an Mühe aufwenden muss. Dominika erinnert Pani Hania an ihre Schwester Krysia, die in Wągrowiec geblieben ist. Krysia hat zwar Familie und Kinder, aber dafür ungefärbte Haaransätze über den halben Kopf, wann war sie wohl das letzte Mal bei der Kosmetikerin, wann wird sie wohl das letzte Mal einkaufen gewesen sein? Sie zieht nicht mal die Lippen mit Glanzstift nach! Sie, Hania, würde das einfach nicht aushalten, ohne Lippenglanz und mit diesen ungefärbten Haaransätzen. Trotz ihrer Verachtung für Dominikas Stil braucht Pani Hania ihren Blick, wie einen zusätzlichen Spiegel außer dem im Badezimmer, um sich darin bestätigt zu sehen, dass sie zu den Frauen gehört, die stets dem Leben entgegengehen. Im Unterschied zu Pani Stenia interessiert sich Pani Hania bei den Hochzeitsfesten für Männer und Alkohol, doch Zweiteres kann sie jeden Tag haben und hat es auch, deshalb konzentriert sie sich während der Hochzeitsfeiern auf die Männer. Immer gibt es da einen einsamen Vetter, einen alleinstehenden Onkel oder einen Ehemann, dessen Frau wütend nach Hause gerauscht ist oder erkrankt ist und verstinkelt im Bett liegt, und dann lässt sich Pani Hania von Vetter, Onkel oder Mann zum Tanz verführen, und es geht los, schon drehn sich die Spiegel zum Walzerklang, nur wird hier nicht zu Walzerklängen getanzt, sondern zu *Spitzenhöschen mit roten Röschen holla holla ho*. Hania aus Wągrowiec wirbelt übers Parkett, welcher Glückspilz darf sie in den Armen halten? Büstenhalter blütenweiß holla holla ho! Hania biegt sich nach hinten und vorn, schon wandert die Hand des Tänzers abwärts.

Und ein Knöpfchen rund und klein, holla holla ho! Diese Melodie, dieser Rhythmus, einfach toll! Das ist die Uniform der Weiber Rüschen Tüll und Unterkleider … holla holla ho! Manchmal gibt's für Hania noch eine Fortsetzung mit dem Vetter, Onkel, Ehemann, mehr als Gesabber im Ohr und Hand auf der Hinterbacke, und Dominika hört spitze Schreie hinter der Wand, Stöhnen, Kichern, rums macht das Bett, Putz rieselt von der Decke, dann Pinkeln im Bad, ein Mal, zwei Mal, Stille. Wenn der Vetter, Onkel oder Mann, meistens aber Pani Hania selbst, den Hochzeitscocktail überdosiert haben, wird nicht nur gepinkelt, sondern auch gekotzt, und dann schreitet Pani Stenia in voller Kampfbereitschaft ein, ein wutspeiendes Meeresungeheuer, um mitzuteilen, was sie von diesen liederlichen Sitten hält, denn nichts macht ihr so großes Vergnügen, wie an dieses Thema nicht nur zu denken, sondern auch davon zu reden. Bald darauf schiebt sich ein weiterer Kopf aus einer Tür, das ist Pani Malec, die in weinerlichem Ton erklärt, lange würde sie das nicht mehr aushalten, aber das glaubt ihr keiner, denn sie hält es schon lange aus, und außerdem gibt es für sie keinen Ausweg. No exit. Dominika steigt wieder hinauf aufs Dach, und in diesem Sommer der lärmenden Hochzeiten schläft sie manchmal überhaupt nicht ein und wartet nur darauf, dass über Manhattan wieder der Tag anbricht. Dann kauft sie sich im Laden an der Ecke einen Kaffee zum Mitnehmen und fährt zu Eulalia Barron, bei der sie seit drei Jahren arbeitet.

Frau Eulalia Barron kommt aus Krakau, und obwohl sie seit mehr als einem halben Jahrhundert in New York wohnt, wird ihr Heimweh nicht weniger, ganz im Gegenteil, je länger sie fern von der Heimat lebt, desto mehr sehnt sie sich danach und desto stärker sind ihre Erinnerungen. Ihre Erinnerung nährt sich von Büchern, und sie braucht nur eines aufzuschlagen, das sie seinerzeit in Krakau gelesen hat, und schon ist jeder Satz und jedes Wort wie eine Tür, durch die Eulalia Barrons verlorenes Leben wieder in sie zurückströmt. Als Eulalia Barrons Augen immer schlechter wurden, brauchte sie jemanden, der ihr auf Polnisch vorlas, und sie setzte eine Anzeige in die *Village Voice*: Suche Polin, die mir Bücher vorliest. Zeitliche Flexibilität, gute Diktion und Liebe zu Büchern erforderlich.

Eine sehr kleine ältere Dame mit Gehstock öffnete Dominika die Tür und bat sie, ihr probehalber ein Stück aus der *Odyssee* vorzulesen. Setz dich dort hin, mein Mädchen, dort, unter den Farn, bat sie, Zwölfter Gesang, Vers neununddreißig. Dominika schlug das Buch an der bezeichneten Stelle auf: »Zuerst wirst du zu den Sirenen kommen, die alle Männer betören, die es dorthin verschlägt. Jeder, der sich ihnen unwissend nähert und ihren Stimmen lauscht, er wird nie sehen, wie sich seine Frau und kleinen Kinder seiner Heimkehr freuen, denn so werden ihn die Sirenen mit ihrem süßtönenden Gesang betören«, las Dominika. Gut. Die Greisin lächelte. Lies mir weiter von den Sirenen vor, mein Mädchen.

Eulalia Barron lebt in einem Haus namens Mimosa. Jedes Mal, wenn Dominika morgens dort ankommt, wirken die dämmrigen Zimmer voller Bücher anders, als spiegelten ihr Aussehen und die räumliche Wirkung den Seelenzustand der Besitzerin, die auf ihren Stock gestützt durch die Räume wanderte. Frau Eulalia spricht von Büchern so wie andere von Tieren, wo hat es sich nun bloß wieder verkrochen?, klagt sie nachsichtig. Wenn es sich einmal verkrochen hat, dann haben wir den Kummer, man sucht und sucht und ruft, schimpft, bettelt, es meldet sich nicht, es antwortet nicht. Eulalia Barron will nur noch Polnisch sprechen und verliert nie den Appetit auf Bücher in dieser Sprache, obwohl ihr die Lust auf alles andere abhandengekommen ist, jede Mahlzeit ermüdet sie, den Fernseher schaltet sie gar nicht mehr an. Ihr Geist sinkt tiefer und tiefer ins Dunkel. Im ersten Jahr von Dominikas Anstellung lebte sie noch allein, jetzt ist eine Pflegerin da, die sich täglich um die alte Frau kümmert und dafür sorgt, dass sie isst. Seit einiger Zeit verwechselt Eulalia Barron Dominika mit anderen, mal mit einem Mann namens Icek, mal mit einem Mädchen namens Władzia, doch sie haben sich beide an diese Verwechslungen gewöhnt, und wenn nötig antwortet Dominika auch, wenn sie als Icek oder Władzia angesprochen wird, ja, ich bin's, Frau Eulalia, guten Tag. Jeder, dem Dominika seit dem Erwachen aus dem Koma begegnet ist, behauptet, sie erinnere ihn an einen Menschen, den der Betreffende verloren hatte, das mochten Großeltern sein, erwachsene Menschen beiderlei Geschlechts, aber auch Kinder, die als Säuglinge gestorben waren, und sogar geliebte Haustiere, so als vereine Dominika Chmura als Person alle möglichen Ähnlichkeiten und wecke Sehnsucht nach dem, was verloren war. Nicht nur Eulalia Barron aus New York, auch Sara, die sich seit ihrer Abreise aus München mütterlich um Dominika gekümmert hat, kann sich diesem Zauber ihrer Reisegefährtin nicht entziehen. Manchmal erinnert die Freundin sie an Shaunika, die mädchenhafte, schlanke Mutter auf dem Foto in der Küche in Bed-Stuy, die Mutter, der Sara an Kraft und Alter längst überlegen ist. Je länger sie Dominika kennt, desto sicherer ist sie, dass sie noch nie einem Menschen begegnet ist, der ihrer Mutter so ähnlich sah, auch wenn sie sie nie lebendig gesehen hatte. Eulalia Barron sieht in Dominika jemanden, der ihr vorlas, als sie ein kleines Mädchen war, an einem ganz anderen Ort und in einer ganz anderen Zeit, einem wunderschönen Ort und einer verlorenen Zeit, deshalb ruft Eulalia Barron Władzia!, wenn Dominika in ihre New Yorker Wohnung kommt, und deshalb wirkt sie dann ein paar Augenblicke lang wieder jung, und ihre Augen strahlen. Lies, mein Mädchen, sagt sie, lies mir heute was von den Sirenen vor. »Zuerst wirst du zu den Sirenen kommen, die alle Männer betören«, liest Dominika, oder, besser gesagt, sie rezitiert aus dem Gedächtnis, denn plötzlich ist ihr bewusst geworden, dass diese Geschichte von einer Wanderschaft, die Frau Eulalia Barron so gerne hört, auch schon zu ihr, Dominika Chmura von Piaskowa Góra, gehört. Sie rezitiert weiter: »Ich werde dir nicht sagen, zu welcher Seite du Kurs nehmen sollst, das musst du in deinem eigenen Herzen entscheiden.«

V

Schon vor dem Krieg hatten die Teetanten jedes Jahr Vorräte angelegt, als rechneten sie mit einem Jahrhundertwinter. Mit großen Körben gingen sie auf den Markt, betasteten Früchte und wühlten im Gemüse, wobei ihre Gesichter einen Ausdruck von gesammeltem Ernst und unterschwelligem Misstrauen annahmen, als handele es sich um eine wesentlich gewichtigere Aufgabe als den Kauf von Obst und Gemüse zum Einmachen.

Die Äpfel in diesem Herbst waren nicht berühmt. Nicht berühmt, seufzten sie, missratene Fürzchen, diese Äpfel. Aber die Birnen! Sie werden Birnen in Essig machen und Birnenkonfitüre mit Ebereschenbeeren, köstlich zu Fleisch, und wenn kein Fleisch da ist, isst man sie zu Kartoffelpuffern. Vielleicht auch ein paar Gläser Birnenkompott mit Nelken und Johannisbeersirup, der eine hübsche rosa Farbe verleiht, und die Gäste werden fragen: Wie machen Sie das nur, Frau Róża, Frau Aniela, dass die Birnen so rosa sind? Clapps, Limoneras und Lucas, herrliche Früchte, in ihrer Form den hiesigen Frauen ähnlich und auch in den Farben, falbgolden, hier und da ein wenig braun, verfleckt und ein bisschen lädiert.

Die Teetanten suchten aus, sortierten, hoben Früchte gegen das Licht, als wollten sie durch die Schale und das Fruchtfleisch hindurch einen im Innern versteckten Schatz erspähen. Und wie sie feilschten! Sie wussten genau, wie viele Male sie sich abwenden mussten, sagen mussten, ach, dann nicht, wir gehen woandershin, und wann sie nachgeben und auf das Geschäft einschlagen mussten. Das Allerwichtigste jedoch war die Auswahl des Kohls für das Sauerkraut. Größe, Farbe, Duft, Beschaffenheit und Festigkeit, das alles war von Bedeutung. Sie ließen sich ein ausgesuchtes Exemplar aufschneiden und begutachteten jede Hälfte so aufmerksam, als hielten sie kostbare Stücke japanischer Keramik in den Händen. Ein guter Kohl musste außen die Farbe von keimendem Gras haben und innen das glänzende Cremeweiß von Quark, schwarze Pünktchen, bläuliche Adern und sogar zarte Streifen Gelb disqualifizieren einen Kohlkopf sofort. Und dazu muss er riechen wie unreife Weizenkörner, eine Mischung von Frische und Nussigkeit, nichts sonst. Und einen Klang musste er haben, der Kohlkopf musste beim Durchschneiden quieken wie Mäusebrut. Wenn er quiekt, nehmen wir ihn für Sauerkraut, sagten die Teetanten und kneteten mit den Händen die Kohlköpfe, die sie aus dem Berg des einen oder anderen Karrens gezogen hatten. In diesem Jahr waren sie mit dem Ansetzen des Sauerkrauts spät dran, aber es gibt solche Jahre, in denen alles zu spät kommt, die Äpfel wollen nicht reifen und hängen trotz Sonnenscheins grün und steinhart an den Zweigen, und die Zwetschgen haben bis zum ersten Frost höchstens die Hälfte der erwarteten Süße entwickelt. Also warteten die Teetanten und warteten, unzufrieden mit dem, was es auf dem Markt in Kamieńsk oder Gorzkowice gab, bis sie schließlich entschieden, jetzt reicht's, was es gibt, das wird gekauft und gesäuert, denn sonst werden sie zum Winter gar kein Sauerkraut haben.

Von fünf Uhr morgens an rieben die Teetanten Kohl und redeten über Grażynka, denn am Vortag hatte man ihnen zugetragen, dass Tadeusz Kruk sie in seine Fänge bringen wollte. Die ganze Nacht hatten sie darüber nachgedacht, was sie tun könnten, doch ihnen war nichts eingefallen. Es einfach verbieten? Sie hatten Grażynka noch nie etwas verboten. Ihr erklären? Wie kann man etwas erklären, über das sich nicht sprechen lässt. Den Friseur bestechen? Sie hatten keine Mittel. Fliehen? Sie wussten nicht, wohin. Sie stopften den Kohl in das Fass und wuschen sich die Füße, um ihn zu stampfen. Róża ging in die Speisekammer, um Salz zu holen, als sie nicht wiederkam, ging Aniela hinterher. Mottengift! Auf der Suche nach Salz hatte Róża das Giftfläschchen gefunden und betrachtete es jetzt gegen das Licht. Den ganzen Krieg über hatte es in einer Ecke gestanden, Staub und Spinnwebfetzen bedeckten das Fläschchen aus dunklem Glas, und als Aniela es mit dem Schürzenrand abwischte, glänzte es im Innern mondsteinfarben. Kein Mittel wirkte so wie das nach einem alten Rezept von den Teetanten hergestellte Mottengift. Wermut und Belladonna, schwarzer Pfeffer und Wolfsbeeren, Honig – unbedingt Heidehonig, jeder andere würde es verderben –, ein wenig Holunder und Bockshornklee, eine Prise Zimt, drei scharfe Paprika. Dieses Rezept hatten sie im Hauswirtschaftskurs in Tschenstochau von einem Mädchen namens Balbina bekommen, die später ausbüxte und in Warschau Schauspielerin wurde. Nun musste man nur einen mit dem Gift getränkten Wattebausch in den Schrank legen, um sicher zu sein, dass die Wollsachen und Pelze unangetastet blieben. Wahrscheinlich hatten die Teetanten etwas durcheinandergebracht, weil das von ihnen hergestellte Gift die Motten nicht besonders beeindruckte, aber dafür eine andere Wirkung entfaltete und außerdem vorzüglich schmeckte. Die Stärke des von den Teetanten hergestellten Gifts bestand darin, dass es Menschen half, wieder zu sich zu finden. Die Teetanten verabreichten es denjenigen, die es ihrer Meinung nach zu brauchen schienen, und rieten dazu, täglich einen Teelöffel vor dem Einschlafen zu sich zu nehmen. Sie gaben es zum Beispiel Franciszka Pylek von der Post, die nach der Rückkehr aus dem Lager einfach nicht mehr bei sich war; leer wie ein ausgeblasenes Ei ging ihr Körper durch Kamieńsk, während Franciszka Pylek an einer Grube voller Leichen kniete und laut weinte, obwohl sie ihre eigene Stimme nicht hören konnte. Mir ist so schwer ums Herz, schluchzte sie in den entsetzlichen Stunden vor dem Morgendämmer, ich werde nie wieder ich selbst sein. Sie beschloss, Rattengift zu schlucken, dessen schrecklichen Geschmack aber mit einem Gläschen Mottengift von den Teetanten herunterzuspülen, denn im Angesicht des Todes durch Selbstmord konnte ein kleines Vergnügen ja nicht Sünde sein. Sie schrieb einen Abschiedsbrief, verteilte ihre irdischen Güter, darunter auch ein neues Kostüm aus grünem Samt, kleidete sich für den Sarg, um andere nicht mit dieser Arbeit zu belasten, schluckte und erwachte drei Tage und Nächte später mit einem Gefühl seltsamer Leichtigkeit. Franciszka riss das Fenster weit auf, kippte den Rest des ganz offensichtlich nicht mehr wirksamen Rattengifts aus und zerriss ihren Abschiedsbrief, auf dem stand: An jene, die meinen Leichnam finden. Die Mixtur der Teetanten gab Franciszka Pylek zuerst ein so intensives Gefühl der Leichtigkeit, dass jeder Durchzug sie in die Höhe hob, und wenn ein stärkerer Wind ging, packte sie sich vorsichtshalber Steine in die Jackentaschen und bewahrte zu diesem Zweck in der Garderobe im Flur außer Anstecknadeln und Handschuhen immer ein paar ansehnliche Kieselsteine auf, die sie am Ufer der Kamionka gefunden hatte. Erst nach Wochen stellte Franciszka fest, dass diese lästige Leichtigkeit nicht die einzige Auswirkung des dreitägigen Schlafes nach dem Genuss des Gifts der Teetanten war. Als sie auf der Bank vor der Kirche saß und Eis aß, kam Franciszka Pylek, die glücklicherweise das Lager und unglücklicherweise ihre Familie überlebt hatte, wieder zu sich. Vielleicht war sie nicht ganz dieselbe wie früher, aber dem geschenkten Selbst schaut man nicht ins Maul, dachte sie bei sich und kaufte zwei weitere Kugeln Sahneeis. Das schmeckte ihr so gut, dass sie wie mit zwei Zungen schleckte. Franciszka Pylek schloss die Augen vor Glück und dankte von da an den Teetanten bei jeder Gelegenheit für ihre Rettung.

Róża schüttelte das Fläschchen und sah gegen das Licht, ob sich die Flüssigkeit nicht getrübt hatte. Als sie probehalber zwei Tropfen auf einen Teller gab, schimmerten sie genauso wie sie sollten, hellblau und opalisierend wie ein Mondstein. Die Teetanten sahen sich an und nickten zur Besiegelung des Entschlusses, der gefallen war. Wenn es noch einen anderen Tadeusz Kruk gab außer dem, den sie kannten und fürchteten, musste der nach Verabreichung des Mottengifts zum Vorschein kommen.

Tadeusz Kruk war nicht erstaunt über die Einladung in die Napoleonhütte, denn er hatte selbst schon darüber nachgedacht, auf welchem Wege er an die Teetanten herantreten konnte. Grażynka hatte jetzt schon mehr als eine Woche in seinem Laden verbracht, und diese Tage waren für ihn einfach traumhaft gewesen. Tadeusz Kruk verstand nicht, wie er so lange ohne sie hatte auskommen können. Zuerst wusch sie nur den Kundinnen die Haare und mischte den Aufhellerbrei, dessen beißende Peroxiddämpfe ihre Augen zum Tränen brachten. Bald aber hatte er ihr beigebracht, die Spitzen zu schneiden, und manche Kundinnen fragten gleich nach ihr. Ruhen Sie sich ein bisschen aus, Herr Tadziu, lassen Sie Grażynka lernen. Das Mädchen hatte kein ausgesprochenes Talent zur Friseuse, aber die Kundinnen lauschten gern ihrem Geplapper, sogar die, die sich über ihre Attraktivität ärgerten und über den Eindruck, den sie auf die Männer in Kamieńsk machte. Sie ließen den Neid draußen vor der Schwelle von Tadeusz Kruks Friseurgeschäft und sagten: Hinten etwas kürzer, Fräulein Grażynka, und in der Stirn bitte stufig mit einer Welle nach links, und Grażynka frisierte, so gut sie konnte, und redete viel mehr als früher, wenn man sie in Gesellschaft der Teetanten sah. Nach ein paar Tagen schon kam das Gerücht in Umlauf, Grażynka Rozpuch erzähle bei der Arbeit haarsträubende Geschichten, man könne kaum sagen, um was es ging, es waren keine Prophezeiungen, wie Zigeunerinnen sie machen, doch betrafen sie Zukünftiges, und nach dem Verlassen des Friseursalons mit frisch frisiertem Kopf verspüre man den Zwang, etwas zu machen, an das man vorher noch nie gedacht hatte. Marianna Gwóźdź zum Beispiel war angeblich ins Geschäft gerannt und hatte zehn Schulhefte gekauft, und Franciszka Pylek, hieß es, war nach Hause geeilt und kurz darauf mit einem Armvoll Röcken und Kleidern beim Schneider erschienen, der die Säume kürzen sollte.

Während Grażynka arbeitete, saß Tadeusz Kruk so, dass er sie ganz von hinten sah und ihr Gesicht im Spiegel. Jede Bewegung Grażynkas versetzte den Spiegel wie Wasser in eine wogende Bewegung, und dem Friseur wurde schwindlig beim Anblick des Aufblitzens der Schere, die die glänzende Fläche durchschnitt. Manchmal hatte er das Gefühl, er und die Grażynka im Spiegel seien ein und dasselbe, er sei Grażynka Rozpuch mit den vollen Brüsten und den hohen Hinterbacken, und ihn durchströmte ein Glücksgefühl, wie er es nicht einmal beim Scheren der Frauen im Lager empfunden hatte. Manchmal trafen sich Grażynkas Blicke mit denen des Friseurs im plötzlichen Aufblinken eines Lichtstrahls, und er sah in ihren Augen, was er selbst fühlte: den Wunsch zu verschmelzen und zu einem zu werden, denn ihre Augen waren die seinen. Grażynka selbst indessen sah ein Männlein mit dem Gesicht einer alternden Schildkröte und wollte ihn retten. Tadeusz Kruk beschloss, Grażynka zu heiraten, sobald wie möglich, doch die praktische Seite seines Wesens riet ihm, es sei besser, das auf gottgefälligem Wege zu tun und den Segen der Teetanten einzuholen. Viel hatten sie ja nicht, die Napoleonhütte und ein Stückchen Garten, aber ewig würden sie nicht leben, und es wäre besser, wenn sie Grażynka nicht enterben und ihre Hütte einem Museum vermachen würden. Für den Besuch kleidete sich Tadeusz Kruk sorgfältig in seinen kaum getragenen Vorkriegsanzug, den er seinerzeit in Radomsko erstanden hatte, schlüpfte in seine frisch geputzten Schuhe und zog die nach Mottenkugeln riechende Herbstjacke über. Im letzten Moment pulte er noch mit der Schere ein wenig Schmutz unter einem Fingernagel heraus und putzte sich sorgfältig das Schmalz aus den Ohren, als erwarte er, dass die Teetanten gleich eingangs eine Sauberkeitskontrolle durchführten. Er hatte einen Schweinenacken für sie als Geschenk, ein ansehnliches Stück, fertig zum Braten, und der Eleganz halber hatte er auch zwei Flakons Parfüm und einen Blumenstrauß besorgt. Er war froh, dass der Besuch auf einen Tag fiel, an dem Grażynka in Radomsko war, denn er fürchtete, die Sache zu verpfuschen, wenn die Frau, für die er in Liebe zerfloss, anwesend gewesen wäre.

Tadeusz Kruk nahm am Tisch Platz, gegenüber den Teetanten, beide in Blusen mit großer Schleife unter dem Kinn. Różas Bluse war hellgrün wie Wasser, Anielas lila wie Irrlichter im Moor. Nach der Begrüßung in der Napoleonhütte trat Stille ein, und der Friseur begann nervös mit den Fingern auf die hölzerne Tischplatte zu trommeln, er roch den Lavendelduft und den frisch aufgebrühten schwarzen Tee, Schweiß trat ihm aus allen Poren. Den Teetanten stieg der Geruch des Bösen in die Nase, und sie wussten sogleich, dass er noch stärker geworden war, seit sie Tadeusz Kruk das letzte Mal gerochen hatten. Sie seufzten wie aus einem Mund, die Uhr schlug die volle Stunde. War es Aniela, die ein Zeichen gab, oder stand Róża von sich aus auf, um die Kristallkaraffe mit dem Johannisbeerlikör aus der Kredenz zu nehmen. Die schwarze Johannisbeere, eine herbe Frucht mit viel Vitamin C und einem ganz zarten Hauch von Leiche, war wie keine andere Frucht in der Lage, andere Aromen, Düfte und Farben zu übertönen. Eine gesunde und schön anzusehende Frucht, die in Trauben an den Büschen in Kamieńsker Gärten leuchteten wie schwarze böse Äuglein. Die Flüssigkeit, die Aniela in das Glas des Friseurs einschenkte, war dickflüssig, fast schwarz, und nur ein sehr geübtes Auge hätte in dieser Farbe den Nachglanz von Mondstein entdeckt. Tadeusz Kruk spreizte elegant den kleinen Finger ab und hob das Glas zum Mund, er war guten Mutes, sofern das bei einem Menschen mit bösen Absichten möglich ist. Nach dem ersten Gläschen wurde er fast ein bisschen fröhlich und dachte, wie alt diese Teetanten schon waren, sie kamen ihm plötzlich sogar älter vor als vor ein paar Augenblicken noch. Wie alt sie wohl waren? Hm, er räusperte sich unsicher, denn im nächsten Augenblick erschienen sie ihm jung und schön, nackt und langhaarig. Tadeusz Kruk blinzelte. Róża fragte höflich, ob er noch etwas Likör wünsche, ja, gerne, und Aniela schenkte anmutig nach, wobei sie die Karaffe so drehte, dass nichts auf das Tischtuch tropfte. Sie schauten ihn an, unverwandt sahen sie ihn an, sollten sie doch glotzen, diese dummen Hennen. Was für ein köstlicher Likör! Ob Grażynka so einen Likör ansetzen kann, fragte er, wenn nicht, dann soll sie es lernen, dachte der Friseur verträumt und fühlte, wie ihm die Füße schwer wurden. Er versuchte, sie unauffällig unter dem Tisch zu bewegen, um nicht mit einem plötzlichen Fußkrampf die vornehme Atmosphäre zu zerstören, doch die Bewegungslosigkeit der Füße verging nicht, im Gegenteil, sie kroch nach oben, als sänke er tiefer und tiefer in einen erstarrenden Aspik, der gleichzeitig siedend heiß und eiskalt war. Stark! Den musste man unbedingt ansetzen. Hm. Er räusperte sich. Er wollte noch mehr sagen, eine ganze Rede hatte er sich zurechtgelegt, die mit den Worten begann: Ich bin von Hoffnung geleitet zu Ihnen gekommen. Ich bin zu Ihnen gekommen von Hoffnung geleitet. Von Hoffnung geleitet bin ich zu Ihnen gekommen. Das hatte er vor sich hin gesagt, bevor er sein Haus verließ, beim Binden der Krawatte, die ihm in nicht allzu ferner Zukunft die lieben Händchen der Ehefrau binden würden. Von Hoffnung geleitet bin ich zu Ihnen gekommen, wollte er nun sagen, aber er räusperte sich nur. Hm, krächzte er, Vo-vo-vo-nnnnn, und eine große grellblaue Speichelblase bildete sich vor seinem Mund. Hab ich mich betrunken?, dachte der Friseur Tadeusz Kruk, kann ein Kerl von süßem Zeug so einfach eins, zwei, drei betrunken werden? Er konnte ja nicht sehen, was für die Teetanten mehr als offenkundig war. Neugierig auf die Anzeichen der Wirkung ihres Mottengifts wartend, starrten sie den Friseur wie gebannt an. Was für eine Farbe er annahm, eine helle Bläulichkeit, die wie aus einer jenseitigen Welt schien, fast leichenbleich, aber dennoch schön, eine Schönheit, wie sie die Irrlichter im Moor hatten, die die Teetanten sahen, wenn sie sich im Spätherbst beim Preiselbeerensammeln bis zu den Tümpeln bei Kocierzowa wagten. Dann bekreuzigten sie sich, aber mehr aus Gewohnheit als aus Angst, denn sie hatten im Leben viel schrecklichere Dinge gesehen, und wenn sie auf ein flackerndes Flämmchen blickten, fragten sie sich, wessen Seele es war, die sich da im Sumpf quälte, die eines Mannes oder einer Frau, war es ein Geist oder eine Geistin? Diesmal war es Róża, die nachschenkte, und Tadeusz Kruks Hand langte wider seinen Willen nach dem Glas, er stieß erneut eine Blase aus, hickste, kippte das Glas, ein hellblau schimmernder Tropfen rann ihm übers Kinn und erstarrte am unteren Rand wie ein Schmuckstück. Noch nie war Tadeusz Kruk so schön gewesen, denn der Likör der Teetanten brannte in ihm das Böse aus, das sich von den Flammen verzehren ließ wie trockenes Haar, es brannte, brannte immer weiter lichterloh, bis er im

Innern nichts mehr hatte als Asche in der Farbe von Elsterneiern. Beim sechsten Glas erstarrte Friseur Tadeusz Kruk endgültig mit zusammengepresster Hand und abgespreiztem Finger, und seine noch lebendigen Augen konnten sich nicht schließen vor Entsetzen, als er begriff, dass er in die Falle getappt war und dass gleich etwas noch Schlimmeres passieren würde. Die Teetanten betrachteten ihn schweigend, sie bedurften keiner Worte, um sich zu verständigen, und Tadeusz Kruk war nur mehr eine leere Hülse von einem Menschen, eine Vogelscheuche, deren Pupillen dunkel waren wie die Einschlaglöcher von Nägeln. Wenn das Feuer, das das Mottengift in ihm entfacht hatte, auch nur auf ein kleines unbrennbares Krümlein gestoßen wäre, hätte man ihn retten können, doch so seufzte Aniela nur, und es seufzte auch Róża. Sie verließen das Zimmer und kehrten kurz darauf mit einem großen Sauerkrautfass zurück, das sie nur mit Mühe durch die Tür wuchteten. Es seufzte Aniela, es seufzte Róża, sie stellten das Fass aufrecht hin und stopften Tadeusz Kruk mit dem Kopf nach unten hinein. Sein Schuh fiel ab, und eine löchrige Socke kam zum Vorschein, aus der ein mit einem gilblichen Nagel bekränzter Zeh hervorschaute. Róża seufzte und schob den Fuß des Friseurs ins Fass, es seufzte Aniela, nahm den Schuh mit zwei spitzen Fingern wie eine Dame und warf ihn dazu. Vierhändig klopften sie den Deckel fest und rollten das Fass in den Flur. Róża öffnete die Tür einen Spalt und schaute hinaus, der Garten war still und leer, die blattlosen Bäume zeichneten sich gegen den Himmel ab. Frost lag in der Luft, doch der Pfad hinab zur Kamionka zog sich wie ein schwarzes Band durch den ersten Schnee, denn die Teetanten hatten am Nachmittag Salz gestreut.

In einer Stunde kommt Grażynka mit dem Spätzug aus Radomsko, wir müssen uns beeilen, seufzte Aniela, es seufzte Róża, in der Ferne bellte ein Hund, der Wind wehte eisig, knisternd entflammte ein Stern nach dem anderen. Die Teetanten streiften die wattierten Jacken über, schlüpften in die dicken Filzstiefel und stießen das Fass die drei Steinstufen hinunter, von wo aus es direkt auf den Pfad rollte, als kenne es den Weg, der Inhalt polterte. Pssst! Róża und Aniela legten wie auf Kommando die Finger an den Mund. Pssst!, und Dampfwolken stiegen aus ihren Mündern. Bis zum Gartentor ging es einfach, nur einmal mussten sie hau ruck flüsternd Kraft aufwenden, als das Fass vom Kurs abkam und in die Stachelbeerbüsche schlug. Sie blickten hinaus auf den Weg, alles leer, pssst. In der Ferne stand dunkel der Kirchturm, in der zur Ambulanz umfunktionierten Synagoge ging das Licht an, das zu Kristallen gefrorene Wasser auf dem Unkraut am Wegrand glitzerte. Kommt auch keiner?, fragte Róża, pssst, keiner, seufzte Aniela. Sie schoben das Fass über die Straße, dann rollte es ganz von selber hinunter zum Fluss Kamionka, die Teetanten Hals über Kopf hinterdrein. Wenn das Wasser am Ufer noch nicht gefroren war, wäre alles geritzt, der Friseur aus Kamieńsk würde bis zur Ostsee schwimmen. Das Fass rutschte zwar weiter, blieb dann aber im Eis hängen, kurz vor dem Sog der Strömung, die schwärzer als jede Nacht und mit den Spiegelbildern von Sternen übersät zum Meer drängte. Solch einen Frost gab es selten im November. Was für ein Pech! Aniela seufzte, es seufzte Róża, sie nahmen einander bei der Hand und streckten die freien Hände aus, um das Gleichgewicht zu halten, so sahen sie aus, als balancierten sie auf zwei parallel gespannten Seilen, erst die Zehen, dann der restliche Fuß, Schritt für Schritt, die Augen fest auf das Fass geheftet. Die Teetanten hatten Angst vor Wasser, und selbst ein Fass voll Regenwasser war für ihren Geschmack eine zu große Menge dieses Elements, das ihnen seiner Schönheit wegen Angst machte. Mein Gott, stöhnte Aniela, oder auch Róża, wenn sie auf die mit Insekten übersäte Wasserfläche blickten, mein Gott, was hat das eine Gewalt, dieses Wasser, und sie bekreuzigten sich, wenn sie mit dem Kochtopf Wasser zum Haarewaschen schöpften. Jetzt traten sie ganz vorsichtig mit den gestiefelten Füßen auf, das Eis knirschte, ein Vogel stieß einen Schrei aus, verstummte, das Fass mit Tadeusz Kruk darin war fast in Reichweite. Ich stoß es an, sagte Aniela. Nein, ich, versetzte Róża. Aniela seufzte, und Róża seufzte, und zusammen taten sie noch drei Schritte. Jetzt! Beide schubsten sie den Friseur in die schwarze Flut, und da krachte das Eis. Wie schrecklich krachte das Eis! Das Fass mit Tadeusz Kruk schlug aufs Wasser und schwamm davon, hüpfte auf den schwarzen Wellen, das Krachen verhallte, man hörte nur ein Plätschern, das Schilf am Ufer zitterte. Die Teetanten atmeten auf, es war geschafft! – doch nun saßen sie in der Falle: Als sie sich umdrehten, um wieder ans Ufer zu gehen, stellten sie fest, dass zwischen der schmalen Eisscholle, auf der sie standen, und dem Ufer ein schwarzer Wasserspalt wuchs. Vor ihnen Wasser, hinter ihnen Wasser und keine Arche am Horizont, und selbst wenn sich eine solche gezeigt hätte – wer würde zwei alte Jungfern an Bord bitten, die gerade jemanden umgebracht haben? Aniela seufzte, es seufzte Róża, sie würden springen müssen, doch bevor sie das wagten, verloren sie das Gleichgewicht. Die Welt schlug Purzelbaum, der Himmel war auf der Erde, die Erde am Himmel, mit Bäumen, die kopfüber wuchsen, dem Kirchturm, der als Eiszapfen herunterhing, mit dem Fluss Kamionka, der strömte, als wäre nichts geschehen, mit zwei Paar Beinen in Filzstiefeln, die kurz aus dem Fluss ragten, zappelten, verschwanden.

Was für eine Dunkelheit herrschte unter Wasser, silbrig und dicht wie Quecksilber! Weder Róża noch Aniela erkannten, welche Gliedmaßen im Gewirr der blindlings zappelnden Hände und Beine zu wem gehörten, erst als sich zwei Hände umeinander schlossen, wussten sie es: Róża, dachte Aniela, Aniela, dachte Róża, während die Strömung sie immer weiter von Kamieńsk fortriss. Bei den Sandbänken, die »Jurata«* genannt wurden und wo im Sommer die Kinder spielten, überholten sie das Fass mit Tadeusz Kruk und trieben weiter, immer noch einander an den Händen haltend und ein Stück ihrer Bekleidung nach dem anderen verlierend. Seltsam, dass ich gar keine Kälte empfinde, dachte Róża, oder vielleicht auch Aniela, denn sie dachten gedankengleich, während sie dort trieben, in dieser Dunkelheit voll ertrunkener Sterne, die wirbelnd nach unten sanken, kantige Stückchen gespiegelten Lichts, die mit den Armen im Sand steckenblieben. Unter der zweiten Brücke waren die Teetanten schon nackt, ihre Falten verschwanden, die schlaffe Haut, ihr Haar wuchs lang, ihre Brüste, die vorher wie Sandsäckchen ausgesehen hatten, wurden rund und voll, schön!, seufzte Róża, und auch Aniela seufzte: schön!

Die plötzliche Schönheit der verwandelten Teetanten würde niemanden entzücken außer den betrunkenen Bahn-

* Bekannter Badeort auf der Halbinsel Hel (Anm. d. Übers.)

wärter Wacław Pająk. Nach dem Krieg hatte er die Stelle von Barnaba Midziak übernommen, doch wie sich dann herausstellte, weckten die Züge in ihm eine solche Traurigkeit, dass er zu trinken begann, um irgendwie ihr tägliches Entschwinden in die Ferne ertragen zu können, und wenn er sich betrank, wurde es ihm noch trübseliger zumute.

Jede Seele preiset Gott, stöhnte er und starrte wie gebannt ins Wasser. Nixen? Tatsächlich, Nixen! Wacław Pająk wird es später beschwören und sich mit der Faust in die magere Brust schlagen, dass er zwei Nixen in der Kamionka gesehen hat, zwei lebendige Nixen! Auf der Brücke hatte er gestanden, denn, pardon, er musste pinkeln, in seinem Alter und Zustand dauert das eine Weile, und als er gepinkelt hatte, blieb er noch eine Weile stehen, weil er vergessen hatte, aus welcher Richtung er gekommen war und in welche Richtung er hatte gehen wollen und ob er überhaupt irgendwohin gehen wollte oder von irgendwoher kam. Auf der einen Seite von der Stelle, wo er stand, war Brücke, und auf der anderen Seite war auch Brücke, wie sollte er da entscheiden, wenn es auf der einen Seite der Brücke ganz dunkel war und auf der anderen auch. Deshalb also stand Wacław Pająk da und wartete auf ein Zeichen, er schaute ins Wasser, und plötzlich – heilige Maria und sämtliche Schutzpatrone! –, da sieht er im Wasser langes Haar, gelockt, golden, leuchtend golden, zwei Köpfe, vier Arme und keine Beine, sondern Schwänze, zwei Fischschwänze, und mit den Schwänzen klatschten die Nixen, klatsch!, und dieses Klatschen schnitt wie ein Messer durch die nächtliche Stille auf der Brücke. Platschen und Klatschen der Fischschwänze, Glanz der Schuppen, Wirbel, Leuchten, Sternenstaub, Nixen, Nixen in der Kamionka, etwas Schöneres wird er im Leben nicht wieder sehen, daran hatte Wacław Pająk, der Bahnwärter von der Kamieńsker Eisenbahnstation keinen Zweifel. Weder die Ehefrau noch das elektrische Licht, das ihm in die Bude gelegt wurde, noch der Festschmaus zu Weihnachten sollten ihm mehr etwas bedeuten, von dieser Nacht an hatte er im Schlafen und im Wachen nur noch die Nixen im Kopf, ach, wenn ihn doch einmal ein Zug ins Land der Nixen mitnehmen könnte, dann wäre er glücklich und würde aufhören zu trinken. Der Frühling kam, Bahnwärter Wacław Pająk träumte immer noch von den Nixen in der Kamionka und verschlief den Frühexpress nach Warschau sowie den Personenzug nach Radomsko, erst ein gewaltiger Knall weckte ihn auf, als der Güterzug auf den Personenzug auffuhr, entgleiste und sich ein paar Tonnen Zucker, die er nach Breslau bringen sollte, über den Bahndamm ergossen. Die Kinder von Kamieńsk schlugen sich die Bäuche mit Süßem voll wie noch nie, und die besonders Gerissenen kamen gleich mit Säcken gelaufen, und ruck zuck handelten sie schon damit. Wacław Pająk musste zwei Jahre in der Strafanstalt in Radomsko einsitzen, wo es ihm nicht schlecht erging, denn er hatte Kost und Logis, und seine Frau konnte ihm ab und zu in einem ausgehöhlten Brotlaib eine Flasche zuschmuggeln. Dort begann er zu lesen, obwohl er vorher nie eine Neigung zu Büchern gehabt hatte, und am besten las es sich für ihn, wenn es um Nixen oder Sirenen ging, dann las er so lange, bis etwas in ihm ganz von selbst zu deklamieren begann, und er konnte nicht aufhören. Zuerst wirst du zu den Sirenen kommen, die alle Männer betören, die es dorthin verschlägt. Jeder, der sich ihnen unwissend nähert und ihren Stimmen lauscht, er wird nie sehen, wie sich seine Frau und kleinen Kinder seiner Heimkehr freuen, denn so werden ihn die Sirenen mit ihrem süßtönenden Gesang betören. Wacław Pająk kam aus dem Gefängnis, und sobald er in der Kneipe Kurka Platz genommen hatte, die an der Stelle von Tadeusz Kruks Friseursalon aufgemacht hatte, fing er an, von den Nixen und Sirenen zu erzählen.

In den zwei Jahren, in denen er gesessen hatte, hatte er ein solches Redetalent entwickelt, dass die Männer still wurden, die Witze verebbten, einer dem anderen zuzischte: Halt den Schnabel!, allerdings mit spöttisch verzogenem Gesicht, ach, was die für ein Aufhebens machten um einen ehemaligen Bahnwärter, dass sie dieses wirre Gerede ernst nahmen, tu-tuuut, Sirenen wollte der Kerl, der Schnaps hatte ihm das Gehirn verätzt. Keiner wollte zugeben, dass sie wirklich neugierig auf diese süßtönenden Sirenen waren, diese mit ihren Fischschwänzen klatschenden Nixen, diese weiblichen Wasserwesen, die sich vorher nie nach Kamieńsk verirrt hatten. Und dann, sagte der ehemalige Bahnwärter Wacław Pająk, als ich da auf der Brücke stand und grübelte – Sirenen! Zuallererst hab ich so eine Art Gesang gehört. Und was für einen! Nicht so ein Geheul, eher so wie im besten Warschauer Tanzlokal, so einen Gesang hört man in keinem Radio! Ganz leise, und doch irgendwie laut, so richtig zu Herzen ging das. Das war der süßtönende Gesang der Sirenen! Süßtönend, murmelte dieser oder jener leise vor sich hin, und Mariusz Gwóźdź, Mariannas Neffe, fragte: süß-was?, aber sie brachten ihn zum Schweigen, denn er galt als nicht ganz richtig im Kopf. Wacław Pająk nahm indessen einen Schluck aus dem Seidel und schloss die Augen, in der wieder eingetretenen Stille hörte man nur das Schnaufen der asthmatischen

Barfrau Krysia. Der Bahnwärter öffnete die Augen, blickte aber so, als sehe er etwas ganz anderes als die Übrigen und auch nicht hier, in der Kneipe Kurka, sondern in weiter Ferne, und er sagte: So soll ich allein es sein, der ihrem Gesange lauschen darf, doch wird man mich an des Mastes Baum binden müssen. Heilige Muttergottes, schnaufte die Barfrau Krysia, an den Baum binden, das ist aber doch ein bisschen wild, Herr Pająk. Erzählen Sie doch mal besser alles schön von Anfang an. Also, das war so, fuhr Wacław Pająk mit seinen eigenen Worten fort, ich hab mich von der Brücke runtergebeugt, und sie haben zu mir, Wacław Pająk, gesprochen, doch wenn eine Nixe redet, dann nur mit Gesang wie in der Opa, in süßtönendem Gesang. So eine Nixe braucht auch nichts fragen, an den Augen liest sie den Namen von Mensch oder Tier ab, und nur vom Berühren weiß sie, wie ein Ding heißt, und zwar in jeder Sprache. Auf Tschechoslowakisch, auf Russki, auf Afrikanisch, auf Französisch! Wacław Pająk, haben sie da in ihrem Gesang zu mir gesagt, du stehst nicht zufällig da auf der Brücke, o nein, wir haben nämlich einen Plan. Wir haben dich auserwählt, denn du bist ein anständiger Mensch, und wir können einen anständigen Menschen gleich erkennen, denn unser Blick dringt bis ins Herz. Pssst! Barfrau Krysia brachte die zum Schweigen, die nun losprusteten, weil sie nicht ganz glauben konnten, dass sich die Nixen mit goldenem Haar ausgerechnet den Säufer Wacław Pająk ausgesucht hatten, der auf jeder Arbeitsstelle rausgeworfen wurde. Wacław!, riefen sie mit ihrem süßtönenden Gesang, halb aus dem Wasser auftauchend, und ihre nackten Brüste waren weiß wie Schnee, wie Sahne. Sie sangen so harmonisch, wie mit einer Stimme, obwohl sie doch zwei

Münder hatten. Wacław Pająk!, so sangen sie mich namentlich an. Und was für eine süße Stimme sie hatten, die hätte man trinken mögen wie Wodka. Gütige Muttergottes!, seufzte die Barfrau Krysia, die Brust auf die Theke gestützt, also, im November halbnackt in der Kamionka schwimmen und Wacław! singen, ist das nicht eher Teufelswerk? Wacław Pająk beachtete nicht die Frage von Mariusz Gwóźdź, ob die Nixen große Titten hatten oder eher kleine, er schloss nur verzückt wieder die Augen. Nackte Brüste, nackter Bauch, aber unterhalb des Bauchnabels, also unterhalb des Bauchnabels, da waren sie nicht so wie andere Frauen, o nein. So einer Nixe, der kann eine normale Frau ja nicht das Wasser reichen, obwohl, Wasser haben die ja sowieso genug, wo sie mit ihrem Fischschwanz schwimmen. Silberne Schuppen, ich sag's euch und sag es auch noch mal, und wie sich das Mondlicht darin spiegelte, da musste ich mit den Augen blinzeln wie am hellen Mittag. Wacław, sangen die Nixen, höre zu und behalte es wohl: Wir sind Nixen aus fernen Meeren, aber dereinst, wie wir noch am Leben waren, du würdest nie raten, wer wir gewesen sind. Und selbst wenn du es erraten würdest, du würdest es nicht glauben, lieber Wacław. Du würdest es dir selbst nicht glauben, murmelte Mariusz Gwóźdź vor sich hin, aber er begriff es immer noch nicht, deshalb starrte er auf seine großen Hände, trank von seinem Bier und hörte weiter zu. Du würdest es nicht glauben, Wacław, dass wir neben dir wohnten, dass wir an der Geraden Straße an dir vorbeigegangen sind und einmal in ein und demselben D-Zug nach Radomsko zum Markt gefahren sind. Bei demselben Metzger haben wir Fleisch gekauft, bei demselben Bäcker Brot. Guten Tag, hast du uns gegrüßt. Wacław, schau uns in die Augen, verlangten die Nixen, und ich wollte mich noch weiter über das Brückengeländer lehnen, um erst der einen, dann der anderen in die Augen zu blicken, so gruselig es auch war. Denn was für Augen die hatten, diese Nixen, wie ein Brunnen, in den der Mensch schaut und meint, dass ihm da einer Zeichen macht und ruft, komm zu mir!, komm zu mir! Heilige Muttergottes?, sagte Barfrau Krysia wieder und fasste nach ihrem Medaillon aus Tschenstochau, das sie an einem Kettchen trug und in Augenblicken großer Furcht zwischen ihren Brüsten hervorangelte. Ihre Augen waren grün und blau, aber sie waren auch braun, golden wie Tee, ich bin Aniela, sang die eine Nixe, und ich bin Róża, sang die andere, dann seufzten sie tief und verschwanden. Eine Zeitlang hing er noch in der Luft, der süßtönende Gesang, schloss Wacław Pająk. Was für eine Stille machte sich in der Kneipe Kurka breit! Ob das wohl die Teetanten waren? Mariusz Gwóźdź sprach aus, was andere nicht zu sagen wagten. Jawohl, erwiderte Bahnwärter Wacław Pająk, die Teetanten in Person.

Das gab ein Getuschel in Kamieńsk, beinahe als wären die Teetanten wieder in die Napoleonhütte zurückgekehrt. Die Leute hatten Róża und Aniela schon fast vergessen, denn es ist nicht einfach, etwas in Erinnerung zu behalten, was man einfach nicht verstehen kann. Sie behielten sie so lange in Erinnerung, wie es Hoffnung gab, das Rätsel ihres Verschwindens könne sich auflösen. Sie waren spurlos verschwunden, und zwar am selben Tag wie Tadeusz Kruk, und kurz darauf verließ auch Grażynka den Ort. Dieses dreifache Verschwinden, ohne Ankündigung, ohne auch nur eine Leiche eines Ertrunkenen, Aufgehängten oder Zerstückelten, das war etwas so Schreckliches, dass man keine Worte dafür hatte. Jedes schnell gestrickte Gerücht, sei es, dass der Staatssicherheitsdienst sie nachts geholt habe, sei es, dass sie nach Amerika geflüchtet seien, weil alle drei Spione des CIA waren, erstarb, bevor es Kraft und Geschwindigkeit entwickeln konnte. Und nun, bitte schön, Nixen, der Nixen süßtönender Gesang in der Kamionka, der Nixenschwänze silberne Schuppen, das war doch was. Plötzlich konnten sich fast alle daran erinnern, dass diese Teetanten doch immer etwas Komisches an sich gehabt hatten, vielleicht waren sie wirklich Nixen, irgendwie hatte man ihnen ja auch immer so etwas Nixenhaftes angesehen. Nixenhaft, ja, bekräftigte der neue Leiter des Postamts, der aus Warschau kam und die Warschauer Nixe mehr als einmal gesehen hatte. Sie lachten weiterhin über Wacław Pająk, was dieser Pająk auch quatschte, der war wohl mit dem Kopf vor einen Signalmast geknallt, aber wenn sie ein bisschen gelacht hatten, fingen sie wieder an, von den Teetanten zu reden, als wäre dieses Lachen eine Art Eintrittskarte für die Geschichte. Sie mussten wohl Friseur Kruk auch mit diesem süßtönenden Gesang betört, umgarnt und in den Wassertod gezogen haben. Jawohl, das war logisch. Sie waren ja übrigens immer so ein bisschen verquer und gegen den Strich gewesen. Warum wohl hatte man ausgerechnet ihnen Grażynka vor die Tür gelegt? Vielleicht war Grażynka die Tochter der Teetanten mit Friseur Kruk?, meinte die Barfrau Krysia, und keiner wandte ein, wie das denn möglich sein konnte, ein Kind könne doch nicht zwei Mütter haben, denn für sie alle lag es merkwürdigerweise auf der Hand, dass die eine Teetante nur hätte schwanger sein können, wenn die andere es auch war. Ein anderer wollte beschwören, er hätte gesehen, wie sie nachts auf den Resten des jüdischen Friedhofs herumstrichen, und sie hätten es genauso gemacht wie die Juden vor dem Krieg und mit den Toten gesprochen, dabei waren sie doch gar keine Jüdinnen. Hawa, Tochter des Moshe, Frau des Ludek!, riefen sie und fingen an, ihr zu erzählen, was in Kamieńsk so passiert. Dabei waren Hawa und Ludek doch beide in Treblinka in Rauch aufgegangen und hatten gar kein Grab in Kamieńsk. Und dann diese Ausflüge ins Moor! Angeblich zum Preiselbeerensammeln, aber welche Frau geht denn im Moor Preiselbeeren sammeln, wo doch jedes Kind weiß, dass dort die Toten irrlichtern und einen am Bein in den Sumpf ziehen. Und diese Liköre, die sie zubereiteten! Zum Tee luden sie, ganz höflich baten sie auf einen Tee und ein Gläschen, wer würde da nein sagen, aber danach, da passierten komische Sachen. Ich, erinnerte sich Marianna Gwóźdź, ich hab ihnen mal beim Jäten geholfen, und danach die beiden: Ach, Frau Marianna, ein Gläschen Himbeerlikör mögen Sie doch – ich hab's getrunken, und da war eine solche Süße in diesem Himbeerlikör, dass ich mit der Zunge den Rest aus dem Glas geleckt hab, egal ob ich zu Besuch war oder nicht, ich konnte einfach nicht anders. Erst war nichts, aber dann, heilige Mutter Maria! Als hätte mich einer innen mit Pfeffer und Zucker bestreut, es hat gebrannt, aber süß, ganz süß war mir zumute, aber auch irgendwie pfeffrig. Ich wusste nicht, wohin mit mir selbst, keine Arbeit wollte mir gelingen, kaum hatte ich mich ans Strümpfestopfen gesetzt, ließ mich etwas hinauf auf den Dachboden rennen und zu den Sternen gucken wie die Kuh aufs Tor. Etwas ganz Ähnliches hatte Mariannas Neffe erlebt, Mariusz Gwóźdź, der bei den Teetanten die Dachrinne vom Herbstlaub gesäubert hatte. Er stieg vom Dach, bekam seinen Lohn und hatte sich schon angeschickt zu gehen, aber die beiden gleich: Ach, Herr Mariusz, Sie werden sich doch ein Gläschen genehmigen? Pfirsichlikör, hatte Róża gesagt, oder vielleicht auch Aniela. In dem kleinen Kristallglas war ein Glanz, als hätten sie pure Sonne hineingegossen. Er hatte den Kopf in den Nacken gelegt und alles runter auf einen Zug. Du lieber Himmel, das hat ihn vielleicht durcheinandergewirbelt! Anstatt nach Hause zu gehen, setzte sich Mariusz Gwóźdź unter einen Baum und war auf einmal nicht mehr Mariusz Gwóźdź aus Kamieńsk, der auf Maurer lernte, sondern ein ganz anderer, irgendwie größer und einfacher, ohne diese Pickel, die er immer hatte. Er ging durch eine Stadt, noch schöner als Tschenstochau, voller Licht, das pfirsichfarben war, und mit pfirsichfarbenen Fassaden, Frauen gingen vorüber in Kleidern, wie er sie noch nie gesehen hatte, aber er wusste, dass dieser Stoff, der sich da so um Busen und Hüften legte und dem Wind sich hingab, dass das Seide war. Er, Mariusz Gwóźdź, der in seinem Leben an keine anderen Stoffe gedacht hatte als an Baustoffe, der spürte fast, wie sich die Seide anfühlte. Dunkelhaarige Frauen erwiderten sein Lächeln, nickten ihm zu, gestikulierten, an ihren Armen klirrten silberne Armreifen, aber er hielt sich nicht auf, er suchte etwas anderes oder jemand anderen. Zum ersten Mal hatte er dieses starke Gefühl, dass es etwas gab, was er finden musste, dass es irgendwo auf ihn wartete und dass er, Mariusz Gwóźdź aus Kamieńsk, sterben würde, wenn er es nicht wenigstens versuchte. Er hatte auch noch einen Fluss gesehen, der war so groß wie tausend Kamionkas, eine Brücke, die von steinernen Gestalten bewacht wurde, und am anderen Ende winkte ihm jemand zu, und gerade wollte er loslaufen, als sein Schulfreund Paweł Lepianka ihm einen Klaps auf den Kopf gab und fragte, was glotzt du so wie ein Zigeuner auf die Fotze? Mariusz Gwóźdź erzählte allerdings keinem, dass er seit jenem Tag jeden Groschen von seinem schwarz verdienten Geld auf ein Sparbuch der Staatlichen Sparkasse gab, und sobald er genug für ein gebrauchtes Auto haben würde, am liebsten einen Wolga, der fraß zwar viel Sprit, war aber solide, dann würde er sich aufmachen, um die Stadt zu finden, die er nach dem Pfirsichlikör der Teetanten vor sich gesehen hatte.

Seitdem Wacław Pająk mit seiner Geschichte von den Nixen Kamieńsk die Teetanten zurückgegeben hatte, fügte jeder, der genug Phantasie hatte, ihrer Geschichte etwas Neues hinzu. Tadeusz Kruk jedoch vergaßen die Leute so schnell, als hätte es ihn nie gegeben. Selbst wenn sich der eine oder andere an den Friseur aus der Geraden Straße erinnerte, versank er doch nach kurzer Zeit wieder im Dunkel, als hätte man ihn an den Beinen nach unten gezogen. Selbst Marianna Gwóźdź, die alles sieht und alles merkt, kratzte sich am Kopf und und fragte sich: Was war das noch, woran ich eben gedacht habe? Das Sauerkrautfass mit den hellblau ausgebrannten Überresten von Tadeusz Kruk ging an der tiefsten Stelle der Kamionka unter, dem sogenannten Mariansgraben, benannt nach dem Tischler Marian Pytka, der sich dort aus Liebe ertränkt hatte, obwohl manche sagten, ach was, von wegen Liebe, ein Bursche ertränkt sich doch nicht aus Liebe, er hatte bloß wahnsinnige Schulden bei irgendwem.

VI

Dominika weiß, dass Eulalia Barron eingeschlafen ist und ihr nicht zuhört, aber sie liest noch eine Weile weiter aus der *Odyssee* vor. In den ersten Monaten ihrer Anstellung bei der alten Dame haben sie zwei, drei Bücher in der Woche gelesen, abwechselnd klassische Philosophie, Tragödien und Komödien, vier Mal die *Odyssee*, Medizinbücher aus der Renaissance, mit wunderbaren Stichen illustriert, auf denen menschliche Gestalten das Innere ihrer Körper entblößten, und Dramen von Shakespeare, die Erörterungen mittelalterlicher Theologen und Spukgeschichten, Psychoanalyse und ein Potpourri der Literatur des 20. Jahrhunderts, mal was Amerikanisches, mal was Skandinavisches, und nachmittags Kostproben aus einer iberischen Saga, nichts jedoch, das nach 1939 erschienen war.

Inzwischen liest Dominika ihr nur noch die *Odyssee* vor, Eulalia Barron hat nicht mehr die Absicht, ein anderes Buch anzufangen. Wie mich diese Sirenen quälen, stöhnt sie und überlegt laut, was diese Sirenen wohl von so einer gebrechlichen alten Oma wollen. Lies mir erst von den Sirenen vor, mein Mädchen, bittet sie Dominika, und danach ganz wie es sich gehört von der Stelle an, wo wir zuletzt aufgehört haben. Wo waren wir denn das letzte Mal stehengeblieben? Sie waren da stehengeblieben, wo Odysseus ins Land der Zyklopen kommt, jetzt lasen sie, wie er die Höhle des Polyphem aufsucht, sich als Niemand vorstellt und den Riesen dann besinnungslos betrunken macht. Als der Zyklop sich in Krämpfen wand, nachdem Odysseus ihm den Pfahl ins Auge gerammt hatte, war Eulalia Barron friedlich eingeschlafen und schnarchte leise. Dominika liest lächelnd weiter, ihre Stimme ist selbstsicher, die Worte fließen im Rhythmus der Meereswogen, und Eulalia hat das Gefühl, dass sie unbeschwert und leicht darauf schaukelt; dieses Bild kehrt immer öfter wieder, und bei jedem Mal zeigen sich mehr Einzelheiten, Eulalia sieht plötzlich kleine Regenbogen, die in Wasserspritzern aufleuchten, und es kommt ihr vor, als sei sie es, die das Wasser aufspritzen lässt, während sie auf die Sonne zutreibt. Ein Glücksgefühl überkommt sie, wie sie es seit Jahrzehnten nicht mehr empfunden hat, sie hört Musik und eine Stimme, die sie so stark an alle lieben Stimmen ihres Lebens erinnert, dass sie vor Rührung Schluckauf bekommt. Dominika betrachtet das Gesicht der schlafenden Greisin und liest weiter. Eulalia Barron sieht das Schiff des Odysseus mit seltsamen Passagieren an Bord, wenn sie genau hinschaut, erkennt sie die Gesichter der Gäste, die in ihrer Wohnung an der Studencka-Straße in Krakau zu Besuch kamen, sie sieht die Eltern, die auf der Flucht starben, die Tanten und Onkel, die Vettern und Cousinen, die in Auschwitz in Flammen aufgingen, sie alle winken ihr zu. Wer ist sie in dieser Vision? Eulalia Barron ist sich nicht sicher, doch sie fühlt sich jung und stark und möchte singen, es gefällt ihr dort, und die Versuchung, nicht in die Wirklichkeit zurückzukehren, ist groß. Langsam, langsam, Großmütterchen, sagt sie zu sich selbst, wenn sie aus dem Schlaf emportaucht wie aus tiefem Wasser. Hast ist ihr in der letzten Zeit nicht gut bekommen, sie hat sich eine Hüfte gebrochen und verbringt seitdem den größten Teil der Zeit im Bett, ins Bad kann sie nur mit dem Rollator gehen, und sie hat sich geschworen, dass sie nur so lange leben wird, wie sie noch in der Lage ist, es ohne fremde Hilfe zu schaffen. Frau Eulalia Barron kennt die Fortsetzung eines jeden Buches auf den Regalen, die die Wände ihrer Wohnung bedecken; die Fortsetzung ihrer eigenen Geschichte erscheint ihr ebenso offenkundig und vertraut, denn vor zwei Monaten ist sie achtzig geworden, und manchmal bleibt ihr Herz in der Nacht ein paar Augenblicke lang stehen. Dann erwacht sie in einer Stille, die zähflüssig ist wie Sirup, sie schlägt die Augen auf und wartet, die Hand auf die linke Brust gelegt. Das Herz kommt schließlich wieder in Gang, doch Eulalia Barron spürt, dass es das ungern tut, so, als wolle es sagen: Na gut, diesmal geb ich dir noch nach. Die Bücher sind für sie wie Treppenstufen, die nicht nach oben, sondern nach unten führen, in die Vergangenheit, und die alte Frau wählt sie vorsichtig und bedacht aus, so wie man auf einer Treppe mit der Fußspitze die Festigkeit der nächsten Stufe sondiert.

Manchmal stellt Eulalia Barron sich die Wanderung zum Vergangenen vor wie das Hinabsteigen auf der Treppe des Metropolitan Museum, wo sie gleich nach ihrer Ankunft in New York eine Arbeit in der Antikensammlung bekommen hatte. In dunklem Kostüm und weißer Bluse, mit einem Namensschildchen, auf dem Eulalia Barron stand, passte sie in Gesellschaft von drei anderen, ebenfalls mit schwarzem Kostüm und weißer Bluse bekleideten Frauen auf die Ausstellungsstücke auf. Beförderung interessierte sie nicht, und sie lehnte auch anspruchsvollere Aufgaben ab, die ihr angeboten wurden, weil sie vom ersten Augenblick an wusste, dass dieser Ort für sie ideal sein würde: Unbemerkt, fast unsichtbar, würde sie Menschen zuschauen können, so wie sie dem Leben zuschaute, das sich in Amerika ohne besondere Beteiligung ihrerseits abspielte. Solange sich die Besucher an die Vorschriften hielten, brauchte sie gar nichts zu sagen, und eine ungeschriebene Vorschrift in jedem Museum ist das Nichtbeachten der Museumswärter. Wenn viele Besucher da waren, ging Eulalia auf ihren kurzen, leicht geschwollenen Beinen im Saal umher, wenn wenig Betrieb war, ruhte sie sich auf einem Hocker in der Ecke aus, von wo aus sie alles im Blick hatte. Sie nahm Bücher mit an ihren Arbeitsplatz, obwohl es eigentlich nicht gestattet war, Romane im Taschenbuchformat oder kleine Gedichtbände, die sie leicht unter der Jacke verschwinden lassen konnte. Sie las, und drei, vier Sätze, die sie ergattern konnte, oder ein halbes Gedicht reichten ihr fürs zweite Frühstück. Manche Besucher erkannte sie wieder, Leute von der Universität mit Notizbüchern, Liebhaber, die die Rätsel der Antike lösen wollten, einsame Greise, Sonderlinge jeden Alters. Die regelmäßigen Besucher kamen, wenn weniger Betrieb war, manchmal stellten sie Fragen oder grüßten auch nur. Unter den regelmäßigen Besuchern war auch ein unscheinbarer Mann mit großen Ohren und traurigen Augen, der viel jünger war als Eulalia Barron. Als sie ihn zum ersten Mal sah, betrachtete er gerade eine Mumie. Sie fühlte sich ihm sofort auf eine seltsame Weise verwandt.

Eulalias Ehe ging nach einigen Jahren auseinander, die Tatsache, dass ihr ehemaliger Mann kurz darauf eine viel jüngere Frau heiratete und sich mit der Zeit eine ganze Kinderschar zulegte, nahm sie mit sanftem Gleichmut hin und ließ sich von den Kindern ihres ehemaligen Mannes wie eine entfernte und etwas verschrobene Tante behandeln. Leo Barron zog aus ihrer Mietwohnung aus, unterstützte seine geschiedene Frau jedoch finanziell bis ans Lebensende, damit sie bei ihren Büchern und Farnen bleiben konnte. Also las Eulalia Barron, und weil sie las, erinnerte sie sich, und als sie selbst nicht mehr lesen konnte, fand sie Dominika Chmura. Sie wurde nur dann ärgerlich, wenn ihr Gedächtnis sie trog, was mit zunehmendem Alter immer öfter geschah. Wie kann das sein, dass ich mich nicht erinnere?, empörte sie sich, wenn die ersehnte Erinnerung nicht die lang verlorene Tasse vor ihren Augen erstehen ließ, aus der sie in der Wohnung an der Studencka Straße, die ihr auch nicht mehr gehörte, heiße Schokolade getrunken hatte. Diese selbe Sehnsucht nach der Erinnerung hatte auch jener Besucher, Eulalia Barron erkannte es sofort. Er kam in den Saal der Antikensammlung und blieb jedes Mal vor demselben Exponat stehen, einer Mumie in der ägyptischen Abteilung, die er stundenlang anstarrte. Nach ein paar Monaten begannen sie Grußworte zu wechseln, nach einem Jahr unverbindliche Bemerkungen, und nach weiteren zwei Jahren unterhielten sie sich. Diese Unterhaltungen betrafen nur die Vergangenheit. Warum?, fragte Eulalia Barron ihn, einen polnischen Juden aus Kamieńsk, warum immer die Antikensammlung und die Mumien? Weil ich mich dann besser erinnern kann, antwortete Icek Kac, und Eulalia Barron begriff sofort, worin sie beide sich von anderen Menschen unterschieden: Sowohl sie als auch Icek Kac lebten nur, um sich an das zu erinnern, was sie verloren hatten, für sich selbst waren sie Museumsexponate geworden. Die

Erinnerung an Verlorenes, das Verlangen, es im Erinnern zur Perfektion zu bringen, stellten das Hauptziel ihres Lebens dar. Icek suchte den Weg in die Vergangenheit in Fotografien und Ausstellungsstücken im Museum, für Eulalia führte dieser Weg über die Bücher, und gegen Ende ihres Lebens las sie nur noch die Bücher, die sie schon in Krakau gelesen hatte, als habe sie ihre Familie nur überlebt, um sich tagtäglich daran zu erinnern: Als ich die *Odyssee* las, haben Onkel Jan und Tante Golde erzählt, dass sie ein Kind bekommen, als ich Rousseau las, ist meine Cousine Priwa fast an einer Mandel in der Bitterschokolade erstickt, bei Joyces *Ulysses*, der auf Englisch so schwierig war, dass ich dauernd gähnen musste, hat meine Mutter geweint, während sie die Mondscheinsonate spielte. Jedes Buch, das Dominika vorlas, war für Eulalia Barron eine Treppenstufe abwärts, seltener zwei, wie der *Ulysses*, den sie noch in Krakau zu lesen begann und in Yokohama beendete. Dominikas gedämpfte und etwas heisere Stimme hat Ähnlichkeit mit einer Stimme aus Eulalia Barrons Vergangenheit, lies mir von den Sirenen vor, mein Mädchen, bittet die Greisin.

Eulalia Barron wohnte in Krakau an der Studencka-Straße, zwei Schritte vom Markt entfernt, wo ihr Vater Feliks Meisels, klein und flink wie ein sympathisches Nagetier, eine Anwaltskanzlei hatte. Ihre Mutter Alina, vornehm und nach Geranien duftend, unterrichtete Klavier, und in ihrer freien Zeit topfte sie, mit großen Gärtnerhandschuhen bewaffnet, die Zimmerpflanzen um, die in ihrer Fünfzimmerwohnung mit beängstigender Geschwindigkeit und Kraft wuchsen. Den Gästen, die mit leisem Schauder des Entsetzens die Farne bewunderten, deren Blätter im Verlauf eines Abendessens so rasch wachsen konnten, dass sich ihre leicht pelzigen Spitzen in den Frisuren der Damen verhedderten, in die Sauciere krochen und aus den papierdünnen Tassen den Kaffee aufsaugten, erklärte Alina Meisels, dass Pflanzen in glücklichen Haushalten eben gut wachsen, zum Gedeihen brauchten sie eine liebevolle Atmosphäre und Musik. Die Damen lachten und richteten sich die Frisuren, die Herren taten scherzhaft so, als verteidigten sie die Damen gegen die bedrohlichen Farne, zückten eingebildete Dolche und zielten mit gespielten Pistolen. Władzia Dziurska, die im Haushalt die Rolle von Zimmermädchen, Dienstmädchen und Kinderfrau ausfüllte, räumte den Tisch ab, schenkte Kaffee nach, frisch geröstet und aufgebrüht und mit einer Prise Kardamom verfeinert, die Hände der Gäste griffen nach einer weiteren Makrone, nach einem weiteren köstlichen Canapée, und Frau Alina setzte sich ans Klavier und begann zu spielen. Wie sie die Mondscheinsonate spielte! In ganz Krakau gab es niemanden, der so spielen konnte, höchstens noch die Pianistin der Philharmonie, obwohl Feliks der Überzeugung war, nicht nur in der Krakauer, sondern auch in der Wiener Philharmonie gebe es niemanden, der sich mit seiner Frau messen könne. Im Sommer blieben die Passanten auf der Studencka stehen und blickten hinauf zu dem hellen Rechteck des Fensters auf der ersten Etage, aus dem die Musik strömte wie schäumende Fontänen silbriger Perlen. Da ist die kleine Eulalia Meisels, sie sitzt auf ihrem Schemel und betrachtet die Mutter mit einem solchen Entzücken, dass sie Schluckauf davon bekommt, ihr ganzes Leben lang wird sie bei Gefühlen des Entzückens und der Begeisterung ein Schluckauf plagen. Die Tochter hat überhaupt keine Ähnlichkeit mit der leicht gebräunten, ausdrucksstarken Frau, die in weißer Bluse und dunklem Samtrock am Flügel sitzt. Manchmal versucht Eulalia vor dem Spiegel den Mund so zu verziehen, dass er etwas vom kapriziösen Schwung der Lippen ihrer Mutter hat, doch sie erzielt alles andere als die beabsichtigte Wirkung. Eulalia gleicht vielmehr ihrem Vater wie aus dem Gesicht geschnitten, sagt die Hausgehilfin Władzia Dziurska, das Kind ist klein und unscheinbar, ihr Gesicht kann bei großem Wohlwollen des Betrachters und in günstigem Licht allenfalls als ganz hübsch durchgehen. Ein liebes Kind, sagen die Bekannten der Eltern, denn die Bezeichnung reizend wäre übertrieben, und in die Wohnung an der Studencka kommen nur kultivierte und taktvolle Menschen. Während die Mutter spielt, bringt Władzia Dziurska der kleinen Eulalia eine Tasse Kakao, aber es ist nicht so einfach, die Augen von den Fingern der Mutter zu nehmen, die über die Tasten eilen. Eulalia bekleckert sich mit Kakao und fühlt, wie die heiße Flüssigkeit ihr hübsches Organzakleid mit dem gestickten Kragen tränkt. Sie lässt sich nichts anmerken, um das Konzert nicht zu stören, doch Władzia Dziurska, die wachend an der Tür steht, sieht am Zittern der Schultern des Kindes, dass etwas nicht stimmt, sie nimmt Eulalia auf den Arm, und das Kind schmiegt sich an den nach Seife und Wäschestärke duftenden Hals des Mädchens. Sie bewundert Władzia, die in ihren Augen zu einer anderen, faszinierenden Welt gehört, in der alle Frauen rötliche, fest zupackende Hände, strohblonde Zöpfe und stachelbeerfarbene Augen haben. Das ist eine Welt, in der man Schutz finden kann, ganz anders als die Welt ihrer Mutter Alina, in der man sich gut präsentieren muss und nicht albern sein darf. Eulalia sitzt gern in der Küche und schaut zu, wie Władzia mit der gleichen Geschwindigkeit Grünzeug hackt wie ihre Mutter die Tasten des Flügels anschlägt.

Als sich Władzia Dziurska auf der Suche nach einer Arbeit bei ihnen vorstellte, war sie selbst noch fast ein Kind gewesen, doch obwohl Familie Meisels eigentlich eine erfahrene Kraft gebraucht hätte, hatten sie Mitleid mit ihr und stellten sie auf Probe ein. Es zeigte sich, dass sie sowohl das Kochen als auch die Betreuung der damals noch ganz kleinen Eulalia sehr gut bewältigte, dass sie sogar Blumen hübsch anordnen konnte und sich auch ein bisschen aufs Rechnen verstand. Wenn Alina Meisels Schwestern, Cousinen oder Freundinnen über schmutzige, diebische oder faule Dienstboten klagten, pflegte sie aufatmend zu sagen: Ach, meine Władzia ist doch eine wahre Perle! Władzia Dziurska war nach Krakau gekommen, um bei Alina Meisels' Cousine Isla, die nach der bevorstehenden Hochzeit mit ihrem Mann nach Wieliczka ziehen sollte, in Stellung zu gehen, doch wie das Pech es wollte, brannte die Fast-Braut mit einem jungen Dichter nach Zakopane durch und schrieb von dort, für sie sei jetzt Schluss mit dem bürgerlichen Leben, sie wähle Liebe, Freiheit und Kunst, ein bekannter Maler male gerade ihr Porträt, und, mein Gott, was habe dieses Genie für Augen! Islas Eltern schickten Władzia also zu den Meisels, sie wussten, dass vor allem Feliks ein weiches Herz hatte und sich des Mädchens mit den stachelbeerfarbenen Augen und den zu langen Armen erbarmen würde. Als Alina feststellte, dass Władzia nicht nur lesen, sondern sogar schön vorlesen konnte, bot sie ihr eine Gehaltserhöhung und gab ihr angemessene Lektüre für Kinder, die sie von nun an Eulalia vorlesen sollte. Das Mädchen verbrachte zunehmend mehr Zeit mit Władzia, denn Alina Meisels hatte bald erkannt, dass das Muttersein für sie nicht denselben Reiz hatte wie die Musik, was sie übrigens immer vermutet hatte, nur hatten Mutter und Schwestern ihr eingeredet, sie irre sich, und zwar sehr, sie solle sich nur selbst davon überzeugen. Alina hörte das leise Raunen der Stimmen von Kind und Dienstmädchen und griff in die Tasten, dass man es bis in die Planty hörte. Władzia las Eulalia vor und erzählte ihr Geschichten, die sie selbst ganz alltäglich fand, die jedoch das Kind nicht weniger begeisterten als die Märchen aus *Tausendundeiner Nacht*. So erzählte sie ihr, bevor sie nach Krakau gekommen sei, habe sie in einem Mietshaus am Fuße von Jasna Góra gelebt. Als sie vierzehn Jahre alt war, starb ihr Vater an einer Krankheit, die kein Arzt hatte heilen können und die darin bestand, dass die körperliche Gestalt sich auflöste. Sie hatten den Sargdeckel gleich schließen müssen, weil es aussah, als läge ein leerer Anzug mit Schuhen darin, eine Pappleiche. Władzia hatte fünf Schwestern, die in die weite Welt hinausgezogen waren. So sprach Władzia Dziurska mit dem Kind, das an ihren Lippen hing: Sie zogen in die weite Welt hinaus, die eine hierhin, die andere dorthin, und Eulalia überlief ein Schauer bei dem bloßen Klang der Worte »in die weite Welt hinaus«, die in ihr die Vorstellung von etwas weckten, was sie noch nie gemacht hatte, von etwas, das verlockend und schrecklich zugleich war. Bitte, Władzia, erzähl mir von deinen Schwestern, erzähl mir, wie sie in die weite Welt hinausgezogen sind! Ihr gefällt der Name Jasna Góra*, und sie

* Deutsch: Heller oder Klarer Berg (Anm. d. Übers.)

stellt sich vor, dass die Kirche auf dem Gipfel des Berges aus Glas ist und in der Sonne so leuchtet, dass man blinzeln muss, und wenn man in der Kirche ist, sieht man den Himmel, die über dem Dach dahintreibenden Wolken oder die Regentropfen, die darauf fallen. Familie Meisels geht weder in die Kirche noch in die Synagoge, wird jedoch zu den religiösen Feiertagen von Verwandten eingeladen, die gelegentlich bemerken, der Meisel'sche Großvater würde sich im Grabe umdrehen, wenn er seine gottlosen Nachkommen sähe. Dann versetzt Feliks, der fromme Großvater, der Rabbiner war, habe schon für sie alle auf Vorrat gebetet und das reiche. Die kleine Eulalia war von Kirchen und Bethäusern gleich welcher Art fasziniert, Hauptsache, es gab viel Zierrat und möglichst viel Weihrauch und Kerzenschein. Manchmal nahm Władzia sie mit in die Marienkirche, wo die Malereien das Kind so überwältigen, dass es ein wenig an der frischen Luft draußen sitzen muss, weil ihm schwindlig ist und es wieder Schluckauf bekommen hat. Eulalia stellt sich vor, dass die Dziurska-Schwestern aus Tschenstochau nach Jasna Góra gingen, um zu beten, und danach setzte sich jede in ihre Kutsche, und hui!, da fahren sie in die weite Welt hinaus, die Kutscher knallen mit der Peitsche, und die Hufe der Rösser schlagen auf die Pflastersteine. Eulalia ist in derselben Stadt geboren wie ihre Eltern, deren Brüder und Schwestern auch hier leben, und deren Kinder, die Cousinen und Cousins Eulalias, wachsen alle in ihrer Nähe auf. Eulalia denkt, dass sie auch in Krakau wohnen wird, denn hier ist ihr Platz. Ihren eigenen Platz haben, dort bleiben und lesen, von fernen Reisen lesen, von Sirenen, Zyklopen, von Scylla und Charybdis – mehr will Eulalia nicht, als Władzia ihr zum ersten Mal die *Odyssee* vorliest. Dann wirft Władzia ihren strohblonden Zopf über die Schulter und sagt, ihre älteste Schwester, Jadwiga, habe einen Müller geheiratet, sie wohne irgendwo bei Skierniewice, und vielleicht würde sie einmal zu ihr fahren, doch wohin die anderen gegangen sind, das weiß sie nicht. Wirst du auch heiraten?, fragt Eulalia Władzia, die antwortet, nein, mit einem Mann habe sie es nicht eilig, zuerst wolle sie nach Amerika fahren und ihren Weg machen. Dann gehst du weg von mir? Nein, ich bleib bei dir, bis du noch etwas älter bist, versprach Władzia Dziurska und hielt ihr Wort.

Als Eulalia elf ist – sie sieht jünger aus, wirkt aber ihrem Benehmen nach älter –, lesen sie *Madame Bovary* zusammen, doch die Rollen sind nun umgedreht, Eulalia liest Władzia vor, denn das Buch, das Alina Meisels gehört und in der letzten Zeit ihr Lieblingsbuch ist, ist auf Französisch geschrieben. Das Mädchen liest und übersetzt Władzia gleich ins Polnische, ein paar Wörter versteht sie selbst nicht, aber das macht nichts, denn sie denkt sich blitzschnell etwas aus. Eulalia freut sich an ihrem Können und daran, wie erwachsen sie ist. Władzia ruht aus, eine, vielleicht sogar zwei Stunden muss sie überhaupt nichts tun, das ist und bleibt ein seltener Luxus in ihrem Leben. Das Buch gefällt ihr sogar, obwohl sie um nichts in der Welt verstehen kann, was diese Emma wollte, was fehlte ihr denn, wo sie doch ein eigenes Haus hatte mit eigener Küche und eigenem Garten, und dieser Doktor, der schien doch ein ganz anständiger Mann zu sein, er schlug sie nie. Sie, Władzia Dziurska, hätte in Emma Bovarys Haus alle Hände voll zu tun, höchstens abends, nach dem Abendessen, würde sie sich ein Weilchen an den Kamin setzen, vor allem, wenn man nicht am Brennholz sparen musste. Sie sind gerade bei Emmas erstem Treffen mit Rudolf, als Władzia sagt, dass sie bald nach Amerika fahren wird. Da lassen sich die Tränen nicht zurückhalten, auch wenn man schon elf ist und ziemlich gut Französisch und Englisch kann, denn Eulalia Meisels hat außer diesem Mädchen mit den stachelbeerfarbenen Augen nicht viele Freunde. Nun kommt heraus, dass Władzia ihre Sparsamkeit, die andere Dienstmädchen immer neidisch betrachtet hatten, mit Bedacht und Konsequenz gepflegt hat. Władzia hat nicht nur genug für ihre Fahrkarte, sie hat sogar ein kleines Startkapital. Es tut ihr weh, das Mädchen zurückzulassen, das sie inniger lieb gewonnen hat als ihre Schwestern, die ja in die weite Welt hinausgezogen sind, doch Władzia weiß, dass das Leben aus Trennungen und Abschieden besteht und aus dem, was dazwischen ist. Sie wollte Eulalia etwas schenken, aber sie wusste einfach nicht, was, denn dieses kleine Mädchen bekam dauernd mehr geschenkt, als ein einzelnes Kind jemals brauchte. Władzia ging also zum Fotografen und ließ sich in dem fast neuen dunklen Mantel mit Pelzkragen, den sie von Frau Meisels bekommen hatte, und dem ebenfalls geschenkten Hut fotografieren. Sie war nicht besonders zufrieden, denn sie sah auf dem Bild so alt aus, als sei das Foto zwanzig Jahre voraus in die Zukunft geeilt, und zudem wirkten ihre blonden Haare dunkel, fast schwarz. Doch was sollte sie machen – ihre Sparsamkeit hielt sie davon ab, ein weiteres Bild machen zu lassen, und sie schenkte Eulalia Meisels das, was sie vom Fotografen bekommen hatte. Als sie, Eulalia Barron, Jahre später vor dem Aufbruch zu ihrem sonntäglichen Spaziergang im Central Park einen Blick auf ihr Spiegelbild wirft, sieht sie die Gestalt auf der vergessenen Fotografie vor sich, die ihren Blick erwidert. Eulalia ist zu der Frau von dem Bildnis aus Krakau geworden, als wäre es eine Prophezeiung gewesen.

Nach Władzias Abreise kommt eine Haushaltshilfe nach der anderen in die Wohnung an der Studencka Straße, aber keine ist so wie Władzia Dziurska. Ohne deren Gesellschaft wird Eulalia sehr schnell erwachsen, denn eigentlich war das Dienstmädchen der einzige Mensch, der sie als Kind behandelte. Für den Vater ist sie ein Miniaturerwachsener weiblichen Geschlechts, in dessen Gesicht er vergeblich nach den Zügen seiner geliebten Ehefrau sucht. Auch Alina Meisels bemerkt nicht so recht die Ähnlichkeit, die sich unter der Andersartigkeit ihres unscheinbaren Kindes verbirgt, während Eulalia, wohl ähnlich wie sie, einfach etwas anderes will als das, was man als angemessen für das Mädchen erachtet: Sie will einfach in Ruhe gelassen werden, damit sie lesen kann. Immer mit Buch!, stellt ihr Vater fest, und es war schwer zu sagen, ob dieser Ausruf Erstaunen, Missfallen oder Bewunderung zum Ausdruck brachte. Die Tochter blickt indessen aus ihren Augen unbestimmbarer Farbe zu Feliks Meisels auf und lächelt, als sei sie gerade aus einem Traum erwacht.

Eulalia las sogar während der Hauskonzerte ihrer Mutter, doch kein einziger Gast fand das ungehörig, denn jeder sah bald, dass ein Buch so unverzichtbar zu Eulalia gehörte wie der Flügel zu Alina. Eulalia ging zur Universität, studierte mehrere Semester Literaturgeschichte, danach las sie wieder und ging immer seltener aus dem Haus. Feliks Meisels arbeitete, die Dienstmädchen räumten auf, machten Einkäufe und kochten, die Farne wuchsen, die Mutter spielte Klavier und gab den Kindern und später den Enkeln ihrer Freundinnen Klavierunterricht, und die Tochter las immer noch, das Leben im Haus an der Studencka Straße lief langsam und ohne größere Konflikte. Es herrschte dort jenes stille Glück, das man erst dann zu schätzen weiß, wenn man es verloren hat.

Für Eulalia trat der Anfang vom Ende ein, als die letzte Haushaltshilfe, die über keine einzige der erforderlichen Fähigkeiten verfügt hatte, verschwand und dabei einen ganzen Satz Tafelsilber sowie aus unerfindlichen Gründen eine braune Cicero-Büste mitgehen ließ. Geht ins Ausland!, sagten die Bekannten ihnen, ihre Augen funkelten dabei wachsam wie bei Tieren. Was macht ihr noch hier?, wunderten sie sich, wenn sie eine Woche später Alina und Eulalia wieder in den Planty spazieren gehen sahen, Flüchtet! Feliks wanderte nachts durch die Wohnung und seufzte so tief, dass graue Staubflusen und die vertrockneten Blätter der verwelkenden Farne unter den Möbeln hervorwehten, denn in der Wohnung an der Studencka hatte schon lange keiner mehr gefegt, und schließlich sagte er: Wir fliehen. Da bat Alina um zwei Wochen Aufschub, danach noch um eine weitere. Selbst als die Gefahr schon so nah war, dass man abends den Gestank nach Brand roch, der ganz Europa auf Jahre einhüllen sollte, konnten Alina und Eulalia noch nicht an Wirklichkeit und Ausmaß des Bösen glauben. Noch ein bisschen, noch einen Tag, noch zwei, flehten sie Feliks an, vielleicht geht das alles vorbei, es hört auf und entpuppt sich als ein riesiges Missverständnis, wir leben doch in einer Zivilisation, in Europa. Doch schließlich kam ein Mittwoch, an dem Feliks Meisels sagte: In einer Woche fahren wir, alles ist geregelt.

Seine Tochter legte ihr Buch beiseite – Joyces *Ulysses*, dessen Lektüre ihr kein besonderes Vergnügen machte, seine Frau erstarrte mit erhobenen Händen über den Tasten des Flügels, und in der Wohnung an der Studencka Straße machte sich eine Stille breit, als wären sie schon fort. Am nächsten Tag bereiteten Mutter und Tochter ein Abschiedsessen vor und erinnerten sich Władzias. Ach, wenn doch Władzia hier wäre, sagten sie, wie viel einfacher wäre es dann, den Rinderbraten zuzubereiten, die Suppe mit Blätterteigeinlage, die Nachspeisen. Eulalia betrachtete ihre Mutter gerührt, erst jetzt sah sie die kleinen fächerartigen Fältchen um ihre Augen, die nicht mehr ganz makellosen Zähne und die Trauerfalten, die die Tränen der letzten Monate in ihr Gesicht gegraben hatten. Der Abend kam, Alina Meisels sah wieder makellos aus im schwarzen Kleid und mit Perlenkette, Eulalia hatte ihr Buch auf den Knien, und obwohl sie vor Traurigkeit und Angst sich nicht aufs Lesen konzentrieren konnte, fühlte sie, dass die Außergewöhnlichkeit dieses Abends darin bestand, dass sie den vertrauten Ablauf früherer Abende wiederholten, denn das, was sie feierten, war ihr Leben in dem Haus an der Studencka Straße und nicht sein Ende. Dieses Konzert ihrer Mutter blieb Eulalia Barron besonders gut in Erinnerung, später erinnerte sie sich daran klarer als an alles, was sie selbst erst am Vortag gemacht hatte. Die Mondscheinsonate, die Nacht, an die sie nicht denken wollten, draußen vor den geöffneten Fenstern, ihr Vater so elegant, obwohl er sich beim Rasieren geschnitten hatte und auf seiner Wange ein Blutfleck war, das scharfe Profil ihrer Mutter gegen das Dunkel. Frau Estera, Herr Ludwik, Herr Benek mit seiner Frau Anna, Frau Sura und Herr Jan, Herr Natan und Frau Eva. Niemand sprach von der Flucht, niemand sprach vom Krieg, man lobte die Savarins mit Johannisbeeren und Vanillecreme, der Kaffee duftete immer noch nach Kardamom. Erst beim Abschied wollten die Umarmungen kein Ende nehmen, die Hände nicht voneinander lassen, und Frau Estera begann plötzlich zu husten, zeigte auf ihre Kehle, sie habe sich verschluckt, daher die Tränen, sie fasste nach der Hand ihres Mannes Ludwik, und schluchzend lief sie die Treppe hinunter, was bei ihrer Körperfülle eine beachtliche Leistung war.

Danach war alles nur noch Flucht. Eulalia war rasch erschöpft von den Nächten an Orten, die zugleich gesichtslos und schrecklich waren, und der erste, der ihr haften blieb war Kowno. In Kowno gab es einen Fluss, sogar zwei Flüsse, dieser Anblick machte ihr Freude, denn in allen Städten wird sie in Zukunft Krakau suchen, durch das die Weichsel fließt. Bei der Ankunft in Kowno war Alina schon sehr krank, und kaum hatten sie ein Krankenhaus ausfindig gemacht, das bereit war, sie aufzunehmen, verlor sie das Bewusstsein. Eulalias Mutter war krank geworden, sobald sie Polen verlassen hatten, obwohl sie früher nichts gegen Reisen zur Kur oder nach Wien gehabt hatte. Jetzt jedoch wurde ihr Körper von Schwäche heimgesucht und schrumpfte in dem Maße, in dem die Entfernung zu Krakau wuchs, und als sie die Außenbezirke von Kowno erreichten, sah sie aus wie eine Greisin, deren Gesicht von braunen Flecken übersät war. Als man sie ins Bett legte, schaute sie ihren Mann und ihre Tochter an, öffnete den Mund, als wolle sie etwas sagen, benetzte dann aber nur die rissigen Lippen mit der Zungenspitze und schloss die Augen. Sie warteten drei Tage und wiegten sich in der Illusion, der tiefer werdende Schatten auf ihren Wangen und die Bläulichkeit ihrer Lippen würden vorübergehen wie eine leichte Erkältung, denn schließlich waren sie ja auf der Flucht und mussten weiter. Eulalia begriff allmählich, dass ein Mensch auf der Flucht ganz und gar Fliehendes ist, die Beine und Arme, der Kopf und die Erinnerungen fliehen, mit ihnen der Rucksack, das im Saum eingenähte Bargeld, und wenn ein einziger Teil sich dem Fliehen versagt, ist die Tragödie da, denn alles ist gleichermaßen wichtig, die Erinnerungen genauso wie die Papiere. Während dieser Reise prüfte sie immer wieder die Seitentaschen des Rucksacks und tastete die Verstecke in ihrer Kleidung ab, doch konnte sie das Gefühl nicht loswerden, dass sie etwas vergessen hatte aus Krakau mitzunehmen, etwas, das wichtiger war als alles andere.

Alle Juden werden damals bereits gewusst haben, dass in der japanischen Botschaft in Kowno ein Konsul saß, der gemeinsam mit seiner Frau wie ein Verrückter Transitvisa ausstellte, zwanzig, dreißig, fünfzig Visa in der Stunde, von denen die Hälfte Familienvisa waren, die mehr als eine Person retteten. Diese stellte Herr Sugihara am liebsten aus, tagelang saß er an seinem Schreibtisch, und die Feder kratzte übers Papier. Als ein Stempel gemacht ist, geht es einfacher, man muss den Stempel jetzt nur noch aufs Stempelkissen drücken und dem nächsten Flüchtling, Mann oder Frau, das fertige Visum in den Pass stempeln. Yukiko, die Frau des Konsuls, betrachtet die Gesichter auf den Fotografien, für jedes hat sie zwei, höchstens drei Sekunden, und keines wird sie je wiedersehen, aber es ist lang genug für die Blicke der Flüchtlinge, die sich ihrem Gedächtnis einprägen wie der Stempel dem Pass. Die Blicke von Estera, Jana, Rywka, Moshe, Chai, Feliks, Priwa, Hana spürt die zarte, zerbrechliche Yukiko am ganzen Körper. Yukiko sagt zu ihrem Mann, die Juden seien ihnen, den Japanern, näher als die Deutschen, er solle sich doch nur ihre dunklen Haare und ihre asiatisch schwarzen Augen ansehen. Die Frau von Konsul Sugihara hat Heimweh nach ihrem Land, und die Tatsache, dass diese Menschen ins Unbekannte fahren und nicht mehr in ihr Zuhause zurückkehren können, erscheint ihr als ein Unglück, das sie nicht überleben würde. Als die Frau des Konsuls ein kleines Mädchen war, erzählte die Großmutter ihr Märchen von den Dämonen, die runde blaue Augen hatten und Haare so weiß wie der Tod selbst, und sie kamen hinter den Bergen hervor. Heute noch ist es manchmal so, dass Yukiko bei der Unterhaltung mit einem Europäer dieses Entsetzen aus der Kindheit wieder einfällt, dann hat sie das Gefühl, durch die helle Pupille könnte man bis ins Innere des Kopfes sehen, wo ein Feuer brennt.

Egal wie schnell der Konsul und Yukiko arbeiten, die Schlange vor der Botschaft wird nicht kürzer, Herr Sugihara schaut aus dem Fenster und wischt sich den Schweiß von der Stirn, während seine Frau ihm eine weitere Tasse grünen Tee einschenkt. Sie haben längst aufgehört, sich über die Vorschriften Gedanken zu machen, die die Zahl der auszugebenden Visa beschränken, und auch wenn sie ganze Tage mit ihrer Arbeit verbringen, gibt es doch immer noch mehr Leute, die ein Visum brauchen. In ihrer Erschöpfung sieht Yukiko einen Ozean von Menschen vor sich, die von allen Seiten in die Botschaft drängen, sie strecken die Hände aus, doch sie, Yukiko und ihr Mann, haben nicht genug von den lebensrettenden Zetteln, deshalb drücken sie die Stempel einfach auf die Körper der Menschen, sie stempeln Unterarme, Schultern, Wangen, Gesäßbacken.

Herr und Frau Sugihara geben schon seit einem Monat Visa aus und haben den Überblick über die Zahl der ausgestellten Papiere verloren, vielleicht waren es sechs- vielleicht auch zehntausend, jedenfalls wird es immer klarer, dass der japanische Konsul bald aus Kowno abberufen wird, wo inzwischen die Russen einmarschiert sind. So kommt der September 1940, durchs geöffnete Fenster strömt der Herbstduft, die raunenden Stimmen der Menschen, die sich vor dem Gebäude drängen, sind wie die Stimmen der Geister vom Berg Osore, und Konsul Sugihara wird sie bis an sein Lebensende in seinem Kopf hören, ohne je zu wissen, wen er hat retten können und wer ins Verderben ging. Er lauscht und versucht zu verstehen, welches Flüstern in einer fremden Sprache glücklich ist und welches nicht, doch die Stimmen der Geister wogen heran und ziehen wieder davon wie Meereswellen.

Selbst wenn Herr Sugihara auf dem Berg Osore, wo die *itako*, die blinden Schamaninnen, den Kontakt mit den Bewohnern der jenseitigen Welt herstellen, mit den Geistern sprechen wollte, wüsste er gar nicht, was für Einzelheiten er der *itako* nennen, welchen der sechs- oder zehntausend er rufen lassen sollte.

Diejenigen, die rechtzeitig ein japanisches Transitvisum bekommen, werden vorgeben, dass sie in seltsame Länder fahren, wo ein aus seiner Heimat vertriebener Jude noch ohne Visum einreisen kann. Es gibt nicht viele solche Orte, und ihre Namen, wie Surinam und Curaçao, haben etwas

Unwirkliches an sich. Über den japanischen Hafen Kobe, vielleicht auch über Yokohama, reisen Juden aus Krakau, Będzin, Radomsko, Piotrków und Izbica nach Surinam und Curaçao. Kobe, Surinam, Curaçao, sagen die Flüchtlinge vor sich hin, als hätten sie Angst, es zu vergessen, oder als hätten sie die Hoffnung, die Wiederholung würde diese unerhörten Orte, die zu besuchen sie nie im Sinn gehabt hatten, wahrscheinlicher machen. Warum bloß sollte beispielsweise einer aus Krakau nach Surinam oder Curaçao fahren, was hatte ein Lateinlehrer aus Radomsko in Yokohama verloren? Yokohama, Kobe, Surinam, Curaçao, flüstern die Frauen und fragen sich, was man dort wohl an Nahrungsmitteln bekommt und was man daraus wird kochen können, so wie Eulalia prüfen sie die findigen Verstecke mit Geld, Wertsachen und Andenken, zwischen den Seiten von Büchern flattern Fotos heraus, aus den Strümpfen ragen Silbergabeln wie Schienbeinknochen. Eulalia spürte, wie die Flucht ihren Körper angriff wie ein Virus, sie, die immer so ruhig gewesen war, zappelte jetzt sogar im Sitzen mit den Beinen, ihre Hände mit den kurz geschnittenen Fingernägeln waren in ständiger Bewegung, als wollten sie auf eigene Faust fliehen. Feliks hingegen war völlig erschlafft, er war so schnell gealtert, dass man ihn für seinen eigenen Vater hätte halten können, und verließ das Krankenhaus nicht, wo er über die in immer tieferen Schlaf versinkende Alina wachte. Eulalia lief allein durch ganz Kowno zur japanischen Botschaft, die man schon von weitem an dem Gedränge vor ihrem Eingang erkannte. Eine wogende Menge Juden, die plötzlich nach Japan reisen wollten! Eulalia, die sich nicht für Politik interessierte und vor allem in einem ruhigen Haus ihre Bücher lesen wollte, fühlte, wie in ihr ein bislang nur lauwarmer Zorn zu kochen begann. Weder an diesem noch am folgenden Tag gelang es ihr, ein Visum zu bekommen, und am Nachmittag des dritten Tages starb Alina Meisels, die vielleicht die beste Interpretin der Mondscheinsonate in ganz Krakau gewesen war. Seitdem konnte Eulalia niemand mehr weismachen, dass ein Mensch nicht an gebrochenem Herzen stirbt, obwohl der Arzt in Kowno sie überzeugen wollte, eine geplatzte Zyste habe zu einer Bauchfellentzündung geführt. Ihren Tod hätten sie zu Hause sicher anders erlebt, wo alles seinen Platz hatte, wo jedes Buch seine eigenen paar Zentimeter auf dem Regal hatte, die Löffel in ihrer Schublade lagen, die Wäsche in ihrer Kommode, die Tränen in der Einsamkeit und die Musik im Salon ihren Platz hatten – doch hier mussten sie sich um praktische Dinge kümmern, und zum ersten Mal fühlte Eulalia, dass sie trotz allem wirklich überleben wollte, und dieser Wunsch war sogar stärker als die Trauer um die Mutter. Diese phlegmatische Frau, an der alle Verrücktheiten der frühen Jugend vorübergegangen waren und neben der jede Leidenschaft, die stärker war als das Lesen, praktisch unbemerkt blieb, diese Frau spürte, wie unter ihrem Brustbein etwas einrastete wie ein Schloss. Als alles vorbei war – alles war in diesem Fall ein hastiges Begräbnis auf einem fremden Friedhof –, wurde die von Natur aus zurückhaltende und nie gierige Eulalia Meisels so hungrig, dass sie ein ganzes Kalb hätte verschlingen können, drei Karpfen mit Rosinen, eine Schüssel Zimmes und drei Schalen Krakauer Grießbrei mit kandierten Früchten, was sie zu Hause in der Wohnung an der Studencka Straße immer kandidelte Früchte genannt hatten, weil sie das als kleines Mädchen zu sagen pflegte und damit diesen Ausdruck prägte. Sie fand keine kandidelten Früchte, doch in der Konditorei an der Ecke einer Straße gab es mit Pflaumenmus gefüllte Hefewecken. Eulalia stellte sich am Ende einer langen Schlange von Käufern an und kaufte dann so viele, dass sie aus der Papiertüte kugelten. Gebückt und still trippelte der Vater gehorsam neben ihr her und schnäuzte sich alle paar Minuten in ein großes weißes Taschentuch. Sie setzten sich auf eine Bank in einem kleinen Park, rings um sie spielten Jungen Reifentreiben, sie wirbelten mit ihren Stöcken und Reifen große Staubwolken auf und erschreckten die Tauben. Feliks Meisels wollte nichts essen, doch seine vornehme Tochter verschlang einen Wecken nach dem anderen und leckte sich den weißen Zuckerguss von den Fingern. Sobald wir unser Visum bekommen, fahren wir mit der Eisenbahn durch Sibirien, erklärte sie ihrem Vater. In Wladiwostok warten wir auf einen Dampfer nach Japan. Japan?, fragt Feliks, schaut seine Tochter an und erkennt sie nicht wieder, denn seine Tochter, und dieses Bild wird ihm viel vertrauter bleiben, sitzt im Schaukelstuhl, liest, und die Sonne scheint durchs Fenster und auf ihr helles Haar unbestimmter Farbe. Yokohama, Kobe, Surinam, Curaçao, denkt Eulalia und bringt ihr Gepäck in Ordnung. Den Rucksack mit den Sachen der Mutter müssen sie hierlassen, Eulalia ist viel kleiner und fülliger, weder die zwei Samtröcke noch die Organzabluse kann sie brauchen, Yokohama, Kobe, Surinam, Curaçao, denkt sie, später werde ich weinen, jetzt müssen wir aufbrechen. Wir müssen aufbrechen, sagt sie zu ihrem Vater, und plötzlich wird ihr bewusst, dass sie sich in all den Jahren fast nur über ihre Mutter verständigt haben, denn durch sie floss ihre gegenseitige Liebe wie ein belebender Bach. Und Eulalia liest, stellte Feliks fest, wenn er in den Salon kam, wo Eulalia und ihre Mutter im bernsteingelben Licht des Nachmittags saßen; sie hat den ganzen Nachmittag gelesen, erwiderte die Mutter, und die Tochter wandte sich ihr mit einem Lächeln zu, das dem Vater galt; Papa hat wieder zu lange in der Kanzlei gesessen. Wir müssen aufbrechen, sagte Eulalia noch einmal, doch Feliks Meisels saß mit gesenktem Kopf da, seine Hände hingen zwischen den Knien herab, und er wollte nicht mehr von der Bank aufstehen, als gäbe es für ihn nur noch dieses Sitzen. Der Abenddämmer fiel, und die Gaslaternen gingen an. Eulalia kniete sich vor ihren Vater und sah ihm in die Augen, zwei dunkle Seen, in denen sich die Flamme der Laterne spiegelte. Nein, nein, mein Töchterchen, flüsterte er. Als sie am nächsten Tag zur Botschaft kam, erfuhr sie, dass der Konsul gerade abgereist war, doch ein junger, etwas gebückter Mann sagte ihr, es gebe noch Hoffnung, sie könne Herrn Sugihara noch auf dem Bahnhof erwischen. In einer halben Stunde gehe sein Zug. In einer halben Stunde? Eulalia, die in ihrer Kindheit so mager gewesen war, war jetzt eine ziemlich füllige Frau mit kurzen X-Beinen. Das würden sie nicht schaffen! Sie solle rasch auf sein Fahrrad springen. Ein Fahrrad? Der Mann hatte ein freundliches, intelligentes Gesicht und trug eine runde Drahtbrille. Ich bin aus Wieliczka, sagte er, und fürs Erste reichte diese Information. Wieliczka war nicht Surinam, Kobe oder Curaçao. Eulalia setzte sich unbeholfen auf die Stange, und los ging's. Eine Menschenmenge belagerte den Zug, aus dessen einem Fenster der Kopf von Konsul Sugihara schaute, er stellte noch Visa aus, als der Zug schon aus dem Bahnhof von Kowno rollte, und die Leute rannten neben dem anfahrenden Zug den Bahnsteig entlang, streckten die Hände aus und schrien ihre Namen aus Krakau, Wieliczka, Tschenstochau, Radomsko, Piotrków, Będzin, Izbica. Eulalia Meisels war so außer Atem, dass sie in Tränen ausbrach, sie war eine der Letzten, die einen Stempel von Konsul Sugihara bekam, sie und Leo Barron, der sie zum Bahnhof gefahren hatte. Eulalia wird ihn nie vergessen, diesen Lauf über den Bahnsteig in Kowno, der zu ihrer Natur so gar nicht passte und einmalig blieb. Jahre später wird sie interessiert die starken, durchtrainierten Frauen betrachten, die im Park in der Nähe ihrer New Yorker Wohnung joggen. Jahr um Jahr wird sie auf ihrer Bank sitzen, ein Buch auf den Knien, und den Joggerinnen mit den Blicken folgen: Holla, das geht ja ganz schön schnell, die hätte auch den Zug eingeholt, die hätte bestimmt ihr Visum von Konsul Sugihara bekommen. Das dachte sie auch, als sie Dominika Chmura sah, die ihr auf den ersten Blick gefiel. Auf solchen Beinen, dachte Eulalia Barron, hätte sie den Hundert-Meter-Sprint gewonnen, der auf dem Bahnhof in Kowno stattgefunden hatte und ihr Leben veränderte. Es gelang ihr, den immer störrischeren Vater nach Japan zu schleifen, doch von dort ließ er sich nirgends mehr hinbewegen, und als er in einem der wenigen hellen Momente des Kontaktes mit der Wirklichkeit Leo Barron registrierte, den netten, leicht gebückten Mann, der sich in Eulalia verguckt hatte und mit ihnen reiste, verschloss er sich ganz und zog sich endgültig in sich zurück. Nein, nein, mein Töchterchen, sagte er immer wieder, wenn sie versuchte, ihn zu etwas mehr Anteilnahme am Leben zu bewegen. Eulalia hatte die Trauer nach dem Tod der Mutter in die tiefsten Tiefen ihres Herzens gestopft, wo sie wie eine versteinerte Larve überdauern sollte, und entdeckte unter ihrem für Dauerleser typischen phlegmatischen Wesen die Fähigkeit zu handeln und sich in Krisensituationen selbst zu helfen. Sie regelte tausend Dinge, besorgte Essen, das halbwegs an das erinnerte, was man bei ihr zu Hause in der Studencka-Straße in Krakau unter Essen verstanden hatte, und kaufte sogar ein Teeservice aus Porzellan und einen Holzschnitt, der eine schlanke Frau im Kimono zeigte, denn plötzlich und zum ersten Mal in ihrem Leben dachte Eulalia an so etwas wie ihr eigenes Zuhause, eine Wand, an die sie den gerahmten Holzschnitt hängen konnte, einen Tisch, auf dem sie Tee in dem Service aus Yokohama ausschenken könnte. In der feuchten Luft der Hafenstadt begannen sich ihre dünnen Haare zu kräuseln, und ihr Gesicht bekam Farbe, sie lernte ein paar Worte Japanisch, und wenn sie etwas besonders Interessantes sah, zeigte sie, auf Leo Barrons Arm gestützt, mit der Hand darauf. In dieser Zeit unternahm ihr Vater zwei erfolglose Versuche, aus dem Leben zu scheiden – einmal durch eine Lungenentzündung, dann durch eine Magengrippe, doch beide Male heilte ihn ein japanischer Arzt, der kein Wort in einer der Sprachen verstand, die Herr Meisels beherrschte, was für den Patienten besonders deshalb ärgerlich war, weil er dem Arzt unbedingt klarmachen wollte, dass er am Gesundwerden keinerlei Interesse hatte. Der Arzt in weißem Kittel, gestreiften Hosen und weißen Socken nickte nur, verbeugte sich, lächelte und gab ihm eine Mixtur zu trinken, deren Einnahme Eulalia überwachte. Als Feliks Meisels sich so weit erholt hatte, dass er aufstehen konnte, rasierte er sich, kleidete sich an, schrieb einen Brief an seine Tochter und ging bei Tagesanbruch zum Hafen, wo er ohne Umschweife ins Wasser sprang. An diesem zweiten Verlust wäre Eulalia, die inzwischen zehn Kilo abgenommen hatte und an den Schläfen ergraut war, vielleicht zerbrochen, doch Leo Barron war immer um sie und stützte sie mit stiller Entschlossenheit. Du musst durchhalten, sagte er ihr immer wieder und küsste sie, wenn sie fragte: Wozu?

Ein gutes Jahr nach diesem Ereignis wohnte Eulalia Meisels, eine Waise, deren Mutter in Kowno und deren Vater in Yokohama begraben lag, in New York und hütete im Metropolitan Museum die Exponate der Antikensammlung. Als sich die frisch verheirateten Eheleute im siebten Stock des Hauses Mimosa eingerichtet hatten und sich in die neuen Sessel setzten, um beim Tee zu entspannen, blitzte alles ringsum vor Sauberkeit. Ein neues Leben, seufzte Leo Barron zufrieden und griff nach der Hand seiner Frau, doch Eulalia wurde in diesem Moment so heftig von Sehnsucht nach ihrem alten Leben überfallen, dass sie Schüttelfrost bekam und mit den Zähnen klapperte. Die frisch gestrichene Wohnung erschien ihr plötzlich so grau, als sei sie mit Asche überzogen, der untrügliche Geruch nach Verbranntem stieg ihr durch den Farb- und Bohnerwachsdunst in die Nase. Die Hand ihres Mannes kam ihr kalt und leichenhaft vor und stieß sie ab. Eine schwere Last sank auf ihre Brust, die sie, das wusste sie genau, erdrücken und in dieser aschfarbenen Öde begraben würde, wenn sie sich nicht sofort das Muster ihrer Lieblingstasse in Erinnerung rief, die in der Wohnung an der Studencka Straße geblieben war. Vergissmeinnicht mit blassen Blütenblättern, jawohl, Vergissmeinnicht, an dieses Bild klammerte sie sich wie an eine Leine, mit deren Hilfe sie an die Oberfläche gelangen konnte, doch sie wusste, dass dieses neue Leben nichts für sie war. Mit schrecklicher und unerschütterlicher Gewissheit wusste Eulalia Barron, dass sie von dieser Sehnsucht nie geheilt werden konnte. Im Gegensatz zu ihrem Mann hatte Eulalia nicht überleben wollen, um zu leben, sondern um sich zu erinnern, und das, was war, ihr Mann eingeschlossen, hatte weder eine Realität noch eine Bedeutung für sie. Erinnern, gedenken, sich in Erinnerungen ergehen – Eulalia Barron kennt alle Spielarten dieser Worte, und zum eigenen Gebrauch hat sie ganz neue dazu erdacht: sich vererinnern, sich beerinnern, erinnerungeln, sich zerinnern.

Neben Icek Kac ist Dominika eines der wenigen Abenteuer, die Eulalia Barron in ihrem New Yorker Leben des Erinnerns, Gedenkens, Andenkens zugestoßen sind. Sie hört Dominikas Stimme und denkt an die Treppenstufen, Treppenstufen wie im Metropolitan Museum, auf jeder Treppenstufe bleibt sie stehen und lauscht auf die Stimme des Mädchens, das ihre Enkelin sein könnte, natürlich nur, wenn Eulalia Kinder und diese wiederum Kinder gehabt hätten. So schön liest sie die *Odyssee*!

So segelten wir weiter und kamen zur Insel Aeaea, wo Kirke lebt.

Eulalia, die Spezialistin fürs Erinnern, kann sich jedoch nicht mehr auf den Moment besinnen, als Dominika aufhörte, nur sanfte, vertraute Stimme zu sein und zu einer ihr nahestehenden, sehnsüchtig erwarteten Person wurde. Nach zwei Jahren, nicht früher, doch immerhin, nach zwei Jahren also begann Eulalia Barron zu ihrer eigenen Überraschung Dominika zu erzählen, an was in ihrer Vergangenheit die gelesenen Bücher sie erinnerten. Ihre persönliche Geschichte drängte nach außen. Sie lauscht und überlegt, ob sie schon von Napoleons Nachttopf erzählt hat? Sie muss ihr unbedingt davon erzählen, dieses Mädchen kann nicht nur gut vorlesen, sie kann auch gut zuhören. Eulalia Barron hat den Eindruck, dass Dominika Geschichte trinkt wie ihre Farne Wasser. Sie muss ihr erzählen, dass Icek Kac, der so viele Jahre ins Museum gekommen war, irgendwann nicht mehr auftauchte. Ein, zwei Wochen vergingen, dann bekam Eulalia ein Päckchen. In einer Schachtel voll Styroporkügelchen, die aussahen wie die Früchte des Schneeballstrauches, fand sie ein altes Gefäß und einen Brief. Verehrte Frau Eulalia, liebe Freundin!, schrieb Icek, das ist der Nachttopf Napoleons, bitte nehmen Sie ihn an sich. Ich garantiere, dass er echt ist. An den Ort, an welchen ich mich nun begebe, kann ich ihn nicht mitnehmen. Leider bin ich nicht dazu gekommen, ihn seiner rechtmäßigen Besitzerin zurückzugeben, deshalb denke ich, dass ich ihn am besten Ihnen hinterlasse. Ihr ergebener Freund Icek Kac.

Eulalia betrachtete den zerkratzten Nachttopf, dessen ausgeblichene Bemalung genauso gut chinesische Drachen wie Husaren oder Rosen darstellen mochte, und sie nahm ihn als Übertopf für einen ihrer Farne, die in ihrer New Yorker Wohnung genauso üppig sprossen wie in der Wohnung an der Studencka-Straße, obwohl sie eine bloße Erinnerung an jene waren. Napoleons Nachttopf, davon muss ich Dominika erzählen, gleich jetzt, oder habe ich ihr schon davon erzählt?, grübelt Eulalia Barron und sinkt in diesen Schlaf alter Leute, der zugleich tief ist, weil er so viele Jahre auf dem Buckel hat, und flach, weil er so voller Bilder ist, dass ein unachtsamer Mensch hindurcheilen könnte, ohne sich mehr als die Füße zu benetzen.

Dominika liest noch eine Weile, dann legt sie das Buch auf ihre Knie und schaut, ob die schlafende Greisin nicht doch ein Auge öffnet und, wie es ihre Gewohnheit ist, sagt: Lies, lies, mein Mädchen, ich schlafe überhaupt nicht und bin auch nicht gestorben, denk nicht, dass ich dir so einen Streich spielen würde.

Eulalia Barron lächelt im Schlaf, beim Anblick ihres Kopfes muss Dominika an die Stoffpuppe denken, die sie einmal zum Geburtstag von ihren Eltern bekommen hat und die, so hofften die Eltern, Dominika davon abbringen würde, mit der kaputten, an eine Leiche erinnernden Puppe Oma Halinas zu spielen, die diese seinerzeit aus dem Osten mit nach Wałbrzych geschleppt hatte. Schließlich warf Jadzia wütend die alte Puppe weg, über die Oma Halina ihrer Enkelin alle möglichen haarsträubenden Geschichten erzählt hatte. Von diesem Zeitpunkt an interessierte sich Dominika nicht mehr für Puppen, denn die neuen, sauberen, die sie dann bekam, die nach Klebstoff und Plastik rochen, trugen keine Geschichten in sich. Oma Halina in Wałbrzych kann nicht ganz glauben, dass Dominikas Arbeit in Amerika darin besteht, dass sie einer gebrechlichen Greisin Bücher vorliest, aber sie ist eifersüchtig auf Eulalia Barron. Sie wäre eher bereit zu glauben und zu verstehen, dass jemand Dominika dafür bezahlt, dass sie einen Hund ausführt, ein Tier kann sich ja nicht selbst versorgen. Aber Bücher vorlesen? Was ist das denn für eine Arbeit? Kann sich diese amerikanische Alte denn nicht das Radio anmachen?, fragt Halina Chmura ihre Enkelin am Telefon. Hat sie keinen Fernseher? Kein Radio?

Wer hat denn so was schon gehört, für so einen Firlefanz Geld rauszuschmeißen! So und ähnlich pflichtet Jadzia ihrer Schwiegermutter bei, obwohl sie ihr sonst in nichts Recht gibt. Radio an und Geld auf die hohe Kante legen, so benimmt sich eine normale alte Frau! Halina ist eifersüchtig auf eine ihr völlig unbekannte Greisin, die Dominika beschäftigt und mit ihr Zeit verbringt, und Jadzia stirbt wie üblich vor Sorge, ihrer Tochter könnte bei Eulalia Barron etwas Böses zustoßen, jemand könnte sie dort ausnutzen, missbrauchen, verletzen. Erst als sie erfährt, dass Dominikas Arbeitgeberin kinderlos ist und keinen einzigen Angehörigen hat, beginnt sie auf die für sie typische Weise einen möglichen Vorteil zu wittern. Vielleicht wird die Alte ihr ein Vermögen hinterlassen oder die Wohnung überschreiben? So eine Wohnung in New York ist bestimmt mehr wert als auf Piaskowa Góra, man könnte sie zu Geld machen, jeden Monat würde man nur das Geld von den Mietern einkassieren. Dominika solle sich auf jeden Fall bei dieser Frau Barron beliebt machen, schmeicheln soll sie ihr, sich sogar einschmeicheln, das kostet ja nichts. Das sanftmütige Kälbchen können auch zwei Mütter säugen!, ist der Rat von Mutter Chmura an ihr störrisches Kind. Jadzia versucht, immer auf dem Laufenden zu sein, was Dominikas Wanderfahrten betrifft, doch sie verliert den Überblick, wird ärgerlich, dass ihr alles durcheinandergeht und sie wieder von vorne anfangen und die Städte und Arbeitsstellen ihrer Tochter an den Finger aufzählen muss, erst in Deutschland, dann in New York. Manche Jobs sind so seltsam, dass Jadzia sie schwerlich als Arbeit betrachten kann, also zum Beispiel, sagt sie zu Krysia Śledź im Vertrauen, ist das denn Arbeit, wenn man Hunde ausführt?

Würdest du, Krysia, denn jemandem Geld dafür geben, dass er deinen Pirat ausführt? Und kann Krysia sich vorstellen, dass man dort die Hundescheiße mit den eigenen Händen aufhebt und in den Abfall wirft? Oder ist das eine Arbeit, wenn man sich für irgendein Festival als Zigeunerin verkleidet? Das kann man ja keinem erzählen, weil es einem eher ein bisschen peinlich ist. Bücher vorlesen, das ist ja wenigstens eine saubere Beschäftigung, bei der nichts passieren kann, aber Arbeit? Das ist ein spinnert-spleeniger Firlefanz, aber keine Arbeit. Immer, wenn Jadzia Chmura schon hofft, dass sich ihr Kind irgendwo fest niedergelassen hat, ruft Dominika von einem anderen Ort an: Mama, das ist nicht mehr aktuell, ich bin jetzt woanders und hab eine ganz andre Arbeit, bald schick ich dir neue Fotos. Ein Hansdampfinallengassen ist das, dieses Kind, ein Luftikus! Als hätte sie Wind in diesem Rucksack, den sie immer bei sich hat.

Am zufriedensten war Jadzia, als Dominika in Gelnhausen war, einer kleinen Stadt in Hessen, wo Grażynkas Tochter Aniela Wolf eine Konditorei namens Calypso führte. Kleine Stadt, private Konditorei, Mutter Chmura aalte sich im Klang dieser Worte, sie trank von der süßen Ruhe, die sie verströmten, kostete das Aroma von Wohlstand. Calypso, wie das Eis, das es im Sozialismus gab und später nicht mehr, ach, früher, das war ein Eis, dachte Jadzia verträumt, das hatte so einen herrlichen Geschmack, heute ist das ja alles nur noch Chemie. Dort wird sie sich schon nichts Verrücktes ausdenken, jetzt gibt es mal keine spinnerten Spleenigkeiten, freute sie sich, als Dominika in der Konditorei Calypso war, denn sie konnte sich nicht vorstellen, dass in Städtchen wie Gelnhausen gefährliche Dinge passierten, erst recht nicht, wenn man in einer privaten Konditorei bei Bekannten arbeitet. Inzwischen waren zwar auch auf Piaskowa Góra die meisten Geschäfte privatisiert, doch Jadzia hatte das noch nicht so recht zur Kenntnis genommen, weil sie selbst, privat sozusagen, nie etwas Wertvolleres besessen hatte als ein paar Stücke russisches Gold, ein paar Kristallgegenstände und eine Sammlung von Keramik aus Włocławek. Manche Leute haben's gut im Leben, private Konditorei, Gelnhausen, seufzte sie auf dem Balkon Krysia Śledź zu, allerdings nicht ohne Stolz, dass ihre Tochter an diesem Wunder privaten Besitztums partizipierte. Sie zeigte den Nachbarn Fotos von Dominika und benutzte mit Gusto den neuen Ausdruck, den sie gelernt hatte: preußische Wand. Diese weißen Wände mit schwarzen Balken, die hervorstehen, das ist eine preußische Wand, erklärte sie, nicht so wie bei uns, wo alles immer nur Beton und Beton ist, oder diese neuen Schnickschnäckchen, wo die Bürgerlichen in Szczawno Zdrój gebaut haben. Wenn Dominika in der Konditorei Calypso geblieben und in ein Haus mit preußischer Wand gezogen wäre, wäre Jadzia beruhigt gewesen, aber leider wurde daraus nichts.

Dominika und Sara hatten einige Zeit in Frankfurt am Main verbracht, bevor sie nach Gelnhausen gefahren waren. In Frankfurt, einer Stadt, deren Zentrum wie eine Kreuzung von Bank und Flughafen wirkt und die nach der aus Klimaanlagen ausgestoßenen Luft riecht, spiegelten sich ihre verzerrten Umrisse in den Glasfassaden der City wie im Wasser. Der Herbst rückte näher, und Dominika, die weiterhin nur schwarze, graue und weiße Kleidung trug, kaufte sich in einem Secondhandladen einen Zorro-Umhang und eine große weiße Mütze mit Pompon, die seit den sechziger Jahren in einem deutschen Kleiderschrank gelegen haben musste. Bist du sicher, dass du dich so anziehen willst?, fragte Sara vorsichtig, als ihre Freundin aus der Umkleidekabine trat. Ja, Dominika war sicher, die weiche, flauschige Mütze erinnerte sie an eine Wolke. Eine Wolke?, fragte Sara nach, doch als sie kurz darauf Dominikas Kopf durch die Frankfurter Straßen schweben sah, musste sie ihr recht geben – das war ein treffender Vergleich. Sie ließen das abweisende Zentrum schnell hinter sich und strebten den Vororten zu; sie gingen über Straßen, an deren Sauberkeit Jadzia einiges auszusetzen gehabt hätte, und folgten ihren Nasen in billige Kneipen, aßen dort Gemüse und aufgeweichte Pommes Frites in scharfer Paprikasauce, kauften zum Nachtisch klebrige Süßigkeiten und suchten Arbeit. In einem kleinen griechischen Laden erkannte Dominika den aus der Kindheit im Gedächtnis bewahrten Geschmack von Rachatlukum in einem rosa Würfel mit Nüssen, wie ein Säugling schmatzend stand sie da, und Sara fragte: Was ist los mit dir? Was siehst du, Dominika Chmura? Dominika konnte dieses Erinnerungserlebnis nicht gut erklären, weil sie keine Ahnung hatte, was Rachatlukum auf Englisch oder Deutsch heißt. Ich hatte mal einen Freund auf Piaskowa Góra, ein kleiner Griechenjunge, er hieß Dimitri, der brachte mir immer Süßigkeiten mit, sagte sie zu Sara. Ja, und? Nichts, er ist weggegangen. Und wo ist er jetzt, ihr erster Freund, der Junge mit den weißen Zähnen, mit dem Schulranzen voller Rachatlukum, der herumhüpfte wie ein Kreisel? Vielleicht sah er jetzt diesen Männern mit dunklen Augen und Haaren ähnlich, die gelegentlich versuchten, Dominika und Sara anzumachen, dabei anboten, was sie auf Lager hatten: Sex, Kaffee, bestenfalls ein Abendessen in einer von diesen Kneipen, deren Geruch lange in den Haaren hängenbleibt. Vielleicht war er auch Mönch auf Athos geworden oder besser noch ein Reeder, ein Onassis, dieser kleine Grieche aus Wałbrzych. Vielleicht ist er verheiratet und hat vier Kinder? Dominika wüsste es gern.

Sie studierten die Stellenangebote, die an Fensterscheiben klebten, in Telefonzellen, an den Wänden der Läden mit Billigkleidung. Sie konnten Betreuerinnen von Kindern oder alten Leuten werden, Prostituierte, Kellnerinnen, Hundeausführerinnen, Abwäscherinnen, Putzfrauen, Hostessen, mit Kletterprüfung konnten sie in Bürogebäuden Fenster putzen, in Wirklichkeit also hatten sie keine große Auswahl. Schau dir das an!, rief Sara. Sie konnten für die Studenten der Kunstakademie als Nacktmodell posieren, das klang noch am passabelsten. Sie gingen zur Vorstellung und warteten zwei Stunden mit einem guten Dutzend anderer Frauen verschiedener Nationalität und aller Altersstufen in einem Saal, der nach Farbe und Lösungsmittel roch. Dominika und Sara gingen zusammen hinein, und der elegante Professor mittleren Alters fand sie beide interessant, die junge Professorin stimmte ihm zu. Leider konnten sie Dominika nicht nehmen, sie hatte nicht die entsprechenden Dokumente, mit denen man sie hätte legal beschäftigen können, keine Papiere, keine Arbeit, wie schade. Dominika blieb nichts übrig, als deutsche Hunde auszuführen, während Sara die Arbeit als Nacktmodell bekam, denn für das Professorenpaar verkörperte sie die Dekonstruktion der Weiblichkeit und Hybridität des Subjekts. Es ist jedoch nicht auszuschließen, dass beide ganz einfach neugierig darauf waren, wie ihr glatter brauner Körper mit dem herausgereckten Hintern ohne Verpackung aussah.

Eine Woche lang stand Sara in der Mitte eines Podests, auf einen Schrubberstiel gestützt, weil nichts anderes zur Hand war, während die Studenten in das sogenannte Skizzieren nach der Natur eingeführt wurden. Die Natur war Sara, und jeder Student sah sie anders. Ihr Professor, der sich gerne blumig und ungenau ausdrückte, erklärte, dass zwischen ihren Augen und diesem braunen nackten Körper ein Ozean der Phantasie liege, man müsse sich hineinstürzen und darin schwimmen wie die Nixen. Phantasie! Mythen und Macht, Symbole und Archetypen, darum geht es hier, meine Damen und Herren, obwohl Sie selbstverständlich auch die Technik und die Grundlagen des Bildaufbaus nicht vernachlässigen dürfen! Ans Werk! Die Studenten stürzten sich auf Sara, jeder so gut er konnte. Für Frantz war Sara so schön, dass er die nächste Stunde kaum abwarten konnte und beim Skizzieren die Kohle viel zu fest aufdrückte, so dass die Krümel in alle Richtungen flogen. Sara sprengte den Rahmen seiner Staffelei. Der Professor, der zwischen den Studenten umherging, musste alle paar Minuten ermahnen: Achtung, Frantz, konzentrier dich auf die Komposition, achte auf die Proportionen, was stellst du denn da an! Für Agnes, eine ruhige Studentin mit ausgeprägtem Anstandsgefühl und einem Talent, das nur geringfügig über das Mittelmaß hinausreichte, war Sara unanständig, übertrieben, übermäßig. Wie abstoßend diese Negerin ist, dachte sie, wie überzogen! Sie schüttelte den Kopf über diese Hüften, Schenkel, Brüste mit großen dunklen Brustwarzen und konnte ihre grauen runden Augen nicht von diesem übertriebenen Körper losreißen. Auf Agnes' Bild sah Sara aus, als wollte sie sich auf die junge Künstlerin stürzen und sie verschlingen, sie aus ihrer anständigen langen grauen Bluse und ihren Jeans schälen, das kalte Mark aus ihren protestantischen Knochen saugen, um sogleich nach diesem kannibalischen Festmahl hoch in die Luft zu hüpfen und affenartig am Kronleuchter zu schaukeln. Sehr gut, Agnes, aber etwas mehr Energie bitte. Zu Hause skizzierte der Professor Sara aus dem Gedächtnis, nackt, fremd unter den bekleideten Studenten, eine neue Version des Sklavenmarktes, wo eine exotische Frau mit gelbem Haar und einem verlockenden Körper zu verkaufen ist. Er überlegte – wenn er sie nach der Skizzierstunde zum Abendessen einladen würde, wäre das wider die Prinzipien? Sara stand auf den Schrubberstiel gestützt in der Haltung der Hottentotten-Venus und betrachtete die Studenten und den Professor mit großer Aufmerksamkeit, denn sie war weniger an dem Verdienst interessiert als daran, zu erfahren, wie es ist und was man fühlt, wenn man zur Schau gestellt wird. Keiner von denen, die hier die nackte Sara betrachteten und in ihrer Nacktheit Nahrung für ihre Begierden fanden, war imstande, das Geheimnis zu durchschauen, das Sara hütete. Weder Frantz, in dessen Träumen Sara bis ans Ende seines Lebens erschien, noch Agnes, die sich solche Träume nie gestattet hätte, noch der Professor, dessen Gespräche mit seinem Psychotherapeuten um Sara kreisten, ahnten, dass diese schöne Frau mit dem üppigen Körper keine dieser Leidenschaften erwidern würde, denn sie selbst hatte noch nie Leidenschaft empfunden. Ihr Körper, der so starke Gefühle weckte, kannte kein erotisches Verlangen, und wenn sie gelegentlich Dominika an sich drückte, dann lag darin nur ein sanftes Bedürfnis nach körperlicher Nähe.

Während der zwei Monate in Frankfurt wohnten Dominika und Sara bei Amber, einer Anthropologiestudentin, die Sara aus New York kannte. Amber hatte langes krauses Haar, bernsteinfarbene Haut und einen Ring im Bauchnabel. Tagsüber schlief oder schrieb sie, und abends, bevor sie zur Arbeit ging, machte sie ein so perfektes Tiramisu, dass Dominika kurzfristig das Reisen vergaß, satt und zufrieden wie ein Säugling lag sie auf der Couch und dachte, sie könnte für immer in dieser winzigen, höhlenartigen Wohnung bleiben. Bleibt doch noch!, bat die gastfreundliche Amber, habt ihr es hier etwa nicht gut?, und sie stellte die nächste mit süßer Masse gefüllte Schale auf den Tisch. Nachts arbeitete Amber unter dem Namen Kirke als Domina in einem Club für Sadomasochisten, sie behauptete, das sei Feldforschung für ihre Dissertation. Ach was, es gefällt dir doch dort!, neckte Sara sie, und möglicherweise hatte sie sogar recht, denn Amber betrieb ihre Feldforschung schon seit Jahren, und ein Ende der Dissertation war noch nicht in Sicht. Abends verwandelte sich Amber in Kirke, sie zog ein Lederkorsett und hohe Stiefel an, und peitscheschwingend übte sie deutsche Flüche und Schimpfworte, die sie später am Abend an die nach Züchtigung lechzenden Kunden richten würde. Du Schwein!, brüllte sie, bitte deine Herrin um Gnade! Und du, Schweinemaul? Du hast wieder eine Strafe verdient, zischte sie grausam und entblößte die Zähne, während Dominika und Sara sich schieflachten, denn sie mussten an die Schweine auf dem Hof von Hans und Grażynka denken, wehrlose, fette Geschöpfe mit ewig hungrigen Mäulern. Amber-Kirke konnte einen ganzen Körper mit einer solchen Leichtigkeit auf japanische Weise schnüren, als mache sie einen Knoten ins Taschentuch, und sie versuchte Dominika und Sara davon zu überzeugen, dass frisch gegerbtes Leder sehr gut riecht. Sie erklärte ihnen, wie man das mit Stacheln besetzte Halsband verengte, stark, aber so, dass der Kunde nicht erstickte, und sie bat, an einer von ihnen das neue Modell einer verschließbaren Maske auszuprobieren, die sie später um die Gesichter von Geschäftsleuten, Ärzten und Professoren schließen würde. Amber-Kirke drängte sie immer wieder, doch länger zu bleiben, und als die beiden keine Arbeit mehr hatten, bot sie sogar an, ihnen einen Job im SM-Club zu besorgen, vom Typ passten beide, meinte sie. Sag mal: Du Schwein, sag es so, dass er sich wirklich wie ein Schwein fühlt und grunzen will! Bei jedem Versuch, eine Domina darzustellen, sah Dominika plötzlich das Gesicht ihrer Mutter vor sich, in diesem typischen Ausdruck von erstauntem Missfallen zu einem Hühnerpürzel verzerrt. Dann überkam sie ein Lachanfall, und sie lachte wie seit jener Zeit nicht mehr, als sie sich mit dem kleinen Wałbrzycher Griechen Methoden ausdachte, die Lehrerin Helena Demon zu beseitigen. Zeit aufzubrechen!, sagte Sara eines Abends, oder vielleicht war es auch Dominika. Sie umarmten Amber-Kirke zum Abschied, wünschten ihr viel Erfolg und machten sich wieder auf Wanderschaft.

Sara erwog, in die Staaten zurückzukehren, aber Dominika besaß immer noch nicht die erforderlichen Papiere und hatte keine Chancen, ein Visum zu bekommen. Ähnlich wie ihre Mutter zögerte sie, ihre amerikanische Familie zu treffen, die Kinder ihres Großvaters Ignacy Goldbaum, denn

Dominika wusste, dass deren Geschichte zum großen Teil eine ganz andere war als ihre. Meine amerikanische Familie, seufzte sie unsicher, während Jadzia mit mehr Sicherheit und größerem Unwillen von »diesen Juden aus Amerika« sprach. Lass dir bloß nicht den Kopf von diesen Juden aus Amerika verdrehen!, warnte sie ihre Tochter. Jadzia wollte sich nicht mit Ignacys Söhnen treffen, die nach Zalesie gekommen waren, um zu holen, was von ihrem Vater nach dem Brand von Zofias Haus übriggeblieben war, und sie lehnte einen Besuch von ihnen in Wałbrzych ab. Die haben mir schon genug Durcheinander gebracht, danke schön, knurrte sie verbissen, nein, nein und nochmals nein, sagte sie immer wieder, absolut nicht und unter keinen Umständen, eher wächst mir hier – und sie zeigte auf ihre nach Jahren des Herrschens im Königreich Küche übel zugerichtete Handfläche –, hier an dieser Stelle ein Kaktus. Die können ja nicht mal richtig reden so wie wir, sagte sie gern mit böser Genugtuung, wenn sie die Telefongespräche mit David und Ruth erwähnte. Der Vater war zwar Jude, aber immerhin auch Pole, doch der Sohn redet, als hätte er Klöße im Mund und in so einer altmodischen Sprache. Bitte, erwägen Sie die Sache doch … äffte sie hämisch David Goldbaums Polnisch nach. Einen Sack Kartoffeln soll er sich erwägen! In dem doppelten Unglück von Zofias Tod und Dominikas Unfall war es Jadzia völlig entgangen, dass Ignacys Kinder David, Joshua und Ruth ihre Halbgeschwister waren, denn solche Dinge wie das plötzliche Auftauchen von Geschwistern, die passierten in Fernsehserien, aber nicht auf Piaskowa Góra. Was sollte sie mit unbekannten Geschwistern, wo sie alle Kräfte aufbieten musste, um ihr eigenes Kind zu retten, dem, wie stets von ihr befürchtet, etwas Schreckliches zugestoßen war, das allerdings ganz anders war als das, was sie gefürchtet hatte. So viele Unglücke und entsetzliche bakterielle Infektionen hatte sie sich ausmalen können, und dann hatte ihr Kind einen Unfall, den Jagienka Pasiak verursacht hatte, ausgerechnet die brave und niedliche Jagienka Pasiak. Mutter Chmura wollte keine Hilfe von Ignacys Familie, doch als Grażynka wie vom Himmel gefallen mit dem Vorschlag kam, die im Koma liegende Dominika in ein deutsches Krankenhaus zu bringen, besiegte Jadzia ihren Stolz und fast körperlichen Widerwillen, den sie von jeher gegen diese Frau empfunden hatte. So ein Hallodri!, in Gedanken an Grażynka schüttelte sie den Kopf in heiliger Entrüstung, so ein Hallodri, und ausgerechnet ihr fällt das große Los zu in der Lotterie des Lebens, und anständige Frauen haben nicht mal drei Richtige im Toto. Es gibt keine Gerechtigkeit auf der Welt! In einem Kleid wie eine Frühlingswiese, die BH-Träger sichtbar auf den Schultern, mit Ohrringen klimpernd, die so groß waren wie zwei tschechoslowakische Kristallkronleuchter, fegte Grażynka durch das Wałbrzycher Krankenhaus und knöpfte sich die Ärzte vor, die zu Jadzias Empörung nicht sagten: Lassen Sie mich bitte los und belästigen Sie mich nicht, sondern stehen blieben und ein strahlendes Lächeln aufsetzten, das man ihr, Jadzia Chmura, nie zeigte. Die Dankbarkeit gegenüber dieser Frau, die so anders war als alles, was Jadzia als fraulich akzeptierte, war jedoch leichter als die eventuelle Dankbarkeit gegenüber der amerikanischen Familie, denn Verwandtschaft empfand sie ihnen gegenüber weiterhin nicht. Jadzias Ablehnung vertiefte den Schmerz von Ignacy Goldbaums Kindern, sie konnten ja nicht wissen, dass die angebotene Freundschaft Jadzia angesichts einer solchen Entsetzlichkeit wie dem Tod ihres Vaters im Feuer verdächtig vorkam. Sie hätte eher Böses für Böses erwartet, wie es sich gehört. Auge um Auge. Das war immer Jadzias Ansicht gewesen. Kastrieren und den Leuten vorwerfen, sollen die ihre Gerechtigkeit üben – so tönte sie bei jeder Nachricht über Vergewaltigungen und Mord an Kindern. Steinigen, wie man das früher gemacht hat, da würde niemand sie zurückhalten, sie wäre die Erste, die einen Stein wirft! So ereiferte sie sich und stritt sich mit Dominika, die darauf bestand, dass es Gericht und Gesetze geben muss. Jadzia war auf einen Angriff seitens der Kinder von Ignacy Goldbaum eingestellt, darauf, dass sie sagen würden: Das ist eure Schuld, das ist Zofias Schuld, wir haben unseren Vater verloren, weil sie ihn nach Zalesie eingeladen hat, ihn auf seine alten Tage an diesen Arsch der Welt gelockt hat, warum wollte Dominika ihn treffen? Ich werd denen was husten, was soll das denn heißen, meine Mutter hätte ihn eingeladen, er hat's gewollt, er ist gekommen, wer weiß, ob er eingeladen war; das ist ja gewissenlos, einfach so zu kommen und allen Scherereien zu bereiten. Ignacy Goldbaum war nach Polen zu Besuch gekommen und auf eine schreckliche Weise gestorben, doch Jadzia brachte alles, was mit Ignacys Tod verbunden war, in eine solche Wut, sie war gar nicht imstande, den wahren Grund für diese mit Nervensalz gewürzte Wut zu erkennen. Die arme Jadzia von Piaskowa Góra fühlte sich an diesem Tod schuldig, und diese Schuld ging über ihre Kräfte. Als die verbissene Wut wich, brach Jadzia in Tränen aus, denn in ihr keimte, ganz vage und klein, das Gefühl, dass alles auch ganz anders hätte kommen können, statt Schutt und

Asche hätte es – wie sie es in kurzen Phantasieblitzen vor sich sah – einen reich gedeckten Tisch unter dem Zalesier Walnussbaum geben können, Menschen, eine neue Familie, den Duft von Hefekuchen und Kirschen, Sommerwind und Lachen.

Jadzia hatte nicht damit gerechnet, dass eins von Ignacys Kindern so hartnäckig sein würde, und es wäre ihr nie in den Sinn gekommen, dass das, was für sie so kompliziert war, Ruth Goldbaum ohne weiteres gelang, nämlich zu erfahren, in welchem Krankenhaus Dominika lag. Nur Sara wusste von Ruths Besuch, Jadzia hätte der Schlag getroffen, wenn sie es erfahren hätte. Ruth kam gleich zu Anfang, als Dominika in die deutsche Klinik gebracht worden war, und wartete geduldig, bis eine füllige ältere Frau das Krankenhaus verließ. Sie musterte sie genau und versuchte sich so viel wie möglich einzuprägen: den lila geblümten Rock, die farblich passende Sommerjacke, die über der großen Brust zugeknöpft war, die schiefgelaufenen Absätze der Pumps mit Schleifen, die sehr runden Waden und die noch zierlichen, schmalen Knöchel, den birnenförmigen Hintern, den in Ruths Familie keine Frau hatte, die vom Haarspray steifen gelblichen Haare, die aussahen wie ein alter Wattebausch.

Keine andere Frau in meiner Familie, dachte Ruth noch einmal, und zum ersten Mal wurde ihr die Tatsache der Existenz Jadzia Chmuras so klar, dass sie ihre ältere Halbschwester in Brust und Bauch fühlte. Jadzias Profil mit dem scharf umrissenen Doppelkinn erschien Ruth wehrlos und seltsam schön, wie das Gesicht einer der Heiligen, die sie in italienischen Kirchen bewundert hatte, Heilige, die vor ihrer Heiligwerdung Schlimmes und Schmerzliches erlitten hatten – das

Abschneiden der Brüste oder das Einschlagen eines Eisendorns in den Schädel, wobei die mit dem Eisendorn, die heilige Ruta, sogar selbst darum gebeten hatte. Der Parkplatz vor dem Krankenhaus war leer, das Licht der Straßenlaternen kalt wie in einer Fleischtheke, die lila gekleidete Gestalt wirkte einsam und schutzlos. Ruth wäre fast zu ihr gelaufen, als Jadzia ungeschickt ihre Tasche fallen ließ und in die Knie ging, um die verstreuten Gegenstände aufzusammeln, doch da kam ein Auto, und Jadzia stieg ein. Ruth blieb stehen, bis das Auto hinter dem Einfahrtstor verschwunden war.

Als Sara Ruth im Warteraum des Krankenhauses sah, wusste sie, dass sie mit Dominika verwandt war, bevor die Frau sie noch angesprochen hatte. Eine so offensichtliche Ähnlichkeit musste einen Sinn haben, dachte Sara, sie war wie etwas dem Körper Eingeschriebenes, das das schlafende Mädchen aus Polen nach dem Erwachen würde lesen müssen. Der gleiche breite Mund mit den launisch nach unten gezogenen Mundwinkeln, die scharf umrissenen Wangenknochen, die sehr dunklen Brauen, die schwer zu bändigen waren, weil sie zusammenwachsen wollten. Dominikas amerikanische Tante Ruth Goldbaum, die kein bisschen Ähnlichkeit mit einer Tante hatte, schüttelte Sara mit festem, männlichem Griff die Hand. Sie wirkte stark und selbstbewusst auf Sara, eine von diesen Frauen, denen man von Kindheit an beigebracht hat, dass die Welt voller Möglichkeiten ist statt Gefahren. Sie betrachtete Ruth, die sich über Dominika beugte und im nächsten Augenblick die Hand der Schlafenden in die ihre nahm. Ruth, das jüngste Kind Ignacys, war vielleicht zwölf Jahre älter als Dominika und sah aus wie ihre Schwester. Darf ich ihre Hand halten?, fragte sie

Sara. Ja, das darfst du. Ruth verließ Dominikas Zimmer erst im Morgengrauen, als die Frühschicht begann und der Geruch von frischem Kaffee, Semmeln und Desinfektionsmittel durch die Gänge wehte. Sara hatte sie nicht gestört, durch die Glasscheibe hatte sie gesehen, dass Ruth die ganze Zeit sprach. Wenn sie bloß nicht anfängt zu singen wie Jadzia, dachte sie, denn beim Anblick dieser selbstsicheren Amerikanerin, die redete wie eine Fernsehmoderatorin, spürte sie einen leisen Stich der Eifersucht, der sie selbst unangenehm überraschte. Sie ertappte sich dabei, wie sie versuchte, Sätze zu formulieren wie im College, in der Gesellschaft weißer Kommilitoninnen, die ihren Bezirk von New York nur aus Filmen kannten. Lass mich wissen, wenn sie aufwacht, bat Ruth. Sie wird doch aufwachen, oder? Ja, bestimmt. Erzählst du ihr dann von mir? Ja, das mach ich.

Nach dem Tod ihres Vaters hatte Ruth Goldbaum ihren Rucksack gepackt und Pasadena verlassen. Sie hatte die Absicht, einige Zeit in Europa zu verbringen, und wollte an die Universität zurückkehren. Doch nach dem Besuch bei Dominika in der Klinik fühlte sie sich nicht zur Rückkehr bereit, sie hatte den Boden unter den Füßen verloren, sie fühlte sich wie eine Surferin, der plötzlich das Surfbrett entglitten ist, obwohl alles so gut lief und sie sich auf jede Welle vorbereitet fühlte. Ruth träumte nachts von Asche, in ihren von polnischen Wörtern durchschwirrten Träumen hing der Geruch nach verbranntem Fleisch, sie verlor ihr Zuhause aus dem Blick und den Weg, der dorthin zurückführte. Kurz entschlossen kaufte sie ein Ticket für den nächsten Flug nach Delhi. Sara hielt ihr Versprechen und erzählte Dominika von Ruths Besuch. Bald kamen Briefe und Postkarten aus Indien, dann aus Laos, Vietnam und Kambodscha, schließlich landete Ruth in Thailand, wo sie auf der Insel Samui in einer italienischen Pizzeria arbeitete. Dort wollte sie länger bleiben. Niemals war sie jemand anders gewesen als Ruth Goldbaum aus Pasadena, jetzt hielten die Touristen sie für eine Italienerin, und das gefiel ihr sehr. Sie schickte ein Foto: Vor dem Hintergrund des Meeres, das glänzte wie flüssiges Glas, eine braungebrannte Frau im weißen Baumwollkleid. Dominika steckte das Foto ihrer Tante-Schwester ins Portemonnaie, wie es die Angewohnheit ihrer Mutter war, doch wenn Ruth später an den verschiedenen Wohnorten anrief, wo Dominika mit Sara zeitweilig wohnte, entstanden immer wieder Pausen in den Gesprächen.

Die Ähnlichkeit im Timbre der Stimme, die nicht voneinander zu unterscheidenden Arten des Lachens deprimierten beide angesichts des Mangels an Nähe, die nicht hatte wachsen können. Wo Ruth auch war, sie bot Einladungen und Hilfe an, doch Dominika fühlte sich mit Sara am wohlsten, und nur manchmal, zwischen Schlaf und Erwachen, meinte sie, eine Stimme zu hören, die sagte: Du siehst aus wie die Schwester, die ich immer haben wollte. Dann nahm sie das Foto aus dem Portemonnaie und betrachtete die Frau in dem weißen Kleid. So wie Jadzia nicht auf einen neuen Vater gefasst war, konnte Dominika in sich nicht den Platz für eine Tante finden, die ihre Schwester sein wollte und auch nach einer Schwester aussah. Sie wusste, dass diese dem Anschein nach bestehende Schwesternschaft in ihrem Leben nichts bewirken würde, auch wenn es vielleicht einfacher wäre, Ruth Goldbaums Schwester und damit Jüdin in Pasadena zu werden anstatt Mischling und Halbwaise von Piaskowa Góra. Vielleicht später, nächstes Jahr, sagte Dominika, als Ruth, die jetzt so weit war, dass sie zurückkehren wollte, versuchte, sie zu einem Besuch in Kalifornien zu bewegen, und ihr versicherte, mit ein wenig Anstrengung würden ihre Papiere bestimmt gut genug für ein Visum sein. Willst du sie wirklich nicht treffen?, fragte Sara nach. Nein, Dominika wollte nicht. Später, sagte sie. Vielleicht nächstes Jahr.

Sara und Dominika kamen an einem Frühlingstag nach Gelnhausen. Über dem Städtchen trieben Wolken am Himmel, so weiß und bauschig wie auf einem Kinderbild. Wolkenfern – Dominika erinnerte sich an das Land, das sie und Małgosia Lipka sich beim Schuleschwänzen auf dem Dach vom Babel ausgedacht hatten. Wolkenfern, das schöne Wolkenfern, sie beide wollten es finden, sie beiden waren sicher, dass es existierte, irgendwo weit weg von Piaskowa Góra.

Grażynkas verheiratete Tochter Aniela Wolf wohnte in einem großen Haus, dessen asketische Einrichtung Jadzia nicht begeistert hätte, obwohl die Holzböden vor Sauberkeit glänzten, die Teppiche, weich wie die Felle großer sanftmütiger Tiere, gegen den Strich und mit dem Strich gebürstet wurden und die Kiefernholzmöbel nach Wald dufteten. Dominika gefielen die Lampenschirme, leichte, halb durchsichtige Papierkugeln. Auf Piaskowa Góra mussten die Kronleuchter fest und solide sein wie große Spinnen, die an der Decke hockten.

Dominika und Sara waren in einem kleinen Gästehaus mit zwei Zimmern untergebracht, das Haupthaus stand ihnen offen. In ihrer Freizeit halfen sie Aniela in der Küche oder saßen in der Tischlerwerkstatt ihres Mannes, der Möbel auf Bestellung anfertigte, Repliken französischer und italienischer Antiquitäten. Goldene Hobelspäne bedeckten den Boden wie die abgeschnittenen Locken einer ganzen Schar blonder Schönheiten. Herr und Frau Wolf hatten eine bewundernswerte Fähigkeit zu schweigen, und sie fragten nie; habt ihr vor zurückzugehen, oder wollt ihr die Familie herüberholen? Es reichte ihnen, dass Dominika und Sara auf Grażynkas Empfehlung kamen, und sie drängten ihre Gesellschaft nicht auf, schlugen nur vor: Bestimmt wollt ihr mal einen Ausflug zum Waldzoo machen, und eine halbe Stunde später waren sie schon mitten im Wald, wo melancholische Elche an den Zaun getrabt kamen, um sich die moosweichen Mäuler streicheln zu lassen.

In Anielas Konditorei Calypso arbeiteten außer Dominika und Sara noch ein älterer Konditor namens Helmut, der aus der Gegend stammte, und Ivo, ein Konditorkünstler, wie er sich selbst nannte. Ivo war ein junger Amerikaner aus einem Städtchen namens Harrison in Arkansas, und wegen seines tadellosen Auftretens sowie seines Sprachtalents war er auch Kellner im Calypso. Als Dominika Ivo zum ersten Mal sah, wusch er gerade unterm Wasserhahn Orangen, und im Sonnenglanz wirkte es, als fließe ein Strom flimmernder Lichtpartikel durch die Küche. Dominika fuhr der seltsame Gedanke durch den Kopf, dass so ihre verstorbene Zwillingsschwester hätte aussehen können, eine große schlanke Blondine mit blauen Augen und durchsichtigem Teint. Hallo!, rief Ivo und warf Dominika eine Orange zu wie einen Ball, hallo, ich bin Ivo der Schokoladenkönig, willkommen im Land der Süßigkeiten. Ich bin Künstler, nicht bloß Konditor, erklärte Ivo, das ist der Unterschied – und mit dem Konditorpinsel aus Wildschweinborsten malte er Schokoladenschnörkel auf die Marmorplatte, um dann – Hokuspokus – im nächsten Moment die erkalteten Formen mit einem kurzen Schubs des Fingernagels von der Platte zu lösen und hochzuheben, damit alle seinen Paradiesvogel bewundern konnten, die feine Äderung eines Blatts, einen Zweig aus dunkler Schokolade mit weißem Schokoladenraureif. Iss! Er reichte Dominika das Schokoladenwunder. Sie aß, er redete – so war es von Anfang an.

Ivo redet ohne Punkt und Komma, vor allem über Süßigkeiten, seine Geschichten sind wie Schlagsahne unter dem elektrischen Quirl, sie wächst und wächst, und alle außer Dominika bitten ihn gelegentlich, den Mund zu halten, weil ihnen der Kopf von all dem Reden platzt. Dominika hört geduldig zu, isst die von Ivo zubereiteten Desserts und wartet, denn seit sie in ihm ihre Zwillingsschwester gesehen hat, fühlt sie, dass unter dem Zuckerguss eine andere Geschichte liegt, die das Geheimnis dieses Verwandtschaftsgefühls erklärt. Red nur, Ivo, sagt sie ermunternd, das lässt sich der junge Konditor nicht zweimal sagen, auch wenn er ein bisschen den Beleidigten gespielt hat, weil Sara ihm befohlen hat, um Himmels willen endlich mal den Mund zu halten, und Helmut »Ruhe!« geschrien hat. Zwei Geschichten sind es, mit denen Ivo Dominika – und alle anderen in Hör- und Reizweite seiner Worte – unterhält. Die eine betrifft die Zukunft, und der junge Konditor erzählt sie so, als glasiere er eine Torte, überall tropft es vor Süße. Paris, meine Liebe, sagt Ivo mit Mixerquirl oder Schneebesen gestikulierend, in seinen blauen Augen entzünden sich Funken, als spiegelten sich darin die Wunderkerzen, mit denen im Calypso die Süßspeisen für Kinder und Verliebte dekoriert werden. Also

Paris, hier im Calypso wird er Erfahrungen sammeln und dann zurück nach Paris gehen, wo er sein eigenes Lokal eröffnen wird. Dort wird er sich nur mit Schokolade befassen, Trinkschokolade in Gläsern, Pappbecher verbieten sich von selbst, Mousses, Pralinen, Schokoladensaucen, Figuren aus schwarzer, brauner, weißer Schokolade, Bonbonnieren voller Schokoladenwunder, aber damit nicht genug – Schokoladensoufflés, ja Soufflés, das ist die wahre Kunst, und man braucht Talent, um sie genau in dem mit chirurgischer Präzision festgestellten Moment aus dem Ofen zu nehmen, das kriegt nicht jeder beliebige Handwerker hin, wie es sich gehört. Ivos Kunst weiß man an so angesehenen Orten wie Pierre Hermé oder Dalloyau zu schätzen, bald wird er Konkurrenz für sie sein, sie werden ihre Küchenjungen zum Auskundschaften schicken, damit sie nachts die Aromen erschnuppern, die aus seiner Chocolaterie namens Le croissant du galant dringen. Ich zeig dir Fotos von meinen Kindern!, ruft Ivo und zieht ein Album mit Ablichtungen seiner Konditorkunstwerke hervor. Er wird seine Karriere wohlüberlegt in Angriff nehmen. Vor der Ära der großen Triumphe in der Pariser Arena wird er Erfolge in Wettbewerben sammeln, einige hat er jetzt schon vorzuweisen. Wann ist das dein großer Traum geworden? Hast du Konditoren in der Familie? Warum diese Sache mit der Schokolade?, fragt Dominika, aber Ivo lässt sich nicht leicht beirren, wenn er einmal mit der Beschreibung seiner herrlichen Zukunft in Fahrt gekommen ist. Ich bin schon so geboren! So fertigt er sie rasch ab und füttert sie – voilà! – mit einem Stück Marzipan in Orangenschokolade, einer halb in Vanillemousse getauchten, mit Amaretto getränkten Kirsche, mit ... ach, das ist sein Geheimnis! Ivo studiert das Gesicht des Mädchens wie ein unerfahrener Liebhaber, der nicht weiß, ob seine neue Liebkosung der Partnerin gefällt, und Dominika lernt den Geschmack von Kardamom, Chili und echter Vanille kennen, die sie noch nie gekostet hatte, denn auf Piaskowa Góra gab es nur Vanillezucker, Pfeffer und Salz. Mund auf, meine Liebe, Bitterschokolade mit Macadamianüssen! Ivo schiebt ihr die glänzende Kugel in den Mund. Erzähl, wie geht's weiter, bittet Dominika, dann esse ich auch den Rest von der Nuss. In der Mittagspause gehen Sara und Helmut zum Kebab-Stand, und Ivo und Dominika sitzen zusammen auf der Treppe. Ivo redet, und Dominika isst Karamellbruch, schiefe Zuckerrosen, Buchstaben, die man von der Torte lösen musste, weil sie missraten waren, verzogene Silberperlchen aus Zucker, die wie Quecksilber glitzern, dünne knusprige Splitter erkalteter Kuvertüre. Helmut, der ältere Konditor, sieht zuweilen etwas verwirrt aus, umringt von drei jungen Ausländern, von denen zwei dürr sind wie Stecken und einen Kopf größer als er und die dritte auf eine Art und Weise rund, die in seiner Welt der bauchlastigen Frauen und Männer unbekannt ist. Helmut kann den Blick kaum von Saras vorgewölbtem Hintern nehmen, obwohl er sehr um Anstand bemüht, und wenn er mittags neben Sara über den Marktplatz zur Kebab-Bude geht, ist er stolz wie ein Pfau. Ivo hat keine Hemmungen zu Sara zu sagen: Frau aus dem Stamme der Khoi-Khoi, du könntest dir da eine Zimmerpflanze hinstellen oder den Hintern als Bücherregal benutzen, was für eine Platzersparnis! Sieh mal, meine Liebe – Ivo zeigt Dominika sein Album, in dem die Fotos in den durchsichtigen Taschen alle gleich aussehen: ein breit lächelnder

Ivo und eine Süßspeise. Hohe Makronenpyramiden, Torten, die zu schön sind, um gegessen zu werden, Schalen voll mit Süßem. Neulich in Berlin, wo er mit etlichen älteren Kollegen konkurrierte, schaffte er es ins Halbfinale mit Teerosenblättern, in Zucker geröstet auf Tropfen von Schokoladencreme aus Bitterschokolade mit einem Hauch Kardamom und Chili. Schließlich gewann ein Franzose den Wettbewerb um das Dessert der Zukunft, Sebastian Chevalier, und gegen einen Franzosen zu verlieren ist nie peinlich, die haben diese Kunst ja schon im Blut, was hat Ivo nicht alles über Frankreich gelesen und ihre Kultur dort, Napoleon, Marie-Antoinette, die Kuchen statt Brot gefressen hat. Sogar das Guillotinieren dort hat Leichtigkeit, Stil und Anmut. Sebastian Chevalier! Was für ein Klang, Musik für die Ohren, nicht so wie Ivo Smith, dabei müsste es ja eigentlich sogar John heißen, so hatten ihn seine Eltern genannt, John IV Smith, aber dieses John IV Smith hatte Ivo nie ausstehen können, es war schlimm genug, John Smith zu heißen, aber dann auch noch der Vierte in einer Reihe? Er traktiert sich und seine Lieben im Calypso mit Erinnerungen an den Franzosen, der jenen Berliner Konditorenwettbewerb gewann, denn der hatte so gierig auf sein Dessert geblickt, gefragt, ob er Vanille aus Madagaskar oder aus Indien verwende, ahne er eine zarte Mandelnote, oder sei es etwa doch eine leise Kardamomnote? Ach, wenn er doch so ein Meister wäre wie der Franzose und eine eigene Konditorei hätte, deren Name schon seit Jahren für ihn feststeht: Le croissant du galant. Hab ich dir davon schon erzählt?, fragt Ivo, ja, sagt Dominika, das hast du, aber du kannst es ruhig noch mal erzählen, und sie genehmigt sich eine nach neuer Rezeptur hergestellte

Trüffelkugel. Ivo bewundert die Franzosen sehr, die junge Französin Monique hat ihnen in einem Kurs in Paris die Kunst des Glasierens beigebracht, Dominika erinnert ihn ein wenig an sie, etwas um ihren Mund, etwas in der Farbe, nur dass diese Monique immer aussah wie vom Laufsteg. Zum Glasieren eignen sich am besten die Aprikosen aus Südfrankreich, da muss jedes Detail stimmen, Aprikose ist ja nicht gleich Aprikose. Ivo sprach mit Begeisterung von der Französin, die den Glasur-Kurs gegeben hatte, und wenn er in einem zukünftigen Leben als Frau geboren werden sollte, und dank des Buddhismus kann er ja daran glauben, also wenn als Frau, dann genau als so eine Monique aus Paris. Französinnen! Französinnen sind Ivos Ideal, und wenn seine heiße Liebe nicht ganz und gar der Konditorkunst gehörte, würde er sich vielleicht als Modeschöpfer betätigen, wozu er wahrscheinlich auch das Talent hätte, und zwar ein echtes. Ivo glaubt, wenn Gott etwas gegen seine sexuelle Orientierung hätte, hätte er ihn nicht so großzügig mit Talenten, Anmut, Friedlichkeit und der Fähigkeit, zwischen Menschen zu vermitteln, begabt. Gott, egal wie wir ihn nennen, sagt Ivo, also Gott ist kein übler Typ.

Ivo und Dominika entdecken, dass sie außer Süßigkeiten noch eine Leidenschaft gemein haben, nämlich das Schwimmen. Jede freie Minute verbringen sie im Hallenbad von Gelnhausen. Nachdem sie Dutzende Bahnen geschwommen sind, aalen sie sich im Massagebad, bis ihre Haut faltig wird und ihre Augen vom Chlor tränen. Erzähl, sagt Dominika, erzähl, bis ich Hunger kriege. Erzähl mir von deiner Familie, alles und ganz genau. Ivos Zukunft ist süß und mit Zuckerguss glasiert, seine Vergangenheit wie aus einem Comic, und, wie sich zeigt, plätschert auch diese Geschichte nach anfänglichem Widerstand munter dahin. Ivo kommt aus der Kleinstadt Harrison, Harrison, Arkansas, sagt Ivo. Papa, Mama, zwei Schwestern und ich, John IV Smith. Weißes Haus, großer Garten. Ivos Vater, John III Smith besitzt in Harrison eine Firma namens Poseidon, die Badezimmereinrichtungen herstellt, er verdient prächtig, nicht anders als sein Vater John II Smith und der Vatersvater, John der Erste. Nur ich, sagt Ivo, ich bin aus der Art geschlagen, und anstatt in die Fußstapfen meines Vaters zu treten, bin ich vom Wege abgekommen. Harrison, Arkansas, wo mehrere Generationen von Smiths zur Welt gekommen sind, hat wenig mehr als zehntausend Einwohner, die fast alle weiß sind, Ivos Vater hatte immer betont, dass es ein guter Ort zum Leben und zur Erfüllung des amerikanischen Traums sei. In Harrison gibt es übrigens einen der größten Ku-Klux-Klan-Verbände, sagte Ivo. Ich wusste gar nicht, dass es noch Ku-Klux-Klan-Gruppen gibt, ich dachte, die sind ausgestorben wie die Saurier, bemerkt Dominika verwundert. Du musst nach Harrison kommen und meine Tante Mary kennenlernen, die die Umhänge näht, da wirst du dich überzeugen. Du hast sie gesehen? Mit eigenen Augen? Natürlich hab ich sie gesehen, meine Liebe. Als der kleine Ivo zum ersten Mal die Ritter des Ku-Klux-Klan in ihrer Berufskleidung sah, riss er vor Begeisterung und Bewunderung den Mund weit auf. Es waren nicht die Lehren des Pastor Robbs, die diese Wirkung taten, sondern der Anblick von Männern in weißen Kleidern mit Kapuzen, mit Kopfbedeckungen, die aussahen wie Feenhüte. Wie schön das war! Ich dachte: Das will ich auch!, erzählt Ivo weiter. Ich war vielleicht fünf oder sechs, bis dahin hatte ich Männer nur in Jeans und Flanellhemden gesehen, und hier trugen sie plötzlich lange weiße Kleider, und diese Stimmung, mit Kerzen in der Hand! Nicht nur die Mädchen konnten sich also als Feen verkleiden, nicht alle Jungs müssen langweilige Cowboys oder Generäle werden. Ivo hatte früher davon geträumt, sich als Nixe zu verkleiden, aber jetzt war sein Wunsch nur noch Fee! Die Männer in weißen Kleidern trugen Kerzen in der Hand, die Flämmchen warfen leuchtende Schatten auf ihre ernsten Gesichter, die Nacht war warm und schwer. Was für eine Nacht, meine Liebe!, seufzt Ivo theatralisch. Ich war so bewegt. Ich sah meinen Vater an. Gab es diese Kleider nur in weiß? In violett würden sie noch besser aussehen, dazu ein bisschen Schmuck und Rüschen, vielleicht eine Boa? Und die Schuhe! Papa, diese Schuhe, die sie anhaben, passen überhaupt nicht! Mein Vater war sehr enttäuscht. Ivo verzieht angewidert das Gesicht. Bis heute erinnere ich mich daran, wie er mich angeschnauzt hat, und das war der Anfang vom Ende unserer Beziehung. Doch John III Smith fügte sich damals nicht kampflos, nach dem Fehlschlag mit Ku-Klux-Klan wollte er in mir den Sinn für die Feinheiten männlicher Produktion wecken. Poseidon, ist das kein schöner Name? Die Poseidon-Werkhalle war groß und hell, und was gab es dort nicht an Wundern, meine Liebe!, erzählt Ivo. Toilettentüren aus durchsichtigem Plexiglas, in die Muscheln und Seesterne, kleine Fische, blaue Algen eingefügt waren, schöne Kompositionen, die die Unterwasserwelt nachahmten. Vergoldete, mit griechischem Mäandermuster, terrakottafarben, sienarot, darauf die Fresken aus Pompeji. Rafaels Engel! Die Venus von Botticelli! Monets Garten! Leonardos Madonna! Das war die Serie *Art in Your Bathroom*, erklärte John III Smith seinem Sohn. Toilettensitze, die die Flecken des Gepards, die Streifen des Zebras, die Zeichnung des Tigers imitierten, das alles gab es in der Serie African Exotica. Daneben die Blumenmuster: Lilien, Orchideen, Rosen, eine Riesenauswahl an Rosen, und diese Tulpen! Gelb auf Rosa, Weiß auf Gelb, Rosa auf Hellblau, hellblaue Vergissmeinnicht auf Rosa, Maiglöckchen, Maßliebchen und Stiefmütterchen wie echt, mit fleischigen, leicht pelzigen Blättern und mit dunklen Mittelpunkten. Na, welchen hättest du denn am liebsten, fragte mich der Poseidon-Besitzer. Und – was hast du dir ausgesucht? Dominika ist neugierig geworden. Stiefmütterchen! Das war die falsche Antwort. Warum nicht mit Autos, oder mit Superman? Oder wenigstens mit einem Tiger oder Elefanten? Stiefmütterchen! Das war ja zum Haareausraufen!

Auf die nächste Enttäuschung musste John III Smith nicht lange warten, dieses Kind mit abstehenden Ohren und mageren Gliedmaßen war das misslungenste Produkt, mit dem er je zu tun gehabt hatte. Alle seine Bemühungen schlugen fehl, ich saß lieber mit der Mutter in der Küche und half ihr, Kuchen zu backen, die ich mit Hingabe und Phantasie dekorierte. Als die Gattin dem Gemahl zum vierzigsten Geburtstag eine Torte überreichte, die mit hübschen gelben Klecksen in Form von Rosen verziert war, holte der Familienvater tief Luft, um die Kerzen auszublasen. Schöne Torte! Diese Torte, sagt Ivo, diese Torte war eines der ersten Zeugnisse meines Talents! Die Röslein auf der Torte hat unser John eigens für seinen Papa gemacht?, sagte meine Mama lobend, und dem Vater entfuhr die zum Ausblasen der Kerzen eingesogene Luft, als hätte ihn jemand mit der Nadel angestochen, und er lief rot an wie immer vor einem Asthma-Anfall. Das sind keine Röslein, erklärte ich, das sind Stiefmütterchen. Von da an bekam der Vater bei jedem Zusammenstoß mit seinem Sohn, manchmal auch bei seinem bloßen Anblick, einen Asthmaanfall. Die Mutter holte dann im Laufschritt den Inhalator, mit dem sie kurz darauf John III Smith zukorkte und dann mit einer Verve pumpte, als sei ihr Mann ein Fußball. Seitdem die mit Stiefmütterchen bedachte Torte durchs Fenster des adretten Hauses von Familie Smith geflogen war, wechselte Ivo nicht mehr viele Worte mit seinem Vater, der ihn abgeschrieben hatte. Sobald die jüngeren Schwestern Ivos groß genug waren, um der Mutter in der Küche zur Hand zu gehen, wurde Ivo von dort verbannt.

Nach dem College ging Ivo dazu über, in seiner Freizeit alle verfügbaren Kochkurse zu besuchen und Bücher über Desserts zu studieren. Er lernte die Namen exotischer Gewürze auswendig und die Kombination von Zutaten, von deren Existenz er vorher nicht einmal etwas geahnt hatte, er stand mit Notizbuch vor den Auslagen eleganter Konditoreien und bestellte auch in den exotischsten Restaurants immer Desserts. Zu Weihnachten fuhr er nach Hause und brachte seine selbsterdachten und -zubereiteten Delikatessen mit, die seine Angehörigen mit Abscheu erfüllten. Was für eine Scheiße hast du uns da mitgebracht?, schrie sein Vater mit übertriebenen Grimassen und streckte die Zunge mit der angekauten Süßigkeit heraus, um das Ausmaß seines Ekels zu zeigen. Kind, bring deinen Vater nicht so auf die Palme, er hat doch Asthma und ein schwaches Herz, sagte seine Mutter, doch der Sohn wusste, dass er seinen Vater endgültig auf die Palme treiben musste, damit John III Smith ihn mit einem solchen Fußtritt hinausbeförderte, dass John IV Smith weit genug flog, um außerhalb des Bannkreises seiner Familie zu landen, etwas, was er aus eigener Kraft nicht fertigbrachte. Schließlich waren es aber weder Heuschrecken in Zucker noch Ivos Faible für hautenge Hosen in lila, die für diesen Rausschmiss sorgten, sondern der Gärtner, mit dem ihn der Vater just an dem Tag erwischt hatte, an dem Ivo nach Hause gekommen war und der Familie mit wenig Erfolg seine Pläne für die Pariser Chocolaterie Le croissant du galant entwickelt hatte. Seitdem war er nicht mehr in Harrison gewesen und hat auch nicht vor, wieder hinzufahren, sein Kontakt mit der Familie beschränkt sich auf eine gelegentliche, inhaltsarme Korrespondenz mit seiner Mutter, die ihn in etwas verschleierter Form davon in Kenntnis gesetzt hat, dass er erst dann wieder nach Harrison zurückkommen darf, wenn er normal geworden ist. Normal, sagt Ivo und steckt sich eine Schokoladenbanane in den Mund, normal heißt – verheiratet. Mit einer Frau. Derzeit allerdings sieht es nicht nach einer Normalisierung aus, zwar ist der Kontakt zum Gärtner abgebrochen, doch Ivos Herz hat so viele Zimmer wie eine Kaserne, und eine Kaserne ist es auch, zu der es ihn derzeit immer wieder zieht. Bei Gelnhausen sind amerikanische Truppen stationiert, die gern die Lokale im Ort frequentieren und sich über das Bier auslassen, das zwar nicht so gut ist wie zu Hause, aber erträglich. Die Soldaten nehmen sich ein Mädel, oder auch einen Burschen, letzteres allerdings eher im Verborgenen, doch nicht minder erfolgreich. Zuerst knüpft man den Kontakt auf Distanz, später kommt man sich in den Ruinen der Barbarossa-Burg näher, die tagsüber die touristische Hauptattraktion des

Städtchens ist. Ivo ist bereit, sich zum dritten Mal in seinem Leben auf den ersten Blick zu verlieben, als ihn ein Brief seiner Mutter erreicht, in dem sie ihm vom kritischen Gesundheitszustand des Vaters unterrichtet. Und davon, dass John III Smith nach einem Griff ans Herz und mehreren Stößen Asthma-Spray das Testament geändert habe – angesichts ausbleibender Normalisierung falle John IV Smiths Anteil am Erbe an die Kirche weißer Christen und an den Pastor, den Ivo als Kind mit eigenen Augen im weißen Kapuzenmantel gesehen hat. Le croissant du galant oder Ku-Klux-Klan – im Calypso hat niemand Zweifel daran, was die bessere Investition ist.

Was nun? War es Sara, die den Vorschlag machte? Oder hat sie nur zuerst Dominika angeschaut und dann Ivo, als entstehe in ihrem Kopf ein Plan, der bald allen dreien überzeugend erscheint. Ivo legt die Schokoladenbanane beiseite, die er sich gerade in den Mund schieben wollte, fällt vor Dominika auf die Knie und fragt: Willst du meine Frau werden? Warum nicht?, antwortet Dominika.

VII

Das ist also dieses Monster! Dominika sah auf den unscheinbaren Mann hinab, der da im Bett lag. Dieser Mann mit weichen Gesichtszügen und hellem Teint – das war das hasserfüllte Monster, der mächtige Poseidon, Besitzer eines Unternehmens für Badezimmereinrichtungen? John III Smith war kleiner, als sie erwartet hatte, und stiller. Er ist geschrumpft, erklärte Ivo, die Krankheit hatte ihn auf die Hälfte seiner Größe schrumpfen lassen. Ich heiße Dominika, stellte sie sich vor, ich bin Ivos Frau. Der amerikanische Schwiegervater beäugte sie argwöhnisch unter seinen geschwollenen Lidern hervor. Polin? Ja. Dürres Besteck!, schnaubte er, die Speicheltropfen spritzten, seine Frau eilte mit einem Taschentuch herbei, doch er scheuchte sie mit einer Handbewegung fort wie eine Fliege. Das Oberhaupt der Familie Smith starrte Dominika mit rotunterlaufenen Augen an, der Rest des Körpers lag reglos, kanülengenadelt und an Monitore angeschlossen. Geh doch näher zu Papilein, ermunterte Frau Smith ihren Sohn, Ivo machte einen Schritt auf das Bett zu, schwankte auf unsicheren Beinen, trat wieder dahin, wo er gestanden hatte. In dem Augenblick, in dem sein Blick den seines Sohnes traf, holte John III Smith tief Luft, als ob er etwas sagen wollte, aber er lief nur rot an, bekam einen Hustenanfall, schnaubte und röchelte eine Weile, bis er schließlich hervorstieß: Welcome in America!

Jeden Tag versammelte sich die ganze Familie, inklusive der unverhofften Verstärkung in Gestalt der polnischen Schwiegertochter, am Bett von John III Smith. Willst du nicht mal allein mit ihnen reden?, fragte Dominika, aber Ivo zuckte nur mit den Schultern, er wüsste nicht, über was. Ivos Schwestern flüsterten miteinander und verdrehten die Augen, bis man nur das von den steifgetuschten Wimpern umrahmte Weiße sah. Ivos Mutter, von der die Töchter ihre Vorliebe für intensive Bräune und noch intensiveres Make-up geerbt hatten, verband auf erstaunliche Weise Passivität im Wesen mit hektischer, zielloser Aktivität des Körpers. Sie ist unausgesetzt in Bewegung, mal richtet sie etwas neben dem Krankenbett, mal klopft sie das Kissen mit solcher Wucht auf, dass der Kopf des Kranken hochhüpft, im nächsten Augenblick nimmt sie ihr Schminktäschchen und trägt in rasender Geschwindigkeit eine neue Schicht Lippenstift auf, doch schon ist Schluss mit der Schminkerei, sie galoppiert ans Fenster, schaut hinaus, als stünde dort unten jemand, der sehnsüchtig ihren Anblick erwartet, dann wieder zurück im Trab zum verlorenen Sohn, man könnte meinen, sie wollte ihn und am Ende gar auch seine Frau umarmen, aber nein, Frau Smith hält im Schritt inne wie am Zügel eines unsichtbaren Lenkers, und ab in eine andere Richtung, unermüdlich, mit ihren Zähnen blitzend, die weiß sind wie das Eis der Antarktis.

Hier, in Harrison, Arkansas, wird Dominika zum ersten Mal von Sehnsucht nach ihrer Mutter Jadzia Chmura in Piaskowa Góra überfallen. Sie würde ihr gerne das Haus der Familie Smith zeigen und sagen: Schau mal, Mama, so viele Zimmer und so viel Traurigkeit, und du meinst immer, in einem freistehenden Einfamilienhaus müsste man sofort glücklicher sein als in einer Wohnung im Babel. Sie rief ihre Mutter an, doch wie üblich brachte keine von beiden fertig, das zu sagen, was sie wirklich sagen wollten.

Jadzia hatte keine Ahnung, was Dominika wirklich in Harrison, Arkansas, machte, und sie wusste auch nichts von der Hochzeit ihrer Tochter auf einem deutschen Standesamt, in Anwesenheit von zwei Zeugen und zwei Gästen, eine Hochzeit, die so ganz anders aussah als die kirchliche Trauung mit Pomp, Kutsche und Schleier auf Jasna Góra, die Jadzia sich für ihre Tochter ausgemalt hatte. Dominika gegenüber beschwert sie sich, wieder so ein spinnerter Spleen, sagt sie, war das nötig, mit einem Homodingsbums ans Ende der Welt zu verschwinden, konntest du in der ganzen BeErDe keinen vernünftigen Jungen finden? Doch Krysia Śledź oder der Lepka gegenüber gibt sie mit ihrer Tochter an, diesem Hansdampfinallengassen, mit Freunden ist sie gefahren, mit reichen Amerikanern, die haben sie zu sich eingeladen, in ein Haus, das ist wie im Fernsehen, wie in *Dallas*, alles haben sie da, richtige Salons, jedes Kind hat sein eigenes Zimmer, die Küche ist Teil vom Esszimmer, dafür aber so groß wie eine ganze Wohnung im Babel. Alles haben sie Dominika bezahlt, keinen Groschen hat sie selbst hinlegen müssen, wenn sie nur keine Flausen im Kopf bekommt von all dem Wohlstand, seufzt Jadzia im Gespräch mit Krysia Śledź. Wie eine Prinzessin lebt sie da, essen tut sie umsonst, was sie will, kann sich aus dem Kühlschrank nehmen, worauf sie Lust hat, und Jadzia hofft bloß, dass sie dort nicht irgendwelche Schweinereien essen. Kochen die auch sauber?, fragt sie ihr Kind, das von der anderen Seite des Ozeans anruft. Guck mal, ob es auch sauber ist und ob die nicht alles Mögliche in den Kochtopf werfen, wenn doch, dann iss es nicht, gib's in die Serviette und unter den Tisch damit, das ist am besten. Du brauchst keine Angst zu haben, Mama, in Amerika gibt es keine Bakterien, keine einzige, sagt ihre Tochter, und Jadzia krümmt sich bei diesem spöttischen Ton wie eine Raupe. Trotzdem, dieser spöttische und unwillige Tochterton ist ihr immer noch lieber als Schweigen in der Leitung und erst recht als ein überhaupt schweigendes Telefon. Nach Jahren ohne Telefon ist dieser Apparat zum wichtigsten Gegenstand in der Wohnung geworden. Jadzia reibt den Hörer mit Salicylspiritus ab und schnüffelt an der Sprechmuschel, ob auch keine Spur von ihrem Atem daran haften geblieben ist. Wenn eine Nachbarin das Telefon benutzt, zum Beispiel Krysia Śledź, die immer noch nicht angeschlossen ist, dann reicht das Abreiben des Hörers nicht, dann muss er richtig geputzt werden. Sie hat in den Hörer gehustet, ohne die Hand vor den Mund zu halten. Man weiß ja nie, was für Krankheitskeimchen die Leute so in sich haben, klagt sie Dominika und rät ihr, in diesem Amerika nur durch die Nase zu atmen und nicht durch den Mund, denn so atmet man weniger Bakterien ein.

Obwohl es ein schnurloses Telefon ist, hält sich Jadzia mit dem Hörer immer ganz nah am Apparat, sie fürchtet, die Verbindung nach Amerika könnte abreißen, wenn sie sich zu weit entfernt, dann bleibt sie wieder mutterseelenallein mit ihrer Einsamkeit und Stille. Unten am Babel, auf dem Manhattan-Markt, trifft Jadzia Dominikas ehemalige Klassenkameradinnen, jetzt mit Kindern, mit platinblonden Strähnchen im Haar, mit einem Leben, dessen Nachteile unschwer zu sehen sind, doch das so handlich ist, so einfach zu verstehen, so passend zur Welt von Jadzia Chmura. Dominika versichert sie jedoch am Telefon immer wieder, wie gut sie es getroffen hat, so ein interessantes Los, Reisen in der ganzen Welt, erst in der BeErDe, jetzt in Amerika, während ihre Schulfreundin Iwona Śledź vom soundsovielten Habschi wieder zum Babel zurückgekehrt ist und sich jetzt mit Mutter, Vater und der kleinen Patricia in zwei Zimmer quetschen muss. Die hocken aufeinander in einer Enge, da passt keine Hand mehr rein, erzählt Jadzia ihrer Tochter. Ich bin mal bei ihnen auf die Toilette gegangen, da war ein solcher Dreck und Gestank, ein Elend, ich sag dir! Und der Sitz ganz bespritzt. Ich hab mich geekelt, das Handtuch anzufassen, und hab die Hände am Toilettenpapier abgetrocknet. Ein Wunder, dass die bei dem Dreck nicht krank werden, so ein Handtuch ist ja eine wahre Brutstätte für Bakterien. Wenn Jadzia laut über das Elend von Herrn und Frau Śledź und ihrer Tochter redet, schweigt das innere Stimmchen, das sich manchmal in ihr meldet und flüstert, in Wirklichkeit hätte sie Dominika doch lieber bei sich in der Nähe, sogar mit Kind und mit einem Versager verheiratet, der beim Pinkeln den Klosettsitz bespritzt. Die Litanei des Jammers von Piaskowa Góra ist ihre Waffe gegen boshafte Einflüsterungen der Seele, und Jadzia Chmura betet sie Dominika zum soundsovielten Male vor. Die Krysia Śledź zum Beispiel, die hat es schwer, herrje, hat die es schwer, alle hocken aufeinander, aufeinander hocken sie alle, ich sag dir, die hat es schwer, schwer hat die es der Śledź ohne Arbeit weil die Zeche zugemacht hat und wie die Zeche zugemacht hat da hat er seine Arbeit verloren und jetzt geht Pati bald zur Kommunion und das sind ja Ausgaben immer mein Gott was sind das für Ausgaben die werden sich total verausgaben müssen schwer haben die es das sag ich dir die Zeche hat ja zugemacht und er hat nichts in der Tasche schwer hat's die Krysia und die Iwona auch schwer hat's die Irenka Chloryk so ein Pech das Pech das verfolgt sie der Mann hat sie sitzenlassen die Mutter ist in der Klapse nix wie Pech und so Warzen hat sie auf der Gebärmutter die sind geplatzt groß wie Apfelsinen sind die gewesen und schizophren ist sie auch und sie hat offene Beine mit den Füßen nach vorn ach schwer ist das. Du, mein Kind, du hast im Vergleich mit denen Karriere gemacht, sagt Jadzia abschließend, und eine Zeitlang ist sie ruhiger. Wenn jetzt nur Dominika noch einen normalen Kerl in Amerika kennenlernen würde. Dann würden sie nach Wałbrzych kommen und sich in Szczawno Zdrój ein Haus kaufen. Oder bauen. Jadzia schreit ins Telefon, immer schreit sie so ins Telefon: Vielleicht, Kind, lernst du dort mal einen normalen Mann kennen! Guck dich um! Einen amerikanischen Arzt oder einen Zahnarzt, vielleicht auch einen Gynäkologen könntest du dir schnappen, die werden immer verdienen. Man braucht sich doch nur den Doktor Lipka von Piaskowa Góra anzusehen, schon wieder ein neues Auto in Metallic, das ganze Haus renoviert, und man muss einen Monat im Voraus anrufen, um einen Termin zu bekommen. Ach, wenn meine Dominika bloß nicht ihr Leben mit einem Nichtsnutz oder Hallodri vergeudet, seufzt Jadzia Krysia Śledź gegenüber und genießt dabei ihre kleine boshafte Genugtuung, da das Leben von Krysias Tochter, der Friseuse Iwona, unwiderruflich vergeudet scheint. Außer für den eventuellen Schwiegersohn interessiert sich Jadzia dafür, wie die Leute in Amerika ihre Häuser einrichten, insbesondere die Küchen, und Küchenfragen allgemein. Wie wohnen die denn da in Amerika, erkundigt sie sich. Wie haben die zum Beispiel die Küche eingerichtet? Und Eingemachtes, was für Eingemachtes gibt's da? Hast du vielleicht ein neues Rezeptchen? Bestimmt kriegt man alles im Geschäft, die Versorgung ist ja besser dort. Nutz es aus, Kind! Andere mögen Not leiden, aber dir ist dieses Los zuteil geworden. Hab ich dir gesagt, wie schwer die Irena Chloryk es hat?

Jadzia freundet sich allmählich ein bisschen mit Amerika an, nach dem zu urteilen, was ihre Tochter erzählt, ist das Leben doch freundlicher und einfacher als auf Piaskowa Góra, vor allem, wenn man sich *Dallas* anguckt, da kommen Männer vor, denen die von Piaskowa Góra nicht das Wasser reichen können. Für Jadzia ist *Dallas* nach *Isaura* die beste Serie überhaupt, schöne Frauen, saubere Hände, echte Männer, wenn man diesen einen Homodingsbums nicht rechnet. Gelegentlich erinnert sich Jadzia mit Widerwillen, den Mund zum Hühnerpürzel geschürzt, an die einzige Liebschaft ihres Lebens, mit Gutek Balcerzak, dem Lieferanten, der die von Onkel Kazimierz hergestellten Gartenzwerge abholte. Gutek! In ihrer Erinnerung hat Jadzia ihn auf die Größe eines Eulengewölles schrumpfen lassen, dieser Hühnerarsch, und wenn er sich ein Bein ausrisse, nie im Leben würde er das Niveau der Männer aus *Dallas* erreichen. Gutek hatte sie im Wind stehen lassen, was auf Piaskowa Góra besonders hässlich ist, weil hier der Wind so heftig weht, vor allem im Durchgang zwischen dem Babel und dem nächsten, ganz ähnlichen Block, in diesem Durchgang führt das mysteriöse Zusammentreffen bestimmter Umstände dazu, dass hier immer, unabhängig von Temperatur und Jahreszeit, ein Tornado tobt. Jadzia hat den Eindruck, es sei jetzt sogar noch zugiger als früher im Sozialismus, die Frauen halten sich an ihren schweren Einkaufsnetzen fest, die Hundebesitzer klemmen sich die kleineren Exemplare unter den Arm, Mütter stopfen die Decke fester um ihre Kinder, und trotzdem ist es vorgekommen, dass der Wind einen ganzen Kinderwagen mit einem Frühchen drin und zwei Cockerspaniels in die Lüfte gerissen hat, so eine Tragödie, und das direkt vor den Feiertagen. Hier pfeift's ja wie in Kielce um Allerheiligen!, schreit Krysia Śledź, wenn sie sich vor dem Babel treffen, und Jadzia, die Haare vom Tornado zu kleinen Spiralen gedreht, grölt: Was?! Ich hör nichts, Krysia, weil es so schrecklich klabastert! Wenn Jadzia den Eingang erreicht, bis ins Knochenmark durchgeblasen, mit Sand in den Augen und zwischen den Zähnen, einer alten Zeitung im Gesicht und trockenem Laub in den Haaren, dann hält nur noch der Glaube sie aufrecht, dass es irgendwo Orte gibt, wo kein Wind weht, wo sonnenbeschienene Bänke in grünen Gärten stehen. Dieses verdammte Krähennest, hier wird sie den Löffel abgeben, dann wird Dominika vielleicht mal nach Wałbrzych kommen, aber dann wird es zu spät sein, jawohl, zu spät, dann senken sie die alte Mutter in die Grube, sie wird ganz wehmütig zwischen dem sechsten und dem siebten Stock und schnappt nach Luft wie ein Weihnachtskarpfen vor der Enthauptung – schon wieder ist der Fahrstuhl kaputt.

Nach den Telefongesprächen mit Dominika spuken amerikanische Tagträume durch Jadzia Chmuras Kopf, in diesen Träumen haben die Häuser Treppen wie in *Dallas*, Gärten, in denen Fleischgeruch verlockend über den Gartengrills aufsteigt, und preußische Wände, die Jadzia so gut gefallen haben, dass sie überall da sein müssen, wo es schön ist. Alles im Haus ist farblich abgestimmt, sagst du? Verwundert lauscht sie den Erzählungen ihrer Tochter. Das kostet bestimmt eine Stange Geld, wenn alles so abgestimmt ist, und viel Gerenne durch die Geschäfte. Schön musste das aussehen, so farblich abgestimmt, das würd ich bei mir auch gerne machen! Ja, sehr schön, Mama, sagt Dominika zustimmend, damit Jadzia, die endlich mal einen Augenblick lang nicht bemuttert, sondern an sich denkt, ein bisschen Freude an etwas hat, was in Wirklichkeit so scheußlich ist.

Im Haus von Familie Smith in Harrison, Arkansas, sind in jedem Zimmer die Tapeten im Muster auf die Polstermöbel abgestimmt und farblich auf Teppiche, Lampenschirme und die Schonbezüge für die Polstermöbel. Es gab ein blaues Zimmer, ein resedagrünes und ein braunes Zimmer, der *master bedroom* sei in *dusted pink* erklärte Frau Smith Dominika, die verstand, dass es staubig war und der Multifunktionsstaubsauger in Betrieb genommen werden musste. Ivos Mutter hastete durch diese hässlichen Zimmer und rückte die Nippesfiguren und Bilder mit breit lachenden Familienangehörigen zurecht, wenn sich diese um Millimeter verschoben hatten. Ihre Hand war präzise, ihr Auge unfehlbar, und wahrscheinlich hätte sie auch die Kloschüssel mit Blümchentapete auskleiden lassen, wenn man es ihr vorgeschlagen hätte. Ivos Mutter behandelte Dominika genauso wie die anderen Familienangehörigen, schließlich war sie ja ihre Schwiegertochter, sie machte in voller Fahrt einen Bogen um sie wie ein Kreisel oder schnitt an ihr vorbei, dass die Funken stoben, und schon war sie weg. Nur einmal wechselte

Ivos Mutter mehr als zwei Worte mit Dominika, als sie vor der Stellage mit den Elefantenfiguren fast zusammengeprallt wären. Den, sagte sie unvermittelt und hob den geblümten Porzellanelefanten auf, den hab ich beim Vortragswettbewerb in der Schule bekommen, ich konnte sehr gut vortragen, diesen kleinen in rosa hab ich geschenkt bekommen, und den aus Kristall dahinten, den hab ich mir selbst aus einem Katalog bestellt. Bevor Dominika noch etwas erwidern konnte, war Frau Smith schon in die obere Etage verschwunden, aus der wenige Augenblicke später das Geräusch des Staubsaugers ertönte.

Am Tag nach dieser Unterhaltung zwischen Schwiegertochter und Schwiegermutter starb John III Smith, doch bevor er in den Himmel fuhr – denn dahin kommen die braven Leute nicht nur aus Harrison, Arkansas –, hatte er sein Testament wieder geändert und seinem Erstgeborenen so viel Geld vermacht, dass dieser seinen Traum von der eigenen Konditorei würde wahrmachen können. Die Schwestern erbten je eine Hälfte des Unternehmens für Badezimmereinrichtungen, und Frau Smith bekam ihre Freiheit, was sie geradezu erdrückte. In der Nacht nach der Beerdigung konnten Dominika und Ivo in dem ihnen von Frau Smith zugeteilten blauen Schlafzimmer lange nicht einschlafen. Dominika im blauen Nachthemd und Ivo im blauen Schlafanzug saßen da und tranken kalifornischen Wein aus John III Smiths Vorräten, der laut Ivo Nonnenpisse war, nicht zu vergleichen mit französischen Weinen. Sie sahen aus dem mit einer blauen Schabracke gekrönten Fenster, wie draußen die Nacht allmählich in den Dämmer blaute.

Was jetzt?, fragt Ivo. Jetzt fährst du nach Paris und eröffnest dein Croissant du galant, machst Mousse au Chocolat und trinkst französischen Wein. Und du, mein Frauchen? Ich fahre nach New York, Sara erwartet mich, ich such mir eine Arbeit, ich hab das Gefühl, dass ich länger dort bleiben werde. Mir gefällt der Name – New York. Und Manhattan. Zuhause nannten sie den Markt vor unserem Block Manhattan. Und dann? Keine Ahnung. Ich überlege mir die Dinge lieber, wenn es so weit ist. Vielleicht komme ich dich im Croissant du galant besuchen, vielleicht fahre ich nach Polen und mache Johannisbeerwein. Sie streicht Ivo übers Haar, das weich und fein ist wie Jadzias Haar nach dem Waschen. Sie sieht Jadzias Gesicht vor sich und erkennt plötzlich die Züge ihrer Oma Zofia unter denen ihrer Mutter, sie sieht das Haus in Zalesie, das abgebrannt ist, die schwarzen Dahlien mit Blüten groß wie Kinderköpfe. Hat ihre Großmutter das Feuer gespürt, hat sie gelitten, oder hat sie den Brandgeruch gespürt, hat sie diesen schrecklichen Geruch nach verbranntem Fleisch zum letzten Mal gerochen, um danach ein für alle Mal in Sicherheit zu sein?

Weinst du?, fragt Ivo. Ich hab dich noch nie weinen sehen. Du weinst doch wohl nicht um John III Smith? Ivo steht auf und legt den Arm um Dominika, streichelt ihre mageren jungenhaften Arme, den Rücken, in dem sich die Wirbelsäule ertasten lässt wie eine Tonperlenkette, wie er sie ihr einmal auf dem Jahrmarkt in Gelnhausen gekauft hat. Wein doch nicht, ich erzähl dir von Paris, sagt Ivo. Doch diesmal ist es Dominika, die etwas sagen will, vielleicht weil sie mehr getrunken hat als sonst. Verstehst du überhaupt irgendetwas?, fragt sie. Was weißt du denn von Piaskowa Góra? Nichts weißt du. Da ist der Himmel nachts grün, man kann aufs

Dach vom Babel gehen, schweben wie auf einem fliegenden Teppich, man hält sich am Rand fest und fliegt. Dominika merkt, dass sie ein bisschen zu viel getrunken hat, denn das blaue Schlafzimmer erinnert sie plötzlich an die Schneehöhle, in der sie sich als Kind in Wałbrzych verkroch. Wałbrzych, sagt sie zu Ivo, früher Waldenburg, was weißt du denn von dieser Stadt in den Wiedergewonnenen Gebieten? Weißt du, dass ich diese Stadt manchmal schön finde? Dort habe ich einen Jungen gekannt, der mir im Schulranzen Rachatlukum mitgebracht hat, hab ich dir das erzählt? Was weißt du denn von abgebrannten Häusern, von dem Geruch nach verbranntem Fleisch, den man nie loswird, weil er in Haut und Haar sitzt? Ich rieche es an meiner Mutter, ich kann weder vor ihr fliehen noch zu ihr zurückkehren, wenn ich irgendwo länger bin, wird dieser Geruch ringsum immer stärker, und ich muss weg. Du bist ein Schwuler, den die Familie nicht akzeptiert, wie er ist, das kommt vor. Sara hat ihre schwarze Venus, eine tolle Geschichte, aber ich? Ich bin eine Absonderlichkeit, die in keine Schublade passt, jemand ohne besondere Fähigkeiten, Wildwuchs. Du wirst ein berühmter Konditor, versöhnst dich mit deiner Familie, deine Geschichte hat ein Happy End, und Gärtner wirst du noch viele treffen.

Ivo, der gebückt auf der Bettkante gehockt hatte, richtete sich auf. Trink, mein Frauchen, ruft er aus, trink von diesem Wein!, und er hält Dominika das gefüllte Glas an den Mund. Trinken wir auf unsere Lebenden und unsere Toten! Trinken wir auf unsere Reise! Sie küssen sich auf eine Art und Weise, die weder in Dominika noch in Ivo Begehren weckt, aber an diese Regung erinnert. Der kalifornische Sonderangebotswein aus dem Keller von John III Smith ist doch nicht so übel, und nach der dritten Flasche fängt Ivo an zu weinen, und Dominika fällt plötzlich auf, wie sehr ihr Zwillingsgatte seinem verstorbenen Vater gleicht. Sie schlafen aneinandergeschmiegt auf dem Ehebett ein, Ivo träumt von Schokolade, eine ganze Weltausstellung aus Schokolade träumt er. Bravo! Bravo!, ruft man ihm zu, der elegant und unbefangen da steht, irgendwo weit weg von Harrison. Seine Zwillingsgattin träumt von Gerüchen und Farben, weißen Treppenstufen, sonnendurchglühten Felsen, frisch aufgeschnittenen Melonen, die so groß sind, dass in der Schale einer Hälfte ein Kind Platz gehabt hätte. Sie träumt von dem Jungen, der ihr immer Rachatlukum mitgebracht hat, und von der vergessenen Freundin, mit der sie auf dem Dach des Betonhochhauses in Wałbrzych das Gedicht von der weißen Lokomotive rezitierte.

Am nächsten Morgen reisen Ivo und Dominika aus Harrison ab, verabschiedet von Mutter und Schwestern Smith, die nicht wissen, dass Mann und Frau ab jetzt getrennte Wege gehen.

Es sollte nur für kurze Zeit sein, für den Anfang, bis sie etwas Besseres gefunden hätte, doch Dominika ist in dem armseligen Zimmer an der Siebten Straße länger geblieben als in jeder anderen Wohnung. Seit drei Jahren liest sie Eulalia Barron vor, drei Jahre Vorlesen von neun Uhr morgens bis drei Uhr am Nachmittag, mit einer Mittagspause. So lange hat Dominika noch nie ein und dieselbe Arbeit gehabt. Władzia?, fragt Eulalia Barron wieder, daran hat Dominika sich schon gewöhnt, am Anfang war sie Władzia oder Icek, doch in diesem Sommer ruft die alte Frau auch leise andere Namen.

Mama, sagt Eulalia Barron, du, ihre Pupillen werden riesig wie die einer Katze beim Jagen in der Nacht. Mama, wach auf, wir müssen zum Konsul Sugihara, wach auf Mama, du musst in Yokohama die Mondscheinsonate spielen!

Frau Eulalia, sagt Dominika, ich mache das Fenster ein wenig auf und lasse die Sonne herein, das mögen Sie doch so gern, danach lese ich Ihnen von den Sirenen vor. Mama, sagt die alte Frau wieder mit kindlicher Hartnäckigkeit. Dominika spürt, dass es mit dem Vorlesen für Eulalia Barron bald ein Ende haben wird, denn die alte Frau ist am Ende ihrer Geschichte angekommen. Dominika weiß indessen nicht, dass sich auch am anderen Ende der Welt eine alte Frau anschickt zu sterben – ihre Oma Halina, genannt Kolomotive.

Während Eulalia im Spätherbst still und leise bei den Klängen der Mondscheinsonate stirbt, wird Dominikas Oma Halina Chmura operiert. Wie eine ägyptische Mumie liegt sie auf dem Operationstisch, ausgetrocknet und vergilbt. Sie ist erst zum Arzt gegangen, als sie nicht einmal mehr ein in Milch eingeweichtes Brötchen schlucken konnte und jeder Zug an der Zigarette Folter war. Aufs Essen hätte sie verzichten können, das war kein großer Verlust, aber diese Schmerzen beim Rauchen störten sie wirklich, und auch fünfzehn Aspirin am Tag halfen nicht mehr. Ich fühle mich, als hätte mich einer aufgefressen und ausgekotzt, sagt Halina Chmura immer wieder, denn das war ihr Lieblingsvergleich, und in ihre mit dem Rauch Extrastarker getränkte Seele stiehlt sich Angst. Nicht dass sie so unbedingt leben wollte, aber noch weniger will sie sterben. Schließlich frisierte sie die Reste ihrer mausgrauen Haare, die sie schon lange nicht mehr kastanienrot färbte – den Sensenmann wirst du mit Haarfarbe nicht reinlegen, antwortete sie, wenn ihre Schwiegertochter ihr vorschlug, zum Friseur zu gehen –, zog den wangenrotfarbenen Pulli an, den sie von Jadzia zu Weihnachten bekommen hatte, und den alten braunen Rock, der ihr viel zu weit geworden war, so dass sie ihn mit einer Sicherheitsnadel feststecken musste. Sie ging den ganzen Weg zum Arzt zu Fuß, denn sie hätte schon im Todeskampf liegen müssen, um ein Taxi zu nehmen, und dann hätte sie wahrscheinlich beschlossen, dass es sich sowieso nicht mehr lohnte. Kehlkopfkrebs, weit fortgeschritten, riesig, die Ärzte hatten ihren Gefallen an diesem Prachtexemplar. Röntgen, Biopsie, Operation, Analyse. Wenn nach alledem noch etwas von dem mickrigen alten Frauchen übrig war – Chemo. Halina fand es wirklich übertrieben, dass sie so viel Aufhebens um sie machten, Röntgen, Operieren, dieses und jenes, sie hatte doch nur eine Spritze oder Antibiotika gewollt, damit es beim Rauchen nicht mehr so weh tat. Aber was sein musste, musste sein. Wenn sie bloß nicht gleich hops ging, sie wollte doch ihre Enkelin noch einmal sehen. Wenn sie ohne Operation sterben würde, dann mussten sie eben mit dem Messer ran. Sie ging nach Hause, packte Nachthemd, sechs Päckchen Extrastarke, Pantoffeln und Zahnbürste in eine Plastiktüte mit der Aufschrift Hugo Boss und ging langsam zur Haltestelle. Halina Chmura sammelte alle Plastiktüten, und die aus Grażynkas Paketen waren besonders hübsch und bunt, zu schade, um sie wegzuwerfen. Sie glättete und faltete sie und legte sie in die Schublade, irgendwann würden sie schon noch nützlich sein. Und siehe da – jetzt kam diese Tüte wie gerufen. Erst aus dem Krankenhaus rief Halina Jadzia an, die müssen mir irgendeinen Mist aus dem Hals schneiden, sagte sie. Keine große Sache, Jadzia, sie schneiden das raus, und ich geh wieder nach Hause, aber wenn irgendwas sein sollte, im Schrank liegt ein Album mit Fotos, in ein weißes Geschirrtuch gewickelt, und darunter der alte Mantel, der ist schön eingemottet, und Jadzia soll ihn um Himmels willen nicht wegwerfen, nur das Futter soll sie auftrennen. Da ist ein bisschen Geld drin. Das ist alles für Dominika, für ihre Beerdigung hatte sie gesondert etwas beiseitegelegt, für Jadzia ist auch was da. Woher? Nu, woher schon, sie hatte hier was gespart und da was abgezwackt, für sich selbst kaufte sie doch bloß Zigaretten. Sie hätte es Dominika gern selbst gesagt, aber so hatte es sich nun ergeben, was soll sie dem Kind in Amerika das Herz schwermachen, Jadzia sollte ihr besser auch nicht sagen, dass die Oma im Krankenhaus ist.

Jadzia legte den Hörer auf die Gabel und blickte auf die weißen Knöchel ihrer von Jugend an versehrten Hand. Ihr wurde bewusst, dass diese mürrische und anspruchslose Frau der einzige nahestehende Mensch war, den sie in Wałbrzych hatte und der seit Jahren immer für sie da war, wenn sie jemanden brauchte. Wie wunderbar konnten sie ständig kabbeln! Mit welcher Hingabe konnten sie einander Missgeschicke in der Küche ankreiden. Mit welcher Meisterschaft mochten sie sich nicht! Was würde sie ohne Halina Chmura machen? Zu wem sollte sie sagen: Mutter, du lässt dich wirklich gehen und paffst wie ein Schlot! Bei wem sollte sie sich übers Wetter und die steigenden Preise beschweren? Die Tochter gondelte in der Welt herum, und Halina und Jadzia aßen zusammen sonntags zu Mittag und an Ostern die Eier. Heilige Muttergottes, wie würde sie ohne Halina an Heiligabend den Karpfen totschlagen? Wozu hast du immer diese Zigaretten gepafft, ich hab's doch gesagt, Mutter, du paffst wie ein Schlot. Unter ihren Lidern spürte Jadzia, wie ein neuer Kummer aufzog.

Keine Chance, höchstens zwei Monate, Krebs im letzten Stadium, Metastasen überall, sagte der Arzt, und Jadzia brach in Tränen aus, denn die Aussicht auf den sicheren baldigen Tod eines Menschen, den man so viele Jahre lang nicht gemocht hat, kann sehr weh tun.

Mutter, warum hast du bloß immer diese Zigaretten gepafft?, legte Jadzia los, kaum dass ihre Schwiegermutter die bläulichen Augenlider aufgeschlagen hatte. Immer nur paffen, anstatt schön Salat zu essen, oder Sauerkraut. Jadzia stand in ihren großen Biberpelz gehüllt am Bett ihrer Schwiegermutter. Vor Jahren hatte ihr Mann ihr den Mantel zum Geschenk gemacht, wahnsinnig überbezahlt, weil ihm eine frechdreiste Alte weisgemacht hatte, es sei Nerz. Der Mantel war schwer und für Jadzia zu groß, doch er war ihr zu schade, um ihn wegzugeben, immerhin war es ja ein natürlicher Pelz, sagte sich Jadzia jedes Mal wieder, wenn sie im Schrank aufräumte, und der Biberpelz blieb liegen bis zum nächsten Winter. Halina lag halbtot in ihrem Bett, ein Schlauch ragte aus ihrem Hals, ihr Mund war eingesunken, und ihre Augen waren so stumpf, als hätten sie eine Woche im Sand gelegen. Sie blinzelte mit den Augenlidern, versuchte zu begreifen, warum ein Bär an ihrem Bett stand, der Bär, der im Dorf ihrer Kindheit getanzt hatte, und warum dieser Bär mit der Stimme ihrer Schwiegertochter Jadzia sprach. Sie wollte fragen, Jadzia bist du's oder ein Bär?, doch ihrem Mund entrang sich nur ein trockenes Röcheln, ein Geräusch wie beim Zerbröseln von Styropor. Niemand hatte damit gerechnet, dass sie wieder auf eigenen Beinen stehen würde, und erst recht nicht damit, dass sie aus eigener Kraft das Krankenhaus würde verlassen können, doch Halina Chmura schlug den Ärzten ein Schnippchen, und zehn Tage nach der Operation erwischte eine Krankenschwester sie auf der Toilette mit einer Zigarette in der Hand, der Rauch quoll Halina aus Mund, Nase und dem Loch im Hals. Sie aß fast nichts mehr, lutschte nur noch Zuckerwürfel und bat Jadzia, ihr am Kiosk Coca-Cola zu kaufen. Die Zigaretten, die sie im Krankenhaus heimlich rauchte, konnten ihr nicht mehr schaden, als sie es schon getan hatten, deshalb kümmerte das die Ärzte nicht. Nach siebzehn Tagen zog Halina Chmura sich die Kanüle aus dem Handgelenk, bat um ihre Kleidung, bedankte sich für die Aufmerksamkeit und erklärte, sie habe jetzt die Nase voll und gehe nach Hause. Sie steckte ihr Nachthemd in die Hugo-Boss-Tüte und teilte ihrer Schwiegertochter warnend mit, ja, natürlich könne sie sie nach Hause bringen, aber mit dem Bus und nicht mit dem Taxi. Jadzia warf einen Blick auf das unhygienische Loch im Hals der alten Frau, auf ihre angeschmutzten Fingernägel und die Pantoffeln vor dem Bett, die so abgetragen waren, dass sie eher wie eine organische braune Masse mit Fußabdruck wirkten. Heilige Muttergottes, stöhnte sie, was für eine Brutstätte der Bakterien! Du kommst mit mir nach Piaskowa Góra, Mutter, von wegen nach Hause, da gibt es überhaupt keine Diskussion. Du kannst Dominikas Zimmer haben, nur rauch bitte im Badezimmer und um Himmels willen nicht im Wohnzimmer, davon werden die Gardinen gelb, und alles stinkt nach Rauch. Halina protestierte nicht, denn sogar ihr raues, unbeholfenes

Herz begriff, dass das ein Beweis von Liebe war. Nein, diese Pantoffeln lass bitte hier, Mutter, ich kauf dir neue bei den Russkis im Manhattan. Am selben Tag rief Jadzia in New York an, was sie selten tat, weil sie fürchtete, es könnte jemand abnehmen und auf Englisch mit ihr reden, das wäre ihr sehr peinlich. Oma Halina liegt im Sterben, sagte Jadzia in den Hörer und weinte in die Stille, die plötzlich zwischen Piaskowa Góra und dem richtigen Manhattan eintrat.

Oma Kolomotive, die Qualm ausstößt! Dominika bekam Angst, sie würde es nicht mehr schaffen, und ihre Vorbereitungen für die Abreise nach Polen waren seit dem Unfall das Erste, was sie hastig tat. Sie spürte, dass der laue Fluss, in dem sie sieben Jahre gelebt hatte, nicht der einzige Strom in Bewegung war und dass auf Piaskowa Góra die Zeit anders verronnen war. Sara hatte mehrmals gesagt, es ist Zeit, dass du mal an die Zukunft denkst, ob du nicht vielleicht mal eine Beziehung versuchen solltest, doch Dominika erwiderte dann stets, es reiche ihr einfach, zu sein, vorläufig habe sie alles, was sie brauchte, das kleine Zimmer im East Village, ein Dach, auf dem sie nachts sitzen konnte, die Bücher, die sie Eulalia Barron vorlas, Briefe von Ivo in Paris, die Fotografie. Und außerdem – sagte Dominika manchmal –, du bist doch auch in keiner Beziehung, Sara Jackson, und dann wurde ihre Freundin still. Dominika dachte an ihren ersten Lebensplan, den sie gehabt hatte, und sie sehnte sich weniger nach diesem Plan als nach der Gewissheit von damals, das Glück sei in Reichweite und die Zukunft sei der Weg zu einem Ziel. Eine Mietwohnung in einem Block im Warschauer Stadtteil Chomiczówka, der Piaskowa Góra so ähnlich war, und Adaś, der Mann, an dessen Gesicht sie sich höchst vage erinnerte, denn was sie an ihm anziehend gefunden hatte, war nicht er selbst, sondern die Möglichkeit, vor Jadzia und Wałbrzych zu fliehen. Erst jetzt, aus der Perspektive der auf Reisen verbrachten Jahre, wusste Dominika, dass diese Flucht, die ihr damals so perfekt, so gut geplant erschien, genau dazu geführt hätte, dass sich in ihr Jadzias Schicksal wiederholte. Manchmal erinnerte sie sich daran, wie Adaś sie berührt hatte, im Rückblick nun erkannte sie diese Berührungen als unbeholfen und nervös, anders als die Berührungen der Männer, die sie nach ihm kennenlernte. Verlieb dich, schlag über die Stränge, riet ihr die Männern gegenüber völlig gleichgültige Sara, ähnlich sprach der ewig verliebte Ivo, doch Dominika verliebte sich nicht richtig und schlug auch nicht über die Stränge, ihre kurzen Affären mündeten in die oberflächlichen Freundschaften zufälliger Reisebekanntschaften, und bald saß sie mit dem einen oder anderen bei Lucy's am Tompkins Square und hörte sich an, wie wichtig es sei, die Wale zu retten oder nach Kambodscha zu fahren und Angkor Wat vor der Zerstörung durch den Tourismus zu bewahren. Vielleicht hätte man Ähnlichkeiten zwischen den Männern entdecken können, mit denen Dominika vier, fünf, höchstens acht Wochen verbrachte, bevor sie so unmerklich und leise verschwanden, dass Sara manchmal kaum glauben konnte, dass es sie überhaupt gegeben hatte. Sie waren groß und mager, sehnig und stark, ihre Gesichter ausdrucksvoll, aber noch unfertig, als zeichne sich darauf erst eine Skizze des Menschen ab, der sie mal werden sollten. Sie trugen Freizeitkleidung, gingen nicht oft zum Friseur, hatten wichtige Dinge vor und hochfliegende Pläne, und sie wussten nicht, dass ihnen an Dominika nicht ihre Augen, ihr

Mund, ihre langen Beine am besten gefielen, sondern die Tatsache, dass sie ganz offensichtlich nichts von ihnen wollte und nichts erwartete und gerade so viel nahm, wie sie zurückgeben konnte.

Wenn sie gefragt wurde – von Sara zum Beispiel –, was sie von diesen Männern denn in Erinnerung behielt, lachte Dominika. Große weiße Zähne zum Beispiel, mit einer Lücke zwischen den Schneidezähnen, eine Narbe auf der Stirn. Sie erinnerte sich an Geschichten, an Bauchnabeln, Fingernägel, Fahrräder, Narben, die Vornamen von Müttern, einen Labrador, der vom Zug überfahren wurde, Hände mit schmalen langen Fingern, und wahrscheinlich hätte sie diese Einzelteile auch bestimmten Personen zuordnen können, doch sie hatte gar nichts dagegen, dass sie wie zerstreute Puzzleteile in ihrem Kopf herumlagen. Dominika wusste, dass sie noch nichts gefunden hatte, was ihr den verlorenen Zauber der Zahlen ersetzen konnte, im Innern war sie leer wie ein unmöbliertes Haus, in dem nur ein paar Geräte herumstehen, ein Stapel Bücher und Kisten. Dominika auf Wanderschaft denkt nicht darüber nach, ob sie so oder anders ist, sie zieht nur gelegentlich eine Art Bilanz, bei der sie vor allem interessiert, was in der zweiten Waagschale ist, denn was in der ersten ist, weiß sie schon lange – da sitzt Jadzia und bemuttert. Sara und ihre Geschichte von der Hottentotten-Venus – Dominika platziert ihre Reisegefährtin und Freundin als Gegengewicht zu Jadzia, dazu kommen Ivo, der Zwilling und Ehemann, der für mich so da ist, wie ich für ihn, schließlich Eulalia Barron und ihre Bücher –, aber Jadzia wiegt immer noch schwerer. Dominika wirft Lust ohne Schuldgefühl dazu, Erinnerungen an Bauchnabel,

Fingernägel, Fahrräder, Narben, aber es reicht immer noch nicht als Gegengewicht zu Jadzia. Dominika weiß, dass diese Reise, die sie seit sieben Jahren von Piaskowa Góra fernhält, leichter gewesen wäre, wenn es nur um eine Flucht gegangen wäre, wenn sie einfach hätte vor ihrem Zuhause weglaufen, es abwerfen, vergessen wollen, doch je stärker Dominika ist, desto weniger geht es um die Loslösung von ihrer Mutter, sie will sie einfach ändern, vom Fleck bugsieren, vom Bemuttern auf einen interessanteren Weg schieben.

Als Dominika von Halinas Sterbenskrankheit erfuhr, wurde sie plötzlich von Angst gepackt. Ich fahre nach Piaskowa Góra, sagte sie zu Sara. Als sie am Vortag der Abreise in den Spiegel schaute, bemerkte sie zu ihrer Verwunderung, dass in ihrer Iris, die sich früher von der Pupille kaum unterscheiden ließ, stachelbeergrüne Funken leuchteten.

Dominika zog aus dem Zimmer an der polnischen Kirche aus und ließ ihre ärmlichen Habseligkeiten zurück, die die anderen unter sich aufteilen konnten. Pani Halina nimmt die Lampe, die wird ihr wie gerufen kommen, wenn sie in die Heimat zurückkehrt, Pani Stenia nimmt den Minikühlschrank, der wird gerade recht sein, wenn sie die Familie herüberholt, und alles wandert in die Kisten im Flur.

In vier Tagen bin ich da, sagte Dominika am Telefon zu Jadzia, der bei diesen Worten die Knie so weich wurden, dass sie es wagte, sich mit dem Hörer weit genug von dem Gerät zu entfernen, um sich aufs Sofa fallen zu lassen. In vier Tagen, nach ganzen sieben Jahren, und dazu noch zu Weihnachten! Wie sollte sie es schaffen, alles vorzubereiten? Jadzia war hin- und hergerissen zwischen Freude und Wut zu gleichen Teilen, was nur eine Potenzierung der üblichen emotionalen

Chemie war, die ihre Tochter und alles, was mit ihr verbunden war, in ihr bewirkte. Manchmal war die Freude stärker, manchmal die Wut, und wenn die Gefühle in ein gefährliches Ungleichgewicht zu kippen drohten, musste Jadzia dauernd aufstoßen und schluckte ihr Raphacholin. Ich krieg dann so ein Sodbrennen, vertraute sie Krysia Śledź an, die ihr riet, die Einmachflüssigkeit saurer Gurken zu trinken, ein bewährtes und gesundes Mittel, das ihr gegen alles helfe.

Gurkenwasser hatte Jadzia mehr als genug, sie gab ihrer Nachbarin oft sogar ein, zwei Gläser ab. Seit Dominikas Unfall vertrieb ihr das Einmachen, Säuern und Haltbarmachen die Zeit, von der sie auch mehr als genug hatte. Hätte sie diese beschädigte, leere Zeit einfach so verstreichen lassen, wäre sie vergeudet gewesen, denn was war das für eine Zeit, die nur aus Einsamkeit und Warten bestand? Mariniert ließ sie sich haltbar machen, und Jadzia Chmura wartete auf bessere Umstände, unter denen man sie würde nutzen können, wie es sich gehört, abschmeckend und die Süße heraussaugend. Jadzia säuerte und konservierte die Zeit, karamellisierte sie, pasteurisierte sie, sie füllte die Zeit in Gläser, die sie hermetisch verschloss und beschriftete: Gurken 1991, schwarze Johannisbeeren 1992, Paprika 1993, rote Rüben mit Paprika 1994, Erdbeeren in Honig 1995, Kraut mit Kümmel 1996. In langen Reihen standen die eingelegten und marinierten Jahre auf den Regalen im Keller, wo allmählich schon kein Platz mehr war. Die blitzblanken Gläser überzogen sich mit Staub und Spinnweben, Rost fraß langsam die Deckel an, und die von Jadzia so gehassten Bakterien drangen unter den angerosteten Deckeln hinein. Hier und da setzte die eingemachte Zeit Schimmel an und faulte.

Jadzia kam mit dem Essen gar nicht hinterher, wie viele Gürkchen kann eine einsame ältere Frau denn essen, wie viel Kompott schlürfen, wie viel Brombeersaft trinken, und schon ist der Frühling wieder da, und man muss neue Gürkchen einlegen, frische Früchte, auf dem Manhattan-Markt auf Piaskowa Góra sorgsam ausgewählt, zu Konfitüre verarbeiten. Die marinierten, konfitürierten, gesäuerten Jahre gaben Jadzia Chmura auch Gelegenheit, der Toten zu gedenken, ihres Mannes Stefan, der Gürkchen zu allem essen konnte, haps-kraps knackte er sie zu Frühstück, Mittag- und Abendessen, und Pilze, ja, auch Pilze, diese leider vorzugsweise zum Wodka; ihrer Mutter Zofia, die es nach Süßem gelüstete wie ein Kind, so einen Saft, den hätte sie allein konsumiert, kaum zubereitet, hätte sie ihn den ganzen Winter über gesüffelt, bis zur letzten Flasche; und Jadzias Vater erst, Maciek Maślak, der richtige Vater und Kriegsheld, der musste zu Kartoffeln immer Sauerkraut haben, so viel hatte sie hinsichtlich seiner kulinarischen Gepflogenheiten erfahren können, und mehr würde sie nie erfahren, denn es war niemand mehr da, der es ihr hätte sagen können. Demütig nahm Jadzia Chmura hin, dass eine eingemachte Zeit bestimmten Veränderungen unterliegt, so wie eine Erdbeere in der Konfitüre sich von der rohen unterscheidet, doch das ist der Preis, den man dafür bezahlen muss, dass man die Vergangenheit in Gläsern haltbar machen kann. Besser so als gar nicht! Sie ging in den Keller, stampfte fest mit den Füßen auf, um die Ratten zu verscheuchen, öffnete das Vorhängeschloss und schob den aus alten Stores gemachten Vorhang zurück. Wie viel dort war! Die ordentlich aufgereihten Gläser besänftigten ihr Herz und schenkten ihr Ruhe, es gab

Tage, an denen die eingemachten Früchte und Gemüse Jadzia als die einzige Sicherheit auf der Welt erschienen. Unberührte Himbeeren 1995, Pflaumenmus 1994, Blaubeeren aus demselben Jahr ganz hinten auf dem Regalbrett, oh, und noch Pilze aus dem Jahr 1990, Steinpilze, nur die Köpfe. Jadzia wischte den Staub von den Deckeln und freute sich, dass Dominika das alles kosten würde. Jadzia wird ein Glas nach dem anderen für sie öffnen, als ob sie die Jahre öffnete, in denen ihre Tochter in der Welt herumreiste und sie allein in dem verfluchten Krähennest saß. Hier haben wir 1990, hier 1991, hier 1992, das war ein außergewöhnliches Süßkirschenjahr, und so weiter, in der Natur kommt nichts um, und bei der praktischen Jadzia Chmura von Piaskowa Góra erst recht nicht. Jadzia trug den gefüllten Korb nach oben, öffnete ein Glas mit eingemachten Süßkirschen aus dem Jahr 1995 für Halina und stürzte sich dann mit so viel Energie und Schwung in die Weihnachtsvorbereitungen, als sollte sie einen Monat lang zwölf Personen bewirten.

Dominika kommt!, erzählte sie stolz allen Nachbarn auf Piaskowa Góra, sie hat schon einen amerikanischen Pass und kommt zu Weihnachten, jetzt kann sie ohne Visum reisen, wohin sie will auf der Welt. Sie könnte nach Paris fahren, wenn sie wollte, oder auf die Kanarischen Inseln, aber sie kommt nach Wałbrzych, ihre Mutter besuchen. Allein? Die unschuldige Frage der Lepka setzte Jadzia einen Dämpfer auf, doch sie ließ sich von keinem mehr in die Suppe spucken, mit zunehmenden Jahren war sie auch schroffer geworden. Was soll sie mit irgendeinem Scheißer? Besser allein, als wie wenn sie sich mit einem einlassen würde, der seinen Arsch in irgendeinen Krieg tragen muss wie Ihr Sohn. Manche haben's eilig, nehmen den erstbesten Trottel, und was haben sie davon? Kacke mit Sauce.

Beim Einkaufen, Planen, Vollstopfen des Kühlschranks mit Essen ließ sich Jadzia durch nichts beirren. Halina war zu schwach, um Jadzia bei den Vorbereitungen zu helfen, sie lag in Dominikas Zimmer oder saß auf der Toilette und rauchte, während ihre Schwiegertochter an ihr vorbeiflitzte, als wäre sie plötzlich etliche Jahre und Kilo los.

Stets auf Sparsamkeit bedacht, überlegte Halina, es wäre doch eine gute Idee, jetzt schon einen Sarg zu kaufen, er könnte in der Ecke am Fenster stehen, mit einem Tischtuch bedeckt würde er gar nicht auffallen. Später würde alles so hoppla hopp gehen, erst recht, wenn sie an den Feiertagen sterben würde, und das Beerdigungsunternehmen würde Jadzia mächtig übers Ohr hauen. Halina Chmura schleppte sich aus dem Bett ans Telefon und rief das Beerdigungsunternehmen an. Als Jadzia am Nachmittag die Tür öffnete, sah sie sich zwei Männern gegenüber, die fragten: Wo ist die Verstorbene? Da ging es noch einmal rund wie in alten Zeiten! Sie könnte ruhiger sterben, wenn sie den Sarg schon hätte, maulte Halina. Wusste Jadzia denn nicht mehr, wie es war, als Stefan starb? Bis auf den letzten Groschen hatten sie sie ausgequetscht, diese Verbrecher, und dann noch die Kränze! Halina sagte Jadzia allerdings nicht, dass die Schmerzen, die sie hatte, sich nicht mehr überlisten ließen und nicht einmal dann schwächer wurden, wenn sie heimlich die doppelte Portion der verschriebenen Tabletten nahm. Aber sie war fest entschlossen, bis zur Ankunft ihrer Enkelin durchzuhalten. Sie ließ sich sogar den Rest ihrer Haare mit einem Hennabrei färben, den es bei den Russen auf dem Manhattan-Markt gab, angeblich kastanienrot, aber was herauskam, war feuerrot, heilige Muttergottes!, erschrak Jadzia, doch Halina war zufrieden mit ihrer neuen Frisur, was auch daran lag, dass sie nur noch grelle Farben wahrnehmen konnte. Am Tag vor Heiligabend drehte sie die feuerroten Haare auf die Metallwickler, die sie seit fünfzig Jahren benutzte, und obwohl die kahle Kopfhaut zwischen den Haaren zu sehen war, fand Halina, sie habe sich für die Ankunft ihrer Enkelin schön zurechtgemacht. Zufrieden mit sich, schluckte sie eine Handvoll Tabletten und zündete sich eine Extrastark an, denn der Schmerz biss gerade mit verdoppelter Schärfe zu.

Als fast alles fertig war, rannte Jadzia zum Fischhändler, um einen Karpfen zu kaufen, der Karpfen musste lebendig sein, das verstand sich von selbst. Nichts war so gut wie lebender Karpfen, egal ob man ihn in Aspik, gebraten oder auf jüdische Art machen wollte. Früher musste man den Karpfen eine Woche vor den Feiertagen kaufen, und bis Weihnachten hieß es dann, sich am Becken waschen, weil der Karpfen in der Wanne schwamm. Jetzt konnte man am Tag vor Weihnachten losgehen und sich immer noch aussuchen, ob man einen größeren oder einen kleineren wollte, und wenn man es wünschte, wurde er auch gleich dort getötet und ausgenommen. Alles so vornehm in der Demokratie, seufzte Jadzia. Sie selbst allerdings wollte nicht, dass ihr Karpfen auf der Fischtheke beim Real totgeschlagen wurde, denn in ihrem Haushalt wurde der Karpfen erst unmittelbar vor der Zubereitung getötet, die gesalzenen Schnitten mussten in der Pfanne hüpfen, dann sah man, dass der Fisch wirklich frisch war. Früher hatte Stefan immer den Karpfen getötet, und in all den Jahren seit seinem Tod machte es Halina, Jadzia hielt sich für zu empfindsam. Fürs Töten sind die Männer zuständig, pflegte sie zu sagen, und als der Mann nicht mehr da war, übernahm es die Schwiegermutter, die altershalber weniger Frau war als sie. Halina, die konnte einen Karpfen erledigen wie keiner sonst, ein Hieb und fertig, direkt auf den Kopfansatz. Stefan haute nie fest genug und musste noch mal und noch mal probieren, danach musste man die ganze Küche putzen, weil der Karpfen ihm entschlüpfte und mit halbzerschlagenem Kopf über den Boden glitschte. Als Dominika klein war, fütterte sie den Karpfen in der Badewanne mit Brotkrümeln, und wenn der Augenblick der Hinrichtung kam, schrie sie wie am Spieß, wie könne man ein Tier töten, dem man erst Hoffnung gemacht hatte, und sie rannte hinaus und knallte die Türen. Diese spinnerten Spleens immer! Jadzia verdrehte die Augen und weigerte sich zur Kenntnis zu nehmen, dass ihr Kind diesen köstlichen Fisch in keiner Form essen wollte. Wann würde sie nur endlich kommen? Dieses Warten machte einen ja ganz verrückt. Das Warten auf ihre Tochter saß Jadzia nach der langen Zeit in allen Fasern wie dem Schinken im Kühlschrank die Kräutermarinade. Mama, das Flugzeug hat Verspätung, auf dem Flughafen war Alarm, ich komme erst am vierundzwanzigsten! Dominika hat ihrer Mutter einen ganz schönen Schrecken eingejagt, heilige Muttergottes, Alarm auf dem Flughafen, ist was kaputtgegangen? Nein, nein, sie dachten bloß, auf der Toilette läge eine Bombe. Dieses Kind konnte einen wirklich um den Verstand bringen. Jadzia tat bis zum Morgen kein Auge zu, sobald sie einnickte, sah sie unter ihren geschlossenen Lidern eine funkensprühende Explosion, wie in diesen Kriegsfilmen, die sie nicht ausstehen konnte.

An Heiligabend ging sie kurz vor Ladenschluss noch einmal hinaus, um Süßigkeiten zu kaufen, der Vorrat an Waffeltörtchen, Cremekonfekt, Halwa und Schokoladen mit verschiedenen Füllungen erschien ihr plötzlich nicht ausreichend für ihre auf Süßigkeiten versessene Tochter. Dann konnte sie auch Waldek fragen, der früher Bergmann war und jetzt beim Real als Wachmann Dienst schob, vielleicht hatte er nach der Arbeit Zeit, auf einen Sprung vorbeizukommen und den Karpfen totzuschlagen, weil Halina das nicht mehr schaffte. Der Frost wurde schärfer, der Asphalt glitzerte wie mit Glassplittern übersät, Jadzia zog sich ihre alte Baskenmütze tiefer ins Gesicht und senkte den Kopf gegen den eisigen Wind. Ihre Tochter schickte ihr immer so hübsche Sachen, dann fragte sie, Mama, gefällt es dir?, und ihre Mutter antwortete: Schön, ja, sie lege es zurück für besondere Anlässe, wär doch schade drum, wenn sie es hier zu Hause auftragen würde. Auch wenn sie mal etwas getragen hatte, das Preisschild blieb dran, wär doch schade, es abzureißen.

Auf halbem Weg zum Real wurde Jadzia Chmura jäh aus ihren Gedanken an den Karpfen und andere Wesentlichkeiten des Lebens gerissen. Eine große Person mit Fuchspelzhut schob sich ihr in den Weg und grüßte sie von oben herab. Erst auf den zweiten Blick erkannte Jadzia Leokadia Wawrzyniak, ausgerechnet Leokadia Wawrzyniak, die Mutter des Kaplans, der vor über sieben Jahren mit Dominika angebandelt und die Verwirrung verursacht hatte, in deren Verlauf Dominika in jenen Unglücksfiat gestiegen war. Jadzia kam die Erinnerung an eine flüchtige Begegnung mit Leokadia Wawrzyniak, damals, am Pfarrhaus, bei der sie eine Feindseligkeit gespürt hatte, die sie traf wie ein Schlag ins Gesicht. Ein Schrank von einem Weib, konstatierte die eins sechzig große Jadzia in Gedanken angesichts der Pelzhutträgerin. Sie schloss die Hand fester um den Henkel der im Herbst auf dem Manhattan erstandenen chinesischen Tasche mit Strassbesatz und fragte scharf: Was wollen Sie von mir? Leokadia Wawrzyniak blähte sich auf. Mein Sohn Adaś ... begann sie, doch Jadzia schnitt ihr das Wort ab. Was ist mit Ihrem Adaś? Sie ahnte, warum die Kaplansmutter den Weg nach Piaskowa Góra auf sich genommen hatte und ihr nun mit Bedacht in den Weg getreten war. Jadzia stieß ein verächtliches Prusten aus. Sie wollen Ihren Sohn vor meiner Tochter beschützen, ja? Uns maßregeln, was? Meine Dominika, die würde Ihren Adaś nicht mal zum Schuheputzen nehmen!, schnaubte sie. Meine Dominika, die hat einen Verlobten in Amerika! Jadzias verächtliches Lachen platzte Leokadia ins Gesicht wie eine Nagelbombe. Nach einem kläglichen Versuch, dieses Lachen nachzuahmen, wollte Leokadia Wawrzyniak eine Miene der Verachtung und Überlegenheit aufsetzen, die ihr aber auch nicht gelang und beim Anblick von Jadzias kampfbereiter Körperhaltung ins Rutschen geriet wie eine zu flüssige Pflegemaske. Wie die Mutter so die Tochter!, stieß sie schließlich giftig hervor. Jadzia spürte, wie sich die Hitzewallungen, an denen sie seit Jahren litt, in Körperkraft verwandelten, wie der Ausblick auf das baldige Eintreffen ihrer herrlichen Tochter sie beflügelte. Ha!, rief sie und stimmte wieder ihr markerschütterndes Lachen an, bei dem der Lepka, die gerade vorbeikam, fast die Augen aus dem Kopf traten. Willst wohl höher scheißen, als dir der Arsch sitzt!, rief Jadzia. Weißt du was? Wenn meine

Dominika dein Kaplänchen sehen will, werde ich es ihr nicht verbieten. Soll sie doch in seine Messe gehen, am besten in die Mittagsmesse, wenn die Kirche voll ist, und ihn fragen, warum er abgehauen ist, nie sich mit einem Wort erkundigt hat, weder nach ihr noch nach dem Unglück, bei dem ihre beiden Großeltern verbrannt sind! Im Vatikan hat er gesessen und Löcher in den Stuhl gefurzt, während Dominika im Koma lag! Die verdatterte Lepka, die sich in sicherer Entfernung vom Schauplatz des Streites zu einer Reihe Schaulustiger gesellt hatte – lauter alte Mitbewohner ihres Blocks auf Piaskowa Góra –, begann Jadzia zu applaudieren. Bravo!, riefen auch die anderen, gib's der Kuh! Von wegen Koma!, kreischte Leokadia Wawrzyniak, deren fuchspelzbekränzte Stirn inzwischen von Schweißperlen bedeckt war. Sie schnaufte und holte tief Luft. Ein Judenbalg ist Ihre Tochter! Jadzia Chmuras Blick bekam etwas Furchterregendes, ihre Augen funkelten, als spiegelte sich ein Feuer darin. Ohne zu begreifen, woher sie so viel Mut hatte, stellte sich Jadzia auf die Zehenspitzen, und mit der rechten, um eine Plastiktüte gekrallten Hand holte sie weit aus – eine Geste, die einem griechischen Diskuswerfer der Antike alle Ehre gemacht hätte – und verpasste Leokadia Wawrzyniak eine Ohrfeige, dass der Fuchspelzhut zu Boden ging und im nächsten Moment die ganze Gestalt ins Wanken geriet, sich krümmte und stürzte. Mensch, die is ne Nummer!, nuschelte der zahnlose Józek Sztygar bewundernd und stimmte in die Anfeuerungsrufe von Jadzias Mitbewohnern ein. Leokadia Wawrzyniak rappelte sich auf, Achtung, Jadzia!, riefen ihre Anhänger warnend, als die Kaplansmutter zum Racheschlag ansetzte, der aber, weil Jadzia sich rechtzeitig duckte, nur ihre Mütze aus dem Lot brachte. Verschwinde von hier!, schrie Jadzia die sichtlich lädierte, entsetzt ihren beschmutzten Fuchspelzhut betrachtende Leokadia Wawrzyniak an. Verschwinde und lass dich nie wieder blicken! Jawohl!, riefen die Schaulustigen bekräftigend. Nie mehr! Unter diesen Rufen stolperte Leokadia Wawrzyniak im einsetzenden Schneefall davon, stammelte etwas von der Miliz, die es allerdings längst nicht mehr gab, und hörte vielleicht noch den Beifall, den die Zuschauer Jadzia Chmura spendeten. Sie umringten Jadzia, klopften ihr auf die Schulter, wünschten ihr frohe Weihnachten, riefen anerkennende Worte. Noch nie waren Jadzia ihre Mitbewohner in diesem von ihr so ungeliebten Babel so schön vorgekommen, sogar der einarmige und zahnlose Józek Sztygar, dessen Umarmung sie erwiderte, ausnahmsweise ohne einen Gedanken an die Bakterien zu verschwenden. Krysia Śledź hob Jadzias Mütze aus dem Straßenstaub, gab ihr ein Taschentuch, mit dem sie sich die Hände abwischen konnte, und klopfte ihr den Mantel ab. Mensch, die hast du ja plattgebügelt!, sagte sie anerkennend zu Jadzia, als sie zusammen im Fahrstuhl in den neunten Stock fuhren. Und wie!, sagte Jadzia zufrieden. Sollte ich mir etwa auf den Kopf scheißen lassen?

Als die siegreiche Jadzia in die Wohnung zurückkehrte, stieg ihr der Zigarettenrauch aus der Toilette in die Nase. Sie öffnete die Tür und sah ihre Schwiegermutter, abgemagert und klein wie ein Säugling, die mit hochgezogenen Knien auf dem zugeklappten Toilettendeckel saß und an ihrer Extrastark saugte wie an der Mutterbrust. Sie hatte sich schon für den Heiligabend zurechtgemacht und den neuen Pullover mit lila-rotem Muster angezogen, den Jadzia ihr auf dem Manhattan gekauft hatte. Offensichtlich hatte sie auch versucht, sich die Brauen zu schminken, denn zwei dicke schwarze Striche saßen schief auf ihrer Stirn, höher, als die Natur es vorgesehen hatte. Ich bin gleich fertig, krächzte sie.

Mutter, geh doch ins Esszimmer, setz dich neben den Weihnachtsbaum und rauch wie ein Mensch, streck die Beine aus und lehn dich an den Pouf. Wir können ja hinterher lüften. Ins Esszimmer? Heilige Muttergottes, dachte Halina, während sie sich an der Wand entlang ins Zimmer schleppte, wo schon die Lichter am Weihnachtsbaum blinkten. Drehte ihre Schwiegertochter wieder durch wie damals nach der Geburt? Achselzuckend nutzte Halina den Augenblick und steckte sich eine weitere Zigarette an, sobald sie am Tisch saß. Doch Jadzia hatte noch eine andere Heiligabendüberraschung zu bieten. Sie richtete sich vor dem Spiegel die zu Ehren der Feiertage und Dominikas Heimkehr frisch gelegte Dauerwelle, dann hockte sie sich neben die Wanne, in der der Karpfen schwamm. Was hatte sie im Real gestanden und überlegt, welchen Karpfen sie nehmen sollte, dieser zu dünn, jener zu dick, der dritte zu weder-noch. Geben Sie mir den da, der sich so hin und her wirft, nein, nicht diesen Kümmerling, was wollen Sie mir denn da andrehen, den da meine ich, ja, den nehme ich. Gerannt war sie nach Hause mit dem Karpfen in der Tasche, aus Angst, er könnte ihr unterwegs krepieren. Der Karpfen schwamm näher und sah Jadzia an, er schob sein Maul an die Wasseroberfläche, als wollte er ihr etwas sagen. Na, du Dummkopf, willst wohl noch leben, was?, fragte Jadzia. Der Karpfen gab keine Antwort, blickte aber interessiert. Warum auch nicht, antwortete Jadzia für den Karpfen, das wollen wir doch alle. Sie stand auf und nahm den Putzeimer, in dem der Mop stand, nach Jadzias Meinung eine der größten Errungenschaften von Demokratie und Kapitalismus. Wenn Jadzia etwas gefiel, sagte sie: Klar, Demokratie! oder: Klar, Kapitalismus! mit der entsprechend begeisterten Intonation. Die Vielfalt der Mittel zum Reinigen, Bleichen, Scheuern, Fleckentfernen, Desinfizieren und Hochglanzverleihen bot Jadzias Leidenschaft für Hygiene eine neue Dimension, denn erst jetzt hatte Jadzia als Schmutzausmerzerin freie Bahn in ihrem Kampf gegen Bakterien und Viren. Was war der olle Essig gegen Domestos und Ace! Sie spülte den Eimer aus und fischte damit den Karpfen aus der Wanne. Er war schwer. Komisch, dachte Jadzia, ein Karpfen ist ein Karpfen, aber dass Wasser, das doch durchsichtig ist wie die Luft, so viel wiegt! Mutter, rauch ruhig noch eine, hier ist Cola, und Kirschsaft, trink nur, bin gleich wieder zurück! Und schon war sie an der Tür. Jadzia? Halina machte sich jetzt ernsthaft Sorgen. Wo willst du hin? Dominika kann jeden Moment hier sein, und du rennst raus, krächzte sie. Mit dem Karpfen im Eimer? Jadzia!

Mutter, mach dir keine Sorgen, ich lass nur den Karpfen frei, bin gleich zurück! Und die Tür fiel ins Schloss.

Tatsächlich, sie ist wieder durchgedreht!, dachte Halina, zündete sich die nächste Zigarette am Stummel der letzten an und lächelte vor sich hin. Ja, sie war ein bisschen verrückt geworden, ihre Schwiegertochter, aber besser als beim letzten Mal, vor sechsundzwanzig Jahren, als sie entweder herumlag und verlotterte oder durch die Wohnung flitzte und putzte. Jadzia lief unterdessen durch die Büsche hinunter zum Kleinen See der Spinnennixe. In den Büschen war es jetzt nicht mehr so verwahrlost, Spazierpfade waren angelegt, und Bänke standen herum. In den Kleinen See wurde nicht mehr das Wasser aus den Zechen gepumpt, denn es gab keine Zechen mehr. Das Sammelbecken hatten sie gereinigt, ringsum einen kleinen Park angelegt, Weiden, Forsythien, Nadelbäumchen gepflanzt. Schwäne gab es, Enten und Karpfen, die die Leute vom Steg aus fütterten, einmal hatte sie sogar eine Schildkröte mit roten Streifchen auf der Stirn gesehen, aber vielleicht hatte sie sich geirrt. Eine Schildkröte in Wałbrzych? Um diese Zeit war niemand unterwegs, die Wasseroberfläche verschwamm im zunehmenden Dunkel mit der Luft, ein Schwan glitt durch die Dunkelheit wie ein Gebilde aus Watte. Jadzia blieb am Rand des Teichs stehen, sah den Karpfen an, der Karpfen sie, und sie stellte den Eimer auf den Boden und schaute zum Himmel, der wie immer im Winter grünlich war. Die Farbe erinnerte sie an die Johanniskäferchen, die sie als Kind in ihrem Garten in Zalesie beobachtet hatte. Mama, dachte Jadzia, schade, dass du nicht hier bist. Ich würde dir einen Brombeer- oder Himbeersaft aufmachen, den könntest du nach dem Essen zum Tee trinken. Gleich kommt Dominika, dann würdest du sehen, wie groß sie geworden ist, was für ein Fräulein von Welt sie jetzt ist. Jadzia beugte sich vor und klatschte das Wasser samt Karpfen aus dem Eimer in den Kleinen See der Spinnennixe, auf dem sich eine ganz dünne Eisschicht zu bilden begann. In diesem Jahr gibt's Fischstäbchen statt Karpfen, lachte sie, während sie die auseinanderlaufenden Kreise auf dem Wasser betrachtete. Bestimmt hatte sie sich verhört, doch einen Augenblick lang schien es ihr, als dringe ein fremdländischer Gesang aus der Tiefe des Wassers an ihr Ohr. Jadzia eilte mit dem leeren Eimer nach Hause, und als es an der Tür klingelte, hatte sie gelüftet, den Tisch gedeckt und sogar ihrer Schwiegermutter die gemalten Brauen korrigiert. In der Tür stand ihre Tochter Dominika.

VIII

Ich kann dir Saras Geschichte erzählen, sagt Dominika zu Małgosia Lipka, die wissen möchte, was ihre Freundin in all den Jahren gemacht hat. Sie sitzen auf dem Dach des Babel, mit dem Rücken an den Schornstein gelehnt, wie in der Schulzeit, es ist kalt, Schnee fällt, das Dach glitzert silbrig. Silbriges tut sich in der Wolken Ferne – weißt du noch? Wolkenfern. Dominika lacht, wie könnte ich Wolkenfern vergessen, ich hab doch nicht mein Gedächtnis verloren, ich kann nur nicht mehr rechnen. Silbriges tut sich in der Wolken Ferne. Der Sturm klopft an die Tür, als brächt er einen Brief. Lang haben wir gewartet aufeinander, deklamiert Dominika. Ich weiß auch noch, dass wir es finden wollten, dieses Chmurdalia. Und?, fragt Małgosia. Hast du es gefunden? Dominika zuckt die Schultern.

Erzähl mir von Sara, wenn du nicht von dir reden willst. Małgosia spürt, dass sich Dominika in der Zeit seit ihrer letzten Begegnung viel mehr verändert hat als sie. Ihre eigene Geschichte, die sie gerade erzählt hat, erscheint ihr simpel und nicht besonders interessant. Sie zieht die Mütze tiefer ins Gesicht und lächelt ihre Freundin an. Erzähl mir doch von deiner Reisegefährtin Sara, bittet sie, und sie ist sich bewusst, dass ihre Neugier mit Eifersucht vermischt ist. Sieben Jahre sind vergangen. Małgosia betrachtet das Gesicht ihrer ersten Fast-Liebe, die nie weiter ging als ein Was-wäre-wenn und Wenn-doch-bloß-dann, nie weiter als Träume von Wolkenfern auf dem Dach des Babel, unter den Wolken, die wie verrückt rasten, wenn sie bulgarischen Wermut direkt aus der Flasche getrunken hatten, lauwarm. Dominika ist jetzt so, wie Małgosia vielleicht geworden wäre, wenn sie nicht in allem einem vernünftigen Plan folgte: erst Schule, dann Studium, eine gute Arbeit, Ersparnisse, als Lebensgefährtinnen bezeichnete Geliebte, die sich ohne große Erschütterungen des Gefühlslebens ablösen, eine Woche nach der Trennung Unwohlsein, einen Monat lang leichte Niedergeschlagenheit. Eine Reihe einander ähnlicher Frauen, gebildet, klein und mager, die in ordentlich gebauten Sätzen sprachen und Jeannette Winterson auswendig zitierten. Sie tauchen in Małgosias Leben auf, wenn sie gerade besonders dringend Hilfe brauchen, sie bemuttert die Freundinnen mit Hingabe und macht morgens Frühstück, was ihre Mutter nie gemacht hat, abends gibt es Essen bei Kerzenschein am hübsch geschmückten Tisch, wie sie es in ihrer Kindheit nie erlebt hat. Wundersamerweise findet sie Zeit, zu waschen und zu bügeln, und zwischen den Kleidungsstücken in ihren Schränken liegen duftende Kräutersäckchen. Sie ist stets bereit, auch unaufgefordert ihre jeweilige Lebensgefährtin gegen homophobische Arbeitgeber, giftige Exfreundinnen und intolerante Eltern zu verteidigen. Sie überredet sie zu Psychotherapien und hält ihnen beim Zahnarzt die Hand, ist immer aufmerksam und hilfsbereit, wenn man sie braucht oder wenn sie meint, gebraucht zu werden. Und wenn sich die von Małgosia bemutterten Frauen von ihrem Zusammenbruch, ihrer Agoraphobie oder Anorexie erholt haben, oder wenn sie beschließen, sich lieber mit Waisenkindern in

Kambodscha zu befassen, als ihre Dissertation zu schreiben, oder ihren Konflikt zwischen Geld und Berufung entschieden haben, verschwinden sie. Sie sagen dann, Małgosia erdrücke sie und lasse ihnen keine Luft zum Atmen mit ihrer Fürsorglichkeit, sie sei wie eine Mutter, die zu viel gibt, und Małgosia ist wieder allein. Und du?, fragt sie Dominika. Ich bin gern allein, sagt Dominika, ich hab keine Lebensgefährten, nur ab und zu Reisegefährten. Eingemummt in dicke Jacken, Schals und Mützen, ziehen sie abwechselnd an einem Joint, immer weiter fällt Schnee, und wie vor Jahren riecht er auch jetzt nach Kohlenstaub. Dominika streckt die Zunge heraus und fängt Schneeflocken auf. Bist du wirklich gern allein?, fragt Małgosia nach. Ja. Dominikas Zunge ist rosa und komisch, sie spürt, dass Małgosia sie anstarrt, sie rollt sie an den Seiten auf zu einem Röhrchen, als wolle sie ein Zeichen geben, dass es immer noch sie ist, fast dieselbe wie damals. Wo ist deine Sara denn jetzt?, fragt Małgosia. Sara ist in New York geblieben. Der New Yorker Schnee lässt sich mit dem Wałbrzycher nicht vergleichen, stellt Dominika fest, richtiger Schnee muss einen leichten Beigeschmack von Kohlenstaub haben. Aber das weiß man erst, wenn man woanders ist. Im East Village, wo ich gewohnt habe, fällt gelber Schnee, der nach Pisse riecht. Wenn es in London schneit, sagt Małgosia, dann gerät alles in Panik, die Busse bleiben stehen, die Schulen werden geschlossen, im Krankenhaus haben wir Dienst rund um die Uhr. Aber du hast recht, kein Schnee kann sich mit dem Wałbrzycher Kohleschnee messen. Małgosia klopft Dominika unbeholfen auf die Schulter. Gut, dass wir uns jetzt getroffen haben, sagt sie dann. Ich hab oft an dich gedacht, aber ich kannte deine Adresse ja nicht.

Ich hatte auch keine Adresse, antwortet Dominika lachend. Wenn du an einen Ort geschrieben hättest, wäre der Brief bei jemandem anders angekommen, es hätte Verwirrung gegeben, wenn dieser Jemand dann womöglich gemeint hätte, er sei ich. Gut, dass ich erfahren habe, dass du kommst, sagt Małgosia. Ja, das stimmt. Dominika nickt bestätigend und bläst eine Rauchwolke aus.

Von ihrem Vater hatte Małgosia erfahren, dass Dominika kommen würde, zwischen einem Satz über den seit Jahren unverändert hoffnungslosen Zustand ihrer Mutter und einem Satz über den sich allmählich bessernden Zustand der Medizin in Polen erwähnte Doktor Lipka nebenbei, angeblich komme die Chmura zu Weihnachten nach Wałbrzych. Patientinnen hätten ihm berichtet, dass ihre Mutter überall herumerzählte, ihre Tochter komme aus Amerika, ihr gehe es dort prächtig, Dollars, Verlobter, Autos und dergleichen.

Doktor Lipka war immer noch am selben Ort in Szczawienko, sein einziges Kind, die Tochter Małgosia, die in ihm ebenso viel Stolz wie Unwillen weckte, war ebenfalls Ärztin und meistens in London. Dominika?, fragte Małgosia. Wie sie Doktor Lipka gegen den Strich ging, diese tiefe, ruhige Stimme seiner Tochter, die bei dieser Frage ein wenig ins Zittern geriet – und wie sehr sie ihm gleichzeitig fehlte. Er kannte die nörgelnde Stimme seiner Frau, die trotz oder vielleicht auch dank ihrem hohen Konsum an Psychopharmaka und Alkohol immer noch lebte, er kannte die Stimmen seiner Patientinnen, entsetzt über Schwangerschaft oder Tumor, freudig erregt über Schwangerschaft oder Nicht-Tumor, doch die Stimme seiner Tochter verblüffte ihn immer wieder mit ihrer Mischung von Fraulichkeit und Männlichkeit, die in seiner Welt getrennt waren. Dominika, sagte seine Tochter. Sie heißt Dominika mit Vornamen, Papa. Ach ja, stimmt. Doktor Lipka tat, als erinnere er sich erst jetzt an den Vornamen dieses langbeinigen Mädchens, das in der Schule mit seiner Tochter befreundet gewesen war. Er hatte gesehen, mit welchen Augen Małgosia sie ansah! Er konnte ein Mädchen so angucken, aber nicht seine Tochter, das stellte doch alles auf den Kopf. Er hatte sich vorgestellt, Małgosia würde nach dem Medizinstudium nach Wałbrzych zurückkehren, sie würden anfangs zusammen arbeiten, dann würde sie die Praxis übernehmen, oder besser gesagt, es war eher ein Traum als eine Vorstellung gewesen, und da er daran gewöhnt war, dass Träume nicht dazu da sind, um wahr zu werden, fand er sich schnell mit der Wahl seiner Tochter ab und ordnete sie in seine Welt ein. Der Arztberuf war das Einzige, was ihn mit seiner Tochter verband, und ihre Unterhaltungen waren wie die von zwei Anglern am Wasser. Und, wie geht's so?, fragte der Vater. Geht so, sagte die Tochter, oder Nicht so toll, wenn es ihr schlechtging. Sie redeten nie über private Dinge, und die persönlichste Frage, die der Vater stellte, war dieses Und, wie geht's so? Sie fragte nach ihrer Mutter, die wenig sagte und immer auf dem Karussell zwischen Psychiatrie, Entzug und Zuhause war. Wie immer, sagte dann Doktor Lipka, und damit hatten sie dieses Thema erschöpft. Doktor Lipka hatte seine Tochter in London besucht, und er tat so, als gefalle ihm die Stadt, in der er nach einer Stunde schon Kopfschmerzen bekam, weil ringsum zu viele Leute, Gerüche, unbekannte Dinge waren, die zu schnell und gegen den Strom seiner Gewohnheiten vorübertrieben. Małgosia war in diesen Jahren nur zweimal in Polen gewesen, beide Male in Eile, unterwegs von einem wichtigen Irgendwo zu einem noch wichtigeren Anderswo, zwei Orte, zwischen denen Wałbrzych nur eine Art lästiger Umsteigebahnhof war, wo man etwas warten musste und dabei einen faden Tee in der Bahnhofsgaststätte trank. Ach, Dominika kommt, sagte seine Tochter, und ihr Ton dabei, der nicht zu ihrer Routineunterhaltung passte, störte Doktor Lipka und freute ihn zugleich. Er war kein bisschen erstaunt, als Małgosia drei Tage vor Weihnachten anrief, um zu sagen, es geht sich grad so aus bei mir, ich komme. Nein, du brauchst mich nicht abzuholen, ich kann in Wrocław ein Auto mieten.

Doktor Lipka war sich bewusst, dass seine Tochter ihn nie um etwas bat und dass sich das auch nicht mehr ändern würde, denn er hatte den Moment versäumt, in dem er ihr etwas hätte geben können. Außer Geld wäre ihm sowieso nichts eingefallen. Sie war Ärztin geworden, das kam ihm ganz natürlich vor, und es wäre ihm nie in den Sinn gekommen, dass er, seiner eigenen Meinung nach als Vater ein Versager, für sie eine Inspiration gewesen war. Es ist seine Schuld, dass sie so eine ist. Seine Frau war nie zu etwas nütze gewesen, er aber hätte etwas ausrichten können, verdammt noch mal, ja, das hätte er. So eine, sagt er, das Wort Lesbe würde ihm nie über die Lippen kommen, und wenn es mal vorkam, dass sich in einem unachtsamen Augenblick dieses Wort in seinem Mund formen wollte, drückte er es zwischen Zunge und Gaumen platt. Seit mehreren Jahren nun sprang dieses Wort ihn unversehens aus Fernsehen und Zeitungen an, kaum hatte er seinen großen neuen Prachtfernseher eingeschaltet oder die Zeitung aufgeschlagen, schon zischte es Lesssbe um seine Wade und kroch unter der Trainingshose an seinem Bein hoch, im nächsten Moment würde es ein Unglück geben. Doktor Lipka versuchte, etwas über Lesben und Schwule, wie man das heute nannte, zu lesen, doch sofort schoss dann sein Blutdruck in die Höhe und ihm wurde schwindlig. Małgosia hat in England eine gute Stelle, sie macht ihren Doktor, erzählte er seinen Bekannten, die hinterher sowieso tuschelten, die ist doch vor der Mutter weggelaufen, hat's nicht mehr ausgehalten, wozu behält der Doktor Lipka diese durchgeknallte Alte im Haus, soll er sie in die Klapse geben und eine normale Frau nehmen. Außerdem wusste ja jeder, dass seine Tochter ein Homodingsbums war, sonst wär sie doch längst verheiratet, eine Ärztin mit Stelle in London braucht nicht lang nach einem Mann zu suchen.

Wenn Doktor Lipka seine Tochter anruft, ertönt die Stimme des Anrufbeantworters auf Englisch, manchmal auch statt Małgosias Stimme die einer anderen Frau, die dann, ratlos über sein unbeholfenes Englisch, nach »Margo« ruft oder sagt, Margo ist nicht da, ich bin Jenn, Jill, Carla, sehr angenehm, Jenn, Jill, Carla, leck mich am Arsch, Doktor Lipka zieht eine Grimasse.

In diesem Jahr bringt Małgosia noch mehr Geschenke mit als beim letzten Mal, als wolle sie damit den wahren Grund ihres Besuches in Wałbrzych tarnen, und sie sagt nicht schon beim Betreten des Hauses, sie müsse gleich wieder weg. Sie besprühte ihre benebelte Mutter mit Dior Parfüm, bis der Alkoholgeruch Leben in sie brachte, zeigte Fotos von ihren Urlauben mit Jenn, Jill, Carla in Belize, Kyoto, in der Sahara, am Kilimandscharo, hielt ihrem Vater ein Glas Marmite unter die Nase, hier, probier mal, eine echte Schweinerei, da, eine Krawatte für dich, japanische Trommeln, Klänge der Berber, Sahara, Kyoto, Belize, Marmite, Kilimandscharo, Doktor Lipka murmelte etwas Unverständliches, Małgosia redete unbeirrt weiter. Der Vater betrachtete Małgosia, er sah seine braunen, lebhaften Augen, seine gedrungene Figur, das Haar, das wie seines die Farbe von faulendem Laub hatte, doch da, wo er weich war, war die Tochter fest und straff, eine große Brust, doch darunter kein Röllchen, kein hängendes Gewebe an den Hüften, ein kräftiger Körper, in Jeans und Hemd verpackt, geflochtene Armbändchen um die Handgelenke und, er konnte es nicht fassen – eine Tätowierung. Unter den hochgekrempelten Ärmeln die Unterarme mit einer Landkarte aus kleinen Leberflecken bedeckt. Małgosia saß eine Weile mit ihnen zusammen, schmierte ihrer Mutter regenerierende Creme ins Gesicht, begutachtete das neue Ultraschallgerät in der Praxis, aber dieses Sitzen, Schmieren, Begutachten tat sie mit einem Ausdruck im Gesicht, als renne sie schon durch die Büsche hinauf zu diesem seltsamen Mädchen auf Piaskowa Góra. Nie wird Doktor Lipka den Tag vergessen, an dem seine Małgosia und Pastor Postronek Dominika nach dem Unfall fanden. Alles hat sie gekonnt, diese Göre, als wäre sie schon Ärztin, dabei hatte sie grade mal einen Studienplatz bekommen. Seine achtzehnjährige Tochter, noch Gymnasiastin, hatte diesem Mädchen das Leben gerettet. In der »Wałbrzycher Rundschau« hatten sie einen Artikel darüber gebracht, mit Foto, Doktor Lipka hat ihn bis heute aufbewahrt. Małgosia zuckte mit den Schultern, als sie dann ging, um sich mit Dominika zu treffen, und ihr Vater wusste nicht genau, ob das Abwehr oder Hilflosigkeit bedeuten sollte, deshalb antwortete er wortlos mit der gleichen Geste, wie es sich für ihre Anglerunterhaltungen gehörte.

Małgosia rannte durch die Büsche wie damals in jenem Sommer, als sie die Freundin aus dem Kleinen See der Spinnennixe rettete, stieg mit Dominika aufs Dach des Babel, der wie ein Ozeandampfer unter dem grünlichen Himmel durch die Nacht glitt. Jetzt waren sie höher als ganz Piaskowa Góra, in den Fenstern blinkten die Fernseher und Weihnachtsbäume, doch das Leben dort in den Kabinen spielte sich in einer anderen Dimension ab als ihres. Was ist also mit dieser Sara?, fragte Małgosia noch einmal. Erzähl mir alles, Dominika Chmura, erzähl mir was total Verrücktes.

Sara ist eine Nachfahrin der Hottentotten-Venus, beginnt Dominika. Und auch wenn sie es nicht ist, sie könnte es sein. Hast du schon mal von der Hottentotten-Venus gehört? Ja, hab ich, antwortet Małgosia und denkt bei sich, dass Dominika Chmura die Einzige ist, die nach Jahren nicht mit einem unehelichen Kind, einem ausländischen Bräutigam oder deutschen Gebrauchtwagen nach Piaskowa Góra zurückkommt, sondern mit einer solchen Geschichte. Dann weißt du ja, wie die Venus aussah, und kannst dir Sara vorstellen, aber nicht so im Stil der stummen Muse Baudelaires. Sara spricht drei Sprachen, sie riecht nach Patschuli, hat gelbe Augen und sehr starke Hände. Als ich nach dem Unfall schwach war wie eine Fliege, hat sie mich hochgehoben und gesagt: Komm, Kind, gehen wir los. Männer, ob Dichter oder nicht, interessieren Sara nicht, denn Sara liebt nichts so sehr wie Geschichten. Ihre Uroma Destinee erzählte ihr immer von der schwarzen Venus, einer Schauspielerin, die ein Leben in der großen Welt führte, nicht nur hatte sie eine erlesene Garderobe, wie man sie in Brooklyn noch nie gesehen hatte, sie flog auch auf einem Kronleuchter, einem Kronleuchter aus Kristall, stell dir das mal vor. Hoppla hopp – sie packte den Kronleuchter, und auf ging's nach Paris, nach London, nach Afrika, so wie wir auf dem Dach des Babel nach Wolkenfern. Sara hat erzählt, erzählt Dominika, dass sie selbst, als sie sieben war, auf einen Stuhl geklettert ist und auf Zehenspitzen nach der Lampe gegriffen hat, um zu fliegen, dabei riss die ganze Lampe samt Kabeln ab, vier Tage hatten sie kein elektrisches Licht, und La-Teesha, ihre Oma, war ganz schön sauer, weil sie den Elektriker bezahlen musste.

Von ihrer Uroma Destinee erbte Sara eine Bibel, und darin fand sie einen alten verblassten Zettel mit einem Bild der Venus, die ein bisschen anders aussah als in den Geschichten der Uroma, eher wie die Frauen, die Sara täglich in Brooklyn sah, als wie eine Schauspielerin in Paris. Auf dem Bild, das Sara so bezauberte, war eine Karikatur der Saartjie Baartman, einer Frau aus dem Stamme der Khoi-Khoi, die im neunzehnten Jahrhundert in den Städten Europas als exotische Kuriosität und Zwischenstufe zwischen Affe und Mensch zur Schau gestellt wurde, die Personifikation des schwarzen und wilden Afrika, den Blicken des weißen und zivilisierten Europa preisgegeben. Das wusste die kleine Sara natürlich nicht, und dank Destinees Geschichten gab sie dem Bild eine ganz andere Bedeutung. Für sie war es einfach Venus, die Schauspielerin aus Paris, stark, frei und schön, die auf einem kristallenen Kronleuchter flog. Die Frau auf der Abbildung war mächtig wie eine Königin, nackt, mit einer Zigarette im Mund, strahlte sie für Sara Stärke und Zärtlichkeit zugleich aus. Sara stellte sich vor, dass so ihre Mutter Shaunika ausgesehen hätte, wenn sie nicht gestorben wäre, und selbst so zu werden und hinaus in die Welt zu ziehen, das war eine verlockende Aussicht.

Auf der Illustration sind die Worte kaum lesbar und die Zeichnung verblasst, doch als Sara lesen gelernt hatte, entzifferte sie, was in einer Rauchwolke über dem Kopf der Venus und unter ihren Füßen steht. Love and Beauty. Saartjee the Hottentot Venus, viel mehr ließ sich nicht ausmachen, nur noch die Worte Take care of ... in einem Wölkchen, das in einen Fettfleck überging. Sara hat erzählt, erzählt Dominika, sie sei sicher gewesen, Venus wolle ihr auf diese Art und Weise eine Botschaft vermitteln, deren Sinn sie würde entdecken müssen. Sorgen für – aber für was? Sara überlegte sich, dass sie ja Krankenschwester werden könnte, oder Krankengymnastin, um Menschen nach einem Unfall zu helfen. Außer einem Papagei, den einmal ihr sporadisch erscheinender Großvater mitbrachte, wollte nur ein Mensch Saras Geschichten von der Venus anhören, und das war der Besitzer des Ladens American Values, der polnische Jude Icek Kac. Und das kam so. Einmal, als sie mit ihrer Oma in den Laden ging, um etwas zu kaufen, wollte Icek Kac ihr eine Puppe schenken, so eine blonde, rosige Plastikpuppe, aber Sara fragte, ob er keine andere habe, sie wollte lieber eine Puppe, die aussehe wie die schwarze Venus. Die schwarze Venus? Icek Kac überlegte. Vielleicht finden wir eine, aber zuerst musst du mir etwas mehr über sie erzählen. Zum ersten Mal wollte jemand ihre Geschichten hören! Sara hat erzählt, erzählt Dominika, sie sei dann immer öfter zu American Values gegangen und habe geholfen, die Waren auszupacken, die verhedderten Büstenhalter und Socken auseinanderzuwurschteln, die auf grellrosa Schildchen geschriebenen Preise aufzukleben, und auch die unwahrscheinlichste Geschichte von der Venus, die ihr in den Sinn kam, konnte Icek Kac nicht in Erstaunen versetzen. Kronleuchter aus Kristall? Warum nicht, aber ob Sara denn wisse, aus was man Kristall macht? Ob sie wisse, dass das ein speziell angefertigtes Glas ist? Afrika, na gut, seinetwegen gerne Afrika, doch vielleicht hatte sie Lust, mal die große Weltkarte zu sehen? Darauf würden sie Afrika finden, und in Afrika die weißen Strände, wo die Venus zur Welt gekommen sein konnte und später ihre Feste feierte. Wenn es einen gab, der Saras unentwegtes Erzählbedürfnis verstand, dann war es Icek Kac. Sensibel und unmerklich vermittelte er Sara immer mehr Wissenswertes, aus dem Sara die Geschichte von der Venus und gleichzeitig ihre eigene Zukunft webte. Bis heute weiß Sara nicht genau, sagte Dominika, wie viel Icek wirklich wusste, ob er die Geschichte der Hottentotten-Venus kannte, bevor sie ihn danach gefragt hatte. Von ihm erfuhr sie auch, dass das Wort Hottentotten abwertend ist, und sie lernte, dass der wahre Name des Stammes, aus dem Venus kam, Khoi-Khoi war. Hottentotten war Gestammel, so hatten die holländischen Kolonialherren die Khoi-Khoi genannt, weil sie deren Sprachen weder verstehen noch lernen konnten, sie kam ihnen barbarisch und hässlich vor.

Sara zeigte Icek Kac das Bild von der Hottentotten-Venus, das mit der Zeit vom vielen Betrachten noch abgegriffener und zerknitterter geworden war, doch der Besitzer von American Values sagte nicht: Du Dummerchen, dieses Bild ist eine Karikatur, deine Venus war eine Sklavin und keine Schauspielerin, sie wurde wie ein Tier in einem Käfig ausgestellt. Nein, er sagte vielmehr: Sorge für sie, sie ist sehr schön, und er gab Sara eine kleine Schachtel mit Erdbeermuster, in der die Karikatur der Hottentotten-Venus bis heute ruht. Sara hat erzählt, erzählt Dominika, dass Icek Kac ihr Bilder von britischen Kuriositätenkabinetten zeigte, dort gab es Zwerge, Albinos, eine Frau mit einem wunderhübschen gewellten langen Bart, einen Riesen mit traurigem Gesicht, unnormale, verunstaltete, wilde Körper, als wolle er sie auf etwas vorbereiten, das erst noch entstehen würde.

Als Sara erwachsen war, begann sie andere Spuren der Venus zu suchen und die verrückten Erzählungen ihrer Uroma Destinee mit Fakten aus dem Leben der Saartjie Baartman zu bereichern. Sara hat erzählt, erzählt Dominika, dass Saartjie Sarah Baartman 1789 im Stamm der Khoi-Khoi an der Südküste Afrikas geboren wurde. Niemand kennt ihren wahren Namen, denn der, unter dem sie in die Geschichte einging, wurde ihr von Weißen gegeben. Die Portugiesen hatten diese Gegend schon am Anfang des siebzehnten Jahrhunderts entdeckt und von diesem Zeitpunkt an die Zivilisation eingeführt, die für die Khoi-Khoi in erster Linie Sklavenschaft, Syphilis und andere weiße Krankheiten bedeutete, sowie die weiße Religion, die sich für die Hiesigen verhängnisvoller erwies als alles andere. Saartjie wuchs auf dem Ostkap auf, am Fluss Gatmous, ihr Stamm der Khoi-Khoi bestand aus Vieh- und Schafhirten, sie waren ein Nomadenvolk, das mit seinen Herden an der Küste entlangzog. Saartjie verlor ihre Eltern, als ihr Stamm von weißen Siedlern angegriffen wurde. Niemand weiß, wo sich das verwaiste Mädchen danach aufhielt und was sie machte, doch steht fest, dass ihr in dieser Zeit der Vorname Sarah und der

Nachname Baartman gegeben wurden. Saartjie ist Sarah auf Afrikaans, es ist ein Diminutiv, das allerdings eher die Bezeichnung einer untergeordneten Stellung hat als die einer Koseform. Wir wissen, dass Saartjie bei einem holländischen Bauern namens Caesar in Dienst war. 1810 wird Saartjie an den Bruder des Bauern, Hendrick, verkauft, der seine Ländereien in der Nähe hat. Vielleicht hatte Hendrick die Idee selbst, vielleicht brachte ihn jemand anders auf die Idee, jedenfalls verlässt er kurz darauf Afrika, zusammen mit Saartjie. Auf dem Schiff, mit dem die zwanzigjährige Saartjie von Kapstadt nach London reiste, waren wahrscheinlich noch andere exotische Eroberungen, teils tot, teils lebendig, die wir uns ausmalen können: ein Löwe, der in seinem Käfig tobte, die Haut eines Zebras, die Stoßzähne von Elefanten. Wie kann sie ausgesehen haben, die Seereise des Holländers Hendrick und Saartjies, die bald zur Hottentotten-Venus werden sollte? Ich stelle mir vor, sagt Dominika, wie sie in europäischer Kleidung an der Reling stand und auf den Ozean schaute, auf die am Horizont verschwindende Küste Afrikas und wie sie allmählich begriff, dass sie nie dorthin zurückkehren würde und doch die Hoffnung auf eine Rückkehr nicht verlieren dürfte, denn dann hatte sie gar nichts mehr. Was ging ihr durch den Kopf, als sie Großbritannien sah, ein Land, das in der Sprache der Khoi-Khoi nicht mal einen Namen hatte? Was für einen Geruch wird diese Erde für sie gehabt haben, die so anders war als alles, was sie bisher kannte? Unterhielt sich Hendrick auf der Reise mit ihr, und wenn ja – über was? Versprach er ihr ein herrliches Leben in Europa? Behandelte er sie mit Verachtung? Mit Widerwillen? Lüstern? Schlief er mit ihr? Klar hat er mit ihr geschlafen, sagte Małgosia, das konnte er sich nicht versagen, er musste mit eigenen Augen sehen, was sie da hatte, sich davon überzeugen, wie sie sich anfühlte und schmeckte, und je weniger er sie verstand, desto mehr hasste er sie. Sie konnten sich jedenfalls unterhalten, stimmt Dominika zu, denn Saartjie sprach fließend Holländisch. Vielleicht haben sie aber auch geschwiegen. Vielleicht war Hendrick nur zufrieden, dass es ihm gelungen war, Saartjie aus Afrika fortzubringen, und sagte kein Wort zu ihr. Vielleicht zählte er auch in Gedanken schon das Geld, das er mit Saartjie verdienen würde, und betrachtete dabei ihre riesigen runden Gesäßbacken, die sich unterhalb der Wirbelsäule vorwölbten wie eine fleischige Blume. Je fetter die Hinterbacken einer Frau der Khoi-Khoi waren, je mehr sie sich vorwölbten, umso schöner war sie in den Augen ihrer Stammesangehörigen. Steatopygie, sagt Małgosia, das ist unser Terminus für die vergrößerte Ansammlung von Fettgewebe auf den Hinterbacken, das unter anderem die Frauen der Khoi-Khoi und die Pygmäen auszeichnet. Stell dir vor, die klassische Steatopygie bedeutet einen Fettzuwachs von neunzig Prozent. Alles können wir messen und festlegen, sogar die normale und übermäßige Ansammlung von Gewebe auf dem Hintern, und als Bezugspunkt dient uns immer unser weißer Arsch.

Saatjies überproportionierter Arsch jedenfalls sollte zur Attraktion des schönen London werden, der Hauptstadt der damaligen Welt, doch nicht nur mit diesem besonderen Schönheitsmerkmal sollte Saartjie die nach Exotik und Wildheit hungernden Gaffer anziehen. Der wahre Schatz der Hottentotten-Venus verbarg sich zwischen ihren Beinen: Sarah-Saartjie war eine wahre Fundgrube der Wunder, und wäre es nicht geboten gewesen, den Schein des Anstands zu wahren, hätte Hendrick ihr wahrscheinlich schon auf dem Schiff die Kleider vom Leib gerissen, um abzukassieren, indem er ihr so niedlich benanntes Hottentottenschürzchen zur Schau stellte. Bei den Khoi-Khoi beschwerten die älteren Frauen die Schamlippen der Mädchen mit Steinen, um sie so länger zu machen, denn das galt als ein Schönheitsmerkmal. Sinus pudoris, sagt Małgosia, wir haben auch einen Namen dafür, und zwar nicht nur einen. Ich bin Vertreterin eines alten Berufsstands, und seit Jahrhunderten gehört es zu unseren Hauptbeschäftigungen, Körper in normale und unnormale einzuteilen, was manchen Mediziner mehr interessiert hat als die Heilung. Sinus pudoris, das sind die übermäßig langgezogenen Schamlippen der Khoi-Khoi-Frauen. Wie muss der Gedanke daran das Blut der Londoner an düsteren Novembertagen in Wallung gebracht haben. Das wilde Afrika und seine wilde Fotze – das mit eigenen Augen zu sehen! Sara hat erzählt, erzählt Dominika, dass die Hottentotten-Venus im Käfig gezeigt wurde, sie sollte wild sein und schwarz und ihre riesigen Hinterbacken schütteln, die hier nicht als schön und begehrenswert galten, und selbst wenn sie begehrenswert waren, dann nicht als Objekt von Liebe und Sorge. In dieser Kuriositätenrolle traten auch andere Geschöpfe auf: siamesische Zwillinge, an den Hüften zusammengewachsen, die zu Klavierklängen allerliebst tanzten, ein Mädchen mit vier Beinen, ein Albinojunge, dessen Haut so dünn war, dass das Licht durch ihn hindurchschien und man das Innere seines Körpers sehen konnte, die Haupt- und Nebenflüsse seines Blutkreislaufs, die Windungen seines Gedärms, das schlagende Herz. Und was noch?, fragte

Małgosia. Ein Elefantenmensch, dessen Gesicht mit Wucherungen überzogen war wie ein Felsbrocken, ein am ganzen Körper dicht behaartes Kind sowie die hässlichste Frau der Welt, die dennoch viele Bewunderer hatte, ein Gummimensch, ein Riese mit einem Kopf wie ein Ei und dem Gemüt eines fröhlichen Dreijährigen. Das war die neue Familie der Vorfahrin meiner Freundin Sara Jackson, erzählt Dominika. Die Hottentotten-Venus sollte in dieser Gesellschaft die wilde Frau spielen, das Glied zwischen dem Affen und uns, bitte sehr, meine Herrschaften, ein menstruierender Affe! Die Hottentotten-Venus war halbnackt im Käfig, die Brüste entblößt, die Möse anstandshalber mit einem pseudoafrikanischen Röckchen verhüllt, sie trug Perlenschmuck und die Felle wilder Tiere, die dem Publikum suggerierten, dass sie diese Tiere mit ihren eigenen Klauen gerissen und zerfetzt hatte, wie es sich für eine Wilde gehört.

Damals entstand die Karikatur, die auf irgendeine unerfindliche Weise in den Besitz von Destinee geriet, Saras Urgroßmutter, die eine des Lesens und Schreibens unkundige Bedienstete in den Südstaaten Amerikas war. Hendrick hatte recht behalten, seine Saartjie wurde berühmt, bald ging er mit ihr auf Tournee durch Städte und Städtchen, denn auch in der Provinz wollte man die Hottentotten-Venus sehen. In Großbritannien galt seit 1807 das Verbot des Sklavenhandels, doch die Sklavenhaltung selbst wurde erst viel später abgeschafft. Jedenfalls ging Saartjie schließlich mit der gesamten Ausstellung wie ein Zirkustier in den Besitz eines anderen Veranstalters über und kam so nach Paris. Im Jahre 1814 war Paris das Zentrum der modernen Wissenschaften, und die Hottentotten-Venus erregte das Interesse nicht nur von Professor Georges Léopold Cuvier, dem sogenannten Napoleon der Wissenschaften, sondern auch von anderen Vertretern des Naturalismus und der aufkommenden Rassentheorien. Sara hat erzählt, erzählt Dominika, dass im Naturkundemuseum speziell für die geschätzte Welt der Naturwissenschaft Sondervorführungen dieses lebenden Exponats veranstaltet wurden. Wenn also in der Geschichte, die Uroma Destinee erzählte, ein Körnchen Wahrheit steckt, dann hätte Venus damals Napoleon kennenlernen können. Er war aus Elba für seine letzten hundert nicht unbedingt rühmlichen Tage zurückgekommen, ein Hühnerarsch mit Magengeschwüren und unersättlichem Appetit auf Frauen, auf die Eroberung von fremden Ländern und auf kleine Krieglein. Er interessierte sich für die Ausführungen Cuviers, und man kann annehmen, dass ihm die Rassentheorie zusagte, anders ist es bei jemandem mit Ambitionen auf eine Weltherrschaft kaum denkbar. Es ist nicht ausgeschlossen, dass er zu einer solchen Veranstaltung erschien, in einer dunklen Ecke stand und schaute, sich über den Magen strich und rülpste, vielleicht erwachte ein unbefriedigter Wunsch nach der Unterjochung Afrikas in ihm, und sein Blick blieb am Körper der Venus hängen. Afrika! Wenn sie ihm, ihm allein gehören könnte! Sara hat erzählt, erzählt Dominika, sie habe sich ihre Begegnung immer wieder vorgestellt. Und wie?, fragte Małgosia. Wir haben doch eigentlich nur unsere Vorstellungskraft, antwortet Dominika und stößt eine Rauchwolke zum Wałbrzycher Himmel, aus dem der Schnee immer dichter auf das Dach des Babel fällt. Denk dir doch deine Version der Begegnung der Venus mit Napoleon aus! Na gut, sagt Małgosia. Ich glaube, Napoleon wollte sie berühren und allein und in

Ruhe betrachten. Sie wurde zu ihm gebracht, und zwar in einer Kutsche mit zugezogenen Vorhängen. In solchen Geschichten kommen doch immer solche Kutschen vor, oder? Dann Treppen, verwinkelte dunkle Treppen für Dienstboten, Spione und Liebhaber, so eine Geschichte kommt doch ohne Hintertreppen nicht aus. Jemand hatte die Venus fest untergehakt, erklärte ihr nervös flüsternd, welch eine Ehre, Napoleon persönlich, man erwarte von ihr entsprechend würdevolles Benehmen, eine Hand streckte ihr eine Flasche mit Alkohol entgegen, was wird sie wohl getrunken haben, vielleicht Rum? Oder Absinth, grün wie der Himmel über Wałbrzych. Sie trank also in großen Schlucken direkt aus der Flasche Absinth oder Rum, und weil ihr nie jemand in die Augen schaut, merkt auch niemand, dass sie betrunken ist und grinst, als plane sie einen Flug auf dem Kristallkronleuchter. Danach Türen, Bücklinge, das Halbdunkel eines Zimmers mit zugezogenen schweren Vorhängen an den Fenstern. Bestimmt waren es Samtvorhänge, oder? Ja, klar, Samtvorhänge, bordeauxrot, bekräftigt Dominika, und sie hatten goldene Troddeln, in Geschichten mit Kutschen und Hintertreppen darf man keine anderen Vorhänge haben. Ein kleiner Mann, das spärliche Resthaar quer über den Schädel gekämmt, steht an ... An was lehnt er sich? An einen Kamin, ergänzt Dominika. Lassen wir Napoleon an einen Kamin gelehnt stehen. Jawohl, fuhr Małgosia fort, er stand an den Kamin gelehnt, und das flackernde Feuer hinter ihm warf seinen Schatten riesig an die gegenüberliegende Wand. Venus sah so etwas nicht zum ersten Mal – ein solches Zimmer, ein wartender Mann, Vorhänge aus Samt, sie machte sich daran, sich auszuziehen. Nackt und mit einer Rum- oder Absinthfahne, wollte sie das Ganze schnell hinter sich bringen. Sie wollte so bald wie möglich zurück in ihr Zimmer, ein Bad nehmen und noch eine Flasche trinken, Rum oder Absinth, die würde sie auf dem Rückweg besorgen. Napoleon ging auf Venus zu und warf sich in die Pose, die wir von Davids Bildern kennen. Venus war nicht groß, aber die Üppigkeit ihres Körpers ließ ihn noch kleiner erscheinen, als er war. Ach, hätte er nur ein Pferd hier, dann könnte er im Kreis um sie herumreiten, um diese runde Frau mit den gelben Augen. Er blieb stehen und sann nach, schritt dann im Kreis um sie herum, weil leider kein Pferd zur Hand war, schaute. Das Feuer brannte knisternd, doch vom Steinfußboden stieg Kälte auf. Venus erwiderte den Blick des blassen Mannes, der sich kaum von anderen blassen Männern unterschied, die sie in anderen kalten Zimmern in Paris getroffen hatte. Sie verstand die Geste des Mannes ganz richtig, er wollte wie alle Männer genauer sehen, welche Wunder sie zwischen den Beinen hatte. Diese ernste Miene, die zusammengezogenen Brauen, wenn sie das nur anderen Frauen aus ihrem Stamm erzählen könnte, sie würden sich im Sand kugeln vor Lachen. Bei dem Gedanken musste Venus plötzlich selbst lachen. Der kleine Kaiser war Widerstand nicht gewöhnt. Beine auseinander!, befahl er ihr noch einmal, aber Venus hörte nicht auf zu lachen. Seit Jahren hatte sie nicht so gelacht! Plötzlich stürzte sie sich auf ihn, vielleicht machte sie auch nur einen zornigen Schritt auf ihn zu und fiel dann vom Alkohol benebelt hin, den Kaiser unter sich begrabend. Die kaiserliche Nase war zwischen den Brüsten der Venus eingeklemmt, das Gewicht ihrer Hüften und Hinterbacken presste auf den kaiserlichen Torso, das arme Kerlchen kriegte gar keine Luft mehr! Napoleon wollte sich befreien, aber nichts da! Sobald er versuchte, den Kopf zu heben, packte Venus ihn mit flinker dunkler Hand an der Kehle. Sie schaute ihn von oben an, ihre Augen waren gelb, ein Feuer brannte darin, Rum floss in ihren Adern oder grüner Absinth, ihr habt doch gewollt, dass ich wild bin – bitte sehr! Sie drückte dem Kaiser gekonnt langsam die Luft ab, bis ihm die Augen aus den Höhlen traten und er aufhörte sich zu wehren, nur noch mit den ledergestiefelten Beinen zappelte, während Venus immer weiter lachte. Napoleons verzweifelte Zuckungen halfen ihm nichts, Venus quetschte seine Flanken zwischen ihren Schenkeln, bis es ächzte, das hatte er doch gewollt, der Kerl in diesen weißen Hosen, der angezogen war wie für den Zirkus, er hatte sie doch fressen wollen, und jetzt plötzlich schrie er um Hilfe. Mit irrem Lachen knöpfte Venus den obersten Knopf seiner Hose auf. Seine Augen wölbten sich vor, Schweiß trat ihm auf die Stirn, er keuchte. Sie gluckste ihn an, die restlichen Knöpfe flogen ab, sie fand, was sie suchte, und setzte sich zurecht, aaaah, stöhnte er, welch ein Tempo, welche Glut!

Aha, lachte Dominika, bei der Gelegenheit ist Venus schwanger geworden, weil sie sich dann letzten Endes doch von dem kleinen Kaiser überlisten ließ!

Ja, in der Tat, sagte Małgosia, als wäre sie selbst für Venus' Schwangerschaft verantwortlich. Und wie geht's weiter? Jetzt bist du dran, Dominika Chmura, ich bin Ärztin, ich dürfte Venus nicht sterben lassen, aber ich fürchte, es wird unvermeidlich sein. Venus war bereits krank, sie hustete und spuckte Blut, sie aß fast nichts, ernährte sich nur von Rum, grünem Absinth und kandierten Früchten. Sara hat erzählt,

erzählt Dominika, die Idee einer Romanze zwischen Venus und dem Kaiser der Franzosen sei ihr schnell gekommen. Als sie sehr jung war, malte sich Sara ganz im Stil der Erzählungen ihrer Großmutter schwärmerisch aus, dass Napoleon Venus besinnungslos geliebt hatte, sie war seine wahre große Liebe gewesen, die er vor der grausamen Welt geheim hielt. Ooooh!, seufzt Małgosia. Na ja, sagt Dominika, aus so etwas wächst man ja heraus. Sara sah bald ein, dass es anders ausgesehen haben musste, wenn sie sich überhaupt getroffen hatten, von Liebe konnte da keine Rede sein. Sie wurde also schwanger, und das Kind war Ur-ur-ur deiner Freundin Sara aus New York, sagt Małgosia. Das Kind von Venus und Napoleon! Mädchen? Junge? Mädchen, lacht Dominika, das passt mir besser zu der Geschichte – oder soll es zur Abwechslung mal ein Junge sein? Na gut, stimmt Małgosia zu, diskriminieren wir nicht die armen Jungen, obwohl, andererseits – Napoleon hatte schon zwei Söhne. Und zwar ziemlich missratene!, setzt Dominika hinzu. Also doch Mädchen? Na gut, sei's ein Mädchen. Venus also gebar in Paris ein Mädchen, die Tochter Napoleons. Das war 1815. Napoleon aber, inzwischen in den Staub von Waterloo getrampelt, wurde auf die Insel St. Helena vor der Küste Afrikas verbannt, wo er an Zyankalivergiftung starb. Nach Venus' Tod versorgte ihre Dienerin und einzige Freundin den Säugling. Die Freundin stand Venus bis zum letzten Augenblick bei. Wer war das? Wer soll's schon gewesen sein, sagt Dominika, eine Albinofrau mit rosigen Augen und Haaren so dünn wie Entenflaum, die ihr zu einem Zopf geflochten bis zu den Knien hingen. Sie war klein und zart, mit Fingernägeln wie kleine Muscheln. Venus hatte ihren Besitzer gebeten, sie einem jämmerlichen Theaterchen abzukaufen, wo das Albinomädchen gegen Geld in einem Aquarium dem Publikum vorgeführt wurde, da schwamm sie mit angeklebtem Fischschwanz. Sie kam aus der Ukraine und hieß mit Vornamen Olena, ergänzt Małgosia. Ja, Olena, natürlich, sagt Dominika. Die Nixe Olena. Hohe Wangenknochen, schmale Augen, ein Goldzahn. Anfangs war sie Venus' Zimmermädchen und Aufwärterin, später ihre Freundin. Sie schliefen in einem Bett, eng aneinandergeschmiegt, denn in Venus' Zimmer war es so kalt, dass sie morgens Raureif auf den Wimpern hatten, der Winter 1815 war einer der schlimmsten seit Menschengedenken. Diese Olena sang ihr ukrainische Balladen vor und spielte auf der Bandura, kochte Tee in einem alten Samowar, und Venus schenkte Rum in die Gläser und erzählte von Afrika. Der Mann, der sie von Hendrick gekauft hatte, führte Venus schon längst nicht mehr vor, denn krank, wie sie war, brachte sie nur Scherereien und keinen Profit, sie betrank sich und fluchte, spuckte Blut und wurde immer fetter. In den letzten Monaten ihres Lebens wohnte Venus mit Olena zusammen in Paris, die beiden waren sich selbst überlassen und litten große Not. Schließlich trug das Albinomädchen sogar die Bandura ins Pfandhaus, weil sie nichts anderes mehr zu verkaufen hatten. Sie träumten davon, zusammen nach Afrika zu fahren, ein Haus zu kaufen, Tiere zu züchten und neben der Terrasse Bougainvilleen zu pflanzen, die so feuerrot waren, dass man sie täglich gießen musste, damit sie nichts in Brand steckten. Dort würden sie auf Schaukelstühlen sitzen, schaukeln und singen, nur die Bandura würden sie vorher aus der Pfandleihe holen müssen. Niemand außer Olena wusste, dass Venus schwanger war, sie war die Einzige, die bei der Geburt half, und sie war auch dabei, als Saartjie Baartman, die Hottentotten-Venus, Ende 1815 starb. Venus starb mit sechsundzwanzig Jahren und viel weiter weg von Afrika als Napoleon, wie paradox. Olena wusch die tote Venus, kleidete sie in ihr schönstes Kleid aus smaragdgrünem Samt und zog ihr ihre Lieblingshandschuhe aus weißer Spitze über. Sie sang ihr ein letztes Mal vor, dann hüllte sie das Kindchen in warme Decken, legte es in einen Korb und stahl sich hinaus in die Nacht. Sara hat erzählt, erzählt Dominika, dass jede Geschichte an den Punkt kam, wo jemand sich mit dem Kind von Venus und Napoleon in die Nacht hinausstahl. Wir wissen schon, dass das Kind ein Mädchen war, und ich glaube, Olena gab ihr einen ukrainischen Namen, denn ukrainische Namen fand sie am schönsten. Oksana, bestimmt Małgosia. Ich kannte mal eine Oksana, davon erzähl ich dir später. Also gut – Oksana, die Tochter von Napoleon und der Hottentotten-Venus.

Mit dem nächsten Teil der Geschichte sind wir schon in den Staaten, in Alabama. Sara hat erzählt, erzählt Dominika, dass ihre Urgroßmutter Destinee dort im Haus eines Baumwollpflanzers arbeitete. Sie kann die Enkelin von Oksana gewesen sein. Jawohl!, ruft Małgosia zustimmend, was sonst! Destinee war keine Sklavin, aber sie war auch nicht frei, denn sie konnte weder lesen noch schreiben, deshalb konzentrierte sie sich ganz aufs Bügeln und erreichte darin eine Meisterschaft, in der es, wie man sich erzählt, niemand mit ihr aufnehmen konnte. Die verrückte Geschichte von der schwarzen Venus ist alles, was sie Sara überlieferte. Sara hat erzählt, erzählt Dominika Małgosia, dass Destinee sich nicht an ihre Eltern erinnern konnte, sie hatten ihr nichts hinterlassen als einen Koffer, und der ging irgendwann verloren. Der Koffer war mit aufgeklebten Schildern bedeckt, so viel wusste Destinee noch, und vielleicht hätten diese für Destinee nicht lesbaren aufgeklebten Reisezettel Aufschluss darüber geben können, wie sie nach Alabama kam.

Die Leiche der Venus wurde der Sektion des Naturkundemuseums in Paris übergeben, eine Feierlichkeit, bei der Baron Cuvier präsidierte. Das Skelett der Venus wurde präpariert und mit einer Aufschrift versehen, Saartjies Genitalien kamen in ein Glas mit Formaldehyd, wo sie als seltsame rosige Blüte lagen. Skelett, Hirn und Genitalien blieben im Naturkundemuseum in Paris, so konnten sich die Besucher endlich an dem sattsehen, was die schwarze Venus zu Lebzeiten nicht hatte zeigen wollen. Sara hat erzählt, erzählt Dominika Małgosia, sie habe das alles von Icek Kac erfahren, als sie Teenager war und ins Gymnasium ging. Vielleicht wollte er sie damit in ihrem Wunsch bestärken, einen Weg fort aus Bed-Stuy zu finden? Da es also eine Spur der Venus gab, müsste Sara doch nach Paris fahren und diese Spur mit eigenen Augen sehen, egal wie abwegig und gefährlich ein solches Unternehmen ihrer Oma La-Teesha erscheinen mochte.

Icek Kac beging Selbstmord, als Sara in der letzten Klasse war; er tat es so wie alles in seinem Leben: still und ohne einem Menschen damit zur Last zu fallen. Man fand ihn tot in seinem Zimmer, dessen Wände über und über mit Fotografien bedeckt waren. Solche Neuigkeiten sprachen sich in Bed-Stuy schnell herum. Nach dem Tod von Icek Kac beschloss Sara, auf jeden Fall ein Studium zu beginnen. Ihre Oma La-Teesha rang entsetzt die Hände, weil sie fürchtete, sie werde ein ähnliches Schicksal erleiden wie ihre Mutter, doch Sara war nicht davon abzubringen und gehörte zu den wenigen Mädchen, die Bed-Stuy verließen, um an einem College in Manhattan zu studieren. In ihrer freien Zeit besuchte sie Seminare an der City University New York und der New School und vergrub sich auf der Suche nach Spuren der Venus in Bibliotheken und Archiven. Ihre Oma La-Teesha befürchtete, Sara treibe sich in schlechter Gesellschaft herum, doch sie saß in Bibliotheken, klapperte alle möglichen Abteilungen für Afrikanistik ab und hoffte, dass jemand sie auf einen Weg weisen konnte, der mehr hergeben würde als die Bruchstücke der Pfade, die sie gefunden hatte. Sie stellte fest, dass es eine Reihe Leute gab, die sich für die Geschichte der Hottentotten-Venus interessierten, in der Regel waren es Frauen – Professorinnen, Kellnerinnen, Dichterinnen oder Krankenschwestern in New York, Paris, München und weiß der Teufel, wo sonst noch. Nach ihrem College-Abschluss ging Sara auf Reisen. Mal arbeitete sie in ihrem erlernten Beruf als Reha-Schwester, mal in ganz anderen Sparten, nie blieb sie lange an einem Ort. Sara litt darunter, dass sie ihre Oma La-Teesha zurückließ, die vor Sorge fast umkam, doch der Ruf der Hottentotten-Venus war stärker, und sie ist bis heute unterwegs.

Aber was war mit Saras Eltern?, fragt Małgosia.

Wer ihr Vater ist, weiß niemand, und ihre Mutter Shaunika wurde ermordet, bevor sie Sara gebären konnte. Saras Eintritt in die Welt und der Mord an ihrer Mutter müssen sich fast gleichzeitig ereignet haben, doch niemand konnte sagen, was zuerst passierte. Sara hat erzählt, erzählt Dominika, dass es in der Nacht ihrer Geburt Unruhen in Brooklyn gab, ihre Mutter Shaunika ging bei Einbruch der Dunkelheit kurz hinaus, mehr hat ihre Oma La-Teesha ihr nicht erzählen wollen, denn sie ist nicht so schwatzhaft wie Destinee. Sara hat erzählt, erzählt Dominika, dass man ihre Mutter am nächsten Morgen im Park fand, ihr Bauch war aufgeschnitten, leer wie eine ausgegessene Melone, im Gebüsch eine Schere, blutige Lappen. Eine Wunde am Kopf und der aufgeschnittene Bauch, keine anderen Verletzungen, wenn man die abgebrochenen Fingernägel nicht rechnet, denn Shaunika muss sich gewehrt haben. Sara hat erzählt, erzählt Dominika, dass die Polizei nicht sehr eifrig nach den Tätern gesucht habe, wer interessierte sich damals schon für eine junge Schwarze, die ermordet worden war?

Das Kind fand man auf der Pennsylvania Station. Jemand bemerkte einen Weidenkorb und hörte das Weinen eines Säuglings, es war ein Mann, der verschwand, ohne seinen Namen anzugeben, wahrscheinlich wollte er keine Scherereien, und der junge Wachtmeister, der Dienst hatte, konnte sich an sein Aussehen nicht mehr erinnern, nur daran, dass er einen Hut trug. Angeblich – doch darüber gibt es keine Gewissheit – hatte jemand gesehen, wie zwei schwarze Mädchen den Korb abstellten, aber vielleicht handelte es sich auch um zwei einander ähnliche Körbe. Und woher weiß man, dass sie das war, dass Sara Sara ist, das Kind aus Shaunikas Bauch?, fragt Małgosia. Sara hat erzählt, erzählt Dominika, das könne man nicht hundertprozentig wissen. Im Korb fanden sie einen grünen Schal, damit war der Nabel des Neugeborenen notdürftig umwickelt. Der Arzt erklärte, das Kind müsse in den letzten zwölf Stunden zur Welt gekommen sein. Als man La-Teesha auf die Polizeistation rief, schwor sie, dieser grüne Lappen sei ihr bekannt, natürlich, er hatte ihrer Tochter Shaunika gehört, sie habe ihn selbst als Geschenk für ihre Tochter im Sonderangebot bei American Values gekauft, sie konnten nach Bed-Stuy fahren und nachfragen, sie sei ganz sicher, könne es auf die Bibel schwören, dass Shaunika in jener Nacht diesen Schal getragen hatte. Das sei Shaunikas Schal, und das Kind im Korb sei Shaunikas Kind, ihre Enkelin. Nicht ausgeschlossen, dass man ihr das Kind trotz einiger Zweifel an der Glaubwürdigkeit der ganzen Sache anvertraut hat, vielleicht dachte sich ein vernünftiger Mensch, es sei besser, ein paar Vorschriften außer Acht zu lassen und den schwarzen Säugling einer Frau zu geben, die ihn wollte, denn eine zweite solche Gelegenheit würde das arme Wurm so bald nicht kriegen. Verdächtig war, dass zwei Mädchen aus der Gang, die Shaunika anfeindete, aus der Gegend verschwunden waren, auch Verhöre mit ihren Familienangehörigen brachten keinen Aufschluss, fort wie ein Stein im Wasser, die Akte wurde geschlossen.

Nach mehreren Tagen im Krankenhaus war das Kind zu Kräften gekommen und außer Lebensgefahr, La-Teesha brachte das kleine Mädchen nach Hause, und die Urgroßmutter Destinee gab ihr den Vornamen. Die kleine Sara schrie wie am Spieß, in den ersten Wochen ließ sie sich nur von der Uroma beruhigen. Da von Anfang an Worte bei der schreienden Kleinen eine bessere Wirkung taten als ein Fläschchen Milch, begann Destinee ihr sicher schon damals von Venus zu erzählen und spickte sie mit diesen Geschichten wie eine Zwiebel mit Nelken. Als Sara heranwuchs, nahm sie sich vor, alle die Orte zu besuchen, an denen Venus gewesen war oder hätte gewesen sein können, und von unbewiesenen Vermutungen und Ahnungen geleitet, machte sie sich auf die Reise. Manchmal hielt sie sich irgendwo länger auf, um Geld zu verdienen, damit sie weiterreisen konnte. Als ich sie im Krankenhaus bei München kennenlernte, sagt Dominika, gab es gerade einen Streit, ob die Überreste der Venus, die vergessen im Magazin des Naturkundemuseums in Paris gelegen hatten, in ihrer Heimat begraben werden sollten. Sara wollte, dass das Grab ihrer Urahnin, der als Hottentotten-Venus bekannten Frau aus dem Stamm der Khoi-Khoi, in der Nähe des Flusses Gatmous liegen sollte, unter der Sonne Afrikas. Sie träumt von dem Tag, an dem das wahr werden wird, und dann wird die amerikanische Nachfahrin dorthin fahren, um ihrer Urahnin die Ehre zu erweisen.

Wollte Sara denn nie herausfinden, wer ihre Mutter ermordet hatte? Nein, Sara hat gesagt, sagt Dominika, dass sie dank dieser Geschichte lernen will zu lieben und nicht, sich zu rächen.

IX

Halina Chmura wusste, dass es zu Ende ging. Sie hatte nie zu den Menschen gehört, die über den Sinn des Lebens grübelten, da sie der festen Überzeugung war, dass jedes Menschenleben letzten Endes in die gleiche Richtung geht und eines tieferen Sinns entbehrt, deshalb seufzte sie nur – so ist es nun, es geht zu Ende, ich fühl mich, als hätte mich einer gefressen und ausgekotzt, und stieß eine Rauchwolke aus. Wäre ihr ausgezehrter Köper nicht schon ausreichender Beweis für den nahenden Tod gewesen, hätte die Dürftigkeit der Rauchwölkchen, die sie ausstieß, eventuelle Zweifel an ihrem Zustand sofort beseitigt. Als gesunde Frau hatte sie so tief an der Zigarette ziehen und den Qualm mit solcher Kraft ausblasen können, dass der ihrem Mund entströmende Rauchfluss auf seinem Weg durch die Wohnung benommene Fliegen, Stofffetzen und kleinere Gegenstände, die man später in den Ecken suchen musste, mit sich riss. Manchmal prallte ihr Rauchstoß auf Jadzia, die dann wie ertrinkend mit den Armen ruderte und schrie: Pfui, Mutter, alles stinkst du hier voll mit diesen Zigaretten! oder: Musst du mich so räuchern?

Jetzt floss der Zigarettenrauch wie feuchtes Ektoplasma von Halinas blauen Lippen, alle paar Minuten wurde die alte Frau von Hustenanfällen geschüttelt und schnappte mit hervorquellenden Augen nach Luft, was Jadzia zu Tode erschreckte. Doch jedes Mal fing sich ihre Schwiegermutter wieder, und ihre tränenden Augen suchten Dominika.

So überstand sie die Feiertage, doch gleich nach Neujahr legte sie sich aufs Sofa im Esszimmer und röchelte ihrer Schwiegertochter zu, bitte jetzt nicht an die Decke gehen, aber ich kann jetzt nicht mehr aufstehen. Wie schade, dass sie den Sarg nicht gekauft hatten, als sie noch auf den Beinen war, denn Jadzia werden sie ordentlich übers Ohr hauen, sowohl mit dem Sarg als auch mit der Beerdigung. Lass dich nicht verscheißern, Jadzia, riet sie mahnend ihrer Schwiegertochter in einem Flüsterton, der an das Rascheln trockener Blätter erinnerte. Sie konnte kaum noch sprechen, und es tat ihr so leid, dass sie ihrer Enkelin nicht mehr von Wówka erzählen konnte, dem Dompteur aus dem Wanderzirkus, von dem wahrsagerischen Flug auf der Rosshaut, bei dem sie den Bären erblickt hatte, und dass sie ihrer Enkelin nicht mehr sagen konnte, dass sie niemanden auf der Welt so lieb gehabt hatte wie sie. Dominika nahm die Hand der Großmutter in ihre, ein verdorrter Zweig, in dem kein Saft mehr kreiste, und sagte, meine Oma Kolomotive, keiner hat so wunderbare Brote mit Sahne und Zucker gemacht wie du, und weißt du noch, was für ein tolles Kleid du mir aus gefärbtem Windelstoff genäht hast? Weißt du noch, was du mir von der Gräfin Großherr vorgeschwindelt hast? Mehrmals am Tag kam Małgosia und setzte der alten Frau Spritzen, schaute ihr in die Augen und in den Hals, und Halina, die an so etwas nicht gewöhnt war, wehrte ab, die Frau Doktor brauche sich doch nicht extra zu ihr zu bemühen, und versuchte Małgosia Geld in die Hand zu drücken, weil sie fürchtete, Dominika könnte sich finanziell übernehmen.

Als die Schmerzen eines Abends unerträglich wurden und Halina lautlos weinte, als presse eine schreckliche Gewalt ihr die Tränen aus den Augen, verschwand Dominika nach einem kurzen Anruf bei Małgosia und kam nach wenigen Minuten mit einem kleinen Päckchen zurück. Oma, ich mach dir jetzt eine ganz tolle Zigarette aus ausländischem Tabak, sagte sie, und bald hielt die alte Frau einen dicken Joint in der Hand. Halina zog erst einmal misstrauisch daran, denn Dominikas selbstgedrehte Zigarette erinnerte sie an das, was man während des Kriegsrechts nach Gewicht im Sam auf Piaskowa Góra kaufen konnte, Bruchstücke von Hülsen, gestopft mit Abfall und Mäusekot, doch dieser Geschmack jetzt war anders, das spürte sie sofort, holzartig, bittersüß, wohltuend. Gierig sog sie die aromatische Wolke in die Lungen, bis ihr Loch im Hals zu pfeifen begann. Sie saugte an dem Stengel und ließ nicht los, bis Dominika ihr den Stummel aus der Hand nahm, damit sie sich nicht verbrannte und das Bettzeug nicht in Flammen aufging. Der Schmerz ließ nach, Halina schaute ihre Enkelin aus geweiteten Pupillen an und lächelte. Der Bär, sagt sie, so tanz, Brüderchen. Auf heißen Kohlen haben sie ihn tanzen gelehrt, den Bären. Dann hat er immer getanzt, wenn er Musik gehört hat, rasselte sie, und wie er getanzt hat! Auf ihren packpapierfarbenen Wangen erschien ein Hauch Röte. Ein Bär? Dominika setzte sich auf die Bettkante und nahm Oma Halinas Hand. Was für ein Bär, Oma? Doch Halina gab keine Antwort, denn sie hatte keine Worte mehr, und als Dominika ihr den nächsten Joint aus bestem holländischem Marihuana drehte, lächelte sie nur noch breiter. Halinas Hände waren schon zu schwach, deshalb führte Dominika ihr den Joint an die

Lippen, die sich darum schlossen und mit letzter Kraft eine ansehnliche Portion Rauch heraussaugten. Halina Chmura sah ihre Enkelin, und es gab nichts, was sie lieber sah, und hinter dem Kopf ihrer Enkelin, auf der spiegelnden Hochglanzoberfläche der Einbauwand, sah sie andere Dinge, schöne und schreckliche, einen tanzenden Bären, ihren Sohn Stefan, dem sie Vater und Geburtsdatum gefälscht hatte, die großen Ohren ihres Mannes Władek mit den Haarbüscheln darin, die aussahen wie Bärenfell, die Eisfläche, die schwärzer war als die Nacht, und die drei Mädchen aus dem Dorf ihrer Kindheit, mit ihren frostgeröteten Gesichtern und Tropfen schmelzenden Schnees an den Wimpern. Aldona, die Popentochter, die Grażynka Rozpuch so seltsam glich, begann zu deklamieren, und – und – Halina schließt die Augen, die Pferdehaut trägt sie empor in die Lüfte und davon, ein Wind voll Duft nach Fernem und Unbekanntem umweht ihr Gesicht. Oma Kolomotive, weint Dominika, was für einen Bären meinst du?

Halina wurde neben ihrem Mann Władek bestattet, an dem Platz, der seit langem auf sie wartete, nur das Datum hinter dem »gest.« musste man noch draufschreiben. Hier lag sie zwei Schritte von Stefans Grab und dem wie eine Bonbonniere geschmückten Grab von Dominikas totgeborener Zwillingsschwester Paulina entfernt. Dominika betrachtete die gepflegten Kunststeinplatten, die polierten Christusfigürchen an den Kreuzen, die künstlichen Blumen. Im Winter kauf ich künstliche Blumen auf dem Manhattan oder im Real, erklärte Jadzia, das ist nicht mehr so wie früher, Kind, es gibt heute so herrliche Kunstblumen, ich sag dir, die sehen aus wie echt, Rosen, Gerbera, Veilchen, Tulpen, alles

Mögliche, sogar Maiglöckchen. Man merkt es nur, wenn man sie anfasst, dann werden's die Toten auch nicht merken. Bei den echten muss man immer dran denken, dass man die Stengel kurz abschneidet, sonst werden sie zum Weiterverkaufen geklaut, aber die künstlichen nehmen sie nicht, weil sich das nicht lohnt. Im Sommer kauf ich mir ein süßes Brötchen, das ess ich hier und trinke dazu eine Limonade und sitze hier bei den Gräbern, Kind, während du in der Weltgeschichte herumreist.

Dominika war erstaunt, dass so viele Leute zu Halinas Beerdigung kamen, sie kannte nur wenige von ihnen. Die Bewohner des Mietshauses in Szczawienko, manche im Leben ein bisschen daneben, waren fast vollständig versammelt, ihre erwachsenen Kinder mit ihren Kindern waren gekommen, ehemalige Kundinnen, für die Halina in den rauen Jahren der Volksrepublik Kreationen für Betriebsbälle und funkensprühende Polyesterblusen fürs Büro genäht hatte, die Verkäuferin des ehemaligen Gemüsegeschäfts, an dessen Stelle heute das Geschäft für Billigkleidung namens Kauftraum war. Einige kamen wahrscheinlich nur wegen Dominika auf die Beerdigung. Sie wollten sich dieses seltsame Mädchen ansehen, das einst eine Affäre mit dem jungen Kaplan gehabt hatte – ein Abenteuer, von dem manche Pfarrangehörige von Piaskowa Góra und Szczawienko träumte. An den jungen, schönen Kaplan erinnerte sich jede gern, wie er errötete und wie er Gitarre spielen und dazu Schwarze Madonna singen konnte, dass man eine Gänsehaut bekam. Um den Unfall, bei dem zwei junge Mädchen ums Leben kamen und den Dominika überlebt hatte, rankten sich in Wałbrzych Legenden, und obwohl man den damaligen Kleinen See gereinigt und ringsherum einen Park angelegt hatte, hielten Kinder und Erwachsene bis heute im Wasser Ausschau nach den Überresten von Jagienka Pasiak, von der man in dem abgebrannten kleinen Fiat keine Spur gefunden hatte. Als hätte sie sich in Luft aufgelöst – nur eine geschmolzene Armbanduhr war aufgetaucht und ihr angekohlter Schülerausweis. Das Doppelbegräbnis der beiden Mädchen fand auf demselben Friedhof statt, auf dem jetzt Halina beerdigt wurde, doch alle wussten, dass der üppige Sarg mit den goldfarbenen Verzierungen leer war. Die einen behaupteten, Jagienka habe sich retten können und sei dann davongelaufen, doch sie würde zurückkommen, um sich an Dominika zu rächen, andere wiederum sagten, ach was, da gab's nichts mehr zu fliehen, aus dieser Hölle kam keiner lebend raus, nein, die Englein hatten sie direkt in den Himmel geholt, weil sie unschuldig gestorben war, so ein süßes blondes Mädelchen. Wieder andere raunten sich zu, Jagienka sei tatsächlich nicht gestorben, man habe sie mit furchtbaren Verbrennungen geborgen, und anstatt der alten Jagienka gebe es jetzt nur noch ein Monster mit einer einzigen wuchernden Narbe im Gesicht. Dominika spürte die Augen der Trauergemeinde auf sich: neugierige, misstrauische, manchmal offen feindselige Blicke, weil sie nach all den Jahren fern von Wałbrzych immer noch ein Rätsel war. Dominika atmete tief die Wałbrzycher Luft ein, getränkt mit dem kohlenstaubigen Geruch nach Schnee, Blumen und etwas muffig Undefinierbarem. Frauen in Pelzmänteln wie Heuhaufen, mit kleinen flauschigen Hütchen und halbhohen Stiefelchen, deren Absätze im Schnee versanken, Männer mit ihren Mützen und Hüten in den Händen, zwei Frauen mit identisch gefärbten Haaren, helle und dunkle Strähnchen, wie ein Zebrastreifen. Dominika erkannte zwei frühere Schulkameradinnen in ihnen, Aldona und Danka. Modesta Ćwiek war da, die Schneiderin von Piaskowa Góra, die mit Halina um den Titel der besten Expertin für Alltags- und Festtagskleidung konkurriert hatte und jetzt, bei so viel billiger chinesischer Synthetikware und all den westlichen Kauftraumläden, arbeitslos war. Alle paar Augenblicke wischte sie sich mit dem Rand ihres Schals die Brillengläser doppelter Stärke. Was haben wir um die Wette genäht, das waren noch Zeiten!, flüsterte sie Ehemann Ćwiek zu. Mütterchen, das kehrt nie wieder, erwiderte Ćwiek ebenfalls im Flüsterton.

Dominika hörte das Flüstern, vielmehr sie fühlte es, das Tuscheln der Trauergemeinde: Im Koma war diese Chmura, ein ganzes Jahr hat sie geschlafen, ach was, woher denn, bloß sieben Monate, und diese reichen Juden aus Amerika haben ihr geholfen, wer weiß, was dahintersteckt. Und diese Grażynka, wissen Sie noch, die sich rechts und links mit jedem hingelegt hat? Von wegen Juden, die war's, die hat der Chmura was besorgt, einen Palast hat die in der BeErDe, nicht bloß ein Haus, einen Palast, mit Balkonen und Säulen und einer Doppelgarage, aber jetzt zum Begräbnis kommen, dafür hat's wohl nicht gereicht.

Diese Chmura ist doch eine alte Jungfer. Die war ja immer so eine Fisimatentige, so eine Spinnert-Spleenige, ich sag's Ihnen, so ein Sonderling. Und sehen Sie mal, diese Homodingsbums vom Doktor Lipka, die steht wieder neben ihr, das ist ja irgendwie unheilbar; angeblich ist sie ja Ärztin wie ihr Vater, also wirklich, was kann das schon sein, eine Frau als Frauenarzt, da würd ich nicht hingehen. Ich würd nicht wollen, dass mir eine Frau da was reinsteckt, ehrlich. Kinderärztin oder Zahnärztin, das geht ja noch, aber dass so eine Frau einer Frau ... also wirklich.

In ihrem Biberpelz sah Jadzia aus wie ein Bär, und Dominika fiel plötzlich der Tanzbär wieder ein, ein Rätsel, wie auf einmal ein Tanzbär in die Geschichte ihrer Oma kam, denn im Album, der Quelle aller Geschichten Halinas, war doch kein Bär zu sehen. Dominika musste lächeln, wenn sie an die letzten Fotos von Halina Chmura dachte, die sie an den Weihnachtstagen gemacht hatte, mit dem Tannenbaum im Hintergrund. Warte mal, hatte die alte Frau gesagt, warte einen Moment, ich geh mich noch ein bisschen zurechtfummeln. Sie schlurfte ins Nebenzimmer und kam eine Viertelstunde später wieder im rot-lila gemusterten türkischen Pullover mit hellblauem Halstuch, ihre feuerroten Haare standen in alle Richtungen ab, ihr Mund, mit Jadzias Lippenstift nachgezogen, lächelte schelmisch. Heilige Muttergottes, was hast du dir da für eine Bombasterei unter dem Hals gewurschtelt, gehst du in den Zirkus oder was? Jadzia verdrehte die Augen. Doch Dominika gefiel ihre feuerhaarige Oma mit der Schleife um den Hals, aus der ihr Gesicht wie eine vertrocknete Blütenknospe emporwuchs. Als Dominika nach Halinas Tod das alte Album betrachtete, dieses Objekt der Faszination in ihrer Kindheit, sah sie auf der letzten Seite das Foto von jenem Tag am Weihnachtsbaum mit der Unterschrift: Ich Halina Chmura, an die Feiertage 1996. Dominika wurde klar, dass dies das einzige Porträt ihrer Oma war, das sie je gesehen hatte, denn auf den Familienfotos war Halina immer unscharf und verschwommen im Hintergrund. Dominika Chmura wusste in dem Augenblick, dass das Album von Oma Kolomotive der erste, keinem Nutzen dienende Gegenstand war, den sie hüten und von nun an immer mitnehmen würde, wohin sie auch zog.

Der Singsang des Pastors, des dicken Kaplans Michał, der Adaś' Platz eingenommen hatte, brachte die tuschelnden Trauergäste zum Verstummen. Jadzia drückte Dominikas Arm fester und seufzte aus der Tiefe ihres Biberpelzes Im Namen des Vaters und des Sohnes, und der Mütter und Töchter, setzte Małgosia leise hinzu. Im Namen des Vaters und des Sohnes, wiederholten die Trauergäste, und des Heiligen Geistes, Amen. Ausgerechnet in dem Moment musste Grażynka auftauchen. Pünktlich zum Amen ging ein Raunen durch die Reihen, sträubten sich die Pelze der Frauen. Im schwarzen Hut, Lackstiefel bis über die Knie, heilige Muttergottes, was hat die sich aufgedonnert, flüsterte die Lepka. Aufgemotzt. Zugekleistert. Aufgebrezelt. Abgehalftert. Alte Hure. Ausgemustert. Glückspilz. Die Pelze der um Halina Chmuras Sarg versammelten Damen sprühten Funken. Also, diese Stiefel mit den hohen Nuttenabsätzen, die glänzen wie Fischschuppen, der Hut aus einem anderen Film, was noch mehr anpisste als die Stiefel, denn so was setzte man im normalen Leben ja nicht auf, so einen Hut mit einer breiten Krempe wie ein Wagenrad, und mit Schleier. Mit Schleier!, seufzte Jadzia, typisch Grażynka, kommt zu spät aufs Begräbnis und dann im Schleier, wie der Springteufel aus der Dose. Unter dem schwarzgetupften Schleier schimmerten die grellrot geschminkten Lippen, darunter ein enganliegender Mantel, dem man ansah, dass er teuer gewesen war. Grażynka ging, als bewege sie sich nicht über einen Friedhofsweg, sondern einen roten Teppich, Kopf hoch,

Brust raus, in einer Hand ein Rosenstrauß, der ein Vermögen gekostet haben musste, bestimmt hundert Stück und alle tiefrot, passend zum Lippenstift, also wirklich, rote Rosen auf einer Beerdigung! In der anderen Hand ein Täschchen, wie man es auf dem Markt nicht finden würde, ganz ohne Verzierung, nur so schwarz, mit ein bisschen Steppnaht und einer Goldkette zum Tragen. Aber trotzdem irgendwie elegant, dachte Jadzia, und sie schickte sich an, Grażynka mit einem Lächeln zu begrüßen. Grażynka war nicht die Person, die sich mit einem Lächeln abspeisen ließ, sie schlug den Schleier hoch und drückte Jadzia, Dominika und auch Małgosia Küsse auf die Wangen, die knallrote Lippenstiftspuren hinterließen. Lassen Sie sich nicht stören!, rief sie dem Pastor zu, heilige Muttergottes!, murmelte Jadzia. Im Namen des Vaters und des Sohnes und des Heiligen Geistes, wiederholte der Pastor, den dieses plötzliche Erscheinen von Stiefeln mit Fischschuppenmuster, Brüsten und Lippen aus dem Konzept gebracht hatte, Im Namen des Vaters und des Sohnes, wir nehmen heute Abschied von unserer Schwester Halina Chmura, hob er in seiner Singsangstimme an, die Dominika an eine andere Pastorenstimme erinnerte. Wie lang das her ist!, dachte sie und lächelte Grażynka zu. Als die ersten Erdbrocken auf den Sarg fielen, erschauerte Jadzia und flüsterte ihrer Tochter zu: Letztens denk ich doch öfter, ich sollte mich einäschern lassen. Wenn man sich das überlegt, ist das ja doch hygienischer, obwohl man ja immer gleich an so schlimme Sachen dabei denkt.

Beim Leichenschmaus war Jadzia endlich in ihrem Element, denn sobald sie etwas zu kochen, anzurichten, zu servieren hatte, fand sie ihr Gleichgewicht wieder. Die Notwendigkeit einer bestimmten Reihenfolge hielt sie im Gleis, und eine Ordnung wie Fleisch, Klopfer, Ei, Mehl, Semmelbrösel, Pfanne, Teller erlaubte ihr ein gefahrloses Zockeln auf den Schienen des Lebens. Sie reichte Teller an, räumte Teller ab, spülte und ließ sich in dem ganzen Betrieb nichts davon abnehmen. Nein, nein, ich komm schon zurecht, versicherte sie und scheuchte die Hilfsbereiten davon, das ist wirklich nicht nötig. Fertig! Befriedigt blickte sie auf die letzten Reste vom Gemüsesalat mit Mayonnaise, von den Platten mit Wurst, den bebenden Hühnersülzchen, den Körbchen aus halben Äpfeln, gefüllt mit Käse, Gürkchen und Dosenschinken, über die sich ihre Tochter mit dem Fotoapparat gebeugt hatte wie über eine exotische Blume. Das war gelungen, stellte Jadzia seufzend fest, soll keiner sagen, ich hätte beim Leichenschmaus für meine Schwiegermutter an etwas gespart, keiner kann mir nachsagen, diese Chmura, die ist geizig, oder dass man hungrig geblieben ist oder dass es nicht gut geschmeckt hat.

Jadzia verscheuchte den Gedanken an Dominikas unaufhaltsam näher rückende Abreise, und als sie mit dem Aufräumen nach dem Leichenschmaus fertig war, fand sie hundert neue Aufgaben, sie sprach davon in einem Ton, als müsste die Aussicht auf das Nähen neuer Küchenvorhänge oder die Zubereitung von Orangenlikör, für den sie im »Häuslichen Ratgeber« ein Rezept gefunden hatte, auf wundersame Weise ihre Tochter zum Bleiben in Wałbrzych überreden können. Doch sie wusste, dass das nicht geschehen würde, sie spürte, wie sich Dominikas Ausstrahlung veränderte, als überziehe sich ihre Tochter mit einer undurchdringlichen Schicht Eis. Es zog ihr Kind wieder hinaus in die Welt. Was soll ich nur mit mir allein anfangen?, sagte Jadzia, als rede sie von einer fremden Last, die sie in der Hoffnung auf irgendeinen Nutzen so weit getragen hatte, die sie aber jetzt nur noch als störend empfand. Sie sah ihre Tochter aus matten stachelbeerfarbenen Augen an, und ihre grün getuschten Wimpern zitterten. Da zieht es sie wieder in die Welt hinaus, den Hansdampfinallengassen, den Flattervogel! Sie sah Dominika mit Małgosia flüstern, sie hörte Gespräche, die ihre Tochter auf Englisch führte, und verstand nur die Namen Sara und Ivo, etwas tat sich, das spürte Jadzia Chmura. Jetzt würde sie ihre Tochter aufs Neue verlieren und allein in der mit Zierrat überladenen Wohnung zurückbleiben, die ihr plötzlich so groß und leer erschien. Ganze zwei Zimmer mit Küche und Bad und sie allein, aus dem Gleis der Mutterschaft geworfen und aufs Abstellgleis bugsiert. Wie besessen blätterte sie durch ihre Rezepte für Eingemachtes, das sie jetzt schon im Frühling in Angriff nehmen wird, Sauerampfer zum Beispiel, auch wenn es in den Läden alles gibt, der eigene Sauerampfer ist doch was anderes, der eigene eben, so wird sie wenigstens sicher sein, dass er ordentlich gewaschen und geputzt ist. Und wenn Dominika wiederkommt, gibt es Sauerampfersuppe mit Ei. Vielleicht bringt sie jemanden mit, dann gibt es für den Gast gleich eine traditionelle polnische Suppe. Und als zweiten Gang Salat aus roten Rüben und Paprika, eine Neuheit, die sie erst kürzlich gelernt hat, im Eifer des Neuen hat sie gleich fünfzehn Gläser eingemacht, und ihre Hände hat sie eine Woche nicht sauber gekriegt, wie rohes Fleisch sahen sie aus. Jadzia war das Gleichgewicht abhandengekommen, weil es in ihrem Leben immer weniger Lebende gab und immer mehr Tote, zu denen sich nun auch Schwiegermutter Halina Chmura gesellt hatte. Sie hatte Gräber in Zalesie und Gräber in Wałbrzych, andere hatten wenigstens Enkelkinder als Ausgleich für die sterbenden Omas und Opas, sie hatte bloß diese spinnert-spleenige Tochter und Postkarten von Verwandten in Amerika, die sie nicht als ihre Verwandten betrachtete.

Der Fernseher ist mein einziger treuer Freund, sagte Jadzia, und dann grinste Dominika auf diese Art, die Männern so gut gefiel, ein bisschen schief, nicht ermunternd, aber doch voll Wärme, und stand auf, um den grölenden Lautsprecher etwas leiser zu drehen. Mach lauter!, protestierte Jadzia, obwohl sie alle Nachrichten genauso quittierte wie ihr verstorbener Mann: Klappe aufreißen, immer nur Klappe aufreißen, Demokratie, Schnickschnack und Firlefanz, das Blaue vom Himmel versprechen sie, und der eine ist ein schlimmerer Halunke und Hallodri als der andere. Ich sag dir, Kind, es geht ihnen allen nur um das eine, wenn sie mal an den Fleischtöpfen sind. Jadzia holte so tief Luft, als wollte sie tauchen, und den Atem ausstoßend erklärte sie, sich auf Staatskosten den Wanst vollschlagen, nur darum geht es allen.

Der alte sowjetische Fernseher zeigte Jadzia eine Welt in Schimmelgrün und in dem dunklen Rot roher Leber. Die Augen in den Gesichtern sahen aus wie die eingefallenen Augenhöhlen von Leichen, ihre Münder waren bläuliche Löcher, und sie klapperten mit den Zähnen wie die Warane von Komodo. Ach, was soll ich mir einen neuen kaufen, das lohnt sich doch nicht mehr, sagte Jadzia mit einer wegwerfenden Handbewegung. Besser nimmt man mir Maß für den Totenkittel, denn ich gebe bald den Geist auf hier in diesem Krähennest, und einen neuen in Farbe zu kaufen, Kind, das lohnt sich einfach nicht. Sie schaltete den Fernseher ein, wenn Teleexpress kam, um ihren Kommentar zum Aussehen der Moderatorin abzugeben – zu aufgedonnert, zu tief dekolletiert oder, im Gegenteil, geschniegelt wie eine alte Tante, und dann blieb der Apparat an, bis Jadzia sich abends die Zähne putzte. Trotz der größeren Auswahl an Programmen war Jadzia der Meinung, früher, ja früher, da hatte es tolle Serien gegeben, aber jetzt brachten sie nur noch Mist. So was, das gab's früher nicht, Kind, das sag ich dir. Früher gab es überhaupt weniger, gab Dominika zu bedenken. Weniger, aber genug, beharrte Jadzia. Wenn das Bild verschwand, murmelte Jadzia, diese verdammte Kiste, stand auf und haute mit solcher Wucht auf das Gehäuse, dass das darauf abgestellte Porzellanhündchen in die Höhe hüpfte und die Glasscheiben in der Schrankwand bebten. Sie haute so oft, bis der Russki-Farbfernseher wieder in Form war. Jetzt aber!, drohte Jadzia ihm mit der Hand und ging rückwärts zum Sofa, ohne den drohenden Blick vom Bildschirm abzuwenden, dann pflanzte sie sich wieder in das von ihrem längst verstorbenen Mann eingesessene Nest. Sie klopfte auf den Platz neben sich, damit Dominika an den Tochterplatz auf dem Sofa zurückkehrte, und langte nach einem weiteren Konfekt oder Keks. Nach einer Viertelstunde war das Bild wieder weg, und alles fing von vorne an.

Zwei Wochen nach der Beerdigung von Halina Chmura kaufte Dominika einen neuen Fernseher und erklärte ihrer technischen Neuheiten abgeneigten Mutter, wie man ein-, aus- und umschalten konnte. Mit übertriebener Heftigkeit zielte Jadzia mit der Fernbedienung auf den Bildschirm und schüttelte ungläubig den Kopf, wenn sofort Bild und Ton da waren. Und damit schaltet man auch ein? Ja, Mama, mit demselben Knopf. Jadzia weigerte sich, das alte Gerät wegzuwerfen, sie stopfte es unter den unbenutzten Schreibtisch in Dominikas altem Zimmer, wo sich seit Jahren immer mehr Gerümpel ansammelte, das für bevorstehende schlechte Zeiten, für alle Fälle und einfach so aufbewahrt werden musste. Warum hast du dich jetzt für mich in solche Unkosten gestürzt, jammerte Jadzia, warum gibst du so viel Geld für eine alte Frau aus, aber noch am Abend desselben Tages hörte Dominika, wie ihre Mutter auf dem Gang zu Krysia Śledź sagte, meine hat mir einen neuen Farbfernseher gekauft. Sie verdient so gut da in Amerika, ein neuer Farbfernseher für die Mutter, das ist eine Kleinigkeit, sie ist einfach ruck, zuck ins Einkaufszentrum und hat einen gekauft. Und nicht so ein russisches oder hiesiges Altertümchen, sondern einen japanischen. Dominika wunderte sich überhaupt nicht, als ihre Mutter gleich am zweiten Tag die Fernbedienung mit Frischhaltefolie umwickelte, sie begriff sofort die Logik dahinter: Jeder Trottel sah doch gleich, dass das hygienischer war und die Fernbedienung sich weniger schnell abnützte. Jadzia liebte Frischhaltefolie und alle anderen Neuheiten, die dazu beitrugen, dass es sauber und reinlich blieb. Ihr gefiel das durchsichtige glänzende Material, das die Dinge wie eine schützende Fruchtblase umgab, und wäre so etwas schon in den rauen Zeiten erhältlich gewesen, als Dominika auf die Welt gekommen war, dann hätte sie ihr Kind von Kopf bis Fuß darin eingewickelt. An diesem Abend sah Dominika, wie ihre Mutter mit neu entflammter Leidenschaft zwischen den Sendern umschaltete, und sie wusste, dass das vorerst einer der letzten gemeinsamen Abende auf Piaskowa

Góra sein würde, weil die Sehnsucht nach Reise und Bewegung wie eine große Woge in ihr aufbrandete. Sie konnte weder hierbleiben noch Jadzia von hier fortbewegen, deshalb würde sie sich weiter vom Wind in die Richtung wehen lassen, die das Schicksal bestimmte. Małgosia würde am folgenden Tag nach London zurückkehren, sie hatte Dominika vorgeschlagen mitzukommen, Komm doch zu uns, hatte sie gesagt, du kannst bei mir wohnen, Jill wird nichts dagegen haben, und dann kannst du überlegen, wie es weitergeht.

In der Nacht stand Dominika am Fenster des Zimmers, in dem sie ihre Kindheit verbracht hatte, und schaute auf die Hügel, die Wałbrzych wie ein Ring umschlossen. Dahinter lag die Welt, warteten Sara, Ivo, Małgosia, alle Morgen dieser Welt, all die Orte, die sie noch nicht gesehen hatte. Irgendwo dort hinter diesen Hügeln war vielleicht auch Wolkenfern. Als plötzlich das Telefon schrillte, schrak sie zusammen und stürzte in den Flur. Leo Barron aus New York war am Apparat, Eulalia Barrons früherer Mann. Er regelte das Testament der Verstorbenen, die Dominika ein Andenken und einen Brief hinterlassen hatte. Ein Andenken? Er wusste selbst nicht, was, es war verpackt. Beide Dinge waren mit Kurier nach Polen unterwegs und müssten in den nächsten Tagen eintreffen. Dominika wunderte sich über das unverhoffte Erbstück, sie wusste, dass Frau Eulalia Barron außer Büchern nichts besessen hatte, und diese hatte sie einer Bücherei vermacht. Heilige Muttergottes, wenn sie das bloß auf der Post nicht klauen!, rief Jadzia besorgt, und bis zur Ankunft des Päckchens zwei Tage später konnte sie an nichts anderes denken. Was würde es sein? Und würde man es zu Barem machen können? Vielleicht hatte die alte Frau trotzdem etwas Wertvolles im Schrank, so wie ihre Halina, die unter einem für den Fall eines neuen Kriegsrechtszustands gehamsterten Sack mit Zucker deutsche Mark versteckt hatte. Und da in New York, da ließ sich bestimmt mehr hamstern als in Wałbrzych, außerdem war die alte Frau kinderlos, sie hatte keinen, der ihr das Geld aus der Tasche zog. Was konnte es sein? Ein Schmuckstück? Ein Nerz? Einen Teil könnte Dominika für ihren Unterhalt brauchen, vorzugsweise hier auf Piaskowa Góra, und den Rest aufs Sparbuch geben, überlegte Jadzia. Sie stellte sich etwas Schönes, Glitzerndes vor, wenn schon kein Schmuckstück oder keinen Pelz, dann vielleicht ein außergewöhnlich ansehnliches Stück aus Kristall oder Familiensilber. Sie hatte nie so etwas wie Familiensilber gesehen, geschweige denn besessen, doch sie liebte den Klang dieses Wortes, das sie aus Filmen und Groschenromanen kannte und das die Verheißung von etwas barg, das gleichzeitig romantisch war und sich zu Geld machen ließ. Familiensilber, Oberärzte, Nerzmäntel, Kutschen, Brautschleier, das waren die Requisiten, die Jadzias Phantasie möblierten und sich für jede Gelegenheit eigneten. Eine Hand aufs Herz gepresst, mit roten Flecken im Gesicht schaute sie zu, wie Dominika den Gegenstand auspackte. Vorsicht!, rief sie warnend, Vorsicht! Du lässt es noch fallen, und alles liegt in Scherben. In dem Paket befand sich ein alter Nachttopf, auf dem einen Henkel schimmerte noch ein Rest Blattgold. Ein Nachttopf? Jadzia blickte ihre Tochter ungläubig an und beugte sich über den Tisch, das sieht ja ganz nach einem Nachttopf aus, was ist das denn für eine Spinnerei? Sie warf einen Blick ins Innere und hob ihn mit einem Ausdruck des Ekels gegen das Licht, schnüffelte daran. Ein Nachttopf, und dazu noch ein gebrauchter. Vielleicht war er aus Silber? Dominika nahm Jadzia das Gefäß aus den Händen, ihr fiel ein, dass es im Zimmer von Eulalia Barron auf der Fensterbank gestanden hatte, ein Farn wuchs darin, dessen junge Blättchen spiralförmig gewunden waren wie Schneckenhäuser und sich manchmal in Dominikas Haaren verhedderten. Außer dem Gefäß war noch ein dicker Brief in dem Paket.

Liebe Dominika, schrieb Eulalia Barron, ihre Handschrift erinnerte Dominika an die dünne, zittrige Stimme der alten Dame. Liebe Dominika, der Gegenstand, den Du hiermit erhältst, ist genau das, wonach er aussieht. Es ist ein alter Nachttopf, der Nachttopf von Napoleon Bonaparte. Weißt Du, ich habe niemanden mehr in meinem Leben, und das ist zu einem großen Teil meine Schuld. Deshalb möchte ich Dir meine Geschichte erzählen, ich spüre, dass du sie bewahren und für sie sorgen wirst. Habe ich Dir jemals gesagt, dass Du mich ein wenig an Władzia Dziurska erinnerst, das Mädchen, das mir Bücher vorlas, als ich ein Kind in Krakau war? Die Ähnlichkeit, die ich meine, ist schwer zu beschreiben, denn unsere Władzia war eine kleine, rundliche Blondine mit zu langen Armen und grünlichen Augen. Euch verbindet etwas anderes, das habe ich schon wahrgenommen, als Du mir beim ersten Mal die Stelle mit den Sirenen aus der *Odyssee* vorgelesen hast. Es kam mir vor, als wärest Du nach New York gekommen, um mich an Władzia zu erinnern. Dank Dir, das weiß ich, wird meine Geschichte am Leben bleiben. Den Nachttopf Napoleons, den ich Dir hiermit hinterlasse, habe ich von meinem Freund – ich kann ihn wohl als solchen bezeichnen – Icek Kac, der ein kleines Geschäft in Brooklyn hatte. Ich habe Dir sicher von ihm erzählt, obwohl ich selbst nicht viel über ihn weiß. Was mich mit ihm verbunden hat, waren Erinnerungen, die sich nicht verscheuchen ließen, die Ähnlichkeit unserer Erfahrung. Außerdem waren wir beide wortkarg, wir brauchten keine großen Worte, und die kleinen, unwichtigen waren den Aufwand des Redens nicht wert. Ich weiß nur, dass Icek diesen Nachttopf Napoleons in Polen von einer Frau bekam, die er liebte, die er aus den Augen verlor und sein Leben lang gesucht hat, ihren Namen weiß ich nicht. Ich kenne aus seinen Erzählungen nur einen Namen: Kamieńsk. Das ist eine kleine Stadt in Mittelpolen, zwischen Piotrków Trybunalski und Tschenstochau, vielleicht führt Dich das Schicksal dort eines Tages hin. Ich selbst bin nie dort gewesen. Icek Kac habe ich im Metropolitan Museum kennengelernt. Für meine Freundschaft mit ihm reichte es, dass wir gemeinsam die ägyptischen Mumien betrachteten, und nur einmal, eben vor diesen Mumien, hat er mir vom Nachttopf Napoleons erzählt. Nach seinem Tod bekam ich diesen komischen Gegenstand, er hatte ihn mir vererbt! Nichts sonst, kein Wort der Erklärung, nicht die geringste Anweisung, was ich mit diesem Ding tun sollte. Ich nehme an, Icek wollte mir auf diese Weise zu verstehen geben, dass ich seine Geschichte weitergeben sollte. Ich habe den Nachttopf als Blumentopf benutzt, und erst als Du auftauchtest, kam mir der Gedanke, dass Icek mir vielleicht eine Botschaft hatte überbringen wollen, als er ihn mir vermachte. Ich habe meine Bekannten im Museum gebeten, das Alter des Nachttopfs zu schätzen, und wie sich herausstellte, könnte er sehr wohl im Besitz des Kaisers der Franzosen gewesen sein. Solche eleganten Nachttöpfe wurden Anfang des neunzehnten Jahrhunderts in Łódź hergestellt, in der Werkstatt eines Dionizy Kołek, und sie müssen eine Zeitlang sehr in Mode gewesen sein, den Frauen gefielen die Szenen, die die blattgoldverzierten Flächen schmückten. Heute lässt sich nicht mehr sagen, was sie darstellten, mir scheint, dass auf dem Nachttopf die Umrisse von Tieren und Blumen zu erkennen sind. In der Ahnung des nahenden Todes, dem der Verlust meiner geistigen Kräfte sicher vorausgeht, tue ich das, was ich für meine Pflicht halte: Ich vermache Dir dieses Erinnerungsstück, mit dem Du tun kannst, was Du möchtest. Ich spüre die seltsame Gewissheit, dass es genau das Richtige sein wird. Ich habe den Eindruck, dass Du, ähnlich wie ich in meiner Jugend, kein Ziel brauchst und dennoch die Fähigkeit hast, das Reisen vom Sich-treiben-Lassen zu unterscheiden. Dominika auf Wanderschaft. Alte Menschen wissen, dass das Leben nicht geradlinig verläuft, obwohl es so scheinen mag, dass ausgerechnet sie nur in eine Richtung gehen können, nämlich geradeaus zum Tod. Kein Irrtum könnte größer sein.

Das Leben besteht aus Vergangenheit, Gegenwart und Zukunft zugleich, und das Problem war, dass wir, Icek und ich, uns ganz und gar der Vergangenheit verschrieben hatten. Die Geschichte, die ich Dir hier aufschreibe, ist der Versuch, den Weg aus dieser Vergangenheit heraus zu finden, ich hinterlasse sie Dir, denn Du hast die ganze Zukunft vor Dir. Vielleicht kannst Du sie jemandem laut vorlesen, so wie Du mir Bücher vorgelesen hast. Vielleicht willst Du sie auch einfach nur im Gedächtnis behalten. Verzeih, wenn ich mich nicht genau an die zeitliche Reihenfolge halte und mit dem anfange, mit dem jeder Vertriebene beginnen will, nämlich mit dem Augenblick, in dem alles gleichzeitig anfing und aufhörte.

Ich bin aus Polen geflohen, mit meiner Mutter Alina, einer Pianistin, und meinem Vater Feliks Meisels, einem Rechtsanwalt, auf einem großen Umweg über Litauen, Russland und Japan ... Mit diesen Worten begann der erste Abschnitt der Geschichte von Frau Eulalia Barron, und Dominika unterbrach die Lektüre, um Jadzia zu rufen.

Komm, Mama, ich lese dir die Geschichte von Eulalia Barron vor!

Jadzia, die vor Neugier dem Platzen nahe um Dominika herumstrich, während diese Frau Eulalias Brief las, setzte sich und faltete die Hände über ihrem ansehnlichen, von ihr als Ersatzreifen bezeichneten Bauch. Über Napoleons Nachttopf hinweg schaute sie ihr sonderbares Kind an. Wie schön ihr die Haare nachgewachsen waren, dachte sie. Die Januarsonne schien durchs Fenster, und die Reste des Blattgolds erstrahlten in solchem Glanz, dass Jadzias Hoffnung wiederauflebte – vielleicht ließe sich dieses seltsame Erbstück doch in ein Sümmchen verwandeln? Nun, es war zwar kein Familiensilber, aber man könnte es hübsch aufpolieren und in den Antiquitätenladen am Markt in Wałbrzych bringen. Sie unterbrach ihre Tochter nicht und reagierte auf ihre Art und Weise, verdrehte die Augen entsetzt, als es um die Flucht der jüdischen Familie aus Krakau ging, und flüsterte heilige Muttergottes! beim Tod von Eulalia Barrons Mutter Alina Meisels und dem Selbstmord ihres Vaters Feliks im trüben Wasser eines japanischen Hafens. Japan! Heilige Muttergottes, das ist ja weit von zu Hause weg! Sie schüttelte den Kopf, als es hieß, die Ehe von Eulalia und Leo Barron habe nicht gehalten, dabei schien er doch ein so liebenswerter Mann zu sein und sie hatten so viel zusammen durchgemacht, und als der Name Władzia Dziurska fiel, flackerte in Jadzias Augen ein unsicherer Schimmer des Erkennens auf. Sie hatte sich in der Genealogie ihrer Familie nie gut ausgekannt und wühlte ohnehin nicht gerne in Vergangenem, wie sie das nannte, doch sie erinnerte sich, dass ihre Oma Jadwiga aus Zalesie, die im Krieg ermordete Frau des Müllers, mit Mädchennamen Dziurska hieß und aus Tschenstochau kam. Konnte diese Władzia mit ihr verwandt gewesen sein? Jadzia versuchte, ihr Alter auszurechnen, um ihre Vermutung zu verwerfen oder zu erhärten, doch sie verlor schnell die Lust, denn wie meistens beim Rechnen kam sie auf kein Ergebnis, das einen Sinn ergab. Doch der irgendwie bekannte Name knüpfte an etwas an, durch Władzia Dziurska – egal ob es nun ihre Großtante gewesen war oder nicht – fühlte Jadzia eine Art Verwandtschaft mit der alten Frau aus New York. Sie wird dem Bild, das sie sich von Eulalia Barron macht, ein paar stärkere Akzente verleihen, bis sie ihrer Mutter Zofia gleicht, so wie diese gewesen wäre, wenn sie Jadzia mehr geliebt hätte. Die Geschichte von Eulalia Barron, die ihr durch ihren Mangel ausgesprochener Talente und Begabungen nicht ganz unähnlich war, wird Jadzia, je länger sie darüber nachsinnt, Ignacy Goldbaum näherbringen, ihrem leiblichen Vater. Bald beginnt sie zu überlegen, was und wie sie auf die Postkarten und Fotos antworten kann, die Ignacy Goldbaums Kinder ihr schicken. Ist es angebracht, ihnen ein Foto von sich zu schicken? Drinnen oder draußen aufgenommen? Eher fein oder alltäglich gekleidet? Es soll ja bloß nicht so aussehen, als ob sie sich extra aufgedonnert hat. Es wird aber noch einige Zeit vergehen, bis Jadzia so weit ist, dass sie tatsächlich sorgfältig ausgewählte und beschriebene Postkarten nach Amerika schickt, jetzt jedenfalls, da sie noch mit ihrer Tochter am Tisch sitzt und den in der Januarsonne strahlenden Nachttopf Napoleons betrachtet, gehen ihr andere, wichtigere Dinge durch den Kopf. Kind, da läuft es mir ganz kalt den Rücken herunter von solchen Geschichten, seufzt Jadzia und steht auf, um sich der Zubereitung des Mittagessens zuzuwenden, das von allen Wirren der Geschichte und unverhofften Erbstücken aus Amerika unberührt aus zwei Gängen und Nachtisch bestehen und zu einem festen Zeitpunkt auf den Tisch gebracht werden muss. Schon will sie die Schürze umbinden, um in ihrem Königreich Küche das Zepter zu schwingen, doch lässt ihr etwas keine Ruhe. Was meinst du, Kind, sagt sie zu Dominika, sollte ich diesen Nachttopf nicht doch besser schnell mit Domestos desinfizieren?

X

Ich komme, sagt Dominika zu Małgosia, als sie sich an einem frostklirrenden Januartag auf Piaskowa Góra von ihr verabschiedet; auf Umwegen zwar, aber ich komme zu dir nach London. Ein paar Monate und ein paar Tausend Seemeilen, das ist nicht viel im Leben der Dominika Chmura. Zuerst fahre ich zu Sara und gebe ihr den Nachttopf von Napoleon. Er sollte ihr gehören, finde ich, denn schließlich haben wir in unserer Geschichte festgestellt, dass sie die Ururenkelin von Napoleon und der Hottentotten-Venus ist, sagt Dominika zu ihrer Freundin. Ich treffe mich noch mit Ivo, er nimmt an einem Konditoreiwettbewerb in New York teil, aber dann hält mich dort nichts mehr. Hält dich überhaupt irgendwas irgendwann irgendwo, du Wandervogel?, fragt Małgosia. Nein, Muminmama, sagt Dominika grinsend, aber ab und zu möchte ich irgendwo ein bisschen bleiben. Vielleicht werde ich ja ein bisschen in London bleiben wollen, wirklich, ich habe das Gefühl, dass das so sein wird, nimm Vorahnungen nie auf die leichte Schulter, wie Eulalia Barron sagte. In zwei, drei Monaten bin ich da, das ist beschlossene Sache; ich freue mich sehr, deine Jill kennenzulernen.

Seit Dominika gefahren ist, fühle ich mich wie gegessen und wieder ausgekotzt, zitierte Jadzia im Gespräch mit Krysia Śledź die Lieblingswendung von Halina, die sie zu deren

Lebzeiten allerdings besonders vulgär und abstoßend gefunden hatte. Jedes Mal sieht sie dann Halina vor sich wie von den Toten auferstanden, dieses vertraute verdrießliche Eidechsengesicht, das sich mit einem Ausdruck der Missbilligung über eines von Jadzias kulinarischen Meisterwerken beugt. Komplett wie gegessen und ausgekotzt, seufzt Jadzia Chmura also, kaum war sie hier, dieser Hansdampfinallengassen, einmal umgedreht, das Unterste zuoberst gekehrt, und schon ist sie wieder weg, hat wohl Hummeln im Hintern oder was. Ich weiß gar nicht, wohin mit mir, und ein Sodbrennen hab ich – als hätte mich einer gegessen und wieder ausgekotzt, heilige Muttergottes. Gurkenwasser musst du trinken, Jadzia, riet Krysia Śledź ihr wie immer, im Fernsehen machen sie Werbung für irgendeinen Firlefanz, aber mir hilft Gurkenwasser, Jadzia, gegen alles, Sodbrennen, Verdauungsstörungen, Hausmittel sind das beste, in den Apotheken haben sie nichts als Chemie. Doch die Sehnsucht ließ sich mit Gurkenwasser nicht heilen, und entgegen den Ratschlägen der Nachbarin schluckte Jadzia ganze Handvoll bunter Vitaminpillen und Kräuterpräparate, die sie mit Reklame für Seelenfrieden, gute Verdauung und glatte Haut lockten; sie schmiss sie sich in den Rachen und warf den Kopf mit einer solch dramatischen Geste zurück, als verübte sie Selbstmord in einem Stummfilm, und danach musste sie aufstoßen von Salbei, Kamille und Lebertran. Sie hatte Angst vor der Langeweile der endlos langen Reihe leerer Tage, doch zumindest am Anfang sah es nicht so aus, dass Jadzia sich langweilen sollte, ja selbst ihre tägliche Fernsehserien-Ration vergaß sie in der unerwarteten Aufregung.

Wenige Tage nach Dominikas Abreise rief Grażynkas Tochter Aniela Wolf aus Deutschland bei ihr an, die Besitzerin der Konditorei Calypso aus Gelnhausen. Jadzia konnte sich kaum noch an sie erinnern, doch beim Klang ihrer Stimme sah sie das pummelige kleine Mädchen mit dem stets süßigkeitenverschmierten Gesicht wieder vor sich. Aniela berichtete, Grażynka sei nach Halinas Beerdigung nicht nach Deutschland zurückgekehrt, ob Jadzia vielleicht wisse, wo sie sei? Sie hatte einen Brief zurückgelassen, den Papa Hans erst vor kurzem gefunden hatte, weil er in Abwesenheit seiner Frau das eheliche Schlafzimmer nicht betrat und auf dem Sofa schlief. Es war ihm zu einsam allein in dem großen Himmelbett. Heilige Muttergottes, wunderte sich Jadzia über diese deutschen Gewohnheiten. In diesem unter Hans' Kopfkissen versteckten Brief schrieb Grażynka, dass sie sie alle liebe, doch sie müsse weggehen, und sie sollten nicht nach ihr suchen. Sie liebe sie und gehe trotzdem weg? Jadzias Verwunderung wuchs im Takt der Kräuterrülpser nach einer Überdosis Schachtelhalm für Fingernägel und Haare. Denn lieben und weggehen, einfach so – das machte man doch nicht im normalen Leben. Im normalen Leben blieb man bei seinem Mann, obwohl man ihn nicht liebte, wie es ihre Nachbarin tat, die Lepka, denn weder er noch sie hatten die Möglichkeit umzuziehen; wozu sich also scheiden lassen, wenn man sich nicht trennen konnte. Als hätte sie nur gewartet, seufzte Aniela in den Hörer, als hätte sie nur gewartet, meine verrückte Mutter. Auf was denn gewartet? Dass ihr Sohn heiratet, schluchzte Aniela. Unser Daniel hat geheiratet, obwohl er doch noch ein Kind ist, eine verdeutschte Türkin, Nazan heißt sie, ein hübsches Mädchen, war Hostess auf der Landmaschinenmesse in Frankfurt. Sie sind nach Mehrholtz gezogen und haben alles verändert, statt Schweinen haben sie jetzt eine ökologische Schafzucht, eine Käserei und eine traditionelle Wollspinnerei mit dem Namen New Age Wool; vor kurzem haben sie ein Kind bekommen, einen kleinen Sohn, den Papa Hans vergöttert. Grażynka als Großmutter, das wollte Jadzia partout nicht in den Kopf, wie konnte jemand Großmutter werden, der noch nicht einmal wie eine Mutter ausgesehen hatte? Gleich danach war Grażynka nach Polen zu Halinas Beerdigung gefahren; sie hatten sie nach einer, höchstens zwei Wochen zurückerwartet, sie hatte ja nur gesagt, na dann auf Wiedersehen, ihr Lieben, und den Enkel fest gedrückt. Und jetzt war sie schon seit einem Monat weg. Kein Anruf, kein Garnichts, wie vom Erdboden verschluckt. Papa Hans hatte erst nach Grażynka gesucht, war beim Radio gewesen, beim Fernsehen, überall, hatte einen Detektiv engagiert und sogar einen Hellseher bezahlt; später hatte er sich völlig in sich selbst zurückgezogen und gesagt, er werde nicht weitersuchen. Nicht weitersuchen?, versicherte sich Jadzia. Nicht weitersuchen, wiederholte Aniela, er hat nur noch gesagt, im tiefsten Innern habe er immer gewusst, dass seine Grażynka ihn eines Tages verlassen und nicht aus dem Wald zurückkommen würde. Und danach hat er sich zurückgezogen, der ganze Hof wird von Sohn und Schwiegertochter geführt, und er spielt nur mit seinem Enkel und erzählt ihm den lieben langen Tag von Grażynka. Heilige Muttergottes, wie denn aus dem Wald? Jadzia war kein Mensch, dem ein plötzliches Verschwinden auch nur in den Sinn gekommen wäre, und beim Gedanken an den Wald, den sie von ihrem Aufenthalt in

Grażynkas deutschem Haus in Erinnerung hatte, brach ihr vor Aufregung der Schweiß aus. Diese dunkle Wand aus Bäumen hinter dem Haus hatte irgendwie etwas Bedrohliches an sich. Jawohl, bestätigte Aniela, in diesen Wald war Grażynka gegangen, meistens abends, immer allein, und sie hatten über Papa Hans gelacht, weil er immer hinter ihr herschaute, als würde sie nicht zurückkommen, dabei war das doch nur ein gewöhnlicher Wald, noch dazu ganz nah. Als sie nach Polen gefahren war, hatten sie sich überhaupt keine Sorgen gemacht, Papa Hans hatte ihr in der Zwischenzeit jede Menge Geschenke gekauft, Kleider, Schuhe, wie er eben so war. Aber Grażynka war nicht aus Polen zurückgekommen. Jede Menge Geschenke und ist nicht zurückgekommen, seufzte Jadzia. Obwohl er ein Kerl war, seiner Frau Schuhe kaufen, das konnte er, sie hatte ihm sicher einen ganzen Haufen davon zurückgelassen; wenn ihr, Jadzia, einer so viel gekauft hätte, wäre sie bestimmt nicht verschwunden. Und dann sagte Aniela noch, dass der Hellseher hundert Mark genommen hatte, er hatte die Augen zugemacht und geredet, aber so seltsam aus dem Bauch. Ein verlassenes Haus habe er gesehen. Wo ist dieses Haus? Was für ein Haus?, hatte Hans nachgefragt; der Hellseher hatte die Augen aufgemacht, noch einmal hundert Mark genommen, die Augen wieder zugemacht, eine Stunde lang geächzt und gestöhnt, noch fünfzig Mark genommen und am Ende gesagt, es sei in einem anderen Land und kein Haus, sondern ein leeres Grundstück mit einem Schuppen oder einer Hütte und einem Gerank von Kletten. Heilige Muttergottes, seufzte Jadzia. Ob Jadzia etwas vermute? Sich vielleicht an irgendwelche Anzeichen erinnere? Hatte irgendetwas an Grażynka vermuten lassen, dass sie vorhatte, spurlos zu verschwinden? Jadzia erschauerte, was für eine geheimnisvolle Geschichte, was für eine Romantik, wie gern würde sie sich an irgendwelche Anzeichen erinnern, wie gern die Einzige sein, die diese mit Scharfblick erspäht hatte. Doch leider erinnerte sie sich an nichts Besonderes. Das Einzige, was ihr im Kopf herumging, betraf mehr ihr eigenes Schicksal als das von Grażynka. Du, Jadzia, wirst auch noch das Tanzbein schwingen, hatte Grażynka ihr beim Leichenschmaus gesagt, lass den Kopf nicht hängen, du wirst auch noch zum Tanzen kommen und dir den Hintern in der Sonne wärmen. Jadzia hatte sie angeraunzt, hier war schließlich das Trauermahl für die Schwiegermutter, und da redete die vom Tanzen, vom Hinternwärmen, das Tanzen konnte ihr gestohlen bleiben, aber vergessen hatte sie diese Worte auch nicht können. Wenn sie besser zugehört hätte, vielleicht hätte sie dann noch mehr aus dieser seltsamen Prophezeiung herausgehört? Selbstverständlich wird sie nachdenken, überlegen, ob es da irgendwelche Anzeichen gab, wenn ihr etwas einfällt, wird sie sofort anrufen, verspricht Jadzia Grażynkas Tochter. Als sie den Hörer auflegte, erinnerte sie sich wieder an Grażynka auf Halinas Beerdigung, aufgedonnert wie in einer amerikanischen Fernsehserie, und verspürte die altbekannte Mischung aus Missbilligung, Sympathie und Eifersucht. Sympathie und Missbilligung konnte Jadzia Chmura einordnen, doch womit die Eifersucht zusammenhing, die sie stach wie ein Stoppelfeld nackte Füße, das war ihr nicht bewusst. Möglicherweise ging es dabei nicht nur um Grażynkas wundersam konservierte Jugend oder ihren Wohlstand, sondern um den Mut, alles hinzuwerfen, einfach so, als wären Haus, Auto,

Küchengeräte, Vorhänge, Überwürfe, Schabracken, die Bettwäschekommode, Schubladen voller Seidenunterwäsche zum alltäglichen Gebrauch und auch der angetraute und nichttrinkende, lebendige und gesunde Ehemann nichts wert oder als gäbe es etwas, das mehr wert war, von dem Jadzia nichts wusste, aber dessen Existenz sie manchmal ahnte.

Jadzia hatte das unbestreitbare Vergnügen, diejenige zu sein, die die Nachricht von Grażynkas Verschwinden über ganz Piaskowa Góra verbreitete, von wo aus der Wind das Gerücht schnell in andere Stadtteile von Wałbrzych wehen würde. Es begann auf dem Balkon, wo Jadzia, die Märzsonne nutzend, ihre Wäsche aufhängte; ebenfalls beim Aufhängen der Wäsche war Krysia Śledź, unterstützt von ihrer Enkelin Pati, der ein Lutscherstiel aus dem Mund ragte. Das von der Großmutter verhätschelte Mädchen war schon so dick, dass es sich nicht mehr allein die Schuhe zubinden konnte. Krysia war jedoch der Ansicht, bevor ein Dicker dünn würde, hätte den Dünnen schon fünfmal der Schlag getroffen, und lachte über die junge Ärztin aus dem Ärztehaus auf Piaskowa Góra, die Pati Diät und Schwimmbad verordnet hatte. Ach, seufzte Jadzia, was es auf der Welt nicht alles gibt, stell dir vor, Grażynka ist verschwunden. Verschwunden?! Grażynka? Verschwunden, bestätigte Jadzia voller Genugtuung und machte eine dramatische Pause. Ist nicht aus Wałbrzych nach Deutschland zurückgekehrt, wie vom Erdboden verschluckt. Zwei Balkone darunter hörte die Lepka, die ihre Wäsche bereits aufgehängt hatte, aber jetzt hinausgetreten war, um eine Zigarette zu rauchen, das Gespräch mit. Sie stand gerne so da, rauchte und blickte nach Süden, denn irgendwo dort war Jugoslawien oder das, was davon übrig geblieben war, und dorthin in den Krieg werweißwessen gegen werweißwen war ihr Sohn Zbyszek gezogen, von dem sie seit langem nichts mehr gehört hatte. Ich fahr mal eben in den Krieg, Mama, hatte er sich verabschiedet und war verschwunden; und jetzt fischte die Lepka, aus besagtem Grund empfänglich für das Verb verschwinden in allen Konjugationen, diese Information blitzschnell aus dem Fluss der Laute heraus, die an ihr Ohr drangen. Wer ist verschwunden? Sie lehnte sich über die Brüstung und schrie nach oben, wo die Köpfe von Jadzia und Krysia erschienen, die wie aus einem Mund nach unten brüllten: Grażynka ist verschwunden! Grażynka ist verschwunden!, echote Pati zur Sicherheit und steckte sich den Lutscher wieder in den Mund, als könnte sie es nur sekundenweise ohne Süßes aushalten. Es dauerte nicht lange und ganz Wałbrzych redete über Grażynkas Verschwinden, und immer fantastischere Geschichten wurden über ihren Aufenthaltsort erdacht, denn in einem waren sich alle einig: Grażynka war freiwillig verschwunden und lebte. Sie lebte ein Leben, von dem sie selbst nicht einmal zu träumen wagten! Sie hat im deutschen Lotto gewonnen und sich ein Haus mit Swimmingpool in Mexiko gekauft, wo sie mit einem jungen Mexikaner wohnt, sie spaziert mit einem Mexikanerhut herum und hat sonst nichts an, dieses Flittchen, nur den Hut und goldene Armreifen. Der Mexikaner bringt ihr Drinks mit Schirmchen, und jeder Drink kostet so viel, dass auf Piaskowa Góra eine Familie eine Woche lang davon leben und jeden Tag Schweinekoteletts essen könnte. Diese Grażynka! Im Bikini mit schwarzer Sonnenbrille. Ach was, Mexiko, woher denn, nach Moskau ist sie gefahren!, eigentlich nach Petersburg, da ist es jetzt anders als früher, wo es Leningrad war, die Russkis, hören Sie, die haben heute solche Millionen, dass man für einen von denen zehn von unseren nehmen müsste, und das würde immer noch nicht reichen. Dreimal im Jahr fahren die nach Ägypten, nach Tunesien. Und so einen russischen Millionär hat Grażynka kennengelernt, der Iwan hat sich unsterblich in sie verliebt, Frau und Kinder verlassen, ihr in Petersburg einen Palast hingestellt, eine nagelneue Yacht für den Sommer gekauft. Und jetzt iwaniert-flaniert Grażynka durch Petersburg, hoch zu Russ sozusagen, ein Glas Champagner in der Hand, im Pelz, und redet russisch, als wär ihr der Schnabel so gewachsen, sdrastwujtje tawarischtsch und na sdarowje, paschalsta. Diesen Nachrichten widersprach Lepki mit stolzgeschwellter Brust. Nachdem seine Zeche geschlossen worden war und er einen Teil seiner Abfindung für einen aus Deutschland importierten Gebrauchtwagen ausgegeben und den Rest aus Sehnsucht nach seiner zuvor so verhassten unterirdischen Arbeit versoffen hatte, war die Lepka sauer geworden und hatte ihm Feuer unterm Hintern gemacht. Du Nichtsnutz, du Flasche, du Einfaltspinsel, willst du hier ewig auf dem Arsch sitzen, in den Sessel furzen und stöhnen? Wirst vielleicht noch ne Depression kriegen wie der Śledź? Tu was, Mann! Mach ein Pfandhaus auf wie Kowalik oder eine Tierhandlung wie der Sohn vom Waciak, nur sitz hier nicht so rum, sonst trifft's mich gleich! Beweg dich und tu was, sonst endest du noch wie die, die vorm Real betteln, du Lahmarsch. Die Lepka, die nicht auf die Eigeninitiative ihres Ehemannes warten wollte, hatte selbst eine Firma angemeldet, Visitenkarten drucken lassen, Lepki Waldemar Direktvertrieb, und ihren Mann mit seinem deutschen Auto auf Reisen geschickt. Nun fuhr der ehemalige Bergmann durch Polen, den Kofferraum voller Damenstrumpfhosen aus Wałbrzycher Privatfabrikation, die er bei Dorf- und Kleinstadtläden anbot. Und in Kamieńsk, schwor Lepki jetzt, einem Kaff, wo sich Fuchs und Hase Gute Nacht sagen, habe er Grażynka gesehen, sie stand vor einer klettenumrankten Hütte, und als sie ihn sah, lächelte sie, warf ihm eine Kusshand zu und stieg in einen Geländewagen; als das Auto losfuhr, flatterte ihr Seidenschal aus dem Fenster, was war das für eine Kusshand, was für ein Schal, und erst der Geländewagen, o du mein Gott. Am Steuer saß so ein Gigolo-Schniegolo mit schwarzer Sonnenbrille, der sah ein bisschen aus wie Präsident Kwaśniewski, bloß nicht ganz so aufgedunsen im Gesicht und jünger. Eine Kusshand, lachte die Lepka, wer würde dir denn eine Kusshand zuwerfen, du Trottel, höchstens deine eigene Mama, wenn du sie nicht so früh ins Grab gebracht hättest. Ich werd dir die Kusshändchen schon mit meinem Pantoffel aus dem Kopf jagen. Ach, wenn ich doch jünger wäre, dann würd ich dich in dein mageres Hinterteil treten, dass dir Hören und Sehen vergeht!

Wenn man sie fragte, sagte Jadzia zu Dominika am Telefon, wenn man sie fragte, so sei Grażynka bestimmt nach Amerika gefahren, um sich Silikonimplantate und ein Lifting machen zu lassen. Jadzia hatte gerade die Lektüre der neuesten Nummer »Dein Stil« hinter sich, sie hatte sich einen Ruck gegeben und sie gekauft, obwohl sie teuer war, hatte sich Brüste angesehen, die der Schwerkraft trotzten, und glatte Gesichter von Stars mit Lippen prall wie Reifen; die Stars waren nicht so viel jünger als sie, und im Fall von Janosiks Frau wahrscheinlich sogar älter, und Jadzia fragte sich, ob solche Implantate und Liftings wohl hygienisch waren, ob man sich damit nicht werweißwas einfangen konnte. Dominika fand es nicht so verwunderlich, dass Grażynka verschwunden war, und sie teilte Jadzias Aufregung nicht, sie hatte von Anfang an in Grażynka eine Verwandtschaft erahnt – genau wie sie musste auch Grażynka in Bewegung bleiben, um zu leben. Wir sehen sie sicher noch einmal wieder, sagte sie in solch bestimmtem Ton, dass Jadzia misstrauisch wurde.

Dominika wohnte seit drei Wochen in London, in einem Haus mit Garten, vor dem Fenster wuchs ein Feigenbaum mit Blättern wie Froschfinger, und es roch nach den süßen Wecken, die ihre griechische Hauswirtin buk. Auf Zimmersuche hatte sie immer weitere Kreise um das Stadtzentrum gezogen, weg von den besseren Vierteln, weg von Hampstead Heath, wo Małgosia und Jill wohnten. Sie war durch finstere Gegenden spaziert, die im Rhythmus des Ungewissen lebten, wo die Menschen auf den Treppen vor ihren Häusern saßen und sich über die Heimatländer unterhielten, die sie verlassen hatten, wie es auch die anderen zweihundert Millionen Menschen zu tun pflegen, die außerhalb ihres Geburtslandes leben. Jemand brüllte einen anderen durch das offene Fenster in einem Englisch an, das man in keiner Schule lernen kann, zwei Polinnen stritten sich an der Haltestelle, weil die eine die andere bei der Nachtschicht am Spülbecken hätte ablösen sollen, aber nicht gekommen war, was glaubst du eigentlich, verdammt noch mal, dass du bei dir in Zabrze bist? Hier fühlte Dominika Chmura sich auf Anhieb wohl. Zum ersten Mal wurde ihr hier klar, dass auch sie eine Heimat hatte, nach der sie sich mit jener eigentümlichen Art von Sehnsucht sehnte, die den Wunsch nach Erinnerung, aber nicht nach Rückkehr weckt. Sie saß auf Bänken und Treppen, trank Kaffee in Straßencafés mit seltsamen Namen und nicht allzu sauberen Tischen, fotografierte die Ränder, die die Tassen auf den Tischplatten hinterlassen hatten. Sie kaufte sich indische, türkische, armenische, griechische Süßigkeiten und aß sie direkt aus der Papiertüte, während sie der Spur der Mietzimmer in vollgerümpelten Wohnungen und billigen Häusern folgte, deren Geruch ihr noch jahrelang in Erinnerung bleiben würde. Małgosia bat, bleib doch hier, Jill hat wirklich nichts dagegen, bleib doch, aber Dominika suchte schon eine Woche nach ihrer Ankunft ein eigenes Zimmer. Jill störte sie nicht, sie war sogar bereit, diese schweigsame und unscheinbare Frau zu mögen, der unentwegt etwas auslief, zerbrach oder umfiel und die nach jedem Missgeschick gleichermaßen verwundert aussah, als hätte sie in mehr als dreißig Lebensjahren nichts von ihrer Ungeschicklichkeit bemerkt. Jill mit ihrer grünlich-fahlen Haut, in ihren alten indischen Kleidern erinnerte Dominika an Małgosias Mutter, die im schmutzigen Hausmantel durch das Haus in Szczawienko irrte wie ein trübseliger Geist. Doch sie mochte die gemeinsamen Abendessen in Małgosias Londoner Wohnung, bei denen Jill die Früchte ihrer Kochexperimente servierte, die hauptsächlich aus irgendetwas Grünem, Körnern und selbstgemachter Sojapastete bestanden; sie sah gerne zu, wie Małgosia Wein in die funkelnden Gläser goss und einen Toast auf die Mädels von Piaskowa Góra und Umgebung ausbrachte und wie Jill scherzhaft sagte, dass sie leider in der Nähe von Notting Hill geboren sei, was sei schon Notting Hill in London im Vergleich zu Sandy Hill in Wałbrzych. Dominika konnte nicht länger an diesem freundlichen Ort bleiben, denn für Małgosia war er ihr Zuhause, und selbst wenn Jill demnächst gegen eine andere zerbrechliche, hilfsbedürftige Frau ausgetauscht würde, war das Wesen dieses Ortes doch Beständigkeit.

Wie sollte sie Małgosia erklären, dass sie ihren Rucksack nie ganz auspackte, weil sie noch nicht am Ziel war und nicht wusste, ob sie je dort anlangen würde, dass sie diesen wunderschönen Sessel wirklich nicht brauchte, obwohl er zum Sonderpreis und zu Sonderkonditionen zu haben war, allein die Aussicht auf einen in Raten erworbenen Besitz schien ihr so absurd wie der Kauf eines Grundstücks auf dem Mond. Bewegung und Veränderung, das Wissen, jeden Moment weiterziehen zu können, das war es, was Dominika Chmura brauchte, und sie verstand immer deutlicher, dass dieses Bedürfnis genauso ein Teil von ihr war wie die Narbe in ihrem Gesicht, die Erinnerung an den Unfall und der Geruch nach verbranntem Fleisch. Und so erstarrte sie vor Entsetzen, wenn Małgosia sagte, in einem Jahr könnten wir nach Thailand oder Kambodscha fahren. Oder wenn sie Monate im voraus eine große Weihnachtsparty plante. Dominika wusste nicht und wollte auch gar nicht wissen, was sie wo zu Weihnachten machen würde. Woher wussten die Leute solche Dinge? Warum waren sie so wichtig? Richte deine Gedanken in die Zukunft, sagte Małgosia, als zitierte sie Jadzia, streng dich an, sag, wie siehst du dich in zehn Jahren, aber Dominika lachte nur, sie richte den Blick lieber auf die Natur und denke an die Vergangenheit. Die Zukunft, Frau Doktor, wird überbewertet!

Małgosia war begeistert von Dominikas Fotos und zeigte

sie ihren Bekannten, du hast Talent, sagten sie, fragten, wo sie gelernt habe, für wen sie arbeite, und zwei Leute wollten sofort einige Fotografien kaufen, denn sie richteten sich gerade neu ein. Ob Dominika ihnen Abzüge verkaufen und signieren könne? Małgosia hielt ihr Broschüren von Kunstakademien, Fotokursen und -wettbewerben unter die Nase und bat, versuch es, versuch es doch einfach, was kann es denn schaden, du schrecklicher Sturkopf! Aber Dominika fand nicht, dass sie Talent habe; Talent hatte sie vielleicht für die Mathematik gehabt, doch das war verloren. Sie verschenkte ihre Fotografien und ließ sie überall liegen, und Małgosia musste sie immer wieder im letzten Moment in Sicherheit bringen, wenn Dominika gerade ein Glas darauf abstellen oder sie als Fliegenklatsche benutzen wollte, bist du verrückt geworden, willst du das Bild von dem telefonierenden Chassiden auf der Leiter kaputtmachen! Darf ich? Nimm nur, es gehört dir, Dominika zuckte die Achseln, du kannst es dir übers Bett hängen und mit ihm über Gott und die Welt reden. Und das hier?, fragte Małgosia und hielt das Bild von zwei Mädchen in Partykleidung hoch, die auf einem von quecksilbrigem Frühmorgenlicht übergossenen Londoner Bahnsteig Hamburger in sich hineinstopften. Darf ich? Nimm nur, es gehört dir.

Dominika fand eine einfache Arbeit in einer Bar, denn in London gab es leider keine alte Dame, die eine polnischsprachige Vorleserin suchte. Mit derselben Offenheit für alles, was noch kommen mochte, mit der sie vorher Eulalia Barron die *Odyssee* vorgelesen hatte, begann sie jetzt Drinks zu servieren. Die snobistische Kundschaft dieser Bar in Soho deutete Dominikas Gleichgültigkeit gegenüber Äußerlichkeiten als einstudierte Nonchalance und ihre natürliche Magerkeit als Ergebnis einer überaus wirksamen Diät, und gleich am ersten Abend fragten zwei junge Frauen sie nach ihrem Friseur. Sie sagte ihnen wahrheitsgemäß, sie schneide sich die Haare selbst, mit einem elektrischen Haarschneider, was als gelungener Scherz aufgefasst wurde, und schon bald darauf umgab sie eine gewisse geheimnisvolle Aura, und es hieß, das neue Barmädchen sei gar nicht die Frau, als die sie sich ausgebe. Eine rumänische Prinzessin, die Tochter eines jüdischen Millionärs, der wegen eines Börsenschwindels hinter Gittern saß, die enterbte Erbin eines griechischen Vermögens, die das Missfallen ihres Vaters, eines Schiffseigners, erregt habe, indem sie mit einem Matrosen durchgebrannt sei, alle möglichen Spekulationen kursierten über Dominika, die unbeeindruckt ihre Drinks mixte und in den seltenen Momenten der Untätigkeit mit ihrem Glitzersteinring spielte, dem einzigen Schmuckstück, das sie jemals getragen hatte. Sie bekam üppige Trinkgelder, da sie nicht nur schnell Namen lernte, sondern auch den Geschichten der betrunkenen Gäste lauschen konnte, als wäre jede einzigartig. Die Erzähler dieser alkohol- und kokaingeschwängerten Stories, von dieser, die jenen verlassen und hinter dessen Rücken verbreitet habe, dass die mit dem, wo doch in Wirklichkeit der mit der, sahen in ihren Augen die vergrößerte und wahrere Version ihrer eigenen Geschichten. Meistens hatten sie dann bald das Gefühl, Dominika erinnere sie an jemanden, und freuten sich über diese praktische Erklärung, worauf sie die nächste Runde Moosbeerenwodka oder Champagner rosé bestellten, an dessen Geschmack Dominika schnell Gefallen gefunden hatte. Mir reicht das, sagte sie immer wieder zu

Małgosia, die sie überreden wollte, sich eine andere Arbeit zu suchen, sie sei viel zu gut, um nur Drinks an die verzogenen Nachkommen reicher Eltern und Fernsehstars mit künstlichen Titten auszuschenken; es ist nur ein Job, sagte Dominika, es ist nur ein Job, Frau Doktor. So ein Job reicht, um die Miete für das Zimmer zu zahlen, in einem Haus, in dem die Bewohner sich das Bad teilen; es ist nur ein Bad, sagte Dominika zur seufzenden Małgosia, hör auf so zu seufzen wie meine Mutter, es ist nur ein Bad mit Haaren in der Wanne, daran stirbt man nicht.

Als Dominika ihre Zimmerwirtin Apostolea Ellinas zum ersten Mal sah, meinte sie, ihre verstorbenen Großmütter vor sich zu sehen, Zofia und Halina, äußerlich und auch im Wesen einander so gar nicht ähnlich, vereint und zu neuem Leben erweckt in Gestalt dieser Griechin aus dem Londoner Stadtteil Stoke Newington, die da auf der Schwelle stand, die Hände in die Hüften gestemmt, und sie mit Blicken maß. Dominika kannte keine Liebe auf den ersten Blick, doch das, was diesem Gefühl am nächsten kam, war der spontane Wunsch, an einem Ort bleiben zu wollen, und diesen Wunsch verspürte sie beim Anblick von Apostolea Ellinas ganz deutlich. Wegen der Zimmeranzeige? Wegen der Anzeige. Der obere Teil von Apostoleas Körper gehörte zu Halina, denn sie hatte das dunkle, schmale Gesicht einer Eidechse, schütteres Haar und schmale, herabfallende Schultern, aber der untere Teil war rund und ausladend, hier sah die Griechin wie Zofia aus. Ihre Füße steckten in ausgetretenen Pantoffeln, die Beine waren mit Krampfadern überzogen und seltsam dünn im Verhältnis zum übrigen Körper; sie ging Dominika bis zur Schulter und hatte einen Gesichtsausdruck, als reiche ein Nektar- oder Wermutstropfen, um sie sofort in Euphorie oder Verzweiflung zu versetzen. Bist du Griechin?, fragte Apostolea Dominika. Nein, ist das schlimm? Schlimm nicht, aber ich dachte, du wärst es. Sehe ich wie eine Griechin aus? Du siehst aus wie eine meiner Töchter, sagte Apostolea und bat Dominika in die Küche, wo vor einer Ikone eine Öllampe brannte; dieser Geruch, Dominika kannte diesen Geruch. Und woher bist du? Aus Polen, auf diese Frage gab es immer nur die eine Antwort. Der Papst, seufzte die Griechin, aber das macht nichts. Das macht nichts, der Papst?, fragte Dominika nach. Sie sog den Duft der griechischen Küche in diesem Londoner Haus tief ein. Dimitri Angelopoulos, dachte sie, der Junge mit dem Tornister voller Rachatlukum, die griechische Küche seiner Mutter in Szczawienko. Sie könnte hier bleiben; ich könnte hier bleiben, sagte sie, wenn Sie sich für mich entscheiden. Apostolea zog ein Blech aus dem Ofen und bot Dominika frisch gebackene Wecken an, lecker? Köstlich! Auf Zypern waren sie noch besser, hier gibt es nicht das richtige Mehl. Eine Zeitlang saßen sie schweigend da. Als ich noch auf Zypern wohnte, hat meine Tante Eleni einmal solche Wecken gebacken. Ich hatte immer Hunger, also hab ich mir fünf davon stibitzt und mich in einem zerbrochenen Weinkrug im Garten versteckt; meine Tante rief: Apostolea! Apostolea! Und ich – keinen Mucks, hab bloß leise die Wecken verspeist, einen nach dem anderen. Durch eine Ritze konnte ich das Meer sehen, was für ein Meer es dort gibt, was für einen Himmel, nirgendwo gibt es so einen Himmel wie auf Zypern. Prügel hab ich später gekriegt, dass mir das Blut aus der Nase floss, aber was ich gegessen hatte, das war meins.

Das Leben ist nicht leicht, ich war eine Waise, und du, hast du Familie? Ich habe meine Mutter, mein Vater ist tot, meine Großeltern auch. Schwestern, Brüder? Ich hatte eine Zwillingsschwester, aber sie ist gestorben. Sie aßen einen zweiten Wecken. Das Leben ist nicht leicht, seufzte Apostolea, ich vermiete dir das Zimmer, wenn du willst. Dominika dachte zuerst, die alte Griechin habe Mitleid mit ihr wegen dieser vielen Tode, die sie unmöglich verschweigen konnte, wenn man sie nach ihrer Familie fragte. Apostolea sah Dominika an, genau wie meine Afroditi, sagte sie und schob ihr noch einen Wecken hin; sie griff in den Schrank, holte ein Glas Honig hervor und lächelte, als wäre die Ähnlichkeit dieser Polin mit jemand Verlorenem die beste Empfehlung. Du bist dünn, iss Honig, der griechische ist der beste, wenn es auch hier keinen so guten wie auf Zypern gibt. Morgen mache ich dir Dolmades. Afroditi war immer auf Diät, und du? Ich nicht, antwortete Dominika wahrheitsgemäß, ich mag nur kein Fleisch. Das griechische wirst du mögen, seufzte Apostolea, mit Majoran und Knoblauch. Wenn nicht, mache ich dir Oktopus in Essig. Willst du? Vielleicht riskiere ich es.

Ich habe eine Wohnung gefunden!, sagte Dominika zu Sara an diesem Abend am Telefon, ich habe ein Zimmer mit Blick auf den Garten, in dem ein Feigenbaum wächst, er hat Blätter wie Froschfinger. Du musst mich hier besuchen und von deiner Reise nach Afrika erzählen. Zu etwas war Napoleons Nachttopf doch nütze. Zu etwas war er nütze, bestätigte Sara.

Sara hatte den Nachttopf von Napoleon angenommen, den Dominika ihr zum Geschenk machte, aber sie hatte darauf bestanden, dass sie ihn gemeinsam verkauften und den Gewinn teilten.

Sie ließen ihn von einem alten Bekannten Eulalia Barrons aus dem Metropolitan Museum schätzen und gingen in einen der Antiquitätenläden, die er empfahl. Der Antiquar, ein hamsterartiges Männlein in rosa Hemd mit Fliege, stimmte ihnen zu, die Geschichte des Objekts sei faszinierend, die Herkunft aus Dionizy Kołeks Łódźer Manufaktur gesichert, aber er zahle leider nur für materielle Dinge und nicht für Geschichten, auch nicht für die außergewöhnlichsten, das komme nicht in Frage, selbst wenn sie ihm jetzt und hier, auf der Stelle eine noch ungewöhnlichere Geschichte erzählten als die, die er gerade gehört hatte. Wenn es wenigstens ein Nachttopf von Austerlitz gewesen wäre, die Leute mögen Geschichten von großen Siegen, oder von Waterloo, große Niederlagen verkaufen sich ebenso gut, aber Polen, ein polnischer Nachttopf, Kamieńsk? Wer hat denn je etwas von Kamieńsk gehört, meine Damen? Nach behutsamer Restaurierung könnte es ihm vielleicht gelingen, Napoleons Nachttopf an eine Dame von der Upper West Side zu verkaufen, die ihn als Schirmständer benutzen und zu ihren Gästen sagen würde, also, ich habe mir kürzlich einen Nachttopf gekauft, den Napoleon benutzt hat, ich habe ja ein solches Faible für Antiquitäten; wenn mir etwas ins Auge sticht, kann ich einfach nicht widerstehen. Man kann ihn auch als Blumentopf verwenden, schlug Dominika vor; als Schirmständer oder als Blumentopf, stimmte der Antiquar zu, warum nicht, aber das ändert nichts. Frau Eulalia Barron hätte genau das gewollt, sagte Dominika, als Sara und sie die Fifth Avenue hinunter nach Lower Manhattan gingen. Die Geschichte sollte weitergehen, deswegen hat die alte Dame mir den Nachttopf von Napoleon vermacht. Nein, sie hat ihn dir vermacht, weil sie wusste, dass du ihn sofort an jemand anderen weitergeben oder ihn verlieren würdest, sagte Sara. Ich frage mich, was jetzt passiert, überlegte Dominika, zu wem wird er jetzt wohl kommen? Das werden wir wohl nie erfahren. Ich werde meinen Anteil jedenfalls verjubeln, wir könnten sogar einen anständigen Wein auf den kleinen Kaiser trinken gehen, obwohl er das eigentlich nicht verdient hat. Ich gebe meinen Anteil für ein Ticket nach Johannesburg aus, entschied Sara, ich spüre, dass die Zeit gekommen ist. Die paar hundert Dollar, die sie zusammen vom Antiquar bekommen hatten, waren kein Vermögen, aber in dem großen Trödelladen auf der 23nd Street konnten sie sich heute reich fühlen. Dominika ist nicht sparsam, Geld an sich hat keinen Reiz für sie, sie hat kein Interesse daran, es anzuhäufen und zu besitzen, und sie zählt es nur aus Angst, dass es nicht für Miete und Essen reicht. Die Secondhandläden sind so verlockend, weil die dort gesammelten Kleidungsstücke und Gegenstände eine Vergangenheit haben, die sich in sie hineingefressen hat wie ein Borkenkäfer; deshalb fotografiert sie in der Enge zwielichtiger Umkleidekabinen das fleckige Innere von Handtaschen, körperlich und intim, ausgefranste Hosenbeine, durchgescheuerte Kragen, Gürtel mit den eingeprägten Rillen unterschiedlich dicker oder dünner Taillen, fransige Fäden, wo einmal Knöpfe saßen, Absätze durchgetanzter Schuhe. Sie ist fasziniert von dem Gedanken, eine Geschichte dieser abgelegten und gebrauchten Dinge erfassen zu können. Sara hatte gerade eine alte Schlangenlederjacke gefunden, und Dominika starrte gierig darauf, denn sie sah aus, als sei die Geschichte unter jede abblätternde Schuppe gedrungen. Probier sie an, sie warf die Jacke zu Dominika hinüber. Sie passt!, freute sich Sara, ich kauf sie dir als Geschenk, damit du in London an mich denkst.

Wild at Heart! Ivo kommt in den Laden, Sailor, bist du's?, fragt er. Diese Jacke ist ein Symbol meiner Individualität und meines Glaubens an die persönliche Freiheit, zitiert Dominika Sailor mit einem Schritt auf Ivo zu. Trotz der vielen Jahre, die Ivo mit dem Verkosten von Schokolade, Schlagsahne und Mascarpone verbracht hat, ist er schlank geblieben; wenn es einen Titel »Dünnster Konditor« gäbe, hätte er gute Chancen darauf. Ivo hat nicht nur eine neue Haarfabe, sondern auch einen neuen Ohrring, keinen Zirkonia mehr, sondern einen hölzernen Ring. Was soll das sein?, fragt Sara und fasst mit zwei Fingern nach seinem Ohrläppchen. Ein Tribal-Ohrring!, erklärt Ivo, als auch Dominika in gespieltem Ekel das Gesicht verzieht; in Paris ist Tribal-Schmuck diese Saison das Angesagteste überhaupt, solltet ihr euch auch kaufen, wir gehören schließlich zum selben Stamm. Stell dich hierhin, ich mache ein Foto von dir, ich muss ein Bild von deinem Tribal-Ohr vor dem Hintergrund dieser Ladeneinrichtung haben!, bittet Dominika. Sara verdreht die Augen zum Himmel, genau in dem Moment, als das Objektiv des Fotoapparats auf sie gerichtet wird. Ist das chronisch?, fragt Ivo. Sara nickt. Ivo wirft sich in Nora-Desmond-Pose, und Dominika stellt die Kamera ein. Denkt ihr eigentlich an Scheidung?, fragt Sara; nein, vorerst sind sie nicht an einer Scheidung interessiert, denn beiden ist die Scheinehe ganz nützlich.

Ivo hat seine ehrgeizigen französischen Pläne zum Teil verwirklichen können. Wenn er davon erzählt, zitiert er den

Witz, den er von Dominika kennt: keine Autos, sondern Fahrräder, und nicht verteilt, sondern gestohlen. Eine von einem Amerikaner geführte Chocolaterie in Paris war, wie sich herausstellte, nicht mit der französischen Vorstellung einer Chocolaterie vereinbar, denn, so wurde es Ivo von verschiedenen Leuten erklärt, der Name sage ja bereits, dass es eine französische Einrichtung ist, deshalb sei es ganz unmöglich, dass sich ein Amerikaner, und sei er noch so talentiert, auf derartige Feinheiten versteht wie Schokolade, die nur durch Zufall nicht aus Frankreich, sondern aus Mexiko komme. Schließlich hatte sich Lyon freundlicher gezeigt als Paris und ein simples Café als einfacher zu handhaben als eine Chocolaterie, und Ivo führt nun seit anderthalb Jahren ein solches zusammen mit einem französischen Teilhaber. Zu Ivos Bedauern kamen amerikanische Touristen und Studenten, oh, was für ein netter Coffee Shop. Dafür sitze ich in Lyon, sagt Ivo betrübt, ich rede Französisch mit diesen Schnecken- und Froschfressern, damit meine Landsleute denken, dass ich einen sehr netten Coffee Shop führe, aber irgendwomit muss man ja anfangen. Dank der Tatsache, dass Ivos Teilhaber ein angeblich hundertprozentiger Hetero ist, geschlagen mit einer kinderreichen Familie und einem familiären Hang zum ständigen Geschrei, gestaltet sich ihr Verhältnis problemlos, und es besteht keine Sorge, dass Ivo sich verlieben könnte. Von wegen verlieben! Er sieht aus wie Louis de Funès! Meine Liebe sind Jungs und Schokolade, sagt Ivo auf eine Art, die bei jedem anderen affektiert und unerträglich gewirkt hätte, bei ihm aber nicht stört, denn Ivo spricht einfach die Wahrheit seiner süßen Geschichte aus. Schokolade! Nach wie vor interessieren ihn vor allem Schokolade und Schokoladendesserts, doch in letzter Zeit widmet er der Eiscreme immer mehr Aufmerksamkeit, in der Eiscreme liegt die Zukunft. Beim Wettbewerb in Italien, auf dem Ivo gewesen ist, hat zum wiederholten Mal ein Italiener namens Sergio gewonnen, aus San Gimigniano, einer kleinen Stadt in der Toskana. Er hat Sorbets aus dem dortigen Vernaccia-Wein zubereitet, Sorbets aus Pomelo und aus Champagner, dieser Sergio, und fantastische Pistazienkreationen gezaubert, die beige waren, denn so sollten sie sein, und nicht grün, und die schmeckten wie ein Abend auf Sizilien. Ivo war hingerissen von dieser italienischen Eiscremeorgie und fährt nun in den Ferien in die Toskana. Vielleicht würde Sergio ihn für ein kurzes Praktikum nehmen? Im Sommer wimmelt es in der Toskana doch sicher von schönen Jungs, herumreisenden Studenten mit Rucksäcken, mit schmutzigen Beinen, in kurzen Hosen voller Taschen, mit Lonely-Planet-Reiseführern; sie machen Rast auf dem mittelalterlichen Marktplatz in San Gimigniano und schlecken Eiscreme, riechen nach etwas zugleich Frischem und leicht Angeschmuddeltem, Klebrigem. Wenn sie sich mit Eis bekleckern, wischen sie es unbeholfen mit den Händen weg, verschmieren es, was für ein herrlicher Anblick. Was für ein herrlicher Anblick, meine Lieben! Ivo träumt davon, so einen Jungen zu Hause zu haben, einen immer hungrigen Studenten, und Desserts für ihn zu machen, die erlesensten Himmelsspeisen aus Schokolade, Kakaobohnen der besten Art würde er sich aus Venezuela oder Madagaskar kommen lassen, Vanille von der Insel Réunion, Sahne aus Isigny. Und schon hieße es nicht mehr *lonely planet*, sondern Planet der Liebe! Es zeigt sich allerdings immer wieder, dass Ivo im täglichen Leben nicht genug Zeit hat, um die Jungs, die er findet, mit Desserts aus eigener Herstellung zu füttern, denn ein Café zu führen ist um einiges anstrengender, als er dachte, egal, ob es mehr an einen Coffee Shop erinnert, selbst an Starbucks, bloß um Gottes willen nicht an ein Lokal im Ritz. Ob sie nicht zu ihm kommen möchten?, schlägt er Dominika und Sara vor. Er würde ihnen Arbeit geben, am Anfang könnten sie zusammen wohnen, später würde er ihnen helfen, etwas zu finden. Manchmal kommt es Ivo so vor, dass Dominika ein bisschen wie sein erträumter süßmäuliger Junge aussieht, den er noch nicht getroffen hat, ein großer und biegsamer, doch zugleich starker Junge, männlich und weiblich, mit einer feinen weißen Narbe, die sich über die Wange zieht wie ein Altweibersommerfaden; ja, Dominika erinnert an einen solchen Jungen, zum Beispiel jetzt, wo sie in der Umkleidekabine eines New Yorker Trödelladens steht, in dieser Schlangenlederjacke, und ihn unter der Fedora-Krempe hervor anblickt. Dominika sieht Ivos Blick und ihrer beider Bild im Spiegel, versteht und lächelt. Sie könnte irgendwo als Dominik Chmura leben, warum nicht; ein hochgewachsener dünner Mann in Sailors Lederjacke und mit einem alten Hut, zum Beispiel ein Kontrabassist. Mein Zwillingsehemann, denkt Dominika-Dominik; sie wird sich mit Sehnsucht an dieses Bild erinnern.

Am Tag danach flog Dominika nach London, und Ivo lernte einen Spanier kennen, in den er sich wider Willen verliebte, denn der Spanier in Anzug, gestreiftem Hemd und mit Aktentasche hatte nicht die geringste Ähnlichkeit mit dem eisverschmierten Jungen, von dem Ivo träumte. Als er Dominika am Telefon davon erzählte, zitierte diese Apostolea Ellinas' Motto, das Leben ist nicht leicht, Ivo, das macht nichts.

Apostolea behandelt Dominika wie ihre eigene, auf wundersame Weise zurückgekehrte Tochter, doch sobald sie sich ihrer Täuschung bewusst wird, gerät sie in Wut. Tote Töchter stehen nicht plötzlich mit einem Rucksack in der Tür, was würde der Pope zu solch einer Gotteslästerung sagen, Apostolea bekreuzigt sich und küsst die Ikone, aber das ist zu wenig. Die Wut lässt sie in der Küche aus, wo sie, mit Töpfen klappernd, lauthals weint, und Dominika kommen die griechischen Klageweiber in den Sinn, von denen sie Eulalia Barron vorgelesen hat; in ihrem kleinen Zimmer wiegt sie sich auf den anschwellenden Wogen der Verzweiflung, die im Stockwerk unter ihr wütet. Apostolea muss einfach von Zeit zu Zeit weinen, dann brüllt sie auf Griechisch und heult, vergießt Tränenströme und schlägt mit den Fäusten auf die erstbesten Gegenstände, manchmal zerbricht sie dabei Geschirr, dann weint sie noch lauter, vielleicht aus Trauer um den zerstörten Besitz. Wenn das Gewitter vorbei ist, beseitigt sie schluchzend und leise fluchend die Spuren ihrer Wut und macht sich unmittelbar danach an die Zubereitung einer köstlichen Spezialität. Dominika!, ruft Apostolea, wenn das Gericht aufgetischt ist und sie wieder in Stimmung kommt, Geschichten über Zypern zu erzählen und über die verlorene Tochter, Afroditi.

Du kannst dir eine normale Wohnung mieten, redet Małgosia auf Dominika ein, du verdienst doch, bald wirst du besser verdienen als ich, du brauchst Platz, ein Atelier. Du kannst sogar einen Kredit beantragen, ein Haus kaufen, du musst einen Plan haben, Dominika Chmura. Małgosia hat inzwischen so viele von Dominikas achtlos liegen gelassenen Fotografien gesammelt, dass sie eine ganze Mappe damit füllen kann. Wie sich zeigt, hatte sie von Anfang an einen Plan für diese Bilder und wartete nur auf die richtige Gelegenheit. Ohne Plan würde sich Małgosia genauso halbblind und schutzlos fühlen wie ohne ihre elegante Brille. In einem halben Jahr macht sie einen Kurs in Paragliding, in acht Monaten reicht sie ihre Doktorarbeit ein, in fünf Jahren bezwingt sie den Mount Everest, und in spätestens zwei Jahren will sie dafür gesorgt haben, dass Dominikas Talent anerkannt wird und die Freundin keine Drinks für zugekokste Geldverprasser mehr mixen muss, sondern vom Fotografieren leben kann. Dominikas Fotografien, die Małgosia hinter deren Rücken beim Fotowettbewerb des Wochenendmagazins einer der größten Tageszeitungen eingereicht hatte, gewannen den ersten Preis. Małgosia war darüber nicht erstaunt, wurde sich aber bewusst, dass der schwerste Teil noch vor ihr lag: Sie würde der Freundin ihr eigenmächtiges Handeln gestehen müssen. Ich danke dir, aber mach so etwas nicht noch mal, sagte Dominika, als sie in Apostoleas Garten saßen, versprich, dass du mich nicht mehr retten willst, versprich, dass du jetzt etwas für dich selbst tust. Nicht irgendeinen dämlichen Plan wie die Besichtigung der sieben Weltwunder, sondern etwas, was du wirklich willst. Aber gehst du hin? Nimmst du den Preis an und gehst zu dem Kurs? Suchst dir eine Arbeit als Fotografin? Mietest eine normale Wohnung? Triffst dich mit einem Agenten? Ja, nehm ich, geh ich, mach ich, aber hier ausziehen will ich nicht, das genügt mir, ich wohne gern bei Apostolea. Spürst du nicht diesen Duft, riech doch mal, ich wohne in einem Haus, das nach Zimt riecht, in einem Haus, in dem ein griechisches Klageweib Baklava für mich macht, kennst du viele solche Orte in London? Ich verstehe nicht, wie du so planlos leben kannst, wieso sitzt dir die Zeit nicht im Nacken und die Sorge, so viele wichtige Dinge nicht zu schaffen? Małgosia begreift es nicht. Was für wichtige Dinge denn?, fragt Dominika, und die Freundin winkt resigniert ab.

Das Leben ist nicht leicht, seufzt die alte Griechin und stellt einen Teller mit siruptriefenden Mandeltörtchen auf den Küchentisch. Sie schiebt eine Schüssel voll Datteln neben die Törtchen und greift selbst immer wieder nach den Früchten, wobei sie das Gesicht verzieht, als schlucke sie Medizin. Georgi, ihr nichtsnutziger Sohn, ist wieder da gewesen, um sich Geld zu leihen, angeblich hat er außer den ehelichen noch ein uneheliches Kind, mit irgendeiner Engländerin, erzählt Apostolea. Dominika weiß nicht, ob Apostolea unglücklich darüber ist oder ob die Leidenschaften des Sohnes ihr eine gewisse finstere Genugtuung verschafften und sie einfach froh ist, ein weiteres Kind in der Familie zu haben. Noch einen dunkelhaarigen, großäugigen kleinen Jungen, den sie verhätscheln und mit gebratenen Hähnchen füttern kann, davon kann man nicht genug haben. Wenn er größer ist, wird er zu Apostolea kommen und nervös mit den Füßen scharrend am Tisch sitzen und nur auf das krönende Ende des Besuchs warten: die fünf Pfund, die seine Großmutter ihm zusteckt. Meine arme Mama, denkt Dominika, wie gern hätte sie eine so große Familie zum Jammern und Klagen und zum Zustecken von kleinen Geldscheinen gehabt. Dominika bringt die Namen und Gesichter von Apostoleas Enkeln durcheinander; allein Georgi, der in der Nähe wohnt und sich dauernd bei seiner Mutter Geld leiht, hat vier fast identische Söhne mit den großen traurigen Augen byzantinischer Ikonen und einem ungeheuren Appetit. Apostolea erzählt gern alle Geschichten mehrmals, die lustigen und die schrecklichen, beschwert sich über Georgi, der Geld beim Glücksspiel verliert, nachts Kebab isst, pfui, das machen die Türken, gar kein Essen ist das; sie klagt über die beiden Londoner Töchter, die von Sozialhilfe leben, die eine ist geschieden, die andere hat Gebärmutterprobleme, nur über Afroditi, die umgekommene Tochter, spricht sie selten, bei besonderen Gelegenheiten, als könne sie diesen Schmerz noch nicht in alltägliche Worte kleiden. Dominika weiß nur, dass von Apostoleas Kindern einzig Afroditi studiert hat. Sie heiratete einen Griechen, einen Juristen, den sie auf der Universität kennengelernt hatte, beide waren bei einem Flugzeugabsturz auf Zypern ums Leben gekommen. Sie wollten auf der Insel die Spuren ihrer Familie finden, Onkel und Tanten kennenlernen, Häuser und Gärten sehen, von denen Afroditis Mutter erzählt hatte; Apostoleas andere Kinder wären nie auf eine solche Idee gekommen. Afroditi ist Dominika gleich sympathisch, sie denkt darüber nach, was für eine Frau diese junge Griechin wohl gewesen sein mochte, die so gern wie sie selbst in der Vergangenheit gewühlt hatte. Afroditis Kind lebt jetzt bei seinem Onkel, dem Bruder des Ehemannes, einem Journalisten aus Berlin. Der kleine Ted ist schon fünf, ein hübscher und kluger Junge. Hübsch und klug, sagt Apostolea und seufzt, das Leben ist nicht leicht; drei Jahre ist es her, seit sie diesen wegen des Verlustes der Tochter so besonders geliebten Enkel gesehen hat. Das macht nichts, seufzt sie, wie immer, wenn sie auf etwas keinen Einfluss hat. Vielleicht kommen sie dieses Frühjahr nach London, das würde sie sich wünschen, Dominika macht dann ein Foto von ihnen. Ja, wirklich? Jawohl, das wird sie machen. Apostolea holt aus ihrem Zimmer ein Kleid aus kobaltblau schimmerndem Polyester, das sie zu diesem speziellen Anlass anziehen will, obwohl sie im Alltag ausschließlich Schwarz trägt. Apostolea weiß nicht, was Afroditis Sohn mag, aber gegen ein gebratenes Hähnchen wird er sicher nichts einzuwenden haben, wer mag denn nicht gebratene Hähnchen. Für alle Fälle hat sie eine ganze Gefriertruhe voll davon, wie damals, als ihr Mann noch lebte und alle Kinder zu Hause waren. Selbst Afroditi, immer auf Diät, sagte bei einem Stückchen Hähnchenbrust nicht Nein, nur die Haut hat sie immer abgezogen, erzählt Apostolea. In einem von Apostoleas unzähligen Familienalben hat Dominika ein Bild von Afroditi am Tag ihres Universitätsabschlusses gesehen, eine schöne Frau in Robe und mit Barett. Meine Afroditi, sagte Apostolea und seufzte wie immer, das Leben ist nicht leicht. Dominika erkannte auf dem Bild der jungen Frau nichts von der Ähnlichkeit mit ihr selbst, die für Apostolea auf den ersten Blick offensichtlich gewesen war, vielleicht eher mit der Person, zu der sie ohne Unfall hätte werden können. Sie könnte jetzt an einer mathematischen Fakultät lehren und hätte dann vielleicht das konzentrierte, ernste Gesicht einer Frau mit klarem Ziel: Doktorat, Professur, eine Veröffentlichung nach der anderen. In ihrem Kopf wäre alles nach einer Methode geordnet, wie einst die Bücher von Eulalia Barron; vielleicht hätte sie bereits eine weitere Primzahl entdeckt, vielleicht auch herausgefunden, nach welcher Regel ihr alle Zahlen mit der Quersumme sieben früher hellgrün wie der Winterhimmel über Wałbrzych erschienen waren.

Dominika erfüllte Małgosias Wunsch, doch so wie alle Veränderungen in ihrem Leben seit dem Unfall war auch dieser Schritt eher ein sanfter Übergang als ein Umsturz, ein Fließen, dem sie sich überließ. Ohne Bedauern gab sie die Arbeit in der Bar auf und konzentrierte sich auf ihre Bilder. Sie wusste, dass sie gut waren, das hatte sie von Anfang an gewusst, doch wusste sie auch, dass noch etwas fehlte, etwas, das sie nicht nur gut, sondern hervorragend machen würde. Sie verkaufte nicht schlecht, die Fotos kamen bei den Leuten an, vielleicht fanden sie in den Fotografien von verzerrten Spiegelbildern, Mauerritzen und menschlichen Körperteilen eine eigene Sehnsucht wieder, die bis dahin noch keine Gestalt gehabt hatte. Sie mochten die Porträts, auf denen nie das ganze Gesicht zu sehen war, manchmal sogar nur ein Stück Mund oder zwei Finger oder eine wehrlose Halsgrube und ein Ohrläppchen. Der Preis, den sie gewonnen hatte, bestand in einem Studienplatz an der Kunstakademie und dem dazugehörigen Stipendium; ohne Probleme fand sie sich unter den anderen Studenten und Studentinnen zurecht, da sie schon immer so ausgesehen hatte wie sie, ein schlankes Mädchen in Jeans und alter Lederjacke, mit der Kamera um den Hals und einer Tasche voller Arbeiten über der Schulter. Wenn jetzt Magister Helena Demon, der Fluch ihrer Grundschuljahre, sie gesehen hätte – sie wäre sprachlos darüber, dass es nicht nur in einer Klasse so viele Ausländer geben konnte, sondern auch die Lehrer zum Teil Ausländer waren!

An manchen Tagen fuhr Dominika kreuz und quer durch London und machte Fotos; sie konnte mit solcher Selbstvergessenheit ein bestimmtes Detail verfolgen, zum Beispiel die wechselhafte Landschaft verformter Gesichter und Gegenstände, die sich im glänzenden Knopf an der Tasche einer verschleierten Muslimin spiegelten, dass sie dieser durch die halbe Stadt hinterherfuhr, um schließlich in einer völlig unbekannten Gegend wieder zu sich zu kommen und einem verärgerten Pakistani beteuern zu müssen, dass sie seine Schwester ganz und gar nicht verfolge. Unweigerlich fand sie alle die verschämten Winkel und im Nichts endenden Sackgassen, die es in jeder Großstadt gibt, die von illegalen Einwanderern umlagerten Telefonzellen, an denen schreiende Telefonate mit der Heimat geführt werden, in Sprachen, die niemand lernen will; die Bänke, auf denen sich müde Frauen mit hässlichen Schuhen drängen, in hastige, nervöse Gespräche verstrickt, mit dem Blick von Menschen, die alles verloren haben oder nie etwas zu verlieren hatten; die fetttriefenden Döner für die Malocher auf den Baustellen und Müllplätzen und für die Arbeitslosen; die Schaufenster der nach Schimmel und billigen Süßigkeiten miefenden Läden, wo Aushänge für Leute aus Bangladesch, Polen, dem Senegal, Rumänien, Pakistan kleben. Diese Orte zogen Dominika magisch an, und sie brachte es fertig, aus dem Gewirr tausender Sprachen polnische Sätze herauszufischen, die sie in ihrem Gedächtnis aufbewahrte wie einen Sandberg der Wörter und zu denen sie später ein passendes Bild in ihren Arbeiten finden wollte; die zufällig herausgehörten Fragmente aus dem Leben – meine Liluś hat Tausende von Fotos, ein x-beliebiger Araber kommt mir nicht ins Haus, leg Zwiebeln unten drunter, dann sieht es nach mehr aus – waren Keime einer Geschichte, deren innerstes Wesen sie mit dem Objektiv einfangen wollte.

Müllmädchen, nannte Małgosia sie spöttisch. Was sammelst du da bloß – Realitätsschnipsel, Schrott aus dem normalen Leben, Bonbonpapierchen. Ach, und das sagt eine, die ganz normal ist! Małgosia, selbst stets zu Bekenntnissen und detaillierten Erörterungen bereit, zog der wortkargen Dominika Informationen über deren flüchtige Londoner Abenteuer aus der Nase. Wer ist er? Wo hast du ihn kennengelernt? Und wenn du schwanger wirst? Er ist Maler, kennengelernt hab ich ihn in der National Gallery, genau unter der Arnolfini-Hochzeit. Die Sache ist die, dass ich nichts weiter von ihm will. Dann weißt du vielleicht, wovor du Angst hast? Vielleicht habe ich Angst, dass ich von einer Treppe falle wie meine Mama damals in die Arme von Papa und irgendwo hängen bleibe, bevor ich weiß, ob es mir dort überhaupt gefällt. Ein, zwei Wochen später war schon keine Rede mehr vom Maler, also unterhielten sie sich über Sabina, eine Studentin aus Rumänien, die Małgosia vor kurzem kennengelernt hatte und mit der sie zusammenziehen wollte, im Sommer würden sie nach Rumänien fahren, in die Berge, zwei Wochen wandern und zelten in Transsilvanien, sie hat schon einen ganzen Plan ausgearbeitet und sich eine Wanderroute aus dem Internet heruntergeladen, gerade hat sie Sabina zu einem Kletterkurs angemeldet. Und du? Was machst du im Sommer? Du wirst dich wundern, lachte Dominika, ich habe keine Reisepläne und auch keine Wanderroute aus dem Internet. Ich werde bestimmt fotografieren und sicher mal meine Mutter besuchen. Ach ja – ich hab doch einen Plan: Apostolea bringt mir bei, Baklava zu machen. Ich mach dir welches, wenn du aus Rumänien zurück bist.

In diesem Frühjahr, als in Polen der Jahrhundertregen begann und Małgosia ihre Wandertour durch Transsilvanien plante, floss Dominikas Londoner Leben im Rhythmus von Vorlesungen, Workshops und Fotostreifzügen dahin; am Ende des Studienjahres arbeitete sie an einem Bilderzyklus über verlassene Londoner Friedhöfe. Die Betrachter dieser Bilder würden von Licht und Stimmung, von der scheinbaren Unwirklichkeit der Gestalten im Hintergrund begeistert sein, dabei war es Dominika hauptsächlich um eine Studie des Verfalls gegangen, darum, das unterschiedliche Sterben von Stein, Holz und Metall wiederzugeben. Gerade hatte sie auf dem Küchentisch Bilder von verkrüppelten Christusfiguren, morschen Holzkreuzen und grasüberwachsenen Mazewen ausgelegt, als Apostolea erschien. Sie kommen! Mein Enkel Ted aus Berlin kommt! Die alte Griechin kam mit ihrem karierten Einkaufstrolley hereingerauscht und fiel Dominika um den Hals. In einer Woche werden sie hier sein, ich muss gleich mit den Vorbereitungen anfangen, es gibt so viel zu tun. Dominika waren solche Vorbereitungen wohlbekannt, und sie wusste, dass sich bald auch eine andere Frau ein gutes Stück weiter östlich von hier in Erwartung der Tochter mit dem gleichen Eifer an die Zubereitung ähnlich übertriebener Essensmengen machen würde. Als Dominika jünger war, reagierte sie gereizt auf Verschwendung, Überfluss und etwas, das sie in ihrer jugendlichen Naivität für die Vergeudung von Energie auf Unwichtiges gehalten hatte. Heute wusste sie, dass Millionen Frauen auf dieser Welt nur auf diese Weise ihre Liebe zeigen können, denn wahre Liebe zeigt sich nicht darin, dass man rational ausrechnet, wie viele Piroggen oder Dolmades der geliebte Mensch essen würde. Sie spürte sogar eine seltsame Lust in sich aufkeimen, die Gerichte, die sie von Apostolea gelernt hatte, einmal für ihre Mutter Jadzia zu machen.

Am Tag des Besuchs zog die alte Griechin ihr kobaltblaues Kleid an und dazu sämtlichen Goldschmuck, den sie in den Jahren ihres Ehelebens angehäuft hatte; die Armbänder, die sie nach jeder Geburt von ihrem Mann geschenkt bekommen hatte, die Ketten zum Hochzeitstag, Ringe, die denen ganz ähnlich sahen, die Dominikas Mutter für harte Zeiten im Wäscheschrank aufbewahrte. Das Foto! Ob Dominika es jetzt schon machen könne, denn später würde sie sicher vor Rührung in Tränen ausbrechen, und wie würde das aussehen. Eines im Garten, unter dem Feigenbaum, im milden Nachmittagslicht, unbedingt in dem sehr eleganten neubezogenen Sessel mit den vergoldeten Armlehnen, ein weiteres in der Küche, in der Ecke mit den Ikonen und der Öllampe; lächeln, fertig. Gleich kommen sie! Mein Gott, sie hat den Halloumikäse vergessen, wie konnte sie den nur vergessen?! Als Vorspeise muss es gebackenen Halloumikäse geben, mit Tomaten und frischem Basilikum, ein griechisches Mahl ohne Halloumi, hat man so etwas schon mal gesehen, Apostolea war den Tränen nahe. Dominika erbot sich, schnell ins Geschäft zu gehen, kein Problem, bei der Gelegenheit würde sie gleich Abzüge von den Fotos machen, damit Apostolea sie ihrem Enkel geben konnte. Kauf auch noch Granatäpfel, es sind sicher nicht genug da, warum hat sie nur so wenige gekauft, wo hatte sie ihren Kopf, ohne Granatäpfel wird es kein Abendessen, sondern ein Desaster, aber

Dominika soll sie bloß nicht in dem neuen türkischen Laden kaufen, die Türken haben keine Ahnung von Granatäpfeln; unbedingt im griechischen Delikatessengeschäft Arhodikon.

Der Nachmittag in Stoke Newington roch nach Frühling. Unterwegs spielte Dominika ein Spiel, an das sie sich aus ihrer Kindheit auf Piaskowa Góra erinnerte; Jadzia nannte es das Wenn-dann-Spiel. Wenn wir über die Straße kommen, bevor die Ampel umspringt, gibt es morgen schönes Wetter, wenn die Dame im grünen Mantel drüben bei der Auslage stehen bleibt, kaufe ich dir ein Eis, oder ernsthafter, wenn wir es bis zur Kirche schaffen, ohne auf die Fugen zwischen den Gehsteigplatten zu treten, gibt es die ganzen Sommerferien lang schönes Wetter. Und sogar – wenn wir auf dem Weg zu Oma Halina einen Mann mit Brille und zwei Frauen mit weißen Schuhen begegnen, wird uns alles gelingen. Man durfte mogeln, aber nur ein bisschen, anstatt einer der Frauen durfte es zur Not ein weiblich aussehender Junge in weißen Tennisschuhen sein; zur Not geht das, mogelte Jadzia, und jetzt tat Dominika dasselbe. Wenn ich bis zum griechischen Delikatessenladen Arhodikon eine Frau in Blau und einen schwarzen Mann mit Schirmmütze treffe, gehe ich bald von hier weg; und da geht ein schwarzer Mann mit Mütze, ein Wachmann aus dem Einkaufszentrum. Gut, das war zu leicht, aber wenn ich bis zum Fotogeschäft ein Zwillingsschwesternpaar und eine Frau mit Dackel treffe, dann gehe ich ganz sicher bald von hier weg an einen Ort, an dem ich noch nie war. Da ist eine Frau mit Dackel, ich kenne sie vom Sehen, sie ist Stewardess; guten Tag, grüßt Dominika. Zwillingsschwestern sieht sie nicht, keine Zwillingsschwestern, gibt es überhaupt welche in Stoke Newington? Da! Im letzten Moment, ja, tatsächlich – da sind sie! Aus dem Fotogeschäft, auf das Dominika zusteuert, kommen zwei Musliminnen in identischen Niqabs, schwarzen Gewändern, die nur die Augen frei lassen; sie können als Zwillinge durchgehen, wer soll schließlich beweisen, dass sie keine Zwillinge sind. Dominika folgt ihnen mit den Blicken und hört, wie zwei englische Teenager Witze über Fledermaus-Frauen machen.

Dominika kam mit Fotoabzügen, Halloumikäse und Granatäpfeln zurück; sie schloss die Tür auf und ging direkt in die Küche, um die Einkäufe bei Apostolea abzuliefern. Der kleine Junge war der Erste, den sie bemerkte. Der kleine Junge, der ihr vor Jahren im Tornister Rachatlukum mitgebracht hatte, zeigte beim Lächeln über seinem Teller mit Hühnerknochen große, sehr weiße Zähne. Mein Enkel Ted, stellte Apostolea ihn vor, und das ist Dimitri, der Schwager meiner Afroditi, fügte sie hinzu, und Dominika musste sich nicht umdrehen, um zu wissen, wen sie hinter ihrem Rücken erblicken würde.

Wie bist du hierhergekommen, Dominika Chmura?, fragte Dimitri, als sie unter dem Feigenbaum in Apostoleas Garten saßen, und diese einfache Frage genügte Dominika, um ihm von all den Jahren zu erzählen, die für sie wie eine ziellose Reise gewesen waren, voll seltsamer Begegnungen und Abenteuer. Dimitri war der erste Mensch, dem Dominika genau erzählte, was sie gemacht hatte, seit sie Piaskowa Góra verlassen hatte; in den zwei Wochen, die sie gemeinsam in London verbrachten, redete sie vielleicht mehr als in den ganzen zehn Jahren davor, und auch er erzählte eine Geschichte, die noch viel länger war. Nach dem Wegzug aus Wałbrzych waren Dimitri und seine Familie nach Westberlin gelangt, wo schon seit längerer Zeit der Bruder seines Vaters wohnte, Besitzer eines florierenden Restaurants. Dimitri hatte sich an das Leben in einem anderen Land gewöhnen müssen, das wieder nicht sein Heimatland war, und das fiel ihm leichter als seinen Eltern, die immer sehnsüchtiger über eine Rückkehr auf die Insel Karpathos sprachen; seit ihrer Jugend waren sie nicht mehr dort gewesen, und in ihren Erinnerungen wurde die Insel immer schöner, so wie der zypriotische Garten für Apostolea Ellinas. Anders als in Wałbrzych gab es in Berlin griechische Läden und Restaurants, man konnte Rachatlukum in verschiedenen Geschmacksrichtungen kaufen, doch Maria Angelopoulos, seine Mutter, rang die Hände, wie es ihre Art war, aus den hiesigen Rosen lasse sich kein Rosensirup machen und das Rachatlukum schmecke nur unter der griechischen Sonne, und das auch nicht unter jeder beliebigen, sondern unter der, die in Marias Heimatort Diafani knapp über den Berggipfeln in den letzten Minuten vor Sonnenuntergang leuchtete. Mein Sohn, schreib doch mal darüber, hatte sie zu Dimitri gesagt, schreib etwas über Karpathos, denn sie alterte allmählich und hatte Sorge, ihr Gedächtnis könnte schrumpfen und zu klein werden, um so viel Schönheit aufzubewahren. Dimitri hatte schon als Gymnasiast Journalist werden wollen, seit seinem achtzehnten Lebensjahr veröffentlichte er Texte, die sein stolzer Vater aus den Zeitungen ausschnitt und heimlich, damit es dem Jungen nicht zu Kopfe stieg, in einer speziellen Mappe aufbewahrte. Als Dimitri mit dem Studium begann, hatte er im Grunde schon einen Beruf. Georgi, der ehrgeizigste der Geschwister, hatte sein Jurastudium in London beendet und die etwas überhebliche, aber sehr schöne Afroditi Ellinas geheiratet, die sofort schwanger geworden war. Als Sofia, das jüngste Kind der Angelopoulos, gerade einen Studienplatz bekommen hatte, kam die Nachricht vom Tod der alten Tante Foula aus Karpathos, die ihres Alters, aber auch der etwas verworrenen Verwandtschaftsverhältnisse wegen von Maria Angelopoulos Omitantchen genannt wurde. Omitantchen Foula hatte sich um den Familiensitz gekümmert, der aus zwei alten Häusern am Hang bestand. Nach Foulas Tod beschlossen die Eltern Angelopoulos, nach Diafani zurückzukehren und in einem dieser Häuser zu wohnen – da, wo Maria Angelopoulos zur Welt gekommen war. Ein Jahr darauf hatten Georgi und Afroditi ihren kleinen Sohn Ted bei den Großeltern auf Karpathos gelassen und waren nach Zypern geflogen, das Flugzeug zerschellte am felsigen Ufer der Insel, und alle an Bord stürzten in einer glühenden Kugel aus Feuer und Rauch in den Tod.

Dimitri Angelopoulos war damals noch Student gewesen. Er konnte nicht ahnen, dass ihn die beiden testamentarisch zum Vormund ihres Kindes bestimmt hatten, sollte ihnen etwas zustoßen. Nichts hatte ihn darauf vorbereitet, von einem Tag auf den anderen für einen einjährigen Jungen sorgen zu müssen. Doch er hatte das Kind zu sich genommen, wie sein Bruder es erwartet hatte, in stiller Entschlossenheit und ohne mit dem Schicksal zu hadern.

Dimitri wusste es zu schätzen, dass seine Eltern bereit waren, den Jungen zu nehmen, doch er fühlte sich verantwortlich, und außer in den Sommerferien und an Feiertagen war Ted bei ihm in Berlin. Ein Student mit kleinem Kind war eine seltene Erscheinung, und Dimitri erfreute sich eine Zeitlang eines außergewöhnlichen Erfolges bei Frauen, die der Anblick des blutjungen Griechen mit dem kleinen Jungen, den sie für seinen Sohn hielten, rührte. Manchmal nahm Dimitri Ted mit zur Uni, wo der Junge schlief oder still unter der Bank spielte, als verstünde er, dass er nur dann nahe bei dem Menschen sein durfte, den er Papa nannte, wenn er sich so verhielt, wie es nötig war. Die Frauen, die unwiderstehliche Lust verspürten, sich um diesen jungen Mann und sein süßes Kind mit den großen Augen zu kümmern, blieben eine Zeitlang bei Dimitri und Ted, einige gaben sich redliche Mühe, doch keine Beziehung hielt. Der rührende Anblick und die Aussicht auf eine schon fertige zweiköpfige Familie bedeuteten nämlich nächtliches Aufstehen, ständiges Durcheinander, Halsweh und unzählige Allergien, unter denen der kleine Ted besonders dann zu leiden schien, wenn die Hartnäckigkeit einer der Frauen ein halbes Jahr überschritt und sich in ihrem Zuhause Alltagsgegenstände wie Damenrasierer oder Nagellack einschlichen. In dieser Etappe bekamen manche Frauen das Bedürfnis, über Themen wie Zukunft, Beständigkeit, feste Beziehung zu sprechen. Vor allem müsse er erst sein Buch zu Ende schreiben, antwortete Dimitri dann. Das Schreiben ging allerdings nicht recht voran, und er strich nachts wieder durch, was er am Tag geschrieben hatte.

Sie fühlten sich wohl zu zweit, und Dimitri entdeckte nicht nur verborgene Reserven von Fürsorglichkeit in sich, sondern auch eine gewaltige Genusssucht; als seine Mutter Maria mitsamt ihrer Gewohnheit mehrgängiger, bis spät in die Nacht zelebrierter Mahlzeiten wieder verschwunden war, lernte er selbst kochen, und keine Frau konnte ihn zu Sojaschnitzel oder fettarmer Milch überreden. Gegen die von seinen Vorfahren ererbte Neigung zum Zunehmen kämpfte er im Fitnessstudio an; er joggte und lief Marathon, kehrte völlig ausgelaugt und ausgehungert zurück, briet Lammkoteletts und Mezedes und lud seine Schwester Sofia mit ihrem deutschen Verlobten, ein paar Freunde und gelegentlich die jeweilige Freundin ein. Dimitri gefielen sportliche, schlanke Frauen mit dunklem Haar und dunklen Augen, zu ihm hingezogen aber fühlten sich weiche warme Wesen mit rundlichen Bäuchen und vollen Brüsten, die unbedingt Blondinen sein wollten, auch wenn sie mit rabenschwarzem Haar auf die Welt gekommen waren. Seine Mutter Maria freute die Zurückhaltung ihres Sohnes hinsichtlich ernsthafterer Beziehungen, denn seit der Rückkehr ins Heimatdorf Diafani hatten Ehestifterinnen begonnen, ihr Kandidatinnen vorzuführen, für die jedes Jahr junge Griechen aus London, Berlin, New York, Montreal angereist kamen. Maria Angelopoulos, die ihr ganzes Erwachsenenleben außerhalb ihrer Insel verbracht hatte, fühlte sich nach zwei Monaten so, als sei sie nie fort gewesen, und daran merkt man, dass man zu Hause ist. Nach einigen Artikeln darüber bekam Dimitri von einem großen Verlag das Angebot, ein Buch darüber zu schreiben. Das war das Thema, das er suchte! Er könnte Urlaub nehmen und mit Ted nach Karpathos fahren, dort würde das Buch entstehen; der Gedanke gefiel ihm immer besser, und er freute sich, dass Ted ein wenig unter Griechen sein könnte.

Im Alltag war Dimitri ein verantwortungsvoller Mann, der mit beiden Beinen fest auf der Erde stand und einen so gutmütigen und schlichten Eindruck machte, dass sich seine Interviewpartner erst nach einiger Zeit an den Kopf fassten, wenn ihnen bewusst wurde, dass sie diesem Menschen Dinge erzählt hatten, von denen sie noch nie mit jemandem gesprochen hatten. Dimitri gefiel sein Leben und das Leben allgemein, er neigte nicht zur Melancholie, und nur manchmal, vor allem wenn er laufen ging, erwachte in ihm die Sehnsucht, die er als Kind verspürt hatte, wenn sein Vater ihm die *Odyssee* vorlas und er sich die fernen Länder, das Meer, die zitternden Wassertropfen am Schiffsbug und die Nixen vorstellte, besonders die Sirenen mit ihren süßtönenden Stimmen. Doch meistens genügte ihm ein starker griechischer Kaffee, um solche Träumereien abzuschütteln und sich an die Arbeit zu machen. Mit achtundzwanzig Jahren fing er an, das zweite Haus der Familie in Diafani zu renovieren, das neben dem Haus seiner Eltern. Die ganzen Ferien hindurch machte er Fotos, studierte alte Pläne, suchte ortsansässige Handwerker, denn er hatte sich in den Kopf gesetzt, dass es in dem Haus außer zivilisatorischen Errungenschaften, die er nicht mehr missen wollte, ein traditionelles Schlafzimmer auf einem hölzernen Zwischenboden geben sollte, das man hier Sofa nannte. Wenn er ins Meer hinausschwamm, blickte er mit Liebe auf dieses weiße Haus mit seinen fließenden Konturen, das mit Felsen und Wasser verwachsen schien wie ein Werk der Natur und nicht eines Menschen. Ein Haus, zu dem man heimkehren wollte.

Dimitri und Dominika saßen in Apostoleas Garten, der nach dem düsteren Londoner Winter zum Leben erwacht war, um für einige Monate mehr schlecht als recht den für immer verlorenen zypriotischen Garten nachzuahmen, über ihren Köpfen wiegten sich die jungen Blätter des Feigenbaums. Mit einem Mal fand die wortkarge Dominika Worte, auf denen sie sich wie auf einer Brücke von Piaskowa Góra, aus den Armen der bemutternden Jadzia, aufmachte in die Welt. Dimitri, begann sie, nimm dich in Acht, diese Geschichte ist absolut spinnert-spleenig. Als Dimitri nach zwei Wochen fragte, ob Dominika mit ihm nach Karpathos fahren würde, kam diese Frage weder ihm noch ihr übereilt vor, denn Dimitri Angelopoulos war der Erste, der nicht fand, dass Dominika Chmura ihn an jemanden erinnerte. Ich weiß nicht, wie lange ich bleiben werde, sagte sie vorsichtig warnend, und Dimitri antwortete, das sei in Ordnung, Dominika könne bleiben, so lange sie wolle, sie müsse aber daran denken, dass die Fähre den Hafen von Diafani im Winter nur einmal pro Woche anfuhr.

XI

Geh unter die Leute, Mama, sagt Dominika ihr immer wieder, geh unter die Leute, nicht nur Kirche, Supermarkt, Manhattan, und Jadzia stimmt ihr zu, da ist was dran, unter die Leute gehen sollte sie. Sie wird den blassrosa Angorapullover anziehen, zart wie Kükenflaum, den Dominika ihr neulich geschickt hat, sich die Haare zurechtmachen und aus dem Haus gehen. Wenn sie unter Leute kommt, ist sie nicht allein und grübelt nicht mehr über all die Unglücke nach, die ihrer Tochter zustoßen könnten, und diejenigen, die bereits geschehen und nicht wieder gutzumachen sind. Mit Halinas Tod ist Jadzia Chmura die Freude der sonntäglichen Treffen genommen worden, die in Gestalt von Halinas kulinarischen Missgeschicken und dummen Kommentaren zu Fernsehsendungen Stoff lieferten, den sie nach Lust und Laune eine Woche lang aufwärmen konnte. Wie fehlten ihr jetzt die Gründe, die Augen zu verdrehen und die Lippen zusammenzupressen! Kein Fremder konnte sie so reizen wie ihre Schwiegermutter, mit der sie schließlich mehr Jahre hatte verbringen dürfen als mit dem zu früh verstorbenen Ehemann. Konnte dir wohl nicht schnell genug gehen, Mutter, sagte sie zu Halinas Grab oder zu dem Foto, das Dominika gemacht hatte und das jetzt gerahmt in Jadzias Wohnung stand. Alles wegen dieser Glimmstengel, immer bloß paffen, mal ein bisschen hygienisch leben, das war nicht drin. Das hast du nun davon, Mutter. Noch dazu war Krysia Śledź, Jadzias engste Freundin, zum Arbeiten in die BeErDe gegangen, die nicht mehr die BeErDe war, sondern das große wiedervereinte Deutschland. Als die Zechen dichtmachten und die Männer nach einem halben oder fast ganzen Leben als Bergmann mit einem Schlag keine Bergleute mehr waren, stieg auf Piaskowa Góra die Verzweiflung hoch, denn wenn man von einem, der zwanzig Jahre lang Bergmann war, den Bergmann wegnimmt, bleibt nicht viel übrig, eine menschliche Hülle, eine Marionette mit schwieligen Händen und schwarz umrahmten Augen. Etliche brachten sich um – manche drehten den Gashahn auf, einer sprang vom Dach des Babel, zwei hängten sich auf. Die Säufer waren nicht zu zählen. Andere blieben zu Hause und saßen herum, ihnen fehlte die Kraft zu so drastischen Schritten wie dem Sprung vom Dach, selbst zum Trinken hatten sie keine rechte Lust, sie saßen im schummrigen Licht vor dem Fernseher, die Vorhänge stets zugezogen, damit die Sonne nicht auf den Bildschirm schien und blendete. Wer seine Abfindung für einen Fernseher ausgegeben hatte, guckte in neue Fernseher, wer sie für ein Auto ausgegeben oder versoffen hatte, in alte, und so blieb es, Tag für Tag, nur die Ehefrauen klapperten immer lauter mit den Tellern und verloren langsam die Geduld. Zdzisiu, sitz da nicht so vor der Glotze, langsam verlier ich die Geduld, sagte Krysia Śledź, die noch zu den ihren Angetrauten freundlich gesonnenen Ehefrauen gehörte. Zdzisio warf ihr einen kurzen Blick zu, seufzte, da haben die uns was eingebrockt, Krysia, also ehrlich, was die uns da eingebrockt haben, und seine Augen kehrten wieder zum Bildschirm zurück. Eigentlich machte das Fernsehen den ehemaligen

Bergleuten jedoch keinen Spaß, genauso wenig wie das Autofahren, denn man fährt zwar sonntags an einen See, poliert die Karosserie blank, trinkt ein Bier, grillt Würstchen und stöhnt darüber, dass es am Montag wieder zum Robotten geht, aber auf Teufel komm raus irgendwo hinzufahren, wenn der Montag sich nicht vom Sonntag unterscheidet, das ist irgendwie nichts. Andere gingen raus, rotteten sich zu Gruppen zusammen, die sich einzig und allein durch den Mangel an Beschäftigung und Hoffnung definierten. Sie lungerten herum, wo man sich anlehnen oder sitzen konnte, starrten vor sich hin und spuckten gelegentlich aus. Gut eignete sich dafür zum Beispiel die Wand des Real-Supermarkts auf Piaskowa Góra; man konnte angelehnt stehen und Schluck für Schluck sein Bier trinken, wenn man Geld dafür hatte, und wenn man Geld für mehr Bier hatte, rutschte man langsam, mit Pobacken und Schultern die Wand streifend, zu Boden. Die am tiefsten Gesunkenen blieben länger beim Real, graue verschrumpelte Elendshäuflein, die ab und zu vom Wachmann mit einem Tritt geweckt wurden. So mancher, der einmal Bergmann gewesen war und eine Galauniform besessen hatte, schlurfte jetzt in vollgepissten Hosen über den Real-Parkplatz und bettelte um ein paar Złoty für Haarwasser oder Autovidol.

Noch schwerer als der Geldmangel war für die Ehefrauen die ständige Anwesenheit der zu Nichtsnutzen degradierten ehemaligen Ernährer zu ertragen. Meine Güte, klagte eine der anderen verblüfft, ich wusste gar nicht, dass meiner so eine Nulpe ist. Als er noch arbeitete, war er nie da, und jetzt ist er immer da, ich weiß nicht mehr, was ich machen soll, er bewegt seinen Arsch keinen Millimeter, bringt nicht mal den

Müll runter. Da sollten Sie mal meine Flasche von einem Mann sehen, ich sag, nun mach schon, Mirek, krieg deinen Arsch hoch, doch er bloß: lohnt sich nicht, Leben hat keinen Sinn. Das sollte ich mir mal einfallen lassen – lohnt sich nicht, hat keinen Sinn, wenn ich mal so im Sessel hocken würde, dann würden wir in Dreck und Hunger verrecken. Die Untätigkeit ihrer arbeitslosen Männer trieb die geschäftigen Frauen, die ihre Hausarbeit nicht verlieren konnten, weil sie nie für sie bezahlt worden waren, in den Wahnsinn. Depression, sagten die Ärzte, aber welcher ehemalige Bergmann ging schon wegen Traurigkeit zum Arzt? Zum Arzt gingen sie nur, wenn die schwarze, saure Traurigkeit in einer normalen Krankheit Gestalt annahm, in Magengeschwüren oder Knötchen auf der Zunge. Dann hockten sie schlaff im Wartezimmer neben ihren kerzengerade sitzenden Ehefrauen. Du Flasche! Krysia Śledź verlor die Geduld. Beweg deinen Arsch, du bist kein männliches Dornröschen, lass dir was einfallen, tu was. Depression! Das könnte dir so passen, davon krieg ich keine Bulette gebraten! Sie ging mit ihrem Mann zur Bezirksberatungsstelle für Psychotherapie, doch als Zdzisio in der Schlange an der Anmeldung einen alten Kumpel erkannte, kniff er und machte sich davon.

Es gab alte Zechen, erbaut von den Deutschen auf festem Boden, aus dem man mit dem bloßen Stock Kohle pulen konnte, wo die Frauen mit ihren Männern in provisorisch errichtete Schächte gingen, um zu helfen; ab und zu wurde jemand in diesen Schächten verschüttet, aber wenigstens war es eine ordentliche Arbeit. Die Männer schufen sich in diesen Schächten Leben und Ordnung gewöhnlicher Zechen und redeten in ihrer Bergmannssprache; man musste sich nur bücken, unter die Erde kriechen und war schon daheim; die schwarze muffige Luft wirkte belebend auf sie. Doch die Frauen von Piaskowa Góra hatten größere Ambitionen, als auf allen vieren unter der Erde herumzukriechen und die ausgegrabene Kohle zu verkaufen; schließlich hatten sie ihre Jugend in einer modernen Wohnsiedlung verbracht, und das verpflichtete, sie hatten früher mit der Vergünstigungskarte für Bergleute einkaufen dürfen, damals hatte jeder sofort erkannt, wer wer war, denn die Frauen der Kumpel kleideten sich alle gleich. Sie erinnerten sich an Edward Giereks Besuche in Wałbrzych und konnten nicht fassen, dass von alledem nichts geblieben war als die Arbeitslosen, die sie jetzt zu Hause am Hals hatten. Doch als die arbeitslosen Bergleute allem Schimpfen und Zanken zum Trotz in ihrer Starre verharrten, begannen die Frauen zu grübeln, zu tüfteln, zu organisieren und zu kombinieren. Irgendwer hatte irgendwem irgendwann irgendwas gesagt, irgendwen gekannt, mit der Tochter der Cousine von irgendjemandes Tante zusammengearbeitet, deren Tochter einen Deutschen geheiratet hatte, wer war das noch gleich? Wahrscheinlich die schwarze Beata aus der Fleischerei, diese Kindergärtnerin Aga könnte sie kennen; und schon ging das Telefonieren los, man verabredete sich zum Kaffee, tauschte Kuchen aus, selbstgebacken nach dem neuesten Rezept aus dem »Häuslichen Ratgeber«, ja weißt du, ich bräuchte, aber gerne doch. Heute helfen Sie mir, morgen ich Ihnen, aber jetzt erst mal hier die Pralinen, selbstgemachtes Pflaumenmus, nennen wir uns doch beim Vornamen, ich heiße Krysia, ich Agata, kurz Aga.

Es stellte sich heraus, dass jetzt, da das Reisen leichter geworden war, jenseits der westlichen Grenze die Nachfrage nicht nur nach polnischen Ehefrauen stieg, sondern auch nach Polinnen für alle möglichen anderen Aufgaben. Die Stellung der Ehefrau eines Deutschen war natürlich weiterhin das Begehrteste, das war wie eine feste Anstellung und nicht bloß tageweise, aber wenn es keine gute Arbeit gibt, nimmt man eben, was man kriegen kann. Nicht jede hat so ein Glück wie Grażynka! Krysia Śledź wollte einfach irgendeine Arbeit, denn für sie als Frau ohne jeden beruflichen Abschluss kam nicht viel Neues in Frage, das sie ohne Verlust von Würde und Ehre erlernen konnte. Frauen, die wie Krysia schon Ehefrau waren oder aus Schönheits- und Altersgründen wenig Aussicht auf eine Verheiratung hatten, standen andere Aufgaben offen sowie die vage Hoffnung, es könnte doch noch etwas zünden, dieses kleine Wunder, das schon so lange auf sich warten ließ. Für den Anfang kann ich putzen, sagte Krysia Śledź zu Jadzia, später klappt vielleicht was anderes, entweder ich schaff es von hier weg oder ich geh hier ein, mit so einer Depression wie mein Zdzisio. Wenn du willst, Jadzia, guck ich mich um und find dir auch eine Arbeit; wenn du da putzen würdest, dass das Domestos nur so schäumt, dann würden die Deutschen vor Staunen den Mund nicht mehr zukriegen.

Krysia Śledź war nicht die erste Arbeitslosengattin, die sich zum Broterwerb aufmachte. Putzfrauen ohne Federlesens, adrette Zimmermädchen, die beim ersten Morgengrauen parat standen, Kellnerinnen mit Hirn und Hüften, sanfte und saubere Altenpflegerinnen, mit starken Armen, ans Beugen gewöhnt und insgesamt sehr flexibel; Frauen, die Nachttöpfe raustragen, Geschirr scheuern, Pampers wechseln mussten, Frauen, die Fenster zum Strahlen bringen, pausenlos schrubben, scheuern, saubermachen, bis in die Morgenstunden bügeln und auf Hochglanz bohnern mussten und keine Fragen stellten; Frauen, die Suppen umrührten, Popos abwischten, wenn der Kleine Fertig! rief, für ein paar Groschen Erdbeeren pflückten, junge Frauen mit spreizbereiten Beinen, ältere mit Erfahrungen, meist schlechten, die sich nicht scheuten, auf Knien zu arbeiten, wozu sind sonst die Knie da?, angelernte, anspruchslose, festentschlossene, gute, schlechte, kluge, dumme, Sprachkenntnisse nicht wichtig; Autobusse voller Wałbrzycherinnen fuhren ab nach Westen. Zurück kamen Berichte wie Brieftauben mit Botschaften am Bein; eine war angeblich zum Putzen gefahren, doch dann entpuppte sich das Hotel als Bordell, eine hatten sie verprügelt, ihr den Pass weggenommen, nur durch ein Wunder war sie über die Regenrinne abgehauen, eine andere hatte dem, der sie schlagen wollte, sechs Mal ein Messer in den Bauch gerammt und saß jetzt im Knast, sie sitzt, stellen Sie sich das mal vor, aber in denen ihren Gefängnissen ist es ja wie bei uns im Hotel; wieder eine andere fuhr weg, um Kinder zu hüten und tanzt jetzt an der Stange, ein Bergmann hat in einem ganzen Monat nicht verdient, was die jetzt an einem Abend ranschafft; und die kleine Rothaarige, die Lustige, die neben dem Krankenhaus wohnte und immer die Katzen gefüttert hat, wie vom Erdboden verschluckt, sag ich Ihnen, wie vom Erdboden verschluckt.

Also, ich bin dann mal weg zu den Kartoffelköppen, Jadzia, seufzte Krysia und umarmte die Nachbarin, ich schnall den Gürtel enger, esse das, was es gibt, und bring vielleicht noch ein bisschen was mit, das leg ich für Pati zur Seite, eine neue Küche wollt ich mir auch machen lassen, Küsschen,

Küsschen, mach's gut. Für Zdzisio hab ich eine ganze Tiefkühltruhe Buletten eingefroren, und Bigos und Piroggen auch. Pass ein bisschen auf ihn auf, Jadzia, sonst geht er mir völlig vor die Hunde. Halt mir die Daumen, Jadzia! Heilige Muttergottes, dachte Jadzia, als sie durchs Fenster sah, wie Krysia mit ihrem großen Koffer Richtung Haltestelle zog, alle gehen immer weg, bloß ich bleibe am selben Ort; wenn ich jetzt nicht unter die Leute gehe, werd ich in diesem Krähennest den Löffel abgeben, das ist so sicher wie das Amen in der Kirche. Man hat ja kaum noch Grund, den Mund aufzumachen. Wie alle einsamen, redehungrigen Menschen versuchte Jadzia sich von den alltäglichen Schwätzchen beim Einkaufen und vor dem Babel zu ernähren; sie saugte jedes Wortknöchelchen bis aufs Letzte aus, nagte die zähen Sehnen und Adern ab, doch sie spürte, wie in ihr das Bedürfnis nach mehr erwachte, nach etwas anderem, das die durch die Welt schweifende Tochter in ihrem Herzen ausgesät hatte. Es war ein komisches Gefühl wie ein innerliches Zwicken, und Jadzia schob es auf die Wechseljahre; es reicht nicht, dass man komplett aus dem Leim geht, jetzt krieg ich auch noch Hitzewellen, klagte sie und verdächtigte diese Hitze der Urheberschaft ihrer komischen Vorstellungen von einem vollkommen anderen Leben, dieser plötzlichen Anwandlungen von Sehnsucht nach etwas Unbekanntem, dieser geradezu umstürzlerischen Mutmaßung, es könnte auch für sie erreichbar ein ganz anderes Leben geben. Großartige Städte, fremdländisches Essen, unangenehme weil unverständliche Sprachen, die zugleich verlockend waren, denn schließlich sprach ihre Tochter sie ja. Diese Fotos, die Dominika ihr schickte! Unten nur kurze Anmerkungen, Herr Janusz, Pole,

Hausmeister in der Schule um die Ecke, Frau Sabra, Türkin, eine Bekannte meiner Vermieterin, Unbekannte auf einer Bank an der Haltestelle, Londoner Osten, Westen, Brücken, Parks, herrenlose Hunde. Von den Fotos ihrer Tochter schauen Jadzia Gesichter entgegen, und etwas darin weckt in ihr die Frage nach ihrer Geschichte. Was haben sie durchgemacht? Mögen sie auch Erdbeermarmelade? Jadzia kann gar nicht aufhören, sich solche Fragen zu stellen. So eine Frau Sabra zum Beispiel, eigentlich auch eine ältere Frau wie sie selbst, und doch ganz anders. Türkin! Jadzia ist in der letzten Zeit ein bisschen mitgenommen, das lässt sich nicht leugnen. Irgendwie bin ich ganz daneben, dachte sie, während sie in den Badezimmerspiegel sah, irgendwas macht mich neuerdings ganz konfus. Sie schüttelte ihre Dauerwelle und nahm eine Verdauungspille.

Jadzias erster Versuch, unter die Leute zu gehen, bewegte sich auf dem Boden der Religion, denn da hatte sie festen Grund unter den Füßen, und die Kirche war und blieb der Ort, den sie aufsuchte, um Atem zu schöpfen und Ruhe zu finden. Im Frühling nach Dominikas Besuch machte sie sich also auf eine Pilgerbusfahrt nach Tschenstochau, organisiert vom jungen Kaplan Michał. Sie würde für ihre Toten beten, die Schwarze Madonna um Schutz für Dominika bitten, und wenn freie Zeit wäre, ein bisschen in der Stadt durch die Läden bummeln. Am Anfang gefiel ihr das Ganze sogar, besonders die gemeinsamen Gebete zum heiligen Christophorus auf dem Weg und das Singen, die draußen vorbeiziehenden Felder und Dörfer, doch bei der ersten Rast, als die Pilger draußen herumstanden und schwatzten, bekam Jadzia wieder so ein komisches Gefühl. Die Hochstimmung verflog.

Neben ihnen auf dem Parkplatz hielt ein Bus voller bunter, fröhlicher junger Leute, die in einer Fremdsprache redeten, die Pilgerinnen rückten enger zusammen und hielten ihre Handtaschen fest umklammert auf Milzhöhe, die Pilger pflanzten sich in Gockelpose auf. Wer weiß, so eine Gruppe ausländischer Jugendlicher wartete ja vielleicht nur auf die erstbeste Gelegenheit, sich auf Pilger zu stürzen und ihnen die Wurstbrötchen zu entreißen, die Kaplan Michał in einem großen Korb mitgebracht hatte und nun verteilte. In einem zweiten Korb hat er Tomaten, auch ein begehrter Happen. Alles bloß wegen dieser Judenkommune, glauben Sie mir, sprach ein schnauzbärtiger Pilger zu einer wohlbeleibten Pilgerin und bot ihr Schokolade an; ja, die sind wirklich überall, stimmte die Pilgerin zu, schielte zur fremdländischen Jugend hinüber und reichte dem Pilger im Gegenzug für die Schokolade ein hartgekochtes Ei von einer heimischen Henne, sie kauten, tranken; in der Regierung sitzen sie, bei den Zeitungen, an den Universitäten. Gucken Sie mal, alles Ausländer, ganze Busse voll karren sie zu uns rüber, der mit dem Schnauzbart – sie wies mit dem Kopf diskret auf die lärmenden Jugendlichen; das ist ein neuer Schwedensturm, sag ich Ihnen. Jadzia war das Gewirr der jungen Stimmen sympathisch, es erinnerte sie an ihre Tochter, und das Schönste war, dass Jadzia die Sprache erkannte: Portugiesisch. In dieser wie Blätterrauschen klingenden Sprache sang eine Sängerin namens Amalia, Dominika hatte ihr eine Kassette mitgebracht. Diese Amalia sang so schön, dass man weinen mochte, auch wenn man die Worte nicht verstand. Jadzia hatte erst ein Gesicht gezogen, etwas Nicht-Polnisches wollte sie gar nicht anhören, aber Dominika hatte den Rekorder eingeschaltet, den

Finger an die Lippen gelegt, und als die ersten Fado-Klänge durch die Luft schwebten, hatte die verdrossene Jadzia auf einmal eine warme Welle in Bauch und Brust gespürt. Sie war auf das Sofa geplumpst, heilige Muttergottes, hatte sie geseufzt, mit Tränen in den stachelbeerfarbenen Augen. Inzwischen wäre sie schon bereit zuzugestehen, dass Amalia besser sang als Seweryn Krajewski. Die sprechen Portugiesisch!, entfuhr es ihr. Die Pilger starrten Jadzia an, als hätte sie den Verstand verloren, und schenkten ihrer Sprachenerkenntnis keine Beachtung. Die Wohlbeleibte mit dem hartgekochten Ei seufzte nur, oje, was soll daraus werden, was soll nur daraus werden! Die Ausländer kaufen das ganze Land auf!, mischte sich eine Pilgerin mit Heuschnupfen ein, die bis dahin geschwiegen hatte, und nieste. Was für ein Land?, fragte Jadzia, um den Fauxpas mit dem Portugiesischen wiedergutzumachen und sich ein bisschen ins Gespräch zu mischen, sie war ja schließlich nicht unter die Leute gegangen, um abseits zu stehen. Sind Sie denn von gestern? Unser Land kaufen sie auf! Ach so. Jadzia biss wieder in ihr Wurstbrötchen, gab aber nicht auf. Sie schluckte den letzten Bissen herunter und fragte: Sie haben Ihr Land an die verkauft? An wen?, wunderte sich die mit dem Heuschnupfen, die sich um das polnische Land sorgte, und nieste. Diese Ausländer da! Jadzia wollte ihr auf die Sprünge helfen. Ich? Aber ich hab doch gar kein Land! Die Frau war ganz entsetzt. Ich hab nie mit Ausländern gehandelt! Sie nieste. Aha, sagte Jadzia, haben Sie denen Land verkauft?, sie wandte sich an den mit dem Schnauzbart, dessen Blick bereits seit geraumer Zeit über ihren Busen wanderte. Nicht direkt, aber man weiß ja nie, Verehrteste, der Feind schläft nicht, meinen

Cousin zum Beispiel haben sie schon einmal gefragt, ob er seine Felder nicht verkaufen würde, sie wollten da so eine Wohnsiedlung bauen mit einer Mauer drum herum. Man muss sich gegen die Ungläubigen zur Wehr setzen, das Land unserer Väter gebe ich jedenfalls nicht her! Der schnauzbärtige Pilger hatte sich in Rage geredet. Ungläubige? In Polen? Hier gibt es aber doch nur Gläubige, wunderte sich Jadzia, und ihre stachelbeerfarbenen Augen strahlten lauter. In meinem Treppenhaus zum Beispiel, wenn da der Pastor seine Weihnachtsbesuche macht, dann bittet ihn jeder herein, es ist noch nie vorgekommen, dass einer ihn nicht hereingebeten hätte. Au weia, sie hat wohl schon wieder das Falsche gesagt. Der mit dem Schnauzbart, die mit dem aufgekauften Land, die gar kein Land hat, und die mit dem Ei – sie alle starren Jadzia an. Meine Liebe, Sie wollen uns wohl ein bisschen auf den Arm nehmen?, lachte der mit dem Schnauzbart kokett, denn Jadzia gefiel ihm eigentlich ganz gut. Die mit dem Heuschnupfen nieste. Oder meinen Sie mit den Ungläubigen die Zeugen Jehovas, die immer von Tür zu Tür gehen? Jadzia versuchte die Situation zu retten, räumte dann aber gleich ein, dass es davon ja wirklich nicht so viele gab. Welche Zeugen Jehovas denn, ich bitte Sie, die Zeugen Jehovas sind nicht das Problem, mit denen werden wir fertig. Wer denn dann, um Himmels willen? Doch wohl nicht die Hare Krishnas? Meine Tochter ist mal zu so einem Treffen im Genossenschaftshaus auf Piaskowa Góra gegangen, da haben die irgendein seltsames Essen gekocht, und man soll kein Fleisch essen, haben die gesagt. Nicht Hare Krishna! Das Problem sind die Muslimisten, sprach der mit dem Schnauzbart und verbiss sich in die nächste Tomate, bis es blutrot triefte. Die mit dem Heuschnupfen nieste. Die Muslimisten? Die Muslimisten, die Deutschen und die Juden, bekräftigte die mit dem hartgekochten Ei, und die Russkis, sagte die, die sich um das Land sorgte, das sie gar nicht besaß, und wollte schon niesen, verkniff es sich dann aber doch. Aber unser Papst redet doch mit ihnen, ob Muslimist, Neger oder sonst wer, fährt hin und redet, streckt allen seine Hand entgegen, Jadzia wurde jetzt böse, richtig böse. Der mit dem Schnauzbart und die mit dem aufgekauften Land sahen sich an, sie spürten, wie sie zu Verbündeten wurden. Oho, da scheiden sich die Geister, sehen Sie, viel zu milde ist unser Papst, viel zu milde, sag ich Ihnen. Fährt zu den Muslimisten, den Juden, den Negern, und hier kaufen sie das Land auf, dabei hat kein Volk so gelitten wie die Polen, das können Sie mir glauben! Sie plündern uns aus, wiederholte die, die gar kein Land hatte; sie nieste. Und die versprüht hier die ganze Zeit ihre Bazillen, sagte Jadzia flammend vor Zorn, quatscht und quatscht über Politik, aber ein Taschentuch können Sie nicht vor die Nase halten, was? Will hier dummes Zeug über den Papst faseln, diese Rotznase, die! Für Jadzia war der Papst die Heiligkeit in Person, und es hatte sie nie interessiert, ob er zu viel oder zu wenig von irgendetwas war; er war, wer er war, sein Lächeln strahlte und beruhigte Jadzia wie ihre Gallenpillen. Dominika hatte mal auf sie eingeredet, Mama, denk doch mal nach, findest du das wirklich gut, in Ländern Kondome zu verbieten, wo die Menschen an Aids sterben? Meinst du nicht, es ist wichtiger, hungernde Kinder mit Essen zu versorgen als den Leuten unter die Bettdecke zu spähen? Pfui, hatte sie zu ihrer Tochter gesagt, willst du wohl aufhören, was hat denn unser Papst damit zu tun? Hast dir da im Ausland irgendwelchen Blödsinn angelesen und politisierst jetzt hier rum; Dominika hatte abgewinkt, denn Jadzia wollte nicht über Konzile und Enzykliken sprechen, sondern nur mit einem Lächeln auf das feine Lächeln des polnischen Papstes antworten, von dem sie ein Bild im Portemonnaie mit sich trug, ein zweites in einem Rahmen auf der Schrankwand zwischen Dominika und ihrer Mutter Zofia stehen und ein drittes an die Innenwand des Küchenschranks geklebt hatte, so dass Johannes Paul II. immer dann erschien, wenn sie nach Mehl oder einer Büchse Dosenfleisch griff. Jadzia Chmura fand die Vorliebe ihres Papstes für Cremeschnitten viel wichtiger als irgendwelche politischen Anschauungen, und wenn sie selbst eine Cremeschnitte aß, verspürte sie eine Süße, die sich mit solcher Sanftheit in ihr ausbreitete, als wäre auch sie des Lebens dieser hellen, schönen Gestalt teilhaftig. Diese Leute, unter die sie gegangen war, ärgerten sie mit ihren Meinungen viel mehr als Dominika, denn sie war nicht auf Pilgerfahrt, um sich Politisierereien anzuhören. Politisiererei nannte Jadzia jede Meinungsäußerung, die nicht zu ihren eigenen Ansichten passte oder sie ganz konfus machte, so dass sie alles durcheinanderbrachte. Politisierereien weckten ihren Abscheu, und wenn sie gekonnt hätte, hätte sie sie ausdrücklich verboten. Sie zupfte ihren Angorapullover über der Brust zurecht, streifte ein paar Krümelchen ab, holte Luft, doch in dem Moment ordnete Kaplan Michał das Ende des Halts an, und es ging ohne Blutvergießen ab. Ihre gute Laune fand Jadzia jedoch nicht wieder; sie setzte sich allein hin, möglichst weit weg von den dreien, stellte auf dem zweiten Sitz ihre karierte Proviantstasche ab, drehte sich zum Fenster und sprach bis Tschenstochau mit niemandem ein Wort.

Während der Messe in Jasna Góra ermahnte ein kleiner mausartiger Pauliner die Pilger, auf ihre Taschen und Portemonnaies aufzupassen – die Taschendiebe sind mitten unter uns; unsere Handtaschen halten wir hübsch vor der Brust, unsere Portemonnaies hübsch vorn im Ausschnitt, leierte er mit Singsangstimme, die Taschendiebe sind mitten unter uns. Jadzia fühlte sich von allem erschlagen, von all diesen Handtaschen und Portemonnaies zu Boden gedrückt, und als sie sich endlich bis zum Gitter vorgeschoben hatte und vor der Schwarzen Madonna niederkniete, konnte sie gar nicht mehr beten, ihr danken und ihr die lange Liste der Bitten vortragen, mit der sie gekommen war, ihr einziger Gedanke war, dass man sich bei dieser herrlichen Göttin entschuldigen müsste. Für den mit dem Schnauzbart, für die mit dem hartgekochten Ei, für die Handtaschen und die Portemonnaies, für die Taschendiebe, für den, der sie jetzt grob in den Rücken knuffte, damit sie sich beeilte; gegrüßet seist Du Maria, flüsterte sie, wie hältst Du das alles aus, wie traurig musst Du sein, wenn Du Dir das alles ansiehst, meine Göttin. So schön bist Du und so traurig, gegrüßet seist Du Maria, voll der Gnade, hängst hier in miefiger Luft, alles voller Bakterien, Du bist gebenedeit unter den Frauen. Jadzia Chmura hätte sich sehr gewundert, wenn jemand ihr gesagt hätte, dass sie Ketzerei betrieb, da es in der Kirche, zu der sie gehörte, keine Göttinnen gab und auch niemals geben würde. Was soll das heißen – gibt es nicht? Gibt es nicht?! Und was bitteschön war die Schwarze Madonna? Mit ihrem Schmuck, den als Votivgabe dargebrachten Perlen, und davor die hundert Weibsbilder im Gebet? Jeder Blinde würde sehen, sogar jeder Muslimist oder Hare Krishna, dass sie eine Göttin war! Jadzia hätte sich über eine solche Frage so ereifert, dass sie dem Frager womöglich mit der Handtasche eins übergezogen hätte, doch jetzt sprach sie ein Gebet und erweiterte die lange Reihe ihrer der Obhut der Schwarzen Madonna empfohlenen Toten noch um die jüdische Tante Eulalia Barron.

In der freien Zeit spazierte Jadzia allein in Richtung Stadt, aber sie verspürte keine besondere Lust, durch die Läden zu bummeln; am Fuße des Klosters sah sie einen Park und steuerte darauf zu, sie würde sich ein bisschen hinsetzen, verschnaufen und das letzte Stück Rhabarberkuchen essen. Am Weg stand ein Kreuz und eine bescheidene Muttergottesfigur mit Jesuskind, niemand blieb bei ihnen stehen, wen sollte dieser billige Plunder auch interessieren nach der ganzen Pracht der Schwarzen Madonna und der Schatzkammer von Jasna Góra. Die stets mitfühlende Jadzia zog es zu den kleinen, vernachlässigten Dingen, denen sie auf ihre Art Erbarmen zeigen konnte; sie ging hin, kniete nieder, gegrüßet seist Du Maria, hob sie an. Irgendetwas stimmte nicht. Die Muttergottes sah muttergottig aus, aber das Jesuskind? Irgendetwas stimmte mit dem Jesuskind nicht, und zwar ganz und gar nicht. Jadzia nahm ihre Brille ab, hauchte auf die Gläser, wischte sie sauber. Heilige Muttergottes, das war ja ein Mädchen! Die Muttergottes hielt ein hellhaariges Mädchen auf dem Arm, ansonsten war alles wie immer. Die Menschen gingen vorbei, niemand nahm Notiz von der Muttergottes mit dem Töchterchen. Auf der Rückreise unterhielten sich die Pilger über den Reichtum der Schatzkammer, zeigten einander die gekauften Andenken, Weihwasser in Plastikflaschen in Mariengestalt mit abdrehbarem Kopf, und Jadzia schwieg, seufzte und lächelte überlegen, denn sie hatte in Tschenstochau ein Wunder gesehen.

Nach dem Tschenstochau-Abenteuer war Jadzias Eifer, unter die Leute zu gehen, etwas abgekühlt, vor allem hatte sie keine Lust auf eine weitere Pilgerfahrt, aber sie gab sich noch nicht geschlagen. Fahr doch nach Szczawno Zdrój, Mama, sagte Dominika, stets bereit, im Internet nachzusehen, wann es ein Konzert mit Walzertanz, ein Folklorepicknick oder den Gastauftritt eines Kabaretts aus Wrocław oder gar Warschau geben würde. Wo nimmt dieser Computer seine ganzen Weisheiten her, er ist doch kleiner als der Fernseher?, wunderte sich Jadzia, aber sie genoss das Interesse der Tochter, die von London aus ihre Unternehmungen plante. Fahr hin, Mama, danach rufe ich dich an und du erzählst mir, wie es war; wenn ich im Sommer zu dir komme, gehen wir zusammen. Also fuhr Jadzia ein Mal mit dem Siebener nach Szczawno Zdrój, und noch ein zweites Mal, sie rang sich sogar dazu durch, die Preisschildchen von einigen Kleidungsstücken abzutrennen, die Dominika ihr geschickt hatte, denn unter den Touristen und Kurgästen wollte sie sich angemessen präsentieren. Ihre Tochter hat recht, das sind schöne Momente. Jadzia kauft sich ein Eis in der Waffel, sitzt im Kurpark, sieht den promenierenden Familien zu und kratzt alte Wunden wieder auf, bohrt neue an den Stellen, wo der Körper am weichsten und empfindlichsten ist; warum zum Beispiel haben andere Enkelkinder und sie nicht? Warum haben andere einen Mann, welcher Art auch immer, und sie ist seit so vielen Jahren Witwe? Warum hat eine wie

Krysia Śledź immer noch eine Mutter auf dem Land, und sie hat niemanden? Warum ist Dominika so weit weg? Auf jede Zunge voll eisiger Süße kommt ein bitterer Gedanke Jadzias, und das Gleichgewicht bleibt erhalten, die Sonne scheint, die Vögel zwitschern.

Als sich an einem warmen Junisonntag ein älterer Herr in hellem Anzug zu Jadzia setzte, der nach Rasierwasser duftete, dass ihr schwindlig wurde, wollte sie schon sagen, sie schließe keine Bekanntschaften auf der Straße oder sie warte bereits auf jemanden, ich bin schon vergeben, bitte machen Sie sich keine falschen Vorstellungen. Aber dann begann der Mann zu sprechen, elegant wie immer, die Frau Nachbarin, ich hab doch gesagt, für die Frau Nachbarin nur Dunkelrosa oder Lavendelblau, und Jadzia erinnerte sich an die Stimme, die sie vor Jahren gleichzeitig so neugierig gemacht und gereizt hatte. Jeremiasz Mucha war es, ihr ehemaliger Nachbar, der Homodingsbums und Schauspieler! Sie wurde rot und brachte kein Wort heraus, denn was sollte man nach so vielen Jahren zu einem Nachbarn sagen, der kein Nachbar mehr war und dazu noch unter so tragischen Umständen aufgehört hatte, Nachbar zu sein? Doch Jeremiasz Mucha war ein Mann von Welt und wusste sich zu benehmen. Ich habe gehört, dass Ihre Tochter, das hübsche Fräulein Dominika, im Ausland weilt? Das war Wasser auf Jadzias Mühlen, über nichts redet sie so gern und ausführlich wie über ihre Tochter, aber ja, es entspann sich eine Unterhaltung, die so munter dahinplätscherte, dass sie nachher nicht einmal mehr sagen konnte, wann sie sich zu einem Kaffee einladen ließ, danach aßen sie je zwei Kugeln Eis mit Waffel und Schlagsahne, und als Jadzia sich ihre gerüschte

Festtagsbluse bekleckerte, bot Jeremiasz Mucha ihr sein Taschentuch an. Frau Jadwiga, erlauben Sie, dass ich Ihnen mein Taschentuch reiche, sagte er, und Jadzia erinnerte sich wie durch einen Nebel an ein anderes weißes Taschentuch, das wie aus tiefer Vergangenheit winkte, und an den Ausländer, der sich damit unter dem Nussbaum im Zalesier Garten die kirschenverschmierten Hände abgewischt hatte. Pariser Schick! Jadzia wusste nicht, ob es sich gehörte, nach dem Mann zu fragen, mit dem Jeremiasz Mucha auf Piaskowa Góra zusammengelebt hatte; nach einer Ehefrau hätte sie gefragt, auch nach einem Ehemann, aber wie sollte sie nach so einem Homodingsbums fragen? Während sie sich darüber noch den Kopf zerbrach, kam der alte Schauspieler von selbst darauf zu sprechen. Ach, Frau Jadwiga, das Leben hat Ihnen und mir nichts erspart, wir beide haben seine grausamen Seiten zu spüren bekommen, ist es nicht so? Bei diesem »ist es nicht so« spürte Jadzia doch tatsächlich Tränen in ihren Augen aufsteigen, und sie seufzte nur aus tiefster Brust, wie es ihre Art war, ach, Herr Jeremiasz, wenn Sie wüssten! Als Jeremiasz und sein Konrad – denn Konrad hatte er geheißen, wie Jadzia erst jetzt erfuhr, Zootechniker von Beruf – in ihrer Wohnung auf Piaskowa Góra zusammengeschlagen worden waren, dämmerte leider das Ende ihrer Liebe herauf. Leider beschwor dieser Schock den Untergang unserer Liebe herauf, sagte Jeremiasz Mucha, noch im Krankenhaus wurde ich schmählich verlassen, im Stich gelassen. Je mehr er von seinem Leid sprach, desto leichter fiel es Jadzia, zuzuhören, und die Tatsache, dass da ein Homodingsbums litt, trat mehr und mehr in den Hintergrund, denn ganz unzweifelhaft litt er auf menschliche Weise. Herr Jeremiasz, heilige

Muttergottes, was haben Sie durchgemacht! Konrad hatte im Krankenhaus die Bekanntschaft eines Bergmanns namens Waldek gemacht, dem ein Transmissionsriemen eine Hand abgerissen hatte, zum Glück die linke, und er hatte sich wie ein junger Bursche verliebt, der Hurrikan der Liebe hatte ihn mitgerissen, obzwar verlassen, wünscht Jeremiasz Mucha ihnen Glück, er hegt keinen Groll; heilige Muttergottes, seufzte Jadzia, Hurrikan der Liebe, Herr Jeremiasz, Sie haben ein Herz aus Gold. Konrad und Bergmann Waldek sind in die Bieszczady gezogen, haben sich von der Abfindung des Bergmanns eine Hütte und ein Stück Land gekauft, nun betreiben sie erfolgreich einen Ferienbauernhof und lieben sich immer noch so wie am Anfang. So eine Liebe, Frau Jadwiga, so eine Liebe! Er indessen hatte sich im Zustand tiefster Melancholie auf einem Schiff verdingt. Im Zustand tiefster Melancholie – ach, Herr Jeremiasz, ich verstehe Sie ja so gut, Herr Jeremiasz, freute sich Jadzia. Aber – sich deshalb gleich auf einem Schiff verdingen? Auf einem schwedischen Ausflugsschiff! Jeremiasz Mucha war beim abendlichen Musikprogramm aufgetreten und hatte sich – nun, anders ließe es sich nicht sagen – sogar eines gewissen Erfolges erfreut, besonders bei den älteren Damen, obwohl es da einen Steward gab, ein Mann, Frau Jadwiga, ich sage Ihnen, ein Traum von einem Mann!, doch davon vielleicht ein andermal. Später, als die Verzweiflung abgeebbt und die Glut der schmerzlichen Erinnerungen erloschen war, war Jeremiasz für zwei Jahre nach Szczawno Zdrój gegangen und hatte bei Tanzabenden für die Kurgäste gesungen; und der ganze Saal singt mit, Geh fort, wenn der Morgen kommt, und so weiter, summte er, und Jadzia errötete beinahe. Sie hatten immer schon eine Stimme, Herr Jeremiasz, nicht so wie diese Heulbojen von heute. Und so hatte er gesungen, außer ihm noch drei Musiker in der Band, und er wolle ja nicht prahlen, aber sie konnten die Kurgäste ohne weiteres von den Stühlen reißen. Damals war Grażynka Rozpuch hier, sie arbeitete im Kurhaus in der Küche, erinnern Sie sich an sie, Frau Jadwiga? Die konnte tanzen! Ja, ja, das weiß ich wohl, Herr Jeremiasz, bekannte Jadzia nicht ohne Neid. Jeremiasz Mucha und Grażynka waren damals befreundet, er kam zu ihr zu Besuch, und sie teilten das Abendessen, das sie aus der Sanatoriumsküche mitbrachte, das waren harte Zeiten, Frau Jadwiga, wissen Sie noch, damals – leere Regale überall, und diese Grażynka, die brachte es fertig, einen Schinken herauszutragen, drei Brathähnchen und noch ein Glas Borschtsch, zwei Hefeschnecken in jeder Tasche, und mit alldem ging sie wie eine Ballerina, leichtfüßig wie auf Zehenspitzen. In Grażynkas kleinem Mietzimmer, inmitten eines unfassbaren Durcheinanders mit Kindern, Tieren und etlichen heruntergekommenen Hungerleidern, aßen sie die ganze Beute auf, saßen, sangen, hüpften auf den Matratzen, die den Fußboden bedeckten. Was konnte diese Frau tanzen, Frau Jadwiga! Später hat sich so ein Deutscher in sie verliebt, wie besoffen lief er herum, ach, wie er, Jeremiasz, von einer solchen Liebe träumte, sein ganzes Leben hatte er davon geträumt, dass sich in ihn wenigstens ein Mal einer so verlieben würde, und dass einer sich nur und extra für ihn im Wunschkonzert Liebeslieder bestellte. Ach, seufzte Jadzia, Herr Jeremiasz, wer hat nicht davon geträumt! Er, Jeremiasz Mucha, war es, der im Auftrag des Deutschen Jadzia wochenlang Geschenke, Blumen, Parfüm brachte, und jedes Mal hatte auch er etwas für seine Mühe bekommen, mal was von Dior, mal was von Hugo Boss, so spendabel war dieser Hans, der schließlich Grażynka gekriegt und mit nach Deutschland genommen hat. So einen Dior, den hat Dominika mir letzte Weihnachten gekauft, bemerkte Jadzia. Der ist auch wirklich gut, der Duft hält sich, wenn man ihn auf die Kleider sprüht. Jeremiasz Mucha jedenfalls war danach noch zwei Mal zum Geldverdienen ins Ausland gegangen, aber dann ist er schließlich doch für immer in die Heimat zurückgekehrt. In Szczawno Zdrój gehört ihm ein Teil von einem Haus, gleich nach dem Krieg ist seine Familie aus dem Osten hierhergekommen und hat dieses Haus mit seinen großen dunklen Zimmern und knarrenden Parkettböden bezogen. Damals, in diesen Jahren kurz nach dem Krieg, war ihm etwas passiert, das ihm bis heute keine Ruhe lässt. Es hängt mit Grażynka zusammen. Vielleicht wissen Sie ja auch etwas davon, Frau Jadwiga? Vielleicht erinnern Sie sich an etwas? Mein Papa, fuhr Jeremiasz fort, hatte ein Fotoatelier in Grodno, und in Szczawno eröffnete er auch gleich eines, direkt nachdem wir umgesiedelt worden waren. Sie hatten reihenweise Fotografen in der Familie, nur er, Jeremiasz, war irgendwie aus der Art geschlagen. Ein Cousin seines Vaters soll vor dem Krieg irgendwo in Zentralpolen Fotograf gewesen sein und seinem Vater so ähnlich gesehen haben wie ein Zwilling, nicht wie ein Cousin, Ludek hatte er geheißen, Ludek Borowic. Nach der Repatriierung hatte Jeremiaszs Familie ihren Namen geändert, aber das war schon wieder eine andere Geschichte, obwohl Jeremiasz bis heute nicht verstehen kann, warum gerade Mucha und nicht wenigstens so ein adelig angehauchtes Muszyński; Jeremiasz Muszyński würde bei einem Bühnen- und Theaterkünstler doch viel besser klingen. Als Junge hatte Jeremiasz im Atelier geholfen, bis er sich über seinen Bühnentraum und noch ein paar andere Dinge mit seinem Vater überwarf. Einmal, es war vielleicht im Jahr neunundvierzig oder fünfzig, kam ein junger Mann ins Fotoatelier, eigentlich war er noch ein Junge, nicht von hier. So ein Zugereister mit Rucksack und abgewetztem, gewendetem Militärmantel, wie sie damals zu Tausenden unterwegs waren. Icek hieß er, Icek Kac oder so. Er fragte nach einer jungen Frau, Jeremiasz kann beschwören, dass sie Grażynka hieß; es gibt Dinge, die vergisst man nicht. Der Vater war gerade nicht da, und der Zugereiste bat Jeremiasz, ihm Fotos zu zeigen, nicht nur die im Schaufenster, vielleicht war ja ein Foto von ihr dabei. Er betrachtete sie alle, sogar die misslungenen in der Extraschachtel, und genau darunter war eines, das Jeremiasz ihm schließlich gab, ein überbelichtetes Bild aus dem Park in Szczawno Zdrój. Darauf waren zwei Gestalten vor einem Gewässer, die größere deutlich und die kleinere wie von einem Lichtstreifen mitten durchschnitten. Dieses überbelichtete Foto war es, das der junge Mann haben wollte. Frau Jadwiga, diese Frau wollte er so unbedingt wiederfinden! Das muss eine Liebe gewesen sein, Frau Jadwiga, eine Liebe wie die von meinem Konrad und Władek; ach, seufzte Jadzia, ach Herr Jeremiasz! Er wollte Grażynka etwas zurückgeben oder schenken, dieser Icek oder wie er hieß, Jeremiasz kann sich nicht genau erinnern, aber was den Namen der Frau betrifft, ist er sich sicher, ja, hundertprozentig, Grażynka, und er sieht immer noch die Augen des Mannes vor sich, denn niemals, vorher nicht und nachher nicht, hat er so traurige Augen gesehen, alte traurige Augen in einem jungen Gesicht; heilige Muttergottes, was für ein Leben, seufzte Jadzia. Dieser Icek Kac, Herr Jeremiasz, irgendetwas sagt mir das, aber ich weiß nicht, was, bestimmt werf ich wieder etwas durcheinander, Icek Kac, Icek Kac, heilige Muttergottes, wo habe ich das bloß gehört? Und Grażynka haben Sie nichts davon gesagt, dass dieser traurige Icek sie suchte? Nun ja, es hat sich irgendwie nicht ergeben. So oft hat er es sich vorgenommen und am Ende doch nichts gesagt oder es vergessen, oder irgendetwas ist dazwischengekommen, und manchmal denkt Jeremiasz sich, dass es nicht sein sollte, dass dieses Vergessen und Dazwischenkommen irgendeinen Sinn hatte, und dann ist Grażynka mit ihrem Deutschen weggegangen, und es war zu spät. Kürzlich hat er jetzt davon gehört, dass Grażynka verschwunden sei. Jawohl bestätigt Jadzia. Seit über zwei Jahren verschwunden, spurlos verschwunden. Und sie Dummerchen ohne Augen im Kopf hat keinerlei Anzeichen bemerkt, leider, obwohl sie Grażynka noch auf der Beerdigung der Schwiegermutter getroffen hat. So etwas sieht man einem Menschen wohl nicht direkt an, Frau Jadwiga, bitte geben Sie sich keine Schuld, sagte Jeremiasz Mucha tröstend; sie seufzten beide und saßen eine Weile schweigend da.

Was für ein seltsames Zusammentreffen, dachte Jadzia, jetzt sitze ich hier auf einer Bank im Kurpark mit einem Homodingsbums, und noch dazu waren wir zusammen Eis essen. Dominika wird platzen vor Lachen! Jadzia Chmura verspürte eine seltsame Genugtuung bei dem Gedanken, dass sie wieder etwas getan hatte. Ich werd's euch noch zeigen, dachte Jadzia und hätte sich in dieser zaghaften Selbstzufriedenheit womöglich noch etwas weiter vorgewagt, doch sie spürte, wie ihr die Überdosis Süßes im Magen rumorte und sie wieder eine Gallenpille nehmen musste. Jeremiasz lud Jadzia zu einem Spaziergang ein, den er in der nächsten Woche mit seinen Bekannten durch Szczawno Zdrój machen wollte, das wäre nett, sie sei doch gar nicht fremd, ach was, sie seien doch alte Bekannte. Und sie sind so eine nette Gruppe von der Seniorenakademie; ein Mal im Monat machen sie einen Spaziergang in Wałbrzych und Umgebung – unter seiner bescheidenen Führung, denn er kennt diese Gegend wie seine Westentasche. Nächste Woche ist Szczawno dran, danach haben sie Biały Kamień geplant, Sobięcin, Nowe Miasto, und im Sommer wollen sie weiter weg, bis nach Zagórze, die Hängebrücke und die große Staumauer ansehen. Alles umsonst, nur Proviant müssen Sie sich mitnehmen und Schuhe, Frau Jadwiga, bequeme, denn in diesen eleganten Sandälchen werden Sie nicht weit kommen.

Siehst du, mein Kind, ein bisschen geh ich jetzt also doch unter die Leute, erzählte Jadzia Dominika am Telefon. Ich hab mit Jeremiasz Mucha geplaudert. Er ist wohl immer noch ein Homodingsbums, aber das muss man ihm lassen, er ist ein eleganter Mann, richtig kultiviert, Frau Jadwiga sagt er zu mir. Nächste Woche Sonntag machen wir einen Spaziergang, danach lädt er mich zu Pommes frites ein, wir mögen beide Pommes frites mit Ketchup. Wie kann das sein, mein Kind, da trifft man einmal einen sauberen, gut gekleideten Mann, mit dem man sich unterhalten kann, und dann stimmt was mit ihm nicht, seufzte sie, und Dominika, die kaum je mit ihrer Mutter einer Meinung war, lachte laut auf und gab ihr recht: Das finden übrigens viele Frauen, Mama, du hast recht. Jadzia und Jeremiasz Mucha! Dominika versuchte sich ihre Mutter im Sonntagsstaat vorzustellen, ganz in ihrer Lieblingsfarbe Dunkelrosa, die Handtasche passend zu den Schuhen, denn das ist das i-Tüpfelchen der Eleganz, Schuhe und Handtasche farblich abgestimmt, und Jeremiasz Mucha, diesen bunten Hund, auf der Bühne ein drittrangiger Schauspieler, der sein ganzes Talent in die Rolle seines Lebens als der offenkundigste Homodingsbums in Wałbrzych und Umgebung steckte. Als wollte er damit den Leuten diese Offenkundigkeit vor die Füße schleudern, während er sich gleichzeitig hinter der mahagonibraunen Połomski-Frisur versteckte, dem Nadelstreifenanzug mit der Blume im Knopfloch, seinen Schuhen, immer mit erhöhtem Absatz. Solche Schuhe, Fräulein Dominika, die kann man sich nur auf Bestellung beim Schuhmachermeister in der Ruska Straße in Wrocław machen lassen, hatte er einmal gesagt, als er ihren musternden Blick bemerkte, und Dominika hatte geglaubt, sie müsse sterben vor Scham, denn sie wollte den sympathischen Schauspieler nicht verletzen. Jeremiasz Mucha hatte ihr gesagt, sie sehe aus wie Ada Sari; in Zeiten, in denen andere sie mit einer Bohnenstange verglichen, einem Bügelbrett, einem Heuhaufen nach Blitzschlag, hatte er gesagt: Sie sehen aus wie Ada Sari. Dominika freute sich über diese Bekanntschaft, denn sie spürte, dass Jeremiasz Mucha zu den Menschen gehörte, die sich niemandem zufällig nähern. Sie dachte, dass sie bei ihrem nächsten Besuch unbedingt ein Bild von den beiden machen müsse, ihre Mutter und Jeremiasz Mucha auf einer Bank in Szczawno, beide mit einem Eis in der Hand.

Jadzia fuhr nach Szczawno zum verabredeten Treffen, aß Pommes frites, trank Cola, und von da an entwickelte sich ihre Freundschaft mit Jeremiasz Mucha, das heißt, eigentlich erreichte sie schnell eine Ebene, mit der beide zufrieden genug waren, um sie nicht verlassen zu wollen, denn jeder fand im anderen das, was ihm fehlte. Der alte Schauspieler sehnte sich im Grunde nach einer Familie, und wenn das Leben anders, besser und gerechter verlaufen wäre, hätte er ein Leben haben können wie diese weiche, rundliche Frau, die sich da auf ihre Bank in Szczawno setzte, dabei vorsichtig den Rock unter ihrem beträchtlichen Hinterteil glattzog und stundenlang von ihrer Tochter erzählte. Er hätte Jadzia sein können, Mutter und Witwe, und kein Homodingsbums, Sohn längst verstorbener Eltern, Enkel von Großeltern, an die er sich längst nicht mehr erinnerte, Liebhaber von Liebhabern, die sich seiner längst nicht mehr erinnerten, in einem Haus voller schwerer Möbel und Staub. Er blickte in Jadzias Gesicht mit der für ihren Hautton etwas zu dunklen Puderschicht, auf ihren kleinen Mund, der immer in Bewegung war und beim Sprechen die Lippencreme mitaß, in die stachelbeergrünen Augen, und dabei überkam ihn eine solche Wehmut, dass er Jadzia am liebsten um den Hals gefallen, seinen Kopf an ihren üppigen Busen gelegt und geweint hätte. Jadzia wiederum fand in Jeremiasz einen idealen Zuhörer und entdeckte zum ersten Mal in ihrem Leben, dass sie erzählen konnte; sie fühlte, ohne zu verstehen, dass sie aus irgendeinem geheimnisvollen Grund auf den alten Schauspieler anziehend wirkte, dass er ihr tatsächlich zuhörte, sie manchmal sogar zu beneiden schien. Wenn sie Krysia Śledź etwas erzählte, konnte diese ihr immer ins Wort fallen, indem sie sagte, aber meine Iwona dies und jenes, mit der Lepka brauchte man gar nicht erst anzufangen, die interessierte sich nur für den im

Jugoslawienkrieg vermissten Sohn Zbyszek, und selbst die verstorbene Schwiegermutter war zu Lebzeiten keine dankbare Zuhörerin gewesen, da sie sich schon nach dem zweiten Satz jeder Geschichte gestritten hatten. Der Geist ihres Mannes Stefan, von dessen Besuchen Jadzia niemandem erzählte, zog ähnlich wie zu Lebzeiten das Fernsehen der Unterhaltung mit seiner Frau vor und fragte plötzlich, ganz unvermittelt, was denn, Dziunia, hast du was gesagt? Heilige Muttergottes, ärgerte sich Jadzia dann, kannst du dich nicht wenigstens nach deinem Tod ein bisschen konzentrieren? Aber Jeremiasz Mucha hörte zu, und wenn Jadzia den Faden verlor, stellte er genau die Fragen, die sie brauchte, um ihn wiederzufinden, und wenn sie ihn hatte, rannte sie damit weiter wie ein Jagdhund. Manchmal geriet sie richtig außer Atem beim Erzählen, dann mussten sie beide eine Pause einlegen, um an ihrem Eis zu lecken oder wenigstens einen Schluck Heilwasser zu trinken. Jadzia hatte kein gutes Gedächtnis und brachte gelegentlich Ereignisse, Daten, Namen durcheinander, oje, ich glaub, da hab ich was verwechselt, Herr Jeremiasz, sagte sie und wurde ganz betreten vor Furcht, dieser freundliche Homodingsbums könnte gelangweilt davongehen und sie würde wieder allein zurückbleiben. Aber Frau Jadwiga, sagte er, davon kann gar keine Rede sein, wir waren bei Dominikas Ankunft in London stehengeblieben, ach, London, London, welch wunderschöne Stadt, die Themse, der Buckingham-Palast, Harrods. Ich war noch nie dort, Jadzia wurde wieder betrübt. Ich auch nicht, gab Jeremiasz Mucha zu, und Jadzias Lebensgeister kehrten zurück.

Und Dominika wohnt jetzt in diesem London, Herr Jeremiasz, bei einer Griechin, stellen Sie sich das vor. Sie hat mir

Fotos geschickt, man kann nichts dagegen sagen, die Frau sieht nett aus, sauber, bestimmt steht sie mit beiden Beinen auf dem Boden. Ein bisschen füllig, aber im Gesicht ganz schmal, als gehörte es zu einem anderen Körper. Apostolea heißt sie, komisch, aber die Griechen geben sich eben so komische Namen, da kann man nichts machen. Wissen Sie was, diese Griechin sagt zu Dominika, du bist zu dünn, komm, alles frisch gekocht, hier, iss; und dann setzt sie ihr Portionen vor wie für einen Bauern vom Feld. Iss, iss, sagt sie nur, und wenn Dominika nicht weiter isst, dann hört Apostolea auf zu erzählen, aber weil Dominika ihr so gerne zuhört, hat sie schon fünf Kilo zugenommen von diesem griechischen Essen, und das ist ein Glück, Männer sind ja keine Hunde, kein Mann fliegt auf Knochen. Aber wissen Sie, was so seltsam ist – diese Apostolea hat auch nach sechzig Jahren noch Heimweh nach Zypern. So ein Meer, so ein Himmel!, sagt sie, und dieser Garten, in dem sie sich als Kind in einem Tonkrug versteckte, wenn sie Angst hatte, das ist für sie immer noch der schönste Garten, den es gibt. Ich hatte auch mal einen Garten, Herr Jeremiasz, was blühten da für Dahlien, fast schwarz und groß wie Kinderköpfe. Dominika hat erzählt, dass Apostolea achtundzwanzig Enkelkinder hat. Kein Mensch kann sich merken, wie viele davon Mädchen sind und wie viele Jungen, aber mal ganz allgemein, Herr Jeremiasz, können Sie sich so was ganz allgemein vorstellen? Glauben Sie, Herr Jeremiasz, dass der Mensch eine Art Vorrat an Liebe in sich hat und sie teilen muss, also ein Achtundzwanzigstel pro Enkelkind, und was ist, wenn es noch mehr werden, wird die Liebe dann mehr, immer mehr? Jetzt habe ich vor lauter Denken eine ganz trockene Kehle bekommen, Herr Jeremiasz; dann gestatten Sie vielleicht, Frau Jadwiga, dass ich eine Waffel mit Erdbeersauce und einen kleinen Schwarzen im Kurcafé vorschlage?

Die regelmäßigen Treffen in Szczawno Zdrój machten Jadzia Spaß, und sie redete sich sogar ein, dass sie gar keine Zeit hätte, sich um Enkelkinder zu kümmern wie andere; sie hatte ja schließlich so viel zu tun, einmachen, Briefe schreiben, Rezepte ordnen, Bettzeug, Handtücher, Geschirrtücher aus dem Sonderangebot sammeln und dazu die Plauderstündchen mit Jeremiasz Mucha in Szczawno Zdrój. Wenn sie vor dem Babel Bekannte mit deren Enkelkindern traf, die ihren Eltern so ähnlich sahen – Jadzia sah sie noch als Schulkinder in Dominikas Klasse vor sich –, dann verspürte sie eine Mischung aus Eifersucht und Abneigung. Sie hatte zwar keine Chance mehr, an diesem einfachen und wohlbekannten Gang der Dinge teilzuhaben, aber dafür hatte sie schon ganze andere Dinge erleben können.

Ach, ich hab leider wirklich keine Zeit, ich bin grade auf dem Sprung nach Szczawno, sagte sie abwinkend zu ihren Bekannten, und bald tuschelte man auf Piaskowa Góra, dass Jadzia Chmura einen habe. Ich glaub, sie hat einen! Die Lepka war die Erste, die diese Vermutung laut aussprach. Jeden Sonntag rennt sie nach Szczawno, aufgedonnert wie werweißwas, ganz mit Parfüm bespritzt. Unten in der Drogerie habe ich gesehen, wie sie Parfüm gekauft hat, sich eingesprüht, es ausprobiert hat, sah nicht so aus, als macht sie das für sich selbst. Und dazu noch Taschen voll mit werweißwas, bestimmt bringt sie einem Mann Essen mit, um ihn für sich einzunehmen. Vielleicht ein Witwer mit Haus? Oder ein Geschiedener, aber ein nicht so geschröpfter. Mit einem Verheirateten würde sie sich ja wohl kaum einlassen, obwohl, wer weiß, heutzutage ist ja alles möglich. Die Lepka hatte geübten Auges festgestellt, dass Jadzia Taschen mit Essen mitnahm. Jadzia Chmura kannte nämlich, ganz ähnlich wie Apostolea, nur eine Sprache der Gefühle, und die drückte sich in Nahrungsmitteln aus. Sie konnte Liebe in Gestalt von Scheiben hausgemachter Pastete oder Blaubeerkuchen in mundgerechten Quadrate vermitteln; im Gegensatz zu dem formlosen Magma in ihrem Herzen ließ sich diese Liebe mit vollen Händen austeilen. Jadzia war eine Ernährerin, auf Reisen Verabreicherin von Butterbroten und Tomaten; wenn sie an ihren Mann Stefan zurückdachte, dann vor allem, weil er sich wie kein anderer füttern ließ und nie genug bekam, nicht so wie Dominika, dieser Nörgel-Jörgel. Manchmal brachte sie ihren Nachbarn Essen, bei denen nach Krysia Śledźs plötzlicher Abreise alle Ordnung zusammengebrochen war, und zwar genau in dem Moment, in dem Mann, Tochter und Enkelin sämtliche von Krysia angelegten Vorräte aufgegessen hatten. In der Nachbarwohnung herrschte ein sagenhaftes Drunterunddrüber von Spielzeug, Kleidern von Iwona und Pati, Bonbonpapieren und leeren Fast-Food-Packungen, in den Ecken tanzten die Wollmäuse, und Jadzia spürte, dass in diesem traurigen Heim viel mehr gebraucht wurde, als sie geben konnte, deshalb richtete sie ihre Gebefreude ganz auf Jeremiasz Mucha.

Alle paar Monate schloss Jadzia sich der Seniorengruppe an, die der alte Schauspieler durch Wałbrzych und Umgebung führte und dabei mit der Stimme eines drittklassigen Dramendarstellers von den Geheimnissen dieser schönen Gegend erzählte. Am Schluss wurde meistens ein Picknick gemacht, bei dem man über schmerzende Beine, Politiker und Wetter klagen oder bei besserer Laune in Erinnerungen an alte Zeiten schwelgen konnte, als Wałbrzych auf Kohle gebaut war, im Fernsehen erwähnt wurde und man immer noch Gänsehaut bekam, wenn die Bergleute zum Maiumzug aufbrachen. Ach, was waren das für Zeiten! Jadzia steuerte selbstgebackene Wecken mit Rosenkonfitüre bei, herrliche runde Gebilde, so weich und zart, als wäre ein jedes eine Brust und kein Brötchen. Auch wenn sie allen davon anbot, fütterte sie in Wirklichkeit nur Jeremiasz Mucha, denn sie erahnte in ihm einen ähnlichen Hunger wie in ihrem Mann Stefan, dem dieser Hunger allerdings zum Verhängnis geworden war. Das ist ein guter Mensch, sagte Jadzia von Jeremiasz Mucha, und ihren Worten konnte man die Richtigkeit nicht absprechen; die früher so ins Auge stechende Tatsache, dass zur Güte noch das Homodingsbums hinzukam, hatte sie sich auf einfache und wirksame Weise zurechtgelegt. Weil Jeremiasz sich zu Männern hingezogen fühlte und sich dazu noch mit Farben auskannte, jeden Tag badete, Dinge entzückend fand und wie eine Parfümerie roch, war er wie eine Frau, war also fast genauso wie sie, Jadzia. Wer würde sich hier mit kleinen Unterschieden aufhalten, besonders mit über sechzig. So saßen sie weiterhin auf ihrer Bank im Kurpark, Jeremiasz Mucha fragte, und was gibt es Neues beim Fräulein Dominika, und Jadzia holte Luft und erzählte.

Herr Jeremiasz, wissen Sie, sie war ja immer schon so eine Spinnert-Spleenige und auch so ein bisschen hallodri-schnallodri, ich warte nur darauf, was sie sich diesmal ausdenkt, was sie anstellt, manchmal habe ich schon gedacht, ich geb den Löffel ab wegen ihrer Spleenerei. Vor dem Unfall, Herr Jeremiasz, nichts, nur Mathematik, und selbst da habe ich mir Sorgen gemacht, denn das ist doch mehr was für Jungs, was will denn ein Mädchen mit Mathematik, das ist ja wie eine Frau als Klempner oder als Chirurg zum Beispiel. Aber es gab da in der Schule so einen Neunmalklugen, der sagte, welch ein Verstand, glauben Sie mir, die kriegt irgendwann noch den Nobelpreis. Nach dem Unfall, Herr Jeremiasz, war das alles weg, als ob durch das Loch im Kopf, das sie hatte, die ganze Mathematik hinausgeflogen wäre. Und ich sag Ihnen was, Herr Jeremiasz, ich habe mir gedacht, vielleicht kommt dabei noch was Gutes heraus, vielleicht kriegt sie einen ordentlichen Beruf, denn diese Nobelpreise sind doch Schall und Rauch, aber so ein Zahntechniker zum Beispiel wird immer Arbeit haben. Doch nichts da! Grażynkas Ehemann, den Sie kennengelernt haben, hat ihr einen Fotoapparat geschenkt, aber so einen, dass man Angst hat, ihn anzufassen, so einen schweren Kasten, und tausend verschiedene Knöpfe, man weiß gar nicht, wo es zum Anschalten geht und wo zum Ausschalten. Ich für meinen Teil, Herr Jeremiasz, hatte noch nie ein Händchen für Technik, o nein, Computer, Apparate und was nicht alles, das ist nichts für mich, sogar wie die Fernbedienung für den Fernseher funktioniert, musste mir Dominika erst auf einen Zettel schreiben. Und als sie einmal angefangen hatte, Fotos zu schießen, konnte sie nicht mehr aufhören, aber dass sie normale Bilder machen würde wie vom Namenstag, von der Erstkommunion oder irgendwelche Ansichten, Blumen, von wegen. Ich finde, wenn man Fotos macht, dann von Leuten, die schön und jung sind und lächeln, aber bei ihr sind es die

Hässlichen, Faltigen, eine Alte bleckt ihren einzigen Zahn und grinst dabei wie ein Honigkuchenpferd, ein riesiger, schwarzer Lulatsch liegt vor einer Mauer, mit nur einem Schuh, eine Zwergin in Klamotten wie, mit Verlaub gesagt, eine Nutte vom Straßenstrich. Und wie sie ihre eigene Großmutter fotografiert hat kurz vor dem Tod, ich weiß auch nicht, Herr Jeremiasz, aber wenn ich mir das Foto ansehe, durchfährt es mich, als ob sie die Seele der alten Halina Chmura aufgenommen hätte. Nur von mir, Herr Jeremiasz, ihrer eigenen Mutter, hat sie noch kein normales Bild gemacht. Von meinen Haaren, Augen, jedes für sich, Ohren, vom Mund, Herr Jeremiasz, von den Fingernägeln, Füßen und sogar von meinem Bauchnabel, aber von mir als Ganzes nie; mit dir wird das nichts bei mir, Mama, sagt sie. Schöne Fotos? Dafür muss man sich wohl auskennen, Herr Jeremiasz, mit Kunst oder so was. Für mich sind sie wie diese Filme, die sie manchmal nachts zeigen, solche schweren, psychologischen, wo man nicht aufatmen, nicht vergessen kann, sondern sich noch quält, zermartert, und später gehen sie einem im Kopf herum, und man quält sich wieder. In zwei Monaten kommt Dominika, ich kann es gar nicht erwarten, danach werd ich erst was zu erzählen haben! Aber lang bleiben wird sie hier nicht, wie ich sie kenne, einmal umgedreht, alles rumgedreht, und schon ist sie wieder weg. Sie versucht mich immer zu überreden, Mama, komm doch zu mir, Mama, bitte, komm, aber wissen Sie, Herr Jeremiasz, das Reisen ins Ausland, das ist nichts für mich. Hab ich Ihnen schon erzählt, wie ich noch im Kommunismus nach Karpacz gefahren bin und mir Salmonellen eingefangen hab?

Jadzia gefiel dieses Beieinandersitzen auf der Bank in

Szczawno besser als die landeskundlichen Ausflüge mit den Rentnern, denn das Wandern nur des Wanderns wegen hatte noch nie einen Reiz für sie gehabt, und obwohl sie sich sehr bemühte, alles zu behalten, was Jeremiasz über alle möglichen Orte erzählte, vergaß sie manches und warf den Rest durcheinander, zum Beispiel wer Hitlers Schatz vergraben und wo sich die Prinzessin Daisy ertränkt hatte oder umgekehrt. Als Jeremiasz jedoch einen Ausflug in das Dorf Zagórze plante, beschloss Jadzia, mitzufahren, und ging auf den Manhattan, um sich neue bequeme Schuhe zu kaufen. Einmal, vor dreißig Jahren, war sie mit Stefan in Zagórze gewesen, er zuvorkommend und unbeholfen zärtlich, hungrig, sie aufgedunsen, so schwangerschaftsgeschwängert, dass ihr ganz schwer zumute war. Sie wollte damals im Schatten ruhen, während Stefan in der prallen Sonne herumsprang, sich ins Wasser stürzte und silbrige Fontänen versprühte, beim Schwimmen – mal auf dem Bauch, mal auf dem Rücken – spritzte und sich danach schüttelte wie ein junger Hund, um sich dann auf den Proviant zu stürzen; Jadzia hatte ihm zugesehen und in Gedanken vor sich hin gesagt, Ehemann, Ehefrau, das ist mein Ehemann, ich, Jadzia Chmura, bin eine Ehefrau, das ist mein Leben. Später, in der Stille des frühen Nachmittags, der sich wie ein süßer Dunstschleier über Zagórze herabgesenkt hatte, hatten beide inmitten tanzender Sonnenflecken auf der Decke gelegen, und Jadzia hatte sich plötzlich gut gefühlt, sie hatte den neben ihr schlafenden dünnen Mann mit den kartoffelschalenfarbenen Haaren angesehen und ihm über den Kopf gestreichelt in der Hoffnung, dass dieser lichtdurchflutete Augenblick etwas Gutes ankündigen würde. Wenn Jadzia sich in den traurigen

Jahren, die dann gefolgt waren, an diesen wie einen Goldfisch aus der Zeit geangelten Moment erinnerte, schien er ihr wie der Beweis für einen offenkundigen Betrug des Schicksals, das ein einmal gegebenes Versprechen nicht hielt. Erst vor kurzem, zwischen einem Anruf von Dominika und einem Treffen mit Jeremiasz Mucha auf der Bank in Szczawno, hatte Jadzia gedacht, dass sie vielleicht doch nicht ganz übers Ohr gehauen worden war, denn solche Momente waren ein Schatz, den man wie russisches Gold für eventuelle schwere Zeiten im Unterwäschefach aufbewahrte.

Der geplante Ausflug nach Zagórze wurde wegen des Wetters immer wieder verschoben. Es regnet junge Hunde, Tag und Nacht, Blitze zucken, lamentierte Jadzia im Gespräch mit Dominika; ganz Szczawienko ist überflutet, wir saufen hier noch ab wie die Ratten, das Obst wird faul, wie soll ich dann einmachen? Es schüttet wie bei deiner Erstkommunion, weißt du noch? Dein Kommunionkleid war triefnass, die Frisur so plattgeregnet, dass mir die Tränen kamen, aber jetzt, jetzt ist es wie hundert solche Unwetter auf einmal. Wochenlang wälzten sich in diesem Sommer Wasserwände ins Wałbrzycher Tal und strömten an den Berghängen herab, die Erde war so aufgeweicht, dass die Füße einsanken und die Autos feststeckten; es geschah immer öfter, dass jemand seinen Fiat hinterm Haus stehen ließ und morgens nur noch das Dach entdeckte, das aus dem Schlamm ragte und auf dem eine gotterbärmlich kreischende, triefnasse Katze saß oder ein aufgeweichter Säufer schlief. Auf den Weiden rund um die Stadt standen die Kühe bis zum Bauch im Schlamm, und man konnte sie wegen des hochaufgeschossenen giftgrünen Grases und der tropischen Blumen kaum noch sehen, während in Dziećmorowice bei Wałbrzych der Bach, der zu einem reißenden Fluss geworden war, den alten deutschen Friedhof unterspülte und die Leute sich beim Anblick der herausgeschwemmten Protestantenleichen bekreuzigten, die mit über der Brust wie Fledermausflügel gekreuzten Armen durch das Dorf trieben und gen Westen weiterrauschten. Unter den unterspülten Gehsteigplatten auf Piaskowa Góra spritzte der Schlamm hervor, wenn eine unvorsichtige Hausfrau auf dem Rückweg vom Manhattan auf sie trat, Kinder plumpsten in so tiefe Pfützen, dass sie zu ertrinken drohten, und bald ließen die umsichtigeren Mütter ihren Nachwuchs nur noch mit Schwimmflügeln aus dem Haus. Die Dachrinnen verstopften und kotzten unvermittelt schäumende Schwälle von Unrat, Blättern und verendeten Tauben aus, der Putz fiel von den aufgeweichten Hauswänden, und in den Wohnungen sprossen unbekannte Arten von Pilzen und leuchteten im Dunkeln. Eines Nachts senkte sich während der seit einer Woche ununterbrochen andauernden Regenfälle die rechte Ecke des Babel über einen Meter tief in das butterweiche Erdreich ab, und den Leuten fielen alle Kristallfigürchen von den Schrankwänden, alles zersprang und ging zu Bruch, und die Lepka wäre fast von einem Koffer mit Christbaumschmuck erschlagen worden, der vom Schrank rutschte. Ältere Leute gingen vorsichtig, mit ihren Stöcken den Boden prüfend, denn über die Gehwege rauschten schmutzige Ströme unterschiedlicher Tiefe, und niemand verließ das Haus ohne Plastikregenmantel mit Kapuze, deren Produktion sofort ein schlauer Nachfolger Onkel Kazimierzs in Angriff genommen hatte; in dem Maße, wie es schüttete, erweiterte er sein Sortiment, taillierte für Frauen, männliche für Männer, rosafarbene für Mädchen, blaue für Jungen, plus ein Sonderangebot für Hündchen, die in gefährlicher Nähe von Gullies spazierten. Aus der Vogelperspektive sah Piaskowa Góra aus wie ein fremder, von glänzend pastellhäutigen Wesen bewohnter Planet; heilige Muttergottes, klagte Jadzia, wie ich mir auch die Haare eindrehe, mit Haarlack besprühe, immer habe ich gleich wieder einen Haufen Stroh auf dem Kopf, und in diesem Plastikding sehe ich aus wie eine Wurst in der Pelle, was hat mich da geritten, mir einen Mantel in Rosa zu kaufen. Im Fernsehen wurden das überschwemmte Kłodzko und Wrocław gezeigt, Jadzia sah Wassermengen, die sich über Staudämme aus Sandsäcken hinwegwälzten, überschwemmte Dörfer, Felder und wütende oder verzweifelte Menschen, und mitten in ihrer Lieblingsserie wurde auf einmal der Strom abgestellt, und Piaskowa Góra lag im Dunkeln da, durch die Lücken zwischen den Bauplatten sickerte das Wasser in die Wohnungen. Pilze wuchsen nicht nur an den Wänden; die seltsam phosphoreszierenden Hütchen sprossen unter jedem Baum, monströse Zunderpilze erklommen die Stämme und versuchten gar, an Telegraphenmasten und Laternen einen Nährboden zu finden, hallimaschartige dürre Gebilde auf Spinnenbeinen bewiesen Widerstandskraft und Ausdauer und überwucherten die vollgeschissenen Gehwege vor den Häusern; auf dem Dach des Babel schossen halluzinogene Pilze empor, und der erste Drogensüchtige, der hinaufstieg, um sich vor Regen und Verzweiflung in die Tiefe zu stürzen, dachte, er hätte es bereits hinter sich und wäre im Paradies. Wenn man ein Ohr an den Boden legte, hörte man es gluckern, denn das Wasser floss durch die Gänge der stillgelegten Bergwerke und toste in den schwarzen Löchern der Schächte, schwoll an und brauste, riss im Dunkeln stehengelassene Bergbaumaschinen um, zerrte an den Gleisresten und riss sie mit sich; es wurde immer mehr, und hier und da sprudelten aus Spalten in Boden und Kellerwinkeln schwarze Geysire empor, unter Piaskowa Góra breitete sich ein unterirdisches schwarzes Meer aus, in dem die Geister polnischer und deutscher Bergarbeiter an die Wände donnerten, dass es hallte.

Als schließlich der erste, dann der zweite sonnige Tag kam, versammelten sich die Menschen auf den Bänken, besuchten ihre überschwemmten Schrebergärten auf dem Gedymina-Hügel, machten sich auf in die Parks, und die Rentnergruppe unter der Führung von Jeremiasz Mucha brach nach Zagórze auf; jetzt oder nie, Frau Jadwiga, ermunterte sie der alte Schauspieler. Sie waren nur zu sechst, die anderen hatte die Möglichkeit eines neuen, im Fernsehwetterbericht angekündigten Unwetters abgehalten, dafür waren sie genau paarweise, Jadzia und Jeremiasz, Herr und Frau Ćwiek, die Bibliothekarin Frau Ola und Jerzy, ein Bergbauingenieur, der jetzt einen Stand mit Damenunterwäsche im Manhattan betrieb; der Ingenieur hatte seine Hündin Perełka dabei, das Ehepaar Ćwiek den Rüden Aresik, beides Exemplare der polnischen Promenadenmischung, und so bildeten auch Jadwiga und Jeremiasz ein Paar. Die Gruppe tauschte Höflichkeiten aus, sortierte, wer nach hinten kam, wer nach vorn, quetschte sich in den Skoda des Ingenieurs, ruhig Blut, Herr Ingenieur, sagte Herr Ćwiek, als wir unseren kleinen Fiat noch hatten, haben wir beiden uns zusammen mit Kindern und Oma ins Auto gezwängt und sind bis nach Lublin zu einer Hochzeit gefahren, ist es nicht so, Mütterchen? Er klopfte Frau Ćwiek auf den Schenkel; aber ja, Väterchen, stimmte seine Ehefrau zu, und los ging es. Zagórze, ein kleiner Ort am Fußes des Berges Chojna, war wegen des auf ebendiesem Berg errichteten Schlosses Grodno, eines Sees und einer von den Deutschen erbauten Talsperre eine Touristenattraktion. Früher hatte es hier noch eine Ferienkolonie für Arbeiter gegeben, doch jetzt verfielen die Häuschen langsam, und die direkt am Wasser liegenden waren von Prominenten aus der Region gekauft worden; das Neue hielt Einzug, ein Haus war elegant mit einem Plastiksiding verkleidet, ein anderes schmückte eine Terrasse mit Ziersäulen. In Zagórze und Umgebung eröffneten die ersten Ferienbauernhöfe und boten Gästezimmer und Hausmannskost; von Dachböden und aus Kammern wurden Holzfuhrwerke und Wagenräder hervorgeholt, zu Blumenbänken umgestaltet oder an den Wänden aufgehängt, sollten sie Charme verleihen und das einfache Landleben symbolisieren. Dichte Mischwälder reichten bis an den Rand des Wasserspiegels und spiegelten sich darin, so dass es schien, als schwämmen die Fische über den Baumwipfeln. Zwischen den Ufern spannte sich eine Hängebrücke übers Wasser, die unter den Füßen der Rentner schwankte. Die Damen legten übertriebene Furcht an den Tag, die Herren übertriebene Beherztheit und kernigen Humor; im Gänsemarsch trippelten sie in einer Reihe, zuerst der Ingenieur, dann der Tierarzt Herr Ćwiek, Jeremiasz Mucha zwischen den Herren und den Damen, zum Schluss die Damen, so gelangten sie auf die andere Seite des Wassers.

Sie legten eine Plastikfolie auf dem noch nassen Sand aus, darüber Decken, setzten sich; die Sonne schien, und der Tag kam Jadzia beinahe so schön vor wie jener Tag mit Stefan vor vielen Jahren, es gab Brathähnchen, Salzgurken, Butterbrote und einen Kirschkuchen, für jeden ein Bier, für den Fahrer ein halbes. Jadzia vertiefte sich mit Schneiderin Modesta Ćwiek in einen Plausch über Mode; der ganze Hintern guckt raus, Frau Modesta, keinerlei Schamgefühl; Sie haben recht, Frau Jadzia, im Kommunismus konnten die jungen Frauen aus allem etwas zum Anziehen machen, Stoffwindeln haben sie sich gefärbt, Männerunterhemden auf links gedreht, hier, sagten sie, Frau Modzia, nähen Sie mir hier ein paar Rüschen dran, ziehen Sie ein Gummi rein, raffen Sie es etwas, und sie sahen gut aus, Frau Jadzia, gut sahen sie aus. Besser als aus dem »Otto«-Katalog! Die Männer beschäftigte die Frage nach der Technologie der Hängebrücke, kann ja einiges aushalten, solange man sie nicht zu sehr in Schwingung bringt, die Hunde freundeten sich an und beschnupperten einander, und die Bibliothekarin las ein Buch von Olga Tokarczuk, zwischendurch seufzte sie, denn sie begann, an Ingenieur Jerzy Gefallen zu finden; ach, mit so einem Herrn in einem Haus in den Bergen ein aufregendes Leben zu führen, so ein Tagleben und Nachtleben. Das Rauschen des Waldes, ein nettes Gespräch, das Platschen springender Fische, wie schön, dachte Jadzia. Und Jeremiasz schmeckt der Kuchen offensichtlich; wenn sie sich Sonntag in Szczawno treffen, muss sie ihm erzählen, dass Dominika diesen Wałbrzycher Griechen Dimitri wiedergetroffen hat, mit dem sie in der Schule befreundet war, so ein seltsamer Zufall, und jetzt fährt sie mit ihm auf eine Insel. Wissen Sie, Herr Jeremiasz, dieser Grieche hat ihr später Briefe geschrieben, stellen Sie sich das vor, wird Jadzia ihm erzählen, und was für eine Geschichte, Herr Jeremiasz, was für eine Geschichte, Józek

Sztygar hat sie alle aus dem Briefkasten geklaut. Hat die Briefmarken abgelöst und verkauft, unter der Lampe geprüft, ob auch kein Geld drinnen ist, und alle ungeöffnet in eine Schublade gelegt. Als er letzten Monat gestorben ist, hat seine Frau sie mir gebracht, entschuldigen Sie vielmals, sehen Sie nur, Frau Chmura, was dieser alte Saufkopp gehamstert hatte. Ich hab Dominika nichts davon gesagt, diese Briefe sollen eine Überraschung sein, sinnierte Jadzia und fächelte sich mit einer Zeitung Luft zu; aber was wollte ich noch sagen, ach ja, wie diese Insel heißt, auf die sie fahren, heilige Muttergottes, ich hab es mir so fest gemerkt, so fest gemerkt, damit ich es erzählen kann, und jetzt ist mir wieder alles durcheinandergeraten, irgendwas wie Karpatka-Kuchen, was ist das heute schwül! Eine Schwüle ist das heute!, sagte Modesta Ćwiek laut; Jadzia löste ihr Halstuch, der Herr Ingenieur wedelte sich mit seiner Zeitung Luft zu; sehr schwül, stimmte er ein und ergänzte, dass die Luftfeuchtigkeit steige.

Was springen denn diese Fische so?, fragte der Tierarzt Herr Ćwiek plötzlich. Sollten sie das etwa nicht?, sorgte sich Jadzia; eigentlich nicht, erwiderte Herr Ćwiek, jedenfalls nicht so wie jetzt. Sie blickten auf den See, über dessen Oberfläche es immer wieder silbrig aufblitzte, kleine Wellen schlugen schneller und schneller ans Ufer, das Rauschen des Waldes war verstummt, und es lag etwas in der Luft. Etwas liegt in der Luft, sagte Jadzia ganz leise, als fürchte sie, wenn sie laut spräche, könnte das, was in der Luft lag, herunterfallen. Aresik jaulte, Perełka fiepte dünn; etwas liegt in der Luft, Frau Jadwiga, sprach Jeremiasz Mucha, und da knallte es! Wie das geknallt hat, heilige Muttergottes, bekreuzigte sich

Modesta Ćwiek, der Ingenieur fing von elektrischen Entladungen an, doch der nächste Blitzschlag übertönte ihn, er zuckte von irgendwo heran und schlug in nächster Nähe ein, dass die Erde zitterte. Der Himmel wurde schwarz, als hätte jemand Tinte hineingeschüttet, das Wasser färbte sich dunkel, denn der vom nächsten Blitz angestochene Himmel platzte auf und ergoss sich in pechschwarzem Sturzbach in den See. Zum Auto! Ingenieur Jerzy übernahm das Kommando, und sie rannten über den Kamm des Staudammes, an den das Wasser jetzt in Wogen klatschte, und über einen Pfad nach unten, wo sie auf der anderen Seite den Skoda geparkt hatten. Das war kein Regen, es war, als stünde die Welt auf dem Kopf und sämtliche Meere und Ozeane flössen dabei aus, schon wateten sie bis zu den Knien im Wasser, die Hunde kraulten, ich kann nicht schwimmen, ächzte Jadzia. Wer kann das schon?, schnaufte Modesta Ćwiek, die Bibliothekarin Ola wurde von einer Welle umgeworfen, die vom Himmel gefallen oder von den Bergen gerollt sein mochte; Ingenieur Jerzy stellte sie beherzt wieder auf die Beine. Andere Menschen rannten, stolperten und schrien, eine Sintflut, der Staudamm bricht, weg hier, es grollte, als löste sich etwas Riesiges von seinem Platz; rette sich, wer kann! Sie stürzten zum Auto, es stand bis fast an die Radkappen im Wasser, der Ingenieur drehte den Zündschlüssel, sie setzten sich in Bewegung; wir fahren, freute sich Jadzia, nach hundert Metern ein Schnauben und aus; wir stehen, bemerkte Modesta Ćwiek. Hinter ihnen der Staudamm im dichter werdenden Dunkel wie eine schwarze Tsunamiwelle, es donnerte, der Damm zitterte, das Maß war erreicht; heilige Muttergottes, dass er nur nicht bricht, bekreuzigte sich Jadzia.

Der bricht nicht, beruhigte sie der Ingenieur, das ist solide deutsche Arbeit, so ein Staudamm, Frau Jadzia, der steht bis ans Ende der Welt; da schoss das Wasser zischend aus einer Spalte, und es ging los. Und wie es losging, das Auto wurde hin und her geworfen wie bei der Fahrt über Schlaglöcher, wir schwimmen!, schrie Ehefrau Ćwiek wie aus einem Mund mit Ehemann Ćwiek, langsam begann der Skoda des Ingenieurs auf den Wellen zu treiben wie eine Arche. Sie drehten sich im Kreis, das war ein Geschrei, wir gehen unter! heilige Muttergottes! und andersherum im Kreis, jetzt treiben sie vorwärts, Menschen winken ihnen von Dächern zu, nehmt uns mit, nehmt uns mit, aber alle passen wir nicht hinein, leif is brutal, sagt der Ingenieur auf Englisch, and full of Tücken. Sie schwimmen durch Dörfer und Wälder, über Felder, unter Wasser liegende Städtchen lassen sich ausmachen, nur die Fördertürme ragen empor wie Skelette vorsintflutlicher Tiere; eine Sintflut, eine echte Sintflut, seufzt Jadzia und wundert sich über sich selbst, weil sie keine Angst hat. Ein Abenteuer haben wir da, Frau Jadwiga, eine wahrhaftige Seefahrt, davon können Sie Ihrer Tochter stundenlang erzählen, auch Jeremiasz Mucha bemüht sich um gute Miene, obwohl am regenüberfluteten Horizont kein Land in Sicht ist. Ich, Ingenieur Jerzy schlägt einen ernsten Ton an, also ich würde gern wissen, wer das alles bezahlen soll; ach, Herr Ingenieur, sagt die Bibliothekarin verträumt, Geld macht nicht glücklich.

Auf einmal schwimmen drei junge, dünne Wesen auf den Skoda zu, klopfen ans Fenster, Sie sind mit dem Auto, nehmen Sie uns mit, wir sind Studenten. Der Ingenieur kurbelte das Fenster herunter, sieht sie an, spargelmager, kleine Fische, Kroppzeug, viel Platz werden die nicht wegnehmen, na dann kommt rein; das eine Wesen zieht Jeremiasz am Kragen durchs Fenster, das zweite der Ingenieur an den Haaren, das dritte kriecht selbst herein. Sie sehen sich um, das erste und zweite sind Mädchen, und jedes holt aus seinem Ausschnitt eine nasse Katze, gewöhnliche Feld, Wald- und Wiesenkatzen, rötlich braun getigert, schnaubend, niesend. Auf einem Ausflug sind sie gewesen, haben in einem Bauernhaus in Zagórze die Katzen gesehen, so dünn waren die, hungrig, zum Mitnehmen, da haben die Mädchen Mitleid gekriegt und ein Pärchen mitgenommen, sagte das dritte Wesen, das sich als Junge erwies, der aus Platzmangel auf Jeremiasz Muchas Knien landet; ich wollte auch ein Kätzchen nehmen, sagte es, aber ich muss erst eine Wohnung haben, denn ab Oktober studiere ich in Wałbrzych am Polytechnikum Maschinenbau. Eine Wohnung? Kost und Logis?, interessierte sich der alte Schauspieler, ohne darauf zu achten, dass der überladene Skoda immer mehr Wasser aufnahm. Er richtete sich diskret die Frisur. Wären Sie auch an einer Wohnung in Szczawno Zdrój interessiert, ich erwäge gerade, ein Gartenzimmer mit separatem Eingang unterzuvermieten? Die Arche Noah, lächelte die Bibliothekarin und hätte vielleicht noch mehr gesagt, denn sie war belesen, doch der Skoda wurde von einer neuen Welle nach vorn gestoßen, und sie knallte mit dem Kopf gegen das Fenster. Der Ingenieur legte einen Arm um sie und lenkte den Skoda wie ein Rallyefahrer nur mit der freien Hand durch die Wellen. Sie fahren ja wie ein Rallyefahrer, Herr Ingenieur, tatsächlich, die Bibliothekarin Ola hatte auf dieser Reise eine Beule davongetragen, aber auch Hoffnung geschöpft. Leider reichte ihnen das Wasser schon bis zu den Knien.

Wenn wir schon untergehen, dann mit Bravour! Singen wir, schlug Herr Ćwiek vor, der Tierarzt, wenn schon untergehen, dann mit einem Lied auf den Lippen, geben Sie den Ton an, Sie sind Künstler, wandte er sich an Jeremiasz, und sie sangen, *Auf ihr Falken*, *Es lebe der Bergarbeiterstand*, *Ging ein Mädel in den Wald*, *Es peitscht ein wilder Regen*, was besonders gut passte, und zum Schluss *Noch ist Polen nicht verloren*, denn es gingen ihnen die Ideen aus und das kannte jeder, wenigstens die erste Strophe. Bonaparte war uns Vorbild, grölte es aus neun Kehlen, die Tiere nicht mitgezählt, wie wir zu siegen haben, bis es plötzlich knirschte, schürfte, ruckte und sie auf etwas aufsetzten. Land! Land, Grund, was auch immer, jedenfalls würden sie nicht untergehen, und man sah ein Stück Boden, genauer gesagt Asphalt, als der Mutigste erwies sich Aresik, er stieg aus, schnüffelte, pinkelte, Perełka ihm nach, pinkelte, dann die verschreckten Katzen und der Rest. Wo sind wir? Nichts zu erkennen, warten wir, bis es sich aufhellt! Sie setzten sich auf ein Stück Erdboden, rückten eng zusammen, schmiegten sich aneinander, damit es wärmer war. Also apropos diese Wohnung, begann Jeremiasz Mucha wieder, und der Student hauchte in seine eiskalten Hände; das Zimmer ist separat, aber Bad und Küche werden geteilt. Der Regen ließ nach, und an der einen Seite des Himmels zeigte sich plötzlich ein hellgrüner Lichtstreifen wie ein Riss im Stoff; Licht, Herr Jeremiasz, Licht!, bemerkte Jadzia geistesgegenwärtig. Mehr Licht!, schrie der Ingenieur, denn das schien ihm aus irgendeinem Buch zu sein, und er wollte der Bibliothekarin imponieren; ach, Herr Ingenieur. Wie wunderschön!, sagte der Student ergriffen und der alte Schauspieler blickte ihn nicht weniger ergriffen an; wunderschön, und wenn Sie erst sehen könnten, wie die Sonnenaufgänge und Sonnenuntergänge in Szczawno sind, ein Fest der Seele für einen Ästheten wie Sie. Im dichten Nebel zeichneten sich undeutliche Formen am Horizont ab, Häuser oder Berge; durch den hellgrünen Spalt drang Sonnenlicht wie flüssige Lava, Menschen und Tiere schauten. Heilige Muttergottes, Piaskowa Góra! Jadzia gelang es schließlich, etwas zu erkennen. Piaskowa Góra, wie es leibt und lebt, bestätigte Herr Ćwiek, unsere Heimat, unser Land! Piaskowa Góra! Piaskowa Góra! Das Hochwasser hatte sie auf den Gedymina-Hügel getragen und dort abgesetzt, wo lange vor dem Fall des Kommunismus der Bau einer Straße begonnen und auch in der Demokratie nie zu Ende geführt worden war. Das Stück Asphalt, auf dem der Skoda aufgesetzt hatte, brach auf dem Gipfel des Hügels ab wie eine Startbahn. Vom Gedymina-Hügel aus lag Piaskowa Góra wie auf dem Präsentierteller, und wenn es von irgendwoher hübsch aussah wie auf dem Entwurfsmodell von vor dreißig Jahren, dann von hier. Eine Stadt auf einem Hügel, mit stolz zum Himmel strebenden Türmen, fast wie in der Toskana; darüber ergoss sich das plötzliche Sonnenlicht, wie blankgeputzt. Wunderschön, seufzte Jadzia.

Das Wasser zog aus Piaskowa Góra ab und nahm Tonnen von Müll aus den Kellern mit, schwemmte altes Spielzeug und einst in nächtlichen Schlangen vor dem Möbelgeschäft erstandene Klappsofas davon, kaputte Skier, unverzehrtes Eingemachtes, Gerätschaften zum Schnapsbrennen, bauchige Glasflaschen voller Johannisbeer- und Kirschwein, ausgetretene, noch auf Bezugsscheine gekaufte Schuhe, ungelesene Bücher, alte Zeitschriftenjahrgänge, Plaketten mit der

Aufschrift »Vorarbeiter«, unbenutzte Küchengeräte, für Notfälle aufbewahrte alte Spülbecken, defekte Heizöfen, geborstene Blumentöpfe, verschimmelte Kartoffeln und Zwiebeln; es säuberte die Spielplätze und Blumenbeete, die verdreckten Mülltonnenbereiche, die bespuckten Gehsteige. Auch lebende Geschöpfe, wundersam errettet wie sie, trieben im Wasser, Straßenköter, Feld-, Wald- und Wiesenkatzen, Mischlinge, ein großer roter, *merde*! kreischender Papagei in einem Käfig, ein Frettchen, zwei Hühner, ein ganzer Schwarm Karpfen, ein altes Mütterchen mit Kopftuch, das ein Bild der Muttergottes von Tschenstochau wie einen Schild an die Brust gepresst hielt, und daneben ein junges Ding mit einem Videorekorder in den Armen. Auf der vom Hochwasser herausgerissenen Kirchentür trieb eine Gruppe Schiffbrüchiger vorüber, in denen Jadzia ihre Bekannten von der Pilgerfahrt nach Tschenstochau wiedererkannte. Ahoi!, rief ihnen der Mann mit dem Schnauzbart zu, bekreuzigte sich, intonierte *Das Land der Väter geben wir nicht her*, und verschwand zusammen mit seinen knienden Gefährtinnen in der Ferne. Aus den tieferen Tiefen der Erde, auf der Piaskowa Góra stand, wurden auf einer kohlschwarzen Welle Bücher in gotischer Schrift, verblichene Landschaftsschinken, das ewige Walhallafeuer*, ganze Bavaria-Service, Fotos von Herta, Jürgen und Gertrud, Kisten voll von deutscher Munition, deutsche Panzer und Jagdflugzeuge hervorgeschwemmt. Gerip-

* Der »Hitlertempel« in Wałbrzych: das Mausoleum bzw. Denkmal »Stolz, Ehre und Macht«, in der Nähe des Stadions, in dem Hitler 1932 eine Rede hielt. An das Mausoleum war früher eine Gasleitung angeschlossen, weswegen dort bis zum Mai 1945 ein germanisches Walhallafeuer bzw. eine ewige Flamme brannte. (Anm. d. Übers.)

pe in SS-Uniformen kraulten in Kampfformation dahinter her, einer blubberte Heil Hitler, bevor ihn das Wasser weiterriss; in einem wie neu glänzenden schwarzen Auto aus früheren Zeiten schaukelte ein Mann mit Bärtchen vorbei. Vielleicht träume ich das alles, dachte Jadzia, und plötzlich durchfuhr sie ein Gedankenblitz.

Wissen Sie was, Herr Jeremiasz, das ist vielleicht nicht der beste Moment, aber mir ist wegen dieses Schocks ein Gedankenblitz gekommen, und ich habe mich an den Icek Kac erinnert, von dem Sie sagten, dass er nach dem Krieg Grażynka gesucht habe. Meine Dominika hat in New York bei einer alten Dame gearbeitet, Eulalia Barron, die jetzt nicht mehr lebt, ich habe Ihnen davon erzählt, sie hat ihr Bücher vorgelesen, sehr viel hat sie ihr vorgelesen. Eine kluge Frau war das, Herr Jeremiasz, und wie viel sie durchgemacht hatte, diese Tante Eulalia. Und jetzt, Herr Jeremiasz, hoffentlich kommt mir nichts durcheinander, diese Eulalia, die von Krakau aus, stellen Sie sich das vor, im Krieg über Japan vor den Nazis geflohen ist, die kannte einen Icek Kac. Ich bin mir so sicher, ich könnte es schwören, Icek Kac hat er geheißen und nicht anders. Sie hatten sich in einem Museum in New York beim Erinnern getroffen, denn beide wühlten sie gern in der Vergangenheit, wie meine Dominika, und wie war das dann, ach ja, dieser Icek Kac hatte Tante Eulalia einen Nachttopf von Napoleon vererbt, bevor er sich umbrachte. Denn er hat sich umgebracht, Herr Jeremiasz, angeblich aus Trauer und Hoffnungslosigkeit. Und Eulalia Barron hat diesen Nachttopf von Icek Dominika hinterlassen, und ehrlich gesagt hätte ich gedacht, dass er etwas mehr wert gewesen wäre, Herr Jeremiasz. Ich habe Dominika gesagt, gib her, ich scheuere ihn blank, poliere ihn auf, wir bringen ihn ins Antiquariat, aber nein, nach Amerika musste sie ihn mitnehmen. Aber was wollte ich sagen, ach ja, ich weiß es wieder, Icek Kac. Herr Jeremiasz, glauben Sie, der Icek Kac mit Napoleons Nachttopf ist derselbe Icek Kac, der Sie damals nach Grażynka gefragt hat?

XII

In Diafani auf der Insel Karpathos gibt es eine Tageszeit, nach der sich Maria Angelopoulos dreißig Jahre lang gesehnt hat; die Sonne bleibt dann genau über den Berggipfeln stehen, als wäre sie an ihnen hängengeblieben, bricht auf und ergießt sich in flüssigem Gold. Kaskaden von Licht fließen die nackten, von Wolken umwobenen Bergspitzen herab, durch betäubend duftende Kiefernwälder, durch dorniges, im Frühling gelb und violett blühendes Dickicht, zwischen den Beinen reglos verharrender Ziegen hindurch und weiter herab, über Pfade, die Tiere und Menschen im Laufe der Jahrhunderte ausgetreten haben, durch Gärten mit reifenden Melonen, die so groß sind, dass ein Kind sich in ihrer Schale verstecken könnte, und erreichen den kleinen Hafen. Die weiche Welle schlägt gegen die Wände der alten weißen Häuser, ergießt sich durch die soeben geöffneten Fensterläden in das stille dunkle Innere, fließt über weiße Treppenstufen, weiß wie Knochen, wie die Füße der Muttergottes am Sonntag, wie im Wind trocknende Laken; weiter gleitet das goldene Sonnenlicht zum Wasser hin, zerrinnt weich auf der Oberfläche und versinkt nicht.

Das ist die Tageszeit, an der in Diafani die alten Frauen ihr Bad nehmen; langsam gehen sie ins Wasser und tauchen ein bis zur Brust, nur manche haben Badeanzüge, die anderen gehen in Hemden und knielangen Baumwollunterhosen ins

Meer, wie es bereits ihre Mütter und Großmütter taten. Sie stehen nah beieinander und plaudern, tratschen, stiften Ehen, ihre Hände bewegen sich knapp unter der Wasseroberfläche wie Fische, ihr Lachen tönt weithin, hallt von der Küste der unbewohnten Insel Saria wider, auf der es nur Bienen und Seehunde gibt und wo sich gelegentlich Sirenen ausruhen, wie der alte Kapitän Manolis erzählt, wenn er zu viel Wein getrunken hat. Die badenden Frauen im Meer reden über ihre Töchter, denn hier, in diesen beiden von der Welt abgeschnittenen Dörfern, dem Hafendorf Diafani und dem hoch oben an den Bergpass gekrallten Olympos, herrscht das Matriarchat, und die Töchter erben von ihren Müttern. So ein schönes Haus, seufzen Männer im Kafenion, so ein schönes Haus direkt am Meer hat meine ältere Schwester geerbt. Die Karpatherinnen sind klein und dunkelhaarig, kräftig gebaut, haben zusammengewachsene dicke Augenbrauen und einen Damenbart wie Frida Kahlo; sie können Lasten auf dem Kopf tragen wie die Frauen aus Afrika, wohin es von hier aus näher ist als nach Europa, die Männer gehen ihnen bei den schwereren Arbeiten nicht zur Hand. Die Frauen im Meer unterhalten sich in einer Sprache, die so alt ist wie die Welt. Sprachwissenschaftler aus Athen und Saloniki wollen darin einen dorischen Dialekt erkannt haben, der sich so wunderbar erhalten haben soll wie der süßeste Honig in einem Tonkrug von der Insel Saria, wo in byzantinischen Zeiten im ganzen Mittelmeerraum berühmte Keramikwaren hergestellt wurden. Doch wen kümmern hier die Sprachwissenschaftler; Foula erzählt gerade, dass ihre Enkelin Popi gern im Stehen pinkelt wie ein Junge, und die anderen Frauen lachen, ihr Lachen breitet sich über das sonnenlichtgoldene Wasser, in dem sich die Wolken spiegeln, der Horizont ist strahlend blau und klar; da ist sie nicht die Erste, deine Popi. Und das war nicht das Einzige, was wir konnten, als wir jung waren!

In wenigen Tagen findet das Fest Johannes des Täufers statt, eines der wichtigsten Panigiri im Jahr, das ganze Dorf zieht dann mit bepackten Eseln durch die Berge bis zur Felsenkirche auf der Landzunge bei Vroukounda. Die Frauen kleiden sich in traditionelle Gewänder, blumengemusterte Kopftücher mit Glöckchen, bestickte Mieder, weite Röcke, Schuhe, unten rot und mit Schäften in der Farbe gerösteter Brotrinde; der Pope weiht mühlradgroße Brote, ein paar Zicklein und Lämmer brutzeln am Rost, die Musiker stimmen ihre Instrumente, nach Mitternacht beginnt der Tanz und dauert bis zum Mittag des nächsten Tages. Die älteren Frauen helfen parfümierten jungen Männern, sich herauszuputzen und zu frisieren; sie kommen im Sommer aus allen möglichen Gegenden der Welt nach Karpathos, um die ihnen aus der Ferne versprochenen jungen Mädchen zu treffen. Manche nehmen ihre Ehefrauen von hier mit nach London, New York, Florida, Kanada; die Kinder dieser kaum je grundlos lächelnden, genügsamen und starken Frauen saugen mit der Muttermilch die Sehnsucht nach der Sonne auf, die nirgends so scheint wie hier, und nach einem Meer, das nirgends so ist wie hier. Es ist eine Schönheit, die Freude und Wehmut zugleich weckt, und wenn über der Landzunge bei Vroukounda die Sonne aufgeht, beginnen die singenden Männer einer nach dem anderen zu weinen, und die um den Tisch tanzenden Karpatherinnen schluchzen. In den windigen Wintermonaten wird es allerhand zu reden geben, besonders als der einer Tochter von Foulas Cousine versprochene Sohn von Cousin Wasilis, Adonis, nicht mit ihr weggeht, sondern mit einem Touristen, einem ausländischen Konditor. Dem Festumzug schließen sich meistens auch ein paar Touristen an, sie werden zu Tisch gebeten, mit Essen und Trinken versorgt, ansonsten schenkt ihnen niemand Beachtung, denn der bloße Gedanke, für Touristen zu tanzen und zu singen, käme auf der Landzunge bei Vroukounda jedem albern und ungehörig vor.

Die Frauen im Meer reden über die Fremden, die dieses Jahr nach Diafani gekommen sind, sie lästern über die wenigen Unverbesserlichen, die sich von allen Orten auf der Welt ausgerechnet dieses abgelegene Dorf ausgesucht haben, wo es keine einzige Touristenattraktion gibt. Manche davon kommen schon seit zwanzig Jahren her, Starrköpfe, obwohl hier seit Anbeginn der Welt noch nie einem Fremden ein Haus verkauft worden ist und auch niemand vorhat, das zu tun – was nicht geht, das geht nicht. Eine Schriftstellerin aus Polen fragt jedes Jahr wieder danach! Doch außer den fremden Fremden, die jedes Jahr herkommen, gibt es auch die fremden Hiesigen, eine neue Gattung in Diafani; noch weiß man nicht recht, wie man mit der Horde umgehen soll, die im Schlepptau der Familie Angelopoulos hier eingetroffen ist. Nicht nur die alte Foula, eine Verwandte von Omitantchen Foula, kennt den Stammbaum von Dimitri Angelopoulos und seiner Familie, denn hier sind alle verwandt, und viele Frauen tragen den Namen Foula. Dieses Jahr ist Dimitri mit Ted hier, an die beiden hat man sich in Diafani bereits gewöhnt. Diesmal ist Dimitris neue Gefährtin Dominika mit, die ständig Fotos macht; heute zum Beispiel hat sie eine Stunde lang das Brotbacken im Gemeinschaftsofen beim Hafen fotografiert, bis ich ihr, sagt die alte Eugenia, einen Laib gegeben habe, denn ich dachte mir, bestimmt hat sie Hunger, und von so einem Foto wird sie nicht satt. Maria erzählt, wie sie Dominika beigebracht hat, Oktopusse zu fangen, sie ist halt ein Stadtkind, ein bisschen zu dünn, doch eins muss man ihr lassen – sie schwimmt wie ein Fisch und versteht das Meer. Vor zwei Wochen kam eine Frau Doktor mit der Fähre aus Rhodos, die auch zu dem Angelopoulos-Tross gehört, na ja, über die kann man schön tratschen, sie sieht aus wie ein Junge und benimmt sich auch so, aber eins muss man ihr lassen – Wasilis' gebrochene Hand konnte sie richten und wollte keinen Groschen dafür, und Foulas Katze hat sie bei der Gelegenheit gleich auch behandelt. Genauer betrachtet sieht sie sogar ein bisschen wie eine Karpatherin aus, ein kräftiges Mädel, verzieht nicht ohne Grund die Lippen. So eine Doktorin könnten sie hier gebrauchen, denn dieses blondierte Püppchen, das sie aus Athen hergeschickt hatten, ist nach drei Monaten abgehauen. Kino gibt es nicht, überallhin ist es weit, macht Eugenia die Ärztin aus der Stadt nach, niemand wird ihr hier eine Träne hinterherweinen. Genauso schön tratschen lässt es sich über die schwarze Frau mit den gelben Haaren, nach deren Hintern sich alle Männer im Kafenion und die Doktorin aus London umdrehen; die im Meer stehenden Frauen kichern. Ja, diese Sara ist wenigstens ein richtiges Weibsbild. Heute, sagt Foula, die von ihrem Haus mitten im Dorf aus alles sieht, sind sie zusammen im Morgengrauen in die Berge Richtung Tristomo-Bucht aufgebrochen, die Schwarze und die Doktorin, mit Rucksäcken. Die im Meer stehenden Frauen fragen sich, ob die beiden wohl über denselben Weg zurückkommen oder eine Runde durch Avlona machen werden und ob sie sich allein zurechtfinden oder ob man sie am Ende auf den unbeschilderten, distelbewachsenen Wegen wird suchen müssen, wie im letzten Jahr die fünf neunmalklugen Franzosen. Außerdem ist schon seit einem Monat ein junger Mann mit blasser Haut und schwarzen Haaren bei Dimitri und Dominika zu Gast, der abends auf der Hauptstraße flaniert, die nebenbei gesagt auch die einzige Straße ist, und selbstgemachte Süßigkeiten anbietet. Hier verteilt man kleine Tütchen mit Süßem, um eines Verstorbenen zu gedenken, und am Anfang wusste niemand, was dieser Fremde wollte, ob bei ihm einer gestorben war oder was. Foula lacht, sie hat gesehen, wie er mit Adonis geplaudert hat, dem Sohn von Cousin Wasilis, der für die Ferien aus San Francisco angereist ist; da haben sich zwei gefunden! Auch Dominikas Mutter Jadzia ist in diesem Jahr zu Besuch und wohnt in Dimitris neuem Haus, und sie wird von den Frauen in Diafani noch am ehesten akzeptiert, denn erstens ist sie Mutter, noch dazu Mutter einer Tochter, und zweitens hat sie eine Art, die den Frauen vertraut und nah verwandt vorkommt, das zu leugnen wäre ungehörig, auch wenn sie Jadzias Sprache nicht verstehen. Gleich kommt Jadzia sicher auch zu ihnen ins Wasser, sie kommt immer etwas später, und am Anfang hat sie sich so geniert, sich auszuziehen, dass sie in ein Handtuch eingewickelt ins Wasser ging und es dann ans Ufer warf. Dabei ist sie doch ein ganz ordentliches Weibsbild, sagt Eugenia; das meinst nicht nur du, lacht Foula, Kapitän Manolis hat offenbar auch seine Sirene gefunden.

Der alte Manolis, genannt Kapitän Manolis, wohnt ganz

allein in einem baufälligen Haus bei der Kirche und lebt vom Fisch- und Krabbenfang. Neuerdings unterhält er sich immer häufiger mit Jadzia, man hat sie sogar schon manches Mal morgens zusammen am Anlegesteg gesehen. Unterhalten ist vielleicht nicht der beste Ausdruck; der alte Manolis erzählt etwas auf Griechisch, während er die Netze auf seinem kleinen roten Fischerboot säubert, und erklärt Jadzia von Zeit zu Zeit in einem Gemisch aus Griechisch, Deutsch und Englisch, so ein Boot nennt sich *varka*; und Jadzia am Ufer spricht ihm nach, *varka*, *varka*, und antwortet auf Polnisch, o heilige Muttergottes, in so einer Nussschale, so einer *varka* aufs Meer hinauszufahren, dazu braucht es Mut, Herr Manolis. Fische fangen, Herr Manolis, das verstehe ich noch, aber diese kleinen rosa Würmchen, pfui, die brächte ich nicht über die Lippen. Heilige Muttergottes, die lassen sich doch weder richtig fassen noch auf die Gabel spießen. Sie sollten sich besser um Ihr Haus kümmern, vielleicht zwei Zimmer herrichten, an Touristen vermieten, rät die praktische Jadzia Kapitän Manolis, Ihr Garten ist völlig verdorrt, das tut einem ja in der Seele weh. Ich, Herr Manolis, hatte einmal einen wunderschönen Garten, was war das für ein Garten, so einen kriegen Sie nicht einmal hier zu sehen. Manolis betrachtet dann Jadzias schmale Knöchel in den Ledersandalen und nickt mit dem Kopf. Jadzia hat abgenommen, und Dominika hat ihr die strohig gebleichten Haarsträhnen abgeschnitten; plötzlich zeigte sich, dass die so lange zum Leben im Untergrund verurteilten mausfarbenen Haare nachgedunkelt waren, und mit einem Mal kommt die bislang kaum wahrnehmbare Ähnlichkeit zwischen Mutter und Tochter zum Vorschein. Als Kapitän Manolis sagt, er habe niemanden mehr auf der Welt, Eltern, Sohn, Ehefrau seien gestorben, antwortet Jadzia unter Verwendung einiger deutscher und englischer Ausdrücke und vieler dramatischer Gesten, auch sie habe keine Eltern und keinen Mann mehr, sei aber dafür im Besitz einiger Verwandten in Amerika; Manolis versteht, dass Jadzia ihnen Briefe schreibt und dass sie vielleicht zu Besuch nach Diafani kommen. Ruth, David, Joshua, spricht er ihr nach; ja, ja, freut sich Jadzia, Ruth, David, Joshua. Als Manolis fragt, ob Jadzia am Morgen zum Anlegesteg komme, nickt Dominikas Mutter, *né*, antwortet sie auf Griechisch, und Kapitän Manolis wiederholt mit einem Lächeln, *né*, *né*.

Jadzia Chmura wickelt sich aus dem Handtuch, rückt die Träger ihres Badeanzugs zurecht und taucht ins Meer ein; sie steht ein kleines Stück von den alten Griechinnen entfernt im Wasser, und als Foula ihr zunickt, sagt sie *kalispera*!, wie Dominika und Dimitri es ihr beigebracht haben, und die alten Frauen aus Diafani lächeln und antworten, *kalispera! kalispera! kalispera!* Das Sonnenlicht tanzt um die ins Meer eingetauchten Frauen, die Spiegelbilder der Wolken im Wasser tanzen, die Wellen tragen das Lachen der Frauen davon, und von weitem könnte man denken, sie seien Sirenen, Sirenen mit süßtönenden Stimmen, von denen Wacław Pająk aus Kamieńsk und so viele vor ihm und nach ihm träumten, denn sie sangen weder von Liebe noch von Macht, sondern lockten nur mit ihren Geschichten und verwirrten die Sinne und zeigten damit, dass man nichts braucht als das Meer, eine Wolke, die Weite, und schon geht es, schon fließt es.

Dominika hatte lange auf ihre Mutter einreden müssen, bis diese endlich nach Karpathos kam. Sie könne bleiben, so lange sie wollte, und wenn es ihr nicht gefiel, dann würde sie eben wieder nach Piaskowa Góra verfrachtet. Erst nach dem großen Hochwasser hatte Jadzia Mut gefasst, denn als Überlebende einer Sintflut wurde ihr bewusst, dass sie nicht mehr dieselbe war; irgendwie bin ich nicht mehr dieselbe, seufzte sie, und es gab Tage, an denen sie die Aussicht auf etwas Neues als angenehm empfand, aber auch solche, an denen Sodbrennen, Hitzewallungen und Schwindel sie plagten. Eines Tages rutschte die fahrige Jadzia auf dem Weg zum Badezimmer aus und brach sich ein Bein. Wochenlang saß sie in dem verhassten Krähennest fest, und ihr einziger Kontakt zur Außenwelt bestand in den täglichen Telefongesprächen mit ihrer Tochter, die ihr verlockende Geschichten über die Reise ins Ohr säuselte, auf die sie sich begeben müsse, sobald ihr der Gips abgenommen werde. Als Jadzia endlich wieder beweglich war, ging sie viel langsamer, um das immer noch schmerzende Bein zu schonen, und bemerkte mit Erstaunen die Veränderungen, die auf Piaskowa Góra vor sich gegangen waren. Während sie mit ihrem Gipsbein im Krähennest festsaß, hatte man angefangen, die Blocks in fröhlichen Farben anzustreichen; auf den Gerüsten wimmelte es von Arbeitern, die so mit papageienbunter Farbe um sich kleckten, dass sogar etliche Passanten bunt erglänzten. Doch damit nicht genug – Krysia Śledź hatte den alten Śledź, Iwona und Pati zu sich nach Deutschland geholt, denn es war ihr gelungen, eine Reinigungsfirma namens Polnische Putzperle zu gründen, und sie beschäftigte nun zwanzig Personen; ach, wenn sie so eine Einladung von der Śledź bekommen könnte, um ein bisschen Kohle zu machen, seufzen die Frauen. Die Lepka hatte nun Nachricht vom Tod ihres Sohnes Zbyszek erhalten, wollte es aber nicht wahrhaben und stand immer noch auf dem Balkon und blickte nach Süden, während Lepki – welche Überraschung! – auf seinen Handelsreisen eine Frau kennengelernt hatte, die Besitzerin eines Lädchens mit Modeartikeln aus Kamieńsk. Er hatte für sie seine Angetraute verlassen, die sicher daran zerbrochen wäre, wenn sie nicht vorher schon an einem größeren Unglück zerbrochen wäre. Jeremiasz Mucha hatte ein Zimmer an den in Zagórze aus dem Wasser gefischten Studenten vom Wałbrzycher Polytechnikum vermietet, wie sich herausstellte, war der Junge namens Oskar Zięba musikalisch und konnte seinen Vermieter auf dem Keyboard zu alten Schlagern begleiten. Sie gründeten die Gruppe Zięba & Mucha und wurden ein beliebtes Duo auf Hochzeiten der Umgegend, einmal kam sogar eine Reporterin aus Warschau, sie machte ein Interview mit ihnen, und sie kamen in die Zeitung, mit Fotos. Auf Piaskowa Góra nannte man sie nicht mehr Homodingsbums, sondern Schwule, neue Zeiten waren angebrochen. Heilige Muttergottes, wunderte sich Jadzia, denn die vom Hochwasser unterspülten Gehsteige waren durch elegantes Verbundpflaster ersetzt worden; es ging das Gerücht, die Japaner wollten in der Nähe Unternehmen aufmachen, es würde jede Menge Arbeit geben, und damit käme neues Leben in die Stadt, die in apathischer Verzweiflung erstarrte. Jadzias aufgekeimte Sehnsucht nach etwas anderem, das weit, weit weg war, wuchs und nahm schließlich Gestalt an; frisch gewagt ist halb gewonnen, sie würde auf diese Insel fahren, deren Namen sie dauernd verdrehte. Wenn Piaskowa Góra sich verändern konnte, dann konnte sie, Jadzia Chmura, das schon erst recht.

Sie bestand allerdings darauf, nicht mit dem Flugzeug zu fliegen, was nicht geht, das geht nicht, alles hat seine Grenzen, und Dominika sagte, in Ordnung, Mama, wir fliegen nicht. Sie packten alle nötigen und viele unnötige Dinge ein, die Jadzia für unentbehrlich hielt, beispielsweise diese beiden kristallenen Obstschalen, die konnte sie nicht einfach zurücklassen, das waren ideale Geschenke; polnische Kristallwaren wurden doch überall geschätzt, und mit leeren Händen zu kommen gehörte sich nicht, da war Jadzia ganz sicher, und sie packte die Schalen in Handtücher gewickelt in den großen Rollkoffer. Warte, bat Dominika, bevor sie die Tür zur Wohnung auf Piaskowa Góra hinter sich zuschlugen und in die weite Welt aufbrachen, und sie fotografierte Jadzia vor der Schrankwand. Zum ersten Mal war Jadzia auf einem Foto ihrer Tochter ganz abgebildet und sah ihrem neuen, reiselustigen und weltgewandten Ich sogar einigermaßen ähnlich. Und jetzt aber los! Völlig spinnert-spleenig ist das, sich so auf seine alten Tage noch in die weite Welt zu stürzen, seufzte Pani Chmura mit gespielter Ängstlichkeit auf Schritt und Tritt, sah dabei aber aus, als sei sie äußerst zufrieden mit sich selbst, und ihre stachelbeerfarbenen Augen leuchteten in jugendlichem Glanz. Sie fuhren mit dem Auto, Zug und Bus und mit der Fähre, die Jadzia mit ihrem aufgerissenen, lärmend Lastwagen verschlingenden Schlund einen Schrecken einjagte, wie kann dieses schwere Riesending sich denn über Wasser halten? Auf der Seereise von Piräus nach Karpathos, nach rund zwanzig Stunden Geschaukel im ewigen Blau zwischen Himmel und Meer, verlor Jadzia ihre Angst, sie könnten untergehen, sich verfahren und von einer in ihren Augen verdächtig aussehenden Gruppe griechischer

Roma ausgeraubt werden. Sie sog die mit dem Geruch nach Sonne und Wasser getränkte Luft tief in ihre Lungen ein, lockerte den Griff um die an den Bauch gepresste Handtasche, putzte ihre salzverkrusteten Brillengläser und blickte über die Reling zum Horizont, an dem sich ein grauer Küstenstreifen abzeichnete; weißt du was, mein Kind, sagte Mutter Chmura, das sieht alles gar nicht schlecht aus, und das Klima scheint auch ganz gut zu sein.

Und so denkt sie immer noch, als sie bis zur Brust im Wasser steht und zusieht, wie ihre Tochter mit einem um die Wade geschnallten Messer taucht und unter der Wasseroberfläche verschwindet, die Schwimmflossen blitzen silbrig auf wie ein Fischschwanz, und schon ist sie weg; Dominika hat sich in den Kopf gesetzt, ein Wesen des Meeres nur dann essen zu können, wenn sie es selbst erlegt hat. Früher einmal wäre Jadzia vor Angst gestorben, jetzt spürt sie nur ein leichtes Ziehen in der Bauchnabelgegend. All ihren anfänglichen Sorgen zum Trotz war Jadzia im Lauf der in diesem seltsamen Haus verbrachten Sommermonate ruhiger geworden, und sogar ihr Drang zum Bemuttern und Füttern war schwächer geworden, zumal in dieser Küche die Männer, Dimitri und Ivo, das Sagen hatten und die Frauen sich nur blicken ließen, um zu kosten. Die ersten schwierigen Wochen hatte Jadzia gebraucht, um herauszufinden, in welchen Beziehungen die einzelnen Bewohner dieses Hauses an der Felsenküste zueinander standen, und das war so kraftraubend, dass sie für anderes keine Energie mehr hatte. Dominika und Dimitri, das war noch einigermaßen offensichtlich, aber hatte er ernsthafte Absichten gegenüber ihrer Tochter? Hatte er sich ihr schon erklärt oder, Gott bewahre, würden sie immer so in wilder Ehe leben? Und der kleine Ted, könnte sich Dominika ihm gegenüber nicht etwas mehr wie eine Mutter verhalten, anstatt mit ihm am Strand herumzutollen wie eine wild gewordene ältere Schwester? Von dieser ganzen Gesellschaft ist Sara die Einzige, die weiß, wie man mit einem Kind umgeht, und man sieht, dass sie doch ein ordentliches Mädchen ist, für Männer hat sie keinen Blick übrig; entweder sie spielt mit dem Kleinen, oder sie verschwindet den ganzen Tag mit Małgosia. Ach, wenn sich doch dieses magere Bürschchen, dieser Ivo, nur einen Ruck geben und mit Małgosia zusammentun könnte, dann müsste man nur noch für Sara den Passenden finden. Jadzia spielte die Möglichkeiten durch und seufzte, denn nach einem Gläschen Ouzo kamen ihr solch wahnwitzige Ideen in den Sinn, dass sie alles durcheinanderwarf; dann goss sie sich noch ein bisschen Ouzo nach und verdünnte ihn nach griechischer Gewohnheit mit Wasser.

Wo ist denn jetzt mein Kind schon wieder? Jadzia blickte über das dunkler werdende Meer, der Wind blies von Avlona immer mehr Wolken herüber. Da! Prustend taucht Dominika aus dem Wasser auf, nimmt die Tauchmaske ab und steht neben ihrer Mutter; ich habe einen Tintenfisch gefangen, sagte sie, die Jungs machen das heute zum Abendessen, Tintenfisch in Essig. Pfui, Jadzia ist nicht angetan, Pilze in Essig, das geht vielleicht noch, aber doch nicht so ein Meeresungeheuer. Ihre Tochter lächelt und tritt näher an die Mutter heran, keine Sorge, Mama, für dich macht Dimitri einen Salat. Heute noch nicht, aber irgendwann in nächster Zeit wird sie Jadzia und Dimitri sagen müssen, dass sie im Herbst wieder auf Reisen geht und nicht weiß, ob sie noch einmal nach Diafani auf der Insel Karpathos zurückkommt. Manchmal lässt dieser Reisedrang etwas nach, aber dann kommt eine Nacht, in der Dominika nicht schlafen kann und aus dem Haus geht, um die Schlafenden nicht zu stören; sie setzt sich an den Rand des Felsenabhangs und schaut aufs Meer. Dann spürt sie, dass sich dieser Drang nicht überlisten lässt. Plötzlich steigt ihr der Gestank verbrannten Fleisches in die Nase, sie sieht die Asche des Hauses ihrer Großmutter Zofia in Zalesie vor sich, die leere, verkohlte Stelle, an der sie etwas Neues aufbauen muss. Wenn sie einmal in der Woche das Tuten der Fähre hört, die in den Hafen von Diafani einläuft, weiß Dominika, dass sie zur Weiterreise bereit ist; der Anblick des am Horizont verschwindenden Schiffs, das ohne sie abfährt, lässt die Sehnsucht in ihr aufflammen. Das alles wird sie ihrer Familie sagen, aber noch nicht jetzt, soll dieser Augenblick noch etwas dauern. Mutter und Tochter Chmura sehen zu, wie die Boote zum Abendfang aus dem Hafen auslaufen, die kleinen nennen sich *varka*, sagt Jadzia, richtig, *varka*, lächelt Dominika; die Sonne verschwindet hinter den Bergen, die Schatten werden länger. Dominika atmet tief ein, und in der von Meeresduft getränkten Luft riecht sie Jadzias salzverkrustete und warme Haut; das ist so ein Augenblick, den sie in Erinnerung behalten und mit auf den Weg nehmen wird. Weißt du was, mein Kind, dieser Tinenfisch muss mir eine Erleuchtung gebracht haben oder so was, seufzt Jadzia, ich hab doch ein Gedächtnis wie ein Sieb. Vor der Abfahrt hat mich Onkel Kazimierz angerufen, das habe ich ganz vergessen, dir zu sagen; er war eben aus Japan zurück, da hatten sie ihn in irgendeiner politischen Angelegenheit hingeschickt, und stell dir mal vor, er hat behauptet, er hätte unsere Grażynka in Tokio gesehen, mit einem Japaner, und sie war ganz als Geisha gekleidet. Typisch Grażynka, lacht Dominika, Geisha Grażynka, das hätte man sich denken können.

Das Gold der Sonne wird dunkler, über dem Wasser erhebt sich ein Raunen, vielleicht kehren auf den Wellen die Stimmen der Frauen zurück, vielleicht ist es Sirenengesang, schon ist nur noch der Rand der goldenen Scheibe über den Berggipfeln zu sehen, die diesen kleinen Flecken auf der Erde umgeben, an dem Dominika Chmura aus Piaskowa Góra nun im Wasser die Hand ihrer Mutter nimmt und sagt, komm, die Sonne geht unter.

Es ist so ruhig, so ruhig.

… und ein Ende

Andrew Mopsinsky, Absolvent der Polonistik und Doktorand an einer New Yorker Universität, sammelt Napoleonika. Der junge Mann bedauert sehr, dass man ihm nicht den schönen Namen Napoleon gegeben hat, den sein Großvater und sein Vater trugen, obgleich Letzterer, ein praktischer Geschäftsmann, die verkürzte Version Nap benutzt. Andrew fasziniert nichts so sehr wie Geschichten über den französischen Befehlshaber, und er bedauert ebenfalls, dass er Antoni Mopsiński nicht mehr kennenlernen konnte, seinen Urgroßvater, der angeblich ein wertvolles Napoleon-Gedenkstück besessen haben soll. Andrew erinnert sich noch gut, wie alles begann. Als er klein war, zwangen seine Eltern ihn zu Besuchen bei seinen zwei unverheirateten Tanten, den Schwestern seines Vaters, Lilia Rose und Violet Rose.

Die beiden Frauen wohnten im Erdgeschoss eines verwahrlosten Hauses in Brooklyn und kamen ihm sehr alt vor, wie alle Personen über dreißig. Am Anfang ging Andrew nicht gern zu ihnen, denn er fand den Geruch dort erdrückend, so eine Mischung von Zuckerwatte und Schnittblumen, eine süße Feuchte mit einem Hauch von Verwesung. Wenn in Andrews Familie über die beiden Tanten gesprochen wurde, dann immer mit beiden Vornamen, obwohl seine Eltern, fleißige Leute, die eine große Cateringfirma betrieben, sonst Abkürzungen benutzten und selbst zu ihm der

Bequemlichkeit halber einfach A sagten, zur jüngeren Schwester Barbara B und zu Hund Cedric C. Ging es um die Tanten hieß es jedoch immer, Lilia Rose dies, Violet Rose das, und der kleine Andrew bekam mit der Zeit den Eindruck, es seien mehr als zwei, Tante Lilie, Tante Viola und zwei Tanten-Rosen. Schon als ganz kleiner Junge hatte er gejammert, Maama, Paapa, warum muss ich da wieder hin, die Tanten sind so laangweilig, so aalt, immer muss ich Milch mit Buutter trinken, doch sein Vater Nap Mopsinsky hatte ihm nur die strubbligen Haare gezaust, die die Farbe von modrigem Heu hatten, ihn ins Auto verfrachtet und nach Brooklyn gefahren. Doch eines Tages kam sein Vater, um ihn abzuholen, und Andrew war enttäuscht, dass er schon nach Hause musste, er trödelte beim Anziehen und wechselte vielsagende Blicke mit den Tanten.

Die Tanten hatten angefangen zu erzählen, als er sieben Jahre alt gewesen war. Gleichzeitig hatten sie aufgehört, ihm Milch mit Butter einzuflößen, als hätten sie beschlossen, dass er nun die erforderliche Grundlage hatte, so wie ein eingefleischter polnischer Trinker darauf achtet, dass er vor dem Saufgelage für eine Grundlage aus Bigos und fettigem Borschtsch gesorgt hat, um nicht zu schnell betrunken zu werden. Setz dich, setzt dich, sagten die Tanten, schoben ihm den Schaukelstuhl mit den knarrenden Kufen hin und fingen an. Wie schön sie erzählten! In den Geschichten von Lilia Rose und Violet Rose gab es einen polnischen Herrenhof, prächtig wie ein Palast, mit einer Einfahrt, auf der leicht vier Kutschen nebeneinander fahren konnten, jede sechsspännig, hüh hott! Ein Städtchen gab es, das hieß Kamieńsk, so schöne Städtchen gab es in ganz Amerika nicht, und in Kamieńsk machte der Konditor, Mateusz Suliga, die besten Napoleonschnitten der Welt, mit einer so luftigen Creme, als wäre es keine Creme, sondern eine Wolke aus Sahne und Zucker. Das Wichtigste jedoch war – Napoleon. Tante Lilia Rose erzählte, er habe auf dem Herrenhof Station gemacht, einfach nur des Stationmachens wegen, er habe mit Urgroßmutter Mopsińska eine Romanze gehabt, und vor der Eleganz und Schönheit der Urgroßmutter Mopsińska könne Frau Walewska sich nur verstecken. Tante Violet Rose fiel ihr ins Wort, nicht auf dem Herrenhof habe er Station gemacht, sondern in einer benachbarten Bauernhütte, und nicht mit der Urgroßmutter hätte er die Romanze gehabt, sondern mit deren beiden Cousinen. Mit beiden?, fragte Andrew aufgeregt nach, ganz aufgewühlt von diesem Übermaß an Romanzerei und Weiblichkeit; jawohl, mit beiden, bestätigte Violet Rose, und rosig glühten ihre Wangen, und die erblasste Lilia Rose gab sich in diesem Spiel geschlagen, ganz wie ihr wollt, räumte sie ein, dann eben mit den Cousinen. Ja, damals begann es, daran hat Andrew Mopsinsky keinen Zweifel, dort in dem eigenartig riechenden Haus beim Brooklyner Prospect Park; er saß im Schaukelstuhl, Lilia Rose und Violet Rose erzählten, und je schneller sie sprachen, desto schneller schaukelte er, die Kufen des Schaukelstuhls knarrten, Napoleon fuhr mit dem Schlitten vor, die Kufen sprühten Funken.

Andrew Mopsinsky hat kürzlich in einer renommierten akademischen Zeitschrift einen Essay mit dem Titel »Der Nachttopf von Napoleon« veröffentlicht. Eigentlich träumt Andrew Mopsinsky davon, einen Roman zu schreiben, doch zunächst hat er die Geschichte seiner Tanten in der neuen

Erzähltechniken gewidmeten Nummer der besagten Zeitschrift umfangreich kommentiert wiedergegeben und bei der Gelegenheit auch erzählt, wie er in einem New Yorker Antiquitätenladen einen Gegenstand erworben hat, von dem der Antiquar schwor, es handele sich um Napoleons allerechtesten Nachttopf von Austerlitz. Das ist das Juwel in der Sammlung von Napoleonika, die Andrew Mopsinsky, der Urenkel des Fabrikanten Mopsiński, zusammengetragen hat. Andrew steht gerade vor seiner zweiten Reise nach Polen, denn der Pastor von Kamieńsk, mit dem er seit seinem ersten Besuch in dem Städtchen in Kontakt geblieben ist, will auf eine neue Spur bei den Napoleonika gestoßen sein. Die älteste Bewohnerin der Stadt, die kürzlich verstorbene Marianna Gwóźdź, hat ihm ihr Tagebuch vermacht, das sie ihr Leben lang führte; sechsundneunzig engbeschriebene Hefte. Was es da für interessante Geschichten gibt!

Schlussbemerkung der Autorin

Bei der Figur Eulalia Barrons habe ich Motive aus den biographischen Erzählungen von Professor Feliks Gross (1906-2006) verwendet, für dessen Weisheit und Güte ich eingedenk seiner Geschichte tiefe Verehrung empfinde.